HEINRICH
BRELOER

Ein tadelloses Glück

HEINRICH
BRELOER

Ein tadelloses Glück

Der junge Thomas Mann und der Preis des Erfolgs

DVA

FSC
www.fsc.org
MIX
Papier | Fördert gute Waldnutzung
FSC® C014496

Penguin Random House Verlagsgruppe FSC® N001967

1. Auflage

in der Penguin Random House Verlagsgruppe GmbH,
Neumarkter Str. 28, 81673 München

Lektorat: Regina Carstensen
Mitarbeit: Rainer Zimmer, Cristina Herbst
Umschlaggestaltung: Büro Jorge Schmidt
Umschlagabbildung: »Sommertag in der Stadt«
von Ludwig Grieb (bearbeitet)
Satz: satz-bau Leingärtner, Nabburg
Druck und Bindung: GGP Media GmbH, Pößneck
Printed in Germany
ISBN 978-3-421-07036-4
www.dva.de

Für Monika

Als Mensch war Thomas Mann versiegelt
und ließ niemanden in sein Herz blicken.
Mit virtuoser Disziplin hielt er eine Fassade aufrecht,
ohne die zu leben er unerträglich gefunden hätte.
Nur im Werk war er frei, nur hier teilte er sich mit,
auch seine Geheimnisse, geschützt durch
die indiskrete Diskretion der Kunst.
Die Biografie seines Herzens steht verzaubert
in seinen Dichtungen.

Hermann Kurzke,
Thomas Mann. Das Leben als Kunstwerk

Eingeschlossen wären diese Tagebücher … die versiegelt,
und erst 20 Jahre oder 25 nach meinem Tode,
der »Forschung« zugänglich würden.
Heitere Entdeckungen dann, in Gottes Namen.
Es kenne mich die Welt, aber erst, wenn alles tot ist.

Thomas Mann,
Tagebuch 13. X 1950

Inhalt

Vorweg

Meine ersten Schritte in den Lebensraum der Familie Mann konnte ich als junger Dokumentarfilmer 1983 für den NDR und WDR gehen: *Treffpunkt im Unendlichen. Die Lebensreise des Klaus Mann* brachte mich mit den noch lebenden Mitgliedern der Familie, mit Monika und Golo, und ihren Freunden zusammen. Über fünfzig Freunde und Bekannte aus dem Umfeld der Manns habe ich über die Jahre besucht und unsere Gespräche Bild und Ton aufgezeichnet.

Thomas Mann war Ende der Siebzigerjahre ganz in den Hintergrund geraten. Eigentlich tot und begraben im Regal. Autoren hatten damals ihre Leistung zum Klassenkampf darzustellen. Als ich 2001 mit meinem Redakteur Horst Königstein den großen Dreiteiler *Die Manns – Ein Jahrhundertroman* als Montage mit Spielszenen und Dokumentarmaterial drehen durfte, hatten wir unseren Beitrag geleistet, diese Lage zu verändern. Marcel Reich-Ranicki nannte den Film »Ein nationales Ereignis. Heinrich Breloers Fernsehfilm bedeutet Thomas Manns endgültige Heimkehr«, schrieb er in der *FAZ*. Eine Kritik allerdings konnte sich Reich-Ranicki nicht verkneifen: Er meinte, ich hätte Thomas und Heinrich Mann als »liebe Onkels« dargestellt. »Der Film hat zwei Raubtiere gezähmt.«

Das große Erlebnis für mich war, dass ich die vielen Menschen dieser Familie mit ihren sehr verzweigten Lebensreisen aus dem Nazi-Reich ins Exil und zurück nach Europa kennenlernen und befragen konnte. Auch Elisabeth Mann Borgese war nun dabei, die jüngste und liebste Tochter von Thomas Mann, die in Kanada zu Hause war. Sie erzählte uns von München, zeigte uns ihre Schule, berichtete, wie sie mit ihren Eltern ins Exil nach Amerika ging. Es war für mich ein Wunder, ihr so nah zu kommen, so offen über so viel Unerzähltes mit ihr sprechen zu können. *Unterwegs zur Familie Mann*, ein Film in drei Teilen, zeigte die Begegnungen mit Medi, wie sie in der Familie genannt wurde.

Es gab Tage, an denen ich Thomas und Katia Mann in Los Angeles in ihrem Bungalow gegenübersaß und ihnen bei ihren Erzählungen über das Drama ihrer hochbegabten Kinder zuhörte. In einem billigen Hotelzimmer sah ich im Dunkeln, wie Klaus und sein Geliebter Curtis nackt in leidenschaftlichen Umarmungen im Liebesrausch versunken waren. Aber ich sah ihn auch in seiner Pension in Cannes, wie er das Röhrchen mit den Schlaftabletten im Wasserglas auflöste, um sich von dieser Welt zu erlösen.

Als Thomas Mann den charmanten Jungen, Kläuschen Heuser, Monikas Sylter Sommerbekanntschaft, nach München in seine Wohnung eingeladen hatte, konnte ich es so arrangieren, dass der Gang des geliebten Gymnasiasten im Arbeitszimmer des Zauberers so verlief, dass er Thomas Mann fast vor sich hertrieb. Wir hatten all die Räume für diese Reise in die Vergangenheit in den Studios wiederaufgebaut. Aufgebaut und voll eingerichtet.

In Los Angeles war seine Villa, der für ihn erbaute Bungalow in Pacific Palisades, noch zu besichtigen. Seine kluge Sekretärin Hilde Kahn-Reach, mit ihrem wundervollen Gedächtnis, führte uns durch das Haus. Sie durfte die Texte seiner Romane als Erste lesen und in ihrer Küche auf einer deutschen Reiseschreibmaschine abtippen. Sie war ihm nah und vertraut. Was für ein Glück in der Fremde! Wir sprachen darüber in dieser Villa. Wie er aus seinem Vatikan wie ein Gott in seinem hellen Anzug die Treppe herunterkam ins Arbeitszimmer. Solche Beschwörungen, die

Toten aus ihrem Reich zurückzurufen, wollte ich den Zuschauerinnen und Zuschauern anbieten, damit sie den Manns nahekommen konnten.

Mit dieser Haltung habe ich auch die Szenen in dem hier vorliegenden Text geschrieben. Distanz und gesteuerte Nähe, das war die Grundlage für die Kommunikation mit dem Meister. So erzählte es mir Hilde Kahn-Reach. Dieser Text zeigt die Familie aus der Nähe. Das macht sie nicht weniger sympathisch. Ganz im Gegenteil.

Alle meine Filmerzählungen zeigten diese Familie in ihrem Leben nach dem Ersten Weltkrieg. Die wichtigen Jahre davor, die Zeit, in der die Weichen gestellt wurden, die Jahre, in denen Thomas Mann sich entschieden hatte, um Katia Pringsheim zu werben, sein Abschied aus der Boheme, die Übernahme der neuen Rolle als ordentlicher Mann und Familienvater mit sechs Kindern, die Enthüllung seiner erotischen Fantasien ins Homoerotische und die gleichzeitige Verhüllung im Text, das war der unerzählte Teil in meiner Filmbiografie, eine dramatische Geschichte, die hier folgt. Mit einem Wort: Becoming Thomas Mann.

Es ist ein faktengestützter Text, weil sämtliche Dialoge auf Recherchen, Dokumenten und Gesprächen beruhen, zugleich sind sie gelegentlich frei erfunden. Ich habe mir damit die Freiheit des romanesken Erzählens genommen, habe Orte, Menschen und Begegnungen nicht immer haargenau nach Tag und Stunde eingehalten. Zwischen der naturalistischen Genauigkeit und dem verdichteten Erzählen gibt es Gewinne, auf die ich nicht verzichten wollte.

Puppentheater

Tommy zog die Fenstervorhänge zu, so dicht, dass kein Tageslicht von der Welt da draußen in seine verzauberte Welt hier eindringen und ihn stören konnte. Das Puppentheater hatte er schon auf dem Tisch aufgebaut. Eine kleine Petroleumlampe ließ die farbige Zeichnung auf dem Vorhang lebendig werden; sie stammte von seinem Bruder Heinrich, dem Vorbesitzer der Bühne. Tommy griff in eine große Hutschachtel, nahm ein paar Pappfiguren heraus und begrüßte sein Ensemble.

»Guten Abend, meine Herrschaften. Wohlauf allerseits? – Willkommen, Herr Müller-Grangé!«

Die Figuren hatte er selber hergestellt, kleine Holzstützen auf der Rückseite halfen ihnen, aufrecht stehen zu bleiben. Einer der Darsteller sang sich ein, die Koloraturen herauf und herunter – natürlich nur, soweit die Stimme des Regisseurs das hergab; der Stimmbruch stand Tommy noch bevor.

»Hören Sie nur, Fräulein Delmas, Herr Müller-Grangé übt seine Stimme. Gut so. Sehen Sie, er ist auch schon im Kostüm. Prinz Tamino, wie er leibt und lebt. Und wie höflich er ist!«

Damit machte der Prinz Tamino einen Diener vor dem Fräulein Delmas, der Pamina der heutigen Aufführung. In diesem Moment pfiff auch schon jemand das Flötenmotiv des Vogelfängers.

Tommy setzte sich auf einen Hocker hinter dem Theater, sodass er das Geschehen auf der Bühne bequem in Augenhöhe leiten und lenken konnte. Er beugte sich nach vorn und streckte den

Kopf auf die Bühne, um den Vorhang ein klein wenig anzuheben und in den dunklen Zuschauerraum zu blicken. »Wir sind heute nicht übel besetzt«, teilte er seinen Darstellern mit. »Begeben Sie sich in Ihre Garderoben. Ich werde gleich das Klingelzeichen ertönen lassen.«

Mit einem Löffel in einem leeren Glas gab er das Klingelzeichen. Einen Moment angespannte Stille. Er hob den Taktstock, und damit wurde er ganz zum Dirigenten. Er hatte das schon häufig im Stadttheater gesehen, so auch im Lübecker Tivoli. Er schlug den Takt und summte den Anfang der Ouvertüre: »Taaa … ta-taaa … ta-taaa …«

Dabei zog der den Vorhang an zwei Schnüren in die Höhe. Ein prächtiger Prospekt zeigte, geheimnisvoll beleuchtet, eine Waldlichtung mit wilden Felsen im Hintergrund. Mit seinem Taktstock schob der Dirigent den Prinzen Tamino auf die Bühne. »Zu Hilfe, zu Hilfe, sonst bin ich verloren!« Dabei zurrte er eine schreckliche grüne Schlange hinter der Figur des Pamino her, und die Oper nahm ihren Fortgang.

Als die drei Damen, die Dienerinnen der Königin der Nacht, die den holden Jüngling gerettet hatten, folgte – heißa, hopsasa! – der Auftritt Papagenos in seinem lustigen Kostüm. Tommy pfiff die Melodie »Der Vogelfänger bin ich ja / Stets lustig …«. Weiter kam er jedoch nicht. Ein Windzug wehte den Prinzen Tamino um. Hinter Tommys Rücken hatte jemand die Tür geöffnet, ein stattlicher Herr trat ein, mit einem sehr ernsten Gesicht und einem Papier in der Hand, das genau wie ein Schulzeugnis aussah. Auch seine Stimme klang düster und drohend.

»Mein Sohn, du machst mir wenig Freude!« Kein Zweifel, die Person, die dort in der Tür stand und in den dunklen Theatersaal blickte, das war der Vater. Ebenso zweifelsfrei hatte er gerade das Zeugnis gründlich gelesen, das der junge Theaterdirektor mittags seiner Mutter anvertraut hatte.

»Dein Zeugnis, deine Leistungen haben sich nicht verbessert. Mangelhaft! Mangelhaft! Ungenügend!« Mit jeder Zensur schlug Thomas Johann Heinrich Mann mit der rechten Hand auf das scheußliche Papier. »Eine Schande ist das. Eine Schande für den Sohn des Senators Mann! Der Schüler Thomas Mann kann nicht in die höhere Klasse versetzt werden. Er hat mangelhafte Kenntnisse in der Mathematik. Der Sohn des Finanzsenators kann nicht einmal rechnen!« Er legte dem Sohn das Zeugnis wenig achtsam auf die kleine Bühne; den Vogelfänger hatte Tommy in seiner Hand geborgen.

Der Vater drehte das Licht der funzeligen Bühnenlampe aus. Dann öffnete er die Vorhänge, sodass krasses hartes Tageslicht ins Zimmer brach. Und dabei folgte fast sachlich das Urteil: »Jetzt ist Schluss mit dem Firlefanz, ein für alle Mal. Du bist vierzehn Jahre alt. Was soll aus dir einmal werden? Willst du mir das mal sagen? Vielleicht ein Zigeuner im grünen Wagen? So wirst du es im Leben niemals zu etwas bringen. Ein nützliches Mitglied der Gesellschaft sollst du werden, kein … Bajazzo!« Damit knallte er die Tür zu.

Tommy war während der Standpauke des Vaters aufgestanden. Mit gesenktem Kopf hatte er das Gewitter über sich hereinbrechen und vorüberziehen lassen. Aufseufzend versuchte er, sich wieder zu sammeln. Dabei hörte er die Stimme seiner Mutter vor der Tür; anscheinend hatte sie den Wutausbruch ihres Mannes von dort aus mit angehört.

»Henry, bitte, sei nicht so streng mit dem Jungen. Tommy hat nun einmal viel Fantasie und dazu eine besondere musikalische Begabung.«

Tommy lächelte gerührt in sich hinein. Die gute Mama …

»Begabung? Musikalisch? Gut und schön – für den Feierabend. Theater, Pappfiguren, die singen. Narrenpossen. Wie seine Gedichte, die er Julia und Carla vorliest und mit denen er renommiert.

Schluss damit. Unterstütze ihn nicht auch noch in seinen ergebnislosen Träumereien.« Beim Weggehen der Eltern hörte Tommy noch eine ernstere Drohung. »Das muss sich ändern. *Er* muss sich ändern! Höchste Zeit, dass mein Herr Sohn den Ernst des Lebens kennenlernt.«

Thomas ging ans Fenster und öffnete einen Flügel. Da unten, durch das Grün des alten Walnussbaums, sah er den silbrigen Strahl des Springbrunnens. Wie schön das gleichmäßige Plätschern des Wassers auf dem Brunnenstein zu ihm herauf klang. Dort unten war immer ein guter Platz zum Ausruhen, zum Träumen.

Noch viel schöner aber waren die Tage am Meer, in Travemünde an der Ostsee. Bald würde es wieder Sommer sein, und die großen Ferien würden ihm eine unendlich lange Kette von wunderbaren Tagen am weißen Strand direkt am Meer schenken, nur hingegeben dem rauschenden Gleichklang der Wellen. Und außerdem würde er hier nicht von den nörgelnden, schimpfenden Stimmen der Lehrer belästigt, die ihm im Katharineum das Leben versauerten. Er würde frei sein, für viele Tage und zunächst endlos scheinende Wochen, die er nur für sich allein hatte. Da konnte man im sommerlichen Duft des Buchsbaums auf den Stufen des Musiktempels sitzen und dem Kurorchester lauschen. Dabei hatte man das Vergnügen, den kleinen Kapellmeister Heß mit seinen langen Haaren zu beobachten, wie er mit seinem Zauberstab in wilden Bewegungen die Musiker dirigierte, die dann auf seine Blicke hin getreu seinen Kommandos die Musik direkt in ihn hinein spielten.

Das alles war lebendig in seinem Herzen, und er konnte zu diesen Stunden hinabtauchen wie zu einem Schatz, der tief in ihm aufgehoben war. Dieses Sommerparadies am Meer war für ihn ein Refugium, ein Zufluchtsort für seine empfindliche Seele, wie auch der Platz am Brunnen unter dem alten Walnussbaum, wie auch sein Zimmer, wenn er allein war mit seinem Puppentheater.

Doch jetzt gab es Wichtigeres zu tun. Tommy schloss das Fenster und zog die Vorhänge wieder zu. Er zündete die kleine Lampe an der Bühne wieder an, dann begab er sich zur Tür und drehte den Schlüssel herum. Er setzte sich auf seinen Hocker hinter der Bühne und stellte seine Darsteller von Neuem auf – bis auf die schreckliche Schlange, die war und blieb ja tot.

»Meine Herrschaften, ich bitte um Entschuldigung für die Störung. Unser Prinzipal hat ein Machtwort gesprochen, Sie haben es ja gehört. Bitte sehr, wir spielen weiter.« Er ging mit dem Gesicht ganz dicht an die Püppchen heran und sprach mit übertriebener Theaterstimme die Begrüßung zwischen Tamino und Papageno weiter, als wäre nichts geschehen.

»Sag mir, lustiger Freund, wer bist du?«, fragte der edle Prinz. Und in einer anderen Tonlage antwortete der leichtfertige Papageno: »Wer ich bin? Ein Mensch wie du.«

»Und mein Vater ist ein Fürst, der über viele Länder und Menschen herrscht«, erwiderte Tamino stolz, »darum nennt man mich Prinz.«

Tommy nahm das Zeugnis von der Bühne, es lag im Weg. Einen Moment lang war er versucht, es in die Flamme der Theaterlampe zu halten, doch an solch einen Akt der Auflehnung war natürlich nicht zu denken. Er konnte es dem Vater ja nicht einmal sagen, dass er nicht rechnen lernen wollte, keine Geografie, kein Latein – dass der ganze langweilige Schulkram ihn längst nicht mehr interessierte. Er hatte etwas anderes vor mit seinem Leben, etwas, das nicht mit dem Verkauf von Gerste, Roggen und Weizen zu tun hatte, so viel stand fest. Was genau ihm stattdessen vorschwebte – er wusste es nicht.

Er blickte auf sein Puppentheater, er hörte den Gesang. »Dies Bildnis ist bezaubernd schön …« Der Applaus des Publikums rauschte auf. Tommy spürte instinktiv, dass es dieses andere Leben da draußen gab. Eine andere Welt, erfüllt von Fantasie, Magie und Zauber. Und tief im Innern fühlte er die Sicherheit, dass er irgendwann einmal den Eingang in diese Welt finden würde.

Vatertod

In den frühen Morgenstunden des 1. Juni im Jahr 1891 fuhren in Lübeck zwei Kutschen vor das Haus in der Beckergrube 52. Frau Senator Mann erwartete sie schon. Sie stand oben am Fenster und sah mit sorgenvollem Gesicht auf die beiden Herren, die zuerst ausgestiegen waren und mit ihren großen Arzttaschen auf das Haus zugingen. Es waren Dr. med. Möhlenbach und sein Assistent Dr. Weber. Möhlenbach hatte sich einen guten Ruf als Chirurg erworben. Allerdings gab es zurzeit leider noch kein Krankenhaus mit einem Operationsraum in der Hansestadt. Man musste sehen, wie sich ein Eingriff im Wohnhaus der Familie Mann organisieren ließ, zu der der Chirurg und seine Helfer in die Beckergrube kamen. Ein zusätzlicher Assistent und zwei Krankenpflegerinnen entstiegen der zweiten Kutsche. Gemeinsam mit einem Diener trugen sie noch mehr Taschen und einiges Gerät ins Haus – alles, was für solch eine Operation notwendig war.

»Eine Tasse Tee werden Sie doch noch vor der Operation mit mir trinken?« Mit diesen Worten schenkte Julia Mann den Ärzten vom frisch aufgebrühten Tee ein, den sie über den braun funkelnden Brocken Kandiszucker goss, sodass man das leise Knacken hören konnte, mit dem der Zucker auf den Tee reagierte.

Dr. Möhlenbach sah, wie die Hand der Frau Senator leicht zitterte und sie Schwierigkeiten beim Einschenken hatte.

»Wie geht es denn unserem Patienten, dem Herrn Senator, heute früh?«

»Er ist ganz gefasst und voller Vertrauen in seine Ärzte. Er wurde ja vor der Operation auf Diät gesetzt, und mit Ihrem Schlafmittel hat er eine gute Nacht verbracht. Er wartet im Schlafzimmer auf Ihren Besuch.«

»So soll es sein. Ich werde zu ihm gehen und ihn noch etwas vorbereiten.«

Dr. Weber begab sich hinüber in den Ballsaal, den man leer geräumt hatte, denn hier sollte der Eingriff stattfinden.

»Wir haben versucht, alles so herzurichten, wie Sie es angeordnet haben«, beteuerte Julia ängstlich. Der Arzt registrierte, wie die Furcht und Sorge vor dem Ungewissen einer Operation die Frau Senator schneller atmen ließ. Er lächelte beruhigend.

»Wissen Sie, wir sind nicht mehr die Steinschneider, wie sie drüben auf Ihrem schönen Marktplatz noch vor Zeiten aufgetreten sind, um ihre Künste ohne Betäubung an ihren Patienten vorzuführen. Wir haben modernste Instrumente, wir haben das Wissen, wir haben die Erfahrung. Und vor allem haben wir das Chloroform, mit dem wir die Patienten in einen tiefen Schlaf versetzen. Blasensteine, die sehr wahrscheinlich die starken Schmerzen verursachen, die Ihrem Herrn Gemahl in den vergangenen Wochen so sehr zusetzten, die habe ich schon öfter aus der Blase gefischt. Es ist zwar nicht gerade eine Routineoperation, aber auch keine ganz große Sache. Der Herr Senator hat mit seinen einundfünfzig Jahren noch eine sehr gute Konstitution. Es ist nur ein kleiner Schnitt notwendig. Wir vernähen nach dem Eingriff die Wunde, und um die Mittagszeit ist schon wieder alles vorbei. Wer weiß – in einem Vierteljahr haben Sie bestimmt alles vergessen.«

»Sagen Sie das bitte auch gleich noch einmal meinem Mann. Es ist so tröstlich, wenn gerade Sie das zur Sprache bringen. Wissen Sie, unser ältester Sohn, der Heinrich, ist zurzeit noch in Berlin. Er hospitiert dort in einem Verlag, bei einem Herrn Fischer. Bislang habe ich ihn nicht herbestellt.«

»Um Gottes willen, Frau Senator, wo denken Sie hin! Für so einen Eingriff muss doch Ihr Ältester nicht aus dem fernen Berlin anreisen!« Dr. Möhlenbach nahm einen letzten Schluck vom süßen Tee und machte sich anschließend, geleitet von Julia, auf zu seinem Patienten, dem Finanzsenator.

Im Ballsaal des vornehmen Bürgerhauses war der Billardtisch ins Licht der großen, bis zum Boden reichenden Fenster gerückt und mit frisch gebügeltem weißem Leinen ausgelegt worden. Auf kleineren Tischen stapelten sich ebenfalls frische Leinentücher, und die Assistenten ordneten die Instrumente für die Operation griffbereit an. In der Küche stand bereits ein Kessel mit heißem Wasser auf dem Herd.

Als Julia sich schließlich unmittelbar vor der Operation von ihrem Ehegatten verabschiedete, erinnerte er sie nochmals daran, dass sich sein Testament oben in seinem Sekretär in einer Mappe befände, Wandschneider würde dann das Nötige veranlassen, sie kenne ja die Zuverlässigkeit seines langjährigen Mitarbeiters.

»Sehen Sie, Dr. Möhlenbach, so ist er, der Kaufmann und Finanzsenator. Alle Möglichkeiten sind immer eingerechnet!«, sagte Julia. Und an ihren Mann gewandt, fügte sie hinzu: »Henry, wir sind alle bei dir. Wenn du aus deiner Narkose aufwachst, stehen wir alle an deinem Bett, die beiden Mädchen und unser Tommy. Und freuen uns, dass alles gut überstanden ist.«

Die Operation hatte bereits begonnen, da kam Julia Mann mit ihrer ältesten Tochter, die Julia hieß wie sie und nur Lula genannt wurde, ein weiteres Mal an der Tür zum Ballsaal vorbei. Carla, die Jüngere, erst neun Jahre alt, stand neugierig und unerschrocken am Türspalt und sah zu, was da passierte. Der Chirurg und die beiden Assistenten hatten ihre weißen Kittel übergestreift. Sofort zog die Mutter ihre Tochter weg von der Tür. Als sie selber in den Ballsaal blickte, entdeckte sie im Licht des frühsommerlichen Vormittags den Senator auf dem Billardtisch. Ganz mit einem weißen Laken war er abgedeckt. Über Nase und Mund befand sich eine Art Drahtsieb mit Mulleinlage, die Maske für das Chloroform.

Als Dr. Weber die ersten Tropfen des Narkosemittels auf die Maske fallen ließ, zog Julia die Tür zu. Draußen hörte sie noch, wie der Chirurg ihren Mann bat, mit dem Zählen zu beginnen. Ganz schwach vernahm sie: »Eins … zwei … drei.« Bald wurde das Zählen immer leiser, und als es komplett aussetzte, zeigte es schließlich den Ärzten an, dass der Patient das Bewusstsein verloren hatte.

Jemand, der das alles nur von ferne beobachtet hatte, war Thomas. Es waren gerade noch fünf Tage bis zu seinem sechzehnten Geburtstag. Nun schloss Tommy sich eng an seine Mutter an und ging mit ihr in den Salon mit dem kleinen Flügel. Sie wollten hier gemeinsam warten, bis die Mediziner ihnen das Ergebnis verkündeten. Lula und Carla hatte die Mutter auf ihr Zimmer geschickt.

Am Klavier schlug Julia zart einige Töne an, die Tommy sofort erkannte. Es war ein Lied, das sie ihrem Zweitältesten schon oft vorgespielt hatte. Ganz ruhig sprach er die ersten Zeilen mit: »Am Brunnen vor dem Thore, / da steht ein Lindenbaum: / Ich träumt' in seinem Schatten / So manchen süßen Traum. / Ich schnitt in seine Rinde / So manches liebe Wort …«

Während die Mutter weiterspielte, entfernten sich Tommys Gedanken vom Wanderer, der sich da gerade an eine glückliche Vergangenheit erinnert, als er seine Heimat auf immer verlässt. Es waren eigentlich keine Gedanken mehr, was ihn jetzt erfüllte, war vielmehr ein allumfassendes Gefühl wehmütiger Traurigkeit. Doch ehe sich diese Stimmung verfestigen konnte, setzte abermals die Angst um den Vater ein, und nun sah er diese Angst auch im Gesicht der Mutter. Sie war am Schluss der Schubert-Melodie angelangt und sang die letzte Strophe ausdrucksvoll und leise mit ihrer schönen Stimme: »Und seine Zweige rauschten, / Als riefen sie mir zu: / Komm her zu mir, Geselle, / Hier findst Du Deine Ruh'!«

Dann war es ganz still. Als sie Tommy anschaute, lächelte er ein wenig. Dennoch schimmerten bei ihr Tränen in den Augen, so wie wohl auch bei ihm.

Dr. Möhlenbach hatte den erforderlichen Schnitt nahe der Harnröhre getan, um dort jenes sinnreiche chirurgische Werkzeug einzuführen, mit dem der schmerzhafte Blasenstein entfernt werden sollte. Er öffnete den Schnitt etwas, ging noch näher mit seinen Augen heran – und sah, was er sah.

»Herr Collega …«

Dr. Weber konnte die Diagnose seines Chefs nur bestätigen. Hier ging es nicht mehr darum, einen Blasenstein zu entfernen. Der Krebs hatte sich ganz offensichtlich durch die Blasenwand gefressen und in den Unterbauch vorgearbeitet, Prostata, Harnleiter, Samenstrang und was sich sonst noch in der Gegend befand waren entweder schon befallen oder höchst gefährdet. Da war nichts mehr zu machen; um das zu erkennen, musste man nicht einmal den Schnitt erweitern. Es war nur noch eine Frage der Zeit, bis der Patient das Zeitliche segnen würde.

»Vernähen Sie den Schnitt, Weber. Ich gehe rüber zur Frau Senator.«

Als es an der Tür klopfte, erschraken Mutter und Sohn zunächst, obwohl sie die Ankunft von Möhlenbach ja erwartet hatten. Der Chirurg trat ein und setzte sich unaufgefordert an den Tisch. Mit einem Blick lenkte Julia ihren Sohn aus dem Zimmer.

Dr. Möhlenbach machte es kurz: »Keine guten Nachrichten, Frau Senator.«

Julia schlug die Hände vors Gesicht. »Um Gottes willen, reden Sie, Herr Doktor!«

Der Chirurg berichtete, was sie gesehen hatten. Es war der Krebs, überall schon und nicht mehr aufzuhalten.

»Gibt es denn wirklich keine Hoffnung?«

Dr. Möhlenbach schüttelte den Kopf. »Leider inoperabel, Frau Senator.«

Und dann die letzte bange Frage: »Wie lange? Wie viel Zeit geben Sie meinem lieben Mann noch?«

Der Arzt hob ratlos die Schultern. »Einige Monate, vielleicht ein Jahr.«

Julia griff zum Taschentuch und hielt es sich vors Gesicht. »Warum?«, schluchzte sie. »Er ist doch noch so jung. Und die fünf Kinder! Unser Jüngster ist gerade erst ein Jahr auf der Welt!«

Der Chirurg legte beruhigend seine Hand auf ihren Arm. »Es ist beschlossen da oben. Der Krebs – dagegen ist bislang kein Kraut gewachsen. Und schon gar nicht, wenn er so weit fortgeschritten ist. Da endet auch unsere Kunst. Er soll sich schonen, die Tage mit seiner Familie verbringen und sich Zeit für den Abschied nehmen. Wir packen drüben ein. Ich schaue noch einmal nach Ihrem Herrn Gemahl, wenn er aus der Narkose erwacht ist.«

Im Haus ging man fortan auf leisen Sohlen. Der Senator wanderte als Gezeichneter im Garten umher, von Tag zu Tag schwächer werdend. Der kluge und verantwortungsvolle Thomas Johann Heinrich Mann hatte selbstverständlich schon frühzeitig sein Testament gemacht und hinterlegt. Zwei Tage vor der Operation hatte er diese letztwillige Verfügung ein weiteres Mal bestätigt und einige Bemerkungen eher familiärer Art hinzugefügt. Als er sich nach vier Wochen von den Folgen des Eingriffs einigermaßen erholt zu haben schien, änderte er sein Testament erneut. Dabei ordnete er, der in seinen Entscheidungen in erster Linie vom Kopf, von der Vernunft geleitet wurde, auch die Abläufe seines Abschieds von der Welt im Einzelnen. »Der Sarg für mich soll wie der meiner lieben Mutter sein. In den Sarg will ich gelegt werden, das Haupt ein wenig nach rechts geneigt, wie schlafend. Ein kleines Kreuz aus Holz oder Elfenbein in der rechten Hand, die linke Hand leise darangelegt.

Keine Blumen in den Händen und kein Falten der Hände. Bekleidet will ich sein mit einem weißen Sterbehemde aus Seide, oder wie der Gebrauch ist.«

Heinrich Mann sen. hatte sich damit abgefunden, dass seine Tage gezählt waren. Gern wäre er noch viele Jahre bei seiner Familie und in der Firma geblieben, nun aber sah er, dass es endgültig Abschied zu nehmen galt. Das fiel ihm nach und nach etwas leichter, weil die Schmerzen immer weiter zunahmen und mitunter, wenn die Wirkung des Opiums nachließ, unerträglich wurden.

Jetzt saß er, eine Decke über die Knie ausgebreitet, in einem Lehnstuhl im Herrenzimmer und sann vor sich hin. Ein kurzer Anfall, eine Erschütterung durchlief ihn bei der Vorstellung, wie die Familie um ihn herumstehen und ihn im Totenhemd betrachten würde. Tränen standen in seinen Augen.

In diesem Moment steckte Tommy seinen Kopf durch den Türspalt. »Störe ich?«

»Nein, komm einmal her. Gib mir deine Hände.« Der Senator betrachtete sie. »Die feinen Hände deiner Mutter. Von ihr hast du dein träumerisches Gemüt, ich habe dich manchmal dafür gescholten. Folge nicht etwa Heinrichs Irrweg in eine literarische Tätigkeit. Wähle einen praktischen Beruf. Von deinem Vater hast du sicher auch etwas geerbt, das du in dir trägst. Schau mit deinem Verstand auf die Welt, nicht nur mit deiner Fantasie. Weißt du, ich fühle es ganz deutlich: Meine Kraft geht davon. Wenn ich dir doch etwas davon hätte mitgeben können ...«

Er blickte seinen Sohn an, und Thomas bemerkte, dass in die Augen des Vaters etwas Trübes, Verletzliches gekommen war, wie auch seine Stimme einen weichen Klang angenommen hatte. So hatte er seinen Vater noch nie erlebt, so hatte der sich niemals vorher zeigen können.

Dann ergriff der Vater ein weiteres Mal seine Hände und hielt sie einen Augenblick fest. »Und an eines denke immer. Man soll unseren Namen, den Namen Mann, in Lübeck stets mit Achtung aussprechen.«

»Ja, Papa.«

»Schau mich an.«

Thomas tat wie ihm geheißen. Er wollte sich ja bemühen, dachte er, wenn er auch gegenwärtig nicht wusste, wie er diesen Auftrag erfüllen konnte.

Der Senator steckte sich eine Zigarette an. »Jetzt stell dich vor die Tür und lass niemanden herein. Ich habe noch etwas Wichtiges zu tun.«

Aus Thomas könnte vielleicht doch etwas Anständiges werden, dachte der Senator, als er wieder allein war. Wenn natürlich auch nie und nimmer sein Nachfolger, ja, nicht einmal ein tüchtiger Geschäftsmann. Aber Heinrich … Er erhob sich aus dem Lehnstuhl und ging schmerzgekrümmt hinüber zu seinem Sekretär. In dessen verschließbarem Geheimfach befanden sich in einer schlichten Mappe das Testament und der Zusatz mit den Familienangelegenheiten. Nachdem er alles an sich genommen hatte, ließ er sich wieder in seinem Stuhl nieder. Er schlug die Mappe auf und las den Zusatz. »Den Vormündern mache ich die Einwirkung auf eine *praktische* Erziehung meiner Kinder zur Pflicht. Soweit sie es können, ist den Neigungen meines ältesten Sohnes Heinrich zu einer s.g. literarischen Tätigkeit …«

»So genannt«, wiederholte der Senator höhnisch. Literatur, das war doch nichts Ernsthaftes! »… s.g. literarischen Tätigkeit entgegenzutreten. Zu gründlicher, erfolgreicher Tätigkeit in dieser Richtung fehlen ihm m. E. die Vorbedingnisse, genügendes Studium und umfassende Kenntnisse. Der Hintergrund seiner Neigungen ist träumerisches Sich-gehen-Lassen und Rücksichtslosigkeit gegen andere, vielleicht aus Mangel am Nachdenken.«

War das nicht vielleicht etwas zu starker Tobak? Das hörte sich ja fast wie ein Vaterfluch an! Aber es stimmte, und es musste in dieser

Deutlichkeit gesagt werden, sonst würde man es schnell vergessen. Es war doch nur zum Besten Heinrichs, der so aus der Art geschlagen war. Man musste wenigstens zu verhindern versuchen, dass er sich sein Leben ruinierte und elend zugrunde ging. Wenn es nicht sowieso schon zu spät war. Mit Thomas gab es solche Schwierigkeiten, Gott sei Dank, nicht, der hatte nie derart gegen ihn, gegen die Ordnung der Väter, rebelliert. Einen gewissen Hang zu Träumereien hatte er zwar auch, aber das war sicher nur der schlechte Einfluss des großen Bruders und würde sich gewiss von allein legen, wenn der Ernst des Lebens erst einmal an ihn herantrat.

»Mein zweiter Sohn ist ruhigen Vorstellungen zugänglich, er hat ein gutes Gemüt und wird sich in einen praktischen Beruf hineinfinden. Von ihm darf ich erwarten, dass er seiner Mutter eine Stütze sein wird«, hatte er geschrieben. Das walte Gott.

Und die anderen? »Julia, meine älteste Tochter, wird strenge zu beobachten sein. Ihr lebhaftes Naturell ist unter Druck zu halten.« Ja, Lula lässt sich viel zu sehr von ihren Gefühlen leiten, überlegte er. Von wem sie das wohl hatte?! Sie konnte sogar manchmal trotzen. Bei einer erwachsenen Frau konnten daraus zerstörerische Leidenschaften werden. So etwas konnte man nur mit äußerstem Druck klein halten! Und dafür war ihre Mutter genau die Falsche.

»Carla ist m. E. weniger schwierig zu nehmen und wird neben Thomas ein ruhiges Element bilden.« Auch hier: Das walte Gott! Und schließlich der Kleine. »Unser kleiner Vikko – Gott nehme ihn in seinen Schutz. Oft gedeihen Kinder späterer Geburt geistig besonders gut – das Kind hat so gute Augen.« Wirklich ein lieber kleiner Kerl, dachte der Vater.

Doch es ging noch weiter im Text. »Allen Kindern gegenüber möge meine Frau fest sich zeigen und alle immer in Abhängigkeit halten. Wenn je sie wankend würde, so lese sie *König Lear*.« Da hatte er es ihr noch mal gegeben. Da sie doch immer so gern las … Und seinen Shakespeare, den kannte er schließlich auch. Mit dem

Abhängig-Halten dürfte es ihr ja nun, mit dem Neuen Testament, nicht allzu schwerfallen.

Nein, besser konnte er das nicht machen. Mit Gottes Hilfe. Er legte das Blatt zurück in die Testament-Mappe und brachte sie unter äußerster Kraftanstrengung zurück in das Geheimfach. Das konnte nun alles zum Amtsgericht, möglichst bald.

So hatte Senator Mann nach vernünftigen Regeln über sein Vermögen verfügt und nach bestem Wissen und Gewissen für die Zukunft seiner Familie gesorgt. Diese noch viele Jahre nach seinem Tod unumstößlich gültigen Bestimmungen kontrollierten wie mit unsichtbarer Hand die Bewegungen seiner Frau und seiner Kinder.

Zurück in seinem Lehnstuhl, griff Heinrich Mann sen. nach dem Fläschchen mit den Opiumtropfen. Noch konnte er sich das Schmerzmittel selbst verabreichen, wenn es unbedingt notwendig war. Aber nicht mehr lange.

Das Dampfross rollte zischend unter das einfache, schmutzige Glasdach des Lübecker Bahnhofs. Fetzen von dunklem Rauch ballten sich in Klumpen unter den Stahlträgern und waberten dann, vom Wind zerrissen, in Fetzen hin und her. Die Räder quietschten schrill auf den Schienen, bis endlich der Zug mit seinen Wagen erster, zweiter und dritter Klasse zum Stehen kam. Ein junges Mädchen im weißen Kleidchen lief aufgeregt die Holzklasse entlang. Dabei hielt es ihr flaches Strohhütchen fest, unter dem sein blondes Haar hervorquoll und im Wind wehte. Dann stürzte es auf einen jungen Mann zu, der gerade dem Waggon entstiegen war, und fiel ihm direkt in die Arme.

»Heinrich, wie gut, dass du nach Hause gekommen bist!« Auf Carla, deren zehnten Geburtstag man im vorigen Monat der Umstände halber nicht gefeiert hatte, machte der doppelt so alte Bruder mit seinem kurz geschnittenen Haar, rank und schlank in einem tadellosen Anzug, mit einer Zeitung unter dem Arm, einen recht weltmännischen Eindruck. Eine Reise von Berlin über Hamburg nach Lübeck war für die kleine Schwester, die kaum aus ihrer Heimatstadt herausgekommen war, ein unvorstellbares Abenteuer.

Nach meiner Ansicht ist es geraten, dass du recht bald kommst, um, falls es nötig ist, ihm noch die Hand zu reichen, und ihm mit uns allen nahe zu sein. Das hatte die Mutter Heinrich geschrieben, und ihm war sofort klar gewesen, dass es mit seinem Vater zu Ende ging. So hatte er gleich bei Samuel Fischer, in dessen Verlag er volontierte, um Urlaub nachgesucht und war mit der nächsten Gelegenheit in Richtung Lübeck abgefahren.

»Moin, Herr Heinrich! Hebt Se een goode Fahrt hat?« Der Hausdiener Johann, den Julia Mann zur Begleitung ihrer Tochter mit an den Zug geschickt hatte, nahm Heinrichs Koffer entgegen und packte ihn auf den kleinen Rollwagen. So traten sie auf den Bahnhofsvorplatz, wo die Droschken auf Kundschaft warteten.

»Wir gehen zu Fuß«, sagte Heinrich.

»Ja, das gefällt mir. Dann sehen die Nachbarn, wie ich meinen großen Bruder aus Berlin am Bahnhof abgeholt habe.«

Vom Vorplatz schritt man direkt auf das Holstentor zu. Davor musste die äußere Holstenbrücke über den Stadtgraben überquert werden, die im Volksmund wegen ihres Figurenschmucks von alters her »die Puppenbrücke« hieß. Wie eine von Wassern umgebene Schildkröte lag nun das Panorama von Lübeck vor ihnen, mit den eng geduckten, spitzgiebeligen Häusern, den auf- und absteigenden Straßen und Gassen, überragt von den sieben spitzen Kirchtürmen, die über den gekrümmten Buckel hinausragten. Auf Heinrich, der noch das Bild von Berlin vor Augen und vor der Seele hatte, der riesigen Reichshauptstadt, die er erst vor ein paar Stunden verlassen hatte, wirkte die Heimat seltsam klein und eng. Er hatte schon gewusst, warum er hier rauswollte.

Aber augenblicklich wurden sie mitgezogen von den anderen Passanten: Kindermädchen mit und ohne Wagen, Lastträger,

Damen unterwegs zu Besorgungen, auch ein Radfahrer, einige Uniformen, Bauern mit ihren Handkarren – all das und noch mehr zog durch den Bogen des mächtigen Holstentors über eine zweite Brücke, die über die Trave direkt in die Innenstadt führte.

Diesem Weg folgten sie aber nicht, sondern bogen gleich nach links ab auf die Straße An der Untertrave. Hier ging man direkt den Fluss entlang mit seinem Gewirr von Masten und Segeln, die im Wind hin und her schaukelten. Vom Holstenhafen her sahen sie die dunkle Wolke eines Dampfboots, und sie hörten sein fernes Tuten. Heinrich zog die Luft tief durch die Nase ein. Dieses Gemisch aus Fisch, Petroleum, Teer und faulem Wasser. Er nickte Carla und Johann zu: »Dat is ja man mine Heimat. Büschen lütt, aber ganz putzig.«

»Den Düwel ook. Uns Plattdütsch hebbt se den junge Herrn in'n fine Berlin noch nich afwöhnt.«

»Dor bin ick ok mit groot worn, Jehann. Dor will ik al bi blieven.«

Und schon waren sie an der Beckergrube angelangt, einer breiten Straße mit Trottoir und Gaslaternen.

»Und wenn ich mal nach Berlin komme, um dich zu besuchen, wie ist das dann für mich?«, fragte nun Carla.

»Du kriegst anfangs den Mund nicht zu. Allein schon, wie lange es dauert, wenn der Zug mitten durch dieses Häusermeer bis zum Lehrter Bahnhof rattert, wenn du aus Richtung Hamburg kommst. Sonst landest du an einem anderen Bahnhof, es gibt für jede Himmelsrichtung einen. Manchmal fährst du auf Stelzen, sodass du fast den Menschen im zweiten Stock in die Küche gucken kannst.«

Zwischen den Straßen Ellerbrock und Fünfhausen sah Heinrich dann die Nummer 52, sein Elternhaus in der Beckergrube. Das Theater lag einige Häuser weiter und die Börse gegenüber. Der Senator hatte damals zwei Häuser, die dort zuvor gestanden hatten, niederreißen und auf dem Doppelgrundstück das große schöne Heim für sich und die Familie errichten lassen.

Nun stand Heinrich mit seiner Schwester vor dem Elternhaus, in dem oben hinter einem der Fenster sein Vater im Sterben lag. Er sah, dass über die Straße Stroh aufgeschüttet war wie ein Teppich. Carla erklärte es dem Bruder, als der erstaunt die Augenbrauen hob. »Man soll im Haus nichts vom Getrappel der Pferde hören, nicht das Rollen der Wagenräder. Er soll beim Sterben nicht gestört werden.«

Vor dem Haus blickte Heinrich sorgenvoll hoch zum Fenster des Zimmers, in dem er den Vater vermutete. »Wir hatten in der letzten Zeit viel Ärger miteinander. Ich wollte unbedingt von der Dresdner Buchhandlung weg. Das waren dort alles Banausen, und ich kam überhaupt nicht mit ihnen zurecht. Das passte Vater natürlich gar nicht, und er reiste extra zu mir, um mir die Leviten zu lesen. Da hatte ich mich aber Gott sei Dank schon beim Fischer Verlag in Berlin beworben, der mich auch haben wollte. Aber das weißt du sicher schon alles. Und in Berlin ist es überhaupt großartig. Du kannst dir das gar nicht vorstellen.«

»Es war so langweilig ohne dich«, sagte Carla. »Bitte, erzähl von Berlin!«

»Kein Vergleich zu Lübeck. Das ist hier in der Nacht doch ein totes Kaff, ein finsteres Loch.«

»Aber in Berlin?« Carla war so neugierig.

»In Berlin, mein liebes Schwesterlein, da kannst du nachts auf der Straße die Zeitung lesen! Und die Leute sind unterwegs. Unzählige Theater und nicht nur eines wie hier. Und erleuchtete Restaurants und Cafés, Kneipen an jeder Ecke sowieso …«

»Erzähl weiter!«

Aber dazu war jetzt keine Zeit mehr. Sie mussten hinauf, die Mutter und die Geschwister begrüßen. In der Diele stand wie stets der ausgestopfte Bär mit den ausgestreckten Pfoten und dem Tablett für die Visitenkarten. Heinrich fuhr ihm zur Begrüßung mit der Hand über den Kopf.

»Was den Bären angeht, da habe ich noch eine Überraschung für dich«, sagte Carla. Und nachdem Heinrich die anderen begrüßt hatte bis auf den Vater, dem es gerade wieder sehr schlecht ging, zeigte Carla ihm auf seinem Zimmer ein Foto, wie sie träumerisch den Sibirischen Braunbären umarmt. »Für dich. Eine Erinnerung an deine Schwester, wenn du wieder in Berlin bist.«

Heinrich betrachtete das Bild von ihr mit dem Tier. »Unser hübscher Meister Petz. Aber sag mal, was ist da passiert? Hast du dich etwa in einen Bären verliebt?«

Carla hatte ihre Antwort sofort parat. »Falls du es wirklich nicht weißt: Das Biest ist ein verzauberter Prinz!«

Dann kniete Heinrich schließlich am Bett des Vaters, um ihm zum Abschied die Hand zu küssen. Der Todkranke war nicht mehr imstande, zusammenhängend und vor allem deutlich zu sprechen. Heinrich meinte, unter mancherlei Unverständlichem ein schwaches »Ich will dir doch nur helfen ...« vernommen zu haben. Er ergänzte das für sich, gegen alle Wahrscheinlichkeit, mit »... ein Schriftsteller zu werden«. So war er versöhnt.

Als es sehr bald darauf wirklich zu Ende ging, stand die ganze Familie um das Sterbebett des Senators, wie es angemessen war. Thomas beobachtete bei aller Betroffenheit und Trauer sehr aufmerksam, was da passierte. Als der Hauptpastor von St. Marien vor dem Sterbenden auf dem Boden kniete und nicht aufhören wollte mit seinen lauten Gebeten, bekam er mit, wie der Vater dazwischen erkennbar ein »Amen« sprach. Er wusste, dass es »Schluss jetzt!« bedeuten sollte. Der eifrige Geistliche ließ sich dadurch aber nicht aufhalten. Seine Mutter, die sich am Kopfende des Betts befand, glaubte während der sich endlos lang dehnenden Zeit des Wartens auf das Unvermeidliche aufgeschnappt zu haben, wie der sterbende Senator in Fieberträumen noch an einer Sitzung teilnahm und bekanntgab: »Meine Herren, am 13. um halb sechs werde ich eine Inspektionsreise antreten!«

So kam es dann auch. Der Finanzsenator Thomas Johann Heinrich Mann starb am Nachmittag des 13. Oktober 1891 um fünfeinhalb Uhr. Er wurde aufgebahrt, wie er es angeordnet hatte: das Haupt ein wenig nach rechts geneigt wie schlafend. Sein letztes Hemd war aus weißer Seide wie gewünscht.

Man bestattete ihn mit einem Pomp, wie ihn die Stadt lange nicht gesehen hatte. Hinter dem Sarg ging die Familie. Thomas sah nur wenige Schritte vor sich den schwarz gelackten, reich verzierten Totenwagen und, unter einem Hügel von Kränzen, den messingbeschlagenen Sarg mit der Leiche des Vaters.

Es war gar nicht so lange her, erst im Mai des vergangenen Jahrs, da hatte er das hundertjährige Jubiläum seiner Firma »Joh. Siegm. Mann, Commissions- und Speditionsgeschäfte« gefeiert. Mit Stolz hatte man bei der »Jubelfeier« auf diese hundert erfolgreichen Jahre zurückgeblickt. Die Stadt war damals im Fahnenschmuck erstrahlt. Thomas hatte die lange Reihe der Gratulanten und Deputationen gesehen, wie sie Blumenkränze und mancherlei Geschenke ins Haus trugen und dem Firmenchef überreichten. Sein Vater war eine hochgeachtete und geschätzte Persönlichkeit gewesen. Der Jubilar hatte die feierlichen Worte und das fröhliche Gelächter genossen, während reichhaltig Getränke ausgeschenkt wurden. Es waren dieselben Menschen, die jetzt mit der Familie den Sarg auf dem Weg zum Friedhof begleiteten. In der langen Prozession folgten der Bürgermeister, die Bürgerschaft sowie die Honoratioren und die Kaufleute. In den Kleidern ihrer Berufe: die Kapitäne, Matrosen, Kornträger, Speicherarbeiter. Tommy hatte den Eindruck, dass eine ganze Stadt, die Stadt seines Vaters, ihn zu Grabe tragen wollte.

Die Arbeit des Senators hatte den Nerv der Gesellschaft getroffen, das Geld der Hansestadt und die Steuern der Bürger. Thomas konnte es manchmal sehen, wenn der Vater zwischen den salutierenden Infanteristen vorbei ins Rathaus gegangen war und dabei den Zylinder gelupft hatte und, wenn er wieder aus der Senatssitzung kam, ebenso salutierend verabschiedet wurde. War Thomas mit dem Vater in der Stadt ein Stück des Weges gegangen, zogen in den Straßen Bekannte, Bürger und Arbeiter ihre Zylinder, Hüte oder Mützen vom Kopf.

»Tack ok, Herr Senata!«

Ein nicht unbeträchtlicher Teil dieses Glanzes war auf die gesamte Familie gefallen. Doch Thomas wusste, dass er diesem weltgewandten Mann, der sein Vater war, niemals im Geschäft würde nachfolgen können. Und er wollte das auch gar nicht.

Eine Ehrenkompagnie der Lübecker Garnison war auf dem Friedhof ebenfalls zugegen. Und zum letzten Mal salutierten die Infanteriewachen am Grab des Senators, wo nun der Sarg in die Grube gelassen wurde. Als Tommy mit einer kleinen Schaufel etwas Erde darauf warf, hörte er den dumpfen Rums, mit dem sie auf ihm landete.

Als er nach den Feierlichkeiten wieder zu Hause in seinem Zimmer war, beschäftigte ihn ein Gedanke, der in dieser Stunde in ihm reifte: Wie seltsam ist es doch, dass ein Mensch auf dem Höhepunkt seines Lebens schon gezeichnet sein kann vom Untergang, der in Gestalt einer noch unsichtbaren Krankheit in ihm lebt. So etwas zu fühlen und zu durchdenken, war ihm wichtiger als alle Formeln und Vokabeln, die man für die Schule lernen musste.

Deklassiert

Was der Fortgang des Vaters wirklich für die Familie Mann bedeutete, wurde allen erst in dem Augenblick deutlich, als am 21. Oktober 1891 vor dem Amtsgericht der Hansestadt Lübeck in öffentlicher Sitzung die Testamentseröffnung in der Erbsache des seligen Thomas Johann Heinrich Mann stattfand. In der kargen Amtsstube saßen der Amtsrichter und ein Beisitzer, etwas abseits der Gerichtssekretär Propp. Gegenüber, hinter einem Tisch, die Witwe Julia Mann mit ihren beiden älteren Söhnen Heinrich und Thomas. Hinten im Raum einige Zuhörer, die etwas genauer wissen wollten, was der vornehme Herr Senator da wem vermacht hatte.

Julia tupfte sich mit einem Spitzentaschentuch die immer noch tränengeröteten Augen. Der Gerichtssekretär las routiniert vor, was der Verblichene verfügt hatte. »Paragraph 1: Ich hebe mein im Jahre 1879 errichtetes Testament hiermit wieder auf.« Julia erschrak einen Moment – davon hatte sie nichts gewusst. Doch sie beruhigte sich sofort wieder, als Propp fortfuhr: »Paragraph 2. Zu Erben meines Nachlasses ernenne ich: 1. meine liebe Frau Julia, geb. Bruhns, und 2. meine fünf Kinder.« So war es richtig, so war es gut. Wie es dann weiterging, verstand sie beim ersten Anhören nicht so recht, es ging ihr alles viel zu schnell.

»Paragraph 3. Meiner lieben Frau vermache ich die Nutznießung meines Vermögens. Bei Verheirathung einer unserer Töchter kann sie ihnen eine Aussteuer von je bis 25 000 Courantmark geben. Ebenso kann sie unseren Söhnen bei ihrer Etablirung und wenn solche unter Bedingungen geschehen, welche ihr und den etwaigen Vormündern entsprechend erscheinen, eine Aussteuer von je 25 000 Courantmark auszahlen.

Paragraph 4. Alsbald nach meinem Ableben soll mein unter der Firma Joh. Siegm. Mann geführtes Handlungshaus in Liquidation treten. Nach geschehener Liquidation soll die Firma im Firmenregister gelöscht werden.«

Das hatte sie nicht gewusst. Julia Mann war viel zu entsetzt, um noch einen klaren Gedanken zu fassen. So konnte sie dem nicht mehr genau folgen, was nun an Einzelheiten der Firmenauflösung folgte: dass der Mitinhaber Eschenburg die Abwicklung übernehmen sollte, dass auch die Speicher am Hafen, der »Walfisch«, der »Adler«, die »Linde« und so weiter, mitbetroffen seien … Ehe sie sich einigermaßen sammeln konnte, folgte schon der nächste entsetzliche Schlag. »Paragraph 7. Mein sub Numero 52 in der Beckergrube gelegenes Wohnhaus soll innerhalb eines Jahres nach meinem Ableben verkauft werden.«

Julia war vollends am Boden zerstört. Sie konnte kaum noch ertragen, was die Stimme des Gerichtssekretärs weiter völlig unbeteiligt vortrug. Es ging da jetzt um die Legate, Spenden für den Museumsfonds, die Kaufleute-Witwen-Kasse, 3000 Mark für die Kornträger-Krankenkasse und so weiter, sogar 5000 für die Heizung von St. Marien waren dabei. Von ihrem Geld. Da spielte es kaum noch eine Rolle, dass ihr lieber Gemahl ausgerechnet diesen unangenehmen, völlig ungeistigen Krafft Tesdorpf zum Testamentsvollstrecker bestimmt hatte.

Als die Sitzung beendet und die Gültigkeit des Testaments besiegelt war, zog sich das Gerichtspersonal zurück – es hatte seine Schuldigkeit getan. Die letzten Zuschauer verließen kopfschüttelnd und tuschelnd den Raum. Als Julia aufstehen wollte, musste sie sich erst einmal aus Schwäche auf den Tisch stützen. Thomas wollte ihr behilflich sein, da trat Herr Krafft Tesdorpf hinzu, stolz in seiner neuen Würde als vom seligen Herrn Senator eingesetzter Testamentsvollstrecker. Tesdorpf gehörte einer angesehenen, weitverzweigten Lübecker Familie an und betrieb zusammen mit seinem Bruder eine weithin geachtete Weinhandlung. Er war ein ansehnlicher Herr und hatte mit dem Verblichenen auf besonders gutem Fuß gestanden. Nachdem er der Witwe nochmals sein tiefstempfundenes Beileid ausgesprochen und sein Bedauern darüber ausgedrückt hatte, ihr nur unter so traurigen Umständen behilflich sein zu können, klärte er sie zunächst darüber auf, wie sie in Zukunft zu ihren Kindern stünde.

»Allein als Frau dürfen Sie die Vormundschaft über Ihre Kinder nicht selber ausüben, so sind die Gesetze nun einmal. Ihr seliger Herr Gemahl wusste das, deshalb hat er zwei Vormünder bestimmt. Denen müssen Sie über die Entwicklung Ihrer Kinder Rechenschaft ablegen, bis sie volljährig sind.«

»Muss ich das tun?«, fragte Julia ungläubig.

»Das ist die Rechtslage.«

»Und was war das eben mit unserem Haus? Das hat er doch erst vor sieben Jahren erbaut? Verkaufen?«

»Ihr seliger Herr Gemahl hat mir testamentarisch den bindenden Auftrag erteilt, Ihr Wohnhaus innerhalb eines Jahres zu veräußern.«

»Und wo sollen wir dann hin, um Himmels willen?«

»Wie Sie vielleicht wissen, gehört der Firma eine kleine Villa draußen vor dem Burgtor, die ist für Sie durchaus angemessen. Die Söhne sind ja bald aus dem Haus, und zu größeren Geselligkeiten dürfte es wohl kaum noch Anlass geben.«

»Und was hat es genau mit den Zinsen auf sich?«

»Nutznießung heißt, dass Sie und die Ihren nur die Zinsen aus dem Vermögen Ihres seligen Herrn Gemahls erhalten, nicht das Vermögen selbst.«

»Ich muss also nun bei Ihnen um meinen Lebensunterhalt

betteln? Das kann doch nicht der Wille meines lieben …« Julia schluchzte auf.

»So würde ich das nicht ausdrücken«, entgegnete der Testamentsvollstrecker eisig. Er wendete sich ab und suchte seine Unterlagen zusammen. Als Julia einen Moment hilflos dastand und sich dann zur Tür wandte, um zu gehen, wollte Heinrich sie am Arm hinausgeleiten. Doch Tommy hielt ihn am Ärmel zurück.

»Du, Heinrich, ich weiß, so etwas fragt man eigentlich nicht in so einem Moment. Aber … haben wir nun eigentlich was geerbt?«

»Ja, schon. Eine Aussteuer wie Lula und Carla. Aber erst, wenn dieser Tesdorpf entschieden hat, dass wir …«, und er buchstabierte es höhnisch, »e-ta-bliert genug sind. Bis dahin nur eine Rente aus dem Vermögen. Das Vermögen liegt fest, da kommt niemand ran.«

Die Frage, die ihn am meisten bewegte, stellte Thomas zuletzt: »Sind wir jetzt frei?«

»Ich gehe zurück nach Berlin, da wird mir keiner reinreden können. Ich muss das unbedingt: lesen, viel lesen, schreiben und vor allem leben.«

»Ich muss wohl erst einmal irgendwie die Schule beenden.«

Heinrich legte brüderlich tröstend seine Hand auf Tommys Schulter. »Aber das Lesen und Schreiben, das kann dir niemand verbieten.«

»Ja, schreiben wie du.«

»Nein, Tommy – schreiben wie du. Und leben, das gehört unbedingt auch dazu.«

Das Letzte war gerade gesprochen, als die beiden Brüder schnell der Mutter folgten, um sie zu stützen.

Wenn eine große Persönlichkeit von der Bühne abtritt, gibt es neben dem Schmerz um den Verlust auch immer das Gefühl von beginnender Freiheit. Es atmet sich freier in der Luft, ohne den Druck und die Kontrolle von oben. Es lebt sich freier und ungenierter. Ohne die Aufsicht konnte daraus aber leicht ein gefährliches Verbummeln entstehen. Es kam ja nicht mehr darauf an. Auf der anderen Seite wuchs die Hoffnung, dass man wachsen könnte, herauswachsen aus einer Enge, die man nun nicht mehr brauchte. Im Innern war der Abstand von der engen Welt in Lübeck schon da. Wenn er nun noch größer wurde, konnte der Mut dazukommen, etwas Großes zu wagen, das in den schmalen Gassen nicht gelingen konnte.

Thomas wusste, dass er es mit der Schule nicht mehr ernsthaft zu tun haben würde. Er würde die Zeit bis zum Einjährigen einfach absitzen. Er würde dem Katharineum keinen Ärger machen, und das Katharineum würde ihn, der als ernsthafter Schüler längst aufgegeben war, in Ruhe lassen. Er hatte Besseres mit seinem Leben vor als das, was dort auf dem Stundenplan stand. Es lebte ein Traum von Größe in ihm. Wie das gelingen konnte, ahnte er kaum. Es würde etwas mit dem Schreiben zu tun haben, mit seinen Gedichten und Geschichten, die erst nach und nach entstehen konnten. Alles das lag noch im Nebel vor ihm. Gestalten und Geschichten waren in diesem bislang nicht recht zu fassen und zu formen. Es könnte aber gelingen, das sagte ihm sein Gefühl. Das Schicksal – oder besser: das Lebensglück – war auf seiner Seite. Und da war noch etwas, das er spürte: die Kraft seiner Fantasie!

Julia durfte also mit ihrer Familie noch ein Jahr in der Beckergrube wohnen bleiben. Heinrich zog es sofort wieder nach Berlin.

Gottes Segen ruhte auf den Seinen. Sie lebten in der Gnade des Herrn. Das hatten sie, Julia und ihre fünf Kinder, gespürt, als der Senator noch lebte. Ein Jahr später, im Oktober 1892, waren all der Glanz, alles Ansehen, alle Würde restlos verschwunden. Niemand zog mehr die Mütze vom Kopf, kaum noch ein Handschlag, selten ein freundlicher Gruß. Der Pfarrer in der Kirche sprach von »dieser verrotteten Familie«. Was auch immer es schon früher an Anzeichen von Nachlassen, Gefährdung oder gar Versagen in

Firma und Familie gegeben haben mochte – bisher war es übersehen oder freundlich zugedeckt worden. Jetzt wurde der Vorhang unerbittlich weggezogen. Es herrschte Kälte, fast Verachtung. Es war ein Absturz ohnegleichen. Julia fühlte sich nicht mehr frei, nicht mehr wohl in dieser Stadt, denn ein Jahr nach dem Tod des Senators und der Auflösung der Firma war das Ansehen der Familie verloren.

Blick in den Abgrund

Als Treffpunkt hatten sie den Bahnhof verabredet. Für Otto Grautoff war es der weitaus längere Anmarsch gewesen. Nun wartete er am Hauptausgang darauf, dass sein Freund und Klassenkamerad Thomas endlich zwischen den Droschken, die hier auf ihre Kundschaft warteten, auftauchen würde.

Otto war ein Jahr jünger als Tommy. Als dieser im Katharineum ein Schuljahr wiederholen musste und in der Klasse von Otto landete, freundeten sich die beiden an. Dann hatte es Otto so eingerichtet, dass er die zwei weiteren Male, die Thomas noch sitzen blieb, auch nicht versetzt wurde. Auf diese Weise konnte er mit dem Freund immer in derselben Klasse bleiben. Ottos Vater war ebenfalls vorzeitig gestorben. Der erfolglose Landkarten- und Buchhändler hatte 1889 einen Bankrott hingelegt, der Senator Mann hatte ihn seinem Sohn Heinrich zur Warnung als »einen Vernichteten« gezeigt. Ein halbes Jahr nach dem Tod des Senators hatte der Buchhändler Grauthoff unter nicht bekannten Umständen seinem Unglück selbst ein Ende gemacht. Seine Witwe musste danach ihre beiden Söhne mit Französischunterricht durchbringen. Otto hatte sich übrigens nie über die Schwelle von Thomas' Vaterhaus gewagt.

Doch das gab es ohnehin nicht mehr. In dem kleinen Sommerhaus vor dem Burgtor, das ihnen vom Testament des Vaters beschert war, konnten und wollten sie nicht heimisch werden. Bereits nach sechs Monaten, im Mai 1893, zog es Julia mit ihren Kindern nach München. Nur Tommy hatte man, damit er die Schule irgendwie zu Ende brachte, in Lübeck zurückgelassen. Er wohnte zur Pension bei Professor Hempel nahe der Kirche St. Lorenz, über den Stadtgraben hinaus, kurz hinter dem Bahnhof.

Gerade als Thomas sich den Schienen der Eisenbahn näherte, die aus dem Bahnhofsgebäude hinaus vor die Stadt führten, sah er, wie die Lokomotive sich unter Dampfwolken, Schnaufen und Stöhnen vor das Panorama der Stadt schob, den kleinen Buckel mit den sieben Kirchtürmen und den spitzgiebeligen Bürgerhäusern. Thomas hatte Otto schon von Weitem erkannt, wie er ihn, unruhig auf und ab gehend, mit seinen kurzsichtigen Augen nach ihm ausspähend, auf dem Bahnhofsvorplatz erwartete. Ohne sich sonderlich zu beeilen, ging er auf ihn zu. Als Otto ihn endlich erkannte und ihm freundlich entgegenlächelte und -winkte, hob Tommy nur kurz die Hand, und der Freund folgte ihm schnurstracks auf seinem Weg am Bahnhof vorbei über die Puppenbrücke mit ihren acht mythologischen Steinfiguren. Ein Flussgott für die Trave, eine weibliche Figur für die Eintracht im Innern, eine andere mit dem Ölzweig für den Frieden nach außen und so weiter, vor allem aber der für die Hansestadt Lübeck wichtigste Gott Merkur, der nicht nur als Götterbote bekannt war, sondern vor allem als Gott der Kaufleute und, nebenbei und nicht ganz zufällig, auch der Diebe. Hier stand er also als überlebensgroße Statue auf dem Brückengeländer.

»Mit prall gefülltem Geldbeutel in der Hand, aber kein Geld für 'ne Büx«, kommentierte Thomas im Vorübergehen. Tatsächlich zeigte der Gott den Vorübergehenden den nackten Hintern.

»Wenn ich das Geld hätte, wüsste ich schon, wo ich mich einkleiden lassen würde«, erwiderte Otto, und Tommy verstand sofort, was die Halbwaise damit meinte. Aber da konnte er auch nichts machen.

Thomas und Otto, welch ungleiches Paar das war, konnte man auf den ersten Blick sehen: der nach wie vor adrett gekleidete Thomas und sein Freund in einer beinahe schäbigen, an versteckter Stelle sogar geflickten Jacke undefinierbarer Farbe und in abgetragenen braunen Schuhen. Seiner Mutter fehlten die Mittel, ihm und seinem Bruder etwas Neues zu kaufen. Otto war vom Wuchs her etwas kleiner und gedrungener, meist trug er eine Brille vor den leicht hervorquellenden Augen. Er musste einige schnelle Schritte zulegen, um an die Seite seines Freundes zu gelangen. Otto war der Unterlegene, denn er liebte. Tommy blieb stets der Überlegene, der ihm seine Nähe gewährte – oder auch nicht. Denn er konnte hochmütig sein und den Kleineren fast so etwas wie Verachtung spüren lassen. In letzter Zeit hatte Otto manchmal den Eindruck, es sei Thomas peinlich, mit ihm zusammen gesehen zu werden. Er schien sich immer mehr von ihm zurückzuziehen. Die Gesellschaft seiner adligen Mitschüler war ihm anscheinend wichtiger, darunter die jungen Grafen Vitzthum, Rantzau und Reventlow. Von Williram Timpe ganz zu schweigen, der neuen Flamme Tommys, dem Sohn des Oberlehrers Timpe, dieses Musterschülers mit den attraktiven blaugrauen Kirgisenaugen direkt über den hohen Backenknochen. Der hatte Tommy einmal einen Bleistift geliehen, einen Crayon, den man aus einer Silberfassung herausschieben konnte, wenn die Spitze abgenutzt war. Thomas, der ihn bis dahin nur von ferne bewundert hatte, hatte all seinen Mut zusammengenommen und Williram einfach gefragt, ob er ihn sich einmal ausleihen dürfe. Er hatte, als er ihn dann schüchtern zurückgegeben hatte, andachtsvoll die Schnitzel vom Anspitzen des verehrten Gegenstands in einem Schreibtisch aufbewahrt. Ob er sie da wohl noch hatte? Diese Geschichte lief nun schon seit über einem Jahr.

Sie gingen auf das Holstentor zu, bogen aber hinter der Puppenbrücke rechts ab, die Treppen hinunter an den Stadtgraben und danach direkt in die Wallanlagen, eine Hügelkette, gebildet aus den ehemaligen Verteidigungsstellungen der Stadt. Als man einstmals nicht mehr übersehen konnte, dass die Kanonen über die Wälle hinweg direkt in die Stadt schießen konnten, hatte man die

Festungsbauwerke zu einem Park umgestaltet. Nun waren es Hügel mit einem Kranz bewaldeter Spazierwege, mit den schönsten Ausblicken auf die gegenüberliegende Altstadt. Im Lauf der Jahre hatten sich aber auch viele kleine Nebenwege, Schleichpfade und kleine Lauben im Dickicht gebildet, Verstecke, wenn man so etwas denn aufsuchen wollte. Auf einer Bank in diesem Teil der Anlagen ließen sich die beiden nieder.

»Hast du es dabei?«, fragte Tommy.

»Ja, im Schulranzen!« Otto war stolz, dass er gerade dieses Buch aus dem Nachlass seines bankrotten Vaters gerettet hatte. Es war ein wissenschaftliches Werk. *Psychopathia sexualis* stand auf dem Titelblatt, der Untertitel lautete *Mit besonderer Berücksichtigung der conträren Sexualempfindung*. Es war eine klinisch-forensische Studie, aus der Praxis hervorgegangen. Als Verfasser war ein Dr. Richard von Krafft-Ebing genannt, seines Zeichens ordentlicher Professor für Psychiatrie und Nervenkrankheiten an der k. u. k. Universität Wien. Ganz unbestreitbar eine Kapazität allerersten Ranges auf dem neuen Fachgebiet. Krafft-Ebing versuchte aus vielen Fallstudien ein wissenschaftliches Beschreibungs- und Erklärungssystem abzuleiten, das Licht in das Dunkel der verpönten und verbotenen Gefühle und Sexualpraktiken bringen sollte. Die in dem Buch ungeschönt wiedergegebenen Berichte aus der heimlichen Lebenswirklichkeit homosexueller Männer aller gesellschaftlichen Schichten waren es, was die beiden Schüler anzog, fesselte und erstaunte. Hier bekamen sie unverstellte Einblicke in ein wichtiges Stück der Realität, das man sonst sorgsamst vor ihnen verbarg. Und jenseits des in ihrem Alter selbstverständlichen Interesses für alles Sexuelle betraf es sie ganz besonders, was hier abgehandelt wurde: Thomas und Otto hatten schon vor Jahren bemerkt, dass ihre Empfindungen Knaben und Mädchen gegenüber nicht dem entsprachen, was man allgemein von ihnen erwartete. Otto hatte das Buch in einen dicken Schutzumschlag aus Packpapier eingeschlagen, damit keine unbefugten Augen sehen konnten, welch hoch gefährlicher, höchst unanständiger Inhalt sich hinter der unscheinbaren Oberfläche eines medizinischen Lehrbuchs verbarg.

»Hast du schon drin gelesen?«

»Ein bisschen. Es ist umwerfend! Du bekommst so viele Antworten, sogar auf Fragen, die wir uns noch gar nicht gestellt haben.«

»Mensch, Otto, das wäre ja …«

»Aber du brauchst starke Nerven. Es gibt so viele neue Begriffe, so viele Abweichungen von dem, was man uns als Liebe verkaufen will. Auch so viel Erschreckendes. Vor allem aber die Kapitel über die konträren Sexualempfindungen.«

»Konträr?«

»Das heißt, entgegengesetzt zu den normal empfindenden Menschen, Mann sucht Weib und umgekehrt. Eben nicht das, sondern *au contraire* – die Hinneigung zum eigenen Geschlecht. Von diesen anderen, da gibt es anscheinend ungeheuer viele, allein in Berlin wohl Tausende, die sich an geheimen Orten oder nur ihnen bekannten Treffpunkten verabreden, Kneipen, Bars, Pissoirs. Eine ganze Unter- oder Gegenwelt. Und viele von denen haben dem Professor geschildert und offenbart, wie sie leben und was sie alles erfahren haben.«

»Das verlangt dann wohl tatsächlich so einen dicken Schutzumschlag als Maske.« Tommy nahm Otto das Buch aus der Hand und schlug es auf, wo ein Lesezeichen hervorguckte, und begann laut zu lesen: »Der Urning liebt, vergöttert den männlichen Geliebten, gerade so wie der weibliebende Mann die Geliebte … Er empfindet die Qualen nicht erwiderter Liebe, die Untreue des Geliebten, Eifersucht und so weiter …« Er schaute kurz zu Otto hinüber. »Das ist es ja! Genau wie alle anderen im Gefühl, aber dann eben konträr, von Mann zu Mann.« Danach las er weiter und sprach nur noch einige Stichworte laut vor sich hin. »Nacktes Weib ekelhaft …« – »die Besichtigung männlicher Genitalien, Hüften und so weiter macht ihn vor Wonne erbeben …«

»Das ist ja stark! Aber warum heißen die Urninge?«, fragte Tommy schließlich.

»Ein blödes Wort, finde ich auch. Die Urninge, das sind die Stiefkinder des Lebens, so nennt der Professor sie, die von ihrer Natur her anders empfinden. Der Name hat wohl mit dem Gott Uranus zu tun, der seine Tochter Urania angeblich aus sich heraus gezeugt hat, ohne ein Weib dazu zu brauchen. Mehr weiß ich jedoch nicht. Man sagt ebenso homosexual oder homosexuell dazu. Was aber diese ›urnische Liebe‹ bedeutet oder was sie auch bedeuten kann – da werden dir die Augen aufgehen!«

Thomas las still eine weitere Stelle und schaute ungläubig auf. »Otto! Hier verliebt sich ein Junge mit vierzehn Jahren in einen Mitschüler. Küsse werden ausgetauscht. Dann heißt es: ›In meinem fünfzehnten Lebensjahre erblickte ich die Genitalien eines Kutschers …‹ Tut mir leid, ich kann es nicht laut vorlesen.« Er las es dann leise für sich. »Ich rannte zu ihm und legte mit Wolllustgefühl meine Genitalien zu den seinen … hielt mich in Ställen auf, spielte mit seinen Genitalien, brachte sie zur Ejakulation.«

Otto unterbrach ihn eifrig: »Ich habe das Wort nachgeschlagen.«

Aber Thomas schüttelte den Kopf. »Nein! Nein! Ich kann es mir allein übersetzen.« Er blickte wieder in den Text. »… und noch heute …«, er holte tief Luft und räusperte sich. »Das sind ja – ich weiß nicht, was. ›Und noch heute besteht mein höchster Genuss darin, wenn das Sperma eines geliebten Wesens über meinen Penis fließt.‹« Er gab Otto das Buch zurück. »Dass sie dem Doktor das alles erzählen und dort in irgendeiner Kartei mit Namen und Adresse bekannt sind. Wenn die Polizei …«

Der Freund entgegnete: »Aber Tommy, die erzählen das dem doch nicht zum Spaß. Sie leiden unter ihrer Krankheit, und sie wollen unbedingt geheilt werden. Sie verlassen sich auf die ärztliche Schweigepflicht. Niemand darf erkennen, wer diese Patienten im wirklichen Leben sind, alles ist anonym. Und außerdem kämpfen diese Ärzte, die in diesem Buch zu Wort kommen, damit auch gegen den Paragrafen 175, der so viel Leid über so viele Menschen bringt. Die meisten drastischen Stellen in den Berichten ihrer Patienten haben die Ärzte auf Lateinisch gedruckt, damit das möglichst nur ihre Kollegen lesen können. Das sieht dann so aus: ›Bin ich mit einem schmucken Jungen in einem versperrten Zimmer allein, gewährt es mir vor allem das größte Vergnügen –‹, und jetzt kommt das Latein, ›*membrum ejus vel maxime si magnum atque crassum est, manibus capere* …‹« Otto zog jetzt einen Zettel aus dem Buch, auf den er sich einige lateinische Vokabeln herausgeschrieben hatte. »Ich übersetze: ›Sein Glied, am liebsten, wenn es groß und dick ist, mit den Händen zu greifen … die schwellenden *nates.*‹ Genitiv auch *nates,* ›Hinterbacke‹, Plural ›Gesäß‹, die *femora,* also die Oberschenkel, zu … ›berühren und besonders die *nates* mit glühenden Küssen zu bedecken.‹«

»Hör auf, das ist ja ekelhaft!«

Aber Otto war jetzt im Fahrwasser; er war ein guter Lateiner, daran hatte sein Sitzenbleiben bestimmt nicht gelegen. »›*Membrum suum in os meum receptam et delector si semen in os meum ejaculatur.*‹ Also: ›Ich nehme sein Glied in meinen …‹«

»Lies bitte nicht weiter!«

»Bist du sicher?«

»Ganz sicher. Solche Schweinereien! Ich will das gar nicht wissen.«

Es gab da ein Geheimnis zwischen den beiden. Sie hatten sich gerade um dieses Unaussprechliche einander genähert, das Knaben und Männer zusammenführt. Es hatte sich, sie wussten nicht mehr, wie, ergeben, dass sie nach und nach ganz offen darüber sprechen konnten, was sie mit ihren Gefühlen seit ihrem Übergang in die Pubertät an Wundern und Schrecken erlebt hatten. Zum Teil war es eine Art Geheimsprache voller ironischer Wendungen, Abkürzungen, Andeutungen, mit denen sie sich verständigten. Der Kern bestand aber darin, dass Thomas wusste, dass er sich auf seinen

Freund verlassen konnte. Otto war Tommy dankbar, dass er ihn auserkoren hatte, über diese Erfahrungen zu sprechen. Dafür revanchierte er sich mit vorbehaltloser Offenheit.

»Wie war es denn bei dir, bei den ersten Tanzschritten mit Ilse Martens?« So direkt hatte Otto den Freund fragen können, als sie über ihre Tanzschule sprachen. Dort war man den Mädchen ganz nah, konnte den Duft ihrer Haare riechen.

»Ich habe nichts gespürt«, sagte Thomas. »Und du, wenn du sie schon mal bei einer Drehung ganz nah an dich herandrücken konntest?«

»Dass mir da anders geworden wäre?«

»Ja, das meine ich.«

»Nicht dass ich wüsste.«

»Sind wir wie die anderen Jungen«, fuhr Thomas fort, »die ganz aufgeregt und etwas verliebt waren bei der ersten erlaubten Nähe zu den Mädchen?«

»Das sind wir garantiert nicht! Ich habe ja ebenfalls nichts bei Ilse Martens empfunden. Aber bei ihrem Bruder Armin, das war etwas anderes, oder?«

»Ja, das war es.«

Otto hatte schon mehr von dieser Geschichte gewusst, doch er hatte nicht weiter nachgebohrt, als Thomas ihm gesagt hatte, dass er nicht gern darüber sprechen würde. Aber später hatte Tommy seinem Freund doch mehr von diesem Geheimnis erzählt. Er hatte sich in den hübschen und wohlgebauten Armin verliebt und ihm naiv, nichts Böses ahnend, seine Liebe gestanden. Armin hatte ihn nur ausgelacht. Es war ein dummer Fehler gewesen, seine Gefühle so offen und ungeschützt zu bekennen. Außerdem hatte Tommy Liebesgedichte geschrieben, unschuldige Schwärmereien, die noch gar keinen unmittelbaren Bezug zu den Erlebnissen zwischen Thomas und Armin hatten. … *als an deiner Brust ich ruhte … / als um den Freund den Arm ich schlang, / Und ich in süßer Lust mich wiegte …*

Als er Armin das verschämt gezeigt hatte, hatte der nur laut gelacht. Und als er seinem Bruder Heinrich, dem großen Vorbild, seine Seelenergüsse geschickt hatte, schrieb der in einem Brief an den Freund Ludwig Ewers, dass solche Verse ihm ein *peinliches Gefühl* verschafften, *das mir in ähnlicher Weise nur Platen, der Ritter vom heiligen Arsch, verursacht hat.* Gleichzeitig gab Ludwig Ewers Heinrich in seinem Antwortbrief einen therapeutischen Rat für den Bruder, den er ihm aber bitte nicht so direkt vermitteln sollte: Thomas solle sich, wenn es so weit war, zehn Mark vom Ersparten nehmen und bei der Pension Knoop an der Aegidienkirche klingeln, um sich dort von einem *frischen noch nicht sehr angefressenen Mädchen* kurieren zu lassen, um dort Heilung zu finden von der Krankheit dieser schwülen Gedichte und von der Verirrung des Geschlechtstriebs, die ganz offenbar dahintersteckte.

Ganz anders war es jedoch mit Otto. Hier hatte er einen Freund, mit dem er offen und »schamlos« sprechen konnte. Als Tommy natürlich doch von Heinrichs Ratschlag in Kenntnis gesetzt worden war, waren die beiden einmal über den Aegidienvorplatz zur Pension Knoop gegangen und hatten sich auf der anderen Straßenseite in der Dämmerung aufgestellt. Der Laternenanzünder war schon mit Stock und Leiter zu den Gaslaternen unterwegs und ließ sie zischend aufleuchten. Eine Kutsche war dann dicht vor der Pension vorgefahren. Ein Mann stieg aus. Sehr gut angezogen, feines Bürgertum. Ihm ward rasch aufgetan, sodass er fast ungesehen in das allen bekannte Stadtbordell verschwinden konnte. Für einen Augenblick konnten die Freunde durch den Türspalt eine der Damen sehen.

»Das üppige Fleisch im strammen Korsett – allzeit bereit«, flüsterte Otto. »Das ist nun nicht gerade das frische, noch nicht angefressene Mädel.«

Thomas wandte sich erschrocken ab. »Durch diese Tür werde ich nie gehen!«

Das war nun einige Jahre her. Auf ihrer Bank in den Wallanlagen erinnerte Otto jetzt seinen Freund, um ihn ein wenig aufzuheitern, an diesen Moment. »Vielleicht geschah damals hinter der Tür zur Pension Knoop genau so etwas, wie wir es gerade in dem Buch gelesen haben.« Otto hatte die *Psychopathia* noch in der Hand. »Die Gesäßbacken mit glühenden Küssen zu bedecken …«

»Hör auf, Otto. Klapp das Buch zu. Und das zwischen erwachsenen Männern! Es ist alles einfach unvorstellbar.«

Als sie sich so langsam auf den Rückweg machen wollten, kam ein Mann mit Bowler, weißem Kragen mit Fliege, teurem Mantel und kostbarem Spazierstock den Weg entlang. Er lächelte zutraulich. »Na, die Herren Studiosi noch bei den Schularbeiten? Latein vielleicht? Sie haben sich aber hier einen schönen lauschigen Platz ausgesucht, gerade recht für zwei Freunde, die sich auf die Schule vorbereiten. Die Wallanlagen sind ja ein beliebter Treffpunkt für fleißige Schüler.« Er lachte etwas zu laut für Tommys und Ottos Gefühl; es kam ihnen doppeldeutig vor wie eigentlich der ganze Mann. Alles, was er so sagte, erschien ihnen etwas zu ironisch, fast aufdringlich spaßig.

»Aber was seh ich da?« Er kam einen Schritt näher und zeigte mit dem Spazierstock auf den Krafft-Ebing. »Das Schulbuch hat aber einen sehr dicken Schutzumschlag. Ist man bei einem solchen gar nicht gewohnt. Wenn ich mal einen Blick … Wenn Sie so freundlich wären?« Er streckte seine Hand in Richtung der *Psychopathia* aus.

»Wir sind aber nicht so freundlich!« Otto klappte das Buch zu und steckte es in seinen Ranzen.

Thomas erhob sich. »Wir haben davon gehört, dass sich in den Wallanlagen Individuen herumtreiben, die sich nicht scheuen, Schüler anzusprechen.«

»Ist ja schon gut!« Der Bowler-Träger hob beide Hände hoch. »Bitte die Herren, die Störung zu entschuldigen. Die Herren sind wohl sehr empfindlich.« Das war von einem seltsamen Lächeln begleitet. Der Mann drehte sich um und verschwand hinter den Bäumen.

»Das war ja ein komischer Auftritt«, sagte Thomas. »Er kam ja geradewegs aus der *Psychopathia* gesprungen.«

»Oder es war einfach nur ein freundlicher Spaziergänger, der etwas Unterhaltung suchte«, entgegnete Otto.

Bei Tommy hatte sich der Verdacht aber schon festgesetzt. »Wir sind womöglich in seinem Revier gelandet.«

»Wahrscheinich hast du recht. Ich habe es dir vielleicht noch gar nicht erzählt, aber mein Vater hat mal davon gesprochen, dass Anfang der Achtzigerjahre hier ein Skandal aufgedeckt wurde. Ein paar Schüler, angeleitet von üblen Subjekten, hatten sich damals in den Wallanlagen mit Männern getroffen, waren ihnen zu Willen gewesen und hatten sich dabei ein reichliches Taschengeld verdient.«

»Aber jetzt ist er weg, und wir werden es nie wissen«, schloss Thomas das Thema ab.

Otto holte die *Psychopathia* wieder aus seinem Ranzen und reichte seinem Freund das Buch. »Nimm es mit in deine Pension und lies es! Aber pass auf, dass Professor Hempel es nicht sieht. Und auch deine Grafen müssen es nicht unbedingt in die Finger kriegen.«

Tommy begleitete Otto noch bis zur Treppe, die hoch auf die Puppenbrücke führte. »Wenn wir mit der Schule fertig sind und sie uns mit dem Einjährigen ins Leben entlassen, werde ich irgendwann einmal reisen und schreiben. Wir haben von der Welt doch noch gar nichts gesehen. Nicht den Rhein, nicht die Elbe. Nicht Berlin, Köln nicht und München nicht, gar nicht zu denken an den Süden, Italien.«

»Du hast es gut getroffen«, entgegnete Otto ein wenig neidisch. »Euer Testamentsverwalter schickt deiner Mutter die Zinsen, und deine liebe Mama gibt euch jeden Monat so viel Geld, dass du unabhängig bist.«

»So einfach ist das nun auch wieder nicht. Zuerst werden sie mich in irgendeine Ausbildung stecken wollen, dafür werden die Vormünder sorgen. Mama hat da schon ihre Fühler ausgestreckt, Feuerversicherung oder irgend so etwas Abstruses, stell dir das nur mal vor! Und mit dem Geld ist es auch nicht so weit her. Sie muss die Rente in fünf Teile teilen, einen für sich selber, vier für uns Kinder.«

»Ich jedenfalls muss sehen, dass ich sofort irgendwo als Buchhandelslehrling unterkomme, so wie der Heinrich damals. Dann versauere ich in einem Buchladen irgendwo in der Provinz oder schaffe mit sehr viel Glück den Absprung in den Journalismus. Literatur – das bleibt ein Traum.«

»Otto, eine Weile werden wir noch zusammenbleiben.« Damit gab Thomas ihm einen kleinen Stoß mit der Faust vor die Brust, in der Art, wie man es von zwei Schulfreunden erwarten konnte, die sich gerade noch gemeinsam auf den Unterricht vorbereitet hatten und nun mit ihren Ranzen am Arm zum Abendbrot nach Hause gingen. Ganz unverdächtig im Stadtbild, so wie es alle taten.

In den kommenden Tagen, in seinen freien Stunden, las Thomas das Buch über die geschlechtliche Geisteskrankheit, denn nichts anderes bedeutet *Psychopathia sexualis*. Weit über hundert Berichte, die Ärzte aus den Gesprächen mit ihren hilfesuchenden Patienten aufgeschrieben hatten. Sie waren sorgfältig auf ihre abweichende Sexualität hin befragt worden, dann hatte Krafft-Ebing die einzelnen Fälle in sein System der Krankheiten eingeordnet. Und immer wieder richtete sich sein Blick auf die Menschen, die davon erzählten, wie sie versuchten, mit ihrer sie bedrängenden Lust, ihrer Angst und ihrer Not zu leben und zu überleben.

Eine der großen Ängste war es, in die Hände eines Erpressers zu geraten, eines »Rupfers«, der einem Schweigegeld abverlangte. Diese Gefahr wurde größer, je höher die gesellschaftliche Stellung des Opfers war, je mehr diese von seinem öffentlichen Ansehen abhing. Am Ende stand als letzter Ausweg manchmal der Selbstmord.

Für Thomas, der noch keine Einstellung zu seinem Anderssein gefunden hatte, war die Lektüre ein Blick in den Abgrund. Krafft-Ebing trat ein für die Urninge, gegen das falsche Urteil, Homosexuelle seien Verbrecher oder Sünder. Der Preis, das konnte Thomas nicht übersehen, war die Psychopathologie. Der Urning fühlt pervers, und das ist ihm in die Wiege gelegt. Es ist ein angeborener Defekt, eine Krankheit, keine Schuld. Daher die Aufforderung der Ärzte an die Gesellschaft, ihr Verhalten den schuldlosen Opfern gegenüber zu verändern, sie nicht zu ächten und zu strafen. Der »urnische Mensch« war kein Verbrecher, sondern »ein Stiefkind der Natur«, das »ebenso wenig Verachtung verdient als ein anderer, welcher mit einer körperlichen Missbildung auf die Welt gekommen ist«.

Als er auf der letzten Seite angekommen war, schlug Thomas noch einmal die erste auf, in die er am Abend nach dem Spaziergang mit Otto ein Lesezeichen gelegt hatte. Dort stand eine Warnung, die er sich in sein Notizbuch schrieb, um sie nie zu vergessen. *Als entfesselte Leidenschaft gleicht die Liebe einem Vulkan, der alles versenkt, einem Abgrund, der alles verschlingt – Ehre, Vermögen, Gesundheit.*

Vernichtung geheimer Aufzeichnungen

Zweimal drehte der junge Mann den Schlüssel herum. Jetzt war die Tür zum Flur abgeschlossen. Er öffnete die Klappe zum eisernen Ofen und schaute in die Flammen. Gut so. Das würde reichen. Auf einem Stuhl lag ein kleiner Packen von Schulheften. Keine Klassenarbeiten, sondern die Tagebücher seiner frühen Jahre.

Entschlossen zerriss er das erste und dann das zweite Heft. Weg damit! Er warf die zerfetzten Seiten in die Flammen. Und das! Und das! Weg damit. Noch etwas schneller und erleichtert von Heft zu Heft. Dabei schaute er zu, wie die Flammen hell aufloderten. Schließlich hielt er ein altes Oktavheft in der Hand. Als er es vor dem Zerfleddern anblätterte, fiel ein Foto auf den Boden, dazu ein alter Zeitungsausschnitt mit einem Artikel. Die fettgedruckte Überschrift kannte er auswendig. § 175 WIDERNATÜRLICHE UNZUCHT IN BESSEREN KREISEN: SELBSTMORD!

Das ging mit ins Feuer. Das Foto nicht. Es zeigte den Knaben Armin Martens. Thomas schaute auf das Bild seiner Schülerliebe, führte es für einen winzigen Moment an seine Lippen. »Ich habe dir gesagt, dass ich dich liebe. Aber du hast nur gelacht. Nur das, gar nicht einmal böse. So wie immer. Ganz natürlich, keine Hintergedanken dabei. Du hattest gar nicht verstanden, was ich dir gesagt hatte. Du warst so anders, und gerade deswegen wollte ich so sehr von dir geliebt werden. Siehst du, diese Sehnsucht, die kanntest du nicht. Du warst stark und gesund beim Schwimmen und beim Segeln. Du hast keine Bücher gelesen, wolltest mit mir nur von

Pferden und deinen Reitstunden sprechen. Wie schön du warst! Bestimmt bist du es nicht mehr. Aber damals … Dein Blondschopf unter der dänischen Schiffermütze, dazu klare blaue Augen. Wäre ich doch gewesen wie du! So in Ordnung mit den Menschen. »Ich habe dir gesagt, dass ich dich liebe. Und dann bin ich schamrot davongegangen.« Das Foto wanderte in die Schreibtischschublade.

Die Feuerbestattung ging ihrem Ende entgegen. Beim Zerreißen eines der letzten Hefte fiel Thomas' Blick auf einen Eintrag in der Schülerschrift vergangener Tage. Er hatte ihn oft gelesen, auch noch in den letzten Jahren. »Man darf es niemals sagen. Man darf es niemals zeigen. Man muss eine Maske tragen.« Damit warf er den Rest der Papiere in die hoch auflodernden Flammen. Das Feuer wirbelte den Fetzen einer Seite hoch, er taumelte zu Boden. Die kleine Flamme wurde ausgetreten. Thomas hob das Papierstückchen hoch. Was war übrig geblieben? Nur ein Satz. »Wer am meisten liebt, ist der Unterlegene … und muss leiden.« Auch das ging in den Ofen. Mit dem Feuereisen schlug er die schwere, heiße Klappe zu.

Er drehte sich um und öffnete das Fenster, atmete die frische Luft. Etwas Ruß wischte er sich von den Händen. Die Geräusche der Menschen dort unten in Schwabing stiegen zu ihm hoch. Autohupen, das Getrappel der Pferde und das Rattern einer Kutsche, die vorüberfuhr. Undeutliche Stimmen von Leuten, die sich auf der anderen Straßenseite unterhielten. In der Ferne kläffte ein Hund. Das Geschepper der Handwerker, die in den Höfen arbeiteten. Das ganz einfache Leben der Menschen hier in Schwabing.

Die Sonne schien ihm ins Gesicht. Er dehnte sich und seufzte befreit. Weg und vergessen. Das konnte nun nicht mehr in falsche Hände fallen. Keine fremden Menschen konnten es finden und lesen, wenn er zum Beispiel auf Reisen war. Sie würden ihn auslachen für das, was er da geschrieben hatte. Was er da mit sich selber besprochen hatte. Offenbart hatte, was geheim bleiben musste.

Von dem er selber nur spürte, dass es für ihn bedrohlich war. Dass er anders empfand als die anderen. Und dass man das niemandem sagen konnte. Sie würden sich fragen: Ist das überhaupt ein Mann?

Glückskind

Endlich lag das Konvolut vor ihm auf dem Schreibtisch. Mehrere hundert Blatt, beidseitig beschrieben mit der Stahlfeder in der altdeutschen Schrift, wie Thomas es auf der Schule gelernt hatte. Das Deckblatt zeigte den Titel: *Buddenbrooks. Verfall einer Familie* war darunter zu lesen. Dann sah er auf die erste Seite. »Rom, Oktober 1897« – das hatte er am Rand notiert. Na ja, angefangen hatte er damit schon ein bisschen früher, in Palestrina, wo er mit Heinrich die Sommer 1895 und 1897 verbrachte. Aber egal, das alles musste jetzt zur Post und an den Herrn Fischer im fernen Berlin geschickt werden.

Thomas wickelte den Blätterstapel in braunes Packpapier und sicherte das Ganze mit einer Schnur. Eine Kerze wurde angezündet. Dann kam ein heikler Moment, als er den Siegellackstab über der Kerze erhitzt und die herabtropfende Masse in einem Löffel aufgefangen hatte. Vom Löffel fiel der Siegellack in dicken roten Tropfen auf den Knoten des Bindfadens. Dabei geschah ein kleines Malheur. Mit einem leisen Schmerzensschrei sprang er auf, zornig über sein Ungeschick. Er hatte sich einen Finger der linken Hand verbrannt. Rasch drückte er den Siegelring in den noch heißen roten Tropfen auf dem Paket. Das Siegel trug das Familienwappen: einen wilden Mann, ein riesenhafter Mensch mit einer Keule in einem Arm und einem ausgerissenen Baum in der anderen Hand.

Inzwischen war sein bester Freund ins Zimmer getreten, Paul, ein Tiermaler. Der war mit seinem Bruder Carl, einem Musiker, häufig zu den musikalischen Nachmittagen und Soiréen in der

Wohnung seiner Mutter gekommen. Auch mit Carl war er, Tommy, befreundet, aber es war gerade Paul, auf den er es abgesehen hatte. Seine Mutter spielte für eine Amateurin recht gut Klavier, Paul die Geige und Carl das Cello. So hatten sie, wenn gewünscht, ein Trio beisammen; man spielte aber auch solo und in anderen Kombinationen. Besonders beliebt waren dabei die Sonaten von Haydn, Mozart, Beethoven und Schubert. Der passive Teil bei diesen Veranstaltungen war er selbst, obwohl er ein wenig Geige spielte. Von den Ansprüchen des Trios, was Takt, Intonation und Zusammenspiel betraf, war er einigermaßen überfordert. Besonders gern ließ er sich von den anderen Wagner vorspielen. Im Gespräch mit Carl über die feinnervigen Fäden der Motive und die beziehungsreiche Themenverwandtschaft bei Wagner erwies Thomas sich als großer Kenner. Man sah es ihm an, wie intensiv er sich dem Erleben der Musik hingab. Er hörte, wie die Musik von dem sprach, was der Text verschwieg. Einmal, nach einem gemeinsamen Besuch im Münchner Kaim-Saal, wo wieder Konzertstücke des Meisters von Bayreuth gespielt worden waren, sagte er, eher für sich: »Das können die Flöten noch gar nicht wissen.« Carl und Paul, die beiden Brüder, wollten ihm gerne glauben, dass Wagner hier vielleicht doch ein Motiv eingeführt haben könnte, das man an dieser Stelle als Fehler im durchkomponierten Ganzen betrachten konnte.

Selbst mit geschlossenen Augen sah er den Geiger Paul vor sich. Und es war nicht nur seine Geschicklichkeit im Umgang mit diesem Instrument, es war die ganze einnehmende Persönlichkeit Paul Ehrenbergs, seine von kaum einem tieferen Gedanken angekränkelte Lebenstauglichkeit, seine bewunderungswürdige Fähigkeit, in allen Milieus und mit allen Menschen bestens zurechtzukommen, seine Liebenswürdigkeit. Nicht zuletzt aber auch seine äußere Erscheinung. Das blonde Haar, der feste Blick aus seinen blauen Augen und dazu seine etwas aufgeworfenen Lippen. Herzerwärmend, wenn dieser unwiderstehliche Freund ihm gelegentlich den Arm um die Schultern legte, vor allem dann, wenn er, der Dichter, melancholische Töne über das Leben anschlug. »Ah, geh, sei stad!« Das war beinahe etwas gewöhnlich, aber wenn es von einer Berührung begleitet war – ganz unschuldig und wie nebenbei –, spürte Thomas die Wärme im Blut, die Spur vom Lebensglück einer menschlichen Nähe, die er sich sonst nicht leicht gestatten konnte. Nähe ja. Aber nicht zu nah. Er wollte die Kontrolle behalten. Das vertraute »Du« hatte er fast nur Paul und seinem Bruder eingeräumt – ein Adelszeichen seiner Freundschaft. Aber bei Paul bedeutete es ihm noch mehr, hier war es ein Zeichen seiner Liebe.

Paul war heute etwas früher erschienen als verabredet. Die Wohnungstür war nicht verschlossen gewesen wie üblich: Wer sollte Thomas schon davontragen? Tommy stand noch in der Schlafkammer vor dem Spiegel und hatte gerade sein Gesicht eingeschäumt, um die Haut um den Schnurrbart glatt zu rasieren. Durch den offenen Türspalt hörte er die fast entschuldigende Frage:

»Bin ich wieder mal zu früh?«

»Nein, nein. Ist recht. Ich kann mich nur wundern über deine Aktivitäten. Ständig hast du schon früh etwas zu tun.«

»Ich habe eben nicht dein Talent zur Bummelei. Das sagst du doch selber. Ich kann nicht bis zehn Uhr morgens im Bett liegen.«

»Schau nur, was da auf dem Tisch liegt. Das Paket.« Zuerst betrachtete Paul den Teller und das Besteck vom Vorabend, erst danach las er die Anschrift auf dem Paket: »›An den S. Fischer-Verlag in Berlin‹. Da siehst du es – keine Bummelei in der Früh!«

Paul entdeckte auf dem Tisch weiterhin ein Foto des Dichters. Mit perfektem weißem Stehkragen und im fein gebügelten dunklen Anzug. Die Lederhandschuhe in der Rechten und darüber lässig in der Linken die Zigarette. Dazu der dichte, weit ausschwingende Oberlippenbart, den er erst kürzlich etwas hatte stutzen lassen. Die Augen direkt auf den Betrachter gerichtet, intensiv forschend –

ein Blick, dem nur wenig entging. Ein arrangiertes Foto natürlich, im Studio aufgenommen. Anschließend drehte er es um.

»Aha, du hast mir ja eine Widmung geschrieben. Etwas Langes sogar. Ein Gedicht! Wie schön!« Auf der Rückseite des Porträts las er: *Hier ist ein Mensch, höchst mangelhaft: / Voll groß und kleiner Leidenschaft, / Ehrgeizig, eitel, liebegierig, / Verletzlich, eifersüchtig, schwierig …* Das kannst du laut sagen, dachte Paul. Und während er den Text bis zum Ende nur überflog, sagte er: »Tausend Dank, Tommy – ich weiß gar nicht, was ich sagen soll.« Der Schluss lautete: *Doch mit dem Vorzug, dass er Dir / Von ganzem, Herzen zugethan! / Meinem lieben Paul Ehrenberg. / Thomas Mann.* »Das muss ich nachher zu Hause lesen, ganz in Ruhe! Das ist wirklich sehr, sehr lieb von dir.«

»Ich hatte es dir doch versprochen.«

»Du weißt, was mir das bedeutet.«

Paul war sich natürlich klar darüber, dass er sich angemessen zu bedanken hatte. Aber es freute ihn wirklich, und vor allem machte es ihn mächtig stolz, vom Freund, den er als Dichter hoch verehrte, so persönlich gewürdigt zu werden. Mit einem Bekenntnis, das obendrein sogar ein Stück Literatur war! »Ich werde es immer dicht am Herzen tragen!«, sagte er. Dabei steckte er das Foto beiläufig in die Seitentasche seiner lockeren Künstlerjacke.

Thomas hatte sofort begriffen. Selbstverständlich konnte Paul das Gedicht in der halben Sekunde nicht richtig gelesen haben, geschweige denn verstanden. Falls er es überhaupt verstehen würde. Und er sagte vor dem Spiegel seine Antwort still vor sich hin, während er sich die Schaumreste aus dem Gesicht wischte: »Alter Charmeur und Flirtkönig!«

Paul hatte inzwischen den Siegelring der Familie Mann bemerkt, der noch auf dem Tisch lag, und ihn neugierig in die Hand genommen. »Ein Familienerbstück. Meine Mutter hat ihn mir nur geliehen. Erben wird ihn einmal Heinrich, der ist ja der Älteste.«

Thomas, derweil aus der Schlafkammer getreten, nahm Paul den Ring ab und legte ihn zurück in ein Etui.

Paul griff in diesem Moment nach Thomas' Hand und schaute sich das Missgeschick an: eine große Brandblase, die sich mit Flüssigkeit gefüllt hatte. »Seit wann hast du das?«

»Der heiße Siegellack ist mir auf den Finger getropft.«

»Ziemlich schmerzhaft, oder?«

Thomas nickte. Dabei ließ er nur zu gern die Hand in der des Freundes. Wieder einmal war eine kleine Barriere verschwunden, eine Schranke aufgegangen zwischen dem scheuen Mann und dem geliebten Freund. Paul schaute ihn an und hielt dabei die Hand fest in der seinen. Er spürte es. Bei seinen Damen machte er es manchmal ebenso.

»Das sieht ja übel aus. Die Blase muss unbedingt angestochen werden, damit die Flüssigkeit rauskommt.« Paul holte das Rasiermesser, den Lederriemen und ein Handtuch aus der Schlafkammer. Thomas hatte sich in der Zwischenzeit auf einem der beiden Korbsessel niedergelassen, vorsichtig, weil das Geflecht an einer sensiblen Stelle Auflösungserscheinungen zeigte. Während Paul das Messer mit dem Handtuch säuberte, fragte er seinen Freund, wo er denn das Originalmanuskript der *Buddenbrooks* versteckt habe, wenn er die Kopie nach Berlin …

»Das ist das Original! Es gibt keine Abschrift«, unterbrach ihn Tommy.

»Du schickst die einzige Handschrift mit der Post zum Verleger? Die Arbeit von drei Jahren?« Paul konnte es kaum glauben. Er zog nun schnell das Rasiermesser über den stramm gespannten Lederriemen, um es zu schärfen. »Was, wenn es schiefgeht?«

»Dann gibt es die *Buddenbrooks* nicht.«

Paul legte den Riemen beiseite und schaute den Freund an. »Für immer verloren? Sag mal, du forderst das Schicksal aber heraus!« Noch einmal griff Paul nach der verletzten Hand, zog sie fest zu sich heran und setzte rasch einen kleinen Schnitt an. Anschließend holte er ein sauberes weißes Taschentuch aus seiner Hose hervor, verband den Finger, nahm ein Stück Schnur vom Tisch und umwickelte den Verband. »Wir gehen gleich beim Apotheker vorbei und lassen die Wunde desinfizieren und ordentlich verbinden.« Mit diesen Worten fasste er nach dem Paket. »Und anschließend bringen wir das hier auf die Post. Wirklich ohne Netz und doppelten Boden?«

Thomas nickte zuversichtlich. »Jetzt muss der Roman zeigen, was er kann. Und wir werden sehen, wie gut das Schicksal es mit mir meint!«

»Etwas anmaßend ist das schon, oder?«, fragte Paul vorsichtig nach.

Tommy erhob sich, zog seine Jacke an, ging hinüber zum Fenster und öffnete es. Wie immer klemmte der linke Fensterflügel, das Holz hatte sich durch Feuchtigkeit verzogen. Er schaute hinaus. Über dem Dach gegenüber war ein breiter Streifen des winterklaren Himmels zu sehen. »Nenn es meinen Hochmut. Es gibt eben diesen Traum von Größe!«

Paul konnte sich kaum vorstellen, dass nicht doch irgendwo eine Schachtel mit vielen Blättern von Vorarbeiten zum Roman vorhanden sein sollte, mit deren Hilfe sein Freund das Werk ohne allzu große Mühe noch einmal würde schreiben können, ginge das Originalmanuskript tatsächlich verloren. Aber warum sollte er so etwas sagen?

»Größe … Tommy, du bist doch schon wer! Deine Novellen, du wirst hochgeachtet.«

»Aber von wem? Ein paar wohlwollende Kritiker, einige wenige verständige Leser. Da draußen in der Welt, da kennt mich keiner.« Damit schloss er das Fenster. »Ruhm, das ist doch etwas ganz anderes!«

Paul wies auf das Paket. »Das hier. Das wird dein Ruhm.«

»Und selbst wenn – was kommt dann?«

Paul stellte fest, dass es neben dem festen Glauben an sein Glück bei seinem Freund auch noch das andere gab, nämlich die Angst und Sorge, ob es ihm nicht beim Tanz auf dem Seil schwindlig werden und er abstürzen könnte. Aber seinem Gefühl, ein Glückskind des Lebens zu sein, musste er unbedingt vertrauen. Sonst würde er womöglich zu einem jener Menschen, denen alles misslang und mit denen es bergab ging. Er musste seinem Glück unbedingt eine Chance geben.

»In Italien, in Palestrina, fing ich noch ganz naiv und gläubig den Roman an«, fuhr Thomas fort. »Vorher hatte ich ja nur kurze Erzählungen geschrieben und nun so ein großes Werk wie aus dem Nichts. Schreibe ich noch einmal etwas Großes – und etwas Großes muss es unbedingt sein! –, sollte das gut vorausbedacht und geplant sein. Bislang weiß ich jedoch überhaupt nicht, wie es weitergehen soll. Und ich werde schließlich auch nicht jünger.«

Thomas hielt seinem Freund die Wohnungstür auf. Einen Moment lang blickte er zurück auf die bescheidene und abgenutzte Einrichtung seiner kleinen Mietwohnung. »Paul, irgendwann muss ich hier raus!« Dann schloss er die Tür.

Frau Senator in München

»Aufgewachsen bin ich in einem Haus, das zwischen dem Dschungel und dem Meer lag. Aus dem Dschungel hörte ich das wilde Geschrei der Brüllaffen und Papageien. Zwischen den Blumen im Garten flogen die goldenen Fünkchen, die *Beija-Flor*, die ihr Kolibris nennt.« So erzählte Julia Mann, als sie an einem Spätnachmittag zu Anfang des Jahres 1901 an ihrem Kaffeetisch im ersten Stock in der Münchner Herzogstraße saß.

»Mein Pai, euer Großvater, war mit sechzehn Jahren aus Lübeck nach Brasilien ausgewandert, um dort im Handel mit Zucker und Kaffee sein Geld zu verdienen. Er hatte eine Zuckermühle, die von Eseln angetrieben wurde.« Und sie erzählte weiter, dass ihr Vater groß und blond gewesen sei und dass er eine Maria Luiza da Silva geheiratet hatte, die Tochter eines reichen Plantagenbesitzers, dessen Familie aus Portugal stammte. Als die kleine Julia, Dodo genannt, gerade einmal sechs Jahre alt war, erlitt sie den herbsten Verlust, den ein Kind nur erleiden kann: Ihre Mutter starb im Kindbett. Ihr Vater brachte sie mit ihrer geliebten schwarzen Amme und ihren Geschwistern auf ein Schiff, das nach Le Havre fuhr. Von dort ging die Reise dann über Land nach Lübeck.

Es gab eigentlich keinen besonderen Anlass, warum Julia, die einstige Frau Senator, gerade jetzt diese Geschichte vortrug. Sie erzählte sie eben gern, und sie erzählte sie oft. Sie liebte es, sich an das Mädchen Dodo zu erinnern, das sie einmal war, bevor es sie über das Meer aus dem Süden Amerikas in den Norden des Deutschen

Kaiserreichs verschlug. Wie Verwandte sie aufgenommen hatten, wie sie dann in einer fremden Welt, mit fremden Sitten, einem fremden Klima und einer fremden Sprache in einer Pension aufgewachsen und im Alter von achtzehn Jahren an den Kaufmann und späteren Senator Thomas Johann Heinrich Mann verheiratet worden war. Und dann waren die fünf Kinder gekommen. Vier von ihnen lebten derzeit in München, und ausnahmsweise waren sie alle an diesem Nachmittag hier, einzig Heinrich fehlte.

Zu Julias Lieblingsthemen, wenn sie über ihre sonnendurchtränkte ferne Kinderzeit sprach, gehörte auch der brasilianische Karneval, das bunte Treiben, wenn sich die Menschen dort in Kostümen und bunten Masken tanzend bewegten. Einen schwachen Abglanz davon konnte man im Münchner Fasching erleben. Und einen Vorgeschmack darauf sogar an diesem Tag in ihrem Salon in Schwabing.

Von den edleren Möbeln aus dem großen Lübecker Haus, das sie vor Jahren unter beinahe schmählichen Umständen hatte verlassen müssen, waren beim Umzug hauptsächlich einige Schränke, die großen Leuchter, Ölgemälde der Vorfahren und der ausgestopfte Sibirische Bär mitgekommen, der nun neben der großen Truhe in der Diele die Gäste begrüßte. Außerdem ein kleiner Flügel. Julia spielte sehr gekonnt Stücke von Schubert und Chopin und sammelte Komplimente dafür.

»Sie hätten unsere Mutter mal in Lübeck hören sollen!« Lula, Julias älteste Tochter, meldete sich zu Wort; seit Kurzem hieß sie ganz offiziell Frau Bankdirektor Dr. Josef Löhr, trat entsprechend auf und war mit ihren dreiundzwanzig Jahren schon eine perfekte Dame der Gesellschaft. Von dem kaum zähmbaren Wildfang, dessen weitere Entwicklung der Vater mit großer Sorge betrachtet hatte, war längst nichts mehr zu sehen. Nur der Kindername war ihr geblieben. Lula Löhr also stimmte einen Lobgesang auf ihre Mutter an, während sie lustlos in den Petits Fours herumstocherte.

»Damals hat sie sogar kleine Konzerte gegeben! Tout Lübeck hörte ihr zu.«

Paul war in seinem Kostüm als kesser Jägersmann zu diesem Familientreffen gekommen. Man kannte sich, man hatte zusammen musiziert. Zu Tommys jüngster Schwester Carla hatte sich ein beinahe freundschaftliches Verhältnis entwickelt. An diesem Tag wollten Thomas und Paul nach dem Familienkaffee zu einem der in München so beliebten Maskenbälle gehen. Paul versuchte noch rasch, von Julia die Zustimmung zu bekommen, Carla für einige Sitzungen in sein Atelier einzuladen, um ein Porträt von ihr zu malen. Eine junge Dame von neunzehn Jahren, von der man wusste, dass sie bereits als Vierzehnjährige auf Männer gewirkt hatte, allein im Atelier bei einem unverheirateten Maler – das war etwas bedenklich.

»Ja, hübsch genug ist sie ja wohl dafür. Das bekommt sie jedenfalls öfter zu hören, als gut für sie ist«, so die spitze Antwort der Mutter.

Paul, der begabte Charmeur, musste schnell gegensteuern. »Aber nur fast so hübsch wie die Frau Mama!«

»Sie Schmeichler!« Für so etwas war Julia trotz ihrer fast fünfzig Jahre immer noch nicht ganz unempfänglich. »Wenn Carla absagt, müssen Sie am Ende mit mir vorliebnehmen.«

Vor ein paar Jahren hätte man das vielleicht ernst genommen, da war die Frau Mama noch eine Schönheit, die in Konkurrenz zu ihren Töchtern stand. Nun aber hatten die Kinder begonnen, die Koketterie ihrer Mutter als peinlich zu empfinden – vor allem die Töchter, aber auch Thomas.

Aus Carlas Zimmer hörte man schon seit einiger Zeit auf- und absteigende Vokalreihungen herüberschallen. »Klöster krönen öde Höhen; / Hör' der Mönche Chöre tönen …«

»Sie quält sich und ihre Familie mit ihren Übungen.« Dabei klang Julia leicht ungehalten, sie mochte von diesen Klöstern, Mönchen und Höhen nichts mehr hören. Die Sache war nämlich die:

Carla war fest entschlossen, als Schauspielerin auf einer großen Bühne Erfolg zu haben. Der Mutter war das gar nicht recht. Wozu brauchte eine Frau einen Beruf? Und gar Schauspielerin? Nun gut, als Backfisch hatte sie selber einmal solche Flausen im Kopf gehabt, das hatte sich dann aber ganz schnell erledigt, fast zeitgleich mit ihrer ersten Verliebtheit. Das war doch nichts, worauf sich ein Frauenleben aufbauen ließ!

»Barbara saß nah am Abhang. / Sprach gar sangbar zaghaft langsam …«

»Ihre Stimme trägt noch nicht genug. Sie war schon beim Arzt. Der Kehlkopf ist das Problem.« Eigentlich, meinte die Frau Senator weiter, sollte Carla diesen Traum aufgeben und einen anständigen Mann finden. Wie ihre Schwester Lula.

Thomas setzte sich in einem Nebenzimmer vor einem Spiegel eine Maske auf, die den gesamten Kopf umschloss. Kunsthandwerklich aus mit Pappmaché überformten Trikot gearbeitet, wirkte sie besonders echt. Er sah nun im Spiegel das Gesicht eines Vollidioten, wie man sich solch eines vorstellte: große Schielaugen, eine aufgestülpte Nase, dazu übermäßig blöde, geöffnete Wulstlippen mit vorstehenden gelblichen Pferdezähnen. Und unter wirren Haaren eine affenartig verkürzte Stirn. Thomas schüttelte sich vor Lachen, wie er sich betrachtete. Die Maske stand in einem grotesken Kontrast zu seinem eleganten Aufzug mit Knopfstiefeln, Frack, Fliege und Chapeau Claque, dem Klappzylinder.

Plötzlich hörte er ein verdächtiges Geräusch an der Tür. Er ahnte den Blick des neugierigen, zehn Jahre alten Bruders Viktor, des Nachzüglers. Gelassen ging er zur Tür und bückte sich zum Schlüsselloch, hinter dem das Auge Vikkos zu erkennen war. Untermalt wurde der Auftritt von einem schauerlichen, hohl klingenden Gelächter. Vikko wich erschrocken zurück, als plötzlich der hässliche Kopf so nah vor ihm auftauchte.

»Der Ommo, der Ommo – schau nur!«, machte er die Mutter auf das Schauspiel aufmerksam. Als Kind schon hatte er den fünfzehn Jahre älteren Bruder immer nur als »Onkel Ommo« angesprochen, und dabei war es vorerst geblieben.

Thomas betrat das Wohnzimmer und nahm in der Haltung eines eleganten Salonlöwen auf dem Sofa Platz. »Ein Kaffee wär mir jetzt durchaus recht. Natürlich nur, wenn's der Gnädigen keine Umständ macht. Das Personal hat wohl gerade wieder Ausgang?«, war hinter der abscheulichen Maske zu hören. Mit der näselnden Stimme eines geistig beschränkten Adligen hatte er sich an seine Mutter gewandt. Die affektierte Sprache, der fast ekelerregende Anblick der Maske zum vorbildlichen Frack – die Tischgesellschaft belohnte den Auftritt mit allgemeinem Gelächter.

Thomas konnte, verborgen hinter seinem Maskenkopf, alles beobachten, ohne selber beobachtet zu werden. Vor sich sah er Paul als Jägersmann. Gut gewählt, dachte er, schließlich war Paul immer gern auf der Pirsch nach hübschen Frauen. Und dennoch: Trotz aller Anfälle von brennender Eifersucht liebte der Idiot im Frack diesen Mann. Seine festen, hochgekämmten blonden Haare, die klaren Augen und vor allem die vollen, beinahe aufgeworfenen Lippen. Wenn der ihn doch einmal in seine Arme nehmen würde und dann diese Lippen, seine Lippen … Nein! Wie sehr Tommy sich auch diese zarte Berührung wünschte, das würde nie geschehen. Gerade nicht die Lippen, aber die Arme legte Paul schon mal auf seine Schultern, drückte ihn an sich, gewährte ihm Nähe und Wärme. Das waren schöne, vertraute und kostbare Momente ihrer engen Freundschaft. Aber die Lippen …

Carla hatte im Nebenzimmer inzwischen das »I« bedient, »Spitzfindig ist die Liebe!«, und nun war sie schon mitten im »U«. »Unter dunklen Uferblumen …« Er als ihr Bruder wusste, was nun angebracht war: Der Gentleman-Idiot wummerte mit seiner glacébehandschuhten Faust dreimal an der Tür seiner Schwester, mit

Pausen, ganz nach Gespensterart. Dann öffnete er sie einen Spaltbreit und streckte den Kopf um die Ecke. Carla antwortete gekonnt und wie auf ein Stichwort hin mit Angsttönen – lang gezogenen Ohhhhs, Uhhhs und Ihiiis. Anschließend kam sie lachend ins Wohnzimmer.

»Na, hat die Frau Senator über meinen Kehlkopf und die verpassten Ehechancen gesprochen? Sie wird nicht nachlassen, bis sie es geschafft hat«, sagte sie lachend.

»… aber da hat sie sich geirrt!«, setzte Thomas den Monolog der Schwester fort, noch ehe er so richtig begonnen hatte. Er wusste, wie es weitergehen würde, und alle anderen am Tisch wussten es auch. Doch Carla ließ sich nicht beirren. »Ich bin nun mal durch und durch eine Künstlerin.« Und dann, mit großer Geste: »Ich werde meine Freiheit, meine Kunst, mein Leben nicht irgendeinem schlichten Gemüt in die täppischen Hände werfen. Es wäre Verrat an jeder meiner Schminkdosen!«

Jetzt schaltete sich Lula ein, die alles gehört hatte und zu ihnen getreten war. Was ihre Schwester hier hochdramatisch vortrug – egal ob ernst gemeint oder nur als Rollenspiel –, sie empfand es als einen direkten Angriff auf sich, auf ihr eigenes Lebensmodell, nämlich das der idealen großbürgerlichen Hausfrau und Mutter. Die sich, unterstützt von reichlich Dienstboten, für ihre Kinder aufopfert und ihrem Mann eine liebend-treue Stütze ist, ein Rückhalt für ihn, der in der rauen Geschäftswelt täglich um das Brot für seine Lieben kämpfen muss. Die dabei aber auch noch genug Zeit und Energie findet, Mittelpunkt eines geistreichen gesellschaftlichen Zirkels zu sein, der dem Gatten einen repräsentativen Hintergrund verschafft und ihr selber die Befriedigung ihrer höheren Bedürfnisse gewährt. Das alles musste sie nun gegen die jüngere Schwester verteidigen.

»Ich habe es nicht bereut, geheiratet zu haben, Carla. Ich muss auch Mama nicht jedes Mal um einen Vorschuss von den Lübecker

Zinsen anbetteln, wenn ich mein Zimmer in der Provinz nicht bezahlen kann. Aber du willst ja unbedingt Künstlerin werden!«

»Ja, genau wie unsere beiden Brüder. Und wenigstens einer von denen versteht mich!«

Dass damit nicht Thomas gemeint sein konnte, wusste jeder. Auch er selber war sich darüber im Klaren, wie sie zu ihm stand, was sie über ihn dachte. Und wie vertraut miteinander im Vergleich dazu Carla und Heinrich waren. Er nahm jetzt die Idiotenmaske ab. »Der Heinrich sitzt in Riva am Gardasee, kurt und schreibt. Und du, Carla, verhebe dich nicht! Besonders für eine Frau ist der Weg zum Erfolg auf der Bühne ...« Er musste das nicht weiter ausführen, es war bekannt, dass er überaus steinig war und mit mancherlei Gefahren verbunden, vor allem für junge Frauen. Was das betraf, hatte Carla ihre Erfahrungen gemacht. Aber darüber redete sie nicht gern und schon gar nicht in dieser Runde.

»Ich weiß«, erwiderte Carla. »Um jede Rolle muss ich kämpfen! Aber ich will meine Wirkung auf die Menschen im Zuschauerraum erleben, die Seelen dort zittern sehen! So ähnlich, wie es dir mit deinen Worten gelingt, Thomas. So spiele ich mit meiner Stimme, meiner Erscheinung, mit meinem Körper!«

»Aber deine Rivalinnen auf der Bühne wollen ebenfalls den Erfolg«, hielt Thomas dagegen.

»Ich werde sie wegärgern! Ich werde für den Erfolg lügen und betrügen. Da kenne ich gar nichts. Ich habe keine Angst, ich werde, was ich will!«

Ihrer Mutter verging beim Zuhören der Spaß. »Was redest du da? Carla!«

Carlas Antwort kam ganz leise wie etwas, das aus innerster Überzeugung gesprochen wurde. »Jetzt weißt du es. Ich werde eine große und berühmte Schauspielerin. Oder ...«

Jetzt erschrak die Mutter wirklich. »Mein Kind, versündige dich nicht!«

Doch Carla fuhr unbeirrt fort, während sie zurück in ihr Zimmer ging und sich dabei vielleicht etwas zu theatralisch an der Tür noch einmal umdrehte. »… oder ich ende übel!«

Mit dieser in einem unheilverheißenden, dumpf-drohenden Tonfall hervorgebrachten Prophezeiung verschwand sie in ihrem Jungmädchenzimmer.

Bauernball

In München gab es die vornehmen Bälle, Orte, an denen man etwa den Dichter Stefan George im Gewand des Cäsar traf, umgeben von seinen Getreuen, in historischen Masken wie der des Dionysos oder des Homers mit der Leier. Alle aus seinem Kreis waren dann in antikisch lange, weiß wallende Gewänder gekleidet, trugen die vorgeschriebenen Sandalen mit geschnürten Lederriemen.

Paul dagegen zog es zu den derben Bauernkitas, Veranstaltungen, die nur wenig mit den wirklichen Bauern des bayerischen Umlands zu tun hatten. Alle feierlustigen Münchner und Münchnerinnen durften dort mittun, nur sollten sie sich mit Dirndl, Lederhose und dergleichen entsprechend verkleiden und in derb genageltem Schuhwerk ausgelassen im stampfenden Rhythmus der Blechkapellen tanzen, hüpfen, schwitzend schwofen, die Buam dabei die Madeln eng an sich gedrückt. Das unverkrampfte Du war eine Voraussetzung bei diesem Mummenschanz, sodass man jederzeit äußerst formlos Unbekannte ansprechen und von ihnen angesprochen werden konnte, um zum Tanz in die Mitte gezogen zu werden. Auf diese Weise konnte man sich trinkend, redend, singend mit dem vermeintlichen Landvolk des gewünschten Geschlechts amüsieren.

Die an diesem Abend stattfindende Bauernkirmes wurde von den Münchner Kunststudenten veranstaltet, war also mit rustikalen Tischen, Stühlen und Bänken stimmungsvoll ausgestattet und mit einer Reihe bunter, grober, ausdrucksstarker Bilder dekoriert worden. Von Paul war nichts darunter, obwohl seine Tiersujets gut hierher gepasst hätten; er war aber schon zu arriviert für solche Kindereien. Hinter den weiblichen Masken verbargen sich besonders viele Malermodelle – schließlich war es ein Künstlerball. Mit ihnen konnte man in dunklere Räume mit anderen Kapellen und anderer Musik hineintanzen, dorthin, wo heftig gebusselt wurde und auch weitergehende Verabredungen möglich waren. Allesamt waren sie in einer lärmenden, ausgelassenen, zunehmend alkoholisierten und somit hoch erotischen Stimmung unterwegs. An diesem Ort, zu dieser Zeit waren die strengen bürgerlichen Gesetze außer Kraft gesetzt.

Thomas hatte zunächst an einer Tanzfläche gestanden und Paul mit seiner Freundin Lilly, ebenfalls einer Malerin, beim Tanzen zugesehen. Dann hatten sich ihre Wege getrennt. Thomas' Maske fand hier und da Anklang. Vor allem aber half sie ihm, die Szene ungestört zu beobachten. Dadurch war er jedoch schnell wieder außen vor.

Wie er so am Rand eines Tanzbodens stand und dem Getriebe zusah, tippte ihm eine Weibsperson auf die Schulter.

»Sie da, Herr Nachbar!«

»Meinen Sie mich?« Dabei drehte Thomas sich nicht einmal nach ihr um.

»Ja, Sie. Du vornehmer Pinkel, hascht amal a Feuer?«

Tommy reagierte aber nicht, sondern blickte nur weiter auf das wilde Treiben vor ihm.

»Feuer hab i g'sagt!« Und mit dem Wort »Feuer« drehte sie mit ihren starken Armen den ganzen Mann zu sich.

Der lachte verdutzt sein hohles Gespensterlachen, bohrte sich mit dem feinen Glacéhandschuh im großen Nasenloch, lupfte den Zylinder und fragte mit der Stimme des idiotischen Adligen: »Womit kann ich der Dame aushelfen?«

Sie war eines von den drallen Aktmodellen, die in den Ateliers arbeiteten. Diese Gestalt bekam nun einen Lachanfall: »Is ja grauslich! Aber komisch isch es fei scho! Wenn man wüsst, was druntersteckt, unter den Masken …« Mit diesen Worten versuchte das kräftige Mädchen im Bauerndirndl ihm die Maske abzuziehen. »Du bischt vielleicht gar koa echter Künschtler? Jetzt komm a mal her. Zeig, was für ana du bischt.«

Aus der Maske kam aber nur erneut hohles Lachen und ein fast ängstliches »Nein, nein, nicht die Maske!«. Bei der Abwehr ihrer Attacke war Thomas mit beiden Händen auf ihre gewaltigen Brüste abgerutscht, die er nun von sich wegdrückte.

»Zeig's mir, das G'sicht, dann kriegst auch a Busserl, a g'scheites. A herzhaftes!«

Thomas konnte sich wahrlich Angenehmeres vorstellen, aber er wusste nicht so recht, wie er sich wehren sollte, ohne grob zu werden. Gerade tanzten Paul und Lilly heran. Sie kamen ihm aber nicht zu Hilfe, sondern betrachteten das Ganze aus einiger Distanz als eine kleine lustige Balgerei. Paul rief ihm sogar noch übermütig zu: »Lass sie nicht aus. Schnapp sie dir!« Dann waren die beiden wieder im Gewühl verschwunden.

Als er sich schließlich doch von der Weibsperson hatte lösen können, stand er draußen vor dem Saal an einem Fenster. Er hatte den Maskenkopf abgenommen, sich eine Zigarette angezündet und betrachtete die wogende Menge. Da tanzten sie aufs Neue, die »Wonnen der Gewöhnlichkeit«. Das einfache Glück, hier amüsierte es sich. Aber es war doch alles sehr platt und sehr direkt.

Schon wieder tippte ihm das dralle Maskenmädel auf die Schulter. »Die Buam wissen, warum's hier san. Die Madeln wissen, warum's hier san. Woascht du, warum du hier bischt!?«

Thomas sagte ehrlich, worum es ihm ging. »Ich möchte einfach nur zuschauen.«

»Aha, so ana san's!« Sie hatte da offensichtlich etwas gründlich missverstanden. »Da, schau amal her!« Sie hob die Röcke, lachte laut und schrill auf und zeigte ihm etwas, das er auf keinen Fall sehen wollte und das ihm direkt auf den Magen schlug. Das Luder trug offenbar keine Unterwäsche! Herausfordernd rief sie: »Juckt dir da net der Stachel?«

In diesem Moment kam tief aus seinem Innern ein gewaltiger Rülpser. Er hielt die Hand vor den Mund. »Entschuldigung. Schönen Abend noch!« Damit suchte er das Weite. Wie er noch einmal durchs Fenster blickte, entdeckte er im Saal Paul, der mit Lilly fortwährend ausgelassen tanzte. Er würde sie vielleicht heiraten, bestimmt sogar. Ein brennendes Gefühl der Eifersucht stieg in ihm hoch. Er machte sich auf den Heimweg.

Das etwas derbe Malermodell schaute auf das beachtliche Dekolleté, das sie in ihrem Dirndl freizügig präsentierte. Sie hätte ihm jetzt etwas nachrufen können, »Schleich di! Geh zum Teifi!« oder so. Sie sah aber nur sprachlos und ratlos dieser Gestalt nach. Ein vornehmer Pinkel, der seinen Kopf unterm Arm trug und im leicht fallenden Schnee allmählich hinter den Droschken verschwand, die auf die zahlungskräftigeren Gäste des Bauernballs warteten.

Das Mädchen in der ersten Reihe

Alfred Pringsheim gehörte zu den Förderern der neuen Münchner Tonhalle, die man nach dem Orchester, das in ihr spielte, den Kaim-Saal nannte. Er hatte gleich ein Abonnement für die ganze Familie erworben. So saßen sie in der ersten Reihe, die Pringsheims. Wer von den fast ausnahmslos musikbegeisterten Kindern, den vier Buben und der einzigen Tochter des Hauses, gerade Zeit hatte, kam mit der Mutter und dem Vater zu den Konzerten. Das war auch an diesem Abend so, als Thomas seinen Freund Paul mitgenommen hatte, um gute Musik zu hören und unten in der ersten Reihe ein ganz besonderes Persönchen zu beobachten. Nicht nur so nebenbei, sondern aus triftigen Gründen und mit gewichtigen Folgen, wie sich allmählich herausstellen sollte.

Das neue große Gebäude an der Türkenstraße war erst vor einigen Jahren fertiggestellt worden. Ein Treffpunkt für die Freunde der Musik, aber ebenso für die Münchner Gesellschaft. Thomas ging gerne in dieses großzügig gebaute Haus, denn das Kaim-Orchester stand unangefochten für hohe künstlerische Qualität.

Die Musiker hatten sich mit ihren Geigen, Hörnern, den Flöten und den Bratschen schon auf der Bühne eingefunden. Über das Gesumm und Gemurmel des Publikums hörte man das letzte Einstimmen der Instrumente. Spitze Geigentöne, helle und dunkle Versuche des Blechs. Vorn, über allem, war eine große neumodische Konzertorgel zu sehen – nicht wie in einer Kirche hinten über dem Ausgang.

Thomas und Paul hatten zunächst, in dicke Mäntel gehüllt und durch Mützen gewärmt, ihre Fäustlinge aneinanderreibend, einige Zeit vor dem Portal der hell erleuchteten Tonhalle gestanden und zugesehen, wie die festlich gekleideten Konzertgäste ihren Kutschen entstiegen. Nun hatten sie sich im Rang in ihrer Seitenloge niedergelassen. Kaum saßen sie, hatte Thomas schon sein Opernglas vor den Augen und suchte damit unten im Parkett die erste Reihe ab. Er drehte am Rädchen des Operngucker s, um die Sicht scharf zu stellen. Dort, wo er die Familie Pringsheim erwartete, erblickte er zunächst ein Kleid von seegrüner Seide, darüber ein schwer mit Silber durchwirktes Tuch. Als Katia sich niedergelassen hatte, sah er ganz nah ihr schwarzes Haar und darunter, um den Hals, eine Perlenkette auf ihrer Haut, die etwas dunkler war als die der anderen Frauen. Darüber ihr Gesicht, ebenfalls in einer vornehmen, leicht dunkleren Blässe. Wandte sie sich im Gespräch zu ihrem Bruder, konnte er sich wieder die großen, dunklen, lebendigen Augen vorstellen und sein Bild von ihr ganz nah heranholen.

In diesem Augenblick spürte er Paul, der seine Hand auf seine Schultern legte. Er drehte sich zu ihm um. Niemand hatte es wahrgenommen, aber Paul verstand sofort und zog die Hand zurück. Thomas gab ihm sein Opernglas.

»Da ist sie. Schau selber!«

Nun sah Paul seinerseits höchst interessiert hinunter zur Familie in der ersten Reihe.

»Aber bewacht von Vater und Mutter und wohl einem Bruder«, berichtete er.

»Das ist ihr Zwilling.« Thomas nahm das Opernglas wieder an sich. »Das vermute ich jedenfalls – ich habe das neulich im Englischen Garten gesehen. Die gleichen hellweißen Anzüge, mit gleichen Mützen und weißen Leinenschuhen, so kamen sie auf einem Tandem daher. Im identischen Takt der Bewegung. Es war wie eine überirdische Erscheinung. Man konnte gar nicht unterscheiden, wer das Mädchen war und wer der Junge.«

Paul blickte seinen Freund nun doch etwas erstaunt an. »Du meinst das aber nicht ernst, oder?«

Thomas antwortete nicht und betrachtete erneut das Wunder von einem Mädchen neben ihrem Zwilling. In diesem Augenblick war der Applaus für den Auftritt des Dirigenten zu hören, der die Erste Geige mit einem Handschlag begrüßte. Als der Saal sich schließlich verdunkelte, sah Thomas wieder hinüber zu Paul. »Die oder keine!« Erste Klänge des Orchesters waren zu vernehmen, ganz modern, ungewohnt, eine Premiere: Gustav Mahler.

In der Pause blieb Thomas noch einen Augenblick auf seinem Platz sitzen. In sein kleines Notizbuch schrieb er einige Eindrücke: *Das perlblasse Gesichtchen. Ihre dunklen redenden Augen, schwarz wie Teer …* Dann war er mit Paul die Treppen hinuntergegangen ins Foyer, dorthin, wo die Familie Pringsheim mit anderen beisammenstand. Verborgen hinter einer Säule schauten die beiden Männer auf die Gesellschaft. Am liebsten wäre Thomas hinübergegangen und hätte sich vorgestellt. Aber das war leider nicht möglich. Er war noch nicht bekannt gemacht und in diesen Kreis eingeführt worden.

Paul und Tommy rauchten eine Zigarette. Paul sah nun aus der Nähe, was sein Freund damit meinte, als er gesagt hatte: »Die oder keine!« Es war eine junge Dame aus den ersten Kreisen. Nicht ein Mädchen wie Lilly, die er vielleicht heiraten würde.

Während er das dachte, näherte sich der bayerische Prinz Luitpold, von einem Adjutanten begleitet, und grüßte in die Runde. Prinz Luitpold hatte vor langer Zeit den Märchenkönig Ludwig II. abgelöst und vertrat nun als Prinzregent dessen gleichfalls geistig nicht ganz gesunden Bruder Otto. Er hatte sich immer mehr für die Kultur und die Kunst interessiert als für die Politik, und München hatte ihm um die Jahrhundertwende einen großen Teil seines Glanzes zu verdanken. Außerdem war er seiner Ungezwungenheit wegen beliebt, und so erstarrte man auch nicht in Ehrfurcht, als er sich nun leutselig seinen großbürgerlichen Untertanen näherte. Die Damen machten einen angedeuteten Hofknicks, wie es sich gehörte. Katia aber hatte es wieder einmal eilig.

»Königliche Hoheit, da drinnen geht's gleich weiter. Da geh ich wieder rein.« Sie machte auf dem Absatz kehrt.

Im Abgehen rügte Hedwig Pringsheim die Tochter: »Und wo bleibt der Hofknicks?«

Aber da war Katia schon verschwunden. Der Prinz nahm es lachend hin. »Ja, ja. Die jungen Madln … Was die alles im Kopf haben!«

Thomas war sich nicht sicher. Vielleicht hatte sie es auch absichtlich gemacht. Sie hatte wohl ihren eigenen Kopf. »Was für ein Mädchen! Wie sie das Köpfchen dreht, und dazu diese sprechenden Augen …«, sagte er laut zu Paul.

»Und was geben sie dir zu verstehen, diese sprechenden Augen?«

Thomas hatte längst eine Antwort parat: »Dass sie nicht Nein sagen wird, wenn ich eines Tages um ihre Hand anhalte.«

Paul lachte ihn aus. Dieses Mädchen war für sie beide außer Reichweite. Keine Chance. Sie lebte unter den Augen der Eltern, der Brüder und des Personals. Und sie hatte doch schon alles.

Nach dem Musikerlebnis waren sie in der Dunkelheit noch eine Weile unter den Laternen durch die leeren Straßen gegangen. Thomas wollte solche Redensarten nicht hören, die mit »niemals« und »aussichtslos« anfingen. Er vernahm eine andere Stimme, seine eigene. Diese Stimme war voll von Hoffnung, eine feste Zuversicht war darin. Eine Zuversicht, die er sich nicht anders erklären konnte, als dass hier sein Schicksal, sein Glück auf dem Spiel stand.

Immer wieder vernahmen sie unterwegs den rhythmischen Gleichklang der Pferdehufe auf dem Pflaster und sahen die Kutschen auf ihren Gummirädern fast lautlos vorübergleiten. Paul hatte aufgehört zu reden. Es war ja vergebens. Plötzlich blieb er stehen.

»Du meinst es wirklich ernst.«

Thomas war einige Schritte weitergegangen, blieb dann aber ebenfalls stehen: »Es entscheidet über mein Leben!« Das war fast feierlich gesprochen.

Paul ging grinsend auf ihn zu und hakte ihn unter. »Das ist doch alles nur Fantasie!«

Sein Freund zog ihn ein Stück mit sich. Die Zuneigung tat Thomas gut. Er bekam Lust, Paul noch etwas mehr von seinen Träumen zu erzählen.

»Ein Wunschbild, ja. Vielleicht kann man es aber ins Leben ziehen?«

»*Meine* Wunschbilder, die ich mir im Atelier so hinpinsele, bleiben immer auf der Leinwand.«

»Ich muss sie zuerst damit bekannt machen.«

»Mit dir?«

»Sicher. Zuerst mit mir und dann mit meiner Vorstellung von einer gemeinsamen Zukunft.«

Thomas fühlte deutlich, dass Paul ihm nicht mehr widersprechen, einem sich vielleicht anbahnenden kleinen Streit aus dem Weg gehen wollte. Der war ja stolz darauf, einen Dichter wie ihn als Freund zu haben – er hatte ihm immerhin in der ersten Auflage der *Buddenbrooks* ein Kapitel gewidmet.

Arm in Arm gingen sie schweigend durch die vom Gaslicht der Laternen schummerig beleuchteten Gassen nach Schwabing. Es war recht so, dass ihm Paul etwas Wärme gab, von der menschlichen Wärme, nach der er sich oft sehnte. Und dankbar war er, dass es einen gab, der sie ihm gewährte.

In der Tram

Das junge Mädchen kam die große, über zwei Stockwerke freistehende Treppe herunter ins Vestibül. Bog ab in das riesige Esszimmer, wo bereits das Frühstück eingedeckt und serviert war. Ganz in der Nähe befand sich der Speiseaufzug, denn die Küche hatte der Architekt praktischerweise im ersten Stock angelegt, damit die Tafelnden nicht durch unangenehme Gerüche belästigt wurden. Katia, bekleidet mit einem dicken Mantel gegen die Winterkälte, war auf dem Weg zur Universität.

Sie sah nicht die Tiefe und Pracht der hohen Räume, nicht die Silbersammlung und die kostbaren antiken Majoliken des Vaters in den Vitrinen, in den kunstvoll geschnitzten Regalen und Wandschränken, nicht die modernen Gemälde von Lenbach und Kaulbach an den Wänden, nicht den gemalten Fries von Hans Thoma, der sich hoch oben unter der Decke an den Wänden hinzog. Die Teppiche nicht, die Möbel, die Gobelins, die kunstvoll gearbeitete Decke aus Holzkassetten. Das Gesamtkunstwerk, das ihr Vater, Sammler und Professor der Mathematik, als seinen Lebensraum im Stil der Neorenaissance errichten ließ – jener Rückbesinnung auf eine vergangene Epoche, die von der Entdeckung des Individuums geprägt war, das sich herausarbeitet aus den Zwängen der Stände und der Religion. Eine Kunststimmung, wie sie in München seinerzeit in Mode war. Passend für den vielfachen Millionär, der auf sechzehn Millionen Goldmark geschätzt wurde. Sohn seines sagenhaft reichen Vaters, der als Eisenbahnunternehmer sein

Glück mit der aufstrebenden Industrie von Stahl und Kohle in den Bergbaugebieten Schlesiens gemacht hatte. All das sah sie nicht, daran dachte sie nicht. All das war ja immer da. Katia Pringsheim, das junge Mädchen von zwanzig Jahren, hatte es nur eilig, in die Vorlesung zu kommen.

»Setz dich bitte. Dein Frühstück im Stehen macht mich nervös!« Ihre Mutter versuchte sie einen Augenblick lang am Tisch festzuhalten.

Aber Katia, eine Semmel mit Honig in der Hand, murmelte nur mit vollem Mund eine Entschuldigung. »Keine Zeit. Ich muss los.«

Sie griff nach der Tasse Kaffee, die Hedwig Pringsheim ihr schon eingeschenkt hatte, trank einen Schluck und dann noch einen. »Zehn Uhr Experimentalphysik bei Professor Röntgen. Der Geheimrat nimmt es mit der Pünktlichkeit sehr genau!« Dabei verhedderte sie sich mit dem auslaufenden Honig vom Brötchen, der auf die Hand tropfte. Hedwig reichte ihr noch rasch die rettende Serviette.

In diesem Moment stand schon der Diener Ignaz neben ihr. »Fräulein Katju, Ihre Mappe fürs Kolleg!« Ignaz sagte immer »Katju« zu Katia, und niemand wusste so recht, warum. Vielleicht lag es daran, dass er aus den österreichischen Ostprovinzen stammte? Jedenfalls schien es ein Zeichen seiner besonderen Zuneigung zu diesem Teil seiner Herrschaft zu sein.

Der Herr Professor, der sich bei seiner Zeitungslektüre nicht hatte stören lassen, bekam zum Abschied vom Töchterchen einen Kuss auf die Stirn.

»Mach's gut, Väterchen. Wir sehen uns am Nachmittag!«

»Falsch!« Das Väterchen rief seiner Tochter hinterher: »Wir hören uns. Fünfzehn Uhr. Elemente der Funktionentheorie.«

Im Vestibül wartete das Hausmädchen Resi mit der kleinen Pelzmütze und dem Muff in der Hand. »Fräulein Katia, es könnt heut noch a weng Schnee geben.«

Zufrieden strich sich Alfred über seinen Kopf, da, wo der Kuss seiner Tochter gelandet war. »Sie ist klug und begabt. Sie könnte ihren Doktor machen«, sagte er.

Hedwig schmunzelte, sie hatte verstanden. »Am besten promoviert sie beim Väterchen. Dann bräuchtest du sie die nächsten Jahre gar nicht mehr herzugeben.«

»Warum nicht?« Alfred klappte seine goldene Zigarettendose auf, entnahm ihr eine der bevorzugten ägyptischen Kyriazi und zündete sie an. Nach dem ersten schönen Zug am Morgen blies er den Rauch behaglich in den Raum.

»Warum nicht?! Wozu studiert sie denn sonst?«

In der Tram hatte Katia einen Sitzplatz erwischt. Sie blätterte in ihren Mitschriften, las ihre Notizen zu Professor Wilhelm Conrad Röntgens Versuchsanordnung, die sie bei der letzten Übung mitgeschrieben hatte. Unter den Studenten des hoch angesehenen Gelehrten war sie die einzige Frau. Sie ging vorweg, ein Beispiel für ihre Geschlechtsgenossinnen, so dachte ihre Großmutter in Berlin, Hedwig Dohm, die bekannte Frauenrechtlerin. Der Nobelpreisträger Röntgen genoss an der Universität auch unter den Kollegen größten Respekt.

Thomas war zugestiegen. Obwohl noch Sitzplätze frei waren, blieb er im Gang stehen und hielt sich an einer der Halteschlaufen fest, die von der Waggondecke herabhingen. So konnte er, etwas verdeckt durch andere Fahrgäste, unablässig auf die so emsig Studierende blicken, beinahe starren. Denn selbstverständlich hatte er sie sofort beim Einsteigen erkannt, die junge Frau aus der ersten Reihe, die freche Hofknicks-Verweigerin. Auch unter ihrer Pelzmütze erfasste er das perlblasse Gesichtchen. Jetzt aber war sie beinahe erschreckend nah, fast berührbar, fast ansprechbar. Und sie war allein, kein Bewacher weit und breit. Sollte er es wagen, das Wort an sie zu richten? Aber wie? Und wofür würde sie ihn halten?

Ein Charmeur war er gewiss nicht und sie keine Frau, die man auf der Straße ansprach. Das kam also nicht infrage. Aber vielleicht, wenn sie ihre Augen, die sprechenden, aus den Zetteln heben würde, wenigstens ein Blick, als kenne er sie, aber wisse nicht, woher?

Doch ehe er sich in seinen Gedanken weiter mit ihr beschäftigen und einen Plan entwickeln konnte, hatte eine Szene begonnen, die dieses schöne, beschauliche Bild zum Sprechen brachte. Gerade noch hatte sie in ihren Papieren geblättert, als sie sie wieder schnell zusammengerafft und in ihrer Kollegmappe verstaut hatte. Fast hätte sie die Haltestelle vor der Universität verpasst. Sie stürzte auf den Ausgang zu, als die laute Stimme des Schaffners sie aufhielt. »Ihr Billett bittschön!« Er war weiter hinten im Waggon seiner Pflicht nachgegangen und hatte nun bemerkt, dass sich da vorne offenbar jemand der Fahrscheinkontrolle entziehen wollte. Als Katia seine Aufforderung nicht zur Kenntnis nahm und einfach weiterging, ohne sich auch nur umzublicken, wurde seine Aufforderung dringlicher. »Halt, Sie da, Fräulein! Bleiben's stehen! Ihr Billett!«

»Ich steig hier aus. Ich hab's schon weggeworfen.«

Dieser Ton gefiel Tommy, dem Kontrolleur aber ging er gegen die Berufsehre. Das war ja geradezu ein Angriff auf sein Amt, auf die öffentliche Ordnung, die Autorität des Staates! »Ihr Billett, hab i gesagt!«

Katia wurde nun auch etwas lauter. »Ich sag's Ihnen doch, ich hab's weggeworfen!« Glaubte der Mensch etwa, dass sie die zehn Pfennig Fahrgeld hinterziehen wollte?

»Ihr Billett!«

»Jetzt lassen Sie mich schon in Ruh!« Das war schon sehr ungehalten, und es war Katias letztes Wort in der Angelegenheit. Thomas, der alles mit wachsender Anteilnahme verfolgt hatte, sah, wie die selbstbewusste junge Dame mit einem Sprung auf die Straße hüpfte und, ohne sich noch einmal umzudrehen, in Richtung Universität enteilte.

»Mach, dass d'weiter kimmst, du Furie!«, rief ihr der verärgerte Schaffner hinterher.

Diese klassische Schlusspointe des beleidigten Schaffners erfreute Thomas als Schriftsteller. Doch das war Nebensache: Erstaunt und begeistert schaute er Katia Pringsheim nach, als sie schon längst verschwunden und die Tram weitergefahren war. Ihre Stimme klang ihm noch lange im Ohr. Ziemlich tief für die einer jungen Frau, fast männlich rau. »Jetzt lassen Sie mich schon in Ruh!«

Wonnen der Gewöhnlichkeit

Der Verkauf von *Buddenbrooks* war nur schleppend angelaufen. Die erste Auflage, deren Manuskript Thomas damals so hoffnungsvoll auf den Weg gebracht hatte, war mit ihren 1000 Exemplaren stecken geblieben; sie war einfach zu teuer. Als S. Fischer 1903 eine Neuauflage in einem Band veranstaltete, änderte sich das schnell. In der Zwischenzeit verfasste er wieder kürzere oder längere Erzählungen wie schon in den Jahren zuvor. Eine davon, beendet im Spätherbst 1902 während eines Kuraufenthalts in Riva, war die Künstlernovelle *Tonio Kröger*. Eine Dichtung, die ihm noch viel Ruhm eintragen würde; denn im Lauf der Jahrzehnte wurde die Erzählung zu einem Klassiker, zu einer Schullektüre, in der sich Generationen von Heranwachsenden wiedererkannten.

So weit war es aber noch lange nicht. Jetzt wollte der aufstrebende Dichter erst einmal sein neues Werk, das in einer renommierten literarischen Zeitschrift vorabgedruckt war, auch persönlich dem Publikum nahebringen. Man hatte ihm die Gelegenheit zu einer Autorenlesung im Rahmen einer neuen Veranstaltungsreihe gegeben. In München war er immerhin schon so bekannt, dass das interessierte Publikum einen mittelgroßen Saal füllte. Vortragen – das lag ihm, das konnte er besonders gut. Schon in der ersten großen Wohnung seiner Mutter in München hatte er dieses Talent erprobt und in Szene gesetzt. Zwei Kerzen auf dem Tisch, dazwischen in der Mitte das Manuskript, las er in weihevoller Stimmung der Familie und einigen Freunden aus den zuletzt entstandenen

Kapiteln der *Buddenbrooks* vor. Dort konnte man es sehen: Er hatte genug Theaterblut in sich für das Schauspiel einer Lesung vor großem Publikum. Es machte ihm Freude. Nicht sofort allerdings, ein wenig Lampenfieber hatte er zunächst, doch wurde das nach und nach von einem selbstbewussten, gut gespielten Vortrag abgelöst.

So begann er auch an diesem Abend zunächst etwas verhalten, scheu fast, aus der Jugend eines Dichters namens Tonio Kröger zu erzählen. Der verliebt sich in einen Mitschüler namens Hans Hansen, bewundert dessen Schönheit. Ungewöhnlich hübsch und wohlgestaltet ist dieser blonde Hans, breit in den Schultern, schmal in den Hüften, seine stahlblauen Augen blicken frei und scharf. Die Schönheit seines Freunds Tonio ist dagegen von einer ganz anderen Art: ein fast südländischer Teint, ein eher scharf geschnittenes Gesicht mit einem weichen Mund und dunklen, zart umschatteten Augen …

Tommy unterbrach seine einfühlsame Schilderung jugendlicher Attraktivität für einen Moment und nahm einen Schluck Wasser aus dem für ihn bereitgestellten Glas. Er stieß leicht gegen die Karaffe, als er es wieder absetzte und dabei einen prüfenden Blick in den recht gut gefüllten Saal warf. Jetzt näherte sich seine Lesung dem Wesentlichen. *Die Sache war die, dass Tonio Hans Hansen liebte und schon vieles um ihn gelitten hatte. Wer am meisten liebt, ist der Unterlegene und muss leiden, – diese schlichte und harte Lehre hatte seine vierzehnjährige Seele bereits vom Leben entgegengenommen; und er war so geartet, dass er solche Erfahrungen wohl vermerkte, sie gleichsam innerlich aufschrieb und gewissermaßen seine Freude daran hatte.*

Aufgeschrieben hatte Thomas weiterhin, und er las es jetzt vor, dass Tonio den Hans Hansen zunächst wegen seiner Schönheit geliebt hatte, dann aber auch, *weil er in allen Stücken als sein eigenes Widerspiel und Gegenteil erschien.*

Vorne in der dritten Reihe saß Paul. Wie alle anderen im Saal hörte er, dass Hans Hansen ein frischer Gesell war, der ritt, turnte, schwamm wie ein Held, und dass Tonio, schon als Schüler ein Außenseiter, um diesen so ganz anders gearteten Jungen warb. *Er machte nicht den Versuch, zu werden wie Hans Hansen ... Aber er begehrte schmerzlich, so, wie er war, von ihm geliebt zu werden.* Und Paul dämmerte es entfernt, dass Tonio und Hans, die beiden so unterschiedlichen Freunde, vielleicht etwas mit ihnen selber, Tommy und Paul, und ihrer nicht so ganz einfachen Beziehung zu tun haben könnten. Tiefer drangen seine Gedanken und Gefühle aber nicht in die offenen Geheimnisse der Erzählung ein. Vielmehr schob er energisch alle Hintergedanken beiseite, um sich voll und ganz dem Zauber des Sprachkunstwerks hinzugeben, soweit er ihn zu empfinden imstande war. Auch hatte die Vortragskunst des Freundes inzwischen ihre Überzeugungskraft voll entfaltet, sodass für anderes ohnehin kein Platz mehr blieb. So hörte Paul ohne Argwohn von den Versuchen Tonios, den sehr anders, viel materieller gearteten Freund Hans in seine Welt der Literatur hinüberzuziehen. Für Paul war es nichts als die Schülergeschichte aus dem Norden.

Als die Stimme auf der Bühne davon erzählte, dass Hans seinem Freund Tonio, wenn es ihn zu trösten galt, plötzlich seinen Arm unter den Arm Tonios schob, wie Paul es auch gelegentlich machte, wenn er Thomas etwas Wärme und Zuneigung spendieren wollte, fiel ihm das nicht weiter auf. Selbst die ein wenig bösartige Ironie entging ihm, die darin steckte, dass Hans Hansen die Geistigkeit des von Tonio höchst verehrten *Don Carlos* verschmähte, um ihr ausgerechnet seine Pferdebücher vorzuziehen. An dieser Stelle warf Tommy einen blitzschnellen, scharfen Blick in Richtung seines Freundes, denn Pferde gehörten zu dessen beliebtesten Sujets, die beherrschte der Tiermaler wirklich gut. Paul aber schmunzelte unbeschwert mit den anderen über den Scherz.

Amüsiert hatte sich auch eine Zuhörerin, die aus ganz anderen Gründen ein gewisses Interesse an Thomas hatte: Elsa Bernstein.

Sie und ihr Mann Max führten in ihrem Haus einen literarischen Salon. Thomas, das sah sie sofort, könnte dafür eine schöne Bereicherung werden. Der Dichter, der ihr Gesicht – und ihren Einfluss – aus den Zeitungen kannte, sah erfreut aus dem Augenwinkel, wen er da in der zweiten Reihe vor sich hatte.

Wie all die anderen Zuhörer verfolgte Elsa in ihrem schwarzen, in der Taille gerafften Kleid und dem dichten, in Wellen gelegten Haar den Fortgang der Geschichte. Tonio Kröger wuchs heran. Seine Liebe richtete sich nun, wie es sich gehört, alsbald aufs andere, auf das schöne Geschlecht. *Die blonde Inge … Doktor Holms Tochter … sie wars, die Tonio Kröger liebte, als er sechzehn Jahre alt war*, las der Dichter. *… ein Entzücken ergriff sein Herz, weit stärker als jenes, das er früher zuweilen empfunden hatte, wenn er Hans Hansen betrachtete, damals, als er noch ein kleiner, dummer Junge war.* Blond, blauäugig – beim Typ ist Tonio jedenfalls geblieben. Und erwidert wird seine scheue Liebe auch diesmal nicht, sie führt ihn vielmehr in eine subtile Katastrophe. Es geht um einen Tanzkursus, an dem nur die Töchter und Söhne der ersten Familien der Stadt teilnahmen, darunter auch Tonio und seine sonst nur von fern geliebte Inge. Unter der Leitung des kundigen Herrn Knaak werden sie in die Tanzfiguren der Quadrille eingeführt. Dabei kommen immer vier Damen in einem Kreis mit ihren Händen in der Mitte zusammen zur Tanzfigur »Moulinet des dames«. Tonio, völlig verwirrt durch die betörende Nähe der Geliebten, gerät unversehens in den inneren Kreis unter die jungen Damen. Schon lachen die Ersten. Der Tanzlehrer ruft: *»Halt, halt! Kröger ist unter die Damen geraten! En arrière, Fräulein Kröger, zurück, fi donc!«*

Thomas hatte die Rolle des affektierten Tanzlehrers Knaak wie ein gelernter Schauspieler ausgestaltet. Zuletzt hatte er sogar ein wenig mit einem imaginären Taschentuch gewedelt. Das Publikum war begeistert. Aber nur er wusste, welche Schmerzen, welche Angst und welche Scham in diese lustige Szene eingeflossen waren.

Die Offenbarung der eigenen Geschlechtsverwirrung, die tödliche Lächerlichkeit, die man dadurch auf sich zog – das war eine der ursprünglichen Verletzungen von Thomas gewesen, an deren Folgen er noch lange in seinem Leben litt.

Bei der Vorbereitung zu dieser Lesung hatte er sich überlegt, wie er die ziemlich umfängliche Erzählung für den Vortrag kürzen könnte. Nur sehr ungern trennte er sich von der witzigen, tatsächlich selbst erlebten Geschichte vom Literaten, den man für einen Hochstapler hält, als er nach vielen Jahren zum ersten Mal, nur kurz und auf der Durchreise, in seine norddeutsche Heimatstadt zurückkehrt. Noch mehr tat es ihm um die Dänemark-Episode leid. Da sieht der erwachsene Tonio Kröger von der Veranda seines Hotels einem fröhlichen Tanzfest von Ausflüglern zu, das auf seltsame Weise die fatale Tanzstunde beim Herrn Knaak spiegelt. Sogar Abbilder, Wiederverkörperungen von Hans Hansen und Ingeborg Holm, sind da. Hier tanzen sie glücklich miteinander. Schade drum, hatte Thomas gedacht und sich schweren Herzens entschieden, doch lieber noch etwas Ernsteres, Geistigeres zu bringen, vielleicht aus dem Kunstgespräch zwischen der Malerin Lisaweta und dem inzwischen zum anerkannten Künstler gereiften Tonio Kröger. Das wäre ein schöner Schluss seines Vortrags, denn in ihm kam Wichtiges, Entscheidendes über das Wesen des Dichters und über sein zwiespältiges Verhältnis zum Leben zur Sprache. Sein Außenseitertum, seine Distanz zum Menschlichen, seine scheinbare Kälte und das Leiden dahinter. Die gleichzeitige wehmütige Sehnsucht nach dem Leben selbst.

Und so begann er den letzten Akt seiner Lesung voller Zuversicht. Er führte die Zuhörer in das Atelier von Tonio Krögers vertrauter Malerfreundin Lisaweta, das er, Thomas, von seinen Besuchen bei Paul her kannte. Sein Held hatte seit der Tanzstunde bei Herrn Knaak ein ausschweifendes und außerordentliches Leben geführt. Dabei hatte er es zu hoher Künstlerschaft gebracht und war, da ehrgeizig, ein bedeutender Dichter geworden. Er arbeitete nicht, um zu leben, sondern lebte nur für seine Arbeit. Wenn er nicht schrieb, kam er sich wie ein abgeschminkter Schauspieler vor, der nur etwas ist, solange er etwas darstellt. Gute Kunst, so meinte er, könnte nur unter dem Druck eines schlimmen Lebens entstehen. Das war ein Fluch, das wollte er seiner Freundin Lisaweta klarmachen.

Wann beginnt er fühlbar zu werden, dieser Fluch? Früh, schrecklich früh. Zu einer Zeit, da man billig noch in Frieden und Eintracht mit Gott und der Welt leben sollte. Sie fangen an, sich gezeichnet, sich in einem rätselhaften Gegensatz zu den anderen, den Gewöhnlichen, den Ordentlichen zu fühlen, der Abgrund von Ironie, Unglaube, Opposition, Erkenntnis, Gefühl, der Sie von den Menschen trennt, klafft tiefer und tiefer. Sie sind einsam, und fortan gibt es keine Verständigung mehr. Was für ein Schicksal! Aber auch eine Auszeichnung. *Das Gefühl der Separation und Unzugehörigkeit* verleihe dem derart Gezeichneten, meint Tonio Kröger, *etwas zugleich Königliches und Verlegenes*, ähnlich einem Fürsten, der unerkannt durch die Menge seiner Untertanen schreitet. Doch diese geheimen Wonnen zählen letzten Endes nicht, denn auch die Kunst, für die der Künstler sein Leben opfert und die das Leben dadurch tötet, dass sie es gestaltet, ist letzten Endes die Sache nicht wert. Und er schließt, indem er der Freundin sein Geheimnis offenbart. Ist es auch das von Thomas, der es seinen Zuhörern jetzt verschämt zu gestehen scheint?

Ich bin am Ziel, Lisaweta. Hören Sie mich an. Ich liebe das Leben, – dies ist ein Geständnis … Das ›Leben‹, wie es als ewiger Gegensatz dem Geiste und der Kunst gegenübersteht, – nicht als eine Vision von blutiger Größe und wilder Schönheit, nicht als das Ungewöhnliche stellt es uns Ungewöhnlichen sich dar; sondern das Normale, Wohlanständige und Liebenswürdige ist das Reich unserer Sehnsucht, ist das Leben in seiner verführerischen Banalität! Der ist noch lange kein Künstler, … der die Sehnsucht nicht kennt nach dem Harmlosen, Einfachen und Lebendigen, nach ein wenig Freundschaft, Hingebung, Vertraulichkeit und menschlichem Glück, – die verstohlene und zehrende Sehnsucht, Lisaweta, nach den Wonnen der Gewöhnlichkeit!

Hier machte Thomas eine kleine Wirkungspause, als ahnte er, dass das einmal ein geflügeltes Wort werden würde. Dabei warf er einen kurzen Blick zu Paul. Hörte der zu, war er ergriffen, würde er den nächsten Satz mit seinem Herzen hören? Der Abschnitt schloss nämlich so: *Ein menschlicher Freund! Wollen Sie glauben, dass es mich stolz und glücklich machen würde, unter Menschen einen Freund zu besitzen?*

Doch mit so einer sentimentalen Klage konnte man keine Erzählung beenden und eine Dichterlesung schon gar nicht. So schloss Thomas seine heutige Vorstellung mit dem gefassten, mannhaften Schluss von »Tonio Kröger«. Gefühlt und doch nicht sentimental vorgetragen, eindringlich, vielleicht konnte sogar eine Spur von tief innerem Schmunzeln darin entdeckt werden. So sah sich Tonio, so äußerte er sich nun durch den Mund von Thomas: … *ein Bürger, der sich in die Kunst verirrte, ein Bohémien mit Heimweh nach der guten Kinderstube, ein Künstler mit schlechtem Gewissen. Denn mein bürgerliches Gewissen ist es ja, was mich in allem Künstlertum, aller Außerordentlichkeit und allem Genie etwas tief Zweideutiges, tief Anrüchiges erblicken lässt, was mich mit dieser verliebten Schwäche für das Simple, Treuherzige und Angenehm-Normale ... erfüllt … Aber meine tiefste und verstohlenste Liebe gehört den Blonden und Blauäugigen, den hellen Lebendigen, den Glücklichen, Liebenswürdigen und Gewöhnlichen. Schelten Sie diese Liebe nicht, Lisaweta; sie ist gut und fruchtbar. Sehnsucht ist darin und schwermütiger Neid und ein klein wenig Verachtung und eine ganze keusche Seligkeit.*

Ein langer Moment fast ergriffener Stille. Dann rauschte Applaus auf, als Tommy seine Mappe schloss. Dankbares Lächeln und Sich-Verneigen. Vielleicht war sein Lächeln nicht nur ein Zeichen der

Entspannung, der Freude über den Erfolg, sondern verriet auch ein kleines Glücksgefühl, eine Genugtuung darüber, dass es ihm wieder gelungen war, etwas von seinen geheimsten Neigungen zu offenbaren – und sie dabei zugleich durch seine Kunst bis zur Unkenntlichkeit zu verhüllen für den Rest der Welt.

Eine Dame, die Thomas schon beobachtet hatte, trat auf ihn zu, als er zum Signieren bereit war. Elsa Bernstein reichte ihm ein Exemplar seines neuen Novellenbands *Tristan* und legte ihre Visitenkarte obenauf, unter einem Pseudonym war sie selbst eine renommierte Schriftstellerin. Ihr Mann Max war ein überaus erfolgreicher Rechtsanwalt, auch ein beliebter Komödiendichter, der sich auch als Kunst- und Theaterkritiker betätigte und schon vielen Schriftstellern und Künstlern auf ihrem schweren Weg nach oben behilflich gewesen war. Das Ehepaar Bernstein gehörte zur geistigen Elite der Münchner Gesellschaft. Gemeinsam führten sie in ihrem Haus an der Brienner Straße einen bedeutenden literarischen Salon. Eine Welt, die Thomas bisher noch nicht so selbstverständlich offenstand. Er setzte an, eine Zueignung zu formulieren, schaute dann aber auf.

»Für Elsa Bernstein also? Oder sollte ich nicht vielleicht Ernst Rosmer dieses Exemplar zueignen?«

»Oh, Sie kennen mein Pseudonym?«

»Selbstverständlich, und auch Ihren Salon. Die erste Adresse in München für die Literatur. Über Ihren Salon spricht man in der ganzen Stadt.«

»Über Sie aber ebenfalls.«

Thomas wies das mit gut gespielter Bescheidenheit zurück. »Mich kennt doch niemand.«

Elsa lachte. »Der Autor der *Buddenbrooks* findet stetig neue Leser.«

»Ich lebe gewissermaßen im Verborgenen.«

»Warten Sie nur ab. Bald stehen Sie im Scheinwerferlicht der Öffentlichkeit.«

»Gott bewahre! Das kann ja ungemütlich werden.« Es war offensichtlich, dass er gerade diese Ungemütlichkeit ganz gut vertragen könnte.

Elsas nächste Frage, spaßhaft im Ton, machte ihn jedoch zugleich darauf aufmerksam, dass das Licht der Öffentlichkeit auch tiefe Schatten werfen konnte – besonders für ihn. »Haben Sie denn etwas zu verbergen? Ein Geheimnis, eine Jugendsünde?«

Thomas ging sogleich auf den Scherz ein. »Eine schöne Schülerfreundschaft mit irgendeinem Hans Hansen vielleicht? Jugend ja, aber Sünde – nein!«

Damit reichte er der Frau Kollegin das Exemplar mit einer Widmung. Danach brach Thomas beinahe überstürzt seine Signierphase ab und folgte ihr, weil er etwas von ihr wollte, das ihm wichtiger war als Höflichkeit. So blieben die letzten Autogrammjäger enttäuscht zurück. Auf der Straße winkte Elsa nach ihrem Kutscher. Während der Wagen heranrollte, las sie die Widmung: »Mit besten Wünschen für Elsa Bernstein, die geschätzte Kollegin. Tonio Kröger.«

»Das ist gut! Wird dem Max gefallen. Übrigens sind Sie offiziell eingeladen in unseren literarischen Salon.« Damit war sie eingestiegen, die Kutsche ruckte an.

»Und wann darf ich bei Ihnen erscheinen?«, rief Thomas ihr noch nach.

»Schauen Sie auf die Rückseite der Visitenkarte!«

Sie winkte durchs Rückfenster der Kutsche, ohne sich dabei umzusehen. Elsa lächelte. Ihr gefiel der kleine Coup.

Tommy gab Paul, der plötzlich aufgetaucht war, die Karte zum Lesen.

»Die weiß, was sie will!«, sagte Thomas.

»Tommy, du aber auch! Oder?«

Im Vorübergehen

Katia stand in der gut bestückten Bibliothek von Max und Elsa Bernstein. Sie kramte aus ihrer Tasche ein Manuskript hervor und reichte es Elsa. Im Auftrag ihrer Mutter hatte sie die Leihgabe zurückgebracht. Das Päckchen war sehr sorgsam in Packpapier eingewickelt. Elsa schmunzelte, als sie verstand, was das zu bedeuten hatte: Niemand sollte den Inhalt zu sehen bekommen. Schon gar kein junges Mädchen. Es handelte sich nämlich um ein neues Stück des Skandalautors Frank Wedekind: *Die Büchse der Pandora*.

»Wir haben es vom Verleger, dem Herrn Langen«, sagte Elsa. »Der Max soll das juristische Risiko prüfen. Verbreitung unzüchtiger Schriften.«

»Und das hat jetzt meine Mutter gelesen?« Natürlich hätte Katia zu gern gewusst, was das Unzüchtige an diesem Drama war. Warum sie das nicht lesen durfte, sondern in diesem Schutzumschlag zurückbringen sollte.

Mit einem gewissen Vergnügen gab Elsa ihr einen ersten Einblick in die Unzucht des Dramas. »Die Pandora im Stück heißt Lulu, eine Frau, auf die die Männer fliegen – alle.«

»Und ihre Büchse, was steckt da drin?«

»Laster, Lüste, Leidenschaften – verstehst du?«

»Nicht ganz.«

»Also, ganz nüchtern: die Sexualität.«

»Ja, dann weiß ich, warum Mama so etwas mal wieder als ›unpassend‹ für mich angesehen hat.« Und, in der Tat, darüber aufgeklärt, »wie es in der Welt unterhalb des Bauchnabels zugeht«, hatte Hedwig ihre Tochter nicht.

»Aber deine Mutter kann eine Tochter von zwanzig Jahren nicht im Schutzumschlag in die Welt schicken. In letzter Zeit nimmt sie dich doch immer öfter mit auf Gesellschaften.«

»Aber wenn meine Mutter den Saal betritt, ist sie sofort der Mittelpunkt.« Katia wollte vom Sexthema weg und landete bruchlos bei dem, was zurzeit ihr größtes Problem mit der Mutter war.

»Sie ist nun mal charmant und brillant. Sie hat Talent. Und schön ist sie auch.«

»Viel schöner als ich. Da reiche ich nicht ran.«

»Deine Mutter war schließlich einmal Schauspielerin.«

Das tröstete Katia keineswegs. »Ich werde immer in ihrem Schatten stehen.«

Elsa wusste jedoch, wie solche Geschichten von Töchtern und Müttern sich entwickeln konnten. Sie nahm Katias Hände und schaute ihr lächelnd ins hübsche Gesicht. »Du feierst in diesem Jahr deinen einundzwanzigsten Geburtstag. Du bist schon lange in dem Alter, wo sich die Männer für dich interessieren …«

Auf dem Ohr war Katia vollkommen taub. Sie beendete das Gespräch. »Aber ich interessiere mich nicht für die Männer!«

Thomas war mit der Tram in die Brienner Straße gefahren und hatte sich vor der Hausnummer 8 mit dem imposanten Rundtreppenhaus kurz gesammelt. Anschließend hatte er geklingelt und beim Öffnen der Tür dem Diener Hut und Mantel übergeben.

Und da stand sie nun plötzlich ganz nah vor ihm, das Mädchen aus der ersten Reihe. Katia rückte nämlich gerade vor dem Spiegel im Vorderraum den Sitz ihres Hütchens zurecht. Über den Spiegel blickte er sie an. Katia bemerkte es, schaute zurück. Verlegen lächelte Thomas sein unverbindliches Lächeln. Sie nickte nur ganz allgemein und ging etwas ratlos hinaus. Er schaute ihr nach.

Das perlblasse Gesichtchen, die dunklen, teerschwarzen Augen. Alles war nah. Bereit für ein erstes Wort. Und im nächsten Moment schon wieder weit weg.

Das war wohl Thomas Mann, dachte sie, der Dichter, von dem Elsa erzählt hatte. Sicher würde er demnächst bei Bernsteins lesen. Sie verstand seinen intensiven Blick nicht. Was war das? Hatte der Mann sie einfach nur angestarrt.

Elsa hatte die Szene beobachtet und wandte sich an ihren neuen Besucher. »Und jetzt wollen Sie wissen, wer das reizende junge Mädchen war?«

Jetzt musste er etwas Unwissenheit über seine Verlegenheit legen. »War das nicht – sagen Sie – Fräulein Pringsheim?«

»Ja. Katia hat mir ein Manuskript zurückgebracht. Sie konnte aber nicht bleiben, zumal ihre Mutter nicht bei ihr war. Es wäre dann auch zu spät für sie geworden.«

»Katia – so. Ja.«

Er ließ sich nichts anmerken, Elsa hatte aber schon verstanden. »Tja, jetzt ist sie weg!«

Sie sah die Enttäuschung in seinem Gesicht und hörte: »Wie schade!« Es war alles wie der Anfang einer guten Geschichte.

»Sie würden sie gerne wiedersehen?«

»Warum nicht?«

»Sie ist ja nicht aus der Welt.«

Er nickte nur zustimmend. »Ja, ja. In der Arcisstraße. Da wohnt das Fräulein in einem Palais.«

»Schau an, was Sie schon alles wissen.« Damit öffnete Elsa ihm die Tür zu ihrem Salon, aus dem man das angeregte Stimmengewirr der anderen Gäste hörte. Sie sah ihn an und sah, wie es ihm gefiel. Er würde hineinpassen in ihre Gesellschaft. In ihrem Salon könnte der Lübecker viele neue Bekanntschaften machen. Und es gab nicht wenige unter ihren Gästen, die den Dichter kennenlernen wollten. Und da hatte sie diese Idee.

Sie winkte einen Diener zu sich und ließ zwei Glas Champagner servieren. Dann hob sie kurz das Glas: »Thomas Mann. Sie sind willkommen! Aber darf ich Sie einen Augenblick in das kleine Nebenzimmer bitten? Ich hätte da einen Vorschlag, den ich mit Ihnen besprechen möchte.«

Elsa ging auf die vierzig zu und war eine sehr attraktive Frau. Ein sehr zart geschnittenes Gesicht, fast träumerisch blickende Augen. Vor allem hatte sie Charakter. Und genügend Selbstbewusstsein, um furchtlos etwas in dieser Welt durchzusetzen, von dem sie dachte, so könnte, so sollte das ablaufen. Das hatte Thomas schon bei der ersten Begegnung erfasst. Sie erinnerte ihn ein wenig an eine ebenso interessante ältere Freundin in Lübeck. Ida Boy-Ed war ebenfalls Schriftstellerin. Eine Frau, zu der er großes Vertrauen hatte. Ein Stück von diesem Vertrauen übertrug er instinktiv auf Elsa.

»Wissen Sie, was ich gerade gedacht habe? Was wäre gewesen, wenn Katia noch bei mir unter den Gästen wäre?«, fuhr Elsa fort.

Thomas nahm rasch einen Schluck vom Champagner. »Eine interessante Vorstellung!«

»Ich möchte Ihnen eine Frage stellen, vertraulich, verstehen Sie?« Er hatte sehr schnell verstanden und nickte dankbar. »Die Wände im Haus eines Rechtsanwalts sind es gewohnt, vertrauliche Gespräche vertraulich bleiben zu lassen.« Sie hatte sein Interesse an Katia bemerkt, es war gar nicht zu übersehen. Aber dennoch war eine Frage vorab zu klären. »Ist Ihr Interesse an Katia nur eine Laune, so nebenbei rein gesellschaftlich, oder ist es anderer Natur, schon ein wenig ernsthafter?«

Abermals nickte er. »Es ist kein Spiel. Ich bin achtundzwanzig, und es ist ein ernsthaftes Interesse von mir, Fräulein Pringsheim kennenzulernen.«

Thomas wusste inzwischen noch gründlicher, wen er vor sich hatte. Elsa hatte es geschafft, sich in der Welt der Literatur als

Bühnenautorin durchzusetzen, nicht nur als Ehefrau des begehrten Anwalts Max Bernstein. Sie hatte ihr Pseudonym nach dem Stück *Rosmersholm* von Henrik Ibsen gewählt, nach der Hauptfigur Rosmer, die aber den Vornamen Johannes trägt. Mit Ernst Rosmer wollte sie erreichen, dass man ihre Stücke nicht unter der Schablone einer schriftstellernden Frau einordnen einordnen würde, die Dramen einer Schriftstellerin würde man nie so ernst nehmen wie die eines Mannes. Dazu war mit diesem Pseudonym auch ihre jüdische Herkunft verborgen und wurde nicht gleich als Erstes bei jeder Besprechung thematisiert. Sie war, wie Katias Großmutter, eine Person, die über den Naturalismus auf der Bühne die Rechte der Frauen vertrat. Am Ende gab es aber zu viele Hinweise, sodass schließlich das Pseudonym enträtselt wurde. Zu diesem Zeitpunkt war Elsa aber schon als erfolgreiche Bühnenautorin installiert.

Thomas hatte Glück gehabt, denn auch Elsa war sich bewusst, wen sie da vor sich hatte. »Tonio Kröger« hatte ihr den Rang des Erzählers unüberhörbar offengelegt. Hinzu kam der Umstand, dass sie alle drei, Elsa, Max und Thomas, bei Samuel Fischer in seinem Berliner Verlag zu Hause waren.

Ein Hintergrund, weshalb Elsa ihre Idee entwickelt hatte, war folgender: »Wissen Sie, das, was aus Zufall leider nicht geschehen war, könnte man doch noch ins Werk setzen, um dem Schicksal sozusagen ein Schnippchen zu schlagen. Ich werde Sie beide zum nächsten Dinner bei uns einladen. Katia wird am Tisch direkt neben Ihnen ihren Platz finden. Gefällt Ihnen das?«

Und wie ihm das gefiel! Elsa würde ihrer guten Freundin Hedwig etwas von dem sagen, was sie gerade mit Katia besprochen hatte, dass das Mädchen eine junge Frau sei und dass sie mal raus aus dem Schatten der strahlenden Mutter kommen müsse. Da wäre es doch gescheit, wenn man sie zum nächsten Abendessen bei den Bernsteins einladen würde, damit sie sich etwas freier bewegen und für sich selber sprechen könne. »Ihre Mutter wird spätestens an dem

Abend, wenn ihre Tochter unbeschädigt nach Hause kommt, verstehen, wer zufällig der Tischnachbar gewesen ist.«

»Ich bin dabei!«, erwiderte Thomas.

Elsa hob abermals das Glas. »Es muss aber erst einmal unser Geheimnis bleiben. Katia hat ihren eigenen Kopf. Sie liebt es nicht, wenn man so etwas arrangiert, ohne sie vorher zu fragen.« Elsa legte den Finger auf ihre Lippen.

Thomas tat es ihr nach. »Versprochen!«

Katia hatte die dann folgende Einladung in den Salon Bernstein nicht minder als Fortsetzung ihres Gesprächs an der Haustür verstanden. Elsa, die zumindest zweitbeste Freundin von Hedwig, hatte Katias Mutter gesagt: »Du kannst deine Tochter auf die Dauer nicht im Schutzumschlag in die Welt schicken. Das Mädchen wird volljährig, Katia ist eine junge Frau.« Da gab es nicht mehr viel zu verhandeln. Es waren ja auch die Bernsteins. Höchste Vertrauensstufe an Sicherheit für einen Soloabend.

Das Arrangement

Katias Bruder Klaus gab an diesem Abend den »Elefanten«, wie sie in der Familie die Begleitperson nannten.. Er geleitete seine Schwester von der Arcisstraße zu dem Salon der Bernsteins. Nachdem Elsa Katia begrüßt hatte und zu einer Runde führte, in der Thomas sich mit dem Dichter Otto Julius Bierbaum und seiner italienischen Gemahlin Gemma Prunetti-Lotti unterhielt, kam es zur ersten offiziellen Vorstellung zwischen Fräulein Pringsheim und Herrn Thomas Mann.

»Fräulein Pringsheim, ich freue mich, Sie kennenzulernen«, sagte Tommy.

Katia war für den Augenblick etwas überrascht und verlegen. »Ein kommender Stern über der Isar«, hatte Elsa gerade noch gesagt. »Ja, damit habe ich nicht gerechnet, den Autor der *Buddenbrooks* …«

»Und von ›Tonio Kröger‹«, soufflierte Elsa.

»… ja, und von ›Tonio Kröger‹«, ergänzte Katia artig, »hier heute Abend zu treffen. Wissen Sie, ich bin ja noch eine Studentin, und Sie sind schon etwas, wie Elsa gerade zu Recht sagte, ›ein kommender Stern über der Isar‹.«

»Aber Fräulein Pringsheim, lassen Sie sich bitte nicht von einem Buchtitel, auch wenn er schon einige Leser gefunden hat, beeindrucken. Sie sind doch ebenfalls wer, wie ich gehört habe, eine der ersten Studentinnen an der Münchner Universität. Das will was heißen.«

In diesem Moment winkte Elsa einen Diener mit einem Glas Champagner heran und drückte es Katia, die wirklich etwas beeindruckt zu sein schien, in die Hand, sodass alle gemeinsam, von Elsa aufgefordert, das Glas erhoben, um Katia Pringsheim und Thomas Mann im Hause Bernstein zu begrüßen.

Als Katia ihr Platzkärtchen gefunden hatte und sich setzen wollte, war es Tommy, der ihr den Stuhl zurechtrückte und dann selber auf dem Stuhl direkt neben ihr Platz nahm. Einen Augenblick lang sah sie ihn etwas irritiert an.

Fast entschuldigend sagte Thomas: »Zufall!«

Jetzt war Katia doch nachdenklich geworden. »Zufall, bei Elsa? Nein, glaub ich nicht!«

»Dann nennen wir es einen glücklichen Umstand, dass ich bei den Bernsteins jemanden kennenlerne, den ich aus der Ferne schon einige Male gesehen habe.«

»Aus der Ferne … wo denn das?«

»Im Kaim-Saal!« Mehr sagte er nicht, und Katia war erleichtert.

»Ja, da trifft man viele Leute. Und manche starren uns auch an, wenn wir in der ersten Reihe Platz nehmen. Mein Vater hat dort für uns alle ein Abonnement gekauft, um den neuen Musiksaal zu unterstützen.«

Als Hauptspeise gab es gebratenes Zanderfilet in Zitronen-Dill-Sauce mit kleinen Kartöffelchen. Vorweg eine klare Kraftbrühe. Alles sehr schmackhaft. Passend dazu der Fendant, ein spritziger Schweizer Weißwein aus dem Wallis. »Säurearm«, wurde Thomas versichert. Das konnte er seinem Magen zumuten. Aber der war an diesem Abend aus anderen Gründen nicht in Ordnung, und es wurde nicht viel besser. Dennoch lobte er jeden Gang, um ein Gespräch zu entfachen. Zur klaren Brühe etwa: »Sehr gut. Da weiß man doch, was man verschluckt.«

»Wie, Sie haben sich verschluckt?«, scherzte Katia und bekam einen kleinen Lachanfall.

Später dachte Thomas, dass sich manche Spitzen mit der Verlegenheit eines jungen Mädchen begründen lasse. So auch bei ihrem

Nachbarn zur Rechten, jenem Bierbaum, der im Münchner Kulturleben eine bekannte Persönlichkeit war. Liebesgedichte hatte er geschrieben, *Der Irrgarten der Liebe* war mit 5000 Exemplaren innerhalb weniger Wochen vergriffen, und einen Roman mit dem Titel *Stilpe*. Ein brillanter Erzähler und großartiger Unterhalter war er. Sogar eine Sammlung von selbst erfundenen Sprichwörtern hatte er herausgegeben, in der Art von: »Das wird kein ganzer Kerl, der nie ein Rüpel war!« Und seine beste Erfindung war ein Satz, der dann sprichwörtlich wurde in der deutschen Sprache, und den haute er jetzt raus in Richtung Thomas: »Humor ist, wenn man trotzdem lacht.«

So einer war das, und Thomas' Sprechstunde mit Katia verkürzte sich mehr und mehr. Nicht, dass dieser Konkurrent ihm lächerlich vorkam. Unter anderen Umständen hätte er so eine Unterhaltung zum Zander mit Zitronen-Dill-Sauce zu schätzen gewusst. Und gerade hatte Bierbaum begonnen, von seiner letzten Reise im Automobil zu berichten. Man stelle sich vor, in einem offenen Wagen sei er mit seiner zweiten Ehefrau Gemma über den Gotthardpass gefahren. Danach durch ganz Italien bis nach Neapel und zurück, darüber hätte er ja geschrieben. Katia war an dieser Art Reiseleben äußerst interessiert, und ihr linkes Ohr war ganz bei ihm, sodass Thomas mit seinen beiden italienischen Reisen mit seinem Bruder Heinrich, die er schon parat hielt, kaum mithalten konnte. Denn Bierbaum war ganz in seinem Element. »Man darf nicht rasen mit dem Automobil«, erzählte er, »sondern man muss damit wirklich reisen. Es ist ein wunderbares Vergnügen. Fahren Sie im Sommer, wenn Sie die Straßen für sich haben, es sind aber viele Sandwege dabei, da staubt es gewaltig.«

»Und was haben Sie für ein Automobil?«, wollte Katia wissen.

»Ein Cabrio der Adlerwerke, mit einem offenen Verdeck, sodass man im italienischen Sommer immer genügend Fahrtwind hat. Vom frischen Wind umfächelt, und das in der Toskana.«

»Und haben Sie die weite Strecke allein hinter dem Steuer zugebracht?«

»Nein, nein, ich musste gar nicht selber steuern.« Die Adlerwerke hatten ihm einen Phaeton mit einem Fahrer, der zugleich Monteur war, gestellt. Bierbaum schrieb, und der Monteur war dazu da, alle auftauchenden technischen Probleme zu lösen. Seine Frau Gemma machte wiederum die Fotos. Beide hatten im Fond gesessen, auf einem Zweiersitz, wie in einer Loge. »*Empfindsame Reise*, Fräulein Pringsheim, so heißt unser Bericht, nein, nicht sentimental ist das gemeint. Im Automobil haben Sie nur die Fähigkeit und Bereitschaft, neue Eindrücke frisch und stark aufzunehmen. Ich wollte mit dem modernsten Fahrzeug auf altmodische Weise reisen.«

»Auch ich bin ein Liebhaber von altmodischen Reisen, allerdings mit der Eisenbahn. Von München über Florenz und Rom und ebenfalls bis nach Neapel.« Das ist jetzt schon mal gesagt, dachte Thomas.

»Aber der Unterschied, lieber Herr Mann, der ist doch gewaltig«, behauptete Bierbaum. »Es ist wie ein Unterschied bei einer flüchtigen und einer intimen Bekanntschaft. Im Eisenbahnwagen fährt man an einer Landschaft vorbei, im Automobil bewegt man sich mitten in der Landschaft.«

Thomas bäumte sich auf: »Ich bin in Neapel aus dem Zug gestiegen und habe mir dort ein Hotel genommen, um dann mit dem Schiff rüber nach Capri zu fahren, wo ich die Blaue Grotte …«

Weiter kam er nicht, Bierbaum unterbrach ihn. »Ja, die Blaue Grotte, sie ist wirklich so blau. Ich kann es bezeugen, ich habe mit einer Postkarte davorgestanden.«

»Ich habe in Neapel in der Via Santa Lucia gewohnt«, entgegnete Thomas, ohne weiter auf die Blaue Grotte einzugehen, »da erleben Sie das urwüchsigste, ungenierteste Volksleben, das ist nicht mehr Europa – endlich nicht mehr Europa.«

»Was wollen Sie denn damit sagen?«

»Wenn Sie am Hafen in einer Trattoria sitzen und Ihren Kaffee trinken, was für ein Leben: Gedränge, Geschrei. *Cerini! Giornali!* Ein paar zerlumpte Jungen versammelten sich um meinen Tisch und bettelten um ein Stück Zucker. Und wenn sie es von mir bekamen: *Grazie tante, Signore!* Sie beißen und schlucken. Ein italienischer Schlager dudelt, und vor ihren Augen zieht jemand ein Messer und kämpft mit einem Bersaglieri.«

»Wir hatten keine Zuckerstücke zu verschenken. Aber wenn wir mit dem Cabriolet durch ein Dorf fuhren, riefen sie: ›Ah, wie schön ist das!‹ Und eine Signora meinte: ›Seht nur den Hut und den Schleier, wie er im Wind weht.‹ Und am Abend war das Auto vor dem Hotel umringt von neugierigen Jungen und Männern. Sie wollten über die Maschine und ihren Mechanismus aufgeklärt werden.«

Bis das Dessert, das halbgefrorene Fürst-Pückler-Eis, serviert wurde, war Katia noch ein ganzes Stück auf dem Logenplatz in dem Phaeton mitgefahren, so interessant und lebendig konnte Bierbaum davon erzählen. Er berichtete von den Hotels, vom Essen und Trinken in Italien, von den Museen und der Kunst in Florenz. »Stellen Sie sich das vor: Sie haben in Florenz an den Figuren der alten Meister, die auch die Männlichkeit in aller Schönheit ausgestellt haben, die Organe der Fortpflanzung mit einem Feigenblatt überklebt. Aus Blech geformt.«

Gelächter bei Katia und bei ihrem immer stiller werdenden Tischnachbarn. Bei so vielen Banalitäten, die bei Bierbaum nur so heraussprudelten, konnte oder wollte Tommy nicht mithalten.

»Nicht wahr, Herr Mann, das finden Sie auch nicht richtig, oder?«

»Diese katholischen Dummheiten, fast schon Verbrechen an der Renaissance in Italien, das ist ganz und gar nicht richtig.« Und dann wollte er noch ergänzen, dass diese Feigenblätter mit der Zeit rosten und abfallen. Aber da kam Bierbaum schon mit neuen Eindrücken von der Insel Capri, einer Insel, auf der so viele Deutsche leben und einen solchen Einfluss haben, dass die Capresen schon längst nicht mehr »*addio*« sagen, sondern »auf Wiedersehen«. »Und wenn man zu Schiffe geht, stellen sie sich auf und singen: ›Muss i denn, muss i denn zum Städtele hinaus …!‹«

Katia hatte immer neue Fragen, was diese Art des Reisens betraf, und Bierbaum hatte viele Antworten.

Als der Bruder Klaus später am Abend erschien, um seine Schwester heimzuholen, sagte Thomas ihr gegenüber, wie schade es sei, dass sie am Ende zu wenig Zeit für ein persönliches Gespräch gehabt hätten.

»Persönliches Gespräch?«, fragte Katia etwas verwundert.

»Ich wollte, also ich will Sie gerne näher kennenlernen«, sagte Thomas.

»Sie haben es aber eilig«, erwiderte Katia. »Da sollten Sie sich so ein Automobil anschaffen, das beschleunigt das Leben.«

»Sie haben es ja gerade gehört, da müsste ich mir auch einen Mechaniker dazu holen. Das ist aber außer meiner Reichweite. Aber Ihr Vater, der Herr Professor, hätte die Mittel und könnte sich so ein Gefährt mit Mechaniker anschaffen.«

»Könnte«, sagte Katia, »will er aber nicht! Er bleibt bei seiner Mietkutsche.«

»Und Sie«, insistierte Thomas nochmals, »könnten Sie sich das für die Zukunft einmal vorstellen? Also ein näheres Kennenlernen?«

»Das muss ich mir gründlich überlegen. Die Antwort gebe ich Ihnen das nächste Mal, wenn wir uns wieder begegnen – zufällig.«

Was hat sie doch für eine spitze Zunge, dachte Thomas. Aber es gefiel ihm schon sehr. Auch wegen der tiefen, dunklen Färbung ihrer Stimme.

Auftritt im Palais

Thomas hatte sich schon mehrmals das prachtvolle Haus von Professor Alfred Pringsheim von außen angesehen. Es wurde auch Palais genannt, obwohl es nicht freistand, sondern auf der einen Seite durch eine Brandmauer mit einem gleichfalls vornehmen, dreistöckigen Nachbarhaus verbunden war. Im Vorüberfahren mit dem Rad, als Spaziergänger mit genauem Blick hatte er das Gebäude in sich aufgenommen, sozusagen seine äußere Hülle. Auf der rechten Seite der reich gegliederten Fassade sah man ein Türmchen mit einem Helm, den eine Wetterfahne zierte. Eine weitere Wetterfahne – vielleicht für den Föhn in München? – trug der Erker an der anderen Flanke, der fast an die Erker im heimatlichen Lübeck erinnerte. Das Gebäude hatte nicht die klassizistische Strenge eines florentinischen Renaissance-Palazzo, beileibe nicht; es war asymmetrisch, unregelmäßig, fast atmete es etwas Verspieltes. Selbst die drei Mansarden hatten ihr eigenes Türmchen. Ganz oben ein Blitzableiter – Pringsheim war nicht nur Mathematiker, er hatte auch Physik studiert. Und am Balkon unterhalb des Erkers eine Fahnenstange. Hier zeigte man zu Kaisers Geburtstag, am Sedantag und bei anderen patriotischen Feierlichkeiten, welcher Geist im Haus wehte: Schwarz-Weiß-Rot. Das Portal wiederum, dem Thomas sich nun näherte, hätte dem Seiteneingang einer Kathedrale gut angestanden.

Er erschien als Besucher, und er kam nicht allein. Eine Dame schritt vor ihm die vier Stufen hinauf, die zur hohen, schweren

Haustür führten. Sie würde ihm das Tor auftun zu den Schätzen, die drinnen seiner harrten. Diese gütige Fee war niemand anderes als Elsa. Sie läutete und warf Thomas über die Schulter hinweg einen freundlich-ermutigenden Blick zu. Der Diener Ignaz empfing sie wie eine angesehene Freundin der Dame des Hauses, und genau das war sie. Seine Dienstauffassung verbot es ihm, seine Neugier für den neuen Herrn, der ihnen da gerade hereinschneite, auch nur andeutungsweise zu zeigen. Er führte die beiden Gäste ins Vestibül, bis an die ausladende, hohe Treppenstiege, die in die zweite Etage führte.

Das hier war sein Antrittsbesuch, die ersten Schritte in eine Welt von Wohlstand, Kultur und Kunst – anders und weit über dem, was ihm aus seinem Elternhaus vertraut war. Von seinen Schwabinger Studentenzimmern und seiner kleinen Junggesellenwohnung ganz zu schweigen. In Rom und Florenz, als er in diesen Städten für sein Renaissancedrama recherchierte, hatte er solche Räume gesehen, kalte Pracht in Museen. Das hier war jedoch lebendig, war bewohnbar. Hier lebten Menschen der Gegenwart und verschönten sich ihre Umgebung durch die Pracht vergangener Zeiten.

Er konnte einen Blick durch die offene Tür links in einen Raum von großer Weite und Tiefe werfen, holzvertäfelt mit Nischen, die Kunstwerke bargen, und augenscheinlich äußerst kostbaren alten Gobelins. Gerade wurde das elektrische Licht eingeschaltet. Die Hausmädchen und einige Helfer waren dabei, eine Reihe von Tischen und Stühlen in das Zimmer zu tragen, das nahezu einem Saal glich.

»Das Musikzimmer, dahinter dann in die Bibliothek!«, kommandierte Ignaz, ehe er sich wieder den Besuchern zuwandte. »Sie müssen entschuldigen. Wir haben morgen unseren großen Tag. Der Ball, nur einmal im Jahr. Es kommen über hundert Gäste. Die Frau Professor empfängt heute zum Tee ausnahmsweise im Speisezimmer. Sie bittet Sie, die kleine Unannehmlichkeit zu entschuldigen.« Mit diesen Worten ging er voran und öffnete die Tür gegenüber.

Wieder so ein stattlicher Raum, mit teurem Kunsthandwerk an sämtlichen Wänden, Gemälde, Fayencen, Silber, Gläser. Am großen Esstisch sahen Elsa und Thomas, der ihr auf dem Fuß folgte, eine Gesellschaft bei Tee und Gebäck sitzen. Aber Katia war nicht darunter. Auf dem mit Damast gedeckten Esstisch stand edelstes Teegeschirr, standen Kannen, Kännchen und zwei Zuckerdosen aus massivem Silber sowie Silberteller mit feinstem Gebäck. Von den Gästen kannte Thomas niemanden.

»Willkommen, liebe Elsa!« Hedwig erhob sich, um die Freundin zu begrüßen. »Ich sehe, du hast uns jemanden mitgebracht. Wie schön!« Und ehe Elsa dazu kam, ihren Begleiter formvollendet einzuführen, streckte die Hausherrin dem neuen Gast erfreut die Hand entgegen. »Ich glaube, ich weiß schon, wer Sie sind. Thomas Mann! Habe ich recht, Elsa?« Und zu ihren anderen Gästen sagte sie: »Liebe Freunde, ich darf euch den Dichter der *Buddenbrooks* vorstellen. Wir freuen uns, ihn in unserem Kreis begrüßen zu dürfen.« Und indem sie Thomas, der kaum wusste, wie ihm geschah vor so viel Gastgeberinnenfreundlichkeit, an einen anscheinend für ihn reservierten Platz mit dazugehörigem Teegedeck dirigierte, begann sie schon das Gespräch auf den Roman und seinen Autor zu lenken, um ihm Gelegenheit zu geben zu glänzen und zugleich ihre Gäste bestens zu unterhalten. Sie war als charmante, geschickte Gastgeberin in München stadtbekannt.

So sprach Thomas nun, etwas zögernd zunächst, aber bald freier, über die Buddenbrooks und ihre Welt, über Lübeck, ihre und seine Heimat im Norden, dann über den Süden, wo er große Teile des Romans geschrieben hatte. Als er über Rom und Palestrina sprach, durfte der Name seines älteren Bruders Heinrich nicht fehlen, mit dem zusammen er damals dort gelebt und gearbeitet hatte. In München, so gestand er, habe er gelegentlich immer noch ein Gefühl von Fremdheit, obwohl er nun doch fast zehn Jahre hier wohne.

»Ich war neunzehn, als ich in diese Stadt kam. München war für mich ein Umzug in eine andere Welt.«

»Trösten Sie sich, lieber Herr Mann. Ich bin auch eine Zuagroaste«, warf Hedwig ein. »Schlimmer noch: eine Saupreißin, wenn Sie es genau wissen wollen. In welcher Ecke unseres schönen Münchens wohnen Sie denn, wenn ich fragen darf?«

»In Schwabing, in der Konradstraße, direkt hinter der Siegessäule.«

»Da haben Sie ja sicher längst unsere Boheme und das Künstlervolk kennengelernt?« Elsa hatte diese Frage nur gut gemeint, aber Tommy spürte, dass damit die Befragung und Beäugung von Hedwig Pringsheims Neuerwerbung durch die anderen Gäste begonnen hatte. Er musste auf der Hut sein.

»Die Boheme? Meinen Sie die jungen Leute in dem unordentlichem Aufzug? Künstler, die sich am Nachmittag zum Frühstück treffen? Nein, die kenne ich nicht.«

Herr Kommerzienrat Breitmüller – er schien sehr von sich überzeugt zu sein – hakte nach: »Aber unsere Edelboheme, die kennen Sie schon, oder?«

»Sie meinen gewiss Stefan George und seinen Kreis?«, erwiderte Thomas.

»Seinen Kreis junger Männer!«, rief Frau Kommerzienrat Breitmüller dazwischen, die für den Nachmittagstee ihre Schmuckschatulle geplündert hatte.

Damit war für Tommy ein undankbares Thema eröffnet. Stefan George, dieser hehre, elitäre Dichter, der sich mit einem priesterlichen Nimbus umgab und vornehmlich junge Männer um sich scharte.

»Die einen Kult treiben um die Schönheit der Jugend, der männlichen!«, giftete Frau Kommerzienrat Breitmüller noch.

Aber sofort widersprach ihr eine junge Frau, ein Mädchen fast, hübsch, aber unscheinbar in ihrem schlichten, selbst geschneiderten

Reformgewand. Eine Person, die gar nicht in diese Umgebung zu passen schien. Es war Anna Maria, die Schwester von Ludwig Derleth, einem Menschen, der in Schwabing »der Prophet« genannt wurde. Er stand mit dem George-Kreis in Kontakt. Eigentlich war er ein Gymnasiallehrer, aber in München kannte man ihn als Schriftsteller, etwas exzentrischer noch als die meisten seiner Kollegen. Seine Schwester also empfand es als höchst angebracht, die Dinge klarzustellen. Sie sprach leise, aber sehr bestimmt. Fast hatte ihr Ton etwas Hohepriesterliches, das in seltsamem Kontrast zu ihrem schlichten Äußeren stand.

»Alles Missgunst und Gerede.«

Frau Kommerzienrat Breitmüller war einen Moment lang verblüfft, dass ihr jemand zu widersprechen wagte, noch dazu in einer derart pikanten und hinter vorgehaltener Hand getuschelten Angelegenheit. Sie fuhr aber unbeirrt fort: »Was man so hört, soll es in dem Kreis Feste der Liebe geben, der homoerotischen.«

»Nur dumme Gerüchte, Neid und Lüge«, wies Anna Maria Derleth die Frau Kommerzienrat nicht unfreundlich, aber entschieden zurecht.

Ehe Hedwig eingreifen konnte, die befürchtete, dass das Gespräch die Sphäre des freundlich Unverbindlichen verlassen könnte, schaltete sich wieder Kommerzienrat Breitmüller ein, ein nur oberflächlich jovialer Geschäftsmann.

»Aber Sie, Herr Mann, was sagen Sie dazu, Sie als Dichter, als ein Kollege von diesem Stefan George?«

Diese Breitmüllers sind heute das erste und letzte Mal hier, dachte die Gastgeberin empört. Es war entschieden ein Fehler gewesen, sie überhaupt einzuladen. Eine Urlaubsbekanntschaft! Das Publikum in den Kurbädern war auch nicht mehr das, was es einmal war. Doch noch ehe sie ihren neuen Gast gegen diese plumpe Frage in Schutz nehmen konnte, die ihn beinahe mit diesen Schmutzereien in Verbindung bringen zu wollen schien, hatte der Befragte selbst geantwortet.

»Aber ich bitte Sie, Herr Kommerzienrat«, sagte Thomas konziliant mit einem verständigen, dünnen Lächeln. »Der Meister George – ich sah ihn tatsächlich ein- oder zweimal – schreitet durch ein Café wie ein Bischof durch die Mitte von Sankt Peter, den römischen Mantel über die Schultern geworfen.« Dabei spielte er den Gesichtsausdruck des Dichters, die Nase hoch in den Himmel gehoben, trefflich nach. In das Gelächter der Tischrunde hinein dann sein vernichtendes Fazit: »Es ist einfach albern!« Damit war die ganze Richtung erledigt, künstlerisch wie erotisch. Und er war aus dem Schneider.

Hedwig, Elsa und noch einige andere der Tischrunde nickten ihm zustimmend zu.

»Ich habe es selber erlebt«, ergänzte Hedwig, »auf einer Art Weihefeier bei Wolfskehls, zu der ich kurzfristig eingeladen war. Ein unverständliches Festspiel, das in singender Weise gesprochen wurde, mit ihm, dem Meister, als Mittelpunkt. Den ganzen Abend lang genoss er göttliche Ehren. Als ich ihm vom Gastgeber vorgestellt werden sollte, wie es sich schließlich gehört, lehnte er das einfach schroff ab. Stellen Sie sich das vor! Im Übrigen war mir die ganze Gesellschaft peinlich mit ihren gesuchten und gewollten Boheme-Allüren, bei denen der Bourgeois an allen Ecken und Enden hervorspitzt! Das falsche Pathos, dieses ganze Getue ...«

Ehe sie sich weiter empören und die Geschichte zu Ende erzählen konnte, dass sie nämlich schon um Mitternacht geflüchtet sei, tauchte plötzlich ihre Tochter Katia in der Tür des Speisezimmers auf. Sie trug die modische und praktische Radlerhose, mit der sich die Damen im Straßenverkehr bewegen konnten, ohne allzu viel Anstoß zu erregen.

»Mama, entschuldige. Wir waren mit dem Radel unterwegs, der Klaus und ich.« Katia zeigte auf das verschmutzte Beinkleid. »Wenn es auch nur ein wenig geregnet hat, spritzen einem die Räder den Dreck an die Waden. Klaus meint, dass wir ausschauen wie die Küh auf der Weide.«

»Das ist ja köstlich!« Thomas stand auf. Er war hocherfreut, endlich dem Fräulein Pringsheim in diesem Kreis, noch dazu in Gegenwart ihrer Mutter, vorgestellt zu werden. Dazu war er doch eigentlich hergekommen.

Hedwig setzte an: »Elsa hat uns Thomas Mann mitgebracht. Ein Dichter. Er hat ›Tonio Kröger‹ und die *Buddenbrooks* ...«

Doch ehe sie die Vorstellung vollenden konnte, war Katia wieder auf dem Sprung. Sie blickte kurz zu Thomas hinüber und nickte ihm freundlich zu. Dann verkündete sie der Tischrunde laut und nachdrücklich: »Ich hab nasse Füß!« und entschwebte mit tröpfelnden Stiefeletten in den ersten Stock.

»Tja. Jetzt ist sie weg.« Elsa, die Komödienschreiberin, fand diese Wiederholung ihres Satzes vom ersten Zusammentreffen der beiden jungen Leute in ihrem Haus äußerst amüsant, der enttäuschte Thomas entschieden weniger.

Als er es eine halbe Stunde später angemessen fand, sich zu empfehlen, hatte sich Katia noch nicht wieder sehen lassen lassen. Das Gespräch bewegte sich in friedlicheren Bahnen. Thomas hatte alle Untiefen gekonnt umschifft und, ohne sich in den Vordergrund zu drängen, einen angenehmen, souveränen Gesamteindruck hinterlassen. Besonders bei der Gastgeberin. Ein bisschen steif vielleicht, wie es nun einmal die Art dieser Norddeutschen war, und vielleicht ein bisschen zu selbstbezogen – aber welcher Künstler war das nicht? Das würde sich alles einpassen, der Mann war entschieden eine Bereicherung für ihren Kreis. Vielleicht auch mehr?

Hedwig begleitete den neuen Gast persönlich zur Tür. Ihn nicht zu ihrem großen Hausball am morgigen Abend einzuladen, wäre eine grobe Unhöflichkeit – er hatte die Vorbereitungen ja gesehen, der Lärm vom Umräumen im Vestibül war sogar am Teetisch immer wieder zu hören gewesen, und man hatte auch darüber gesprochen. Überdies wäre Elsa womöglich verschnupft, denn sie hatte den heutigen Termin sicher nicht ohne Hintergedanken für die Einführung ihres Schützlings gewählt. Jetzt aber sprach Hedwig die Einladung gern und mit herzlicher Überzeugung aus.

»Wenn ich Ihnen nicht zur Last falle …«, entgegnete Thomas mit konventioneller, ihm hier aber gut zu Gesicht stehender Bescheidenheit.

»Ich bitt Sie! Wir erwarten 125 Gäste!«

»Nummer 126 bedankt sich herzlich für die Einladung.«

Der große Ball, der Traum

Am 22. Februar 1904 war das palaisartige Haus in der Arcisstraße hell erleuchtet. Kutschen, teils in Zweiherreihen, drängten sich vor dem Eingang und entließen Gäste ins Haus. Thomas war wie zuvor zu Fuß gekommen und wartete nun darauf, dass man ihm Mantel, Hut und Schal gegen ein kleines Billett abnahm, wie man es aus dem Theater gewohnt war. Er war etwas spät dran, und so hatten sich die meisten Gäste schon in den weiten Räumen des Hochparterres verteilt. In kleinen und größeren Gruppen standen sie plaudernd beisammen. Man kannte sich oder wurde gerade von Bekannten vorgestellt. Mietlakaien mit Tabletts voller Sektgläser bewegten sich elegant in der Menge. Andere dienstbare Geister schenkten den sprudelnden Champagner in die bereitgehaltenen Gläser, so viel man nur haben wollte. Thomas ließ das Gesumme der vielen Stimmen auf sich wirken, übertönt vom Gelächter, das sich hier und dort aus der Klangwolke erhob, perlend, wenn es von geistreichen Damen kam, dröhnend nach einem weniger eleganten Herrenwitz. »Die Kerle nannten sie Frau Venus, kein Feuerstieben, meine Herren, es war die reine Feuersbrunst!« Thomas kannte den Erzähler, einen kleinen Herrn mit kahlem Kopf, vom Sehen; er wollte aber einen solchen Kreis nicht stören.

Ließ man sich etwas treiben, hörte man von allen Seiten Stimmen, Wortfetzen, ganze Sätze, sogar ganze Szenen wurden zum Besten gegeben. »Am Ende wird eine Hure auf offener Bühne ermordet. Ein Lustmord!« Offenbar ging es um ein Theaterstück.

Eine zweite Frauenstimme ergänzte das Bild: »Und dann wischt er sich die blutigen Hände am Rock dieser lesbischen Gräfin ab!« Und wieder die erste Stimme, genüsslich: »… die er auch abgestochen hat.« Wie begeistert die beiden Damen in ihren eleganten Abendroben, mit den kunstvoll aufgetürmten und perlengeschmückten Frisuren davon berichteten! Und sie sahen ganz friedlich dabei aus!

»Es war natürlich eine Privatvorführung«, ergänzte einer der sie umgebenden Herren. »Der Anwalt Bernstein hatte die Idee, um so die Zensur zu umgehen.«

Thomas hatte längst gemerkt, worum es hier ging, verfolgte er doch das literarische Tagesgeschehen mit den Augen eines Wettbewerbers. Es handelte sich um das neue Stück von Frank Wedekind, dessen einmalige, nur für Vereinsmitglieder zugängliche Vorführung eine hohe Obrigkeit in ihrer unerforschlichen Weisheit nun doch genehmigt hatte. *Die Büchse der Pandora* endete nämlich in London mit einem Auftritt des berühmten Frauenmörders Jack the Ripper.

Als er einige Schritte weiterging, vernahm er das Gespräch zweier Kunstkenner, die dabei waren, den Preis der in den prächtigen Neorenaissance-Räumen des Hauses Pringsheim ausgestellten Kunstsammlungen zu beurteilen. Dazu zählten die Gobelins, vor allem aber die Majoliken, italienische Keramikarbeiten aus dem 15. und 16. Jahrhundert.

»Der Professor muss ein Vermögen für seine Sammlungen ausgegeben haben!« Einem kleinen Männlein mit einem Spitzbart und flinken Augen blieb der Mund offen stehen vor Bewunderung.

Der andere, behäbiger und bajuwarisch gelassen, konnte nur lachend zustimmen. »Ja, ja. Aber das zahlt er von den Zinsen. Die Millionen liegen beim Schwager Rosenberg in der Berliner Handelsgesellschaft. Pringsheim gehört in unserem München wohl zu den reichsten Männern, wie sein Vater in Berlin zu den reichsten Männern Preußens zählt. Aber für unsere Geschäfte ist das ja gut, vor allem die Kunsthändler und Antiquariate lässt er nicht verkommen. Auch unsere Maler profitieren von ihm, natürlich nur die anständigen, die arrivierten.«

Den Spitzbärtigen plagte noch eine Frage: »Pringsheim hat sicher dem mosaischen Glauben abgeschworen, nicht wahr?«

»Nein, nein! Dafür ist er viel zu stolz. Unter das Joch wäre der nicht gegangen. Aber er kann es sich leisten. Seine Frau ist allerdings mindestens in der zweiten Generation protestantisch – wie auch die Kinder.«

Und wieder der Spitzbärtige, der sich, nahe an die Kunstobjekte herantretend und sie dann wieder aus der Distanz würdigend, fortgesetzt seinen Kneifer auf- und abgesetzt hatte: »Aber Religion spielt bei diesen Juden eigentlich keine Rolle mehr.«

»Ja – eigentlich«, stimmte der Beleibte zu.

Thomas hatte genug gehört und entfernte sich schnell, hoffentlich war sein Lauschen niemandem aufgefallen. Was die Herren da gesprochen hatten – nichts davon war ihm neu.

Durch ein Säulenportal ging er in das Musikzimmer, das eher ein Saal war. Die Tische, die gestern während seines Antrittsbesuchs polternd herangeschleppt worden waren, hatte man nun äußerst reichhaltig und erlesen eingedeckt. Hübsch gestaltete Tischkarten zierten jeden Platz und zeigten an, wo die Herrschaften ihr Mahl einnehmen sollten. Im Vorübergehen versuchte sich Thomas einen Eindruck davon zu verschaffen, mit wem er es zu tun bekommen sollte, aber die meisten Namen sagten ihm nichts. Eugenie Schaeuffelen … Dr. Schwenninger … oho, immerhin: ein Graf von Pestalozza zu Tagmersheim … Helene Guggenheimer – gab es da nicht einen Politiker dieses Namens? Hugo Bruckmann – das war doch dieser Verleger, der mit dem unseligen Antisemiten Houston Stewart Chamberlain und seinem Buch *Die Grundlagen des Neunzehnten Jahrhunderts* viel Geld verdiente. Thomas vermied es, an sein kurzes Zwischenspiel bei Heinrichs Zeitschrift *Das Zwanzigste*

Jahrhundert zu denken. Hatte dieser Bruckmann nicht sogar eine rumänische Prinzessin geheiratet, und würde die heute hier erscheinen? – Aber da stand Korfiz Holm, sein Kollege aus der Zeit, als er beim *Simplicissimus* als Lektor ein wenig Geld dazuverdiente. Hoffentlich würde der sich nicht den ganzen Abend an ihn hängen.

In diesem Moment hatte die Hausherrin den Neuling auf ihrem großen Fest entdeckt. Sie steuerte in Hochstimmung auf ihn zu. »Und jetzt suchen Sie Ihre Tischkarte. Kommen Sie doch bitte mit.«

Sie führte ihn an einen Tisch vor den Platz mit seinem Namensschild. Höchst neugierig war er, wem sie ihn als Tischdame beigesellt hatte. Natürlich, sie hatte ihn neben Elsa gesetzt.

»Das ist ja sehr erfreulich, besten Dank. Wir haben uns immer viel zu sagen.« Sinnend hielt er einen Moment seine Tischkarte in der Hand und stellte sie schließlich wieder an ihren Platz. »So ohne Tischkarte, die einem seinen Platz zuweist und ihn für einen markiert, würde man vielleicht für einen Hochstapler gehalten werden«, erklärte Thomas.

»Das sind interessante Menschen, diese Hochstapler!« Hedwig entdeckte ihre Freundin Elsa und winkte sie herbei. »Elsa, Thomas Mann interessiert sich für Hochstapler!«

Elsa fand sich blitzschnell ins Thema, schließlich war sie Schriftstellerin. »Maskiert als Adlige leben sie in den ersten Hotels. Oder sie geben sich als Erben amerikanischer Vermögen aus.«

»Der äußere Anschein genügt, damit ihr Spiel gelingt. Denn Schauspieler sind sie alle, die ihre Rollen beherrschen, wenn sie die große Welt nachspielen«, fügte Thomas hinzu.

Elsa brachte es auf den Punkt: »Gut angezogene Männer, die nicht sind, was sie scheinen. Max meint, der Hochstapler sei der Typus unserer Zeit. Auch das Kaiserreich spielt viel Theater.«

»Und Operette«, ergänzte Hedwig. »Unsere Höchste Majestät soll ja an die hundert Kleider im Schrank haben. Für alle Rollen fantastische Kostüme.«

»Und Sie, Herr Mann«, fragte Elsa, »haben Sie schon ein verdächtiges Individuum entdeckt?«

»Gott bewahre! Ich für meine Person jedenfalls habe heute meine beste Weste angezogen, einen frischen Kragen umgebunden ...«

»Einen feinen Frack und die passenden Lackschuhe dazu. Das könnte auch wieder verdächtig sein«, überlegte Elsa.

Hedwig schüttelte den Kopf. »Elsa, ich bitte dich! Ihr Dichter lasst euch immer von euren Fantasien fortreißen.«

Aber Elsa fantasierte nicht. »Ich habe doch seinen ›Tonio Kröger‹ gelesen, und wenn ich es noch gut in Erinnerung habe, ist da die Hauptfigur, selber ein Schriftsteller, auf der Durchreise in seiner Heimatstadt von der Polizei als Hochstapler verdächtigt worden. Man hätte ihn fast verhaftet.«

»Aber heute komme ich nicht als Tonio Kröger zu Ihnen, sondern rein als Mensch.«

Hedwig und Elsa hoben Thomas ihre Gläser entgegen, um mit ihm anzustoßen. »Wir sind froh, dass wir Sie heute bei uns haben. Als Mensch und als Thomas Mann!«

Ein wenig beglückwünschten die Damen sich dabei auch selber. Hedwig dafür, dass sie anscheinend eine interessante Neuerwerbung für ihren Salon gemacht hatte, und Elsa für die erfolgreiche Vermittlung ihres Schützlings. In diesem Fall hatte ihre Neugier, wie das mit dem Herrn Mann und Katia weitergehen würde, über die Konkurrenz mit der Salondame Pringsheim gesiegt. Hedwig hatte sich bei ihrer Freundin nicht beschwert, nachdem sie von Katia gehört hatte, wer neben Otto Julius Bierbaum am Tisch platziert war. Warum auch? Beide waren daran interessiert, wie sich die Geschichte entwickeln würde.

»Ach, diese Gastgeberpflichten ... Sehen Sie die Baronin Maurice? Sie winkt und verlangt nach mir.« Und schon war Hedwig in der Menge verschwunden.

»Und ich sehe, dass Sie auch jemanden entdeckt haben!«

Thomas' Blicke hatten es Elsa verraten: Sie waren auf zwei Personen gerichtet, die drüben in der Bibliothek nahe beieinanderstanden und offenbar höchst vertraut miteinander plauderten.

»Jetzt ist sie da und läuft nicht mehr weg.« Natürlich hatte Elsa sofort erkannt, wen Thomas anstarrte: Es waren Katia und ihr Zwillingsbruder Klaus. Obgleich das nicht *comme il faut* war, musste man dem jungen Menschen doch behilflich sein. So drängelten sich die beiden gemeinsam in Richtung der Geschwister.

»Katia – ihr kennt euch ja. Aber das ist Klaus und das Thomas Mann, ein Gast, der zum ersten Mal von eurer Mutter auf den Ball eingeladen wurde.«

»Ja, zweimal sind wir uns begegnet«, entgegnete Katia, ohne grosses Interesse zu signalisieren.

»Nun, aller guten Dinge sind drei. Und damit kann ich euch wohl allein lassen.« Elsa konnte beruhigt gehen, sie hatte ihr Möglichstes getan.

Jetzt stand es wieder ganz nah vor Thomas, das Mädchen aus der ersten Reihe. Das perlblasse Gesicht, ihre dunklen, redenden Augen …

»Er hat uns öfter mal im Kaim-Saal gesehen, von Weitem zwar, aber durch sein Opernglas. Klaus, wie findest du das? Er hat uns ausspioniert«, setzte Katia das Gespräch fort.

»Aber Katia, das tun doch alle, herumschauen und herausfinden, wer da ist. Das machst du doch selber auch«, erwiderte Klaus.

»Erst einmal war das ganz zufällig«, bemühte sich Thomas zu sagen. »Aber dann – nun ja, Sie sind auch eine besondere Erscheinung, eine, die in der Menge auffällt. Ihr Perlenschmuck, dazu dieses besonders schöne Kleid aus seegrüner Seide neulich beim Mahler-Konzert …«

»So etwas merken Sie sich? Und ich hatte angenommen, meine Kleider wären eher von unauffälliger Eleganz.«

»Wie Sie wissen, ich bin ein Schriftsteller. Wir beobachten, das ist eine Art Berufskrankheit, und wir merken uns, was wir wahrnehmen. Besonders, wenn es etwas so Angenehmes ist wie Sie, Fräulein Pringsheim.« Aus der Nähe betrachtet war alles so, wie er es von Weitem gesehen hatte. Nun kam aber wie beim Bernstein-Dinner wieder die Stimme dazu, dunkel und rau, sehr ungewöhnlich für ein junges Mädchen. Aufregend, ja verwirrend war das.

Eine kleine Pause der Verlegenheit trat ein, in der Katia keine Anstalten machte, das Gespräch fortzuführen. Thomas betrachtete das Gemälde an der Wand hinter den Zwillingen. Er kannte es seit Langem: »Kinderkarneval« von Kaulbach, einem der Münchner »Malerfürsten«. Er wusste, dass darauf die Kinder der Familie Pringsheim abgebildet waren. Alle als Pierrots verkleidet, die vier Brüder und ihre kleine Schwester.

»Fräulein Pringsheim, das sind Sie da auf dem Bild, oder?« Er deutete auf die niedliche kleine Pierrette links außen.

»Getroffen, Sie haben einen guten Blick.« Klaus spürte von Anfang an eine gewisse Sympathie für den jungen Mann, der ein Künstler war, wie er selber es zu werden fest vorhatte, wenn auch als Komponist. Katia dagegen sah es nüchterner.

»Ist doch einfach zu erraten. Ich bin die Einzige, die ein Kleidchen trägt.«

»Also, wo bin *ich* auf dem Bild?«, fragte Klaus.

Katias Zwillingsbruder, das konnte nicht so schwer sein. Thomas zeigte auf den Jungen direkt neben Katia, der seinen Kopf an die Schulter des Pierrots neben ihm lehnte.

Klaus nickte zur Bestätigung. »Wie ich es dir sage, Schwesterchen: Dieser Mann hat einen guten Blick.«

»Wie kam es zu dem Bild?«, fragte Thomas. »Waren Sie wirklich in dieser hübschen Verkleidung auf einem Faschingsfest und der Maler hat Sie dann …«

»Ja, so ungefähr lief das ab. Mama hatte die Idee, und hatte die

Kostüme schneidern lassen. Und in den Kostümen hatte uns Kaulbach gesehen. Und war begeistert. Dann kam vom Vater der Auftrag und so landeten wir im Atelier. Wir wussten auch von allein, dass wir putzig aussehen sollten.«

Diese Stimme! »Und wer sind die anderen Pierrots auf dem Bild?«

Zu Thomas' Bedauern übernahm nun Klaus die Erklärung. »Das neben mir ist mein Bruder Peter, der studiert Physik. Und das ist Heinz, der wird Archäologe in Göttingen. Und das da, das ist der Älteste, Erik. Der hat sogar in Oxford studiert, aber zurzeit arbeitet er als Gerichtsreferendar in Garmisch. Na ja. Das liegt ihm gar nicht, viel lieber wäre er Offizier. Er reitet sehr gut, er war als Einjährig-Freiwilliger bei den Ulanen.«

»Unser Vater ist dagegen.« Endlich wieder Katias Stimme! »Das Militär, das ist für ihn keine vernünftige Wahl, das ist ihm viel zu ungeistig.«

»Danke, dass Sie ein Rätsel gelöst haben.«

»Ein Rätsel – was für ein Rätsel?«

»Das Rätsel, wer diese Kinder in Wirklichkeit sind. Sie werden es mir nicht glauben, aber als Schüler hatte ich dieses Bild über meinem Schreibtisch angebracht.«

Katia wollte es tatsächlich nicht glauben. »Woher hatten Sie denn diese Abbildung?«

»Aus einer Zeitschrift. Kaulbach war damals schon eine Berühmtheit, und gerade dieses Bild fand viele Liebhaber im Norden.«

»Und so haben Sie unsere fünf Pudelköpfe jahrelang vor der Nase gehabt und sich daran gefreut? Als Gymnasiast?« Katia war immer noch nicht so recht überzeugt.

»Ja, es hat mir gefallen. Aber das Original gefällt mir viel besser!« War das nicht wieder ein bisschen zu plump?

Ehe die bezaubernde Stimme Gelegenheit hatte zu antworten, trat Hedwig dazu, die das Gespräch einen Augenblick lang verfolgt hatte. »Lieber Herr Mann, jetzt muss ich Sie wirklich mitnehmen und einigen Gästen vorstellen«, sagte sie und zog ihren Gast mit sich.

Im Weggehen wandte Tommy sich noch einmal Katia zu: »Diesmal verschwinden Sie nicht gleich wieder, oder? Wir sehen uns hoffentlich noch.«

Katia machte es kurz: »Ich wohne hier.«

»Echt Katia«, sagte Hedwig. »So ist sie eben.«

Und Katia war auch noch so, als sie diese Begegnung mit ihrem Bruder besprach. »Wie er mich anschaut, der junge Mann – dieses werbende Lächeln, dabei stocksteif, und diese kreidige Stimme, die kalten Augen, die mich mit Haut und Haar in ihnen hineinstrudeln wollen … Ich glaube ihm kein Wort.«

Klaus drückte seine Schwester herzlich an sich. »Aber Katia, sei doch nicht so misstrauisch. Das kann doch alles sein, wie er es sagt. Ein Bild, das er aus Schülertagen in sich trägt – und plötzlich steht ein Teil davon leibhaftig vor ihm. Das ist doch irgendwie …«

»… märchenhaft«, ergänzte Katia etwas gallig.

»Kann das Leben nicht auch mal märchenhaft sein?«

»Ich glaube nicht daran, jedenfalls nicht bis zum Beweis des Gegenteils. Dir scheint er ja zu gefallen.«

»Und unserer Mutter gefällt er auch.«

Hedwig hatte ihren Gast inzwischen einem Bekanntenkreis zugeführt, in dem er nicht nur seine Tischdame wiederfand, sondern auch ihren Mann, den kulturbeflissenen Justizrat Max Bernstein, dessen begeisternde, verdammende Plädoyers besucht wurden wie sensationelle Theateraufführungen. Es hieß, das Münchner Kammergerichtsgebäude hätte extra wegen des Andrangs zu »seinen« Prozessen ausgebaut werden müssen. Hier hielt er sich natürlich zurück, als man nun Thomas zu seinen *Buddenbrooks* befragte. Es hatte sich bis München herumgesprochen, dass der Roman in Lübeck stark abgelehnt wurde. Viele Bürger hatten sich in seinen böse-spöttisch gezeichneten Figuren wiedererkannt. Tommy verteidigte sich vehement gegen einen Anwurf, der auch aus dieser Runde gekommen war.

»Aber der Dichter ist doch kein Vampir, der sich von fremdem Blut ernährt! Gewiss, ich weiß, dass die Leute in Lübeck schon unter der Hand einen Schlüssel herumreichen, wer denn wer in den *Buddenbrooks* ist. Aber das ist alles Unsinn!«

Max Bernstein, der etwas von Literatur verstand – er hatte geholfen, den Naturalismus in Deutschland durchzusetzen –, übernahm die Verteidigung. »Schriftsteller benutzen oft Personen aus dem wirklichen Leben als Modelle für ihre Figuren. Aber so eine Figur ist dann kein bloßes Abbild der lebendigen Person, von Lieschen Müller, sie ist als Teil eines Kunstwerks viel mehr. Und genau das ist das Entscheidende – dieses Mehr, das der Autor hinzutut, die Überformung.«

Dankbar nickte Thomas dem Mann mit dem Kneifer und dem Schnauzbart zu. »Genau das macht ein Dichter, wenn er eine wirkliche Person in eine, in seine Figur verwandelt, um sie in einem Roman lebendig auftreten zu lassen.«

»Seine Figur, die ist seine Erfindung. Und damit ist sie sein Eigentum.« Damit hatte Max Bernstein kurz einen Grundzug des Copyrights erklärt.

»Herr Justizrat, wenn Sie gestatten …« Thomas wollte das unbedingt noch weiter ausführen. »Wenn ich das als Künstler sagen darf: Es ist mehr als nur eine Erfindung. Der Dichter, wenn Sie mir den Ausdruck erlauben, nimmt die Personen, das Material, und in der Gestaltung – ich muss es so ausdrücken – beseelt er die Figuren, lässt sie wieder als lebendige Menschen vor uns erscheinen.« Er warf dabei einen kurzen Seitenblick auf Katia und Klaus, die sich inzwischen dazugestellt hatten.

Eine Dame wollte sich damit aber nicht zufriedengeben. »Aber die Leute in Lübeck haben sich doch beschwert, weil Sie sie so ironisch und manchmal boshaft genau geschildert haben, dass Sie zum Beispiel diesen Christian als einen lebensuntüchtigen Hypochonder beschrieben haben. Und gerade das soll ein Onkel von Ihnen sein!«

»Verstehen Sie doch, Frau Amtsgerichtsrat!« Nun griff Elsa ein. Auch sie wusste, wovon sie redete. »Der Onkel ist das Modell, und Christian Buddenbrook ist Literatur!«

»Besser hätte ich es nicht sagen können«, stimmte Thomas ihr zu. »Meine Literatur – es geht dabei immer nur um mich. Lübeck, das habe ich erlebt – *Buddenbrooks*, das ist mein Traum davon.«

Herr Schaeuffelen, der Gatte von Hedwigs bester Freundin, nahm die Vorlage auf. »Aber wo sind *Sie*? Wo haben Sie sich in Ihrem Roman offenbart – oder versteckt?«

»In allen Figuren lebt ein Dichter mit einem Teil seiner selbst. So wie Goethe im Faust und im Mephisto lebt.«

Ein kleines, leicht verlegenes Gelächter war die Folge. Nicht nur Katia lächelte etwas sparsam. Dieser Thomas Mann will sich doch nicht etwa mit Goethe …

Ein flotter, offenbar etwas begriffsstutziger junger Mensch, Reserveleutnant oder so, löste die Spannung, von der er nichts bemerkt hatte. »Was? Goethe lebt auch im Teufel? Meinen Sie das im Ernst?«

»So ernst, wie es Goethe gemeint hat. Glauben Sie mir, er wusste davon.« Thomas blieb heute keine Antwort schuldig, zumal er eine besonders interessante Zuhörerin im Blick hatte.

Der Gong bat in diesem Moment zu Tisch. Eine Heerschar von Bediensteten trug nun die Speisen und Getränke an die Tische. Die Hausmädchen mit den Weinen – jeweils roten und weißen hatten sie dabei – gingen von Tisch zu Tisch. Eine Kapelle, die auf einem Podium vor dem Erkerfenster des Musikzimmers Platz genommen hatte, Studienfreunde von Klaus darunter, spielte harmlose Salonmusik.

Noch ehe Thomas sich an seinem Platz niederlassen konnte,

sprach ihn ein Herr unbestimmten Alters an. Er trug einen hängenden Schnauzbart und einen nicht ganz so eleganten Abendanzug. Er war schlank und sehr groß.

»Verzeihen Sie, verehrter Meister – ich darf Sie doch Meister nennen?« Thomas nickte irritiert, fast ungnädig. Was wollte der Mensch? »Ich bin schon seit langen Jahren ein Verehrer Ihrer Kunst, insbesondere der kleinen Form – womit ich nichts gegen die *Buddenbrooks* gesagt haben will, Gott behüte! Schon ›Der Kleiderschrank‹, und dann, ach, ›Der kleine Herr Friedemann‹, und nun noch der ›Tristan‹ …«

»Herr …?«

»Koechlin. Sebastian Koechlin aus Görlitz. Meines Zeichens Buchhändler.«

»Ein schönes Metier, Herr Koechlin, wenn auch nicht jedermanns Sache. Mein Bruder Heinrich … Doch warum erzähle ich Ihnen das? Was kann ich für Sie tun?«

»Vor allem wollte ich Ihnen meine grenzenlose Verehrung zu Füßen legen. Doch dann, als ich soeben Ihren so erhellenden Ausführungen lauschte, kam mir eine Idee.«

»Würden Sie mir anvertrauen, welche?«, fragte Thomas, Schlimmes befürchtend.

Koechlin kaute verlegen an seinen Schnurrbartspitzen. »Ja, also … in Görlitz, da haben wir, was Sie vielleicht nicht so wissen, auch ein sehr reges literarisches Leben. Gesetzt den Fall nun, Sie kämen einmal nach Görlitz, würden Sie uns vielleicht die Ehre antun, dort einen Abend aus Ihrem Novellenwerk zu gestalten und uns vor allem einige Erläuterungen dazu zu geben? Leider könnten wir Ihnen nur ein kleines Honorar bieten, aber für Ihre Bequemlichkeit würden wir, würde ich alles tun.«

»Besten Dank, mein lieber Herr … Koechlin, Ihr Angebot ehrt mich über die Maßen. Wenn mich einmal der Weg nach … Görlitz führen sollte … man wird sehen, was sich machen lässt.«

»Ich danke Ihnen, verehrter Meister, ich danke Ihnen aus vollstem Herzen!« Und es sah fast so aus, als wollte der lange Mensch sich hinabbeugen, um Thomas' Hand zu küssen.

Der war erleichtert, als der Verehrer sich beglückten Schrittes entfernte und er sich an seinen Tischplatz begeben konnte. Ob die Person vielleicht wenigstens als Figur zu gebrauchen wäre, als Karikatur, am Rand eines Festes?

Bella figura

Die erste Runde war überstanden, so schien es ihm. Er hatte sich wohl recht gut geschlagen. Keinen Fauxpas begangen auf dem glatten gesellschaftlichen Parkett, maßvoll und nicht ungeschickt kleine Spitzen pariert, sogar Bedeutendes geäußert, wenn sich die Gelegenheit dazu bot. Es gab hier Menschen, die ihn kannten, ja, bewunderten, die wussten, wen sie vor sich hatten. Man hörte ihm zu, mehr sogar, man hörte auf das, was er sagte. Diejenigen, die noch an ihm zweifelten, würde er schon noch von sich überzeugen. Wenn er nur einigermaßen frisch war, machte er anscheinend eine *bella figura*. Er hatte wohl so etwas wie ein Talent zum Repräsentieren, ein geradezu fürstliches Talent … Und es steckte ja auch etwas dahinter. Die 3000 Stück Auflage bei den beiden Novellenbänden waren ja kaum der Rede wert. Aber von den *Buddenbrooks* hatte Samuel Fischer inzwischen 18 000 Exemplare abgesetzt, in Worten: achtzehntausend! Bei den 20 Prozent, die ihm sein Verleger wie üblich vom Ladenpreis eingeräumt hatte, waren das – Moment! – bei einem Buchpreis von fünf Mark, fünfmal 18 000, das machte 90 000, und nun wieder ein Fünftel davon … Dafür muss eine alte Frau eine Weile stricken, hätte er fast gedacht. Zusammen mit der Anerkennung, ja Bewunderung, die ihm hier entgegenschlug, in diesen kulturell hochstehenden Kreisen, war das ein Fundament, auf dem sich etwas Größeres aufbauen konnte. Etwas ganz Großes vielleicht.

Das beinahe palastartige Ambiente, der edle Rahmen dieser

Festlichkeit, die selbstverständlich anmutende Aufnahme in einen Zirkel kulturgetränkter, geldgepolsterter Großbürgerlichkeit, ein wenig vielleicht auch der Champagner, dem er zwischendurch zugesprochen hatte, wurde er einem doch unentwegt zugereicht, ohne dass man es so recht bemerkte – all das hatte Thomas in eine gehobene Stimmung versetzt, sehr selbstbewusst und dabei zugleich selbstvergessen, fast wie in einem überaus wohligen Fiebertraum. So spielte er die Möglichkeiten einer grundsätzlichen Lebenswende durch. »Ich habe geruht, mir selber eine Verfassung zu geben«, nannte er das später. Und Katia, die Prinzessin mit der perlblassen Haut, den sprechenden Augen und der erregend tiefen, etwas rauen Stimme, spielte eine überragende, ja die entscheidende Rolle dabei. Schon als Kind hatte Thomas sich manchmal gern als einen Prinzen gesehen, der inkognito durch die Alltagswelt spazierte, ohne dass die anderen seine Hoheit wahrnahmen. Das war sein Traum von Größe, und er war es im Grunde immer noch. Warum sollte ein solcher Traum nicht auch Wirklichkeit werden, wenn man nur fest genug daran glaubte?

Für einen Augenblick verwandelte sich das Haus Alfred Pringsheims für ihn in das Schloss eines guten Königs. Er war in diesem Märchen als Prinz hierhergereist, weil er um die Hand der Königstochter anhalten wollte. Wenn er sich nur richtig bewerben würde, würde der König ihm seine Tochter zur Braut geben, geben müssen. Zur Feier der Verlobung würde man nach allen Regeln der Kunst einen großen, unendlich prachtvollen Hofball arrangieren. Die festliche Menge auf der Tanzfläche würde sich teilen und respektvoll bewundernd Platz für ein besonderes Paar machen, das in ihrer Mitte den Walzer tanzt. Es wären dies Thomas in der glänzenden Uniform eines königlichen Prinzen und, mit ihm über das Parkett schwebend, die schöne junge Braut: Katia, die sich leichtfüßig in seinen Armen dreht, getragen von der rauschenden Musik und dem tiefen Glück ihrer jungen Liebe.

Doch bis dahin war es noch ein langer Weg.

Der Abend nahm seinen weiteren, von der Gastgeberin und ihren Helfern gut geplanten Verlauf. Man hatte die Esstische im Musikzimmer weggeschafft, den Teppich zusammengerollt und so eine Tanzfläche frei gemacht. Das kleine Salonmusikensemble war zu einer Tanzkapelle erweitert worden, und vor allem Hedwigs »junge Leute«, also die Freunde und Bekannten ihrer Kinder sowie die Sprösslinge ihrer Freundinnen, stürzten sich ins Tanzvergnügen.

Mit dem Tanzen hatte Katia es anscheinend nicht so sehr. Einmal sah er sie, da schwenkte sie ein Stenz mit flachsblondem Haar und blässlichen Augen, sicher ein Reserveleutnant, in einer Polka herum. Sie machte keinen besonders glücklichen Eindruck dabei, und ihre Schritte waren – ja, fast ein bisschen schwerfällig und etwas holperig. Es fehlte ihr die letzte Grazie. Thomas war das gar nicht unangenehm, denn allseitige Perfektion hätte sie für ihn noch unerreichbarer gemacht.

Tommy begab sich wieder ins Getümmel, in die angeregten Gespräche der Festgäste. Einmal zog ihn die Gastgeberin aus den geistreich plaudernden Zirkeln, zu denen er gelegentlich sein Scherflein beizutragen wusste. Sie wollte ihn unbedingt noch dem Hausherrn vorstellen, Professor Alfred Pringsheim, Katias Vater. Es war ein sehr kleiner Herr, dessen dunkelblondes Haar über der Stirn allerdings schon stark zurückgewichen war, mit hellwachen, von sarkastischem Witz funkelnden Augen. »Sie sah aus wie eine verwelkte Knospe, die nie Blume gewesen war«, das brachte der gerade unter Gelächter zum Besten. Thomas hatte ihn im Lauf des Abends schon mehrfach gesehen – meist in Männerrunden, die er augenscheinlich mit Herrenwitzen erheiterte.

»Gut angezogene Männer, die nicht sind, was sie scheinen … Meine Frau liebt solche Scherze«, befand Alfred, nachdem er Thomas begrüßt hatte.

»Ein Scherz, selbstverständlich, Herr Professor. Hier ist alles echt.« War das eine günstige Einleitung?, fragte sich Thomas.

»Aber man muss auch vorsichtig sein. Denn es gibt ja das andere: blauer Gehrock, gutes Aussehen, geschliffene Formen, charmantes Auftreten. So spielte er sich dann in die Oberschicht.«

Nun wusste Thomas, worauf Pringsheim anspielte. »Sie sprechen von dem Hochstapler Manolescu. Ich habe den Fall in der Presse verfolgt.«

»Es war sein Ziel, eine reiche Braut zu ergattern – das sagte er freimütig vor Gericht.«

»… und bekam tatsächlich ein adliges Fräulein.«

Ehe die beiden Männer das Thema vertiefen konnten, trat Albert Langen, der Verleger, zu ihnen. Er war einmal Thomas' Chef gewesen, als er als Lektor für den *Simplicissimus* gearbeitet hatte. Kennengelernt hatte er Langen damals allerdings nicht, denn der war wegen Majestätsbeleidigung in seiner satirischen Zeitschrift ins Ausland geflohen; einer Festungshaftstrafe hatte er das wesentlich angenehmere Paris vorgezogen. Nun war er begnadigt worden und gerade nach München zurückgekehrt.

»Sie reden hoffentlich nicht über mich? Meine Frau ist, wie Sie wissen, keine Prinzessin, sondern bloß die Tochter des dänischen Nationaldichters Bjørnson. Aber das wissen Sie ja, sie ist mit Ihrer Frau Gemahlin bestens befreundet.«

»Nein, Herr Langen, nicht Sie – nur ein gewisser Typus war im Gespräch, der Hochstapler. – Sie kennen doch Thomas Mann?«

»Ein Verleger muss ihn einfach kennen. Und außerdem hat dieser junge Mann, als ich wegen Majestätsbeleidigung im Pariser Exil war, Sie erinnern sich gewiss … Also während ich weg war, hat Herr Mann hier in München für mich gearbeitet. Und erste kleinere Arbeiten von Ihnen haben wir auch gedruckt.«

»Und die Romane meines Bruders Heinrich, die haben Sie ebenfalls gedruckt.« Diese subalterne Brotarbeit damals im Verlag Langen – das brauchte man jetzt nicht unbedingt weiter zu erörtern.

»Ja. Zuerst *Im Schlaraffenland*, dann *Die Göttinnen*, drei Bände immerhin, und jetzt *Die Jagd nach Liebe*. Alles Qualität! Aber die Leser, der Verkauf – es schleppt sich gerade etwas.«

»Qualität wird sich aber – auf Dauer gesehen – immer durchsetzen!«, brach Thomas eine Lanze für den Bruder.

»Und Sie – Sie hat der Samuel Fischer mir direkt vor der Nase weggeschnappt. Ich beneide ihn, da hat er ein gutes Geschäft gemacht.«

»So, meinen Sie?«, fragte Alfred Pringsheim.

»Unbedingt! Lesen Sie mal *Buddenbrooks*, und achten Sie auf die Auflagen. Da kommen noch mehr.«

Alfred dachte sich: Ein hoffnungsvoller Mann auf seinem Gebiet, immerhin. Dennoch blickte er skeptisch auf diese Neuerwerbung seiner Frau.

Thomas hatte sich, während geschäftlich so Vorteilhaftes über ihn gesprochen wurde, scheinbar uninteressiert mehrmals zum gewaltigen Bücherschrank umgedreht, vor dem er gerade stand. Dort konnte er allerlei bibliophile Kostbarkeiten erkennen.

»Sie haben da etwas in meiner Bibliothek entdeckt?«, fragte der Herr dieser Schätze, dem nicht entgangen war, wofür sich sein Gast mehr zu interessieren schien als für das Gespräch.

»Viel Renaissance, Italien, vor allem Florenz, Herr Professor, ich schreibe da gerade an einem Drama über den Kampf zwischen dem asketischen Mönch Savonarola …«

»… und Giovanni de' Medici.« Pringsheim wusste natürlich viel über diese Zeit, deren Kunsthandwerk er leidenschaftlich sammelte. Er griff einen Band heraus und las den Titel. *Florenz im 15. Jahrhundert*. »Die Künste, die Feste, der Reichtum der Medici und dagegen die Bußpredigten des Girolamo Savonarola. Dieser Dominikanermönch, ein Prior, war ein Fanatiker im Kampf gegen die Künste, Lüste und Sünden der Stadt.«

»Sehr gut getroffen, Herr Professor! Und sein Gegenspieler war Lorenzo de' Medici, der Liebhaber der Künste und Herr der Banken. Aber Florenz hat sich nicht dem Asketen unterworfen.«

Selbstverständlich kannte Pringsheim auch den Ausgang der Geschichte. »Gefoltert wurde der Dominikaner, aufgehängt und dann verbrannt. Auf einem fünfzehn Meter hohen Scheiterhaufen. Na, ob das mit den fünfzehn Metern …«

»Dazu erfunden habe ich die schöne Kurtisane Fiore, die Geliebte Lorenzos, die mit Savonarola aufgrund einer alten Affäre …«

Erfindungen interessierten den Professor nicht. Ehe sich Thomas weiter über den Inhalt und die Problemstellung des Stücks verbreiten konnte, mit dem er schon seit Jahren rang, zeigte Pringsheim seinem Gast eine Abbildung in dem Buch, das er aus dem Regal gezogen hatte. »Sehen Sie das Fegefeuer der Eitelkeiten! Das hat der Mönch veranstaltet, um Florenz von der Sünde zu reinigen. Auf dem Haufen Bücher, Bilder mit nackten Frauen, Perücken, Würfel, Masken, Kostüme – alles wird verbrannt, alle Lustbarkeit soll ins Feuer.« Alfred nickte betrübt. »Tempi passati. Gut, dass unser Karneval in München nur die heitere Seite von Florenz übernommen hat. Aber ich könnte Ihnen den Band ausleihen. Vielleicht hilft es Ihnen bei diesem Drama.«

»*Fiorenza* soll es heißen«, sagte Thomas noch rasch. »Unbedingt! Das wäre eine Hilfe.«

»Der Ignaz wird Ihnen das Buch einpacken, und Sie schicken es mir zurück.« Damit drehte er sich um und ging in Richtung des Buffets. Thomas folgte ihm.

Pringsheim hatte nicht am allgemeinen Essen teilgenommen, deshalb wollte er sich nun einen frugalen Teller mit winzigen Portionen leichtester Speisen zusammenstellen, etwas Kaviar, mit zweifelndem Blick vielleicht eine Scheibe Roastbeef …

»Leider kann ich nicht so, wie ich gern möchte«, sagte er zu

Thomas. »Der Magen … Aber langen Sie doch zu, junger Mann. Sollte mich freuen, wenn's wenigstens Ihnen schmeckt.«

Eigentlich war Thomas satt, doch gehorsam würzte er sich ein wenig Rehfilet mit der guten Cumberlandsauce. »Wer es innerlich schwerer hat als andere Leute, der hat Anspruch auf ein wenig äußeres Behagen.« Das hatte er eher allgemein dahingesagt, doch der Professor nahm es persönlich.

»Sie haben es besonders schwer – als Schriftsteller?«

»Bitte, verstehen Sie: Schriftsteller sind Menschen, denen das Schreiben besonders schwerfällt.«

»Sie quälen sich? Es sprudelt nicht?«

»Sprudeln? Nein, bei mir sprudelt's nicht.«

»Sind wohl ein Märtyrer der Literatur?«

Thomas sah Katia noch einige Male von Weitem, nicht mehr tanzend, sondern im Geplauder in immer familiärer werdenden Gruppen. Der Hausherr hatte offenbar weiterhin Spaß an seinen eigenen Scherzen und ganz besonders an solchen im Herrenkreis, die sich nicht an die engen Grenzen der Schicklichkeit zu halten brauchten. »Die Ehefrauen sprechen nicht mit ihrem Gemahl darüber. Und die Geliebte, die mit ihm darüber spricht, belügt ihn.« Nein, dachte Tommy, zu so später Stunde noch ein Gespräch mit dem Professor, da blüht kein Weizen für ihn und seine Angelegenheit. Dazu müsste er frisch sein, ausgeschlafen und voller Siegesgewissheit …

Den Ball verließ er erst nach Mitternacht, als auch die meisten anderen Gäste fanden, dass es an der Zeit sei zu gehen. Die Letzten würde man erst um halb fünf hinauswerfen wie so oft beim großen Hausball der Pringsheims. An der Garderobe reichte ihm Ignaz das Buch über Florenz im 15. Jahrhundert, eingehüllt in braunes Packpapier.

Leichter Schneefall hatte inzwischen eingesetzt. Ein Paar fuhr mit einer Droschke davon, zwei Herren entfernten sich zu Fuß.

Thomas schaute noch einmal zurück auf das erleuchtete Haus, aus dem Fetzen der Tanzmusik erklangen. Dann machte er sich auf den Weg durch den Schnee. Plötzlich hörte er ein ungewohntes kratzendes Geräusch. Es war die Nachtschicht der Straßenreinigung: Frauen, die sich gegen die Winterkälte dick verpackt hatten. Mit schmalen Spezialbesen kratzten sie die Straßenbahnschienen frei.

Thomas verschwand beschwingten Schrittes hinter einem Vorhang aus Schnee.

Theaterblut

Ignaz Sattler, der Diener im Hause Pringsheim, stieg die große Treppe hinunter ins Vestibül, und wie stets, wenn er an der Garderobe vorbeikam, stellte er sich kurz vor den großen Spiegel. Ein auf Ausdruckslosigkeit trainiertes Gesicht, kein Bart, frisch rasiert, wie es Vorschrift war. Den Sitz der weißen Schleife über der weißen Weste und den dunklen Frack kontrollierte er bei der Gelegenheit auch immer, ebenso die dunkle Hose bis zu den schwarzen Lackschuhen mit Metallschnalle: Alles war so, wie man es sich bei dem leitenden Diener in einem Haus mit Renommee wünschte. Ignaz, wie er von der Herrschaft gerufen wurde, war seit zwei Jahren im Palais Pringsheim angestellt. Seitdem hatte er sich mit seinem freundlichen Wesen zur großen Zufriedenheit der Familie als persönlicher Diener des Professors eine Vertrauensstellung erworben. Alfred Pringsheim konnte schon am Morgen zufrieden auf die bereitgelegte frische Wäsche blicken. Eines Tages, als Ignaz ihm beim Anziehen behilflich gewesen war, hatte er ihm gesagt: »Ignaz, ich habe das Gefühl, Sie machen das sicher seit 3000 Jahren. Sie haben bestimmt schon dem Pharao in die Gewänder geholfen. Es liegt Ihnen im Blut.« Und Ignaz hatte mit einer knappen Verbeugung erwidert, dass er diesem Beruf, seinen Aufgaben hier im Palais, mit allergrößter Befriedigung nachkäme. Dabei hatte er dem Professor die Perlmuttknöpfe an dessen Hemd zugeknöpft.

Jetzt stand Ignaz mit entspanntem Lächeln vor dem Spiegel. Er konnte leider nicht übersehen, dass einige silbergraue Streifen in seinem ansonsten dunklen, vollen Haar deutlich auf sein Alter von immerhin schon fünfzig Jahren hinwiesen. Mit seiner Körpergröße von einem Meter fünfundsiebzig überragte er die nicht sehr hoch gewachsene Familie Pringsheim, insbesondere den kleinen Professor um einige Zentimeter.

Als er ins riesige Esszimmer abbog, das manche auch den Speisesaal nannten, bemerkte er die Jungfer Stefanie, wie sie langsam und konzentriert die kostbaren Majolika-Teller aus den Wandregalen nahm, einen nach dem anderen, um sie mit einem Federbüschel abzustauben. Sie sollten ihren Glanz nicht verlieren. Dazu hatte sie die elektrischen Lichter angezündet.

»Vorsicht, Stefanie! Jeder dieser Teller kostet ein Vermögen. Du weißt es ja, denn ich habe es dir schon hundertmal gesagt. Denk nicht, der Professor ist steinreich. Das ist er zwar, aber alles hier ist seine Herzensangelegenheit. Man kann diese Teller nicht noch einmal kaufen.«

Ignaz hatte die Oberaufsicht über die umfangreichen Sammlungen des Professors. Gerade jetzt konnte er sich aber dieser Aufgabe nicht weiter widmen, denn der neue Fernsprechapparat hatte geläutet. Schnell stellte er aber fest, dass die Frau des Hauses selber das Gespräch angenommen hatte und sich bereits in einem angeregten Geplauder befand.

»Warum er vorbeikommt? Ja, Elsa, das kann ich dir sagen. Er bringt ein Buch zurück, das er sich neulich auf unserem Ball bei Alfred ausgeliehen hat.«

Da wusste Ignaz, dass es um diesen höflichen Dichter ging, dem er während des Fests ein Buch eingepackt hatte. Und er konnte sich auch denken, dass am anderen Ende der Leitung die Frau Bernstein war. Was sie sagte, konnte er natürlich nicht verstehen.

»Nein, weiter steckt nichts dahinter. Eine Tasse Tee werde ich ihm schon anbieten. – Nein, Elsa, wirklich nein. Ich will ihn nicht für meinen Jour gewinnen, wenn er bei euch eingeführt ist.«

Nun äußerte Frau Pringsheim eine Weile nichts, anscheinend hatte Elsa Bernstein ihr eine äußerst interessante Neuigkeit mitzuteilen.

»Bist du sicher? Thomas Mann …«

Ignaz musste – wie so oft – weiter zuhören, ob er wollte oder nicht. Schon deshalb, weil die Frau Professor laut und überdeutlich in die Sprechmuschel am Wandtelefon hineinsprechen musste, um auf der anderen Seite verstanden zu werden. Zudem hatte sie als ehemalige Schauspielerin eine professionelle Stimmbildung erfahren, mit der es ihr mühelos gelang, sich nicht nur in großen Räumen, sondern auch über die Kabel der neuen Apparate verständlich zu machen.

»Er interessiert sich für Katia? Du hast die beiden …?« Wieder eine Pause.

»Ach, da weißt du mehr als Katia. Er kommt gleich durch die Tür, ich bin schon gespannt. Natürlich werde ich sie dazu bitten. – Bis dann.«

Mit abgewandtem Kopf ging Ignaz nun weiter seiner Pflicht nach und kontrollierte die bisher gereinigten Majoliken. Er hatte sofort erfasst, worum es im Telefonat der beiden Damen ging. Dieser Thomas Mann hat es auf unsere Katia abgesehen, dachte er. Nun ja. Das konnte ein interessanter Roman werden, direkt vor seinen Ohren und Augen. Wenn er alles richtig mitbekommen hatte, war die Frau Professor nicht ganz so ahnungslos, wie sie gerade vor ihrer Freundin Elsa getan hatte. Er hat Glück, der junge Mann, überlegte Ignaz weiter, da sind zwei Frauen, die ihn gern in ihrer Nähe behalten wollten.

In diesem Moment hörte er die Hausklingel. Er konnte sich ein kleines Schmunzeln nicht versagen. Doch schnell setzte er wieder sein neutrales Dienergesicht auf und öffnete die Tür.

»Willkommen, Herr Mann. Darf ich Sie, wenn Sie abgelegt haben, zur Frau Professor geleiten?«

Thomas gab dem Diener seinen Mantel. »Sie erwartet mich?«

»Selbstverständlich. Im Damenzimmer.«

Das Damenzimmer lag ebenfalls im Hochparterre, man betrat es direkt vom Vestibül aus. Prunkvolle Neorenaissance wie alle Räume dieser Etage, ein imposantes Portal, antike Möbel, auch Empire dabei. An der Wand neben alten Gemälden, vor allem Madonnen, ein Porträt von Lenbach: Hedwigs Mutter, die Frauenrechtlerin Hedwig Dohm. Eine gewisse Intimität erhielt der Raum durch ein Sofa, auf dem die Hausherrin tagsüber ruhen konnte.

Als Ignaz anklopfte und den Gast anmeldete, schien es Thomas beinahe, als hätte die Frau Professor nur darauf gewartet. Sie war schon von ihrem Platz am Sekretär aufgestanden und kam ihm fast bis zur Tür entgegen.

»Mein lieber Herr Mann …«

»Sehr verehrte Frau Professor, für die Einladung meinen Dank.«

Aber Hedwig winkte ab. »Nein, nein! Lassen Sie das mit der Frau Professor! Der Professor, das ist mein Mann. Und dem reicht es auch völlig, wenn man ihn ohne Titel anredet. Ich war nur eine Schauspielerin.« Sie bot ihm einen der kleinen Renaissance-Sessel an dem runden Teetischchen an, auf dem drei Teetassen und Teller für das Gebäck standen.

Thomas setzte sich und sagte: »Wie schön! Ein künstlerischer Beruf.«

Wieder wischte sie das Getue beiseite und wurde ganz irdisch nah. »Ein Sündenpfuhl, sagen die Leute, nicht wahr? Mein Vater war aber nicht entsetzt, als ich zum Theater nach Meiningen ging. Er kannte den Herzog, und deshalb hatte er seine Einwilligung gegeben.«

Wieder setzte Thomas ganz oben an: »Ein Glücksfall für die Theaterwelt.«

»Und vor allem ein Glücksfall für die Novizinnen dort, die Anfängerinnen am Theater. Der Herzog achtete streng auf die Sitten.«

Und schon erzählte sie von ihrer ersten Hauptrolle, der Luise in Schillers *Kabale und Liebe*. Da hatte sie, als Ferdinand die Luise eng an sich heranziehen wollte, ihren Schauspielerkollegen ganz erschrocken mit beiden Händen von sich weggedrängt. Sie spielte es ihrem Gast vor. »So, mit ausgestreckten Armen, hab ich ihn mir vom Leib gehalten. Da rief der Fürst aus dem Parkett hoch auf die Bühne: ›Näher ran, Fräulein Dohm! Er ist Ihr Liebhaber!‹«

Thomas lachte herzlich. Und er wusste, dass er von Katias Mutter an diesem Tag kein böses Wort zu erwarten hatte. Auch freute er sich über den Charme und die Leichtigkeit, mit der sie die für ihn nicht ganz einfache Situation gestaltete. »Aber dann hat ein junger Mann direkt aus dem Parkett um ihre Hand angehalten.«

»Gar nicht so schlecht geraten.« Sie hob die Silberkanne an und schenkte ihm den goldbraunen Tee in die Tasse. »Direkt von der Bühne weg hat er mich geholt, der junge Doktor Pringsheim. Er hatte gerade seinen Professor gemacht und wollte heiraten. So einfach war das.«

Mit der Zange nahm Tommy vom braunen Kandis und fragte schon fast vertraulich: »Und Sie sind niemals mehr …?«

»Nein, nie mehr auf die Bühne! Jetzt trage ich höchstens mal zur Bildung der Familie die Balladen unserer Klassiker vor.«

»Und darüber ist sie selbstverständlich jedes Mal von Neuem begeistert.«

Wie Thomas das mit aller Ironie in der Stimme dargeboten hatte, musste auch Hedwig lachen. »Sie haben es erraten. Man gruselt sich geradezu, wenn ich Schillers Ballade ›Die Bürgschaft‹ ankündige.« Jetzt durfte auch Thomas lachen. Und er spürte: Man verstand sich. »Aber Sie, lieber Herr Mann, sollen sehr schön gelesen haben. Meine Freundin Elsa hat mir davon erzählt.«

»Ja. Ein wenig Theaterblut steckt vielleicht unter meiner bürgerlichen Ausstattung.«

»Ihre Zuhörer haben heftig applaudiert. Es ist ja auch eine schöne Geschichte, die Sie da von Tonio Kröger aus Lübeck erzählen.«

»Ein Schriftsteller, wie ich selber einer bin, mit all den Problemen eines Künstlers.«

»So ist es. Es war faszinierend, der Geschichte zu folgen und mich dabei zu fragen: Wie viel von diesem Thomas Mann steckt in der Dichterfigur Tonio Kröger?«

Thomas musste nicht lange nachdenken, bevor er antwortete: »Sie erinnern sich vielleicht, wir hatten ein aufschlussreiches Gespräch mit einigen der Gäste auf Ihrem großen Ball. Ich kann mich da nur wiederholen: Tonio Kröger ist eine literarische Figur, eine Erfindung von mir. Ich bin der Dichter Thomas Mann, mit Namen und Adresse. Ein Mensch mit vielen verschiedenen Eigenschaften. Kröger ist ein Traum von mir.«

»Ein schöner Traum. Und schön erzählt von seinem Träumer.«

Dann sprach Thomas von dem, was er schon längst bemerkt hatte: von dem dritten Gedeck auf dem Tisch.

»Ist Fräulein Katia denn zufällig zu Hause?«

Kurz darauf klopfte der Diener Ignaz tatsächlich an Katias Zimmertür.

»Entschuldigen Sie, Fräulein Katia, Ihre Frau Mutter erwartet Sie unten zum Tee. Herr Thomas Mann ist da, und Ihre Frau Mutter meint, es würde Sie interessieren, ihn kennenzulernen.«

»Ich brauche noch einen Moment.«

Während Katia sich von ihrem Schaukelstuhl erhob und vor dem Schrankspiegel ihre Kleidung und die Frisur richtete, wie es sich für eine junge Dame gehörte, schaute sie nachdenklich hinüber zu ihrem Bruder Klaus, der dahingelümmelt auf der kleinen Chaiselongue lag. Der konnte sich schon denken, was sie bedrückte.

»Keine Lust auf den Herrn?«

»Weißt du, ich mag es nicht, wenn ich von Mama vorgeführt werde.«

»In der Gesellschaft vorgestellt – das ist ganz normal. Außerdem, dieser Thomas Mann ist doch sehr nett, klug und sogar witzig.«

»Witzig? Der?«

»Ja, probier es aus!«

Bald stand Klaus mit ihr unten vor der Tür zum Zimmer ihrer Mutter. Als Katia hineingehen wollte, hörten sie gerade noch ein glänzendes Kompliment vom Gast an die Gastgeberin. »Große Geister, Genies, das dürfen Sie mir glauben – das fasziniert mich ebenso wie Sie.«

»Dein Stichwort!« Klaus gab ihr einen kleinen Schubs auf die Bühne.

»Darf ich mich dazusetzen?«

Thomas erhob sich sofort, als er sie eintreten sah. Artig schob er ihr den Sessel zurecht. Katia goss sich eine Tasse Tee aus der silbernen Kanne ein, nahm ein Stück Kuchen vom Tablett und biss herzhaft hinein.

»Jetzt habe ich aber Hunger! Sie kennen ja den Spruch: Plenus venter …«

»… non studet libenter«, ergänzte der ehemalige dreifache Sitzenbleiber vom Lübecker Katharineum. Und er fühlte sich wieder merkwürdig berührt vom Klang ihrer etwas rauen Stimme.

»Sie hatten also auch Latein?« Das sagte sie noch mit vollem Mund, und es war in höchstem Maße ungehörig, geradezu unverschämt. Hedwig erkannte sofort, dass ihre Tochter überhaupt keine Lust auf diesen Besuch hatte. Doch der Gast sah es anscheinend mit Vergnügen.

»Der volle Bauch studiert nicht gern! Mehr kann ich Ihnen aber auch nicht aufsagen.«

»Meine Schule war hier im Haus bis zur Matura.« Das mit der Matura hatte sie ganz offensichtlich nicht aus Versehen mit vollem Mund gesagt.

»Katia, bitte!«, rief Hedwig ihre Tochter zur Ordnung.

»'tschuldigung.« Katia griff zur Serviette, säuberte sich gekonnt die Mundwinkel und fuhr nun fort, Konversation im üblichen Sinn zu spielen.

»Die Prüfung musste ich dann im Gymnasium bei den Lehrern meines Bruders ablegen. Als Externe. Ich kannte keinen der Prüfer.«

»Und haben trotzdem mit Bravour bestanden.« Thomas wusste das, es war ja beinahe Stadtgespräch gewesen: eine Millionärstochter mit Abitur!

»Ja, es fiel mir leicht.«

»Auch die Mathematik?«

»Die war ganz besonders leicht. Kein Wunder bei dem Vater. Hatten Sie denn Schwierigkeiten mit Trigonometrie oder Algebra, mit den imaginären Zahlen?«

Thomas schwieg einen Moment. Er war ein schlechter Schüler gewesen, mit schlechten Zeugnissen. Das ganze System des Realgymnasiums mit seinen Machthabern, den Lehrern, hatte ihn gelangweilt. Er hatte anderes, Besseres mit seinem Leben vorgehabt. Aber das konnte man in diesem Haus nicht einfach frank und frei zum Besten geben. In dieser Familie waren Wissen, Bildung und Kultur besonders wichtige Lebensziele.

In sein Schweigen hakte Katia mit einer Frage nach: »Oder mit allem?«

Von der Mathematik, davon musste ein Schriftsteller wirklich nichts verstehen. Thomas fühlte wieder sicheren Boden unter den Füßen. »Mit allem, was in Zahlen ausgedrückt wird, Fräulein Katia, hatte ich Schwierigkeiten, insbesondere, wenn die Zahlen auch noch imaginär waren. Es war mir zu abstrakt. Es ist eine Art Geheimsprache, beinahe unheimlich.«

»Aber sagen Sie das nicht meinem Vater. Sonst, na ja …«

»… sonst hält er Ihnen eine Vorlesung«, fiel Hedwig ein, um Schlimmeres zu verhindern. Eine kleine Warnung vor dem Minenfeld Mathematik konnte allerdings nicht schaden. »Über den Wert und angeblichen Unwert der Mathematik ist ein Lieblingsthema von Alfred. Darüber wird er im nächsten Monat einen Akademievortrag halten, dazu wird er Ihnen gerne bei Gelegenheit mal ein Privatissimum geben.«

Katia wollte sich nun doch noch zu einer freundlichen Frage aufraffen. »Wenn Sie in der Schule nichts mit der Mathematik anfangen konnten – was haben Sie denn stattdessen gemacht?«

»Das fragen Sie zu Recht, Fräulein Katia. Ich will es Ihnen gerne sagen. Ich habe die Menschen beobachtet, meine Mitschüler, meine Lehrer. Ich konnte sie bald ganz gut nachmachen. Mein Tropfen Theaterblut …« Dabei sah er kurz zu Hedwig hinüber. »Ihre Mutter versteht mich sicher. Das wiederum gab mir eine gute Position bei meinen Klassenkameraden. Mit der Zeit durchschaut man sie in ihren Möglichkeiten und auch die Lehrer, wie sie ihre Rollen spielen und oft doch den gleichen Text *en suite* anbieten.«

Ein bisschen hochmütig, fand Katia, aber ganz amüsant, wenn er so in seinen Redefluss kam. Das sah auch Hedwig so. Sie mochte diesen Mann. Da gefiel es ihr, dass Katia sich jetzt anscheinend etwas näher mit ihm beschäftigte.

Katia hatte noch eine Frage: »Wissen Sie, ich war in meinem Leben nie in einer Schulklasse gewesen, habe kein Gefühl dafür, wie das sein muss zwischen der Autorität da vorne und den versammelten Untertanen in den Reihen.«

»Da sind Sie schon auf dem richtigen Weg.« Thomas nickte ihr eifrig zu.

»Was ich mir nicht vorstellen kann«, fuhr Katia fort, »ist, dass all die anderen, die Sie durchschauen und deshalb vielleicht auch ein wenig verachten, das hingenommen haben, sich nicht gewehrt haben, sondern Ihnen eine – wie sagten Sie gerade? – ›eine gute Position‹ in der Klasse gegeben haben.«

Jetzt war Thomas doch für einen Moment aus dem Takt gekommen. Er hatte die Tasse Tee noch in der Hand und nahm jetzt sehr bedächtig und sehr langsam einen Schluck vom belebenden Tee. Eine Erinnerung schimmerte in ihm auf. Sein Gesicht war für einen kurzen, kaum wahrnehmbaren Augenblick wie erstarrt.

»Einen schönen Tag noch!« Katia hatte sich plötzlich erhoben, drehte sich um und war schon an der Tür.

»Aber Fräulein Pringsheim, wollen Sie nicht noch einen Augenblick bei uns bleiben?«, versuchte Thomas sie zurückzuhalten.

»Nein, leider nicht möglich! Eine Übung bei Professor Röntgen. Der Professor interessiert sich für die elektrischen Ladungen in einer Kathodenröhre. Stellen Sie sich vor: eine geradezu luftleere Glasröhre. Er umhüllte die Röhre mit schwarzem Karton. Da erhellte sich ein etwas entfernter Fluoreszenzschirm. Und als dann aus Versehen seine Hand dazwischengeriet, konnte er seine eigenen Handknochen erkennen.« Katia war während ihres Vortrags noch einmal an den Tisch zurückgekommen und zeigte dem Gast, wie der Professor die Schatten seiner Handknochen gesehen hatte. »Der Professor hatte eine starke Spannung in der Röhre zwischen zwei Metallplatten entwickelt. So beschleunigt er Elektronen, die von der Kathode, dem negativen Pol, zur Anode, dem positiven Pol, rasen.« Katia hatte jetzt die Kathode und die Anode links und rechts in der Hand und balancierte sie wie ein Jongleur die Bälle im Zirkus. »Beim Auftreffen auf die Anode werden die Elektronen abgebremst. Verstehen Sie?« Jetzt klatschte sie in die Hände. »Ein Teil der Energie wird frei in Form von elektromagnetischer Strahlung. Voilà. Wir haben die Röntgenstrahlen.«

Die letzten Worte sprach sie in der Tür und war dann verschwunden. Thomas sah etwas erstaunt zu Hedwig hinüber.

»Das ist typisch Katia. So ist sie nun mal.«

Thomas schüttelte den Kopf. »Für den hübschen Auftritt brauchen Sie sie doch nicht zu entschuldigen! Es war höchst amüsant. Und lehrreich. Allerdings – keinesfalls würde ich mich je zwischen die Anoden und Kathoden stellen, wenn Katia das Experiment aufgebaut hat. Man könnte dabei ganz durchsichtig werden, mit Leib und Seele!«

»Was würden wir dabei wohl alles zu sehen bekommen?«, überlegte Hedwig laut.

Thomas hob die Hände. »Vergessen Sie die Vorstellung. Schon für jeden einzelnen Knochen würde ich mich schämen. Der liebe Gott hat gnädigerweise über all die Geheimnisse im Innern eine Haut gespannt. Damit kann man dann gut unter die Leute gehen.«

Als die Anstands-Dreiviertelstunde fast vorbei war, war der Besucher dann doch noch auf das Buch zu sprechen gekommen, das er auf dem Hausball entliehen und in seinem grauen Packpapier zurückgebracht hatte. Damit hatte sich für Thomas die Gelegenheit ergeben, der Dame des Hauses von der Arbeit an seinem Drama *Fiorenza* zu berichten. Hedwig hatte neugierig und erfreut zugehört. Wirklich eine vielseitig interessierte und interessante Person, dieser Thomas Mann, dachte sie, allem Anschein nach auch noch hochgebildet. Und nicht nur Erzählungen und ein Roman, sondern ein Drama sollte es jetzt werden, von alters her die edelste Form der Literatur! Nur mit ihr konnte man das höchste Ansehen, die größte Wirkung erreichen. Und ein klassisches Schauspiel in gehobener Sprache – das wäre doch einmal etwas anderes als die naturalistischen Dramen ihrer Freundin Elsa, von den leichten, witzig-erotischen Salonkomödien ihres Ehemanns ganz zu schweigen! Vielleicht würde sich auch die Gelegenheit ergeben, im Palais aus *Fiorenza* vor geladenen Gästen zu lesen?

Für den Abschied an der Tür hatte Thomas sich noch ein Kompliment aufbewahrt. »Also, gnädige Frau – eines darf ich doch sagen: Ein wenig von Ihrem Theaterblut, ein Tröpfchen zumindest, kreist wohl auch in Fräulein Katias Adern.«

»Damit hätten wir, lieber Thomas Mann, alle drei etwas gemeinsam.« Dabei lachte Katias Mutter so freundlich, dass Tommy denken konnte: Mein Besuch heute war nicht der letzte Auftritt in diesem Palais.

Der Diener Ignaz, der ihm gerade in den Mantel geholfen hatte, stand abseits. Er hatte genug gehört. Niemand sah das Schmunzeln auf seinen Lippen. Seit er in diesem Haus diente, hatte er sich nie so richtig an den ironischen Tonfall, an die mitunter eigenartige Sprache in dieser Familie gewöhnen können. Etwas Künstliches war darin, so wie die Menschen auf der Theaterbühne sprachen. Er passte gut dazu mit seinem Witz, dem Wissen und den Manieren, dieser junge Mann.

Der musikalische Zwilling

Lässig hatte er ihm die Visitenkarte von Professor Dr. Alfred Pringsheim auf den Tisch gelegt. »Mit einem Gruß von meinem Vater. Ich bin als seine Vertretung hier«, sagte Klaus. Unangemeldet, aber zur gesellschaftlich korrekten Teestunde war er bei Thomas erschienen. Offenbar hatte es jemand aus der Familie Pringsheim für angebracht gehalten, den Besuch der neuen Bekanntschaft anlässlich der Buchrückgabe förmlich zu erwidern. Der Professor war es wohl nicht gewesen.

So richtig angesehen hatte sich Thomas Katias Bruder beim Hausball nicht, zu sehr hatte die Schwester seine ganze Aufmerksamkeit in Anspruch genommen. Mit seinen zwanzig Jahren war Klaus Pringsheim ein gut aussehender, beinahe hübscher junger Mann mit dem schwarzen Haar und dem leicht angedunkelten Teint Katias. Seine teerschwarzen Augen waren fast so beredt wie die ihren.

»Eine sehr angenehme Überraschung! Bitte entschuldigen Sie mich einen Moment, ich möchte Ihnen doch wenigstens eine Tasse Tee anbieten.« Obwohl Klaus beteuerte, dass das nun wirklich nicht nötig sei, ging Thomas in die kleine Küche, um den Wasserkessel auf die Gasflamme zu stellen.

Um Thomas' recht hübsche Wohnung in der Konradstraße 11, nahe dem Englischen Garten, zu erreichen, hatte Klaus keine finsteren Stiegenhäuser emporsteigen müssen. Sie lag im Parterre eines gutbürgerlichen Mietshauses aus dem vorherigen Jahrzehnt. Das

Erdgeschoss war zwar nicht die Beletage, aber es befand sich immerhin über dem Straßenniveau. So konnte man wenigstens nicht von der Straße zum Fenster hineingucken. Und man wurde auch nicht, wenn man drinnen am Schreibtisch saß, durch die vorüberziehenden Köpfe der Passanten in seiner Konzentration gestört. Als der Überraschungsgast durch den engen Flur in das peinlich aufgeräumte Wohnzimmer getreten war, sah er sofort auf dem Schreibtisch, neben einer Schreibmappe, der Schreibgarnitur und einem Kerzenleuchter, zwei Fotografien.

»Ach, keine Pierrots mehr auf dem Schreibtisch?«

Aus der Küche kam die Erklärung, die sofort die anfängliche Verlegenheit auflockerte. »Die Pierrots haben die Reise von Lübeck nach München nicht überstanden. Außerdem habe ich jetzt das erwachsene, lebendige und viel hübschere Mädchen vor Augen. Der Mann mit der dunklen Kapuze und dem Asketenblick – das ist Girolamo Savonarola. Ein Bußprediger. Den kennen Sie bestimmt durch Ihren Herrn Vater.«

»Er hat so etwas Gewisses – fast unangenehm fanatisch blickt er in die Welt.«

»Nennen wir es Konzentration. Keine Ablenkung durch den bunten Firlefanz der Welt.«

»Und Sie, haben Sie etwas gegen die Weltlichkeit der Renaissance? Dann können Sie sich ja neulich in unserem Haus nicht wohlgefühlt haben.«

Thomas stand nun im Türrahmen. »Wie ich Ihrem Vater schon sagte, schreibe ich an einem Drama, *Fiorenza* soll es heißen. Es geht darin um den Kampf dieses asketischen Mönchs Savonarola gegen den Fürsten Giovanni de' Medici, gegen das sündige Florenz. Gegen all den Luxus, die Genüsse, die Künste und die Sünden des Fleisches. Ihr Vater kennt die Geschichte gut.«

Thomas hatte bemerkt, dass Klaus sich mittlerweile wie magisch angezogen dem Klavier zugewandt hatte, das rechts an der Wand ein wenig beachtetes Dasein fristete. »Probieren Sie das Instrument nur aus. Die Qualität der beiden Flügel, die Ihr Vater im Musikzimmer stehen hat, besitzt es natürlich nicht. Aber richtig gestimmt ist es.«

»Mein Vater hat viele Wagner-Partituren für das Klavier übertragen. Er spielt das gern vierhändig mit einem Partner, wenn er die Zeit dazu findet.«

»Das muss eine gewaltige Arbeit gewesen sein, die Noten aus der Orchesterpartitur für das Klavier zu transferieren, das Wesentliche herauszuziehen, die Fülle zu konzentrieren.«

»Da sagen Sie etwas, lieber Thomas Mann! Mein Vater ist ja ein früher Förderer Richard Wagners, er kennt sich in seinem Werk bestens aus, im Geflecht der Leitmotive mit all ihren Variationen. Manchmal bin ich der Partner, der mit ihm spielen darf.«

Und schon hörte Thomas, der in die Küche zurückgegangen war, um nach dem Teewasser zu sehen, ein Stakkato von Tönen.

»So fängt das an«, rief Klaus. »*Walküre*, erster Aufzug. Ein Frühlingssturm. Ein Mann auf der Flucht.« Klaus schlug die Tasten nicht an, vielmehr drosch er mit voller Kraft auf sie ein. Im nächsten Moment ging er aber zurück ins Pianissimo und spielte die auf- und abschwellenden Sturmböen, wie Wagner sie komponiert hatte. Und die Schritte, das Laufen und Hetzen, das besorgten Klaus' Finger, wie sie unaufhaltsam über die Tasten stampften, wirbelten und das alte Klavier in ein tobendes Orchester verwandelten, das die flüchtende Figur von Siegmund durch den Wald auf die Opernbühne trug.

Thomas hatte die *Walküre* im Residenztheater gehört, viele Male. Er hatte gehört und gesehen und erfasst, wie Wagner von Siegmunds Einsamkeit erzählt, von seiner Sehnsucht nach den Menschen. Davon, wie er alle Liebe und Wärme verloren hat. Dass er ein Gezeichneter ist.

Klaus hatte augenblicklich gemerkt, dass Thomas, der wieder

im Wohnzimmer war, genau wusste, worum es hier ging. So erzählte er improvisierend auf dem Klavier die Geschichte weiter: Wie die fremde Frau den Unbehausten einlädt zur Rast, wie sie ihn versorgt und wie sich die beiden allmählich näherkommen. Und wie sie schließlich einander erkennen. Es sind Geschwister, getrennt seit der Geburt, mehr noch: Sie sind Zwillinge. Siegmund und Sieglinde.

Klaus richtete sich auf, wiegte sich hin und her. Ganz zart und leise spielte er das Frühlingslied. »Winterstürme wichen dem Wonnemond, / in mildem Lichte leuchtet der Lenz …« Thomas sprach den wohlbekannten Text in Wagners Stabreimen leise mit. Über dem Klavier hörte er das gesamte Orchester, das kunstvoll organisierte Zusammenspiel der vielen Instrumente. Die weichen Töne der Holzbläser, die gleitenden, singenden Streicher … Doch nun, da die Zwillinge sich erkannt hatten, werden sie sogleich von einer tiefen Leidenschaft zueinander fortgerissen. Ein Akkord untermalt den Moment, wenn die Blicke der Liebenden ineinander sinken.

Anerkennend nickte Tommy zu dieser virtuosen Leistung seines Gastes. »Meine Liebe zu Wagner begann schon als Schüler«, eröffnete er Klaus. »Das Theater in Lübeck, in dem auch Opern gespielt wurden, lag nur wenige Schritte von unserem Haus entfernt. Es war alles etwas provinziell. Mein Geigenlehrer spielte in einem sehr reduzierten Orchester mit. Alles sehr bemüht. Auch der Schwan im *Lohengrin* kam ziemlich ruckelig auf die Bühne. All das hat man aber in seiner Begeisterung übersehen und überhört. Später, hier in München, habe ich mir dann *Lohengrin* oder den *Tristan* jedes Mal angeschaut, wenn Wagner-Opern aufgeführt wurden. Vielleicht mehr als zwanzigmal. Und so gab es viele Stunden voller Glück, wenn die Musik mich vollkommen durchströmte …«

»Das kenne ich. Genau so! Wenn ich mit Katia im Residenztheater eine Oper von Wagner auf der Bühne erlebe …«

»Es ist eine vollkommene Hingabe an die Macht der Musik.

Ich kann dann manchmal drei Tage nicht mehr am Schreibtisch arbeiten.«

Mit wachsender Begeisterung hatte Klaus zugehört. Diese Tiefe des Wagner-Erlebnisses – das konnte er nur bestätigen. »So geht es mir auch! Manchmal bleibe ich am nächsten Morgen beim Aufwachen einfach nur liegen und lasse mir das Frühstück ans Bett servieren.«

Über Thomas' Gesicht huschte ein Schmunzeln, als er das hörte. Dieser junge Mann, in Luxus aufgewachsen und in einem glänzenden Palais im Überfluss lebend, ständig von Dienstpersonal umgeben, der konnte doch gar nicht wissen, was es hieß, als Künstler geboren zu sein, zu arbeiten und zu leben! Von all dem Schweren, der Einsamkeit, der Entsagung … Und was mochte er schon von der erotischen Intensität der Musik empfunden haben, wie sie ihn selber erregte, seit er es fühlen konnte? Darüber konnte er mit dem freundlichen Zwilling nicht reden. Über diese Dinge sprach man nicht, in seinem Elternhaus nicht und bestimmt auch nicht in der Familie des Professors. Trotzdem versuchte er es ganz behutsam.

»Und Ihr Fräulein Schwester, wenn ich fragen darf – wir sprachen gerade von Hingabe an die Macht der Musik?«

»Nun ja, diese völlige Hingabe … Nein, sie bleibt nicht liegen. Das nicht. Katia ist von Natur aus ein eher praktischer Mensch. Vielleicht sollte ich das so nicht sagen, aber die Musik ist nicht gerade ihre erste Leidenschaft.«

In das etwas verlegene Schweigen hinein meldete sich aus der Küche mit pfeifendem Ton das kochende Wasser für den Tee. Klaus hämmerte dazu den Ritt der Walküren auf dem Klavier. »Dá da da DAA da, dá da da DAA da …« So ließ er sie mit ihren luftigen Rössern auf der Erde landen, und Thomas konnte von Herzen mitlachen.

»Es ist nur der Wasserkessel. Es sind keine Walküren bei mir in der Küche!«

Während Thomas seinem Gast Tee in die Tasse goss, wünschte er sich, dass Klaus ihm noch etwas mehr über seine Schwester erzählen würde, Einzelheiten, mit denen er sich dann allmählich ein intimeres Bild von Katia machen konnte. Sehr rasch war zwischen den beiden Wagnerianern eine freundliche, fast vertraute Stimmung entstanden, die auf solche Eröffnungen hoffen ließ. Dass die Musik für Katia nicht von derselben lebensprägenden Bedeutung war, wie Thomas und Klaus sie einander gerade eingestanden hatten, hatte er immerhin schon erfahren. Klaus aber fürchtete, sein Gegenüber könne sich ein falsches Bild vom Schwesterlein machen.

»Denken Sie jetzt nicht, dass sie nur vom Kopf her lebt. Sie ist eine sehr vernünftige, liebe Schwester. Und sie ist auch nicht amusisch. Schließlich ist sie in einem Haus aufgewachsen, in dem die Musik eine große Rolle spielt. Schon sehr früh, so mit zehn Jahren, haben meine Eltern sie mit in die Oper genommen. Einige dachten damals, sie wäre eingeschlafen, sie hat aber genau zugehört. Und sie hört auch heute noch genau zu. Sie kennt sich aus in der Musik, im Theater, mit den Opern. Wissen Sie, in der Saison gehen wir jede Woche mindestens einmal zu einer Aufführung.«

Nun nahm Thomas all seinen Mut zusammen, um das zu fragen, was ihn am meisten bewegte. »Bei unseren ersten Begegnungen bei den Bernsteins und danach bei Ihnen im Palais hatte Ihre Schwester wohl keinen besonders günstigen Eindruck von mir? Wenn ich zu aufdringlich gewesen sein sollte, will ich mich gerne dafür entschuldigen.«

Klaus goss sich noch etwas Tee ein. Und als Thomas ihm seine Tasse hinhielt, schenkte er auch ihm etwas ein, als wäre er der Gastgeber. »Lieber Thomas Mann, bitte, nehmen Sie das nicht so ernst. Katia hat einen sehr eigenen Kopf und einen starken Willen. Sie ist sehr gescheit und geradeaus bis zur Schroffheit. Bedenken Sie, sie ist zwischen vier Buben groß geworden. Als wir noch kleiner waren, wollte sie immer Hosen tragen wie wir Jungen, keine Kleider.

Sie wollte auch nicht mit Puppen spielen. Zu Weihnachten bekam ich einmal eine Pistole und sie eine Puppe. Sie wollte unbedingt meine Pistole haben und ihre Puppe dagegen eintauschen. Bei den wilden Spielen der Jungen wollte sie jedes Mal dabei sein.«

Thomas hatte sehr aufmerksam zugehört. Er sog gewissermaßen die Luft vorsichtig durch die Nase ein, damit ihm kein Wort, keine Nuance von diesen kostbaren Einzelheiten entging: Wie man in der Familie bemerkt hatte, dass sich das Mädchen im Vergleich zum Zwillingsbruder rascher und kräftiger entwickelte und er schwächlicher, zarter war als sie. Wie sie geglaubt hatte, dem Bruder, der vor ihr zur Welt gekommen war, die Kraft genommen zu haben. Dass sie sogar eine Zeit lang gemeint hatte, man habe sie vertauscht und eigentlich sei sie der Bub und er das Mädel.

»Da war sie gerade mal vier Jahre alt«, sagte Klaus.

Auch das Bild von Klaus und Katia auf dem Tandem in ihren gleichen hellen Kleidern – da waren sie in den Geschlechterrollen kaum zu unterscheiden. Reizend, diese androgyne Doppelerscheinung. Dazu Katias etwas tiefe Stimme. Es war wie ein sanftes Trommeln auf seinem Zwerchfell. Das konnte er nicht sagen, zu keinem Menschen, niemals. Es kam rasch in die Schatzkammer seiner geheimen Erlebnisse.

Eine energische Fahrradklingel draußen vor der Haustür riss Tommy aus der Träumerei, in die er verfallen war, während Klaus von der Schulzeit der beiden Zwillinge erzählte. Er wusste sofort, wem das Fahrrad gehörte und wer nach ihm rief. Paul stand auf dem Bürgersteig vor seinem Fenster und blickte fragend empor. Thomas öffnete das Fenster und teilte dem Freund mit, dass er gerade Besuch habe und für die vorgesehene Radtour unabkömmlich wäre. Er bat Paul, morgen am Nachmittag wiederzukommen.

»Aber wenn ich dann keine Zeit habe?« Er hatte eine Verabredung mit Lilly Teufel.

»Du musst dich entscheiden, was dir wichtiger ist.« Damit schloss Thomas das Fenster.

»Ein Freund, der mit Ihnen zu einer Radtour verabredet ist?«, fragte Klaus. »Als ich kam, habe ich im Flur Ihr Fahrrad gesehen. Sie hatten es auf den Sattel gestellt und blitzblank geputzt.«

»Heute passt es mir eben nicht. Ich habe ja Besuch.«

»Aber vielleicht könnten wir ja einmal gemeinsam auf unseren Rädern eine kleine Spritztour unternehmen?«

Thomas war sofort dabei, er sah sich schon mit Katia und Klaus unterwegs im Grünen. »Eine großartige Idee! Wenn Sie erlauben, werde ich gern einmal darauf zurückkommen.«

»Wir werden sehen, was der Familienrat dazu sagt. Mich jedenfalls würde es sehr freuen. Aber jetzt erzählen Sie mir doch bitte noch etwas mehr über Ihr so besonderes Verhältnis zur Musik.«

»Wissen Sie, Klaus, Sie werden es kaum glauben, aber wäre ich nicht Schriftsteller geworden, wäre ich auch gern Komponist geworden. Wagners *Ring des Nibelungen*, das ist doch eigentlich auch ein Familienroman …«

»… unter Göttern und Helden!«

»Auch hier wird vom Aufstieg der Nibelungen bis zum Untergang erzählt …«

»Götterdämmerung!«

»… so wie ich das mit *Buddenbrooks* gemacht habe. Und vor allem eines ist uns gemeinsam, das Wichtigste, was ich von Wagner übernommen habe: der Umgang mit den Leitmotiven. Also bestimmte Tonkombinationen, Melodien, die Personen und Eigenschaften zugeordnet werden und in der Variation und Wiederholung zu tragenden Säulen des Musikdramas werden. Diese Motive ordnen die Geschichte im Rahmen der Zeit. Die Musik weiß mehr über die Menschen und ihre Handlungen, als sie es selber wissen. So gibt es Erinnerung, Gegenwart und Vorausdeutung in dieser Art von erzählendem Drama.«

»Alles ist gleichzeitig da«, sagte Klaus, »Gegenwart, Vergangenheit und Zukunft! Und das kann nur die Musik.«

»Ich versuche es immerhin auch, mit Worten und Sätzen in meinen Erzählungen.«

»Leider verstehe ich in einem Roman nicht zu lesen wie in einer Partitur. Das haben wir in der Schule nicht gelernt.«

»Dabei fällt mir ein: Als Knabe wäre ich gern ein Dirigent gewesen.« Thomas trank einen Schluck von seinem Tee.

»Wenn ich aus meiner Loge hinunter in den Orchestergraben blicke, wenn ich sehe, wie unter dem Dirigat so viele Künstler bemüht sind, das geniale Werk Richard Wagners erklingen zu lassen, dann möchte ich gerne dabei sein, als Künstler eine Aufgabe haben.«

»Aber Sie werden gewiss Ihre Aufgabe finden«, versicherte Thomas.

Klaus musste gestehen, dass er noch gar nicht entschlossen war, welchen Weg er gehen sollte, den Weg eines Dirigenten oder eines Komponisten. Oder am besten beides zugleich?

»Es gibt genug Beispiele dafür!«, ermutigte ihn Tommy.

»Ja, Komponisten, die selber dirigieren, die gibt es schon. Aber große Dirigenten, die auch als Komponisten wirklich Bedeutendes leisten? Ich muss wohl erst einmal beides probieren. Wenn sich dann herausstellt, dass ich kein Wagner und kein Gustav Mahler sein kann, würde ich wenigstens deren Stücke dirigieren. Gerade den Schluss im ersten Akt der *Walküre*, wenn Wagner es riskiert zu zeigen, wie die Schwester in die Arme des Bruders sinkt und es zur liebenden Vereinigung kommt …«

»Er zeigt es ja gerade nicht«, widersprach Thomas. »Es sind nicht die Worte, es sind nicht die Figuren auf der Bühne, die sich mit den Sätzen ›Braut und Schwester bist du dem Bruder / so blühe denn, Wälsungen-Blut!‹ einander in inniger Umarmung hingeben. Der Vorhang fällt, und damit wird das Unvorstellbare nur angedeutet.

Klaus, es ist die Musik selber, die eine Vereinigung der beiden Geschwister glaubhaft macht. Nur die Musik.«

Klaus hatte sich wieder ans Klavier gesetzt und die Musik dazu angespielt. Aber es war nur eine blasse Andeutung vom Zusammenspiel so vieler Instrumente in der Oper. Der Gesang war von einer instrumentalen Steigerung, die sich mit Achtelnoten in rasendem Tempo hochschraubt zu einem grellen dissonanten Schlussakkord.

»Mein Kompositionslehrer sagt immer, dass man sich vorstellen muss, wie noch niemals zuvor die Menschen in einer Oper mit so einer Lautstärke und Intensität überrollt wurden wie in diesem Schlussakkord. Über hundert Musiker!«

Thomas hatte es selber erlebt, wie das Orchester mit Lautstärke und Klangfülle den Höhepunkt erreichte. Und Klaus konnte sich sehr gut vorstellen, wie er als Dirigent einem solchen Höllenspektakel einheizen durfte.

»Es muss ein teuflisches Vergnügen sein, als Dirigent in einem immer weiter sich steigernden Tempo die Geiger, Bläser und Bassisten, die Männer an den Hörnern, Fagotten und an den Schlaginstrumenten mit dem Taktstock hochzupeitschen wie die schwitzenden und keuchenden Ruderer auf einer Galeere!« Damit schlug Klaus den Deckel über der Tastatur mit einem Ruck zu. »Der Vorhang fällt gerade noch rechtzeitig.«

»Und wir haben doch gesehen, was wir nur gehört haben«, fügte Thomas hinzu. »Das ist gewagt und gekonnt. Ganz große Kunst!« Damit verbeugte er sich vor Klaus und applaudierte dem Pianisten. Aber er war sich nicht sicher, ob dieses liebenswürdige, zarte Geschöpf jemals in der Lage sein würde, mit seinem kleinen Elfenbeinstab die beiden wahnsinnigen Kreaturen in ihrer wilden Raserei und das sie begleitende Orchester mit seinen mehr als hundert Mann zu solcher Ekstase hochzutreiben. Doch die Sympathie war da. Und zwar, so schien es, auf beiden Seiten.

Ein höchst erfreulicher junger Mann, soigniert, unterrichtet liebenswürdig, mit norddeutschen Formen. Das würde er sehr bald seinem Bruder nach Riva schreiben, denn Heinrich musste unbedingt von dieser neuen Entwicklung in Kenntnis gesetzt werden. *Kein Gedanke an Judentum kommt auf, diesen Leuten gegenüber. Man spürt nichts als Kultur. Wir schwatzen allerlei über Kunst, über seine Musik, seine Schwester.*

So hatte Thomas, als Klaus ihn an diesem Nachmittag verließ, beim Abschied das gute Gefühl, dass die Tür zur Familie Pringsheim sich ein Stück weiter geöffnet hatte.

Paul Ehrenberg war indessen nachdenklich über die Straßen von Schwabing davongeradelt. Er hatte da so seinen Verdacht. Das Mädchen Katia konnte es selbstverständlich nicht sein. Das nicht. Niemals dürfte es allein einen Mann in seiner Wohnung besuchen. Aber was konnte sonst der Grund dafür sein, dass Tommy ihre Verabredung schießen ließ? Was war ihm plötzlich so ungeheuer wichtig?

Der Spieler und der Sonnenschein

In Alfreds großer Bibliothek war ein Tisch mit einem schützenden Tuch abgedeckt worden. Darauf hatte man für die Künstlerin Clarissa Bode, die man nur »Fräulein Clarissa« nannte, eine Arbeitsecke aufgebaut. Einer von Alfreds wertvollen Majolika-Tellern stand waagerecht in einer Art kleiner Holzstaffelei auf dem Tisch. Davor saß Clarissa mit einem Zeichenblock, ein Glas mit Wasser und einen Kasten mit Wasserfarben neben sich. Sie hatte den Teller genauestens abgezeichnet und kolorierte die Zeichnung nun äußerst sorgsam. Der Teller sollte bis ins Detail originalgetreu wiedergegeben werden. Auf einer Palette die Farbproben, viele unterschiedliche Pinsel bis hin zu den haarfeinsten. Sie trug über dem schlichten lindgrünen Reformkleid einen Kittel zum Schutz gegen die Farbspritzer. Der Professor war dabei, einen Katalog seiner reichhaltigen Sammlung anzulegen. Fräulein Clarissa sollte vielleicht die Illustrationen dazu liefern. Sie war keine Studentin mehr, sie hatte schon einige Erfahrungen auf diesem Gebiet, aber sie konnte bislang nicht davon leben. Im Übrigen war sie auf natürliche Weise hübsch, und der Sammler Pringsheim war von ihr angetan.

»Bedenken Sie«, sagte er, der alle seine Stücke sehr genau kannte. »Siena 1520. Maestro Benedetto. So hat dieser Mann mit Spitzbart hier die Zeiten überlebt.« Ihm lag dieses Stück Kunsthandwerk aus der Vergangenheit ganz besonders am Herzen, und seine Abbildung würde gelingen, so viel konnte man schon sehen. »Sie machen das sehr gut.« Aber auch die Künstlerin war nicht ohne. Eine belebende Anwesenheit. Er war ganz nah hinter sie getreten, als ob er ihr Werk aus nächster Nähe betrachten wollte. Wie er ihren schön geformten schlanken Hals, die zarten Härchen im Nacken wahrnahm, konnte er nicht widerstehen: Er pustete zärtlich über den Flaum, der sich leicht bewegte. Clarissa hielt den Pinsel leicht angehoben über dem Blatt, damit das Bild nicht verdorben wurde.

»Vorsicht, Herr Professor! Sonst muss ich mit der Majolika ganz neu beginnen.«

Pringsheim ließ sich neben sie nieder und strahlte sie an. Sie schaute zurück und lächelte dabei ein klein wenig.

»Fräulein Clarissa, Sie werden mir noch viele meiner Majoliken mit Ihren Farben beleben. Das wird einmal ein Katalog meiner Schätze.«

»Das würde ich sehr gerne übernehmen. Und danke für das Vertrauen.« Clarissa war sich bewusst, was der Auftrag für sie bedeutete und wer der Mann war, der so freundlich und fast intim mit ihr redete. Deshalb übersah sie auch die Hand, die sich auf ihr Knie gelegt hatte. »Aber könnte ich nicht jedes Mal einen Teller mit nach Hause nehmen und dort die Arbeit machen? Das Licht ist dort etwas besser, direkt am Fenster.«

Pringsheim gefiel der Vorschlag erst gar nicht, doch dann fiel ihm ein, dass er auch sein Gutes haben könnte. »Ich käme dann gelegentlich einmal vorbei und schaue, wie es vorangeht mit unserem Katalog.«

»Aber selbstverständlich, Herr Professor, sehr gern! Es ist in der Clemensstraße in Schwabing, gleich bei der Münchener Freiheit. Das ist nicht so weit.«

Alfred lachte. Das hatte einen guten Tag noch besser gemacht. »Eigentlich sollten wir darauf ein Glas Champagner trinken.«

In diesem Moment öffnete sich leise die Tür. Hedwigs Kopf schaute herein. Sie hatte schon geahnt, dass ihr lieber kleiner Mann sich mal wieder in einer seiner Charmeoffensiven befand. Das Gockelchen gockelte. Und sie gönnte ihm seine Privilegien. Gerade jetzt könnte ihr seine gute Laune weiterhelfen.

»Entschuldige, Alfred, wir brauchen dich einmal.«

Wie sie die Tür etwas weiter öffnete, erkannte er neben ihr Erik, ihren Ältesten, das Sorgenkind. Alfred erhob sich mit ernstem Gesicht, etwas verärgert wegen der Störung und in der Ahnung, da könnten weitere bittere Enttäuschungen auf ihn zukommen.

»Alfred, lass uns in den Wintergarten gehen, bitte.« Wie seine Frau das sagte, ließ seine gerade noch gute Laune unter null sinken. Er respektierte Hedwig, weil er sie auf seine Weise liebte. Aber es schien ihm, als wenn Raureif auf die frischen Blüten dieser so erfreulichen Begegnung mit der Malerin Fräulein Clarissa gefallen war.

Im Vestibül reichte ihm Hedwig einen Zettel. Wie er auf den ersten Blick erkannte, war es ein Schuldschein, und sein Sohn Erik hatte ihn unterschrieben. Mit seinem Namen! Pringsheim! Es ging um eine große Summe. Mit kleinen Beträgen hatte Hedwig ihrem Sohn schon öfter aus einer Bedrängnis geholfen, meistens an Alfred vorbei. Als Ehefrau konnte sie aber über keine größeren Beträge verfügen – sie hatte ja nie eigenes Geld gehabt. Ihr Vater, der Chefredakteur des Satireblatts *Kladderadatsch*, war ein ungeheuer unterhaltsamer und witziger Mann; man sagte ihm nach, er habe den Kalauer erfunden. Aber er konnte nicht mit Geld umgehen. Ernst Dohm war auf eine geradezu selbstzerstörerische Art großzügig, und, viel schlimmer, er war ein heilloser Spieler. Diese Sucht hing stets als Damoklesschwert über der Familie und über Hedwigs Jugend. Und nun stand sie mit ihrem geliebten Eti vor dem Vater, und der Sünder musste seinen Fehltritt beichten.

Erik hatte ein trotziges Büßergesicht aufgesetzt. Ihm war klar: Der Alte muss zahlen. Alfred sah sich den Schuldschein genauer an und die Summe, die sein Sohn quittiert hatte.

»22 000 Mark! Das wird ja immer schlimmer. Und dazu noch Spielschulden!«

»Ehrenschulden!« Erik machte die Dringlichkeit deutlich und dass es sich ja eigentlich um etwas höchst Moralisches handelte. »Ich muss zahlen. Heute noch!«

Alfred merkte, wie ein Wutanfall in ihm hochkroch über diese unverschämte Zumutung. Noch konnte er sich aber beherrschen und blieb gefasst. Er würde das erledigen, wohl oder übel. Schon weil ein Pringsheim unterschrieben hatte. Dann setzte sich aber doch der Jähzorn durch. »Das kann so nicht weitergehen! Du wirst mich noch kennenlernen!« Und er stampfte voller Zorn auf den Boden. »Dummer Bengel!«

Bald aber hatte er sich wieder gefasst. Er nickte in Richtung Hedwig: Zustimmung. Sie wusste, was zu tun war. Bankier Rosenberg in Berlin. Erik war immer noch bockig und gab sich nur wenig Mühe, in seinem Gesicht Schuldbewusstsein zu heucheln. Er trollte sich in Richtung seines Zimmers im oberen Stockwerk. Im Abgehen hörte er noch die Vorwürfe, die der Vater der Mama machte, weil sie ihren Liebling immer wieder in Schutz nahm. Das Weitere bekam er nicht mehr mit; es interessierte ihn auch nicht.

»Wir können ihn jetzt nicht fallen lassen, Alfred.«

»Der Bengel erpresst dich! Aber wenn er so weitermacht – mir würde da noch etwas anderes einfallen.«

Schon als er anfing, davon zu sprechen, hielt Hedwig sich die Ohren zu. Davon wollte sie nichts hören. Sie ahnte, was Alfred planen könnte. Ihr war nur zu gut bewusst, wie man in ehrbaren Familien mit ungeratenen Söhnen verfuhr. »O Gott, o Gott! Sprich nicht weiter!«

Dabei hatte sich Alfreds Gesicht schon wieder aufgeheitert. Er strahlte geradezu. Erstaunt drehte Hedwig sich um: Es war Katia, Alfreds Sonnenschein, die auf die beiden zukam.

»Sagt mal, der Erik – ich hab ihn auf der Treppe gesehen. Was ist mit dem?«

»Ärger. Aber das musst du nicht wissen.« Pringsheim nahm seine Tochter in den Arm. »Du bist mein Sonnenschein. Solange du bei uns bist … Dich geb ich nicht her.«

Für einen Augenblick dachte Katia noch an Erik, den schwierigen Bruder. Zu ihm hatte sie kein inniges Verhältnis, ihr Zwillingsbruder Klaus lebte geradezu in einer Dauerfehde mit dem Ältesten. Hatte Erik schon wieder etwas angestellt? Aber dieses »Dich geb ich nicht her!« des Vaters – was hatte das auf einmal zu bedeuten? Und wie er sie so fest in die Arme genommen hatte …

»Da brauchst du keine Angst zu haben. Mich nimmt dir keiner weg. Dafür geht's mir bei meinem Väterchen viel zu gut«, erwiderte sie.

Das Parfum seiner Tochter, das sie neuerdings unter Hedwigs Anleitung ausprobierte – es duftete zwar ganz angenehm, aber musste das unbedingt sein?

»Und all die netten Herren, die auf dem Ball um dich herumschwänzeln?«

»Ach, die! Keine Sorge. Mit Mama gehe ich zum Reiten, wir radeln an guten Tagen gemeinsam aus der Stadt …« Jetzt legte Katia ihrer Mutter den Arm um die Schultern. »Wir haben Termine bei der Schneiderin, im Frisiersalon. Die vielen Kommissionen, Hausbesuche bei unseren Freunden, die Teenachmittage bei uns mit Gästen. Am Abend sind wir mit Klaus oder den anderen in der Musikhalle, im Theater oder in der Oper. Dann noch Gäste zum Nachtessen, die wir aus der Oper mitbringen.«

So war es dem Vater recht. Und dabei war das noch nicht einmal alles, was einer guten Tochter von diesem Elternhaus geboten wurde.

»Nicht zu vergessen das Kolleg über Elemente der Funktionentheorie bei deinem Vater«, sagte die Mutter.

Katia warf die Hände in die Luft. »Ich wüsste gar nicht, wann und wo ich dabei einen Mann in meinem Leben unterbringen sollte!«

Hedwig beobachtete das ihr bestens bekannte Spiel zwischen Vater und Tochter mit Freude, aber auch mit einer gewissen Beklemmung. Nur scheinbar wechselte sie jetzt das Thema, und ihrem nachdenklichen Tonfall konnten die beiden entnehmen, wie wichtig es ihr war. »Dein Vater ist so reich, dass niemand von deinen Brüdern jemals für Geld arbeiten muss und du schon gar nicht. Das ist ja schön und gut. Aber soll das dein Leben sein? So ganz ohne Sorgen, jeden Tag?«

Katia erschrak beinahe. Woher dieser plötzliche Ernst? Das hörte sich fast schon nach den großen Worten aus dem Alten Testament an, nach Vertreibung aus dem Paradies. »Im Schweiße deines Angesichts sollst du dein Brot essen ...« Sorgen? Sie hatte keine Sorgen, und sie wollte auch keine haben.

»Noch leide ich nicht darunter!«, entgegnete sie schnippisch, beinahe vorlaut.

Aber Hedwig ließ sich nicht beirren: »Aber so ganz ohne eine Aufgabe, ohne ein Ziel?«

Katia wusste natürlich, dass es eines Tages so kommen könnte, eigentlich so kommen musste. Sie konnte sich eine nebelhafte Zukunft ohne eigene Kinder nicht vorstellen. Dazu brauchte man nun einmal die Ehe, also auch einen Mann. Anders ging das nicht. Und sie war ja nicht blind, sie konnte tagtäglich beobachten, wie so etwas in der Praxis aussah: Wie ihre Mutter, umgeben von einer Schar Kinder, eine geachtete Rolle in der Gesellschaft spielte – und doch auch nicht alles ganz so glänzend war, wie es ausschaute. Sie ahnte zudem genug über das Innenleben anderer Familien aus ihrem großen Bekanntenkreis. Aber darüber brauchte sie sich doch jetzt noch keine Gedanken zu machen! Etwas ratlos und nachdenklich blickte sie vom Pflichtgesicht ihrer Mutter zur Sonnenscheinmiene des Vaters. Die aber nun anscheinend ebenfalls von einer Wolke verdunkelt war.

Katia wollte sich gern zurückziehen, wie sie es immer tat, wenn das Gespräch für sie unangenehm wurde. Sie hatte schon die ganze

Zeit ein Büchlein in der Hand, ohne es zu beachten. Es hörte sich für sie fast etwas verlegen an, wie ihr Vater seinem Lieblingskind, als es in Richtung Wintergarten verschwand, noch nachrief:

»Was liest du denn da?«

»›Tonio Kröger‹ – Mamas Empfehlung.«

Pringsheim war, gegen seine Absicht, mit seiner Frage geradezu traumwandlerisch wieder beim wunden Punkt des Gesprächs gelandet.

»›Tonio Kröger‹?«

Hedwig setzte ihn schnell ins Bild. »Wir haben ihn dir doch auf dem Ball vorgestellt.«

»Diesen Schriftsteller?«

»Thomas Mann, ja.«

»Und das soll sie jetzt lesen?«

»Um ihn kennenzulernen.«

»Warum soll sie denn unbedingt diesen Schriftsteller kennenlernen?«

Jetzt musste Hedwig, so flink sie auch sonst mit ihren Antworten war, doch einen Moment nachdenken. Nur nicht zu deutlich werden.

»Man kann bei ihm viel Interessantes über Psychologie erfahren. Und nebenbei ihm selber etwas in die Seele schauen.«

»Und das hast du schon.«

Hedwig spielte den Ball zurück, allerdings etwas unvorsichtig: »Und du könntest das ruhig auch mal.«

Alfred dachte: Das ist ja ein seltsames Spiel. Blinde Kuh oder so ähnlich. Dazu war er aber gar nicht aufgelegt. Laut sagte er: »Ich lese so etwas nicht. Warum sollte ich? In seine Seele schauen … Nein! Ich bin kein Seelengucker! Dafür gibt es Ärzte.«

Schon sah Hedwig ihren süßen kleinen Mann, wie sie ihn manchmal nannte, mit schnellen kurzen Schritten in Richtung seines Arbeitszimmers davongehen.

Erik saß derweil längst wieder in seinem Zimmer. Kein schlecht gespieltes Büßergesicht mehr, keine geheuchelte Schuld. Er hatte Jacke und Krawatte abgetan und den Kragen geöffnet. Breitbeinig hockte er vor der Frisiertoilette, auf der ein Bierkrug stand, grinste und dachte sich: Es hat mal wieder geklappt. Es wird auch weiter klappen. Der Alte kann nicht anders.

Fräulein Clarissa packte unten langsam ihre Malutensilien zusammen, die Palette, die Pinsel, die Lappen, denn es war schon zu dunkel zum Malen. Würde der Alte ihr nun den wertvollen Majolika-Teller mitgeben? Zu Hause würde sie ruhig arbeiten können. Sie wohnte nämlich mit ihrer Mutter zusammen, das hatte sie dem Professor nur noch nicht gesagt.

Eifersucht

Auch ein trüber Tag im Vorfrühling konnte den Damen Lust machen, sich auf die Mietpferde aus dem Reitstall von Mengele zu setzen, um im Englischen Garten auszureiten. Lust und Pflicht zugleich, jedenfalls für Hedwig: Sie musste sich aus Gründen der Gesundheit regelmäßig aufs Pferd setzen. Wenn keiner ihrer Söhne sie dabei begleiten konnte, war eben Katia dran. Jetzt ritten sie im Schritt nebeneinander her. Katia hatte gerade erzählt, was ihr neulich passiert war, und die Mutter stellte sie deswegen fast schon zur Rede.

»Wie kommt es dazu, dass du mit einem Mann allein in eine solche beinahe intime Situation geraten bist? Das ist doch – ich meine – eigentlich unmöglich.«

»Ach, Unsinn, Mama. Es war ein Student, mit dem ich gelegentlich zur Uni radele. Der hat mich abgepasst im Fahrradstall, diesem dunklen Schuppen an der Uni. Ich kann mein Rad schließlich nicht auf der Straße stehen lassen, das teure Cleveland wäre sofort weg. Er ist über mich hergefallen, hat gemeint, dass er mich liebt. Seit Langem schon.«

Trotzdem musste Hedwig ihr Pferd anhalten. »Das ist doch nicht möglich. Allein mit einem Mann in einem dunklen Schuppen. Hat er dir – irgendwas getan?«

»Nein, nichts ist passiert. Ich wollte mein Rad holen, da hat er mich abgepasst und mir sofort einen Heiratsantrag gemacht.«

»Und das nennst du nichts? Ein Heiratsantrag im dunklen Fahrradschuppen?« Ehe sie das weiter erörtern konnten – als eines der wenigen Mädchen an der Uni konnte Katia nicht überall mit einem Elefanten herumlaufen –, hatte sie einen ihrer Tennispartner entdeckt. Detlev von Krause, Beamtenadel, aber selber noch auf einer der unteren Stufen einer Karriere im Staatsdienst. Dafür aber dunkelblond, ansehnlich, straff und auf dem Court fast ein As. Auf einem schlanken Fuchs kam er fröhlich grüßend herangeritten.

»Was für eine schöne Überraschung! Mutter und Tochter auf freier Wildbahn.«

Die beiden Damen und ihr Bewunderer waren aber nicht allein im Grünen. Vor einigen Minuten hatte Thomas sie auf ihren Pferden erkannt. Er hatte sein Griechenrad abgebremst und war abgestiegen. Griechenrad deswegen, weil er es günstig durch Vermittlung seines Schwagers Josef Löhr erworben hatte, der nebenher griechischer Konsul in der bayerischen Hauptstadt war. Thomas sah die fröhliche Begrüßung, und er sah auch, wie nach einem ersten Donner die Reiter hinauf zu den dunklen Wolken blickten und sich gemeinsam davonmachten.

Das war ihm nur recht. Auf so eine Begegnung – ein Gespräch der Damen von oben herab mit ihm auf seinem Drahtesel – war er nicht vorbereitet. Und dann auch noch dieser junge Mann … Einer dieser leichtfertigen Burschen, fröhlich und harmlos, aber sportlich – so einer könnte ihm gefährlich werden. Man traf sich auf dem Tennisplatz, im Reitstall, auf Gesellschaften. Man plapperte über das Wetter, über die Pferde, die Mode und diesen ganzen Alltagsschnickschnack. Und was hatte er dagegenzusetzen? Bisher nicht allzu viel.

Ein übler, saurer Geschmack stieg mit dieser köchelnden Eifersucht aus seinem Magen hoch. Er schob sein Rad auf den Weg, den die drei Reiter genommen hatten. Er erkannte noch, wie sie in der Ferne im leichten Trab nach Schwabing ritten. Selbst wenn die Pringsheims ihn zu einem gemeinsamen Ausritt einladen würden, er müsste absagen. Richtig reiten hatte er nicht gelernt.

Bald fielen die ersten Tropfen. Thomas zog seine Pelerine über, die er vorsorglich bei solch unentschiedenem Wetter immer dabeihatte. Er wusste, wohin er nun fahren wollte.

In einem Rückgebäude in Schwabing, mehrere Stufen hoch, konnte man den Kunst- und Tiermaler Paul Ehrenberg bei seiner Arbeit antreffen. Durch ein großes Fenster fiel Licht in den Raum: an den Wänden ringsum Entwürfe und fertiggestellte Ölgemälde, an die Wand gelehnt Bilderstapel, die Rückseite nach vorn. Vor allem sah man an den Wänden Bilder von Pferden in mancherlei Positionen. Auch ein Gespann von Ochsen war zu betrachten, vor einem Karren mit einem Bauernburschen darauf, eine Peitsche in der Hand. Ebenso Hütebuben, die ein paar Schafe vor sich hertrieben, und ähnliche Motive. Oder Zeichnungen, auf denen malerische Winkel von Wörth am Altrhein und von Polling nahe Weilheim skizziert waren. Die Studenten der Tiermalerei an der Münchner Akademie zogen, angeleitet von Professor Zügel, für das Sommersemester zum Malen in der freien Natur – dem Pleinairpinseln – dieses Mal ins Badische. Es war immer eine lustige Gesellschaft. Man war äußerst schlicht bei Bauersleuten untergebracht, und das gesellschaftliche Leben spielte sich im Hirschen ab. Überall stank es nach Mist, und man wurde in aller Herrgottsfrühe vom Geschnatter der zahllosen Gänse aus dem Schlaf gerissen. Als Staffage zu den Tieren, die man abbilden wollte, mietete man sich Hütebuben an, wenn man die Mittel dazu hatte. Sie hielten die Tiere fest, still am Zaumzeug oder im Geschirr, damit den Malern ihre Modelle nicht davonliefen.

Hier wirkte Paul mit seinen weltmännischen Allüren etwas deplatziert. Dennoch kam er immer bestens mit seinen Kommilitonen aus. Von dieser etwas anderen Art von Boheme erzählte sein Münchner Atelier. Aber auch ein Blinder hätte sofort gewusst, wo er hier gelandet war: Es roch durchdringend nach Ölfarbe und Fixativ.

Paul hatte Carla schon öfter eingeladen, in sein Atelier zu kommen, damit er ein Porträt von der reizenden Schwester seines Freundes Thomas malen konnte, mit ihrem wilden Haarschopf, den melancholischen Augen und den gut in Szene gesetzten Kleidern. Nun war es so weit. Und eine Theaterkünstlerin sollte ein besonderes Bild bekommen. Dafür war ein Spiegel aufgebaut, auf einer Kommode lagen Requisiten, die Carla mitgebracht hatte: Kamm, Handspiegel, Schminkdosen und Cremetiegel. Alles ganz offensichtlich für das Porträt einer Komödiantin in ihrer Garderobe. Sie sollte vor dem Spiegel sitzen und direkt den Betrachter ansehen, also den Maler. Eine erste Skizze von Carla war schon gemacht, ebenso waren erste Farbproben zu sehen. Weil Paul Carla gebeten hatte, locker zu plaudern, damit er ein Gefühl für ihr Gesicht bekam, erzählte sie ihm von ihrem ersten Vorsprechen vor gut drei Jahren am Münchner Hoftheater.

»Ich bin schwanger! Ich bin schwanger! Den ganzen Weg über, sogar noch im Theater, habe ich mich hineingeredet in meine Rolle und damit meine Freundin Lani durcheinandergebracht.« Lani Pricken, die gerade in der Ausbildung zur Opernsängerin steckte, hatte Carla am Nachmittag zum Vorsprechen beim Hofschauspieler Müller ins Theater begleitet.

»Meine Rolle verlangte«, fuhr Carla fort, »dass der Kindsvater mich nicht heiraten wird. Lani hat eine Weile gebraucht, bis sie merkte, dass es ein Rollenspiel war. Paul, du kannst es dir nicht vorstellen, wie am Theater das Wort *schwanger* ein Todesurteil für uns Schauspielerinnen bedeutet. Du kannst dann nicht mehr spielen, du hast kein Geld, der Mann ist auch meistens weg. Einen Liebhaber, der die Kostüme bezahlt, hast du schon gar nicht mehr. Du darfst das Kind einfach nicht bekommen. Loswerden darfst du es aber auch nicht, und das willst du ja auch auf gar keinen Fall. So manche Kollegin steht noch im achten Monat auf der Bühne und hat alles, was sie verraten könnte, unter ihrem Kostüm versteckt.«

Carla drehte sich nun zu Paul und sprach ihm vor, was sie damals Herrn Hofschauspieler Müller vorgetragen hatte. Vor einem Stuhl hatte sie auf der Bühne des Schauspielhauses gekniet, als Gretchen vor dem Standbild der Muttergottes. »Hilf! Rette mich von Schmach und Tod! / Ach neige, / Du Schmerzensreiche, / Dein Antlitz gnädig meiner Not!« Der Hofschauspieler, bei dem sie Stunden nehmen wollte, hatte ihr ein Kompliment gemacht, und das hatte ihr sofort Sicherheit gegeben. »Hinterher sagte er mir, dass ich mich sehr schön in die Rolle des armen Gretchen im *Faust* hineingefunden hätte. Das hat er auch ganz richtig gesehen – *hineingefunden*, das ist mein Weg.«

Als Nächstes war die Liebesszene zwischen Gretchen und Faust im Garten drangekommen, und Herr Müller hatte den Part von Faust übernommen. Sie spielten, wie Gretchen an den Blütenblättern das Orakel auszählt. »Er liebt mich. Er liebt mich nicht.« Dabei hatte der Hofschauspieler sich vor sie hingestellt und sie an beiden Händen gefasst, ganz nach Regiebuch. Anschließend hatte er sie an sich gezogen – davon stand aber bei Goethe nichts, das wusste sie. Wie auch immer, sie hatte nun sagen müssen: »Mich überläuft's!«

In diesem Moment hatte er gemeint, dass sie eine große Begabung für die Bühne habe, aber da fehle noch etwas. »Sie atmen falsch, das müssen wir üben.« Carla fuhr fort: »Dann hat er sich hinter mich gestellt und seine Hände hier unten auf meinen Bauch gelegt. ›Da spüren Sie das Zwerchfell, lassen Sie es anschwellen, und atmen Sie tief von hier unten nach oben, sodass der Brustkorb ganz angefüllt ist mit Luft.‹«

Carla stand auf und spielte Paul vor, wie die Luft sich in ihrem Brustkorb sammelte. »Wir übten danach noch einmal das richtige Atmen, und vom Zwerchfell aus ging er mit seinen Fingern höher und wollte meinen Atem spüren. ›Höher, höher, da, wo Sie jetzt meine Hände fühlen.‹« Carla machte Paul auch das vor und legte ihre Hände auf ihre Brüste.

»Und was hast du getan?« Paul hatte schon lange aufgehört, Farben auf die Leinwand bringen zu wollen. »Wie bist du aus der brenzligen Situation herausgekommen?«

Carla lachte. »Ich hab ihm gesagt, dass ich für die Kunst zur Bühne gehen will und für nichts sonst. Weißt du, ich kann sehr hochmütig sein.«

»O ja, das weiß ich.« Paul hatte Palette und Pinsel weggelegt, um Carla wieder in ihre Ausgangsposition zu bringen. Dazu musste ein Tuch, das über ihre nackten Schultern auf das Kostümkleid gefallen war, neu arrangiert werden. »Du traust dich was. Du hast vielleicht Mut!« Nun war er mit dem Arrangement zufrieden und reichte Carla ein Taschentuch, damit sie die letzten Tränen Gretchens abwischen konnte.

»So habe ich mir das vorgestellt!« Plötzlich stand Thomas in der Tür. In seiner Stimme war ein böser, fast gefährlicher Unterton. »Carla, Paul, was macht ihr da?«

Paul wandte sich ihm zu. »Es wird das Porträt einer Schauspielerin.« Dabei sah er sich den Freund an: Er trug seine Pelerine mit Kapuze. Draußen hatte es geschüttet, so glänzte der Regenmantel nass. Und die Kapuze … Als Maler dachte Paul hauptsächlich in Bildern, und sofort fühlte er sich an das bekannte Porträt des asketischen Mönchs Savonarola in seiner Kutte erinnert, das auf dem Schreibtisch in Tommys Wohnung stand. Oberflächlich betrachtet war es nur Arbeitsmaterial für Thomas' Renaissance-Drama *Fiorenza,* an dem er seit Jahren arbeitete. Innerlich bedeutete es für den Freund aber offenbar viel mehr. Savonarola war eine der beiden Hauptfiguren des Stücks, und Tommy hatte nie einen Hehl daraus gemacht, dass der ihm viel näherstand als sein Widersacher, der Macht- und Prachtmensch Lorenzo de' Medici.

Thomas ging nun auf seine Schwester los. »Und wie du ausschaust, Carla! Hast du etwa geweint?«

»Gretchen ist schwanger, und die hat geweint.« Mehr wollte Carla ihrem Bruder nicht erklären. Das machte dann Paul.

»Sie hat mir eine Szene vorgespielt.«

Der gefährlich glänzende Gummimantel kam etwas näher. »Ach, und Paul hat den Faust gegeben in der Flirtszene mit Gretchen. Das kann er, Carla, das musst du wissen. Der Paul ist ein richtiger Flirtkönig, wenn man's genau betrachtet. Macht immer die eine eifersüchtig mit der anderen!«

»Eifersüchtig? Sag mal, Tommy, bist du etwa eifersüchtig?« Was für ein Einfall von Carla. Alle drei schauten sich erstaunt an. Dabei ahnte Carla nicht einmal, dass sie aus dem Moment heraus etwas erfasst hatte, das man besser nicht aussprach.

Thomas lachte etwas künstlich und hohl. »Was für ein Unsinn!« Er warf die Kapuze zurück und ging zu einer Staffelei weiter hinten im Raum, auf der ein Gemälde stand, das Paul mit einem Tuch verhängt hatte. Er hob es an und erblickte eine nackte Frau, die auf einem Pferd saß, wie Paul es nicht schöner hätte malen konnte. Ihr überlanges Haar verdeckte, was man keinesfalls sehen sollte. Thomas erkannte sofort, was die Frau darstellte: die mehr oder weniger historische Figur der Lady Godiva. Als er das Gesicht der Nackten genauer betrachtete, ließ er das Tuch augenblicklich fallen. Das Malermodell war ausgerechnet das derbe Weibsbild vom Faschingsball. »Weißt du, warum du hier bischt?«

Fast entschuldigend versuchte Paul eine Erklärung. »Eine Legendenfigur – das mache ich für einen Kunden.«

Der Mönch im Regenmantel sah immer noch die Szene vom Bauernball vor sich. Und wie Paul mit Lilly getanzt hatte. »Legenden? Das nackte Fleisch hoch zu Ross. Vom Pferdemaler zum Damenmaler.« Dann wandte er sich seiner Schwester zu: »Mama fand es nicht schicklich, dass du zum Paul ins Atelier gehst.«

»Weiß man's immer noch nicht?«, empörte sich Carla. »Ich bin kein Kind mehr! Ich weiß, was ich will. Ja, Tommy, du und

Heinrich, ihr seid beide auf dem Weg zum Ruhm. Ich kann nicht schreiben, ich kann nicht malen, richtig Klavier spielen kann ich auch nicht. Ich habe nur mich. Verstehst du das? Mein Kunstwerk ist mein Körper und mein Ausdruck. Bin ich auf der Bühne, will ich es fühlen, wie sie hingerissen sind von meinem Spiel und mir folgen mit all ihren Gefühlen!«

Thomas applaudierte. »Ja, ja! Gut gespielt, Komödiantin, wie immer.«

»Das ist doch Unsinn, Tommy, und das weißt du auch. Sie meint, was sie sagt!«, mischte sich Paul ein.

Carla ignorierte ihn und blickte weiterhin ihren Bruder an. »Alle wünschen sich, dass ich nur für den einen da bin, den Ehemann. Und nur für den einen Komödie spiele. Ehekomödie! Wie Lula und Jof!«

»Lula geht es gut!«, bemerkte Tommy.

Diesen Dialog hatten die beiden Geschwister schon oft durchgespielt. Deshalb hatte Carla sofort die passende Antwort: »Sie ist versorgt. Und damit seid ihr zufrieden. Du und Mama.« Als dann Thomas anfangen wollte, ihr seinen üblichen Vortrag über die Ehe zu halten, kam er nicht weit. »Du bist doch auch nicht verheiratet. Und schon achtundzwanzig. Mal ehrlich: Bist du etwa unglücklich ohne Frau und Kinder?«

»Carla!« Das ging selbst Paul zu weit. Er spürte, dass man sich auf äußerst dünnem Eis bewegte. »So solltest du nicht mit Tommy sprechen!«

Carla war jedoch noch nicht fertig. »Ja, ja! Ist mir bewusst. Tommy ist verheiratet, zwar nicht mit einer Frau, aber mit seinem Werk.«

Der finstere Mönch in seinem regennassen Gummimantel hatte sich aber schon umgedreht und eilig das Atelier verlassen.

»Weißt du, wie man ihn in der Schule genannt hat?« Das musste Carla jetzt loswerden, man durfte es ja sonst nie sagen. »Der Pfau!«

Paul hätte fast hemmungslos gelacht. Aber letztlich war es nur ein Staunen darüber, wie treffend andere so früh das Besondere an Tommy erkannt hatten. Der Pfau – das war er selber. Gegen die grauen Weibchen besaß der männliche Pfau ein prächtiges Federkleid. War er erregt, schlug er mit seinen Schwanzfedern ein Rad und zeigte all seine schillernde Pracht.

»Und weißt du, wer mir das mal gesagt hat? Mein Lieblingsbruder. Der Heinrich.«

An der Tür zur Bühne

Als Carla mit ihrer Freundin Lani die Halle des neuen Münchner Hauptbahnhofs betrat, musste sie wie so oft an das Haupt- und die Nebenschiffe in der Lübecker Marienkirche denken. Das höchste Haus ihrer Kindheit und Jugend. Aber hier war alles höher und größer und erinnerte eher an den Eiffelturm und seine Stahlkonstruktion als an eine Kirche mit ihren Backsteinbögen. Hier duftete es zudem nicht nach Blumenschmuck, sondern es stank nach Öl, und der Geruch von verbrannter Kohle zog sich in breiter Spur über die Schienen und Bahnsteige. Der Bahnhof war als Kopfbahnhof angelegt: Stahl und Glas überspannten an die sechzehn Gleise, auf denen die Züge herein- und wieder herausfuhren. Große, in der Dachkonstruktion eingebaute Fenster ließen Tageslicht bis auf die Schienen fallen. Für die Nacht war eine eigens für diesen Zweck konstruierte elektrische Beleuchtung angebracht. Die fauchenden und zischenden Dampfkessel und Schornsteine der tonnenschweren Lokomotiven, die sich langsam in die Halle schoben, bewirkten ein Dauerecho und ließen immer neue Dampfwolken bis oben unter die Glasbögen aufsteigen.

Carla kannte sich aus, wusste, dass der Zug München–Köln–Düsseldorf auf Gleis 6 abging. Sie hatte sich mit Lani dort hingestellt, wo gerade das Gepäck von einem Dienstmann von der Holzkarre in einen der großen Gepäckwagen verladen wurde. Sie sah auch einige ihrer Körbe, in denen sie ihre vorgeschriebenen Sachen für die Bühne mitnahm. Sie wusste genau, was in jedem Korb verstaut war. »Ein italienisches Kostüm, zwei Bauernkostüme mit passenden Miedern, Hemden und Tüchern, eine moderne Balltoilette, ein Straßenkostüm, ein Sommerkostüm, noch ein Winterkostüm und dies und das.« Das waren bei den Ansprüchen der Theater beträchtliche Kosten, vor allem im Vergleich zu den niedrigen Gagen.

»Ich bin froh, dass ich in München an der Oper etwas mitsingen darf«, sagte Lani. »Das trainiert meine Stimme und spart die Miete fürs Zimmer auswärts. Meine Kostüme brauche ich auch nicht selber zu stellen.«

»Bisher hast du Glück gehabt. Noch schläfst du in deinem Bett und wirst vom Elternhaus ernährt. Ich muss nach der Vorstellung manchmal noch in eine Gaststätte an den Künstlertisch, so eine Art Theaterstammtisch. Man kann sich da nicht ganz raushalten. Und hin und wieder dürfen auch Herren von außerhalb dazukommen.« Carla musste es nicht weiter ausmalen. Lani, die gern große Hüte trug, kannte die Geschichten von Mäzenen, die die Garderobe spendieren oder bei der Miete aushelfen und sich dafür gewisse Vorrechte erkaufen.

»Dafür hast du in Düsseldorf eine gute Rolle gespielt.«

»Ja, wohl wahr. Die Luise in Schillers *Kabale und Liebe*. Das lag mir. Mein Regisseur Mühlfeller sagte, ich hätte die Rolle überzeugend gespielt, weil ich eindringlich zurückgenommen in den Tod gegangen sei. Er mag es nicht, wenn jemand einem schrecklichen Schicksal entgegengeht, aber auf der Bühne sehr gesund herumtobt. ›Sie sterben voller Kraft und Gesundheit und trompeten für die letzte Reihe.‹ Das hat er mir gesagt. Und dann noch: ›Die Menschen, die körperlich oder geistig einfach zusammenbrechen, die liegen Ihnen.‹ Mein Bruder Thomas war zur Premiere extra aus München angereist.«

»Und was meinte der große Dichter zu deiner Leistung?«

»Stell dir vor, er hat mich gelobt. Er war beeindruckt. Sehr ungewöhnlich, von ihm so was zu hören.«

»Sieh an! Er hatte dir doch gesagt, du hättest zu wenig Theaterblut.«

»Ja, und nun das. Beim nächsten Stück kann er seine Meinung aber schon wieder ändern. Mein Bruder Heinrich, der ist in dieser Hinsicht ganz anders. Der steht mir unbedingt bei. Auf den kann ich mich verlassen.«

»Der sollte mal ein Stück schreiben über all das, was du ihm so erzählen kannst!«

»Wer weiß«, sagte Carla etwas geheimnisvoll. »Er sammelt schon Material aus der Welt des Theaters.«

»Und wer bestimmt am Theater über uns, ob wir Glück haben oder eben nicht? Ob wir auf die Bühne gelangen?«

Männer, das wusste Carla schon lange.

Lani zählte an den Fingern die Schicksalskette auf. »Da ist erst mal der Agent …«

»Lani«, unterbrach sie Carla, »das kann ganz übel enden. Da wirst du auf sein kleines Zimmer hinter seinem Büro bestellt. Der kleine Raum stinkt nach Bratwurst, die er gerade noch zurechtkaut. Er starrt dich von oben bis unten an, als ob du schon nackt vor ihm stehst. Dann schiebt er mit seinen Fettfingern deinen Rock etwas hoch, um zu sehen, mit was für Beinen du auf die Bühne kommst.«

»Für die Herren in den ersten Reihen, die Beine sehen wollen, wenn sie schon ins Theater gehen.«

»Und ihre Frauen wollen die neue französische Damenmode auf der Bühne kennenlernen.«

»Immer wieder höre ich: ›Haben Sie denn so ein Kostüm? Wie, Sie haben keinen Mäzen, der Ihnen gerade aushilft? Und da wollen Sie mir nicht mal Ihre Beine zeigen?‹ Da kannst du dir vorstellen, dass manch eine den Rock hebt und dann ein wenig höher, noch höher, und bis dahin, wohin sie nie gedacht hätte, dass sie das tun könnte. Und dann kann sie froh sein, wenn er sie ungeschoren davonkommen lässt und ihr trotzdem ein Engagement verschafft, sie aber damit im Vertrag an sich bindet.«

»Dann kommt der Theaterdirektor«, zählte Lani weiter auf.

»Kenne ich zur Genüge!«, rief Carla. »Da gehen schreckliche Geschichten herum. Der zieht die Schublade auf und sagt: ›Aha, was haben wir denn da? Röllchen, wunderschöne Röllchen.‹ Er hebt einige Texte hoch, die er aber schnell wieder in der Schublade verschwinden lässt. ›Eine Komödie mit Musik, Gesang und Tanz! Wenn Sie daran interessiert sind, zeigen Sie mir doch mal Ihre Beine. Nicht wahr, wir kaufen doch nicht das Kätzchen im Sack.‹ Und was er dann sieht, gefällt ihm schon mal fürs Erste. ›Schön, und jetzt noch etwas mehr!‹ Und wenn dann so ein armes Hascherl schon so weit gegangen ist, wie sie es am Morgen niemals für möglich gehalten hat, und wenn dieser Mann auch noch ein richtiges Schwein ist, fällt bald das Korsett mit dem Fischbein zu Boden. Eine Kollegin hat mir erzählt, sie habe im Wartezimmer beim Herrn Direktor einmal erlebt, wie ein Mädchen in ihrer Unterwäsche, mit den Kleidern überm Arm, weinend aus seinem Büro herausgelaufen ist.«

»Dann gibt es noch den dritten Mann, den Regisseur!«

»Genau. Der hat ebenfalls Macht, wenn er will und wenn er Mut hat. Aber wehe, wenn er sich mit dem Direktor zu gut versteht, dann steckst du in der Klemme! Die verabreden sich, wer welche Rolle bekommt. Aber wenn einer von den beiden ein anständiger Kerl ist und wenn er was kann, hast du Glück gehabt und darfst zeigen, was du auf der Bühne kannst. Wie viel Theaterblut du im Leib hast. – Und die Nummer vier?«

Lani blätterte ihre Hand mit vier Fingern auf wie bei einem Kartenspiel. »Der Kritiker!«

»Alles Männer, von denen unser Schicksal abhängt. Kriegst du gute Rollen, kriegst du auch gute Kritiken. Und dann fällst du auch dem Publikum auf und dem Regisseur und dem Herrn Direktor und dem Agenten. Dann hast du vielleicht eine kleine Glückssträhne und musst nicht deine Kleiderkörbe packen und sehen, wo du ein neues Engagement für die nächste Saison bekommst, um dann alles wieder auf die Bahn zu bringen.«

Während die beiden Frauen ihre ernüchternden Erfahrungen am Theater austauschten, schob sich auf dem gegenüberliegenden Gleis 5 langsam ein tonnenschwerer schwarzer Koloss mit seinen Waggons auf den Prellbock am Ende der Schiene zu. Das Tsch-Tsch-Tsch der auslaufenden Kraft schien ganz friedlich zu sein. Zwei weitere junge Frauen mit leichtem Gepäck und ebenfalls in reger Unterhaltung, die sehr dicht an den einlaufenden Waggons entlanggingen, waren in einem Schwall von weißem Rauch eingehüllt, der zischend aus den Ventilen zwischen sie gefahren war. Vor Schreck hatten sie einen Hopser hingelegt und flohen unter Lachen vor dem Ungetüm, das ihnen an die Wäsche wollte.

»Vorsicht an der Bahnsteigkante«, rief Lani den beiden hinterher, und zu Clara gewandt, sagte sie: »Wir haben ja eine schöne, fast heilige Inschrift über den Eingängen zum Theater: ›Dem Wahren, Guten und Schönen‹. Dieser ganz profane Satz wäre ganz hilfreich, um nicht unter die Räder zu kommen.«

Carla zog ihre Freundin vertraulich zu sich heran. »Einen Mann hast du noch vergessen. Es sind nämlich fünf Männer, die vor der Tür zur Bühne stehen, an denen du nicht so ohne weiteres vorbeikommst!«

»Ach je, ich ahne es schon!« Lani lächelte gequält. »Der jugendliche Liebhaber?«

»Oder der ältere Charakterspieler und Bonvivant, der die guten Hauptrollen erhält, der Kollege, der neben dir auf der Bühne steht«, sagte Carla. »In Zittau, Lani, bei meinem ersten Engagement, da stand so einer kurz vor meinem Auftritt hinter mir, umfasste mich an den Hüften. Drückte mich dann fest an sich im

Dunkeln und flüsterte mir ins Ohr: ›Weißt du, eigentlich kann ich mit einer Novizin nur gut spielen, wenn ich sie gehabt habe!‹ Und jetzt fragen wir uns, warum wollen all die vielen jungen Dinger auf die Bühne, vor allem die vielen ohne jegliche oder nur unzulängliche Ausbildung. Die Ahnungslosen, die aus der Provinz in die Großstädte mit viel zu wenig Geld und ohne Unterkunft kommen, einen Vertrag erhalten und stranden. Wo sie landen, man kann es sich ja denken. Es gibt zu viele von ihnen. Die Theater können sie sich aussuchen.«

Der Mann mit der roten Mütze pfiff zum ersten Mal auf der Trillerpfeife, ein durchdringender, lang gezogener Warnruf. Carla stieg in den Waggon, fand ihr Abteil, öffnete das Fenster und reichte Lani die Hand.

Die Freundin rief gegen den Bahnhofslärm: »Jetzt nur nicht weinen!«

»Niemals!«, schrie Carla zurück.

Auf den zweiten Ton aus der Trillerpfeife setzte sich der Zug langsam in Bewegung. Es war zuerst nur ein Ruck, der durch die Waggons ging. Carla musste sich am Fenster festhalten. Dann schüttelte sich der gesamte Zug. Lani blieb auf dem Bahnsteig stehen, eingehüllt in den Qualm der abfahrenden Lok, bis sie nicht mehr zu sehen war.

Als der Schnellzug das Stadtgebiet verlassen hatte, nahm er Fahrt auf. Der Rückblick auf die Stadt mit ihren Kirchtürmen war dann der Abschied für Carla. Wieder einmal zog es sie in die Fremde, in der Hoffnung, eines Tages mit einem Erfolg zurückzukehren, mit guten Kritiken im Koffer und einem Engagement an einer guten Bühne in der Tasche.

Die Geschichte ihrer verratenen Liebe in Zittau hatte sie Lani gar nicht erzählt. Wenn Fritz Bäumler in seinem Smoking mit Zylinder in der *Fledermaus* singend über die Bühne schwebte, hingen die Damen an seinen Lippen. »Und du auch!«, sagte er zu Carla. Und so war es gekommen. Eine Liebe, die bis in die nächste Saison halten sollte. Fritz wollte sich beim Direktor dafür einsetzen, dass sie beide einen Vertrag für die nächste Spielzeit bekamen. »Für die Bühne und für ihr Leben.« Aber dann, gegen Ende der Spielzeit, nach der letzten Vorstellung, war Fritz seltsam zerstreut aufgetreten, als Carla in seine Garderobe trat. Er hatte überhaupt nicht mit dem Direktor gesprochen.

»Es hätte keinen Zweck gehabt«, gestand er. »Der Direktor plant die nächste Saison gar nicht mit dir.« Das war der erste Schlag an diesem Abend.

»Aber unsere Liebe?« Das kam von ihr so naiv und unschuldig wie in einem schlechten Stück.

»Ich weiß ja, es war dein erstes Mal«, sagte Fritz und verzog sich hinter den Paravent, um seinen Smoking abzulegen. »Aber es war ja von Anfang an klar, Carla, es war eine Saisonliebe.«

»Mehr nicht?«, hörte sie sich sagen.

Vom Paravent aus vernahm sie: »Es ist schön, solange es dauert. Dir hat es doch auch gefallen! Nimm dir einen Schluck!«

Auf dem Schminktisch stand eine Flasche Wein. Wie sie sein Glas in die Hand nahm und den roten Rand seiner geschminkten Lippen sah, wurde ihr übel. »Ist schon gut!«, rief sie.

Von Fritz kam zurück: »Vor den Applaus haben die Götter die Leiden gestellt. Liebes, du wirst sie gebrauchen, die Leiden!« In diesem Moment tauchte er hinter dem Paravent wieder auf. Er trug jetzt sein Alltagsgewand. »Du musst was daraus machen.« Er stellte sich mit ihr vor den Spiegel. »Du hast eine gute Figur. Ja, die hast du. Und ein hübsches Gesicht.« Fritz war nun dabei, sich die Schminke aus dem Gesicht zu holen. Mit jedem Wischer zeigte sich sein etwas vulgäres Gesicht. Er drehte sich zu ihr. »Also, mach was draus! Auf der Bühne!«

Ein lang anschwellender Pfeifton rollte von der Lok klagend über den Zug hinweg und holte Carla wieder in den Tag zurück. Wie viel Kraft wird man mir abverlangen auf dem Weg durch den Eingang zur Bühne?, überlegte sie. Welche Männer werden das sein, die dort auf mich warten?

Teegesellschaft im Palais

An diesem Nachmittag hatte Hedwig für die Teegesellschaft im Speisesaal eindecken lassen. Ein großer Tisch mit gemütlicher Bestuhlung für acht bis zehn Personen. Und Platz für Überraschungsgäste wäre jederzeit vorhanden. Der Speisesaal lag separat auf der rechten Seite des Gebäudes, drei große Lüster mit jeweils zehn elektrifizierten Kerzenimitationen hatte Ignaz schon eingeschaltet. Sie hingen von der hohen getäfelten Decke herunter und tauchten den Raum in ein mildes Licht für den schon etwas dunklen Nachmittag. Ein Licht, das, reflektierend über die vielen ausgestellten farbigen Majoliken, eine freundlich-warme Atmosphäre in den Raum brachte. Den Gästen, die zur Teegesellschaft des Hauses zählten, stand es frei, dann zu erscheinen, wenn sie Zeit dazu hatten.

Elsa und Max waren gekommen, dazu Eugenie Schaeuffelen, eine enge Freundin der Familie. Diese Gäste kannten all die Schätze des Professors und kümmerten sich kaum noch um das Museum, in dem die Gesellschaften stattfanden. Heute betrachtete man die Neuerwerbung der Runde, Thomas Mann, den Dichter der *Buddenbrooks*. Was würde er sagen? Wie würde er sich aufführen?

Hedwig hantierte in einem wallenden Kleid aus chinesischer Seide mit der silbernen Kanne, um den Gästen den Tee persönlich einzuschenken. Thomas kostete zurückhaltend vom feinen Gebäck, trank artig seinen Tee, hörte zu. Das Gespräch hatte sich etwas verlaufen, weil die Damen sich darüber ereiferten, ob man zum dritten oder vierten Mal noch Freude an den Scherzen in der *Fledermaus* haben konnte. »Aber die Musik ist immer wieder prickelnd.« So ein Wort für die Musik, *prickelnd*, in so einer Gesellschaft eingesetzt – er würde sich das merken.

Gott sei Dank brachte Hedwig mit ihrem natürlichen Charme etwas Schwung in die Gesellschaft: »Was meint ihr, welche Triumphe ich erlebe, wenn ich mit meiner Radlerhose auf die Straße komme. Die Männer sind ja bald narrisch geworden. ›Gelt, Spezi, die hat a paar Waderln.‹ Übrigens musste ich eine Art Erlaubnisschein fürs Radeln bei der Polizei erwerben. Ich hatte bei der Polizei vorzuführen, dass ich mein Radel perfekt fahren kann und die Kurven, das Bremsen und das Umfahren von Hindernissen und vor allem das schwierige Aufsteigen beherrsche.«

Sie wandte sich dann an Thomas: »Wissen Sie, meine Mutter kämpft für die Rechte der Frauen. Sie nennt alles Unrecht offen beim Namen.« Selbstverständlich kannte er Hedwig Dohm, die über die Emanzipation auch Bücher geschrieben hatte. »Die Gleichberechtigung der Frau, sagt meine Mutter, ihre Selbstständigkeit beginnt mit einem eigenen Beruf, mit eigenem Geld.« Thomas nickte zustimmend. »Was bleibt aber einer Frau übrig, wenn sie nicht heiratet?«

Hedwigs Frage erhielt die bekannten Antworten: Lehrerin, Erzieherin, Klavierlehrerin, Schauspielerin. »Oder«, sagte Elsa, »Freudenmädchen. Eine unschöne halbe Wahrheit und eine ganze Lüge steckt in dem Wort.«

Die Bernsteins waren am Ende immer die dankbarsten Gäste. Beide nahmen sich die Freiheit, die sie als Schriftsteller nun einmal innehatten, um die Zustände der Gesellschaft offen beim Namen zu nennen. So gab Max wohl auch aus der Kenntnis seiner Erfahrung zu bedenken: »Es existieren für diesen Beruf jedoch noch ganz andere Bezeichnungen. Aber die Damen der Gesellschaft können solche Worte nicht in den Mund nehmen.«

Peinliches Schweigen entstand, weil jeder wusste, welche wüsten, schmutzigen Worte hier gemeint waren. Von solchen Berufsgeheimnissen aus der Anwaltspraxis hätte man vielleicht gern mehr gehört. Aber für die Ohren der Damen wäre es eine Zumutung gewesen. Thomas sah amüsiert in die Runde.

Der Anwalt kannte die Wirkung seiner Worte und ging den Bogen zurück in die anständige Gesellschaft. »Doch können Frauen viel mehr, als man ihnen zutraut. Wer hat denn im letzten Jahr den Nobelpreis für Physik gewonnen?«

Hedwig kannte selbstverständlich die Antwort. »Madame Curie. Für die Entdeckung der Radioaktivität.«

»Und das kann noch große Folgen haben«, erklärte Max, ohne näher darauf einzugehen.

»Folgen, die auch unsere Medizin verändern, wie die unsichtbaren Strahlen von Professor Röntgen«, warf Hedwig ein.

»Aber Madame Curie hat ihn nur gemeinsam mit ihrem Ehemann bekommen«, so Elsa.

»Empörend ist das«, meldete sich der bisher schweigsame Gast Thomas. »Allein wollte man den Preis der Frau wohl nicht geben.«

»Bravo, gut gesprochen!« Hedwig hatte sichtbar Freude an ihrer neuen Errungenschaft.

»So weit, so gut, Herr Mann. Aber der Ehemann ist schließlich auch Professor für Physik!« Das kam von Max.

Elsa konterte: »Gut, dass du uns daran erinnerst. Das Reagenzglas wird er ihr schon mal gehalten haben.« Damit hatte sie das Gelächter auf ihrer Seite. »Es wird noch dauern, bis die Rolle von uns Frauen in der Gesellschaft anerkannt wird und man uns die Räume zu den Betätigungen freigibt, die wir brauchen.«

»Sie müssen sie aber auch erobern wollen«, gab Max zu bedenken.

»Richtig, sehr richtig, Max«, bemerkte Hedwig. »Meine Mutter würde dazu sagen: ›Wie viele junge Frauen spüren ihren Geist, ihre Flügel, wollen hoch hinaus, wollen fliegen …‹«

»… und landen dann im nächsten Hühnerstall. In einer trivialen Versorgungsehe.« Max lachte mit Elsa gerne über solche Scherze.

Aber Hedwig und Thomas sahen erstaunt zur Tür. Katia stand dort mit ihrer Kollegmappe. Der Diener Ignaz nahm ihr gerade den Mantel ab.

»Entschuldigt bitte.«

Hedwig erhob sich, trat zu ihrer Tochter und nahm sie mit vor die Tür. Dort erfuhr sie von einem unerhörten Vorfall. Professor Röntgen hatte sie sehr grob aus seiner Übung verwiesen. Ein sehr kostbares Gerät war ihr beim Aufbau einer Versuchsanordnung vom Tisch gefallen. Sie wollte sich noch entschuldigen und dann auf ihren Platz gehen. Er aber stand verärgert herum, die professorale Autorität in Person: »Verlassen Sie meine Übung! Sofort! Und kommen Sie nie wieder!«

Als Hedwig wieder zurück an den Tisch kam, musste sie kurz von dem Vorfall berichten. »Katia ist bei einer Übung, beim Aufbau eines Experiments etwas aus der Hand gerutscht, das zu Boden fiel. Und da hat Professor Röntgen sie aus dem Raum verwiesen.« Betretenes Schweigen folgte. Hedwig erinnerte sich an die guten Stunden, die sie als Gasthörerin mit ihrer Tochter in der Universität immer wieder erlebt hatte. Laut sagte sie: »In der Philosophie, bei Professor Lipps, er redet so frei über Ethik und Ästhetik. Ein Mann, der mir direkt aus der Seele spricht. Wie er all diese vom Staat und von der Gesellschaft sanktionierten Dinge wie Eid, Ehrenwort, das Duell, den lieben Gott …«

»Und die Majestätsbeleidigung«, rief Elsa dazwischen.

»Ja, auch das … wie er alles vom Standpunkt der Vernunft beurteilt. Ach, es geht dann einfach ein frischer Luftstrom durch den Raum und unser Oberstübchen.«

Elsa unterstützte dieses Thema. »Es ist wohltuend, dass es noch wirkliche Würde, gelebte Ehrlichkeit und Wahrheit gibt. Der Luftstrom, Hedwig, du hast so recht, das ist die Stimmung, die der Mann verströmt.«

»Und die würde dem ganzen Land so guttun.« Max betrachtete

es aus der Perspektive der Politik und den höchsten Sphären der Gesellschaft. »Bei all dem Glanz der Majestäten in unserem Kaiserreich, der kostümierten Macht und Pracht.«

Hedwig sah einen gewollt fortschrittlichen Zug beim deutschen Kaiser. »Dabei will Wilhelm zwo ein moderner Herrscher sein. Er fördert die Technik, die Naturwissenschaften.«

»Aber da gibt es einen unwissenschaftlichen Fleck, liebe Hedwig«, sagte Elsa. »Auch wenn er das tut, so heißt es immer ›von Gottes Gnaden‹.«

Hedwig hatte sofort verstanden. »Und daran glaubt er auch. Dass er mit Gottes Gnade persönlich zum Herrschen erwählt ist.«

Elsa beobachtete Thomas, der amüsiert dem Dialog gefolgt war. »Und Sie, Herr Mann, was denken Sie darüber?«

»Über wen?«

»Über unseren Kaiser!«

»Unser Kaiser repräsentiert das Land, das Volk. Er reist viel umher. Er trägt viele verschiedene Kleider.« Das war ironisch gesprochen.

Aber Elsa wünschte es deutlicher. »Es sind Kostüme, die er trägt«, rief sie aus, »wie ein Operettenkaiser!«

»Er hat es nicht leicht, man denke da an die verkrüppelte linke Hand. Ein Geburtsfehler. Er muss das Tag für Tag in der Öffentlichkeit überspielen.« Thomas hatte die linke Hand zur Faust geballt und legte die rechte als Schutz darüber. »Dass die Menschen bloß nicht denken, er sei kein vollwertiger Mann.«

Elsa ließ das nicht gelten. »Er lebt in seinen Schlössern. Es fehlt ihm an nichts.«

Thomas überlegte einen Augenblick. Ihm war bewusst, dass auch Hedwig eine kluge Antwort von ihm erwartete. »Der Herr Professor Röntgen hat eine geniale Erfindung gemacht. Man kann mit seinem Apparat unter die Haut blicken, bis auf die Knochen. Ich habe das Bild gesehen. Der Kaiser sollte sich ein Gerät von Professor Röntgen vor den Thron stellen.«

In die folgende Pause hinein fragte Elsa: »Warum denn das?«

»Um zu sehen, wer von seinen Ministern, Generälen und Beratern ein Rückgrat unter dem Kostüm hat!« Jetzt war Hedwig zufrieden mit seinem Auftritt. Das war deutlich in ihrem Gesicht zu lesen.

In das anerkennende allgemeine Gelächter brachte Max noch einen ernsten Gedanken in die liberale Runde. »Es wäre dann aber schwierig für den Kaiser, vom Thron herunterzukommen. Man könnte dann sein Eisengestell unter der Haut sehen. Sind wir also dem lieben Herrgott dankbar, dass er uns die Haut über die Knochen gezogen hat. Und dass er uns – das darf ich aus meiner Anwaltspraxis beitragen – die Lust an Kostümen in die Wiege gelegt hat. Kostüme verbergen wie unsere Haut das Bild der Seele und unsere Gedanken, die wir darunter verbergen. Aber zugleich verraten die Masken etwas von unserer Angst, dass man den Geburtsfehler sieht und deshalb verachtet wird.«

Klarheit und Jähzorn

Professor Dr. Alfred Pringsheim saß am Schreibtisch in seinem Büro, das bis zur Decke mit Bücherregalen ausgestattet war. Kostbar eingebundene Bücher waren darunter, großformatige Kunstbücher, ältere Folianten und Bildbände. Auch Noten, sehr viele Noten. Vor allem die Partituren der Opern von Richard Wagner, und zwar in Leder gebunden. Hohe Fenster sorgten für genügend Licht in der Studierstube. Vor dem oberen Teil des Bücherregals war auch eine kleine Galerie zu begehen.

Vor Alfred lag der Entwurf einer Festrede, die er bald in der öffentlichen Sitzung der Münchner Akademie der Wissenschaften halten sollte: »Über Wert und Unwert der Mathematik«. Er probierte und korrigierte. Pringsheim war bekannt für seinen Witz und für scharfe Kritik. Die Studenten liebten seine Scherze, mit denen er den Stoff aus Zahlen und Zeichnungen an der Tafel durchlüftete. Viele Veröffentlichungen hatten ihm zudem den Ruf eines bedeutsamen Mathematikers eingetragen. Jetzt knobelte er an den Formulierungen einfacher Wahrheiten. Wenn er verständlich sprechen wollte, musste er dennoch achtgeben, nicht trivial zu plaudern. Mit dem Manuskript in der Hand ging er im Büro hin und her.

Man hat zwar die Mathematik, weil ihr ganzer Inhalt auf einer geringen Zahl allgemein verbindlicher Grundsätze durch rein logische Deduktion sich aufbaut, nicht unzutreffend als die Wissenschaft vom Selbstverständlichen bezeichnet. Den letzten Halbsatz hatte er schon auswendig mit einem Lächeln in die Aula gesprochen. *Das ändert aber nichts an der Tatsache …* Er nahm einen Stift und schrieb eine kleine Genauigkeit dazu. *… an der Erfahrungstatsache, dass sie bis heute für die Überzahl der Gebildeten, ja sogar der Gelehrten, die Wissenschaft vom Unverständlichen geblieben ist.* Wieder hörte er das kleine Gelächter für den Widerspruch.

Fast schon mit altvertrauter Höflichkeit hatte der Diener Ignaz Thomas im Vestibül vor die große Freitreppe geführt. »Einen Moment bitte, ich werde Sie eben bei Herrn Professor anmelden.«

Neben den Scherzen galt es bei dieser Gelegenheit auch mit einem Philosophen abzurechnen, der endlich eine Antwort brauchte. Er blickte auf sein Manuskript. *Mit besonderer Schärfe hat sich bekanntlich Schopenhauer an verschiedenen Stellen seiner Schriften gegen die Mathematik gewendet …*

Man hatte sich bisher nicht die Mühe gemacht, den Mann zu widerlegen. Es war zu einfach. Nicht der Mühe wert. Nun gut, nun würde er, Professor Pringsheim, diesen Part übernehmen. Er würde diesem Philosophen eine Antwort geben, wie ein Spötter auf die Mathematik es nur verdiente.

Während Ignaz auf dem Weg war, Thomas anzumelden, schaute sich der Besucher im Vestibül um. Selbst hier gab es Schränke mit Regalen, in denen die aufgestellten Majoliken glänzten. Die kostbaren Teppiche liefen vom Boden die Treppenstufen empor bis zum ersten Stock, wo man auf einer Empore die Flure zu den persönlichen Wohnräumen und Schlafzimmern der Familie erkennen konnte. Dort musste es auch eine Tür geben, die zu Katias Studierzimmer, zu ihrer kleinen Bibliothek, führte. Ein Raum, der nur ihr allein gehörte. Wenn er doch einmal diese Treppe hochgeführt würde und einige Augenblicke allein mit Katia sprechen könnte!

»Im oberen Stockwerk befindet sich auch die Küche, von der die Speisen mit dem Aufzug ins Esszimmer gelangen. Das Personal allerdings hat dahinter ein eigenes Treppenhaus«, erklärte Ignaz bei seiner Rückkehr.

Thomas folgte nun dem Diener, der die Tür zur Bibliothek öffnete und ihn vor die von Professor Pringsheims Arbeitszimmer führte. Nach Hedwig, der Mutter, und Klaus, dem Bruder, sollte er nun Alfred, den Vater und Professor, etwas besser kennenlernen.

Alfred hatte von der katastrophalen Unwissenheit des Schriftstellers über das Wesen und das Geheimnis der Mathematik gehört. Wundern tat ihn das allerdings nicht. Schriftsteller oder Dichter, wie immer dieser Herr Mann das halten mochte, sie erfanden die Dinge und Menschen, von denen sie schrieben. Da gab es keine Genauigkeiten, keine Beweise. Nur das schwammige Gebiet der Fantasie, die unverbindliche Luftigkeit wie in der Welt der Träume. Geradezu ein Mysterium, dass sich dieser Herr Mann neulich ein Buch über die Renaissance bei ihm ausgeliehen hatte, um sich in der wirklichen Geschichtsschreibung zu informieren, bevor er wieder zu seinen erfundenen Figuren zurückkehrte. Kunst, das war die Welt in seinem Palais, die Malerei, das Kunsthandwerk und – hoch über allem – die Musik, besonders die Werke von Richard Wagner.

So öffnete sich die Tür, und mit einem freundlichen Lächeln trat Alfred aus seinem Büro. Unterm Arm hielt er einen Stoß Notenblätter und Aufzeichnungen für seine Vorlesung eingeklemmt. »Willkommen zum Privatissimum«, sagte er zur Begrüßung. Er ergriff mit seiner Rechten die ausgestreckte Hand von Thomas und zog den Gast in das entfernter liegende Musikzimmer. Dabei zählte er seine extra etwas größer angelegten Schritte: »Ein, zwei, drei, vier, fünf. So sind sie durch die Welt gezogen, die Feldmesser und Kartografen.« Er blieb einen Augenblick stehen. »Sie haben ihre Schritte gezählt und danach die Entfernungen eingetragen.«

»Aber kein Schritt war so lang wie der andere«, merkte Thomas an.

»So schlecht waren die gar nicht. Aber der Einwand ist richtig.

Sie haben eine neue Methode entwickelt. Gehen Sie mal mit.« Im Gleichschritt folgte Thomas ihm. »Eins, zwei, drei, vier … Auf seinen Feldzügen hat Alexander der Große Kamele mitgeführt. Und die Kamele waren den Menschen in dieser Hinsicht überlegen. Warum?, werden Sie sich jetzt fragen. Richtig: Da war ein Schritt so lang wie der andere. So ein Kamel macht sich eben keine Gedanken. Es geht und geht. Wenn es sein muss, von Griechenland bis nach Indien.« Damit war der Professor an seinem großen Flügel im Musikzimmer angekommen. Die Sache fing an, ihm Spaß zu machen.

Er klappte den Deckel hoch und legte das Bündel Noten mit einigen Papieren voller Zahlen – Rechnungen, die er offenbar für seine Vorlesungen verwendete – auf den Flügel. »Und damit sind wir schon mitten in der Welt der Zahlen gelandet.«

»Guten Tag, Herr Professor.« Thomas war bisher noch nicht zu Wort gekommen. Er fühlte sich wie ein Student, der etwas zu spät zur Vorlesung erschienen war.

»Schon gut!« Alfred winkte ab. »Aber das Zählen, wie das begann, das können Sie sich selber vorstellen. Das ist ja Mathematik aus der Steinzeit. Wer in dieser grauen Vorzeit wissen wollte, wie viel Ziegen er besaß, der machte sich einfach für jede Ziege einen Strich auf einem Stein oder später in einen weichen Ziegel. Wer einem Schäfer seine Herde anvertraute, zeichnete bei der Rückkehr der Herde erneut die Striche und wusste, was geschehen war, wenn er dazuzählte oder Verluste abziehen musste. Addition und Subtraktion – das kennen Sie aus der Schule, und das nennen wir Rechnen. Aber zum Rechnen braucht man Ziffern, die in der Rechnung zu Zahlen werden. Da sind unsere Ziffern von eins bis neun und dann die Erfindung der Null – die in der Kombination alles schlank und rank macht. Unsere Ziffern – nein, es waren die Inder und dann die Araber, von denen wir dieses Geschenk übernommen haben. Die Herrscher der Weltreiche, unter anderem die Kaufleute, die ihre Ordnung durchsetzen mussten, hatten die Frage zu beantworten: Was gehört mir, was gehört dir? Ist mein Gewinn dein Verlust oder nicht? Aber das war einfaches Rechnen. Noch keine Mathematik. Machen wir nun gemeinsam einen Schritt in die Welt der Mathematik.«

Pringsheim zeichnete mit einem Stift ein großes Kreuz auf ein Blatt Papier. Die eine Linie senkrecht. An diese schrieb er ein »y« und auf die waagerechte Linie ein »x«. Vom Schnittpunkt in der Mitte trug er jeweils die Zahlen von eins bis zehn ein. »Was Sie hier sehen«, fuhr er fort, »nennen Mathematiker ein Koordinatensystem, die waagerechte Linie nennen sie Abszisse, die senkrechte Ordinate. Ich trage jetzt einen beliebigen Punkt in das System ein, irgendwo oben oder unten, links oder rechts. Dieser beliebige Punkt, den ich soeben eingezeichnet habe, hat zum Beispiel den Namen Eins-drei, denn auf der Abszisse liegt er gerade senkrecht über der Eins und auf der Ordinate waagerecht neben der Drei. So wie diesen Punkt kann ich jeden anderen Punkt in meinem Koordinatensystem benennen, eintragen und die Lage des Punkts ermitteln. Aber es geht noch weiter. Mathematiker bestimmen nicht nur einzelne Punkte, sondern ganze Systeme, zum Beispiel eine Gerade, die von einem Ende eines Systems zum anderen verläuft. Diese Systeme existieren nicht nur aus einem Punkt, sondern aus ganz vielen, die für einen bestimmten Zusammenhang stehen …«

Immer tiefer führte der Mathematiker den Dichter in die Geheimnisse von Formeln als Abstraktion, als mathematisches Abbild von Wirklichkeiten, die es gab, die man sehen konnte, aber auch Formeln und Zahlen, deren Wirklichkeit man nicht wahrnehmen konnte. Dann legte der Professor ein Notenblatt auf den Flügel. Eine Schrift, die Thomas sofort entziffern konnte. Es war Wagners Oper *Die Walküre*. Alfred spielte nun gekonnt das Liebesmotiv zwischen Siegmund und Sieglinde.

»Das Frühlingslied. Erster Aufzug, *Die Walküre*«, meldete Thomas wie ein aufmerksamer Student.

Pringsheim richtete sich beim Spiel auf, wog sich hin und her. Er war überraschend, wie ähnlich er seinem Sohn Klaus wurde, als der ihm das Lied bei seinem Besuch vorgespielt hatte.

»Siegmund und Sieglinde. Dieses anwachsende Erkennen und Wiedererkennen der einst getrennten Geschwister. Ich merke, Sie können es hören, könnten die Musik sogar hören, wenn ich Ihnen nur die Noten gezeigt und sie Ihnen nicht vorgespielt hätte.«

Dann brach Alfred ab und hielt ihm seine Notizen für die Vorlesung entgegen, das Blatt mit unverständlichen Zahlen, Formeln und unbekannten Zeichen für Rechenvorgänge, wie sie Thomas noch nie gesehen hatte. Er entdeckte griechische Schriftzeichen mit Ziffern in verschiedener Höhe verkoppelt, durch andere Linien zeltartig überdacht, durch runde Klammern zu großen Formelmassen vereinigt sowie einige unbekannte Schriftzeichen.

»Für mich …«, sagte Thomas. Er war sprachlos.

Pringsheim amüsierte sich. »Sagen Sie es nur.«

Thomas konnte keinen Sinn darin erkennen. »Zahlen, Zahlenbrüche, fremde Zeichen. Sätze in normaler Sprache zwischen einem algebraischen Hexensabbat – unübersetzbare Hieroglyphen.«

»Ja! So ist es richtig. Es ist für den Laien ein Schreckensbild, aber es zeigt zugleich die Schönheit und Klarheit der Mathematik. Sie haben diese Sprache leider nicht erlernt. So wie Sie imstande sind, aus dem Anblick einer Partitur eine akustische Vorstellung von einem nie zuvor gehörten Tonstück zu bilden, so liefert dem Mathematiker die Gleichung einer Kurve, die er nie gesehen hat, ein vollkommenes Bild ihres Verlaufs. Schauen Sie auf das Koordinatenkreuz.«

Thomas nahm das Blatt in die Hand. Was sollte er dazu sagen? »Faszinierend, Herr Professor. Kurven und Kreise in der Wirklichkeit, die sich hinter diesen Zeichen verbergen.«

»Und mehr noch«, rief Alfred. »Der Mensch kann sie mit diesen Zeichen berechnen, die Zylinder, die Kegel in Raum und Zeit.

Und: So wie Sie beim Blick auf die Partitur in den Noten Feinheiten erkennen, die man kaum hören kann, so ist die Einsicht, die der Mathematiker der Gleichung einer Kurve entnimmt, viel tiefer, als es die Anschauung sie ihm je vermitteln könnte. Mit dem infinitesimalen Kalkül können wir genau beschreiben, was wir nicht einmal unter dem Mikroskop erkennen.«

Thomas blickte noch einmal auf das Blatt. »Kegel und Zylinder in Raum und Zeit. Faszinierend!« Er spielte mit wie der Schüler beim Professor Faust. Staunend vor den Wundern der fremden Welt hörte er zu.

»So errichten wir Häuser und Maschinen, mein Herr. So werfen wir ein Netz von Zahlen über die Welt und bauen sie neu nach. In der Biologie, in der Chemie, in der Physik. Alles wird Zahl und somit verstehbar und handhabbar. Und diese Sprache ist überall auf der Welt gültig, sogar auf dem Mond.« Thomas gab das Blatt mit einem Hauch von anerkennendem Staunen zurück. »Sehen Sie, Sie haben vom Unterschied zwischen dem Rechnen und der Mathematik schon ein klein wenig begriffen. Ein Dummkopf wie der Philosoph Schopenhauer konnte es nicht verstehen. Er glaubte, dass es in der Mathematik um das Rechnen geht, um das Wieviel in einem Krämerladen. Und das war ihm schnuppe. Die Darstellung der verborgenen Gesetze unserer Welt hat dieser elende Schwätzer …«

Der Professor und sein Student hätten sich noch bei einem Glas Portwein weiter besprechen können, über die Verwandtschaft der Sprache der Dichtung und der Musik, ja, vielleicht auch über die Ähnlichkeit zwischen Wagners *Ring des Nibelungen* und Tommys Familienroman *Buddenbrooks*. Alles hätte gut werden können, wäre der eifrige Schüler seinem Professor nicht bei dem Wort »Schopenhauer« zu nahe getreten.

»Entschuldigung, Schopenhauer, ein Schwätzer?«, fragte Thomas.

»Er war ein elender Wicht, der mit gefälschten Zitaten einen regelrechten Feldzug gegen die Mathematik in Gang gesetzt hat.«

Pringsheim konnte nicht wissen, dass er über einen Hausgott seines Gastes lästerte, als er nochmals nachlegte. »Mathematik, einer Wissenschaft, von der dieser Miesepeter nun einmal nichts, rein gar nichts verstanden hatte.«

Was Thomas schon ahnte, jetzt wusste er es. Er sollte besser sehr vorsichtig weitersprechen. Er suchte Worte dafür, wie das große Werk Schopenhauers für ihn bei der Arbeit an den *Buddenbrooks* geradezu ein Erweckungserlebnis war. Wie er wochenlang auf seinem Sofa darin versunken war. So las man nur einmal im Leben.

Tommy versuchte, eine Art akademischen Diskurs aufrechtzuerhalten. Schade war jedoch, dass er dem Professor nicht erläutern konnte, wie sehr ihm die Philosophie Schopenhauers für den Untergang der Buddenbrooks behilflich gewesen war. Ein letztes Wort noch sollte es von Thomas sein. Kein Widerwort, um Gottes willen! Es war schon der Rückzug, die weiße Fahne.

»Sein Hauptwerk: *Die Welt als Wille und Vorstellung*, ein genialer Blick auf unsere Wirklichkeit ...« Weiter kam er nicht.

»Genialer Unsinn ist das, was der Mann verzapft hat!« Dann brach ein Gewitter los, Thomas stand minutenlang ratlos im Regen. »Wer so saudumm über die Mathematik eselt, mein Herr, der kann mir mit seinen Vorstellungen über die Welt und den Willen gestohlen bleiben! Und Ihre *Buddenbrooks* habe ich nicht gelesen. Werde das Buch auch nicht lesen. Es ist ja bloß Literatur!«

Damit hatte Pringsheim seine Berechnungen und die Noten zusammengerafft, den Flügel zugeklappt und war mit kurzen, schnellen Schritten durch die Bibliothek in sein Arbeitszimmer verschwunden.

Katia und Hedwig, von Ignaz auf den Wetterumschwung aufmerksam gemacht, standen in der Tür und hatten die letzten Worte der Verdammnis noch mitbekommen. So konnte es gehen, wenn, durch einen Zufall ausgelöst, der Jähzorn Alfred erwischte.

»Hatten wir ihn nicht gewarnt?« Hedwig schüttelte den Kopf.

Sie war besorgt, dass Porzellan zerschlagen war, das man noch dringend nötig hatte. »Wollen wir nicht gemeinsam …«

Katia schüttelte den Kopf. »Kein Bedarf!« Damit ging sie die große Treppe hinauf in ihr Studierzimmer.

Hedwig blickte in das Musikzimmer. Da saß er noch allein. Wie aus dem Bilderbuch gefallen: ein begossener Pudel.

So laufen die Dinge, wenn man sich nicht kümmert, dachte sie. Sie musste handeln. Sie wollte handeln. Hedwig winkte Ignaz heran. »Ein Teegedeck für zwei Personen in mein Zimmer.« Dann ging sie langsam zu Thomas an den Flügel. Der saß da weiterhin, traurig und ratlos. Aber Hedwig, das war jetzt ein Lichtblick.

»Lieber Herr Mann, kommen Sie doch bitte mit mir rüber in mein Zimmer. Der Ignaz serviert uns einen Tee. Ich glaube, wir beide können das jetzt gut gebrauchen.«

Schweigend war er an ihrer Seite hinübergegangen ins Zimmer der Dame. Dann war der Tee eingeschenkt und eine Zigarette angezündet. Der erste Zug brachte ihn zurück ins Gleichgewicht.

»Tut mir leid, dass Sie so ins Unwetter geraten sind«, beschwichtigte Hedwig. »Das kann passieren. Das ist die Leidenschaft, der Zorn, der ihn übermannt. Jetzt sind Sie gewarnt.«

»Ja, über einen bestimmten Philosophen, dessen Namen ich in diesem Haus nicht mehr aussprechen werde, zettele ich keinen Disput mehr an.«

»Danke Ihnen für das Verständnis. Und nun werden Sie fragen, was das mit der Ablehnung der Literatur meines Mannes auf sich hat.«

»Und das in einem Haus wie diesem, wo alles nur von Kultur spricht, wo Sie vielleicht zweimal die Woche im Theater oder bei einem Konzert dabei sind …«

»Das ist auch so eine Besonderheit von Alfred. Wie soll ich Ihnen das erklären? Er hat so viele Interessen und so viel Wissen über Kunst und Kultur, vor allem über Musik. Aber Romane,

Novellen, Gedichte – nichts spricht ihn an. Er findet keinen Zugang dazu. Dass er *Buddenbrooks* nicht lesen wird, das ist so. Trösten Sie sich, er hat auch *Krieg und Frieden* oder *Anna Karenina* nicht gelesen.«

»Aber Sie und Ihr Fräulein Tochter?«

»Das krasse Gegenteil!«

»Wie schön, dann darf ich Sie vielleicht bald einmal mit einer eigenen Produktion versorgen?«

»Wäre mir hochwillkommen, Herr Mann! Und seinen Ärger über Schopenhauer, den er bei Ihnen abgeladen hat, das hat mein Gatte beim nächsten Mal vergessen. Sie sollten tatsächlich den Namen in seiner Gegenwart einfach nicht mehr erwähnen!«

»Dann ist es ja gut, dass er *Buddenbrooks* nicht lesen wird. Da kommt nämlich der große Schopenhauer ausführlich zu Wort.«

»Ich lese just Ihren Roman und höre geradezu Ihre Stimme, die Stimme des Erzählers. Das ist ein besonderes Vergnügen.«

»Danke für das Kompliment. Ein Autor freut sich immer, wenn er seine Leser gut unterhalten kann.«

Tatsächlich war der Reinfall mit dem Privatissimum bei dem Herrn Professor peinlich und auch etwas ärgerlich. Er war nun einmal Katias Vater. Wer wusste, was da noch auf ihn zukommen konnte. So gesehen waren die Zuneigung und das Verständnis der Mutter Wasser auf seine Mühle.

»Was ich Ihnen noch sagen wollte, mein Sohn Klaus hat mir von seinem Besuch bei Ihnen berichtet.«

»Es war eine gute Idee von ihm, mich zu besuchen. In Vertretung des Vaters.« Das Letzte hatte Thomas mit einer kleinen Pause hinzugefügt. An Hedwigs Blick sah er aber, wer den Einfall zu diesem Ausflug gehabt hatte.

»Sie haben sich bei ihm sehr interessiert nach Katia erkundigt?«

»Interessiert, das stimmt. Weil ich wirklich interessiert bin.«

»Wie soll ich das verstehen?«

»Es ist eine lange Geschichte.«

»Eigentlich doch eine kurze. Sie kennen sich erst seit einigen Wochen.«

»Nun, es ist so: Als ich sie vor Wochen im Kaim-Saal gesehen habe – das hat mir enormen Eindruck gemacht. Da habe ich mir gesagt, dieses Fräulein würde ich gerne kennenlernen. Etwas näher eben, nicht nur *à distance*.« Dabei formte er mit seinen Händen ein Opernglas, das er vor seine Augen hielt und damit auf Hedwig schaute.

»Da sind Sie ihr schon sehr nahe auf die Pelle gerückt!«

»Ich habe aber nie mit ihr allein sprechen können. Immer sind wir umringt von Elefanten, wie Sie in Ihrer Familie sagen.«

»Aber war da nicht das Abendessen bei meiner Freundin Elsa Bernstein?«

»Zufällig befand ich mich auf dem Platz neben dem Fräulein Tochter.«

»Ganz so zufällig war es wohl nicht!«

»Ist schon recht, Frau Pringsheim. Es war gut gemeint von Frau Bernstein.«

»Na, na! Viel zu gut vielleicht! Ein kleines Komplott gegen Mutter und Tochter. Ein Coup typisch Elsa.«

»Aber ich bin kaum in ein Gespräch mit Fräulein Katia gekommen, denn rechts von ihr hatte man den bekannten Charmeur und Kollegen Bierbaum platziert. Sie kennen ihn ja. Der hat Ihre Tochter die ganze Zeit von seiner sensationellen ersten Fahrt mit einem Automobil über die Alpen nach Italien berichtet. Eine empfindsame Reise mit einem Gefährt, das ihm die Adlerwerke gestellt haben. Mit Fahrer. Sein Motto: ›Wenn einer eine Reise tut, dann kann er viel erzählen.‹ Sehr originell, nicht wahr? Und je mehr Ihre Tochter wissen wollte, desto mehr konnte er ausholen. Ich saß bald ganz allein vor meinem Zanderfilet mit der Zitronen-Dill-Sauce. Stumm wie dieser Fisch vor mir.«

»Was würden Sie ihr denn sagen wollen, wenn sich wieder mal eine Gelegenheit bieten würde?«

»Wie sehr ich Ihr Fräulein Tochter bewundere. Ich wünsche mir, dass sie mich etwas besser kennenlernen kann. Aber jetzt habe ich das Gefühl, dass sie gar nicht an mir interessiert ist.«

»Bedrängen Sie Katia nicht.« Hedwig war ins Grübeln gekommen. Da war zunächst nur der sympathische Herr Mann, von ihrer Freundin Elsa empfohlen. Auf dem Ball hatte er eine gute Figur gemacht. Hatte ihre Gäste angenehm unterhalten. Eine wertvolle Neuerwerbung für ihren Jour. Der Mann hatte Zukunft und sicher bald noch mehr Erfolg mit seinen Büchern. Das hatte sie schon von anderer Seite gehört. Er passte ins Palais. Aber was war das, was sie in seinen Augen sah, in seiner Stimme hörte? Dieses intensive Interesse an Katia. War das ernst? Katia war gerade mit ihrer Universität in Schwierigkeiten geraten. »Geduld, Geduld! Geduld!« Das hatte sie gerade für sich gesagt, aber dabei auch direkt ausgesprochen.

Thomas hatte es gehört. »Gerne bin ich geduldig … Sie wissen ja, Geduld bringt …«

»Ja, ja, ich kenne das Sprichwort.«

Und dann mussten beide etwas verlegen lachen.

Werbende Worte ans Krankenbett

Am nächsten Morgen wurde Hedwig vom Diener Ignaz darüber in Kenntnis gesetzt, dass Fräulein Katia sich nicht sehr wohlfühle und deshalb das Frühstück auf ihrem Zimmer eingenommen hätte. So saß Hedwig wenige Minuten später ihrer Tochter an dem kleinen Schreibtisch aus ihren Schülertagen gegenüber.

Noch einmal kam es aus Katia heraus: »Röntgen hat mich direkt aus dem Raum verwiesen. Ich wollte ihm erklären, wie der kleine Unfall beim Aufbau eines Experiments geschehen ist. Nein. Keine Gelegenheit für eine Entschuldigung. ›Verlassen Sie die Übung. Sie sind für die Physik nicht geeignet!‹ Und weißt du, was ich denke? Der Professor hatte recht. Ich würde in dem Fach nichts leisten. Ich könnte keine Erfolge haben wie mein Bruder Peter, der schon ein richtiger Physiker ist.«

Hedwig wollte nicht widersprechen. »Dein Vater wird beim Kollegen Röntgen nichts ausrichten. In unseren Salon hat sich das weltberühmte Genie auch noch nicht verirrt. Aber wie soll es auf der Universität mit dir weitergehen, was denkst du?« Hedwig gönnte ihrer Tochter eine kleine Pause, um sie auf den nächsten Gedankengang mitzunehmen. »Jetzt bleibt dir nur noch als Fach die Mathematik beim Vater und mit der Mutter als Gasthörerin bei Professor Lipps etwas Philosophie zu schnuppern. Katia, ich muss dich das noch einmal ernsthaft fragen: Hast du eine Idee, wofür du eigentlich studieren willst? Was ist dein Ziel?«

Katia ahnte, was sich hier anbahnte. »Neulich schon, als Vater mit Erik so geschimpft hat, bist du zu mir so seltsam ernst geworden.«

»Da habe ich dich daran erinnert, wie gut und sorglos du in deinem Elternhaus lebst.«

»Und genau das wollt ihr doch. Vater hat mich noch nie gefragt, was ich einmal mit der Mathematik im Leben anfangen will.«

»Deshalb frage ich dich.«

»Ach herrje! Das weißt du doch! Mathematik studiere ich auch aus Anhänglichkeit. Du weißt, wie viel Freude es dem Väterchen bereitet, wenn seine Tochter während seiner Vorlesung in der ersten Reihe vor ihm sitzt. Und wenn ich über seine klugen Scherze mit den Kommilitonen laut lachen kann. Darin ist er sehr gut, die Mathematik mit viel Witz vorzutragen. Aber in dem Fach werde ich es ebenfalls nicht sehr weit bringen. Ich habe nun mal keinen wissenschaftlichen Ehrgeiz. Soll ich denn an einem Lyzeum Mathematik unterrichten? Den höheren Töchtern Differential- oder Infinitesimalrechnungen beibringen? Vielleicht hat Professor Röntgen das so gesehen. Die Pringsheim sitzt hier als einzige Studentin herum, und bald wird sie doch heiraten. Dann ist alles vergebliche Liebesmüh, ihr Physik beizubringen.«

Katia trug die ganze Zeit noch ihr Negligé. Nun stand sie auf, ging zur Frisierkommode mit dem großen Spiegel und kämmte sich ihr Haar, das von der Nacht noch etwas ungepflegt wirkte. Sie sah sich an, und dann kam es etwas trotzig heraus, was beide, Mutter und Tochter, dachten. »Jetzt hast du mich dazu gebracht, dass ich selber mit dem Thema anfange.«

»Ich nenne keinen Namen!«

»Brauchst du auch nicht. Der Elefant steht schon im Raum!« Ganz plötzlich hob sie ihr rechtes Bein und betrachtete den Ballen, diese lästige Hornhautverdickung unter dem Fuß. Sie hatte endlich eine Lösung, wie sie diesem Thema entgehen könnte. »Also gut. Ich geh ins Krankenhaus und lass mir den Ballen zu operieren.

Ich spür ihn bei jedem Schritt. Würdest du mich bei Prof. Angerer anmelden?«

Hedwig erhob sich ebenfalls, stellte sich hinter ihre Tochter und streichelte ihr übers schwarze Haar. »Sehr gerne. Ich sag ihm: ›Wir haben einen medizinischen Notfall!‹« Sie küsste Katia auf den Scheitel und sah sie im Spiegel an: »So, und nun kannst du dich anziehen, wir haben genug zu tun.« Anschließend ging sie die Treppe hinunter. Sie war zufrieden.

Auch Thomas war zufrieden – erregt zufrieden. Die Fantasie spielte ihm in seinem Zimmer wieder Bilder aus einer aufregenden Zukunft ins Herz und ins Hirn. Er kalkulierte seine Chancen für seinen großen Lebensplan. Eigentlich sollte er zu Heinrich nach Riva fahren, ihn für eine Woche oder mehrere im Sanatorium von Dr. von Hartungen besuchen. Er musste herausfinden, ob sein Bruder noch immer einen Fürstenroman schreiben und ihm damit das Thema streitig machen wollte. Der Künstler als Fürst, das hatte Heinrich ihm gesagt, trüge er genauso in sich wie Thomas.

Tommy hatte ihm schreiben müssen, wie schlecht er des Bruders neuen Roman, *Die Jagd nach Liebe*, finde. Es sei keine Erotik, sondern nur Sexualismus. »Schlaffe Brunst in Permanenz«, er hatte zitiert, wie viel Heinrich an Details in dem Roman aufbietet. »Brüste, Lende, Wade, Fleisch.« Der Akt in allen möglichen Stellungen und Variationen. Thomas war sehr persönlich geworden. »Der fortgesetzte Fleischgeruch ermüdet, widert an.« Auf vielen Ebenen war das Werk misslungen.

Es war herzlos gewesen. Zumal Heinrich schreiben musste, um nach einem schweren Blutsturz und der damals grassierenden »Nervenschwäche«, die er für sich in Anspruch nahm, weiterzuleben. Redete der Bruder ihm diesen Fürstenroman nun gründlich aus, könnte man ebenfalls von einem vernichtenden Urteil sprechen.

Zugleich hatte Thomas gesehen, wie sein Einfall von einer Königlichen Hoheit und einem amerikanischen Milliardär ihm geradezu auf dem Silbertablett präsentiert wurde. Sein Traum war es gewesen, im Leben auf Katia und eine Millionärsfamilie wie die Pringsheims zu stoßen. Und warum sollte er das nicht als einen Wink des Schicksals verstehen, als eine symbolische Bestätigung der Einheit von Literatur und Leben? Merkwürdig auch, dass er am selben Tag, an dem er Heinrich den Brief schickte, am 5. Dezember 1903, in einem Schreiben an den Schriftsteller und Freund Walter Opitz das neue Thema vertraulich anmeldete. Der Fürst als Künstler bezog er direkt auf sich selber. *Man führt ein … symbolisches, ein repräsentatives Dasein, ähnlich einem Fürsten.* Und darin liegt der *Keim … zu einer Fürsten-Novelle!* Dann begannen der Anblick und die Begegnung mit Katia und der Familie. So war die Lage, als er fantasierte, dass sich seine Lebensangelegenheit jeden Tag entscheiden könnte. Er musste in München vor Ort sein, alles im Blick haben, um die Werbung um Katia voranzutreiben. Hatte sich aber alles entschieden, konnte er ebenfalls nicht mehr verreisen.

Katia lag nun in der Königlich Chirurgischen Klinik bei Prof. Angerer. Gar keine schlechte Position für eine quirlige Person, die andauernd unterwegs war. Er hatte ihr heute am Morgen Blumen ins Krankenhaus geschickt. Alles im Einverständnis mit der Mutter, die er in der Arcisstraße zu einem Gespräch aufgesucht hatte. Viel Verständnis und Entgegenkommen hatte er wahrgenommen, als er abermals andeutete, dass er es mit Katia ernst meinen würde. Dass er aber auch ihre Hilfe bei der Entscheidung ihrer Tochter für ihn, Thomas Mann, dringend nötig hätte. Hedwig hatte ihm Hoffnung gemacht, soweit das möglich war. Sie hatte ihn ermutigend angelächelt, als er von Katia sprach. Das förmlich distanzierende »Fräulein Tochter« oder »Fräulein Katia« war abgeräumt. Er spürte Thermik unter den Flügeln.

So kamen am Morgen mit der Krankenschwester Blumen ins Zimmer mit einer Karte. Hedwig saß an Katias Bett.

»Blumen! Wer schickt mir denn Blumen?«, fragte Katia.

Die Krankenschwester drapierte sie in einer Vase und stellte sie auf den Nachttisch. Hedwig zog die beigefügte Grußkarte heraus und reichte sie Katia. Sie ahnte, von wem der Blumengruß kam. *Mit den besten Wünschen für die Genesung. Ihr Thomas Mann.* Sie gab die Karte an Hedwig zurück.

»Du weißt davon?«

»Ja, ich hab's ihm erlaubt. Er hat mich so dringend darum gebeten.«

»Er war bei dir? Hat er dich besucht? Ihr habt über mich gesprochen?«

»Ja! Und noch mal ja. Ich konnte ihm doch nicht ein Gespräch verweigern. Er hat mir von Lübeck erzählt. Von seiner Familie. Sein Vater war dort ein angesehener Mann. Finanzsenator. Das ist in etwa so, als ob er im Königreich Bayern der Finanzminister wäre. Er ist leider früh gestorben, und so ist die Familie mit der Mutter aus dem kalten Norden in unseren sonnigeren Süden gezogen. Und sie fühlen sich wohl hier in München. Thomas ist mit seinem Bruder sogar zweimal für längere Zeit in Italien gewesen. In Rom hat er damals die *Buddenbrooks* angefangen.«

Katia richtete sich etwas auf in ihrem Bett. »Hat er etwa bei dir um meine Hand angehalten?«

»Nein. Aber es ist deutlich geworden, dass er es ernst mit dir meint!«

»Aber ich kenne ihn gar nicht.«

»Er hat dich bewundert, wie mutig, wie frech du der Autorität entgegengetreten bist. ›Jetzt lassen Sie mich schon in Ruh.‹ Und der Schaffner dir hinterhergerufen hat: ›Mach, dass d'weiter kimmst, du Furie!‹«

Beide lachten.

»Echt Katia!«, sagte Hedwig, nachdem sie sich wieder beruhigt hatte.

»Aber er ist doch erst seit ungefähr fünf Wochen bei uns zu Hause Gast. Wer ist dieser Mann?«

»Meine Güte! Wenn du ihn liest, wirst du ihn genauer kennenlernen. Über 10 000 Menschen haben *Buddenbrooks* gelesen.«

»Hat er dir etwa auch schon seine Auflagen, seine Einkünfte offengelegt?«

»Nein. Du sollst ihn doch erst kennenlernen. Er hat mir auch vom Kaim-Saal erzählt, wie er dich in seinem Opernglas gesehen hat. Wie entzückt er war.«

»Ich bin aber nicht entzückt!«

»Du hast einen tiefen Eindruck hinterlassen. Er sprach von dir mit Respekt, in den höchsten Tönen. ›Ein Glücksfall von einem Geschöpf! Ein Wunder an allseitiger Ausbildung!‹«

»Da ist ihm ja schon ein ganzer Roman gelungen!«

Hedwig wollte am liebsten all diese schwarzen Gedanken wegwischen. »Denk dir nur, wie glücklich er ist, dir endlich begegnet zu sein.«

»So was hat er gesagt?«

Hedwig nickte. »Ja, warum denn nicht?«

»Merkst du es denn nicht?« Katia schaute ihre Mutter erstaunt an. »Das klingt doch alles schamlos übertrieben und ziemlich dick aufgetragen. Findest du nicht? Meint er das alles wirklich ernst?«

Hedwig konnte es nur so ernst bestätigen, wie sie es gehört hatte. Dann holte sie noch einen Brief aus der Tasche, den er ihr geschrieben hatte, und reichte ihn Katia. »Er spricht hier von ›deiner bezaubernden Gegenwart‹. Lies selber.«

Katia überflog den Brief. »Was für Wunder stelle ich denn für ihn dar? Verstehst du das?«

Hedwig staunte, wie begriffsstutzig ihre Tochter sein konnte. »Das ist ein Liebesbrief! Für dich!«

Katia las einige Zeilen weiter. »So hat noch nie jemand über mich gesprochen. Der fantasiert sich was zusammen.« Etwas leiser und nachdenklicher fügte sie hinzu: »Und alles, ohne mich zu fragen.« Damit gab sie den Brief an ihre Mutter zurück.

»Katia, er ist ein Schriftsteller. Das sind Menschen, die können sich vieles vorstellen. Sie beobachten genau. Sie können sich in andere Menschen hineinversetzen. Sonst könnten sie ja keine Romane schreiben!«

Katia überlegte, was all das bedeuten könnte. Und weil sie sich das nicht vorstellen wollte, kam nur ein Satz heraus: »Ich will aber keine Figur in einem Roman werden!«

Beim Propheten

War es Zufall, wieder mal vom Schicksal auf der Silberschale präsentiert, erkannt und ergriffen? Oder vielmehr gut ausgekundschaftet und wie beiläufig ins Leben eingearbeitet? In jedem Fall war es so, dass Tommy, während Katia noch im Krankenhaus lag und sich Sorgen machte, ob sie eine Figur in Thomas Manns Lebensroman werden sollte, zu einer Séance ging, eigentlich einer Lesung des Dichters Ludwig Derleth. Diese Gelegenheit nutzte er, aus Katia Fräulein Sonja zu machen, und zwar in einer Erzählung namens »Beim Propheten«, die er bis zum geeigneten Augenblick in der Hinterhand behielt. Seltsame Außenseiter der Gesellschaft trafen sich hier zu einer Verkündigung des Propheten Daniel, der aber nicht erschien. Mit grausamer Ironie beschrieb er zunächst die Typen. Ein schwarzbärtiger Semit, ein Spiritist und Rittmeister, ein junger Philosoph mit dem Aussehen eines Kängurus und so weiter. Er selber, Thomas, stilisierte sich als *Novellist, ein Herr mit steifem Hut und gepflegtem Schnurrbart*, der zufällig in die Runde geraten war, aber sich mit einer Qualität charakterisierte, die auf die späteren Leser in der Familie Pringsheim abzielte. Und ihn als durchaus bürgerlich berechenbaren Künstler auswies.

All das schrille Volk, in dem man durchaus Persönlichkeiten der Münchner Gesellschaft wiedererkennen konnte, war nur die Bühne für eine ganz besondere Person: *Plötzlich kam noch die reiche Dame an, die aus Liebhaberei solche Veranstaltungen zu besuchen pflegte. Sie war in ihrem seidenen Coupé aus der Stadt, aus ihrem pracht-*

vollen Hause mit den Gobelins und den Türumrahmungen aus Giallo antico hierhergekommen … kam zur Tür herein, schön, duftend, luxuriös in einem blauen Tuchkleid mit gelber Stickerei, den Pariser Hut auf dem rotbraunen Haar, und lächelte mit ihren Tizian-Augen.

Das war das gelungene Porträt von Hedwig Pringsheim, ein Geschenk vielleicht an seine spätere Schwiegermutter.

Wie schön sie ist!, dachte er. Sie ist es wert, die Mutter dieser Tochter zu sein … »Und Fräulein Sonja?« … »Sie haben Fräulein Sonja nicht mitgebracht?«

Und dann begann die Verwandlung von Katia mit aller Wertschätzung, die man sich nur wünschen konnte. *Sonja war die Tochter der reichen Dame und in des Novellisten Augen ein unglaubhafter Glücksfall von einem Geschöpf, ein Wunder an allseitiger Ausbildung, ein erreichtes Kulturideal.*

Schließlich berichtete die vornehme Dame, dass Sonja leidend sei. Sie hätte eine Geschwulst am Fuß. Ja, der Novellist erkannte schon daran, welcher Charakter dahintersteckte, weil Sonja sich selber zur Operation entschlossen hatte. Und nun kam nachträglich der Hinweis der Mutter, der Novellist könnte ja ein Blümchen ins Krankenhaus schicken.

Gesagt, getan, wie man es ja schon vor Tagen erlebt hatte. Vorsorglich blieb dieses Inserat vor der Familie und der Öffentlichkeit noch geheim in Thomas' Schreibmappe zur Wiedervorlage. Sollten sich aber ungeahnte Widerstände bei der Werbung um Katia in den Weg stellen, könnte der Novellist zeigen, dass auch ein Autor eine gewisse Macht hat und beachtet werden sollte.

Die Schwester des Propheten Daniel, Anna Maria Derleth, hatte Tommy schon als Mitglied der Teegesellschaft im Palais Pringsheim kennengelernt. Da brauchte er den Zufall als Einladung nur zu erkennen und zu nutzen.

Katia unerreichbar

Direkt vom Vestibül vorbei an der großen Treppe, die in die privaten Gemächer der Familie führte, geleitete der Diener Ignaz den Gast über die Terrasse, die den Blick in den tiefer gelegenen Garten freigab. Da sah er sie, wie sie ganz in Weiß am gedeckten Teetisch saß, ein Buch aufgeschlagen in der Hand. Eigentlich war er mit ihrem Vater verabredet. Der Professor wollte ihm ausführlich seine Sammlung alter Majoliken präsentieren. Das tat er gerne, wenn jemand Interesse hatte und die Sammlung zu schätzen wusste. Es würde auch die Beziehung zum Hausherrn in geordnete Bahnen bringen.

»Fräulein Katju ist im Garten.« Das hatte ihm der Diener zugeflüstert, und auf ein diskretes Nicken von Thomas kam es überraschend zu dieser Begegnung.

Noch während er die Treppe zum Garten herabstieg, entschuldigte er sich. »Ihr Vater wird mir gleich seine Sammlung zeigen.«

»Und jetzt sind Sie im Garten und sehen, dass ich beschäftigt bin.«

Wie er näher an den Tisch trat, um sie zu begrüßen, entdeckte er sofort das Mathematikbuch. Eigentlich war eine private, persönliche Begegnung zwischen Katia und Thomas nicht vorgesehen, sogar außerhalb der Regeln. Sie hatte zumeist eine Begleitung in ihrer Nähe, einen der berühmten Elefanten, gerne auch schon mal zwei.

Thomas war bei jedem Besuch auf der Suche nach einer Möglichkeit, um mit Katia allein zu sein. Nur dann könnte er eine Nähe herstellen, davon war er überzeugt, die ihm erlaubte, seine ernsten

Absichten vorzutragen. So wollte er auch dieser kleinen Gelegenheit eine beiläufige Zufälligkeit geben, sozusagen auf dem Weg zum Vater nur mal Guten Tag zu sagen. Aber Katia hatte in dieser Familie eine hervorragende Schule durchlaufen, wie man mit dem geschliffenen Wort perfekt fechten konnte. Sie erinnerte ihn an all die seltsamen Zufälle, die ihr in der letzten Zeit aufgefallen waren. Teebesuche bei der Mutter. Blumengrüße ins Krankenhaus, begleitet von einem seltsamen Liebesbrief an die Mutter. »Sie plaudern vertraulich mit meinem Bruder Klaus. Und jetzt kommen Sie zufällig in den Garten, wollen aber im Grunde die Sammlung meines Vaters ansehen. Sind Sie Kenner? Sind Sie Sammler? Sehen Sie, Sie kommen meinetwegen.«

»Ich habe die besten Absichten!« Mehr konnte Thomas nicht vorbringen.

»Und ich habe liebende Eltern. Hier geht es mir gut. Verstehen Sie? Sehr gut sogar.« Damit schlug sie für dieses Gespräch die Tür zu.

All das wusste der abgewiesene Freier. Er hatte nur noch eine Frage: »Fräulein Katia, warum sagen Sie das?« Sollte sie sich nicht glücklich schätzen, dass er hier in den Garten vorgedrungen war, nur um über eine Angelegenheit zu sprechen? Das Letztere sprach er laut aus.

»Eine Angelegenheit, von der ich noch gar nichts verstehe und auch nicht verstehen will!«, erwiderte Katia schnippisch.

Es war der Augenblick für Ignaz, der den Gast nun ins Haus rief, denn der Herr Professor wartete schon. An der Treppe drehte er sich noch mal um, einen freundlichen Satz, etwas Ermutigendes könnte sie ihm doch mit auf den Weg geben. Ein Fehler, wie sich sogleich herausstellte.

»Achtung, Renaissance. Mein Vater liebt diese Zeit. Auch die Neorenaissance in München. Seien Sie vorsichtig, wenn Sie anderer Meinung sein sollten!«

Ja, er liebte diese Zeit und das Haus, seine Sammlung war für den Professor ein Verbindungsstück in diese Vergangenheit. In die Zeit, die mit dem Aufbruch aus dem finsteren Mittelalter begann.

»Wie die Menschen damals gelebt haben«, begann Alfred das Gespräch.

»Unter der Haube von Religion und Kirche«, sekundierte Thomas und fand rasch Verständigung und Zuspruch.

»Unter einem Schleier haben sie die Welt gesehen. Einen Schleier aus Glauben, Naivität, Illusion und Wahn. Der Schleier wurde zerrissen, und der neue objektive Blick des Menschen auf die Welt, auf sich selber veränderte das Leben.«

Thomas nickte. Er mochte die Neorenaissance in München nicht, diese Imitation der Vergangenheit. Aber er sei in Florenz gewesen und hätte dort die Originale bewundert, wie er dem Sammler gestand. »Eine Stadt voller Kunst, voller Schätze. In ihr sind sie alle aufgehoben, so wie Sie diese Kostbarkeiten gesammelt haben.« So war man zusammengekommen.

Alfred zeigte ihm den matten Schimmer auf den Sammlerstücken. Erklärte ihm, wie im Brand mit dem beigemischten Zinnoxyd diese Lasur auf den Sammlerstücken entstanden war und wie man beim letzten Scharfbrand die Verzierungen und Bilder aufgetragen hatte. So ging es von den Majoliken zu den alten Gläsern, Kristallpokalen und Vasen aus den Glasbläsereien Venedigs. »Schauen Sie nur, wie sich in diesen Gläsern das Licht bricht.« Dann reichte er Thomas eine der Kostbarkeiten, und rubinrot leuchtete es in seiner Hand auf: »Was für schöne Luxuserzeugnisse aus früher Zeit!«

Nach der Silbersammlung, für die Ignaz eigens die kleinen Schränke öffnen musste, reichte ihm Pringsheim sein goldenes Zigarettenetui: »Wollen wir noch eine Zigarette rauchen?« Und ob Thomas wollte! Der Diener entzündete ein großes Streichholz und gab den Herren vorschriftsmäßig Feuer. Und wer wollte, konnte dabei auf seinem Gesicht für einen kleinen Moment ein sehr diskretes Lächeln erkennen.

Thomas konnte das leicht betäubende Gefühl spüren, das von dem Zug an der Zigarette durch den Körper ging. Dann aber konnte er einen kräftigen Husten nicht länger verbergen. Er hätte es wissen müssen. »Entschuldigen Sie. Ich bin etwas erkältet. Es geht noch nicht.« Ignaz stand schon mit dem Aschenbecher bereit, sodass er die Zigarette ablegen konnte.

»Was heißt hier Entschuldigung? Dem Manne kann geholfen werden.« Damit ging der Hausherr an ein Schränkchen, das in der Wandtäfelung eingelassen war. »Wenn Sie mal herschauen wollen.«

Der Professor hatte eine seltsam geformte kleine Flasche in der einen Hand, in der anderen ein nicht ganz so kleines Glas für die Brände und Schnäpse, wenn es mal notwendig war. »Unser unfehlbares Hausmittel. Der Meisterwurz. Geheimrezept der Bergbauern aus Berchtesgaden.« Schon hatte er das Glas randvoll in der Hand. »Bin direkt froh, dass wir es wieder einmal anwenden können. Riechen Sie mal.«

Thomas führte das Glas mit der wasserhellen Flüssigkeit vorsichtig in die Nähe seiner Nase und hielt das Hochprozentige sofort weit von sich. »Nein! Unmöglich! Das ist ja Dynamit.«

Das amüsierte Alfred. »Es ist das reine Wort Gottes. So sagen es die frommen Bergbauern. Ein Schluck vom Himmel: 75 Prozent Alkohol! Mehr Geist als Materie.«

Thomas setzte das Glas an den Mund. »Wenn die Bergbauern dieses Medikament überleben …« Er fixierte das Gift mit einem Blick der Verachtung und nippte daran. Er schlürfte, um den Gaumen zu kühlen wie bei einer Weinprobe.

»Sie verkosten hier nicht den Oppenheimer Krötenbrunnen: Das ist der Meisterwurz«, bestimmte Alfred. »Also, Nase zuhalten und runter damit! Sonst wirkt das Kraut nicht. Sie sind doch ein gestandenes Mannsbild und kein Pimperling!«

Thomas warf den Kopf in den Nacken und trank alles auf einen Schluck. Er kämpfte anschließend um Luft und hustete. Er hielt Pringsheim das Glas hin, damit er es ihm abnahm. Alfred missverstand die Geste und wollte nachschenken. Thomas winkte entsetzt ab. Sprechen konnte er immer noch nicht.

Interessiert fragte der Professor: »Aber Sie spüren schon die Wirkung?«

Die Antwort kam nur stoßweise, unterbrochen von Hustenanfällen. »Ein … heißer … Feuerstrahl. Vom Hals … die Speiseröhre runter.«

Tröstend nahm Alfred seinem Gast das Glas aus der Hand. »Gleich spüren Sie Ihr Halsweh gar nicht mehr.«

Der Patient nickte abermals. »Ich spüre schon jetzt meinen Hals nicht mehr.«

Beide lachten. Thomas hatte sich auf ein Spiel eingelassen, das er noch nicht kannte. Vielleicht hatte er doch beim Vater seiner ersehnten Braut etwas Boden gutgemacht. Schließlich hatte er es bewiesen. Er war kein Pimperling!

Spiel um Geld und Glück

Erik wollte seinem Vater ebenfalls beweisen, dass er kein Pimperling war. Sein Wunsch war es, als Berufssoldat in der Armee des Kaisers zur Truppe der Ulanen zu gehen. Schließlich war er ein guter Reiter. Das hatte er schon bei einigen Rennen bewiesen. All das aber überzeugte seinen Vater nicht. Es war gerade das Gegenteil von dem, was Alfred sich für seinen Ältesten gewünscht hätte. Die Pringsheims studierten mit Erfolg und bekamen geachtete Stellungen in der Gesellschaft, das war angezeigt. Das Militär hatte der Vater ihm geradezu verboten. Dann gab es bei diesem besonderen Sohn noch eine verhängnisvolle Leidenschaft, die er ein wenig vom Vater geerbt hatte. Auch der Professor machte hier und da kleine Spielchen: Tarock mit Franz von Lenbach in der Allotria, oder auf den Reisen, wenn eine Spielbank auf dem Weg lag. Aber alles mit Maß und Ziel, gerechtfertigt aus einem scheinbar unerschöpflichen Topf mit vielen Millionen Goldmark. Das wusste Erik zu genau. Das wussten allerdings auch die Partner am Spieltisch, denen er mit leichter Hand die notwendigen Schuldscheine unterschrieb.

So kam es, dass in der Morgendämmerung in einem gesicherten Hinterzimmer einige Herren im Kreis um einen Spieltisch saßen und in ihre Karten blickten. Getränke, Zigaretten und die verrauchte Atmosphäre zeigten an, dass man schon lange beisammensaß, jeder in der Hoffnung, endlich mal das Kartenglück in seiner Hand zu haben.

Schließlich ging es um Geld, um viel Geld. Es lag auf dem Tisch. Jeder hatte seine Scheine in kleinen oder größeren Packen vor sich liegen. Gerade ließ sich Erik zwei neue Karten geben. Er prüfte sein Blatt und spürte, dass sich mit diesen beiden Karten endlich das Glück zu ihm an den Tisch gesetzt hatte. Er erhöhte seinen Einsatz um einen so hohen Betrag, dass der Mitspieler neben ihm erschrocken ausrief: »Passe!« und damit ausgestiegen war. Ihm folgte der nächste. Der dritte und letzte Mitspieler aber, ein korpulenter Herr in Hemdsärmeln, blickte ihm prüfend ins Gesicht und ging mit. Er legte seinen ganzen Einsatz zu allen anderen Scheinen mitten auf den Tisch. Da lag nun eine Menge Geld. Glücklich, wer nun die richtigen Karten hatte. Erik schaute auf seine Straße. Nicht vollkommen, aber immerhin. Er blickte auf den großen Stapel mit so vielen Scheinen. Darum geht es, dachte er. Er musste nur noch sein Blatt aufdecken. Dann hatte er endlich mal sein Glück erlebt. Hatte es in seine Hand gezwungen. Er hatte ja schon viel Glück im Leben gehabt. Mit dem goldenen Löffel im Mund war er auf die Welt gekommen. Aber das Geld hatten die anderen: die Eltern und die sagenhaft reichen Großeltern in Berlin.

Noch hielt er die Karten in der Hand. Er genoss den Augenblick der Begegnung mit dem Glück. Es war wie eine Auszeichnung. Man muss Geduld haben mit dem Glück, dann stellt es sich ein, überlegte er weiter. Dann machte es dich reich. »Aufdecken, Pringsheim.« Jetzt erwachte er aus seinem Traum. Lächelnd legte er seine kleine Straße auf den Tisch. Sein Gegner, der Korpulente in Hemdsärmeln, blätterte fast beiläufig seine Karten direkt daneben. Bube, Dame, König – alles Kreuz. Gewonnen! Mit beiden Händen zog der Sieger den Berg von Scheinen über den Tisch zu sich heran und sortierte sie. Erik zündete sich mit zittriger Hand eine Zigarette an. Er wollte, er konnte nicht aufgeben. Das Glück hatte sich ihm schon gezeigt. Er hatte es ja fast in der Hand gehabt. Nun gut, das konnte immer mal passieren. Es gab ja noch die nächste Runde. Eigentlich war es ja auch gar nicht sein Geld, das er aufs Spiel setzte. Wenn er ehrlich hätte sagen sollen, was es war, dass er immer wieder an den Spieltischen diesen Kitzel suchte, dann war es wohl das Spiel selber, das Risiko, die Suche nach dem Rendezvous mit dem Schicksal. Und wenn das Spiel verloren ging, folgte eine nächste Runde, in der man Glück haben könnte, auch um das Geld wieder zurückzugewinnen.

Er schaute auf den Hemdsärmeligen. »Und, hab ich noch Kredit?«

Der Mann blickte auf einen Zettel, der neben den Scheinen lag. »Wir sind jetzt bei insgesamt 7000, Pringsheim. Wollen Sie wirklich weiterspielen?«

»Gewiss doch!« Erik verlangte die nächste Runde.

Der Mann nickte und fragte mit leicht ironischem Unterton: »Bei Ihrer Ehre?« Er wusste, was jemandem blühte, der seine Spielschulden nicht bezahlen konnte. Aber warum nicht? Der Junge hatte Kredit bis zum nächsten Morgen, wenn er wollte. »Wir sind dann bei 8000. Sie unterschreiben mir nachher einen Schuldschein.«

Erik sortierte die neuen Karten. Er zeigte sein schlecht gespieltes Pokerface. Setzte dazu ein noch schlechter gespieltes Siegerlächeln auf. »Oder ich zahle gleich alles aus dem Gewinn zurück.«

Große Aussprache

Eine ganze Weile schon hatte er sie beobachtet. Wie sie mit dem Schläger ausholte, wenn der Partner gerade erst den Ball getroffen und direkt in ihre Richtung geschlagen hatte, wie genau sie den heranfliegenden Tennisball verfolgte, sich mit einem schnellen Ausfallschritt in die Position brachte, von der aus sie ihn genau im richtigen Moment traf, sodass er scharf übers Netz zurückflog und von dort wieder auf sie gezielt wurde. Thomas verstand bald, dass es der junge Tennislehrer war, der ihr passgenau die Bälle servierte. Sie traf sie alle mit Geschick und genügend Kraft.

Katia war komplett in Weiß gekleidet. Schuhe aus Segeltuch, weiße Söckchen, darüber einen weißen Faltenrock und eine weiße Sportbluse mit kurzen Ärmeln. Diese dünnen, zierlichen Arme, dass sie den Schläger halten konnten, auch wenn der Aufprall heftig war – unglaublich! Ein Stirnband hielt den Haarschopf zusammen. Mal lockte ein Schlag dicht hinters Netz Katia mit schnellen Schritten nach vorn, dann eilte sie schleunigst zurück, um noch rechtzeitig den Schläger hinter den Ball zu bekommen. Mit Freude und Entzücken sah Thomas in der gleißenden Frühlingssonne der jungen Tennisspielerin mit ihren eleganten Bewegungen zu. Viel mehr noch als im Kaim-Saal in der Abendgarderobe bemerkte er hier das Gaminartige der Person, das ihn schon beim ersten Anblick fasziniert hatte. Das Jungenhafte der Gestalt – ein Entzücken für Thomas hinter dem hohen grünen Gitterzaun. Und dann erblickte er sie wieder, diese dunklen, redenden Augen, die schwarz wie Teer waren. Einen Ball hatte sie verpasst, sie musste hinterher, und erst als er am hohen Gitter abprallte, liegen blieb und sie ihn aufheben wollte, entdeckte sie ihn, der hinter dem Gitter stand.

»Thomas Mann interessiert sich für Tennis?«

»Genau genommen für eine Tennisspielerin. Eine ganz besondere.«

Katia ließ den Ball auf dem Boden hüpfen und fing ihn mit einer Hand auf. Eigentlich wollte sie sofort weiterspielen, aber ein kleiner Spaß würde nicht schaden. »Ich dachte, Sie sind schwer erkrankt und liegen mit einer Wärmeflasche im Bett. Ich hätte Sie sonst zu einer Partie Tennis eingeladen.«

»Ich wäre Ihnen nicht trainiert genug!«, erwiderte Thomas.

»Und wie stets mit Reiten? Wir hätten da zwei Mietpferde im Reitstall von Mengele am Englischen Garten stehen.«

»Mein Gegenvorschlag: Wir fahren mal gemeinsam mit dem Rad zum Aumeister, wenn Ihre Frau Mutter oder Ihr Zwilling, der Klaus, so freundlich wären, uns als Elefanten zu begleiten.« Katia musste lachen. Aber er hatte genau den Tonfall der Familie getroffen. »Übrigens bin ich durch die Behandlung Ihres Vaters sehr schnell wieder genesen. Aber das verstehen Sie nicht!«

»Was soll ich daran nicht verstehen?«

»Weil Sie nicht wissen, dass Ihr Vater sich um meine Gesundheit gekümmert hat.«

Sie hatte es schon längst gehört. »Die Meisterwurz? Sie haben die Kur ja überlebt, wie man sieht.«

»Aber das Wichtigste war doch: Ihr Vater hat mir die Medizin persönlich geholt und eingeschenkt. Und was erkennen Sie daran? Dass er meinen Tod nicht will!«

»Täuschen Sie sich nicht. Wie ein Tiger wird mein Vater um mich kämpfen.«

»Das mit Ihrem Vater sagen Sie nur, weil Sie mich nicht leiden können!«

Nachdem Katia aus dem Krankenhaus zurück ins Palais gekommen war, erging eine offizielle Einladung an Thomas zu einem Abendessen bei den Pringsheims. Nach dem zweiten Gang, ein besonders mageres Kalbsschnitzel mit etwas Püree, verabschiedete sich der wieder magenkranke Vater von der Runde im Speisezimmer. Er hatte Schmerzen, und es wurde höchste Zeit, dass er zur Kur ins Sanatorium Martinsbrunn nach Meran gelangte, wo Dr. Norbert von Kaan ihn untersuchen und behandeln würde. Thomas erfuhr an diesem Abend, dass Hedwig und Katia für die nächsten drei Wochen Alfred dahin begleiten sollten. Das waren dann drei Wochen ohne ein Gespräch und damit ohne irgendeine weitere Entscheidung. Alle Fäden, die Thomas schon geknüpft hatte, flatterten lustig in der Luft herum. Er wollte aber, wenn möglich, noch irgendeine Zusage für die drei Wochen gewinnen.

»Lieber Thomas Mann, Sie werden uns doch hoffentlich Briefe schreiben? Ich werde jedenfalls jeden Brief beantworten.« Katia, die Tommy bei Tisch gegenübersaß, sah in sein mürrisches Gesicht. »Das ist doch nur gerecht. Sie können schreiben, das ist Ihr Beruf. Und ich hätte dann mehr Zeit, mir eine Antwort zu überlegen.«

Dagegen war ja nichts zu sagen. Und dennoch, Klaus, der mit ihnen zu Abend gegessen hatte, hatte einen anderen Vorschlag. »Mama, in so einer Lage ist ein direktes Gespräch durch nichts zu ersetzen. Also, wir Elefanten ziehen uns jetzt zurück und geben Katia und Thomas mal etwas Zeit und Privatheit.«

Hedwig nickte. »Ja, die beiden gehen mal in den Wintergarten und sagen das, was gesagt werden kann. Und weil dieser April sehr ungemütlich ist, holt der Klaus mal Katias Mantel, und Ignaz geht zur Garderobe und bringt den Mantel von Herrn Mann.«

Gut verpackt in ihren schützenden Hüllen standen sich Katia und Thomas auf dem großen Balkonzimmer gegenüber wie auf dem Münchner Bahnhof kurz vor der Abfahrt eines Schnellzugs.

»Katia, Sie haben es verstanden, Ihre Mutter und Klaus ebenfalls, dass ich in ernsten Absichten mit Ihnen sprechen will, dass ich Ernst machen will mit unserer Beziehung, für die ich nur ein Ja …«

»Nein, nein! So geht das nicht. Sie reden und planen so schnell, als ob Sie eine Romanhandlung vorantreiben wollen. In Ihrer Fantasie laufen die Geschichten dem Leben weit voraus. Und das habe ich schon meiner Mutter im Krankenhaus gesagt, ich will nicht eine Figur in einer Dichtung werden. Ein Mensch, den Sie sich zurechtdenken und entsprechend bedrängen, dass der sich einfügen wird in Ihren Lebensroman. Geduld, lieber Thomas Mann! Das verstehen Sie hoffentlich. Wir kennen uns doch erst seit einigen Wochen.«

»Und jetzt sind Sie für weitere Wochen verschwunden und lassen mich ganz im Ungewissen.«

»Was haben Sie denn erwartet? Dass eine junge Frau Hals über Kopf einem Mann ihr Jawort gibt? Einem Mann, den wir alle kaum kennenlernen konnten? Verstehen Sie, ich kann das nicht!«

»Liebes Fräulein Katia, meine liebe Katia. Ich sollte mal das Possessivpronomen weglassen, das wirkt so besitzanzeigend. Entschuldigung. Also, sehr geehrtes Fräulein Pringsheim, ich wollte nur zeigen, wie nah ich mich Ihnen schon fühle.«

»Und ich muss Ihnen sagen, wie fern und fremd Sie vor mir stehen.«

»Wieso denn fremd und fern?«

»Sie wissen es vielleicht nicht. Von Ihnen geht eine gewisse Kälte aus, die es mir sehr schwer macht, Vertrauen zu empfinden oder Nähe!«

»Nähe, ja, das haben Sie schön gesagt, Katia. Nähe, Ihre Nähe, wie sehr ich mich danach sehne.«

»Warum sind Sie denn … Was soll ich sagen, so anders?«

»Weil ich mich eben … so anders entwickeln musste.«

»Warum denn? Wollen Sie mir das sagen?«

Thomas ging einige Schritte zum großen Fenster und blickte in den Garten. Schon so viel Grün! Fehlt nur noch die Maisonne, dachte er, dann könnte ich mit ihr zusammen radeln.

»Entschuldigen Sie, dass ich nicht so promptissimo antworten kann.« Es fiel ihm leichter, am Schreibtisch das passende, das treffende Wort zu finden. Da hatte sie schon recht, das gab ihm Zeit nachzudenken. »Das ist einfach so.« Er begann vorsichtig, er durfte nichts Falsches oder Irritierendes sagen. »Das Talent, verstehen Sie, diese besondere Begabung, eine Verpflichtung auch, die immer eine Distanz zu den anderen, den Normalen …«

»Den Gewöhnlichen in ihrem Glück.« Katia verstand schon. »Ich habe ›Tonio Kröger‹ gelesen.«

»Es ist doch für Tonio so, dass er die Distanz des Beobachters hat und dann auch mehr sieht, erkennt, durchschaut und eben mit den treffenden Worten seiner Ironie alles beschreibt, weil er nicht mehr naiv sein und nicht mehr naiv leben kann – in den Wonnen der Gewöhnlichkeit.«

»Sie haben das schön gesagt und noch schöner geschrieben. Aber wenn es so um Sie steht, da kann ich Ihnen auch nicht helfen. Sie erwarten etwas von mir, das ich Ihnen nicht geben kann!«

»Sie können, wenn Sie wollen …«

»Sie überschätzen mich. Ich bin eine Studentin, habe immer nur das Leben in diesem Haus mit meinen Eltern und Geschwistern gelebt. Erst in diesem Sommer werde ich volljährig. Ich kenne die Welt aus Romanen, Theaterstücken und von den Menschen, die bei uns zu Gast sind. Ich kann mich in der Mathematik und Physik bewegen. Aber ich kann nicht mal eine Suppe kochen. Wie kann ich Ihnen da genügen?«

»Sie werden doch von Ihrer Mutter gelernt haben, das Personal im Haus zu steuern. Und für die Suppe werden Sie immer eine Köchin haben, Sie werden doch nicht in Armut leben.«

»Haben Sie auf dem Ball gesehen, wie ungeschickt ich beim

Tanzen bin? Ich steh den Männern auf den Schuhen. ›In dieser Hinsicht bist du ein Trampel‹, sagt meine Mutter zu mir.«

»Da bin ich aber froh, wissen Sie denn nicht, wie ungern ich tanze? Zudem: Sie sind so klug und gebildet, Sie wissen mehr als die meisten jungen Frauen in Ihrem Alter. Und da ist noch etwas anderes, ich erkenne doch, wie schön Sie sind. Wissen Sie, was ich gedacht habe, nachdem ich Sie öfter gesehen habe? Die oder keine!«

»Um Gottes willen, hören Sie auf damit! Da kommen wir ja gar nicht mehr heraus. Ich weiß nicht mal, was Sie wirklich von mir wollen.«

Thomas ging jetzt Schritt für Schritt auf Katia zu. »Doch, Katia, Sie können, gerade Sie. Sie könnten mich verstehen in meiner Welt der Künstlichkeit und Ironie. Ich stehe oft wie der Tonio Kröger vor den Menschen, die hinter der großen Fensterscheibe tanzen und vergnügt sind, draußen vor. Es ist wohl eine Art Geburtsfehler.« Er schaute ihr in die Augen. »Wenn Sie mir vertrauen könnten, wenn Sie mich …«

»Wie soll ich wissen, was Sie da von mir erwarten?«

»Mein Gott, Katia, dass Sie Ihre Abneigung überwinden. Meine Sehnsucht, meine Bitte … Glauben Sie an mich … Lieben Sie mich!« Er hatte schon viele Wahrheiten genannt, aber wie konnte sie fühlen, dass er es ernst meinte, so wie er es sagte. Er versuchte es selber zu fühlen, damit auch sie es fühlen konnte.

Katia schüttelte den Kopf. Sie war bewegt davon, wie offen Thomas zu ihr sprach, wie eindringlich er um sie warb. Sie sagte sehr leise, fast mit ein wenig Traurigkeit in der Stimme: »Aber ich liebe Sie nicht!«

Thomas schlug die Augen nieder. Er nickte, fast wie zum Einverständnis. Dabei hatte er sich gedankenverloren den Mantel zugeknöpft. Dann drehte er sich um und verabschiedete sich: »Guten Abend!« Anschließend trat er durch die Tür, die ihm Ignaz schon geöffnet hatte.

Im Speisezimmer warteten Hedwig und Klaus auf eine Erklärung für seinen Abgang. Katia blieb vor ihrem Stuhl stehen, dachte nach. »Ich soll ihn aus seiner Einsamkeit, aus dieser Welt der Künstlichkeit ins Leben holen, in die er durch das Schreiben zu einem Außenseiter geworden ist. Aus all dem soll ich ihn erlösen. Das ist wohl das Wichtigste, was er gesagt hat.«

»Was meint er denn mit erlösen?«

Katia schaute ihre Mutter etwas ratlos an. »Ich soll meine Abneigung gegen ihn überwinden, ich soll ihm vertrauen, an ihn glauben. Und dann sagte er noch sehr eindringlich: ›Lieben Sie mich!‹«

»Und du, Katia, was hast du geantwortet?«

»Aber ich liebe Sie nicht!«

Klaus blickte zu seiner Mutter. »Katia, wie sie leibt und lebt! So bist du nun mal!«

Katia, die zur Tür hinauswollte, wurde von Hedwig noch mal zurückgerufen. »Und wenn er nun nicht wiederkommt?«

Zwei Brüder auf dem See

Licht, Sonne und klare, gesunde Luft. Der herrliche Frühling am Gardasee war ein besonders guter Grund, aus dem verregneten und kühlen München ins alte Österreich zu verreisen. Mitte April bis Anfang Mai war Thomas zur Erholung wieder einmal in Riva am Gardasee. Er war dort mit seinem Bruder Heinrich im Sanatorium von Dr. Christoph Hartung von Hartungen verabredet.

Gutes Mineralwasser, strenge Diäten, wenig Fleisch, viel Obst, Gemüse, kein Alkohol, kein Tabak, kein Kaffee, kein Tee, viel Ruhe – das waren die Grundlagen der naturkundlichen Heilbehandlung in Dr. Hartungens Sanatorium und Wasserheilanstalt. Ein Lehrbuch, *Die Medizin, die Naturheilweise und das Volk*, gab Hinweise für die Patienten, die sich am Heilungsprozess verantwortlich beteiligen sollten. Bewegungen im Gelände, Spaziergänge in die Berge, Rudern oder Schwimmen im See gehörten wie die Wasserkuren nach Sebastian Kneipp dazu.

Auch Thomas glaubte nach der ersten Phase des Ringens um Katias Ja zu ihm und zur gemeinsamen Ehe, einige Wochen der Erholung seiner strapazierten Nerven einlegen zu dürfen. Er kannte das Programm im Sanatorium aus vorherigen Besuchen. Tommy war aber nicht dort, sondern im Hotel Sonne direkt am Seeufer abgestiegen. So viel Distanz sollte sein. Er konnte sich jederzeit mit seinem Bruder verabreden.

Am See gab es kleine Lufthütten – für je zwei Personen – mit offenem Balkon zum Wasser. Hier lagen die Brüder – jeder in seinem

Liegestuhl. Sie hatten die gleiche notwendige Sonnenbrille als Schutz für die Augen und sollten möglichst nicht über ihre Krankheiten sprechen. Es war nicht immer willkommen, was dem Patienten abverlangt wurde, aber in dem Punkt waren sie sich einig. Heinrich war schon ein alter Kunde und mit dem Leiter der Klinik befreundet.

»Der Doktor hat so eine wienerische Art, uns zur Gesundheit zu verführen«, sagte er.

»Geradezu eine betäubende Liebenswürdigkeit«, erwiderte Thomas.

Da mussten beide lachen. Das alte Spiel mit den Worten, es gelang ihnen immer noch.

Heinrich wollte zu gerne etwas über die große Angelegenheit mit der Familie Pringsheim wissen. »Geht nun der Prinz die gerade Straße direkt in das schöne Schloss zu seiner Prinzessin?«, fragte er.

»Nichts davon. Das Tor ist verschlossen. Und Rapunzel lässt auch nicht ihr langes Haar herunter.«

»Ist es, weil sie Juden sind? Mehr oder weniger. Und du Christ? Mehr oder weniger.«

»Die Thora spielt keine Rolle.« Thomas konnte nur berichten, dass alle außer dem Professor getauft waren.

»Und sonst?«

»Der Mutter und dem Zwillingsbruder bin ich willkommen.«

Beide lagen ganz nach Vorschrift in den Stühlen, die Decken befanden sich über ihren Beinen. Die dunkelschwarzen Gläser über den Augen, den Kopf geradeaus über den See und die Berge – fast wirkte es, als seien sie zwei Fremde zur Kur. Aber die zwei Männer, vertraut seit Kindesbeinen, wussten so viel voneinander, dass sie sich kaum belügen konnten.

»Was ist es dann?«

»Sie selber. Katia will Geduld und Zeit und am liebsten in ihrem Palais bleiben.«

Heinrich musste erneut lachen und wagte eine intime Anspielung: »Die Prinzessin spürt die Erbse?«

»Ach was!« Thomas wollte so was nicht gehört haben. »Sie hat es gut zu Hause. Frau Thomas Mann, Ehe und Kinder – das kommt ihr alles zu früh.«

»Aber Tommy, du bist Künstler. Ehe und Familie passen nicht zu dir. Du hast es selbst geschrieben. Ohne Distanz zum gewöhnlichen Leben keine Kunst. Es sei denn …«

Thomas fragte nach: »Es sei denn was?«

»Es sei denn, sie ist auch eine Künstlerin, eine Gefährtin, die all das, was wir sind, genehmigt. Ich würde ihr bald sagen, wie es um dich steht.«

»Was würdest du ihr sagen?«

»Ich lebe nur, wenn ich schreibe!«

»Und dann?«

»Wird man sehen, ob sie es genehmigt.«

Thomas hatte aber noch nicht gebeichtet. Er konnte es nicht. Sich jetzt offenbaren vor der Ehe. Unmöglich. Was er ihr schon zugemutet hatte, waren die Wahrheiten über seine Ironie, über die Kälte, die er fühlte.

»Der Künstler hat kein Recht auf Leben, Tommy. Er bleibt ein Außenseiter. Das ist seine Lebensform.«

»Aber jetzt hat der Außenseiter Erfolg.« Thomas erzählte gerne von seinen Auflagen, von den Zeitungen, die nach Artikeln fragten.

Heinrich hatte begriffen. »Du wirst populär, ein Schriftsteller, wie ihn sich das Bürgertum wünscht. Plötzlich passt deine Lebensform nicht mehr. Aber noch hat sie nicht Ja gesagt.«

»Es ist ein Kampf mit zusammengebissenen Zähnen, sag ich dir!«

Nochmals stellte Heinrich die richtige Frage: »Wie wird es sein, wenn der Außenseiter am Ende im Palast des Millionärs landet? Wirst du das nicht auch weiterhin brauchen für deine Arbeit, all das Schwierige in deinem Leben, dein Anderssein?«

Beide wussten sie um das Lebensgeheimnis. Und auch, dass Thomas einen Weg gefunden hatte, davon zu sprechen, ohne sich zu offenbaren. Die Novelle »Der kleine Herr Friedemann« war der Anfang gewesen. Da hatte er zum ersten Mal den Ausweg gefunden, über all das Verbotene und zu Verschweigende in seinen Fantasien zu sprechen und gleichzeitig damit »unter die Leute zu gehen«. Heinrich hatte sie gelesen und es erfasst. Der kleine Friedemann führte ein Leben als Buckliger und Krüppel, als Außenseiter abgestempelt. Er hatte sich eine bürgerliche Form verordnet und in Ruhe dahingelebt. Dann kam die schockierende Begegnung mit der schönen kalten Gerda von Rinnlingen, der Einbruch der Leidenschaft, die seine kunstvoll aufgebaute bürgerliche Existenz hinwegfegte. Der Blick auf sich selber sowie die Verachtung und der Spott der herrisch schönen Frau trieben ihn dazu, mit der Selbstabschaffung seiner Existenz vom Erdboden zu verschwinden. Es waren des Bruders Ängste, seine Sorge, bloßgestellt und verachtet zu werden, die Heinrich erkannte. In vielen Variationen hatte der Bruder Thomas unter Masken von sich selber gesprochen. Hatte einen Weg gefunden, über seine Liebe, seinen Hass, den Hohn und was sonst noch in der bürgerlichen Gesellschaft verpönt war, zu schreiben, ohne dafür belangt zu werden.

Ganz freundlich und ruhig konnte das Wasser sein, sodass man ein Stück auf den See hinausrudern wollte, um sich dann in der Stille der warmen Luft treiben zu lassen. Nach all der nervenaufreibenden Anstrengung sich der Ruhe hinzugeben, dazu hatten sich die Brüder für den kommenden Morgen nach dem Frühstück verabredet. Thomas hatte durchaus die Erfahrung, einen Kahn mit kräftigen Ruderschlägen vom Ufer aus über den See zu steuern.

»Wenn ich auch von Hartungen und seinen homöopathischen Pillen und Wässerchen nicht so richtig trauen kann, die Bewegung beim Wandern in den Bergen und hier das Rudern in Licht und

Sonne, da hat er recht, das ist eine gute Medizin.« Heinrich hatte sich fern der Aufsicht im Sanatorium eine Zigarette angezündet. »Ich habe sie gebraucht, diese Behandlung, um wieder schreiben zu können. Ich schreibe, weil ich das Geld brauche. Damals, nach dem Blutsturz, als ich nach den ersten Behandlungen in Deutschland hierherkam, habe ich mir mit all den hiesigen Maßnahmen die Zeit zum Schreiben zurückerobert. Eine halbe Stunde täglich, mehr war damals nicht gestattet. Jetzt bin ich auf mehrere Stunden am Tag gekommen.«

»Glückwunsch, Heinrich, es ist enorm, in welchem Tempo du einen Roman nach dem anderen veröffentlichst.«

»Meinen letzten Roman, *Die Jagd nach Liebe*, hast du vernichtend kritisiert. Du wusstest es vielleicht nicht oder hast es nicht bedacht, dass ich schreiben muss, um zu leben. Ich habe es dir gerade noch mal gesagt. Und wenn ich nicht schreiben kann, dann …«

»Bitte, Heinrich, lass uns nicht darüber streiten.«

»Ich habe einen Entwurf, eine Entgegnung konzipiert, aber nicht zu Ende geschrieben und somit auch nicht abgeschickt. Vielleicht hast du auch manches in diesem Roman einfach nur missverstanden? Du bist sehr ehrgeizig, Thomas, du hast Kraft und eine Begeisterung für dein Ich. Du willst deinen älteren Bruder ein- und überholen. Aber das hast du längst mit *Buddenbrooks* geschafft. Du wirst diesen Weg als Erzähler des Bürgertums weitergehen. Mit Erfolg.

Schon vor drei Jahren sind wir mit so einem Boot auf diesem See gewesen. Damals hast du mir von deinem Plan unter dem Titel *Die Geliebten* deine Erfahrungen mit den Ungeliebten erzählt. Und hattest eine riesige Angst, dass ich dir das Thema wegnehmen könnte. Und jetzt fragst du dich, ob ich deine Idee eines Fürstenromans mit dem Titel *Königliche Hoheit*, die als Stoff auch in mir bereitliegt, wegnehmen könnte. Der Dichter als Fürst – nicht wahr? –, ob ich damit vorher herauskomme oder auch nur Andeutungen von diesem Sujet in einer meiner nächsten Erzählungen machen könnte. Dann wäre es aus. Du könntest es nicht mehr schreiben.«

Jetzt hatte Thomas gespannt zugehört und die Ruder im Wasser schleifen lassen. »Und wie steht es? Was kannst du mir dazu sagen?«

Heinrich blickte seinen Bruder an. »Sei nur ruhig. Ich arbeite an einer Schulgeschichte aus unserem gemeinsamen Lübeck. *Professor Unrat oder das Ende eines Tyrannen*. Auch ein beschauliches Leben, das durch die durchreisende Tingeltangel-Sängerin Rosa Fröhlich verwüstet wird.«

»Ja, das ist dein Thema. Ich freue mich auf eine Wiederbegegnung mit unserem guten alten Katharineum und dem ehrwürdigen Lehrpersonal.«

Heinrich sah, wie erleichtert Thomas über sein Versprechen war, das Versprechen eines Konkurrenten. »Ich wünsche dir alles Gute für das Ja deiner Prinzessin. Im Leben und später für den Roman. Oder bist du schon dran?« Über seine naive Frage musste Heinrich selber lachen. »Du lebst schon im Material!« Dann wurde er ernst. Er sah einen der mit einem Dampfmotor angetriebenen Raddampfer auf ihren kleinen Kahn zusteuern. Sie hörten das starke Rauschen der Schaufeln im Wasser. »Tommy, dreh dich bitte mal um.« Und dann nahm auch Thomas wahr, dass sie in die Spur des Dampfers geraten waren, der die verschiedenen Ufer verband. Er warnte nun mit einem energischen, einem dunklen Tuten. Tommy musste das Boot mit kräftigen Ruderschlägen aus dem Kurs des Schiffs bringen. Einige Fahrgäste winkten den Brüdern zu, als sie dicht an ihnen vorüberfuhren. Auch der Kapitän ließ noch einmal sein Horn grüssen, während das Geräusch der Schaufeln im Wasser allmählich leiser wurde.

Jetzt verlangte auch Thomas eine Zigarette. »Musste der Dampfer unbedingt auf seiner Fahrroute bestehen?«

»Aber du hast es doch vorzüglich gemeistert, Tommy. Bist noch gut in Form. Erzähl es deiner Prinzessin. Der einsame Prinz als Lebensretter!«

Etwas erhitzt von der Anstrengung, zog sich Thomas die Jacke aus und legte sie hinten im Kahn ab. Er ließ die Ruder im Wasser und gab sich dem betörenden Gefühl der ägyptischen Zigarette hin, als Heinrich plötzlich das Thema wechselte.

»Du warst in Düsseldorf. Du hast Carla im Theater gesehen. Wie war sie?«

»Sie spielte die Luise.«

Heinrich sah es geradezu vor sich. »Ach! Diese grässliche Szene, wenn der eifersüchtige Ferdinand das Bürgermädchen mit der Limonade vergiftet und dann noch selber das Gift nimmt.«

»Aber ich sag dir, Heinrich, das kann unsere Schwester. Großartig. Intensiv. Zurückgenommen ist die auf der Bühne in den Tod gegangen. Die Leute haben applaudiert!«

»Und du?«

»Selbstverständlich habe auch ich applaudiert!«

Heinrich freute sich am Erfolg seiner Lieblingsschwester. »Das sind ihre Rollen, die Leidenden, die am Leben scheitern. Sie hat es mir gesagt, all das Kranke interessiert sie. Gerade die, die zusammenbrechen, geistig oder körperlich, die kann sie gut spielen.«

»Du hast viel von Carla genommen – in der Ute –, nicht nur die Welt des Theaters, da steckt viel von unserer Schwester drin.« Thomas hatte bei der Lektüre von Heinrichs *Die Jagd nach Liebe* in der Figur der Schauspielerin Ute viel von ihrer Schwester Carla erkannt.

Ob sie sich geniere, so öffentlich ausgestellt zu werden?, wollte Heinrich nun wissen.

»Bisher hatte sie niemand im Ensemble darauf angesprochen. Vielleicht gefällt es ihr auch, im Roman ihres Bruders eine so große Rolle zu spielen.«

»Das wäre gut. Sie hat mir viel von der Welt des Theaters erzählt, von ihrem Kampf um Rollen, um die Beachtung in der Presse, von den Nachstellungen der Männer. Es ist ein Wunder, wie sie da durchkommt. Das Theater ist ein grauenhaft gefährliches Gelände.«

»Ich darf es dir sicher weitersagen«, hob Tommy an. »Sie hat jetzt einen Liebhaber, der sie aber nicht lieb hat. Er will nur ihre Nähe. Streichelt ihre schönen Hände. Beschützt sie wohl auch.«

Heinrich hörte gespannt zu. »Das sind ja mal Neuigkeiten. Wer ist es denn?«

»Ein steinreicher Kornjude aus Westfalen.«

»Hast du ihn gesehen?«

»Flüchtig«, sagte Thomas. »Nur von ferne, ein seltsamer Mensch. Er schickt ihr Blumenkörbe nach der Vorstellung in die Garderobe.«

»Das wird ihr guttun. Das klingt großartig!«

»Na ja. Seitdem gilt sie unter den Kollegen als Millionärsgeliebte!«

»Das wird ja immer besser.« Heinrich war fast begeistert. »Braucht sie überhaupt noch eine Gage?«

»So was wurde auch schon hinter ihrem Rücken gezischelt. Dabei ist es nur eine Seelenfreundschaft. Flechtheim heißt er, und er sammelt moderne Kunst.«

»Eine merkwürdige Welt ist doch die Bühne. Carla sagte mir: ›Alle umarmen sich, küssen sich, versichern sich ihrer Freundschaft. Doch das Theater ist eine Schlangengrube. Voller Lügen und Intrigen.‹ Dabei ist Düsseldorf ein gutes Stadttheater mit einem guten Publikum.«

Ein Wind kam auf, der die Wellen stärker kräuselte. Thomas zog sich seine Jacke wieder an. Die Brüder nickten einander zu. Besser jetzt zurückrudern. Gegen aufkommenden Wind würde es schwerer werden, an Land zu kommen. Da konnte so ein Kahn schon wie ein Segel wirken, auf das der Wind drückt.

Am darauffolgenden Morgen traf Thomas seinen Bruder nicht im Frühstückszimmer des Sanatoriums an. Die Bedienung meinte, dass Herr Mann auf seinem Zimmer sei und die Koffer packe. Eine eilige Abreise.

In Heinrichs Zimmer waren sämtliche Schranktüren geöffnet. Ein Koffer lag auf dem Bett, Hemden stapelten sich daneben. Ein Anzug hing an der Schranktür. Thomas stand in der Tür, schaute erstaunt zu und trat dann ins Zimmer.

»Ein Brief von Carla. Da liegt er. Ich muss zu ihr. Sie ist in Lebensgefahr«, erklärte Heinrich.

Thomas las: *Und darum brauche ich einen Menschen, der mich festhält, wenn ich dem Rhein zu nahe kommen sollte. Also komm so schnell als möglich!*

»Das klingt ernst.«

Heinrich unterbrach das Packen und schaute den Bruder an. »Ernst oder Schauspiel? Man weiß es bei Carla nie so genau. Ich fahre in jedem Fall hin.«

Der geheimnisvolle Herr Flechtheim

Der Schaukasten am Düsseldorfer Stadttheater zeigte noch Fotos vergangener Inszenierungen, auch die von *Kabale und Liebe* mit Carla Mann in einer Hauptrolle, nun überklebt mit dem Schriftzug »ENDE DER SPIELZEIT«.

Vom Rhein war starker Nebel in die Stadt gezogen. Carla und Heinrich waren froh, dass sie sich wie verabredet gefunden hatten. Heinrich breitete die Arme aus und rief: »Carla, mein Schwesterchen«, und Carla sank ihm erschöpft an die Brust. »Mein Brüderlein, endlich!« Heinrich drückte sie an sich. Vom Fluss hörten sie das Tuten der Schiffe, die Warnungen vor einer möglichen Karambolage im dichten Nebel. Mal nah, mal von fern meldeten sich die Nebelhörner, lagen wie ein Grundton unter den Geräuschen der Großstadt.

Nun war er bei ihr. Der geliebte ältere Bruder. Bewundert von der Schwester, klug und stark und immer bereit zu helfen. Tief sog sie seinen Geruch von Zigaretten und Zigarren ein. Dann brach es auch schon aus ihr heraus.

»Es ist so furchtbar. Ich weiß nicht weiter. Ich habe den Boden unter den Füßen verloren. Es ist ganz grauenhaft!«

Heinrich hakte sie sich unter. »Komm, wir gehen ein wenig. Und dann erzählst du mir alles.«

»Aber kein Wort davon zu Mama, zu Tommy oder den Löhrs.«

Heinrich versprach es. Aber es wurde auch nicht darüber gesprochen, dass er so manches von dem, was er nun erzählt bekam, in einer Novelle über sie verwenden könnte. Er hatte auch schon einen Titel. »Schauspielerin.« Damit verschwanden sie im Nebel.

Im ersten Stock des Weinrestaurant Traube hatten sie einen Tisch direkt am Fenster bekommen. Carla nippte etwas nervös an ihrem Weißwein. Immer wieder blickte sie runter auf die Straße. Man wartete noch auf einen weiteren Gast, einen Freund, den sie mit Heinrich bekannt machen wollte.

»Fred, ist das dein Bewunderer, der mit den Blumenkörben nach der Vorstellung? Tommy hat mir davon erzählt.«

Sie nickte. Carla hatte für den Abend ihren pompösen Pariser Hut mit der breiten Krempe aufgesetzt. Alle Bewegungen mit dem Kopf wurden dadurch ins Große übertragen. Gut für die Bühne. Wenn sie den Kopf etwas senkte, konnte Heinrich ihr Gesicht nicht sehen. Sie spielte etwas damit. Jetzt hob sie den Kopf und gab eine Art Steckbrief preis. »Fred, das ist Alfred Flechtheim, Sohn eines reichen Kornjuden. Schon Teilhaber in der Firma des Vaters, Großneffe von Heinrich Heine.«

»Sagt er?«, fragte Heinrich nach.

»Ja. Und ich meine, er schaut Heine auch etwas ähnlich. Du wirst es ja gleich sehen. Dazu hat er diese dunklen, feucht glänzenden Augen. Es ist der Typ, dem ich kaum widerstehen kann.«

Heinrich bemerkte ihr Lächeln. Er dachte an Tommy, der auch seinen Typ hatte. Ein Mädchen mit dunklen Augen, schwarz wie Teer. Tochter eines Multimillionärs. Mit jüdischem Hintergrund. Wahrscheinlich eine aussichtsreiche Angelegenheit. Aber hier wollte er mehr wissen. »Und wie bist du an das Wundertier geraten?«

Carla senkte den Kopf und gestand eine Peinlichkeit. Wie sie nach all dem Ärger am Theater sich in den Düsseldorfer Karneval hatte fallen lassen. »Ich habe mich richtig reingestürzt.« Wie sie auch mit viel Wein und noch mehr Leichtsinn in eine üble Gesellschaft geraten war. Sie war für diese Leute jedoch nur eine Schauspielerin gewesen, die man haben konnte. Es waren Abenteuer, die man schnell vergessen musste. Dann blickte sie ihn wieder an. »Der Fred hat mich da rausgeholt. Seitdem sind wir zusammen.«

»Das ist doch schön.« Heinrich hob das Glas und trank einen Schluck von seinem Rotwein. »Glückwunsch!«

Carla ließ ihr Glas stehen, sie wollte nicht anstoßen auf den Fred, der erst noch kommen sollte. »Damit fing die Sache an, mit der ich jedoch nicht fertigwerde.«

Heinrich beugte sich vor. »Erzähle es mir.«

»Stell dir etwa vor, wie ich mit Fred in einer Kutsche sitze. Er schaut schon eine ganze Weile auf meine Hände. Dann nimmt er meine linke Hand und zieht mir langsam den Handschuh aus. Dann den zweiten. Er hebt meine Hände hoch. Fragt auch noch: ›Ich darf doch?‹ Schließlich küsst er beide Hände. ›Ich liebe Ihre Hände‹, sagt er. ›Madonnenhände, wie man sie von alten Gemälden kennt.‹ Weiter geht er nicht. Sieht mich nur verliebt an. Ich will ihm helfen, sage so was wie: ›Ich bin keine Heilige, wenn Sie das glauben!‹ Er wieder: ›Nein, das bist du nicht! Eine Unberührbare, eine Nonne, dem einen Herrn da oben versprochen.‹«

Heinrich musste bei der Vorstellung lachen. »Aber spielen könntest du sie.« Carla faltete ihre schönen Hände und blickte verklärt nach oben. »Ja, ja. Solche Figuren kannst du besonders gut spielen. Auf der Bühne! Aber im Leben, was willst du da?«

»Mein Glück will ich!«

Jetzt trank Carla doch einen Schluck vom Rheinwein. »Du musst ihn nur kennenlernen. Dann verstehst du mich.«

Heinrich zog seine abgewetzte Taschenuhr hervor. »Dreiviertel neun schon.«

»Das kommt vor. Er wird abends öfter durch seine Arbeit aufgehalten.«

Heinrich wirkte etwas nachdenklich. »Er macht es immerhin spannend.«

»Sooft wir Zeit haben, sitzen wir beisammen.«

»Und was geschieht dann?«

»Wie reden über Gott und die Welt. Fred ist der kultivierteste Mensch, den ich kenne. Ihr würdet euch gut verstehen!«

Heinrich nahm eine Zigarette und zündete sie sich an. »Ich sehe, dass du ihn anhimmelst – und er dich anscheinend auch. Nur anders. Ganz anders.«

»Er gibt mir das Gefühl, etwas Besonderes zu sein. Stell dir vor, neulich wollte er mit mir nach Köln in den Dom. Wir sollten dort nur gemeinsam sitzen und schweigen. Wie findest du das?«

»Seltsam, als Jude geht er in dieses katholische Sandsteingebirge?«

»Der Dom ist wie ein Museum für ihn. Übrigens kauft er auch Bilder. Moderne Kunst. Der wird mal ein berühmter Sammler.«

In was war seine geliebte Schwester da wieder hineingeraten? Heinrich versuchte diese Beziehung zu begreifen.

Carla wusste noch weitere seltsame Geschichten zu berichten. Wie er sie nach Koblenz in das Hotel Kronstein bestellt hatte, um endlich eine Nacht mit ihr zusammen zu sein. Carla fuhr hin. Dort bekam sie gleich am Empfang ein Telegramm ausgehändigt. Absender: Alfred Flechtheim. Er könne nicht kommen. Seine Arbeit! »Wie findest du das?«

»Bodenlos unverschämt finde ich das!« Heinrich wurde allmählich ärgerlich. »Und zweitens dumm! Ein haarsträubender Egoist, dieser Herr Flechtheim!«

Carla wollte ihren Bruder etwas beruhigen. Sprach von der »engen Seelenfreundschaft«, die sie mit Fred erlebt.

Jetzt musste Heinrich mal deutlich werden. »Du hast also noch nie mit ihm …?«

»Im Bett? Nein, leider!« Carla schüttelte den Kopf und kam auf den Punkt, der sie so unglücklich machte. »Er hätte mich gerne als seine Schwester. Das Geschlechtliche sei tierisch, sagt er.«

»Wie bitte?«

»Dabei hätte er mich haben können. Schon in der Kutsche. Er hätte nur die Hand ausstrecken müssen.« Wie sie jetzt das Fenster öffnete und runter auf die Straße schaute, erkannte sie unten vor dem Gasthaus Fred Flechtheim. »Endlich. Da unten steht er. Ich geh ihm entgegen.«

Auch Heinrich sah runter zur Straße und entdeckte vor dem Eingang einen Mann im Mantel, den Hut tief ins Gesicht gezogen, so als ob er nicht erkannt werden wollte. *Das Geschlechtliche sei tierisch.* So was hatte Heinrich selber einmal als ein etwas überheblicher junger Mann aus Berlin über seine ersten sexuellen Abenteuer an seinen Freund Ewers geschrieben. Es war aber ganz anders gemeint. Da ging es darum, den Heiligenschein, die verlogene Romantik, von der Sexualität zu reißen. Auch ging es über die schrecklich einfache Art, mit der die Menschen mithilfe ihrer Geschlechtsteile verkehren. Aber Verachtung oder gar ein Mönchsgelübde kam für ihn ja gerade nicht infrage. Was war das für ein Mann, an den sich Carla in dieser Seelenfreundschaft gebunden hatte? Durch das offen stehende Fenster beobachtete Heinrich, wie Carla unten aus der Tür kam und auf den Mann zulief. Der aber drehte sich um und ging rasch davon, den Kopf tief zwischen den Schultern eingezogen.

Als Carla wieder im Restaurant Platz genommen hatte, trank sie mit einem Zug ihr Glas leer. »Heinrich, sag du mir, was da ist. Ich verstehe es nicht.«

Heinrich antwortete ihr nur, was er gesehen hatte. »Er ist auf der Flucht.«

»Aber warum? Warum vor mir?«

»Vielleicht fehlen ihm die natürlichen Mittel – als Mann.«

»Nein, kalt ist er nicht!«

»Oder er hat andere Liebhabereien als Frauen.«

»Andere?«

»Er will die Welt täuschen, indem er sich öffentlich mit einer schönen Frau zeigt.« Es sind Tränen, dachte Heinrich jetzt. Echte Tränen, diesmal keine Theatertränen. Seine Schwester konnte das, echte Tränen weinen. Sie hatte es ihm einmal vorgespielt. Jetzt musste er es ihr erklären, versuchen, ihr einen Weg zu zeigen, wer der Mann da sein könnte. »Schau mal, Carla. Du bist eine attraktive Frau. Du hast vielleicht in einem Asketen etwas geweckt. Und der fürchtet sich vor der Überrumpelung durch das Fleisch!«

»Das ist komisch, was du da sagst, wenn es das wäre.« Dabei geriet sie aus den Tränen in ein Lachen. »Ich habe ihn überrumpelt? Und er hat etwas gefühlt für mich?«

»Wie du ihn geschildert hast, sieht er sich als vornehmen Außenseiter und will in der Distanz zu allem Gewöhnlichen, allem Lebendigen leben. Er sieht und erlebt die Menschen wie durch eine Fensterscheibe.«

Carla begriff allmählich. »Tonio Kröger?«

Heinrich nickte.

»Tommy?«

Heinrich nickte abermals und blies den Rauch seiner Zigarette hoch unter die Zimmerdecke.

Was dann beim Essen noch zu besprechen war, ging nur die beiden Geschwister an. Eine Art Pakt, der erneuert wurde. Carla wusste, dass er wieder über sie schreiben wollte, über eine Schauspielerin. Sie wäre auch nicht mehr in Düsseldorf, würde so eine Novelle erscheinen. Er würde sie in der Geschichte Leonie nennen. Und Leonie, fand Carla, sei doch ein schöner Name. Und im Übrigen sei sie froh, wenn ihre traurige Geschichte zu etwas nützlich sei. »Ich bin sogar stolz, in deiner Geschichte weiterzuleben.«

Am Abend vor seiner Abreise spazierten Carla und Heinrich noch einmal hinunter zum Fluss. Tagelanger Regen hatte den Pegel anschwellen lassen, die Gehwege am Ufer waren inzwischen überflutet. Einige Schaulustige hatten sich eingefunden. Man stand mit den Füßen ganz dicht am Wasser, das friedlich in kleinen Wellen plätscherte. Ganz in der Mitte aber zeigte der Strom seine Kraft. Lastenkähne, die flussabwärts fuhren, riss der Strom in hoher Geschwindigkeit mit hinab in Richtung der Mündung, über Rotterdam in die Nordsee. Ein Raddampfer stampfte mühsam nach Köln und Koblenz, bergauf in den Süden. Auf dem Vergnügungsschiff spielte eine Tanzkapelle. Unter Deck waren tanzende Paare zu sehen. Lieder von Liebeslust und Leid wehten herüber. Carla blickte aufs Wasser und dann zum Bruder.

»Nein. Ich will jetzt nicht sterben! Mach dir keine Sorgen. Wenn ich eines Nachts aus dem Schlaf einfach in den Tod fallen würde, ja, dann …«

Heinrich legte den Arm um seine geliebte Schwester. »Du könntest morgen mit mir fahren. Ich lass dich ungern allein.«

Carla spürte seine warme und beschützende Hand. Sie legte ihre rechte Hand über seine und hielt sie fest. Dann lehnte sie sich gegen ihn und ließ ihren Kopf an seine Wange sinken.

»Ich werde einmal schwer sterben und hässlich. Ich fühle es. Und ich werde dabei sehr allein sein.«

Die Jagd nach Liebe

Vor der Buchhandlung Keller in München blieb Thomas stehen. Der Lehrling im Schaufenster griff nach einem Buch von Heinrich Mann: *Die Jagd nach Liebe.* Daneben lag *Buddenbrooks* und dahinter sein zweiter Novellenband *Tristan.* Gut so!, dachte er. Seine Mutter hatte wieder einmal einen kleinen Kontrollgang durch die Buchhandlungen gemacht. Hatte mit ihrem unnachahmlichen Charme dafür gesorgt, dass die Bücher ihrer Söhne im Fenster ausgestellt wurden. Wie der Lehrling aufblickte, erkannte er Thomas, lächelte überrascht und nickte freundlich. Tommy hatte schon gesehen, wer den pikanten Roman seines Bruders gerade gekauft hatte. Ein kleines, etwas unscheinbares Männlein mit schwarzem Bart und stechendem Blick. Vornehm gekleidet mit hohem Zylinder, der ihn etwas größer erscheinen ließ. Wie er aus dem Buchladen trat, war er gerade dabei, ein gut verpacktes Buch in die Innentasche seines Paletots zu schieben. Es war Josef Löhr, der Ehemann von Thomas' Schwester Lula.

Er begrüßte seinen Schwager. »Der Herr Bankdirektor! Wieder mal Ärger, Krankheit, Krieg und Krisen? Und nun auch noch der Roman meines Bruders!« Er hatte ins Schwarze getroffen.

»Über den Roman wird ja geredet. So muss ich doch selber lesen, was es damit auf sich hat.«

Tommy scherzte weiter: »Als ob man nicht schon Ärger genug hätte!«

Sogleich stieg Jof, wie er genannt wurde, auf dies Stichwort ein:

»Lieber Schwager, München hat zu wenig Wohnungen. Die Stadt platzt aus allen Nähten. Sicher, es wird gebaut, das ist gut. Aber die Leute machen bei der Finanzierung einen Unsinn nach dem anderen. Sie nehmen Kredite auf, die sie nicht bedienen können.« Und dann erklärte er ausführlich, wie das Unglück über die Menschen kommt. Sie weinen, wenn die Bank das Grundstück und das Haus an den Höchstbietenden weiterverkauft. »Verkaufen muss«, sagte er noch. Er war in Eile und musste zurück in die Bank. »Ich habe Verantwortung!« Er lupfte den Zylinder, ging einige Schritte, blieb jedoch stehen und drehte sich noch einmal um: »Ganz üble Sache das! Mit diesem Roman. Wir müssen uns über Heinrich beraten.«

Thomas blickte seinem Schwager hinterher und wusste, was bald zu verhandeln war. Heinrich hatte in seinem Roman die kriminellen Machenschaften einiger Banken zur Sprache gebracht.

Julia hatte nach einigem Zögern und Diskussionen in der Familie in die Ehe mit Josef Löhr, dem Direktor der Handelsbank und Generalkonsul von Griechenland, eingewilligt, obwohl er fünfzehn Jahre älter war. Lula hatte damit eine glänzende Partie gemacht. Eine Tochter, Eva Maria, war ein Jahr nach der Hochzeit, im Herbst 1901, geboren. Man wohnte standesgemäß in einer großen, gutbürgerlich ausgestatteten Wohnung, Hochparterre am Englischen Garten. Frau Bankdirektor Löhr hatte Personal. Die Hausmädchen nannten sie »gnädige Frau«. Die Gnädige war streng, vor allem, was die Sauberkeit im Haus betraf. Das ging weit über die normale Reinigung einer Wohnung hinaus. Die Dienstmädchen hatten gerade in letzter Zeit das Gefühl, die Gnädige habe im Unterschied zu anderen Menschen eine besondere Sorte Augen, mit denen man den Staub selbst in den allerkleinsten Mengen entdeckte. Dabei ging es nicht um freundliche Hinweise ans Personal, wo sich noch Restschmutz versteckt haben könnte. Diese Kontrollgänge waren gefürchtet, weil der Schmutz, am Ende nur noch fast unsichtbarer Staub, mit Schrecken vorgeführt wurde. Die Dienstmädchen hatten den Eindruck, dass schon die Vorstellung von Staub ein kleines Husten bei der Gnädigen auslösen könnte. Ansonsten war die Wohnung stets blitzsauber und in bester Ordnung. In diesem Punkt konnte Jof mit seinem hübschen jungen Frauchen zufrieden sein.

Nun hatte der Hausherr den neuen Roman seines Schwagers ins Haus gebracht und *Die Jagd nach Liebe* auf die gefährlichen Stellen durchgelesen und anschließend seiner Frau anvertraut. In ihm wurden aber nicht nur die Machenschaften der Banken abgehandelt, was wohl auf ihn zielte. Zu seinem Erstaunen gab es auch eine Reihe von Szenen, die in einem Milieu spielten, das Heinrich offenbar in Bordellen erlebt hatte. Pikante erotische Geschichten, plastisch geschildert, wie er es noch nie gelesen hatte. Dass so etwas erlaubt war! Ekelhafter Schmutz, der verboten gehörte! Andererseits allerdings für den Privatgebrauch anregend, aber unter Verschluss zu halten.

Nach dem Abendessen hatte eines der Hausmädchen die kleine Eva Maria ins Bett gebracht, die Küche gesäubert und sich dann für die Nacht verabschiedet. Jof saß im Wohnzimmer und las im Wirtschaftsteil der Tageszeitung. Lula hatte in den letzten Tagen den Roman ihres Bruders komplett gelesen. Das war schließlich eine Voraussetzung, wenn der Text im Familienrat diskutiert werden sollte. Sie hatte sich einige Stellen gemerkt und las nun etwas davon vor. *Ich werde eine große und berühmte Schauspielerin – oder ich ende übel!*

Jof blickte kurz auf. »Das habe ich doch schon mal gehört, von Carla bei deiner Mutter war das.«

Ich habe keine Angst. Ich werde, was ich will.

Jof lachte kurz und verächtlich auf. »So ein Unsinn! Keine Frau wird genau das, was sie will.«

»Das sagt doch die Ute, eine Figur aus dem Roman.«

»Klingt alles nach deiner Schwester.«

»Carla hat mir mal gesagt, sie würde lieber in die Isar gehen und sterben, als erfolglos nach Hause zu kommen.«

Jof blies nun Luft durch die Nase. »So schnell stirbt sich's nicht! Vorher wird sie sich von der Bühne in ein Ehebett retten. Diese Schauspielerin Ute hat einen jungen Millionärssohn an der Leine. Der liebt sie und zahlt.«

»Für die Kostüme!« Lula wusste schon Bescheid.

Jof sah sie mit seiner sanftesten Besserwissermiene an. »Für die Kostüme und fürs Leben. Also: Prostitution. Der andere Ausweg, um vom Theater wegzukommen!«

Es fiel Lula nicht leicht, den Schlag zu parieren. Diese Ute war doch sehr nach ihrer eigenen Schwester gezeichnet. »Aber sie gibt ihm nichts für das Geld. Sie spielt mit ihm.«

Jof hatte die Erzählung noch gut im Gedächtnis. »Aber dann schließt er das Zimmer ab und drängt sie mit Gewalt auf den Boden. Sie legt sich selber auf den Rücken – so wie er es wohl haben will. Und wie er ganz dicht über ihrem Gesicht ist, gibt sie ihm einen Kuss.«

»Und das ist auch alles.« Lula klappte das Buch zu und legte es auf den Tisch. »Mehr wirst du nicht drin finden.«

»Ganz am Ende, wenn sie sich vor dem Sterbenden nackt zeigt, nur um die Erbschaft zu kriegen. Ist das nichts?«

»Es ist einfach ekelhaft!«

Damit rückte Jof ganz nah an seine Ehefrau heran, machte es sich trotz all der angeblich ekelhaften Vorstellungen gemütlich, lächelte zutraulich und sprach mit veränderter weicher Stimme: »Lula. Du kannst so lieb sein, wenn du willst, sehr lieb sogar.« Ganz nebenbei strich er mit dem Handrücken über ihre Brüste. »Und hast du nicht alles bekommen, was du dir gewünscht hast? Die große Wohnung, Dienstboten, die kostbaren Kleider, ein liebes Kind und vielleicht bald noch eines dazu.« Von der Wohnung aus, den Dienstboten und kostbaren Kleidern bearbeitete er die Knopfleiste ihrer Bluse, öffnete Knopf für Knopf und schaute erregt auf den weiteren Weg durch den Zaubergarten, der da vor ihm lag. »Und jetzt trägst du meinen Namen, und damit bist du eine angesehene Person.«

Aus dem Nichts, so schien es ihm, kam ein schneller, harter Schlag auf seine Finger, die sich auf ihre Brüste gesenkt hatten. »Lass das!« Eiskalt die Stimme. Dazu drohend jedes Wort einzeln betont: »Mach … das … nicht … noch … einmal!« Sie erhob sich und knöpfte sich wieder zu. »Ich bin keine Schauspielerin, der man die Kostüme bezahlt, damit sie lieb ist.« Damit ging sie in ihr Boudoir.

Später saß Jof im Bademantel auf seinem Bett. Er hatte das Buch von seinem Schwager aufgeschlagen, an der Stelle, die er sich mit einem Lesebändchen markiert hatte. *Ihre Zungen küssten sich stürmisch, ihr Speichel vermischte sich – lass mich sehen … Und langsam wie mit Feierlichkeit warf sie die Kleidungsstücke fort. Und er zog sie zu sich nieder. Aber wie ihre Zuckungen abebbten, lag sie auf ihm.* Das leise Lesen war allmählich in ein Flüstern übergegangen. *Ihre Blicke, ihr rotberstender Mund tropften schwer lähmend und heißfüllend in ihn hinein.* Längst war das Flüstern in ein heiseres Raunen gerutscht. *Er fühlte sich voll von ihr. Sie sagte es ihm in den Mund. »Jetzt hab ich dich in mir.«* Diese Mischung aus Ekel und sexueller Erregung hatte sich auf ihn übertragen. Schwer atmend und mit hochrotem Kopf drehte sich Jof zum Boudoir seiner Frau.

Die Tür zum Schlafzimmer war nur angelehnt. Halskette, Armreif und die Ringe hatte sie abgelegt. Im Spiegel betrachtete sie ihr Bild – verändert in so wenigen Jahren. Trauer und Unglück standen darin geschrieben und besonders schrecklich für sie zu sehen, darüber die starre Maske ehrbarer Bürgerlichkeit. Sie öffnete ihre Bluse und legte sie ab. Da hörte sie die Stimme von Jof vom Ehebett: »Julia, kommst du?«

Ein kurzer Hustenanfall war die Antwort. Lula öffnete eine Schublade und nahm aus einem Pillendöschen zwei Tabletten. Vor ihr stand ein Glas Wasser. Schnell spülte sie die Tabletten hinunter. Es war aber keine Medizin gegen den Hustenreiz. Es half schnell und sehr stark. So stark, wie man es sonst nur mit Morphium erlebte.

Familienkonferenz

Bankdirektor Josef Löhr legte das Buch auf den Tisch.

Man war mit der Kaffeetafel schon etwas vorangekommen: Kaffee, Tee und verschiedene Kuchenstücke waren verteilt. Es war im Grunde eine gemütliche Familienrunde, wenn nicht der Angeklagte gewesen wäre. Er lag zwischen dem gedeckten Apfelkuchen und der Kristallschale mit der weißen Schlagsahne. Es war Heinrichs letzter Roman: *Die Jagd nach Liebe*.

»Wir haben es ja alle gelesen.« Lula eröffnete die Runde.

Anwesend waren neben Jof und Heinrichs Schwester Lula die Frau Senator Julia Mann, Heinrichs Mutter, und Bruder Thomas. Dazu unsichtbar, vertreten nur durch das Buch, Heinrich, der Angeklagte.

Thomas begann in das ernste Schweigen hinein mit einer beiläufigen Bemerkung. »Heinrich ist ein Fall, über den ich stundenlang nachdenken kann.«

Mit einem fast gleichzeitig gesprochenen »Ich auch« schloss sich rasch Familie Löhr an. Dann wollte man aber der Mutter den Vorrang lassen.

»Was soll ich sagen?« Julia überlegte und zögerte. »Ein schwieriges Buch.« Sie wusste nicht genau, was man von ihr erwartete. »Es war nicht leicht für mich.« Der Roman hatte ihr viel Stoff aus dem gefährlichen Milieu einer Schauspielerin geliefert. »Es hat mir viele Seufzer entlockt.« Damit war sie weg vom Buch und lenkte das Gespräch in eine andere Richtung. »Carla hatte doch einen so schönen Erfolg in Düsseldorf. Wie geht es ihr denn jetzt?«

»Nicht besonders. Sie hat Heinrich um Hilfe gerufen.« Das war Tommy.

Julia wollte jetzt mehr wissen. »O Gott! Warum, Tommy?«

»Carla ist eine Schauspielerin. Sie spielt auf der Bühne und im Leben. Man darf ihre Worte nicht auf die Goldwaage legen.«

Jetzt brachte Jof das Gespräch ins richtige Fahrwasser. »Was der über unsere gute Gesellschaft schreibt …«

Tommy unterbrach ihn kurz: »Das Milieu ist doch hervorragend getroffen.«

Lula bedankte sich für die Vorlage. »Es ist so perfekt getroffen, dass man sogar unseren hochverdienten Hofschauspieler deutlich wiedererkennt.«

»… als Hurenbock im Sumpf der Leidenschaften!« Jetzt war Jof es endlich losgeworden.

Thomas ergänzte die Kritik, die er schon seinem Bruder hatte zukommen lassen. »All das Fleisch, diese Brunst in Permanenz, das ist Sexualismus. Das ist keine Erotik.«

»Genau. Tommy hat recht. Sexualismus, eigentlich Schweinigeleien.«

Aber Tommy ließ sich von Jof nicht mitreißen. Er blieb bei seiner Literaturkritik und arbeitete seine Schreibweise gegen den Bruder aus. »Erotik enthüllt und verhüllt zugleich. Das ist Poesie.«

Nun kam Jof zum Hauptanklagepunkt. »Da sind wir bei der Wirkung auf die Münchner Gesellschaft. Denn einige haben sich in den Darstellungen der Banken und Bauherren wiedererkannt. Was Heinrich dort geschrieben hat über die Folgen des stürmischen Wachstums unserer Stadt … Vergessen wir nicht, eine dynamische Wirtschaft lebt vom Auf und Ab, von großen Investitionen und dem Konkurs als Korrektur. Das Geld verschwindet ja nicht. Es geht nur von einem Unternehmen in ein anderes hinüber.

Das sind doch keine Verbrechen, wie das dort von Heinrich geschildert wird.«

»Das fällt alles auf Jof zurück!« Lula hatte es auf den Punkt gebracht. »Wir werden angesprochen. Woher Heinrich das wohl hat? Und die Antwort: vom Schwager, dem Herrn Bankdirektor Löhr!«

Dankbar lächelte Jof seiner Frau zu. »Darum geht's! Dabei hätte Heinrich alles auch in den Zeitungen lesen können.« Dann wandte er sich an Julia. »Mutter, du hast die besten Beziehungen zu deinem Ältesten. Sprich bitte mit Heinrich mal darüber. Er sollte sich andere Stoffe suchen, sonst wird es noch mehr Ärger geben!«

Die Mutter kannte ihren Sohn genau. Sie könne ihm kaum in seine Literatur hineinreden, erklärte sie.

»Aber ich werde ihm schreiben. Der Heinrich könnte sich ein Beispiel an Tommy nehmen. Der will sich nicht gegen die bürgerliche Gesellschaft stellen. Tommy verkehrt jetzt im Haus von Geheimrat Professor Pringsheim am Königsplatz.«

Tommy hob abwehrend die Hände. Jetzt nicht weiterreden. Er ahnte, wie sehr seine Mutter sich gerade deswegen Sorgen machte. Hatte er ihr doch vor einiger Zeit noch die Hoffnung gemacht, die gesamte Familie mit all ihren drei Söhnen in einer großen, geräumigen Wohnung zusammenzubringen. Dieser Plan war mit dem Auftritt von Katia im Wintergarten in seinem Leben hinfällig. Das wusste Julia, sie hatte ihm zu verstehen gegeben: »Dann ist der Traum von einem Leben mit meinen Söhnen für immer ausgeträumt. Dann bin ich mit Vikko allein, bis auch der noch aus dem Haus geht.« Tommy hatte versucht, zurückzurudern. »Noch ist alles in der Schwebe!« Vergeblich. Der Bankier war begeistert von den Aussichten auf eine enge Verbindung zwischen der Familie Mann und den Pringsheims.

»Das wird ein Gespräch in ganz München geben!«, fuhr Jof unbeeindruckt von Tommys erhobenen Händen fort. »Pringsheim ist einer der reichsten Männer in der Stadt! Er ist Multimillionär.«

Julia staunte, ungläubig sprach sie das neue Wort nach: »Multimillionär.«

Ihre Tochter wollte das Hochgefühl etwas ausbremsen. »Es sind allerdings … na ja …«

»Juden!« Jof hatte das gesagt. Er pustete den Rauch seiner Zigarre in die Luft. Betretenes Schweigen folgte.

Tommy erklärte dann die Lage: »Die Familie ist evangelisch getauft, bis auf den Professor. Mama, wenn du sie mal kennenlernst, das gilt für euch alle, werdet ihr sehen: Eigentlich sind es gar keine Juden mehr! So wie man sie sich vorstellt.«

Allmählich kehrte in das Schweigen eine angeregte Gemütlichkeit ein. Man nahm sich wieder Tortenstücke, machte sich einen Klacks Schlagsahne obenauf und ließ es sich schmecken.

Zufrieden schloss Jof das Gespräch ab: »Nein! Nein! Kaftanjuden sind es nicht gerade!«

Verfluchter Vampir

Sein Fenster stand offen. Thomas wartete in seiner Wohnung auf Paul. Auf dem Schreibtisch hatte er eine Schachtel mit Fotografien geöffnet. Er schaute sie an und nahm dann eine von Paul in die Hand. Ein Gedicht lag dabei. Ein Bekenntnis der intensiven Nähe und Wärme zu Paul. Nach langer Zeit der Entbehrungen und der Erstarrung in Künstlichkeit. Endlich leben, sich fühlen können. »Hier ist mein Herz und meine Hand. Ich liebe Dich.« So stand es da. Lieben … Wusste er, was das war? Es war das kostbare Gefühl, ein Mensch zu sein. Dann hörte er die Klingel.

Durch den Englischen Garten radelten die Freunde Thomas und Paul. Über die festen Wege sausten sie in guter Geschwindigkeit nebeneinander, ein Spaß wie aus früheren Tagen. Paul legte seinen Arm auf Thomas' Rücken und schob ihn an. Brachte ihn auf Tempo. Die Kraft, die Wärme, die Thomas spürte, das war schön. So einen Ausflug, das hatten sie sich lange nicht gegönnt. Irgendwie waren sie etwas auseinandergekommen. Paul ahnte, wie sehr die große Lebensangelegenheit Tommy in Anspruch nahm.

»Ja, ja. Es ist die kleine Prinzessin.«

Thomas musste es zugeben.

»Und wo stehst du?«

»Vor der Tür.« Das war knapp und ehrlich geantwortet.

Vor einem geschlossenen Gasthaus stellten sie die Räder ab, setzten sich auf die herumstehenden Gartenstühle und rauchten eine Zigarette.

»Sie lässt dich nicht rein in ihr Leben?«, fragte Paul zwischen zwei Zügen.

»So ist es.« Und dann erzählte Tommy von einigen Stationen seiner vergeblichen Versuche, Katia näherzukommen.

Paul überlegte. »Du hast sie ein paarmal im Theater getroffen, hast ihr Blumen ins Krankenhaus geschickt …«

»… die sie immerhin nicht zurückgeschickt hat.« Thomas hatte das als gutes Zeichen verstanden.

Aber Paul rechnete weiter. Einige Einladungen zum Tee, bei denen Katia selten genug anwesend war und es kaum zu einem intimen Gespräch gekommen war. »Du schreibst der Mutter Briefe, und sie antwortet. Mit der Mutter hast du scheinbar ein intimeres Verhältnis als mit der Frau, die du heiraten willst. Auch der Bruder ist dir zugetan. Ja, dann musst du um seine Hand anhalten.« Paul musste über seine eigene Bemerkung lachen. Als er sah, wie beleidigt sein Freund darüber war, stand er auf und ging zur letzten Tischreihe, stellte einige herumstehende leere Flaschen nebeneinander auf die Tische und kam mit einigen Kieselsteinen in der Hand zurück. »Entschuldige. Was ich meine: Es ist doch so, dass sie, die Katia, dich bei den flüchtigen Begegnungen kaum kennenlernen konnte.«

»Wollte!«, rief Tommy dazwischen.

Paul setzte noch mal an. »Also, klar ist, dass es kein Kennenlernen geben kann, wenn man jemandem durch ein Opernglas begegnet, sie bei einer Teegesellschaft anstarrt, aber nicht wirklich Zeit mit ihr verbringen kann.«

»Es liegt aber nicht an mir. Das weißt du schon, oder?«

»Sicher. Aber du hast einen anderen Blick auf Menschen. Damals, im Kaim-Saal, da warst du vom Gefühl her schon mit ihr verlobt, ehe du ein einziges Wort mit ihr gesprochen hast. Deine Fantasie ist immer einige Schritte weiter. Und du wunderst dich, dass die anderen das nicht so erleben, dein Gefühl nicht nachvollziehen können.« Paul überlegte einen Augenblick, dann kam er mit seiner Frage, die ehrlich gemeint war: »Liebst du sie?«

»Sie weiß es doch!«

»Aha, du hast es ihr gesagt?«

»Und geschrieben. Aber sie glaubt es einfach nicht.«

»Wie, sie glaubt es nicht?«

»Es geht ihr zu schnell.«

»Recht hat sie!«

»Sie kann kein Vertrauen zu mir entwickeln. ›Eine Fremdheit und Kälte geht von Ihnen aus‹, so was sagt sie.«

»Auch das ist nachvollziehbar.« Dann warf Paul einen ersten Kiesel und traf eine Flasche, die vom Tisch kippte.

Thomas, der es ihm nachmachen wollte, hatte kein Glück. Paul stellte sich hinter seinen Freund, führte seine Hand und erklärte ihm, wie man dem Kiesel die richtige Richtung gab. Der Wurf ging abermals daneben. Aber dafür erlebte Thomas wieder die schöne Nähe, die ihm Paul gewährte.

»Und dann hat sie mir gesagt: ›Ich liebe Sie nicht!‹«

»Vielleicht spürt sie, was du eigentlich willst.«

Thomas schaute Paul an, den Tiermaler. Als sie einmal aus einer Aufführung von *Hamlet* kamen und sein Freund sich vorlaut mit Hamlet verwechselte, da hatte er später in sein Notizbuch geschrieben: *Er gleicht dem Hamlet wie ich dem Herkules.* So war das. Er würde ihm solche Sätze nicht ins Gesicht sagen. Aber nun war es so weit, dass er bei dem schlichten Gemüt nachfragen musste. »Was meinst du denn damit?«

Paul überlegte nicht lange, es hätte sowieso gesagt werden müssen. »Eine Vernunftehe!« In der Pause, die Thomas brauchte, erinnerte ihn Paul daran, wie sie damals wegen Lula gestritten hatten. Wie er, Paul, Thomas' Schwester davon abbringen wollte, in die Ehe mit dem Bankdirektor Josef Löhr einzuwilligen und ihm das Jawort zur Ehe zu geben.

»Kniefällig abbringen wolltest du sie«, sagte Thomas. »Und jetzt sind sie schon vier Jahre verheiratet und haben sich anscheinend angefreundet.«

Das konnte Paul so nicht stehen lassen. »Lula hat zu Löhr Ja gesagt, weil du sie in ihrem Entschluss bestärkt hast. Und das fand ich unmoralisch.«

Thomas trat einen Schritt zurück, holte aus und traf dieses Mal eine der Flaschen. »Unmoralisch?«

»Ja. Eine Vernunftehe ist doch eigentlich eine Geldehe. Weißt du noch, was du mir zu diesem Streit geschrieben hast – Geld oder Liebe?« Thomas wusste es gerade nicht. Paul hatte es aber nicht vergessen. »Die Liebe ist eine Zier, aber weiter kommt man ohne ihr! Auf diesem minderwertigen Planeten.«

Abermals hatte Thomas eine Flasche getroffen, die in viele Stücke zersprang. »Nun mal langsam! Mit Katia muss ich mich gedulden, bis sie mir das Jawort gibt. Dann ergibt sich alles Weitere: Achtung, Respekt, Zuneigung. Und schließlich kommt die Liebe dazu.«

Paul ging nun etwas zu weit und trampelte auf dem Lebensroman eines Genies herum. »Katia ist die Tochter eines Multimillionärs. Und das find ich genauso unmoralisch wie das Jawort deiner Schwester zum Bankdirektor.«

Damit hatte sich Thomas' Laune deutlich verdüstert. »Du erlaubst dir, mein Leben nach deiner kleinen Küchenmoral zu beurteilen?« Er erinnerte Paul an dessen Art, mit Damen zu verkehren – jede Dame hatte ihren Termin, um alle aufeinander eifersüchtig zu machen –, so auch Tommy.

»Und du hast prompt darauf reagiert wie eine verärgerte – ja, sogar wie eine eifersüchtige Gouvernante!«

»Genug! Das muss ich mir nicht anhören!«

Aber Paul musste noch etwas sagen, jetzt, da er all das, was er in sich vergraben hatte, einmal ans Licht brachte. »Dabei bist du immer der Überlegene, der Stärkere, der Mann im Hintergrund, der das Stück schreibt, das wir mit ihm spielen sollen.« Er war noch einmal zu den Tischen gegangen und stellte neue Flaschen auf. »Noch eine Runde?« Er brachte einige Kiesel mit, von denen er Tommy einige gab. »Denkst du auch mal daran, ob es gut für das Mädchen ist, das du angeblich liebst? Ob du gut bist für sie?«

»Was ich ihr biete, ist mehr, als ihr sonst noch begegnen wird.« Es war nicht mal im Zorn gesprochen. Fast beiläufig in seiner Selbstsicherheit. »Frau Thomas Mann. Ist doch allerhand ...« Den zweiten Teil sprach er nicht aus. Er hatte es aber so gemeint: »... für so ein Judenmädchen!«

Paul ahnte diesen Nachsatz, weil er es selber so erlebt hatte. »Ist doch allerhand für einen Tiermaler, befreundet zu sein mit Thomas Mann. Auf dem Weg vom Rindvieh- zum Porträtmaler!«

Noch einmal unternahm Thomas den Versuch, den wütenden Zorn zurück in die Flasche zu bringen. »Paul, was zwischen uns war, das bleibt!« Er wollte ihm die Hand reichen.

Aber Paul zeigte nur seine schmutzigen Hände her. »Und dann taucht es irgendwo in einem Buch auf.«

»Ist es doch schon!« Das kam schnell und scharf. Wie mit einem Messer war das Gespräch damit abgeschnitten und beendet.

Paul ging zu seinem Rad, zog ein Taschentuch aus seiner Hose und säuberte sich die Hände. Dabei sprach er etwas vor sich hin, das Thomas hören konnte, wenn er wollte. »Verfluchter Vampir!« Paul setzte sich auf sein Fahrrad und drehte sich noch einmal um. »Tommy, woher nimmst du dir das Recht, mit Menschen so umzugehen?«

Dann fuhr er davon.

Puppenspiel im Englischen Garten

Thomas spazierte durch den Englischen Garten. Mitte Mai stand alles in schönster Blüte. Die warmen Tage ließen eine Vorfreude auf den Sommer aufkommen. Für den Nachmittag war er zu den Pringsheims eingeladen. Endlich wieder eine Gelegenheit, die lebensentscheidende Frage mit Katia weiter zu forcieren. Er hatte sich vorgenommen, eine gemeinsame Tour mit den Fahrrädern vorzuschlagen. Sicher eine Möglichkeit, mit Katia ungestört zu sprechen. Vor allem dann, wenn man die Elefanten mit dem schnellen Rad abhing und mit Katia vorausfuhr. Nach der langen Trennung war er vorbereitet auf seinen Auftritt im Palais.

Da sah er auf einer Bank am Brunnen eine junge Mutter mit ihrer kleinen Tochter. Seine Schwester Lula mit ihrer drei Jahre alten Tochter Eva Maria. Lula trug eine sehr helle Bluse, bis hoch am Hals geschlossen, und eine aufwendige Turmfrisur, wie man sie nur mithilfe einer Zofe hinbekam. Sie blickte ernst auf ihre Tochter, und erst als Tommy sich näherte und ihr freundlich die Hand reichte, lächelte auch Lula. Für einen Moment brach die etwas harte Maske auf.

»Tommy!«

»Guten Tag, ihr beiden.«

»Na, Eva, willst du Onkel Thomas nicht Guten Tag sagen?«

Sie gehorchte, nahm ihr kleines Püppchen, das fast ebenso angezogen war wie sie, und sagte: »Guten Tag!«

Thomas griff sich das Püppchen und verbeugte sich vor der

Kleinen: »Guten Tag, mein Fräulein!« Das Püppchen setzte er elegant auf seinen linken Arm und ließ sich neben Lula auf der Bank nieder. »Geht das Fräulein spazieren?« Die Frage war direkt an das Püppchen gerichtet.

Das Püppchen antwortete: »Ja, spazieren.« Aber es war Tommy, der so wie früher der Puppe seine Stimme geliehen hatte. »Und gefällt dir das Spazieren?«

Die Püppchenstimme erwiderte: »Das kann ich dir nicht sagen.«

»Aber der Eva Maria magst du es sagen?«

Da nickte das Püppchen und flüsterte der kleinen Eva Maria hörbar etwas ins Ohr. »Es ist so langweilig! Ich hab Durst auf eine Limonade!«

Auch Eva Maria nickte, und Lula war einen Augenblick lang wieder im Zimmer bei den Puppenspielen zu Hause in Lübeck.

»Wie schön das war, damals zu Hause, wenn du uns was mit deinem Puppentheater vorgespielt hast«, sagte sie.

»Ja, das war ein Glück!«

»Und ich durfte zuschauen!« Noch einen kleinen Moment lang blieb sie im Lübecker Kinderzimmer wie bei einem Besuch in einer anderen Welt. Dann stand sie auf, nahm ihre kleine Tochter hoch, setzte sie in den Kinderwagen und sich in Bewegung.

Thomas begleitete sie. Sie sprachen beiläufig, leise, fast jeder für sich aus den Erinnerungen an eine andere Zeit. Lula wusste noch viel von dem, was sie beobachtet hatte.

»Armin, den hast du geliebt, deinen Hans Hansen. Aber ich habe ihn auch geliebt. Sehr sogar.«

Thomas hatte den Untergang seiner Jugendliebe sehr genau miterlebt. Es war ein Skandal. Mit zwei Sängerinnen hatte Armin ein Verhältnis. Gleichzeitig. Dann war er einer, der wegmusste. Ganz weit weg, nach Afrika in die Kolonien.

»Tommy, weißt du noch, was ich damals ins Poesiealbum von Armins Schwester geschrieben habe?«

Thomas hatte auch das nicht vergessen. Langsam wiederholte er den Satz: »›Das größte Unglück ist, seine Liebe verschwendet zu haben an jemanden, der sie nicht verdient.‹« Er legte den Arm um seine Schwester, denn Lula standen die Tränen in den Augen. Der hübsche Armin hatte sich beide Herzen erobert. Nacheinander.

»›Die Fehler sind zu entschuldigen, die man aus Leidenschaft begangen hat‹, Tommy, das hab ich damals dazu geschrieben. Aber damals habe ich gelebt!«

Thomas staunte über solche Wahrheiten, die man aus einem Poesiealbum erinnerte.

Sie gingen einige Schritte still nebeneinander her. Lula trocknete ihre Tränen mit einem Taschentuch, das ihr Tommy gegeben hatte. Danach fiel sie in ihre eigenartig starre Haltung zurück.

»Und dann kam der Jof und hielt um meine Hand an.«

»Aber Lula, viele Ehen werden aus Vernunft geschlossen. Die Liebe …«

»Ach, Tommy, wenn du einmal angefangen hast, einen Mantel oben falsch zuzuknöpfen, bleibt das immer falsch bis zum Ende!«

Schließlich verabschiedeten sich die Geschwister. Lula machte sich auf zu ihrer Wohnung am Englischen Garten, Thomas begab sich in Richtung Arcisstraße. Ihm war klar, dass er Lula nicht helfen konnte. Er brauchte nun alle Kraft für den Kampf um sein Glück.

Aussprache

Wenn es ganz still um ihn herum war, wenn es dazu noch ganz dunkel war, dann sah er sie auch aus der Ferne. Dann stieg Katias Bild vor ihm auf, *eine Vorstellung, so inbrünstig, dass sie absolutes Leben und die unabhängige Selbstständigkeit der Halluzination gewinnt.* Das schrieb er ihr und zeigte ihr damit, wie intensiv sein Bild von ihr bei ihm war. Wie die Kraft seiner Fantasie es heraufbeschwören konnte. Obwohl sie getrennt waren, konnte er sie sehen, als ob sie vor ihm stünde. Meistens so, wie er sie durch sein Opernglas im Kaim-Saal beobachtet hatte. Das war möglich durch seine Liebe, durch die Aussicht, ihr wieder zu begegnen.

Er konnte imaginieren, wie sie im Konzertsaal ihren Platz einnahm. Sogar ihren Silberschal über den Schultern zauberte er herbei. Er ließ sie wissen, wie ihr Brief mit ihrem Parfum ihre Erscheinung noch steigerte. Und er modellierte ihr schwarzes Haar, die Perlblässe des Gesichts bis hin zu ihrer Miene, mit der Katia nur verbergen wollte, *dass sie die Blicke der Leute auf sich fühlt.* Es ist das Bild einer Prinzessin, die es gewohnt war, von den Leuten beobachtet zu werden. Dann war da auch der Prinz, der das beobachtete, verstand und erkannte. Am Ende der monatelangen Belagerung würde er diese Trumpfkarte ausspielen, wenn er sie als Prinz ansprach und als Prinzessin an seine Seite rief. Schon jetzt war er auf dem Weg zum Märchen. Wer in dieser Welt lebte, dem wurden viele Wünsche wahr.

Drei Wochen war Thomas von Katia und der Familie Pringsheim

getrennt. Aus den Augen hieß aber keinesfalls aus dem Sinn! Er war anwesend mit seiner Stimme, die aus Briefen zu Katia sprach. Und er konnte sich vorstellen, dass Mutter Hedwig mitlesen und mitsprechen würde. Die Wartezeit war ihm lang geworden, die Sehnsucht, sie wiederzusehen, von Tag zu Tag angewachsen. Sollte Katia während der langen Ferien die Hoffnung gehabt haben, dass sich die werbende Belagerung durch Thomas entspannen könnte, sie erlebte das Gegenteil.

Und nun trat er auch wieder persönlich auf. Der Diener Ignaz hatte an diesem warmen Nachmittag auf Hedwigs Anordnung im Garten für den Tee und die Küchlein eingedeckt. Katia hatte Thomas gleich im Vestibül begrüßt und ihn dann an den Tisch begleitet, wo sie sich setzten. Noch waren sie beide allein. Sie bedankte sich für die Briefe, die er ihr nach Meran und in die Arcisstraße geschrieben hatte. Manches erschien ihr so eindrucksvoll, als ob es ein Teil aus einem Roman werden könnte. Das sagte sie ihm auch sogleich.

»Nein, Katia, so dürfen Sie nicht denken. Es geht nur um Sie. Für Sie habe ich das geschrieben«, widersprach Thomas.

»Sie machen mich ratlos. Sie sprechen so freundlich, aber während Sie reden, spüre ich doch eine Distanz, ein Befremden. Und jetzt sagen Sie, gerade das sei ein persönliches Zeichen.«

»Aber sicher doch, Katia. Ich bin doch kein Hanswurst, der die Menschen mit seinen launigen Späßen unterhält.«

»Jetzt gehen Sie gleich in das andere Extrem, das habe ich nicht gemeint.«

Thomas nahm sich eine kleine Pause, biss ein Stück Gebäck ab und trank dann sehr besonnen einen Schluck Tee. Aus all seinen Beobachtungen in der Familie und aus Katias Bemerkungen hatte er verstanden, dass gesellschaftliche Bedeutung, der Rang einer Person, für Katia einen Wert darstellte. Warum sollte sie nicht auch seinen Wert erkennen? Da sie aber auch eine kunstsinnige

Person war und den Rang von Künstlern in der Musik, Malerei und Literatur erkennen konnte, wollte er das ganz beiläufig zum Thema machen.

»Katia, verstehen Sie doch! Ein Mensch, der bei einem anderen keinen Zweifel weckt, kein Befremden, wenn er also immer geliebt wird, weil er so sympathisch ist, der ist – also entschuldigen Sie – ein Trottel! Glauben Sie mir, ich kenne solche Lichtgestalten, die frohgemut durch die Welt marschieren. Die sind albern! So bin ich nun mal nicht.«

Katia hatte sich ebenfalls mit Gebäck und Tee gestärkt. »Meine Zweifel, meine Ratlosigkeit Ihnen gegenüber entspringen also einem Irrtum? Einem Irrtum über Ihre Person?«

»Ja!«, ergänzte Thomas den Gedanken.

»Weil ich den Charakter dahinter nicht erkenne?«

Thomas zögerte einen Moment, er war sich nicht sicher, worauf Katia hinauswollte. »Ja, das könnten Sie bedenken.«

»Auch das etwas Unheimliche, das Grauen, wie Sie sagen?«

»Ja.« Wo wollte sie hin? Thomas fühlte sich überraschend in einem Kreuzverhör gefangen.

»Also«, fasste Katia das Gespräch zusammen, »das Grauen, das jemand gegenüber einem anderen Menschen spürt, beweist den Charakter des anderen?«

Das war logisch gefolgert, und deshalb sagte Thomas: »So ungefähr.«

Doch kaum war das derart bestätigt, prustete Katia los. Dann fasste sie sich und blieb auffällig besonnen. »Aber es ist gar nicht zum Lachen für den, der damit leben muss!«

Thomas verstand nicht ganz.

Katia war immer noch ernst. »Entschuldigung. Wissen Sie, wann ich das letzte Mal ein besonders starkes Gefühl von Grauen erlebt habe?«

»Sicher nicht bei mir!«

»Nein. Es war, als ich kürzlich von dem Dr. Frankenstein und seinem Monster las.« Und jetzt musste sie abermals lachen, weil sie diesen Mann mit ihrem kleinen Wortspiel schachmatt gesetzt hatte. Aber sie ahnte nicht, dass dieses Auslachen eine alte und wunde Stelle bei ihrem Gast getroffen hatte.

Thomas erblasste. Er stand auf, ging bis zum Ansatz der Treppe und drehte sich dort noch einmal um. »Fräulein Pringsheim, Sie haben eine spitze Zunge. Sie spielen gern mit den Worten. Sie sind es in der Familie so gewohnt. Aber mir ist es diesmal ernst. Mein Gott, wissen Sie es denn immer noch nicht? Ich liebe Sie!« Anschließend ging er die Treppe hoch über die Terrasse bis ins Treppenhaus zum Diener Ignaz. »Meinen Mantel bitte!«

Er wollte wiederkommen, das war gewiss, und dann würde er diesen Schachzug mit der Persönlichkeit noch einmal einsetzen. Dann aber in einer Variante, mit der er sie schachmatt setzen konnte.

Eine Erzählung, eine Huldigung

Einige Tage später traf mit der Post ein Manuskript in der Arcisstraße ein. Wie Hedwig den Umschlag aufriss, erkannte sie, dass es eine kleine Novelle von Thomas Mann mit dem Titel »Beim Propheten« war. Schon die ersten Sätze erinnerten sie daran, dass mit der Séance beim Propheten Daniel der Schriftsteller Ludwig Derleth gemeint war. Er und seine Schwester Anna Maria gehörten zur Teegesellschaft bei den Pringsheims. Und nun legte er ihr den Text vor mit der Bitte, ihn zu lesen und zu genehmigen. Sie blätterte im Manuskript und las ein wenig, und als Klaus bei ihr im Damenzimmer anklopfte, bat sie ihn, Katia zu holen.

Hedwig las Thomas' ironische Darstellung vor, mit der er die seltsame Gesellschaft karikiert hatte. *Spiritist und Rittmeister außer Dienst, und ein junger Philosoph mit dem Aüßern eines Kängurus …* Und dann: *Der Novellist, ein Herr mit steifem Hut … aus einer andern Sphäre, war nur zufällig hierher geraten. Er hatte ein gewisses Verhältnis zum Leben, und ein Buch von ihm wurde in bürgerlichen Kreisen gelesen …*

»Das ist er«, sagte Hedwig. »So habe ich ihn zufällig getroffen. Und hört nun, wie er eure Mutter und dann auch Katia beschreibt.« *Plötzlich kam noch die reiche Dame an, die aus Liebhaberei solche Veranstaltungen zu besuchen pflegte. Sie war in ihrem seidenen Coupé aus der Stadt, aus ihrem prachtvollen Hause mit den Gobelins und den Türumrahmungen aus Giallo antico hierhergekommen …*

»Das wird ja immer schöner.« Katia wollte es nicht ernst nehmen.

»Es wird tatsächlich noch viel schöner«, versprach Hedwig. *Und Fräulein Sonja? … Sie haben Fräulein Sonja nicht mitgebracht?* »Das fragt der Novellist die Dame, und das Fräulein Sonja, Katia, das bist du.« Sonja war gerade im Krankenhaus. »Deine Ballenoperation.« *Sonja war die Tochter der reichen Dame und in des Novellisten Augen ein unglaubhafter Glücksfall von einem Geschöpf, ein Wunder an allseitiger Ausbildung, ein erreichtes Kulturideal.*

Katia konnte nicht glauben, was da vorgelesen wurde. »Das bin ich nicht!«

»Das bist du auch nicht! Das ist Sonja. Aber dennoch sagt er der Katia vor allen Leuten, wer sie in seinen Augen ist und warum er sich um sie bemüht. Das ist ein Text, der demnächst veröffentlicht wird.« Hedwig las weiter. *Sonja … Er sagte ihren Namen zweimal, weil es ihm einen unbeschreiblichen Genuss bereitete, ihn auszusprechen.*

Katia schlug die Hände vors Gesicht. »O Gott, ist das peinlich! Ist das eine Novelle oder eine Verlobungsanzeige? Merkt ihr das nicht, wie peinlich das ist?«

Hedwig faltete das Manuskript zusammen und schob es in den großen Umschlag zurück. »Katia, Klaus – es ist eine Huldigung an eure Mutter und auch an dich, Katia. Du weißt, wie er für dich empfindet. Wir müssen das ernst nehmen. Ich werde ihm danken und schreiben, dass er den Text gerne veröffentlichen kann. Ich mache dazu ein Postskriptum mit der Bitte, sich mal wieder bei uns zum Tee oder zum Dinner sehen zu lassen.«

»Ich würde mich freuen, wenn er uns bald wieder besucht. Ich mag ihn so, wie er ist«, mischte sich Klaus ein, der bislang still geblieben war.

»Ach, Klaus, dann kannst du dich ja mit ihm verloben. Ich trete zurück«, konterte seine Schwester.

»Katia, lass diesen Unsinn. Ich hoffe, dass er bald zusagt.«

»Ja, das wird er«, erwiderte Katia, »denn das hat er doch gerade mit der Geschichte gewollt!«

Hedwig hatte noch das Schlusswort in dieser Beratung. »Und wir zeigen ihm damit, dass wir ihn ganz gut verstanden haben!«

Der Antrag

Die Sonne stand hoch am Himmel, die Tage waren lang geworden, sodass Thomas dachte, nach dem Tee könnte er mit seinem Rad vorfahren und Hedwig und Katia zu einem Ausflug überreden, die Isar entlang bis zu den Auen. Der Brief mit der freundlichen Einladung hatte seine Wirkung voll entfaltet.

Unternehmungslustig stand er mit seinem gut geölten Griechenrad vor der Tür. Leider hatte er die neue Erfindung, das Telefon, nicht beachtet. Er war nicht angemeldet. Man war nicht vorbereitet. So überfallartig konnte man das mit Katia und Hedwig nicht machen. So eine Tour verlangte eine besondere Kleidung bei den Damen. Vielleicht übermorgen, da hätte man Zeit. Und das Barometer mache ja weiterhin Hoffnung auf schönstes Juniwetter. Das alles hatte ihm Hedwig in freundlichster Stimmung und mit viel Verständnis für seine große Enttäuschung nahegebracht. Dabei hatte er sich alles sehr schön vorgestellt. Mit Katia dicht beieinander in den schönen Sommernachmittag hineinzufahren. Gespräche zu zweit von Radel zu Radel, ganz intim.

Auch zwei Tage später stand die Junisonne hoch am Himmel, und die Tage waren sogar noch länger geworden. Als er am Nachmittag um Punkt fünfzehn Uhr am Eingang des Palais klingelte, warteten die Damen schon im Garten. Ignaz hatte ihnen dort noch zur Stärkung eine Tasse Tee serviert.

Sie kamen aber bald mit ihren Rädern durch den schmalen

Zugang zum Garten und dem Fahrradschuppen hervor. Beide Damen in der vorgeschriebenen Radlerhose, dazu eine leichte Weste und ein Hütchen gegen die Nachmittagssonne. Thomas hatte eine Schirmmütze auf dem Kopf, die sich beim Radfahren bewährt hatte.

Von der Arcisstraße fuhren sie in die Kreisstraße zum Odeonsplatz. Dort sahen sie das berühmte Café Tambosi, mit einer Gartenwirtschaft zum Hofgarten hin, wo auch Thomas gerne seinen Kaffee mit Kuchen nahm, wo man vor allem unter den Arkaden flanieren konnte.

Im Stadtgebiet mussten sie noch Obacht geben auf die sehr schnell fahrenden Automobile, deren Chauffeure davon überzeugt waren, dass in erster Linie ihnen die Straßen gehörten. Endlich bogen sie in den Englischen Garten, fuhren am Monopteros vorbei in Richtung Kleinhesseloher See. Der Monopteros war der Nachbau eines griechischen Tempels, der auf einem künstlichen Hügel errichtet worden war. Die Spaziergänger genossen von dort oben einen Rundblick über die Gartenanlage mit den Bächen, der Isar und den Kirchen und Kuppeln der Stadt. Seit einigen Jahren gab es auch noch den Chinaturm, wie er genannt wurde, den Nachbau einer chinesischen Pagode mit vielen Treppen, dazu ebenfalls eine Aussichtsplattform. Thomas kannte all diese Münchner Sehenswürdig keiten von seinen Radtouren mit Paul und dessen Bruder Carl.

»Es ist noch gar nicht so lange her, da wurde auf der Hirschau von den königlichen Hoheiten und Fürsten die Hirschjagd ausgeübt. Wo wir jetzt radeln, röhrten die Hirsche, bellten die Jagdhunde, knatterten die Gewehre, und es flogen die Kugeln. Ein Sieg des Bürgertums«, rief Thomas, der sich mit schnellen Tritten leicht vor Katia gefahren hatte. Das wirkte wie eine Herausforderung, und Katia trat schnell und schneller in die Pedale. »Sehen Sie«, rief Thomas zu Katia, »ich habe recht behalten. Das Wetter ist stabil geblieben.«

»Glauben Sie weiter an Ihr Glück«, antwortete Katia. »Sie haben meinen Bruder, meine Mutter und Ignaz auf Ihrer Seite – und nun sind Sie auch noch der Herr von Wind und Wetter. Aber mich kriegen Sie so schnell nicht ein.« Damit trat sie erneut in die Pedale.

Eine Zeit lang konnte Thomas das Tempo mithalten. Aber ihr Fahrrad, das aus Amerika importierte Cleveland-Rad, lief mit der trainierten Radlerin leichter und schneller, und Thomas auf seinem Griechenrad war bald abgeschlagen. Er fuhr jetzt langsamer, bis Hedwig neben ihm auftauchte.

»Das wollt ich Ihnen bei dieser Gelegenheit sagen: Es hat mich sehr gefreut, was Sie da beim Propheten über eine gewisse Dame gesagt haben, die mit den *Tizian-Augen* und *duftend, luxuriös* … Und dann Ihr Bekenntnis: *Wie schön sie ist!, dachte er. Sie ist es wert, die Mutter dieser Tochter zu sein.* Das habe ich gerne gelesen.«

»Es freut mich. Ich hatte schon Sorge, dass ich zu weit gegangen bin.«

»Keineswegs. Aber jetzt sehen Sie mal, wo das wertvolle Geschöpf steckt.«

»Sie hat nun mal dieses Cleveland-Rad!«

»Keine Ausreden! Sie wollen Katia doch nicht allein vorausfahren lassen, ohne männlichen Schutz! Tommy, zeigen Sie, dass Sie ein Mann sind. Treten Sie in die Pedale!«

Sie hatte »Tommy« zu ihm gesagt. Das erste Mal. Und es war nicht ohne Absicht. So trat Tommy in die Pedale. Aber einholen konnte er die flinke Radlerin nicht. Katia fuhr dann langsamer, ließ ihn aufholen. Thomas sah, wie sie feststellte, nach der Anstrengung recht frisch aus. Er hatte Farbe im Gesicht und Glanz in den Augen – und tatsächlich lächelte er dankbar.

»Schön, dass Sie heute Zeit hatten, und schön, dass Sie mit mir durch Gottes herrlichen Sommergarten geradelt sind. Es war ein herrliches Bild, wie Sie vor mir in diesem Tempo durch Sonne und Schatten geflogen sind. So leicht und beschwingt sah das aus.«

»Wollen wir noch mal?«

»Für heute ist es genug. Wir müssen unseren Elefanten herankommen lassen. Das ist ja schließlich der Sinn der Bewachung, dass wir nicht allein und unbeobachtet zu unverzeihlichen Dummheiten uns hinreißen lassen.«

»Thomas Mann, ich bitte Sie, denken Sie nicht einmal daran!« Dabei musste sie selber lachen. Und Thomas fiel zu gerne in dieses Gelächter ein.

Dann hatte Hedwig aufgeholt. »Na, das hat unserem Rennradler ja richtig gutgetan.«

»Finde ich auch«, sagte Katia. »Er sieht so entspannt aus, gar nicht wie ein leberleidender Rittmeister!« Und da musste sie schon wieder lachen.

»Das war jetzt ein Kompliment«, erklärte Hedwig. »Aber die Auflösung können wir Ihnen heute noch nicht geben.«

Thomas ahnte, was das zu bedeuten hatte, war aber froh, nicht weiter grübeln zu müssen, sondern einfach den Tag und die glückliche Stunde so zu nehmen, wie es ihm geschenkt war, von wem auch immer.

Als sie zurück über die Brienner- in die Arcisstraße eingebogen waren und seitlich am Palais die Räder den Gang entlang in den Fahrradschuppen geschoben hatten, blieben Katia und Thomas noch gut gelaunt im Garten sitzen. Hedwig schickte ihnen mit Ignaz zwei Gläser Limonade gegen den Durst hinunter. Sie ging ins Badezimmer und danach in ihr Boudoir, um sich für den Abend frisch zu machen. Alfred war mit Freunden zum Kartenspiel in einer Weinstube verabredet.

»Das sind die kostbaren Minuten«, begann Thomas, während sie ihre Limonade im Stehen tranken, »in denen wir miteinander sprechen können, sagen können, was zu sagen ist. Das sind Sätze, die man beim Radeln nicht mal eben über die Lenkstange rufen kann.« Nach einer kleinen Pause fuhr er fort: »Es war so ein schöner Tag, ein Glück, so lange so nah bei Ihnen zu sein. Ihre schöne liebe Stimme zu hören. Bisher habe ich stark im Repräsentativen gelebt, mich nur als Künstler geachtet. Heute war ich ein Stück weg davon. Jetzt weiß ich, dass ich durch Ihr Vertrauen erlöst werden kann, durch Liebe zum Leben wirkliches Leben finden kann. Katia, seien Sie meine Erlöserin vom falschen Leben, werden Sie meine Frau!«

»Geduld, Thomas, ich bitte Sie um Geduld«, erwiderte Katia etwas überfordert.

»Was heißt Geduld? Ich liebe Sie. Meine Frau sollen Sie sein. Stolz und glücklich werden Sie mich machen.«

Sie war überrumpelt von diesem überraschenden Draufgänger. Sie wollte raus aus dieser direkten Ansprache. »Ich weiß nicht, ob ich Ihnen das bieten kann.«

»Aber die Bedeutung, die ich Ihnen mit der Ehe gebe, daraus wächst keine Verpflichtung für Sie.«

»O doch!«

»Das ist allein meine Sache.«

»Nur Ihre Sache?«

»Sicher, auch Ihre, wenn Sie zu mir halten wollen. Das ist meine Heilung von der Öde, von der Distanz zu allem Menschlichen, die Sie spüren, zu allem Menschlichen!«

»Wie können Sie das sagen? Sie sind doch ein Mensch aus Fleisch und Blut.«

»Ja, das ist wahr. Und trotzdem … Wie soll ich's sagen? Da ist noch etwas anderes in mir. Noch vor dem Künstlertum, da fühle ich mich anders als die anderen.«

»Was ist denn bei Ihnen anders als bei anderen?«

»Ein anderes Gefühl.«

»Sie wollen mich heiraten und sprechen von Liebe zu mir. Was für ein Gefühl stört Sie denn so?«

»Ein Gefühl der Fremdheit. Das tritt aber in Ihrer Gegenwart zurück. Aber das ändert sich jeden Tag, den wir zusammen sind.«

»Wollen Sie mir nicht sagen, was Sie als Last mit sich herumtragen? Ist es etwas, das zwischen uns steht?«, fragte Katia.

Thomas hatte keine Argumente mehr, die er vortragen konnte. »Es ist, als ob ich – ja, das kann man vielleicht sagen –, als ob ich mit einem Geburtsfehler zur Welt gekommen wäre. Etwas, das mich von allem trennt.«

»Das ist sehr traurig. Aber wenn Sie schreiben …?«

»Dann ist es anders. Das ist ein Hochgefühl von Leben und Freiheit. Dann aber kehren wieder Ödnis und Einsamkeit zurück. Katia, manchmal denke ich, glücklich zu sein, das kommt für mich gar nicht infrage.«

Seine Sätze, seine fast grenzenlose Offenheit rührten Katias Herz. »So was dürfen Sie nicht sagen.«

Thomas schlug nun noch ein Kapitel aus dem Buch seiner schwarzen Gedanken auf. »Vielleicht ist Glück überhaupt nur eine Illusion. Es gibt Philosophen, die sagen: Das Leben ist ein Fehler.«

»Bitte, sprechen Sie nicht weiter!«

»Diese Denker sagen: Letzten Endes ist das Nichtsein besser als das Sein.« Er stand sozusagen auf einer steilen Klippe, unter ihm ein dunkles, tobendes Meer, bereit, den Sprung der Erlösung zu wagen.

Jetzt reichte es Katia, dieses düstere Gemurmel war möglicherweise der ehrliche Blick in seine verzweifelte Seele. »Schluss damit! Sie dürfen nicht so verzweifelt sein. Dazu gibt es keinen Grund.«

»Hilf mir, Katia, so hilf mir doch!«

War es Mitleid oder starke Rührung? Katia legte kurz ihr Köpfchen an seine Schulter. »Es wird schon alles gut!«

Thomas bettete seine Hand auf ihren Kopf und drückte ihn sanft an sich. »Ja, so ist es gut. Bleib bei mir!« Er löste seine Hand und schaute ihr intensiv in ihre dunklen schwarzen Augen. »Mein Gott, ich liebe dich!« Er versuchte, zu fühlen, was er sagte. Dann würde sie es auch so spüren. Wie er ihr Gesicht, ihren Mund so nah vor sich hatte, dachte er an einen Kuss, einen Verlobungskuss vielleicht. In vielen Romanen gab es diesen Moment.

Katia zog ihren Kopf zurück, aber er wollte sie noch nicht freigeben. Dann landete er irgendwo einen Kuss – war es auf der Wange? Auf dem Mund? Es war so blitzartig, dass er es nicht mehr sagen konnte.

Katia schaute ihn erstaunt an. »Jetzt müssen Sie aber gehen!«

»Ja, jetzt kann ich auch gehen. Danke, Katia!«

Begeistert über den errungenen Erfolg ging er aus dem dunklen Garten die Treppe hoch zum Vestibül. Keine weitere Verwirrung, keine Fragen mehr. Er hatte seine Braut im Arm gehabt. Sie hatte ihr Köpfchen an seine Schulter gelegt, und er hatte sie geküsst. Höchstwahrscheinlich geküsst. Vielleicht sogar auf den Mund geküsst. Fast schon ein Verlobungskuss. Sie hatte sich nicht gewehrt. Ein wunderbarer Tag, ein wunderbarer Abend.

Gut gelaunt fuhr er auf dem Rad in den Sommerabend in Richtung Schwabing. Er pfiff ein Lied aus der *Zauberflöte. Dies Bildnis ist bezaubernd schön / Wie noch kein Auge je geseh'n* … Bei der dritten Zeile hatte er den Text. Das wurde nicht mehr gepfiffen. Es brach wie ein Bekenntnis aus ihm heraus. *Ich fühl' es! Ich fühl' es!* Und er hätte es noch viel öfter wiederholt, wenn nicht eine Gruppe von jungen Mädchen, angeleitet von zwei Nonnen unter dunklen Hauben, auf ihn zugekommen wären.

Wie Hedwig das Licht im Wintergarten einschaltete, sah sie im Garten unten am Tisch im Dunklen Katia sitzen. Thomas war also schon gegangen. Sie winkte. »Katia, komm!«

Als Katia die Treppe hinaufgestiegen war, blieb sie vor ihrer Mutter stehen. »Er war plötzlich so verloren und verzweifelt. Ich habe mein Kopf an seine Schulter gelehnt, um ihn zu trösten.

Da hat er sich einfach gehen lassen und mich geküsst, irgendwie. Oder auch nicht.«

»Dein erster Kuss?«, fragte Hedwig erstaunt. »Und du weißt nicht, ob es ein halber oder ein ganzer oder nur ein Kussversuch war? Oder hast du dich …?«

»Nein, um Gottes willen! Er denkt vielleicht, ich hätte irgendwie Ja gesagt.« Wie nebenbei wischte sie sich mit ihrem Taschentuch den Mund ab. »Ich gehe rauf und setze mich erst einmal in die Badewanne.«

Hedwig ging ein paar Schritte mit, bis ins Vestibül. Da hielt sie Katia noch mal an. »Bitte, mach jetzt keine große Geschichte daraus. Vor allem: Kein Wort zu deinem Vater!«

Ein anderer Tag

Am folgenden Tag kam er mit der Tram und im guten Anzug in die Arcisstraße. Ignaz geleitete ihn in den Wintergarten. Fräulein Katia erschien sofort. Für die Sommermonate wurde hier stets ein großer Tisch aufgebaut, an die zehn Korbstühle standen bereit, auch eine größere Runde aufzunehmen. Selbst eine Liege mit Wolldecken stand dort, für den Fall, dass Alfred hier ausruhen wollte. Thomas stellte sich an die große Treppe, die in den Garten führte. Gerade einen halben Tag war es her, dass er dort unten im Schutz der Dunkelheit ihr Köpfchen an seiner Schulter gespürt hatte. So war es gut. So sollte es bleiben. Einige Minuten später war das Bild, die Erinnerung, weg und zerrissen.

»Weißt du eigentlich, wie glücklich ich gestern Abend da unten war?«, fragte er. »Als du dein Köpfchen an meine Schulter gelehnt hast ...?«

»Lassen Sie uns das vergessen!« Das kam schnell und deutlich von Katia, die ihn streng ansah.

»Katia, ich verstehe nicht …«

Sie wiederholte es, wie man das vielleicht bei einem Diktat machte. »Ver-ges-sen!«

Er schaute sie ratlos an. Er begriff immer noch nicht. »Wie kann ich das vergessen?«

»Sie haben allen Grund, das zu vergessen!«

Thomas ging einige Schritte auf Katia zu, sprach leise, freundlich, fast zärtlich: »Katia, ich habe geglaubt, dass …«

»… ich Ja gesagt habe? Kein Wort habe ich zu dem Überfall gesagt, zu dieser Peinlichkeit. Sie haben sich gehen lassen!«

Thomas konnte nicht glauben, was er zu hören bekam. »Da unten, gestern Abend, haben Sie doch …«

»Das haben Sie sich eingebildet und dazu fabuliert.«

»Aber deine Augen …«

»Bitte, lassen Sie das jetzt!«

Sie hatte ihm schroff das Du entzogen. Thomas ahnte, dass er vielleicht zu weit gegangen war, dass er sie womöglich missverstanden hatte. »Liebe Katia, lassen Sie uns das in Ruhe besprechen. Es ist ja eigentlich auch nichts geschehen.«

»Geben Sie uns nur Zeit, das ist jetzt wichtig. Meine Mutter wird sich mit Klaus und mir vielleicht heute noch treffen, und wir beraten gemeinsam, wie es weitergeht.« Damit begleitete sie Thomas zur Haustür.

Er hatte noch eine Frage. »Wie denkt denn Ihre Mutter?«

»Ach, sie ist Ihre Verbündete und bleibt es auch.«

»Und Klaus?«

»Na ja, er ist schon fast Ihr Herold.«

Thomas fasste wieder Mut für seinen großen Lebensplan. Nach einigen Schritten auf der Straße drehte er sich noch mal um. Katia hob die Hand zum Gruß. Hatte er richtig gesehen? Es war ein freundliches Gesicht, das sagte: »Kommen Sie bald wieder.«

Bedenkzeit

Schon einen Tag nach dem Kuss und der Schulter-Karambolage gab es eine Familienkonferenz zum Fall Mann. Direkt nach dem Frühstück trafen sich Hedwig und die Zwillinge Katia und Klaus im Zimmer der Mutter. Alfred war verhindert. Was man auch immer besprechen würde, er war dennoch dabei. Er war der Elefant an diesem Vormittag, der anwesende Abwesende.

Katia hatte noch einmal den verrutschten Kuss im dunklen Garten vorgetragen, ebenso das Tempo und die Intensität seiner Werbung erwähnt. »Er bedrängt mich bei jeder Gelegenheit. Ich habe kaum Zeit nachzudenken.«

Hedwig konnte ihre Tochter verstehen, aber sie wollte auch für Thomas um Verständnis bitten. »Wir wissen jetzt, Thomas will mit Katia Ernst machen. Er drängt deshalb auf dein Jawort und auf die Verlobung.«

»Und ich bitte um Geduld«, konterte Katia. »Vater würde sich jedenfalls freuen, wenn ich den Antrag unseres Vetters annähme. Er ist Assistent am Institut. Ein ernster Wissenschaftler.«

»Aber den magst du nicht.«

»Ganz und gar nicht. Der kommt für mich nicht infrage. Ich habe ihn auch schon abgeschrieben.«

»Ihr kennt meine Meinung«, erklärte Klaus. »Thomas, der passt einfach in unsere Familie.«

»Hast du den Streit mit unserem Vater vergessen?« Katia hatte Sorge, dass so etwas zwischen zwei starken Persönlichkeiten immer wieder vorkommen und eine Belastung für eine Ehe werden könnte.

Klaus hatte aber andere Erfahrungen gemacht. »Wenn du mit Thomas über Wagner sprichst, spürst du doch das gleiche Interesse. Der versteht die Musik. Und der Streit mit Alfred ist auch schon begraben.«

»Ich möchte Klaus zustimmen.« Hedwig wollte keine falsche Entscheidung. »Also, Katia, wenn du dich für Tommy entscheiden könntest und ihm bald dein Jawort gibst …«

»Katia will Zeit«, fügte Klaus hinzu. »Vater ist ja ganz gegen eine Hochzeit. Er würde seine einzige Tochter am liebsten noch zehn Jahre im Haus behalten. Und mit einunddreißig Jahren findet sie dann wirklich nur noch einen alten, leberleidenden Rittmeister.«

Hedwig unterstützte erneut ihren Sohn. »Katia, du hast wirklich einen kleinen, entzückenden Vater. Aber inzwischen spricht man in gewissen Kreisen über eine Affäre seiner Tochter mit Thomas Mann. Das weiß Alfred vielleicht noch gar nicht.«

»Bitte, versteht mich doch richtig. Ich habe gar nichts gegen ihn. Seine Unbeholfenheit, diese gewisse Kälte, die von ihm ausgehen kann, ich versuche das zu begreifen. Aber diese ständige Belagerung … Ich kann nicht jeden Tag über Ja und Nein nachdenken. Gebt mir einfach Ruhe. Ich möchte am liebsten verreisen.« So ganz nebenbei hatte Katia die Lösung gefunden.

Hedwig machte den Plan. »Alfred fährt doch nach Bad Kissingen zur Behandlung. Sein Magen! Katia und ich – wir begleiten Vater.«

Katias Miene klarte auf. »Ja, raus aus München. Und danach fahre ich mit Klaus an die See. Sommerferien in Heringsdorf.«

»Und ich komme dann dazu.« Hedwig hatte mitgerechnet. »Drei Monate alles in allem. Die sollten dir doch reichen als Bedenkzeit, oder?«

Katia schloss die Augen und sog die Luft tief durch die Nase ein. »Ich kann sie schon riechen, die Luft aus Tang und Meersalz!«

»Und ich werde für Katia Bernstein suchen«, bemerkte Klaus. »Und wenn ich einen finde, mit einer Inklusion …«

»Aber bitte keine Spinne«, unterbrach Katia.

»Nein, eine Biene, eine Fliege. Und habe ich einen solchen Stein gefunden, dann schenke ich ihn dir mit dem Wunsch, dass dein Glück auch eine Million Jahre halten wird.«

Alle schwiegen und wussten doch, dass noch eine Frage offen war.

Hedwig sagte schließlich: »Ich mache es. Ich schreibe ihm den Brief mit dem Wunsch, Katia drei Monate Bedenkzeit zu geben.«

Katia war noch einige Tage allein mit Klaus im Palais geblieben. Ihr Bruder war in diesen Tagen der Elefant, damit nur ja kein Gerede aufkam. Dann traf die Nachricht von der Mutter aus Bad Kissingen ein, Katia solle nachkommen, den Vater etwas aufmuntern, der kranke Mann langweile sich und brauche Gesellschaft. So näherte sich der Tag der Abreise. Klaus kümmerte sich um das Gepäck. Auch wollte er Thomas noch einige persönliche Augenblicke mit Katia ermöglichen.

»Juli, August bis Mitte September. Für mich ist das eine Ewigkeit.« Thomas stimmte sich auf den letzten Augenblick ein, als er sich am Bahnhof von den beiden Geschwistern verabschiedete. »Sie werden mir doch schreiben, Katia?«

»Ja! Und Sie?«

»Das wissen Sie doch.«

»Sehen Sie? Und ich werde auf jeden Ihrer Briefe antworten.«

»Vergessen Sie aber nicht den Tropfen Parfum auf dem Briefpapier. Sie sind dann nicht ganz so weit weg von mir.«

Katia hatte in ihrem Abteil das Fenster runtergefahren. Thomas griff nach ihrer Hand. »Wissen Sie, wie traurig mich dieser Abschied macht?« Er wartete auf ein liebes Wort, mit dem er die vielen Wochen überwintern konnte. Da kam der durchdringende Pfiff auf der Trillerpfeife vom Mann mit der roten Mütze. »Bitte einsteigen!«

Die Türen knallten zu. Jetzt musste er schon selber fragen: »Und wie geht es Ihnen? Ist Ihnen auch ein wenig traurig zumute?«

Der Zug ruckte an, und Katia sagte ganz beiläufig: »Ja, ein wenig.« Und dann geschah es doch noch. Sie hielt seine Hand etwas länger fest, als es wohl schicklich war.

Klaus kehrte eilig von den Verhandlungen mit dem Dienstmann zurück, den er für das Gepäck bezahlt hatte, und winkte Katia heftig zu. Die kleine Auszeit hatte er gut hinbekommen.

Allmählich nahm der Zug Fahrt auf. Zurück blieb Thomas. Er schaute durch den Dampf auf dem Bahnsteig seinem Glück hinterher. Und neben ihm stand ein strahlender Elefant im Nebel. Er würde Tommy jetzt erst mal mit in das Palais nehmen. Dort sollte er sich in Ruhe die Bildwerke ansehen. Dann würde es ein köstliches Frühstück aus der Küche geben. Man hätte nun viel Zeit füreinander.

Entschließungsangst

Dr. Seif hatte sich bei einigen Patienten in München einen Namen gemacht, weil er sich neben der Allgemeinmedizin als Psychologe auch für Fragen der Nervenheilkunde interessierte. Er war kein Besserwisser, kein Mann der Pillen und voreiligen Operationen. Er war ein Mann des Wortes, der zuhören konnte und Fragen stellte. Der Patient war in seinen Augen keine Maschine, die mit einem Schraubenschlüssel zu reparieren war.

Als Thomas seinen Namen genannt und sich in einem bequemen Stuhl gegenüber dem Arzt niedergelassen hatte, wusste Dr. Seif, wen er vor sich hatte, und er ahnte auch, warum der Dichter seinen Rat einholen wollte. Er sagte freiheraus, dass man sich in bestimmten Kreisen sehr lebhaft über den Verlauf der Affäre unterhalten würde.

»Affäre?« Thomas hätte sich fast an dem Wort verschluckt. »Ich habe doch keine Affäre!« Damit hatte er nicht gerechnet. »Worüber reden die Leute denn so interessiert?«

»Aber, lieber Herr Mann, das ist doch schon fast ein kleiner Roman, in dem Sie die Hauptrolle spielen.«

»Vielleicht wissen Sie mehr als ich.«

»Also«, fing Dr. Seif an, »Fräulein Pringsheim ist ein interessantes junges Mädchen, klug, schön und reich. Sehr reich«, verbesserte er sich. »Da will man doch wissen, wer das Rennen macht. Und dann ein Dichter mit aufsteigendem Ruhm, Bruder eines anderen Dichters, der sich mit sehr pikanten Romanen einen Namen gemacht hat. Wer ist der Autor der *Buddenbrooks*, wer ist dieser Thomas Mann? Das interessiert die Menschen.«

Da waren die Scheinwerfer, die auf seine Person gerichtet wurden. Etwas, das Thomas unbedingt vermeiden wollte. Er wollte selber bestimmen, welche Erzählung über sein Leben in der Öffentlichkeit besprochen wurde. Sollte er die Prinzessin gewinnen, könnte ein Fürstenroman eine geeignete populäre Erzählung werden. Aber das Wesentliche war die Ehe mit Katia. Das Dach der bürgerlichen Verfassung, unter das er eintreten würde in die allgemeine gute Gesellschaft, hier sogar mit der Familie Pringsheim in die höheren Kreise. Sollten die Leute doch denken, dass es ums Geld gehe, dass er eine gute Partie gemacht hätte.

»Herr Mann, was denken Sie? Was geht Ihnen durch den Kopf?«

»Ich überlege, was es sein könnte, das Fräulein Pringsheim davon abhält, mir das Jawort zu geben. Seit Wochen stockt alles. Es geht nichts voran.« Thomas brauchte dringend eine fachliche Auskunft, warum sich diese junge Frau all seinen glänzenden Plänen so störrisch entgegenstellte, es sich einfach nicht vorstellen konnte, in die Ehe mit ihm, Thomas Mann, einzuwilligen. »Sie kann es sich einfach nicht denken. Wörtlich, das sagte sie zu mir. Und das nach einer ganzen Reihe von Gesprächen und Briefen.«

»Soso, Fräulein Pringsheim kann sich nicht entschließen, Ihnen das Jawort zu geben.«

»Genau das ist es.« Mehr konnte Thomas nicht dazu beitragen.

Und dann begann Dr. Seif eine weitere Frage zu stellen. »Wie Sie mir den Fall geschildert haben, darf sie selber entscheiden, ob sie das Elternhaus verlassen will, um sich in Ihre Obhut zu begeben. Kann es sein, dass sie Zweifel entwickelt hat, ob die Partie mit Ihnen richtig ist?«

»Entschuldigen Sie, ich biete ihr eine glänzende Zukunft an meiner Seite. Frau Thomas Mann, das ist doch nicht das Angebot eines Kommerzienrats!«

»Gewiss, da haben Sie recht. Aber es muss da etwas sein, dass Fräulein Pringsheim, sagen wir einmal, sich scheut, Ihnen das Jawort zu geben.«

»Sie hat es einfach sehr gut bei ihren Eltern und Geschwistern im Palais in der Arcisstraße.«

»Das ist die eine Seite, Herr Mann, ich meine die Scheu, ein Gefühl der Unsicherheit. Wie kann das in ihr entstehen und sie davon abhalten, Frau Thomas Mann zu werden?«

Thomas verstand nicht, worauf der Arzt hinauswollte. So brachte Dr. Seif die Sprache auf den Kollegen Dr. Freud in Wien, mit dessen Schriften er sich vertraut gemacht hatte. Es ginge bei Freud um die Wissenschaft von der menschlichen Seele, erklärte Seif. Er betonte den Begriff »Seele« bewusst, meinte, dass diese Wissenschaft in den letzten Jahren interessante Forschungsergebnisse zutage gebracht hätte. »Gerade zum Erscheinungsbild der weiblichen Hysterie.« Ein Zauberwort für seinen Fall, so empfand es der Patient und ließ sich gerne in dieses Krankheitsbild einführen. Wie Seif im Zusammenhang mit dem Bewusstsein von der Hysterie von »verdrehtem Bewusstsein« sprach, hatte er seine volle Aufmerksamkeit gewonnen.

»Ja, das könnte es treffen«, sagte Thomas fast erleichtert. »Wenn Sie mir vielleicht mehr von diesem Krankheitsbild erklären könnten, von diesem verdrehten Bewusstsein?«

Der seelenkundige Arzt führte Tommy weiter in das geheimnisvolle Gebiet der weiblichen Hysterie ein, in dem auch verborgene berechtigte Ängste wirken konnten.

»Berechtigte Ängste?« Thomas verstand nicht recht. Was sollte das denn bedeuten?

»Ob das stabile und glänzende Elternhaus daran beteiligt sein könnte?«

»Nein. Auf keinen Fall das Elternhaus. Das sollte hier nicht besprochen werden.«

»Oder eben, ob Sie selber …«

»Ob ich? Wie meinen?«

Seif warf nun einen Blick auf die Beziehung des Dichters zu seiner zukünftigen Braut. Er fragte sich und den ratsuchenden Freier, ob er selber, ob Thomas Mann Ängste, und er betonte wieder »berechtigte Ängste«, vor diesem Entschluss zur Ehe empfinde.

»Wie das? Ich strebe diese Ehe an mit allem, was ich in die Waagschale werfen kann.«

»Vielleicht ist es nur ein Gefühl der Unsicherheit, ob Sie der Ehe mit dieser jungen Frau – sagen wir mal – gewachsen sind?«

»Nein, da sind wir auf einem Holzweg.«

»Sie müssen es gar nicht wissen. Es wären Ängste, die auf geheimnisvolle Weise mit feiner Membran von der jungen Frau empfangen und von ihr als eigene Ängste erlebt werden könnten. Und uns so eine Erklärung bieten für die Entschließungsangst der jungen Frau.«

Entschließungsangst als ein Krankheitsbild für das für ihn unverständliche Verhalten von Katia, das war das, was er gesucht hatte. Er wollte sich jetzt nicht weiter in die Analyse seiner Psyche begeben. Da blieb er lieber verschlossen, sprach mit sich selber, dort, wo er frei war, hinter den Masken seiner Figuren.

Der Arzt spürte die Unruhe und wusste zugleich, wie begabt dieser Autor dafür war, tief in die Seelen seiner Figuren zu sehen. »Das Reich unserer menschlichen Ängste ist ein tiefer, noch nicht erforschter Ozean. Sie selber haben ja mit Ihren *Buddenbrooks* einen ertragreichen Tauchgang in das Geheimnis der menschlichen Seele vorgelegt, gerade in das Geflecht der Familie …«

»Ich danke Ihnen.« Thomas war aufgestanden und ging zur Tür. Vor dem Abschied blieb er noch stehen. Er hatte eine letzte, eine praktische Frage. »Wie soll ich mich unter diesen Umständen klug verhalten!«

»Wenn Sie sich sicher sind, dass Sie diese Frau heiraten wollen …«

»Dr. Seif, ich will, ich muss sie heiraten. Die oder keine.«

»Soso.« Der Psychologe schmunzelte ein wenig. »In diesem Fall: Nicht drängeln! Zurückhaltend bleiben! Immer diplomatisch vorgehen. Sonst wird es nichts mit der Verlobung.«

Thomas brachte noch eine letzte besondere Problematik zur Sprache. »Sie wird nun für längere Zeit mit der Familie verreist sein ...«

Es blieb bei der Rezeptur. Er solle sich fernhalten und Briefe schreiben. »Schreiben können Sie doch geradezu wie ein Psychologe.«

Thomas überhörte das Kompliment. »Drei Monate nur Briefe?«

Fast belustigt sah der Leser der *Buddenbrooks* den Dichter an. »Vertrauen Sie nicht mehr dem Zauber Ihrer Sprache?«

»Wenn ich in ihrer Nähe wäre, hätte ich da nicht größeren Einfluss auf ihre Entscheidung?«

»Nicht unbedingt. Vielleicht ist Ihre Wirkung über die Briefe intensiver, wenn Sie nicht danebenstehen.«

»Warum?«

»Sie könnten es verwässern. Der Absender, der im Brief spricht und die richtigen Worte findet, wirkt stärker in der Vorstellung des Empfängers.«

»Wie denn das?«

»Die junge Frau kann ja nicht gleich überprüfen, was gesagt und behauptet wird, wenn Sie in Ihrer Nähe sind.«

»Und wenn es nicht gelingt?« Für einen Augenblick kam die Angst, die existenzielle Angst des Mannes, der mit den Worten zaubern konnte, zutage.

Erstaunt fragte Dr. Seif: »Ja, was ist dann?« Einen Moment später hätte er eine andere Wahrheit gehört und den Patienten noch einmal zurück in die Praxis gebeten. Aber Thomas sagte es nicht laut, was ihm schon auf der Zunge lag. »Mein Leben hängt daran!«

Sommer in Heringsdorf

Natürlich war Hedwig Pringsheim äußerst neugierig, als sie nach einer etwas strapaziösen Bahnfahrt von München über Berlin endlich in Heringsdorf eintraf. Zwar hatte sie ein paar Briefe von Katia bekommen, die waren aber recht nichtssagend gewesen. Manches übers Wetter, ein wenig Klatsch über Bekannte, die sie und Klaus getroffen hatten, ja, und um das Miemchen hatte man sich natürlich auch gekümmert. Miem nannte man im Familienkreis Hedwigs zweiundsiebzigjährige Mutter, die fast jedes Jahr zur Sommerfrische in den Kaiserbädern weilte.

Auch von Thomas hatte Hedwig einen oder zwei kurze Briefe erhalten, sehr höflich und freundlich, fast zutraulich und voller Liebe für ihre Tochter. Aber in seiner Beziehung zu Katia schien sich überhaupt nichts Konkretes getan zu haben. Katia wusste immer noch nicht, was sie eigentlich wollte, und daran schien sie sehr entschieden festzuhalten. Liebe, Verlobung, Hochzeit? Bisher Fehlanzeige. Da würde man nachhelfen müssen. Wozu hatte ein junges Mädchen denn seine Mutter?

Unter diesen Umständen war Thomas, der beharrliche Bewerber aus der Ferne, natürlich bevorzugtes Thema zwischen Hedwig und ihrer Tochter beim Frühstück, am Strand, auf den gemeinsamen Spaziergängen. Katia war weniger angetan von diesen Gesprächen, die ihr wie eine fürsorgliche Belagerung vorkamen. Sie kränkelte übrigens seit Kurzem etwas – vielleicht eine leichte Lungenaffektation, vielleicht auch Blutarmut; der Arzt konnte oder wollte sich da nicht festlegen. Er riet zu Schonung und verordnete probeweise ein hämatogenes Medikament. Die Patientin blieb manchmal den ganzen Tag über allein auf ihrem Zimmer. Die Villa Dorothea, in der sich Hedwig und Katia in dieser Saison eingemietet hatten, war ein großes, weißes, schmuckes Haus, Bäderarchitektur, mit einer durchaus vornehm anmutenden Straßenseite. Im Parterre wie auch im ersten Stock korinthische Säulen vor den geräumigen Veranden und Balkonen, eine nachempfundene Renaissance. Klaus wohnte nur ein paar Schritte von Schwester und Mutter im Haus Hedwig.

Katia hatte sich endlich wieder überreden lassen, ihre Mutter zum Strand zu begleiten. Sie fühlte sich zwar noch immer nicht ganz wohl, aber wozu war man schließlich hergekommen? Auch war es ein ausnehmend schöner früher Septembertag, fast schon ein wenig spätsommerlich. Man setzte sich gemütlich in den Strandkorb, sah die See, roch das Salzwasser, atmete die frische Meeresluft und war doch privat. Die Bürger kamen adrett mit ihren Hauben, Mützen, Kleidern und Westen angezogen die Promenade herunter an den Strand. War es der Respekt vor der weiten oder wilden Natur oder die Sittsamkeit – sie waren vollkommen bekleidet bei ihrem Besuch an der See. Nur hier und da hatte jemand die Schuhe ausgezogen und Kontakt mit der nackten Sohle zum Sand. Der Mann vor ihnen mit der Prinz-Heinrich-Mütze, mit Weste und Uhrkette, las, weit ausgebreitet in den Händen, eine Berliner Zeitung.

Den letzten Brief von Thomas aus Utting, wo er bei seiner Mutter am Ammersee etwas Sommerferien machte, hatten sie mit zum Strandkorb genommen, und Hedwig las halblaut daraus vor, mehr für sich. *Ich glaube den seltsamen und unbestimmten Klang Ihrer Stimme zu hören, den dunklen Glanz Ihrer Augen, die perlenartige Blässe Ihres süßen, klugen, wechselvollen Gesichts unter dem schwarzen Haar vor mir zu sehen …*

»Ist das nicht wunderschön?«, fragte Hedwig. Aber vor allem: Wie viel Zärtlichkeit da hinter jedem dieser ausgesuchten Worte steckte! Konnte Katia das denn nicht spüren? War sie etwa so gefühlskalt?

»Gewiss, gewiss«, bestätigte Katia. »Aber erinnerst du dich nicht? Genau das mit dem perlblassen Teint hat er vor ein paar Wochen schon einmal geschrieben. Damals war zwar nicht das Haar schwarz, wohl aber die Augen.«

Hedwig entgegnete etwas erbost: »Wenn es nun aber wahr ist? Was soll er denn sonst schreiben, etwa, dass du grüne Haare hast?«

»Aber lies doch erst mal weiter, Mama.«

... unter dem schwarzen Haar vor mir zu sehen, – und eine brennende Bewunderung ergreift mich, eine Zärtlichkeit schwillt in mir auf ... »Na ja, das ist vielleicht ein bisschen dick aufgetragen. Aber dafür ist er ja ein Dichter«, sagte Hedwig.

»Kitsch ist das, sage ich! Lass mich mal!« Katia nahm ihrer Mutter den Brief aus der Hand und las laut weiter, mit übertriebenem Pathos. *Eine brennende Bewunderung ergreift mich, eine Zärtlichkeit schwillt in mir auf, für die es kein Zeichen und Gleichnis giebt!* »Was soll denn das? Was meint er denn damit, mit dieser brennenden aufschwellenden Zärtlichkeit? Und dann noch der Schluss: *Und Sie? Und Sie?* Gleich zweimal. So bedrängt er mich, Mama, so will er mich an sich heranziehen mit seinen, na ja, leidenschaftlichen Worten. Merkst du nicht, dass er mir damit zu nahe tritt? Das geht nicht, das will ich nicht. Das werde ich ihm gleich nachher schreiben.«

Hedwig erschrak. Das unerfahrene Kind, es würde noch alles kaputt machen! »Du würdest ihn damit zutiefst kränken. Willst du das?«

»Mama, ich muss tun, was ich tun muss. Im Übrigen ist mir wieder gar nicht gut. Der Doktor hat mir Schonung empfohlen. Bitte entschuldige mich, ich möchte mich ein wenig hinlegen.« Sie nahm, ohne auf eine Antwort zu warten, ihre Tasche mit den Briefen und stapfte durch den Sand in Richtung Promenade.

Selbst wenn die Verbindung mit Thomas Mann wegen Katias unverständlicher, starrsinniger Zögerlichkeit, Gott behüte, nicht zustande kommen sollte – immerhin war er ein schon recht berühmter Schriftsteller. Die Briefe, die Autografen eines solchen Mannes konnte man aber doch nicht einfach so in der Gegend herumflattern lassen? So hatte Hedwig zu ihrer Tochter gesprochen, und sie hatte mit ihr zusammen im Souvenirkiosk auf der Seebrücke auch gleich das entsprechende Behältnis gekauft. Das Kästchen war recht schmuck, und eine maritime Erinnerung an diesen besonderen Sommer war es auf jeden Fall auch. Auf dem Deckel ein kleines Ölbild von Heringsdorf, furchtbar naiv und dilettantisch gepinselt, überhaupt kein Vergleich mit dem, was man da an Kunst zu Hause hängen hatte. An den Seiten waren jedoch kleine Muscheln aufgeklebt. Eine große, weiße, schneckenförmige Muschel hatte Katia sich bei der Gelegenheit auch gekauft. Die Verkäuferin hatte sie darauf aufmerksam gemacht, dass man das Meer rauschen höre, hielte man sie ans Ohr. Das würde Thomas vielleicht interessieren, dachte Hedwig, der erzählte doch immer so begeistert von seiner Kindheit am Meer, von der Ostsee. Jetzt stand das gute Stück erst einmal auf dem Tisch in der Villa Dorothea, und Katia sortierte die Handschriften ihres Bewunderers, um sie darin zu verstauen. Zuoberst kam nun seine Antwort auf ihren Brief, merkwürdig und sogar ein bisschen beunruhigend. War sie vielleicht doch zu scharf gewesen, als sie sich seine Umklammerung mit den zugegebenermaßen wunderschönen Worten verbat?

Thomas hatte einen entsprechend vorsichtigen, aber im Kern doch eindeutig entschiedenen Brief von Katia bekommen. Er verstand, sie nahm ihm die Rolle des leidenschaftlich Liebenden in seinem Schreiben nicht ab. Es war ja nicht sein Stil! Seine literarische Sprache, auch ein Stück Hoffnung, die Distanz zu überwinden, hatte versagt. Die Prinzessin hatte die Erbse gespürt.

Dann hatte er den anderen, den authentischen Ton gefunden.

Er bot ihr eine Sprache an, um weiter mit ihr verkehren zu können, die auf jeden literarischen Aufschwung verzichtete: ein Thomas Mann, der, an seinen Gefühlen erstickend, mit ihr auf der drögen Vernunft- und Verstandesebene sprach. Er begann mit einer Entschuldigung. *Das ist Liebe. Man glaubt nur, das Gefühl reden lassen zu dürfen, damit Alles sich zum Glücke ordne. Aber das ist nicht das Richtige, zwischen* uns *sicher nicht, das erkenne ich jetzt ganz deutlich. Zwischen uns muß die Vernunft zu Worte kommen.*

Das war riskant. Wenn sie jetzt »Einverstanden« antworten würde und wenn sie im Gefühl noch von ihm weiter entfernt lebte, hätte er ein Problem. Die Damen Hedwig und Katia lasen aber daraus auch, dass er anscheinend tatsächlich gekränkt, richtig eingeschnappt war. Mama hat es ja vorausgesagt, dachte Katia. Und sie hatte sich brav entschuldigt, wie Hedwig es ihr geraten hatte. Das war ihr aber gar nicht so schwergefallen, wie sie sich das vorgestellt hatte. Diese Art von Vernunft, diese Kälte – das war es nun wirklich nicht, was sie sich von ihm wünschte. Genau das hatte sie ja an ihm bemängelt, und dagegen hatte er sich so verzweifelt gewehrt: gegen den Vorwurf der Kälte. Nun, sie hatte sich mit ihrer Dummheit herausgeredet. Sie sei zu unerfahren in solchen Dingen, vielleicht auch nicht immer sensibel genug, um wahre Gefühle, die ihr entgegengebracht würden, von nur vorgetäuschten unterscheiden zu können. Wenn man sich kleiner machte, als man war, konnte man bei Männern viel erreichen, viel mehr als durch Auftrumpfen – das hatte Mama ihr gesagt, und so war es wohl auch. Außerdem stimmte es irgendwie. Sie wusste immer noch nicht mit Sicherheit, woran sie bei ihm war, was bei ihm gespielt war und was echt. Das musste wohl an ihr liegen, denn Mama und der Klaus waren sich, was Thomas betraf, da ganz sicher. Egal – Tommy hatte ihr nicht nur verziehen, er hatte geradezu gejubelt. Katia legte nun auch seinen letzten Antwortbrief ins Kästchen.

Sie sind ein so unsäglich bezauberndes Geschöpf, meine Katia, dass Sie in der That meinethalben »ein bisschen dumm« sein könnten. Dass Sie es nicht sind, wissen Sie selbst am besten. Wenn Sie aber unter »dumm« das Gegentheil von »klug« verstehen (und das ist es ja wohl), so mögen Sie es immerhin sein, so bin ich es auch, und zwar mit Freudigkeit. »Klugheit« nämlich ist etwas gründlich Gemeines. »Dumm« ist alles Naive, Edle und Gläubige, alle tapfere Hingabe auf Erden. »Dumm« wollen wir sein, – meine Katia!

Das klang echt, das klang, als fände hier wahre Gefühlsgewissheit, die sich um kleinkariertes Rechnungsablegen nicht schert, im freudigen Überschwang die passenden Worte. Andererseits – sie hatte sich doch nur entschuldigen wollen, nicht ihm ihre Liebe gestanden. Hatte sie ihm nicht erneut den kleinen Finger gereicht, und er hatte nicht nur die ganze Hand genommen, sondern diesmal gleich auch noch den Unterarm bis über den Ellenbogen? Und war diese Umwertung von »klug« und »dumm« nicht nur ein sehr geschickter Überrumpelungstrick? Nebenbei hatte er das eigentlich verbotene Possessivpronomen in Form von »meine Katia« hineingeschmuggelt, das besitzanzeigende Fürwort. Dafür waren Briefe gut geeignet, man konnte es nicht wie im Gespräch sofort zurückweisen.

Katias kritischer Verstand hatte sich inzwischen noch mit ein paar weiteren Bedenken gegen Thomas Manns begeisterten Brief gemeldet. Doch Mama hatte ihr immer nur entgegnet, sie hätte ja selber zugegeben, dass sie in Gefühlsdingen kein Urteil hätte, und hier läge sie definitiv falsch. Dabei hatte sie überlegen gelächelt.

Miemchen und die Ehe

Klaus aß meistens zusammen mit Katia und Hedwig und begleitete sie häufig auf ihren Spaziergängen. Von den Gesprächen »von Frau zu Frau« wurde er natürlich ausgeschlossen, ansonsten ließ er aber keine Gelegenheit aus, bei seiner Schwester ein gutes Wort für Thomas einzulegen. Er verehrte ihn als Schriftsteller, vor allem aber hatte er ihn sehr gern, und als Schwager wäre er ihm höchst willkommen. Doch wenn Klaus nicht *en famille* war, ging er den Vergnügungen nach, die so ein fast schon mondäner Badeort einem jungen Herrn der besseren Gesellschaft bot. Außerdem hatte er sich Arbeit in die Sommerfrische mitgenommen, er komponierte an einem Streichquartett.

Miem oder, je nach Stimmung, Miemchen, Hedwig Dohm also, Katias Großmutter, wurde die ganze Zeit über von den anderen Familienmitgliedern natürlich nicht vernachlässigt. Zwar kam sie ihres Alters wegen nur noch selten an den Strand, doch besuchte man sie häufig in Bansin, dem Nachbarort, wo sie sich für den Sommer ein Zimmer in einer distinguierten Pension gemietet hatte. Man traf sich im Café, oder man verbrachte den Abend mit ihr, bevor man bei hereinbrechender Nacht den Strand entlang zurück nach Heringsdorf spazierte.

Eines Tages aber hatte man mit ihr eine Kutschtour über die Insel gemacht, ins Hinterland, bis nach Mellenthin. Nun war man auf der Heimfahrt. Hedwig hatte schon den ganzen Tag über ein wenig Angst davor gehabt, würde die Sprache auf Thomas Mann, auf die Aussicht einer Verheiratung von Katia kommen. Denn sie wusste, dass ihre Mutter als leidenschaftliche Frauenrechtlerin der Ehe an sich außerordentlich skeptisch gegenüberstand. Von der Aussicht auf eine Verheiratung ihrer Enkelin würde sie sicher alles andere als begeistert sein. Wenn Miem bloß ihre Kreise nicht stören würde, gerade jetzt, da Katia ein wenig flexibler zu werden schien! Nun war der peinliche Moment gekommen, dass man dem Thema nicht mehr ausweichen konnte.

In der Kutsche, einem Zweispänner, saß mit dem Rücken zum Kutscher Katia, daneben ihr Bruder. Ihnen gegenüber, neben Hedwig, hörte Miemchen finster zu, wie Katia ihr erzählte, sie hätte ihr Studium praktisch aufgegeben, nachdem der Professor Röntgen sie einer Ungeschicklichkeit wegen aus seinem Kolleg geworfen hätte. Kein Studium mehr, und dann, wenn es nach Hedwig ging, gleich in eine Ehe mit diesem Mann? Katia musste wenigstens wissen, worauf sie sich da einließ. Von Natur aus war Hedwig Dohm freundlich, nett und zurückhaltend, und das so sehr, dass niemand in ihr die scharfsinnige, radikale Verfechterin der Frauenrechte vermutet hätte, die sie in ihren Schriften war. Wenn es darauf ankam, konnte sie aber auch privat sehr deutlich werden.

»Vor Gott und dem Gesetz wirst du versprechen müssen, ihm zu gehorchen!« Ernst und beschwörend versuchte sie, ihrer geliebten Enkelin die Bedeutung des Schritts klarzumachen, den man von ihr erwartete. »Du versprichst, ihm untertan zu sein. Hörst du?«

»Aber Miemchen, das kommt gar nicht infrage. Ich werde vor keinem Priester knien und zu solchem Unsinn Ja sagen.«

Hedwig warf schnell ein: »Wir heiraten auf dem Standesamt.«

»Wir? Hedwig, meine Liebe: Es ist doch wohl Katia, die diesen Weg gehen soll.« Damit wandte Hedwig Dohm sich wieder an ihre Enkeltochter. »Du weißt es wohl nicht, Katia, aber wenn du Ja sagst, auch nur auf dem Standesamt, dann ist dein Vermögen in diesem Augenblick nicht mehr deins, sondern seines. Du könntest nicht einmal deinen Schmuck ins Pfandhaus tragen ohne seine Erlaubnis. Der Herr und Meister regiert von dem Moment an dein gesamtes Leben. Du bist entmündigt. Wie jede andere Ehefrau auch. Verstehst du jetzt, was das Gesetz von dir verlangt, was es dir auferlegt? Dir wie jeder anderen Ehefrau! Und was ist in den meisten Ehen die Folge dieser einseitigen Machtverteilung? List, Lüge und Heuchelei. Tag für Tag!«

»Aber Miem, das betrifft Katia doch gar nicht!« Hedwig konnte das nicht so stehen lassen.

Auch Katia konnte sich diesen Unsinn, einem Mann untertan sein zu müssen, nicht vorstellen. »Ich konnte immer freiheraus sagen, was ich denke. Das kann mir auch ein Thomas Mann nicht verbieten!«

Das arme Kind, dachte Hedwig Dohm, hatte wirklich keine Ahnung vom Leben.

Hedwig Pringsheim kannte die Schriften ihrer Mutter. Sie war klug genug, um zu wissen, dass sie in vielen Punkten recht hatte. Wenn sie es auch nicht zugegeben hätte: Wer wäre sie selber denn in der Welt ohne Alfred, ihr Gockelchen, und ohne sein Vermögen? »Aber Katia ist eben gerade nicht wie so viele andere Frauen auf Gedeih und Verderb vom Geld ihres Ehemanns abhängig!«, brachte sie als entscheidendes Argument gegen ihre Mutter ins Spiel.

Klaus legte den Arm um seine Schwester. »Wenn du nicht glücklich wirst mit Tommy, dann kommst du einfach zurück zu uns, zu deiner Familie.«

»Ja, ich komme dann zu euch zurück, wenn er mir zu garstig ist, der Frosch.« Das war ein missglückter Versuch von Katia, an die Scherze zu erinnern, die Klaus und sie anfangs über den »leberleidenden Rittmeister« gemacht hatten. Lustig fand das aber im Moment niemand, und Miem wies die Enkeltochter beinahe zurecht.

»Jetzt mal im Ernst, Katia. Es geht hier doch um mehr. Erstens ist eine Scheidung immer eine schwere Belastung, und danach wärst du eine ›Geschiedene‹. Und du sagtest mir einmal, dass es dir bei einer Ehe hauptsächlich auf Kinder ankommt. Würde das Gericht dir die Kinder zusprechen, wenn du deinen Mann verlässt? Und überhaupt …« Miemchen sprach jetzt besonders besorgt und eindringlich. »Katia, du hast dir das Abitur erkämpft. Du könntest zu den ersten Mädchen gehören, die ein Studium auch abschließen dürfen …«

»… und nun hast du sie dir schon mit dem Doktorhut auf ihrem klugen Köpfchen vorgestellt!«, warf Hedwig ein.

In der Tat, das war es ungefähr, was Hedwig Dohm von ihrer Enkelin erhofft, ja erwartet hatte. Und noch etwas mehr. »Katia, du könntest ein Beispiel für viele Frauen sein. Du kannst als Frau deine Fähigkeiten in einem Beruf entfalten. Und das ist mehr, viel mehr, als nur die Frau eines Mannes und die Mutter seiner Kinder zu sein. Hedwig, ich will nicht, dass deine Tochter sich zu einem Salonpüppchen entwickelt.« Das Letzte hatte das sanfte Miemchen fast im Zorn gesagt.

»Aber Mutter, du kennst doch Katia. ›Salonpüppchen‹, dass ich nicht lache!«

»Und es ist auch nicht irgendein Mann. Es ist Thomas Mann, ein großer Schriftsteller und noch viel mehr als nur das!« Klaus musste unbedingt seiner Bewunderung Luft machen.

»Gut, dass das hier auch mal jemand sagt.« Hedwig nickte ihrem Sohn zu. »Ein großer Schriftsteller, vielleicht ein Genie.«

»Und ihr kennt ihn wirklich?«

»Er hat Katia eine Reihe von wunderschönen Briefen geschrieben. Und dabei hat er auch viel von sich preisgegeben.«

»Eins ist sicher: Katia wird mit ihm keine blöden Weibergeschichten erleben«, steuerte Klaus seine eigene Einsicht bei.

Hedwig Dohm stieß mit ihrem Krückstock auf den Kutschboden. »Kutscher, halt!« Man war angekommen und stieg gemeinsam aus.

Etwas, das Thomas ihm anvertraut hatte, wollte Klaus aber unbedingt noch anbringen: »Er wird vor allem schreiben. Da erlebt er seine Abenteuer. Dafür will er jetzt eine Ordnung in sein Leben bringen.«

Hedwig Dohm gab Klaus zum Abschied die Hand. »Und dafür muss deine Schwester unter das Joch der Ehe gehen? – Katia, würdest du mich bitte bis zur Haustür geleiten?« Schon hatte Miemchen sich bei Katia eingehakt, sie mit sich auf den Weg über die Straße und durch den Vorgarten zu ihrer Pension genommen. »Eine Frau muss erst einmal für sich selber etwas werden. Sonst verliert sie sich, wenn sie sich in die Abhängigkeit einer Ehe begibt«, versuchte sie ihrer Enkelin beizubringen, leise, freundlich, bestimmt. »Kennst du dich denn schon selber?« Katia stand ratlos vor dieser Frage, obwohl sie ihr natürlich in der Schule, bei Sokrates, begegnet war. »Und wenn du dich selber nicht gefunden hast, kannst du auch keine gute Mutter sein.«

Katia verstand – und verstand auch wieder nicht. »Wenn das wahr ist, wie kann man dann wissen, ob man sich kennt, ob man sich gefunden hat? – Ach, Miemchen.«

Hedwig und Klaus sahen von der Kutsche aus, wie sich die Enkelin und ihre Großmutter umarmten, lange und innig.

»Eine letzte Frage noch, mein Kleines: Liebst du ihn?«

»Er liebt mich.« Und dann schob Katia schnell hinterher: »Das sagt er jedenfalls. Das schreibt er immer wieder.«

»Und du?«

Ganz leise, wie ein Geständnis, kam Katias Antwort: »Ich weiß es nicht.«

Hedwig und Katia saßen wieder in einem der praktischen Strandkörbe, die genügend Blicke auf das Badeleben am Strand erlauben, aber auch Schutz vor Wind und zu viel Sonne und unerwünschten Einblicken boten. Vor ihnen, bis hin zur Wasserlinie, waren eine

Reihe Liegestühle aufgestellt, in denen sich Gäste für ein Sonnenbad ausgestreckt hatten. Kinder spielten in kleinen Teichen und Kanälen, die sie mit der Flut in den Sand gegraben hatten. Knietief im flachen Wasser gingen andere mit Netzen umher und versuchten die kleinen Fische zu fangen, die hier in Schwärmen zu sehen waren. Dann wurde auch mal ein Seestern gefunden und stolz der Mutter präsentiert. Dazwischen viele Ruderboote, die auf den Strand gezogen waren, andere wurden ins Wasser geschoben, flottgemacht. Sportler in Paddelbooten glitten im Gleichtakt unter der Landungsbrücke hindurch. Ganz in der Ferne am Horizont sah man kleine und große Schiffe mit weißen Segeln in der Sonne aufblitzen. Das Tuten der Dampfer, die an der Brücke anlegten, überlagerte die aufgeregt launige Stimmung, die über dem ganzen Strandleben lag.

Klaus setzte sich zu Katia und Hedwig an den Strandkorb und legte seiner Schwester ein goldgelbes Stück in die Hand. »Ein Bernstein und darin gefangen etwas Lebendiges. Das ist doch fantastisch, wie dieses Insekt seit Millionen Jahren die Zeiten überdauert hat. Für deine schöne Muschelkiste.« Katia bedankte sich und sah sich das Tier aus Urzeiten an. »Stell dir vor, wie eine Millisekunde vor hundert Millionen Jahren da in deiner Hand liegt. Ein Harztropfen war in diesem Moment auf das Insekt gefallen und hatte das Tierchen eingeschlossen.«

»Und in diesem Sommer hatte es die Flut hier an den Strand gespült, und mein Brüderchen hat es für sein Schwesterchen gefunden«, sagte Katia.

»Gekauft, leider nur gekauft«, verbesserte Klaus seine Schwester.

Wieder hatte Thomas einen Liebesbrief geschrieben mit einem Blumenstrauß von anrührenden Worten wie die, dass ihr *Wesen süß wie die Welt* sei, als Mann erlebe er dadurch etwas *Neues! Diese Liebe ... meine erste und einzige glückliche Liebe*. Hedwig blickte hoch von diesem Brief. »Findest du nicht auch, dass Tommy hier sein Herz sprechen lässt?«

Katia zögerte: »Ich weiß nicht. Aber so würde vielleicht jemand sprechen, der es ernst meint!«

Das war eine gute Antwort, damit konnte Hedwig weitermachen. »Katia, im Grunde weißt du selbst, dass du ihm glauben kannst.« Katia blickte noch einmal auf die Handschrift, las den Satz und nickte der Mutter zu. »Und du weißt auch, dass du es probieren willst.« Hedwig faltete den Brief zusammen und schob ihn in den Umschlag zurück.

»Ich kann's mir aber nicht denken, mit ihm so zusammenzuleben wie du mit meinem Väterchen.«

»Ach, Katia!« Hedwig nahm ihre Tochter in den Arm. »Das mit deinem Vater war am Anfang auch nicht die große Liebe. Er hat mich schlankweg von der Bühne geheiratet.«

»War das ein Opfer, die Bühne aufzugeben?«, fragte Katia.

»Nein, ich wollte weg vom Theater. Sieh mal, eine Ehe mit Vernunft geschlossen, von zwei vernünftigen Menschen, dann entwickelt sich mit der Zeit Achtung, Vertrauen und Zuneigung.«

Von der Wasserlinie her kam barfuß, die Schuhe in der Hand, ein Mann auf sie zu. »Sieh mal, wer da kommt!« Katia hatte Alfred Kerr, den gefürchteten Berliner Theaterkritiker, sofort erkannt. Sie wusste, dass sie mit dem Besuch gemeint war. »Warum können mich die Berühmtheiten nicht in Ruhe lassen?«

»Irgendwann wirst du dich entscheiden müssen.«

»Warum denn gerade jetzt?«

»Wenn du es noch nicht verstanden hast – weil du im besten Alter dafür bist. Und das wird von Jahr zu Jahr nicht günstiger!«

Kerr näherte sich langsam. »›Was für eine Überraschung‹, wird er gleich sagen. Dabei hat er uns aufgelauert.« Genauso geschah es.

»Was für eine Überraschung! Mutter und Tochter im gemeinsamen Korb? Würden die Damen mir die Freude machen, gemeinsam mit mir den Tee im Casino einzunehmen?«

»Aber gern, Herr Kerr«, war die Antwort von Hedwig. Es würde, so dachte sie, Katias Entschluss mit Thomas vielleicht doch etwas beschleunigen, wenn der Kerr erst einmal in den Balzmodus übergeht. So schöne Briefe wie Tommy könnte der niemals schreiben. Und überhaupt – Thomas war ein Mann von Bedeutung.

Eroberung aus der Ferne

Konnten auch Worte und Sätze ähnlich wie die Magie der Musik jenseits der Vernunft eine bewegende, verzaubernde Macht entfalten, wenn sie so mit Bedacht gesetzt wurden wie die Noten einer Wagner-Oper, wenn auch nur auf einem anderen Instrument? Musste Thomas nicht intensiv künsteln, damit er recht natürlich wirkte? Es war sein Weg, seine Liebe, wie er sie verstand, zur Sprache zu bringen. Dabei konnte er sich nie sicher sein, dass er damit Erfolg haben würde.

Den August verbrachte Thomas bei der Mutter, die sich in Utting am Ammersee in eine Pension eingemietet hatte. Lesen und Versuche, an seinem Drama *Fiorenza* zu arbeiten, waren der Hintergrund in diesen Tagen. Dazu kamen Spaziergänge und kleine Badeausflüge mit seinem Bruder Viktor, die aber für Thomas nicht sonderlich ergiebig waren. Mit seinen vierzehn Jahren hatte der Bursche schon jetzt eine unübersehbare Neugier für das Leben der weiblichen Dorfjugend. Dazu kam ein wirkliches Interesse an der Landwirtschaft. Er freute sich darauf, wenn die Mutter sich wieder auf das Klostergut in Polling für einige Zeit zurückzog. Da konnte er mit den Tieren aushelfen und die Gespanne fahren. Das war eine ganz andere, für den älteren Bruder Tommy abgelegene, uninteressante Welt, in der sich der junge Vikko bewegte.

Die Hauptsache für Thomas war aber wohl, intensiv am Libretto der Liebe zu arbeiten. Zwei Mütter sahen dabei zu. Intensiv und mit

Vorfreude am Gelingen Katias Mutter im Duett mit ihrer Tochter. Skeptisch und voller Sorge um die Zukunft ihres begabten Sohnes aus großer Distanz seine Mutter Julia, die mit den Berichten von den reichen Pringsheims nicht warm werden wollte. Sie lebte mit der Gewissheit, dass das viele Geld die Menschen in ihrem Gefühl kalt mache. Außerdem hatte sie keinen Einblick in den Brief-Dialog zwischen Tommy und Katia. Thomas erzählte nur, was er gerade als Wissen freigeben wollte.

Schon Mitte August hatte er in einer weiteren Werbebotschaft von einer gewaltigen Gefühlsgewissheit geschrieben, dass er an seine Vereinigung mit Katia glaube. Eine Sicherheit, die aus der wundertätigen Kraft seiner naiven Liebe entsprungen sei. Eine positive Kraft, haushoch all ihren Zweifeln und Klügeleien überlegen. Nichts Pragmatisches, Mehrdeutiges, das man zerpflücken könne. Nur Liebe! Das war der Brief, in dem er davon sprach, dass eine *brennende Bewunderung* ihn ergriffen habe, und als Krönung hieß es, eine *Zärtlichkeit schwoll in mir auf.*

Nach einem »Na, na!« in einem Antwortbrief aus Heringsdorf nahm er seinen schwellenden Körper klug zurück, ein Fehler, den er nun erkannt hat und korrigieren will: *Zwischen uns muss Vernunft zu Worte kommen: zu Worte. Wir müssen mit einander reden.*

Mit ihrem Einwand, dass sie für so viel Klugheit zu dumm sei, war das gute Stichwort für die nächste Antwort schon auf seinem Schreibtisch gelandet. Sie wisse ja selber, schrieb er sofort zurück, *dass sie nicht dumm ist.*

»Aber auf andere Art kann sie es wohl sein«, schrieb er ihr weiter. *»Dumm ist alles Naive, Edle, Gläubige, alle tapfere Hingabe auf Erden. Dumm wollen wir sein, – meine Katja!«*

Dummheit hatte Thomas hier als eine Art Synonym für gesunde Naivität eingesetzt. Klugheit wurde als Gegenteil zur gesunden Naivität und dazu als »Gemeinheit« diskreditiert. Allmählich umstellte er die Königin auf seinem Schachbrett.

Er fasste in einem Brief danach zusammen, wie er sie anfangs nur bewundernd sah, und als er sie dann kennenlernte, ging es *mit dem Entzücken über die Erkenntnis, die ich dann allmählich gewinnen durfte und die ich auf den ersten Blick nicht hätte gewinnen können. Sie waren ja gut, waren gütig.* Diese Erfahrung der Güte, wo immer er diese Gabe bei Katia erlebt haben wollte, das hätte ihn frei und mutig gemacht. Mut zu Hoffnungen. Eine Wandlung grundlegend für sein Leben, hätte Katia dadurch ermöglicht. Nicht mehr die ironische, verachtende Liebe, die sein Leben bisher bestimmt hätte, jetzt hätte Katia eine Wandlung bei ihm eingeleitet. *Ein Wesen … fähig (wenn auch vielleicht nicht willens), mir mit Geist und Güte entgegenzukommen.* Sollte sie, Katia, selber nicht an ihre gewaltige Güte geglaubt haben, sie könnte es dadurch beweisen, dass sie ihn jetzt erhöre. Ganz schön eingekreist hatte er sie. Alles war noch eine Möglichkeit, die Wirklichkeit daraus zu entfalten, das lag ganz bei ihr.

In den ersten Tagen im September kam ein Brief von Thomas nach Heringsdorf, indem er Katia bewusst so ansprach, als ob er sie missverstanden habe. Er hatte ihren letzten Brief als eine Art verdeckter Zusage, als ein kleines erstes Ja zur Ehe gelesen: *Ich habe mit Ihrem Brief in der Hand geweint wie ein Kind.* Diese spektakuläre Eröffnung wurde damit gerahmt, dass er so eine unmännliche Peinlichkeit niemals einem normalen Mädchen anvertrauen würde. Katia war aber nicht gewöhnlich, das zeigten schon die außergewöhnlichen Freuden und Leiden, die sie ihm zugefügt habe. Und dann schien ein Stückchen Brief von Katia durch, das er gegen sie gewendet hatte. Sie hatte ihm geschrieben, dass sie nichts gegen ihn persönlich habe und dass es keinen anderen Mann in ihrem Leben gebe. Ein Trick, obwohl sie ihm keine Neigung zu einem anderen Mann und keine Abneigung zu ihm bekannt hatte, gab es ja noch andere Gründe, die gegen eine Ehe mit ihm sprechen könnten. Wieder ein bedrohlicher Schachzug, ein Faden im Netz, das er für sie aufgespannt hatte. Bald würde sie keinen Grund mehr finden, ihm ihr Jawort zu verweigern.

Anfang Juni noch hatte es einen Streit gegeben, als sich Katia fürchtete, seiner nicht wert zu sein. Da hatte er sich noch klein gemacht, um ihr Mut zu machen. Er gestand ihr damals, dass er selber *sich nach jedem Zusammensein bänglich fragt: »Reiche ich denn auch? Kann sie mich denn auch wollen? Bin ich ihr nicht zu täppisch …?«* Außerdem hatte er sich andauernd beim Herumreden um sein »Hemmnis«, sein Außenseitertum, immer klein geredet. Jetzt, fast schon in der Zielgeraden, zeigte er sich in seinem vollen Selbstbewusstsein. Sie solle bei allem im *Sinn behalten, dass er nach Herkunft und persönlichem Werth, durchaus berechtigt sei, auf sie zu hoffen. Aber sie möge auch niemals vergessen, daß Sie schlechterdings nicht hinabsteigen, schlechterdings keinen Gnadenakt vollziehen werden, wenn Sie irgend eines Tages vor aller Welt die Hand ergreifen werden, die ich Ihnen so bittend entgegenstrecke.* Da mochte er noch so viele Vorzüge ihr gerade zugesprochen haben – Herkunft und persönlicher Wert, das sollte mal gesagt werden, machten das Plus der Millionen des Vaters mehr als wett.

Dann erinnerte er sie einige Tage später an ein Gespräch, in dem er sich früher einmal offenbart hatte, dass er selten sein Selbstwertgefühl zur Hand habe, wenn es nötig sei. Aber es gäbe ja das »gute Vertrauen«, dass *die Anderen es für mich haben.* Und es sei geradezu *ein Criterium der seelischen Bildung eines Menschen, wie er sich zu mir verhält.* Nun konnte sie sich aussuchen, ob ihre seelische Bildung ausreichte, den Wert von ihm, diesem besonderen Menschen, zu begreifen. Die Auflösung und der Rang der zukünftigen Ehepartner folgten einige Zeilen später.

Mitte September hüllte er Katia im kühler werdenden Heringsdorf in seine Märchenwelt ein. *Weil Sie, wie ich das Wort verstehe, eine Prinzessin sind. Und ich … der ich immer eine Art Prinz in mir gesehen habe, ich habe ganz gewiss in Ihnen meine vorbestimmte Braut und Gefaehrtin gefunden …* Thomas war schon gelegentlich in den Märchenton gefallen, der den Vorteil der unbedingten Glaubwürdigkeit hatte. Hier war die Auflösung aller argumentativen Irrwege und suggestiven Annäherungen in eine märchenhafte Begründungslosigkeit gelungen. Seine oft benannte Gefühlsgewissheit »Liebe« – alles war Vorbestimmung.

So konnte er Ende September auch endlich die Einsicht bei Katia einfordern, dass sie dem *Zwischenzustande ein Ende* machen solle. *Wenn wir erst vor aller Welt zusammengehören, wird das nicht ein viel reinlicheres und behaglicheres Verhältnis sein?*

Was war dagegen noch zu sagen? Der anfangs unheimlich fremde, mit einem »Geburtsfehler« belastete Künstler, der eigentlich gar nicht heiraten sollte, versprach auch noch ein reinliches, behagliches Bürgernest. Vielleicht dachte er bei allem mehr an sich. An die beschützende, ruhige Insel mit einem Arbeitszimmer, in dem er vor allem viel Zeit für seine Arbeit, sein Werk – schließlich der Sinn seines Lebens – bekommen würde.

Wie die Außenansicht, ein Mann mit sechs Kindern, ein beispielhafter Familienvater, zu erringen und im Leben aufrechtzuerhalten war, das kam dann Katia zu. Behaglich war es dann ja in diesem Nest nicht geworden. Allerdings aufregend und sehr interessant. Es ging bis zum Nobelpreis für den Nationaldichter hoch hinaus. Man wohnte im Exil schon mal im Palast des amerikanischen Präsidenten, sprach im Radio vernichtende Sätze gegen den Verderber Hitler. Im Exil hatte gerade er den Satz gesprochen, der alle mitnehmen konnte: »Wo ich bin, ist Deutschland!«

Katia hatte in diesem Leben viel zu tun und musste sich immer wieder als Frau Thomas Mann darum kümmern, dass alles beieinanderblieb. Dazu kam dann mit den Jahren das Drama ihrer hochbegabten Kinder. Für Thomas, so zeigte es sich, war Katia, diese kluge und patente Frau, der Glücksfall seines Lebens. Wo immer sie von den Verbrechern dieser Welt in Kriege hineingetrieben wurden, Katia richtete sofort in einem Haus den ruhigen Schreibplatz für Thomas ein. So entstand von Tag zu Tag ein Riesenwerk, an dem immer gleichen, mit wandernden Schreibtisch.«

Ahnte Katia etwas von diesem Lebensweg im Sommer 1904? Sie hatte offenbar ein Gefühl, dass dieser Mann ein Mann von Bedeutung sein würde. Und da wollte sie doch wohl dabei sein. Beim Werk und bei diesem so besonderen Mann.

Als Katia in Heringsdorf unter diesen Umständen dann ihrer Mutter Ende September das Jawort zu Thomas Mann verkündete, war Hedwig erleichtert und Klaus sehr glücklich. Und für Thomas änderte sich sein Leben grundlegend.

Es wurde deutlich, dass er seine Werbung nicht nur an Katia, sondern immer auch an Hedwig gerichtet hatte. Er hatte sicher bemerkt, dass anfänglich die Mutter diese Ehe mehr wollte als die Tochter.

Wenn Hedwig auf die zögerlich hin und her überlegende Tochter blickte, konnte sie ihr den Weg zum Jawort erleichtern, wenn sie ihr das neue, das andere Leben vor Augen stellte. Sie würde endlich ihren eigenen Haushalt haben, mit Dienstboten und den Kindern später einem eigenen Haus vorstehen. Sie wusste, auch von ihrer Freundin Elsa Bernstein, wie Katia sich immerzu im Schatten der glänzenden Gesellschafterin Hedwig Pringsheim fühlte.

Als Katia der Mutter in Heringsdorf endlich ihr Jawort gab, herzte Hedwig die zukünftige Braut und übernahm sofort die Organisation. »Schreib ihm noch heute. Und herzlichen Glückwunsch zur Verlobung. Dann kann ich gleich nach der Rückkehr die Verlobungskarten verschicken. An die Freunde in München und an die Berliner Verwandtschaft. An alle. Ach, es wird herrlich.« Es sollte alles sofort festgezurrt werden.

Die Post ging raus. Die große Familie, der riesige Freundeskreis ward informiert. Am 1. Oktober sollte die Verlobung zwischen Herrn Thomas Mann und Fräulein Katia Pringsheim im Palais in der Arcisstraße gefeiert werden. So weit der Plan. Es kam dann etwas anderes dazwischen.

Auf dünnem Eis

Am 1. Oktober 1904 nachmittags wartete die Familie Pringsheim in ihrem Palais auf Thomas Mann. Im kleinen Kreis sollte die Verlobung zwischen Katia und Tommy endlich stattfinden. Aus der Küche im ersten Stock schwebten gerade noch einige schön angemachte Kanapees in einem in die Holztäfelung eingelassenen Speiseaufzug hinunter ins Speisezimmer, belegt mit Kaviar, Lachs, Gänseleberpastete und kleinen Stücken von geräucherter Forelle. Der Diener Ignaz trug sie auf einem silbernen Tablett feierlich zum Tisch. Neben dem Besteck und den kleinen weißen Tellern aus edlem Porzellan standen auf frisch gebügeltem blütenweißem Damast jeweils in spitzen Gläsern zwei Orchideen.

Hedwig, Katia und Klaus warteten schon ungeduldig auf den wichtigen Gast. Nun, noch am Tag der Rückkehr aus der Sommerfrische, sollte besiegelt werden, was bisher nur aus der Entfernung per Brief und einmal auch über das Telefon verabredet worden war. Hier, vor der versammelten Familie, sollte Thomas noch einmal um Katias Hand anhalten, sollte sie, seine zukünftige Braut, persönlich fragen, ob sie bereit sei für die Ehe mit ihm. Und sie sollte ihm ganz offiziell ihr Jawort geben, denn es stand bisher ja nur verschämt in einem der blassblauen Briefe, die sie ihm aus Heringsdorf geschickt hatte. Dann würde man, wie es sich gehörte, dem Brautpaar gratulieren und feierlich auf die Verlobung anstoßen.

In einer großen Silberschale lagen zwei Flaschen Champagner auf zerhacktem Eis bereit. Der Diener Ignaz blickte fragend zur

Dame des Hauses. Konnte er die erste Flasche öffnen? Hedwig hob abwehrend ihre Hand: »Warten wir noch auf den Hausherrn und unseren Ehrengast. Wir wollen nicht unhöflich sein.« In diesem Moment kam Alfred mit kleinen schnellen Schritten aus seinem Arbeitszimmer, lief durch die weitläufigen Räume mit seiner prächtigen Majolika-Sammlung. Er hatte sich etwas verspätet und war nun erstaunt, dass Thomas nicht mit am Tisch saß. Alfred zog seine goldene Uhr aus der Tasche. »Fast zehn Minuten nach vier«, sagte er. »Waren wir nicht um sechzehn Uhr verabredet?«

»Bitte setz dich, Alfred. Sonst ist Thomas doch immer pünktlich.« Hedwig flüsterte danach kurz mit Klaus, der daraufhin aufstand.

Bevor er sich in Richtung Haustür entfernte, warf er seinem Vater noch zu: »Papa, in der Universität beginnst du deine Vorlesung auch c. t., cum tempore – also immer Viertel nach.«

Hedwig griff das nur zu gerne auf. »Ja, Alfred, da wollen wir ihm doch das akademische Viertel nachsehen.«

»Er ist aber kein Akademiker!« Pringsheims Jähzorn drohte mal wieder hochzukochen. »Und das ist hier auch keine Vorlesung. Es ist die Verlobung meiner Tochter. Und da sollte der Bräutigam doch wenigstens anwesend sein. Was meinst du, Hedwig?« Er zog seine goldene Zigarettendose aus der Westentasche und nahm sich eine der schweren ägyptischen Zigaretten heraus. Katia griff schnell nach einem der großen Streichhölzer auf dem Tisch, entzündete es über der Kerzenflamme und reichte dem Vater das Feuer. Alfred sog dankbar den ersten Zug ein. »Der Mann kann sich freuen, der dich eines Tages heiraten darf.«

»Eines Tages?« Hedwig war empört. »Ich meine, wir wollen recht bald heiraten!« Dann gab sie doch das Zeichen für den Champagner.

Pringsheim trank sogleich einen Schluck. Der erste Schluck Champagner, der erste Zug aus der Zigarette – der Professor war nun einigermaßen besänftigt. Hungrig nahm er sich eines der Kanapees mit geräucherter Forelle. »Das nährt und belastet nicht meinen empfindlichen Magen.« Er geriet in eine Art bissiger Gemütlichkeit. »Wir haben auf fünf Uhr Gäste geladen. Wir wollten unseren Freunden das junge Paar als Verlobte vorstellen. Das wird nun nichts.«

Klaus kam von draußen zurück an den Tisch. »Auf der Straße weit und breit kein Tommy«, verkündete er.

»Ihr beiden«, Hedwig wandte sich an die Zwillinge, »was denkt ihr, was da los ist? Tommy war doch sonst immer so zuverlässig.«

Klaus hob ratlos die Arme. »Vielleicht ist ihm etwas zugestoßen? Diese neuen Automobile sind sehr schnell – die Unfälle mit Passanten häufen sich.«

Pringsheim warf sich lachend im Stuhl zurück. »Ja, ja! Vielleicht wird der Herr gleich auf einer Bahre hereingetragen. Vielleicht hat er auch sein Fahrrad genommen und ihm ist in den Reifen die Luft ausgegangen. Dieser Mann steckt voller Überraschungen!«

Katia stand auf, ihr war gar nicht zum Lachen zumute. »Gebt mir Bescheid, falls Herr Mann uns die Ehre gibt, zu seiner eigenen Verlobung zu erscheinen.«

In seiner Wohnung in der Konradstraße lag in diesem Moment Thomas vollkommen angezogen auf seinem Bett und schlief. Was war da geschehen? Noch gegen drei Uhr – eine gute Stunde vor dem für diese lebensentscheidende Verabredung im Palais Pringsheim festgesetzten Termin – war er in bester Laune gewesen, um sich für den Weg in die Arcisstraße fertig zu machen. Dort würde seine zukünftige Braut auf ihn warten und ihm endlich nach so vielen Bemühungen und Kämpfen das Jawort geben. Er hatte alles richtig gemacht. Seine Briefe aus der Ferne hatten sie umgestimmt. Dieser Tag, dieser Sieg würde sein Leben verändern. Wie oft hatte er sich diesen Augenblick ausgemalt!

Ein erstes Wiedersehen seit Monaten. Noch einmal das perlblasse Gesichtchen, ihre dunklen, redenden Augen, schwarz wie Teer. Dazu ihre Stimme, tiefer, als man denken könnte, und so rau. Und all das nun für immer.

Wieder einmal war das Glück auf seiner Seite gewesen. Der Familie bin ich willkommen, der Mutter, dem Bruder – das hatte er sich immer wieder gesagt. Nun gut, der alte Pringsheim war nicht von ihm begeistert, aber das würde sich im Lauf der Zeit regeln. Wirklich, würde sich das alles regeln? War er tatsächlich willkommen? Nun, es war kein Gnadenakt, ihm die Hand ihrer Tochter zu reichen. Er war doch schließlich wer. Und in seinen Träumen ahnte er, wie hoch es noch hinausgehen könnte. Aber dennoch, eine Unsicherheit blieb. Er konnte sich seiner Braut nicht vollständig offenbaren, ihr nicht zeigen, wer er hinter der Maske des Bürgers sonst noch war.

Er blickte auf seine Uhr. Noch war Zeit, er wollte nicht vor dem Palais auf und ab gehen, bis es so weit war. Also legte er sich, wie er war, einen Augenblick aufs Bett – allerhöchstens ein Viertelstündchen. Die Heirat, dachte er, sollte der Verlobung sehr schnell folgen. Er wollte nicht, wie ein Dichter es ausgedrückt hatte, eine lange Verlobungszeit hungrig unter den lockend herabhängenden Früchten wandeln müssen, ohne zugreifen zu dürfen. Dabei war der gierige Griff nach dem Obst, auf den all das hinauslief, für ihn nicht so einfach, so selbstverständlich wie für die Mehrzahl der jungen Männer in seiner Lage. Die Hochzeitsnacht – das war nicht nur Verheißung, sondern konnte schon Angst machen. Wie auch immer: Die Wartezeit bis zur Hochzeit sollte möglichst kurz bemessen sein. Das lag ebenso im Interesse der Familie Pringsheim, der an weiteren Verzögerungen gewiss nicht gelegen war.

Thomas hatte die Augen geschlossen. In Gedanken bewegte er sich durch die weiten, prunkvollen Räume des Palais, das die ersehnte Gefährtin beherbergte und das nun bald auch sein zweites

Zuhause sein sollte. Schon gleich, als der Diener Ignaz ihm die Tür geöffnet hatte, hörte er Stimmen und Musik. Und wie er in den großen Musiksaal trat, sah er die Menge der Gäste im Gespräch, ganz wie beim ersten Mal, als er als Gast hierher geladen war. Dann teilte sich die Menge, und am Ende sah er wieder das Bild, das ihm an diesem ersten Abend als eine Art Vision erschienen war: Dort hinten, wo sich die weite Tür zur Bibliothek öffnete, tanzte ein festlich gekleidetes, vornehmes Paar: ein Prinz in Uniform und eine Prinzessin im weißen Kleid.

Thomas ging noch einige Schritte. Da erkannte er, dass er selber der Prinz war, der mit Katia, seiner Prinzessin, den Walzer tanzte. Das war wunderschön. Als er aber weiterschritt, auf das tanzende Glückspaar zu, hörte er plötzlich ein seltsames, ein böses Krachen unter seinen Füßen. Das Parkett, aus Oktogonen gelegt, bekam erste Risse. Es war in Wahrheit Eis, gar kein fester Boden. Noch schneller wollte er jetzt hin zum tanzenden Paar, da war er schon mit einem Fuß eingebrochen im dünnen Eis. Mit dem nächsten Schritt krachte er noch tiefer ein. Er sah, wie die Menschen lachten, ihn, den Trottel, der da zu versinken schien, schallend auslachten. Und er versank unter dem Boden in den Fluten, spürte, wie er in dem eiskalten Wasser unterging. Da schreckte Thomas schwer atmend und schweißgebadet hoch. Ein Blick auf die Uhr verriet ihm, dass er die Verabredung nicht mehr pünktlich würde erreichen können. Aber trotzdem: Er musste los, auch wenn er keine Entschuldigung hatte, die er vorbringen konnte. Seine Verlobung verschlafen – das war ein Witz, mit dem er alle seine Anstrengungen des letzten Dreivierteljahrs vielleicht zunichtegemacht hatte – vielleicht.

Als Thomas mit einer Stunde Verspätung von Ignaz ins Speisezimmer des Palais geführt wurde, war das Hausmädchen gerade dabei, den Tisch abzuräumen. »Ich werde der Herrschaft Bescheid geben«, sagte sie. Wie er sich umdrehte, trat ihm Alfred Pringsheim entgegen.

»Die Verlobung war um vier. Jetzt ist sie abgesagt. Der Bräutigam hat seine Braut versetzt«, sagte er barsch.

»Ich muss mich entschuldigen …«, stotterte Thomas.

»Ja, das müssen Sie. Aber nicht bei mir.«

Nun war auch Hedwig ins Zimmer gekommen. Ernst und besorgt, aber nicht unfreundlich gab sie Thomas die Hand. »Katia wollte die kleine Feier, wir natürlich auch. Ihren Antrag, Katias Ja. Etwas derart Wichtiges wollten wir nicht einfach so formlos übergehen.«

Ehe Thomas seine Entschuldigung hervorbringen konnte, räusperte sich der Professor. »Übermorgen um vier. Da probieren wir es noch einmal.« Damit verschwand er in Richtung seines Arbeitszimmers.

Thomas drehte sich zu Hedwig um. »Danke!«

»Bedanken Sie sich nicht bei mir. Bedanken Sie sich bei Katia, und entschuldigen Sie sich bei ihr.«

»Um Himmels willen, Tommy, wo waren Sie denn?« Damit stand Katia direkt vor ihm. Besonders ihr kalt gesprochenes, distanzierendes Sie machte ihn für den Moment sprachlos und traurig.

Leise und unsicher erwiderte er: »Das kann ich nur dir sagen. Gehen wir in den Wintergarten?«

Dort, mit Blick in den herbstlichen Garten, der in der Dämmerung lag, ging Thomas einige Schritte hin und her. Er überlegte kurz. Dann blieb er vor Katia stehen und sagte schüchtern, aber entschlossen: »Ich war vollkommen angezogen und zum Ausgehen fertig. Da habe ich mich für einen Augenblick aufs Bett gelegt und bin eingeschlafen. Und ich weiß nicht, warum.«

Katia ließ sich, erschöpft von den Aufregungen und Stimmungsschwankungen des Tages, in einen der herumstehenden Korbsessel fallen. Sie wusste nicht, ob sie weinen oder lachen sollte.

Alle Wut, aller Zorn, die Trauer und die Enttäuschung machten sich schließlich Luft in einem prustenden, herzhaften Lachen. »Das ist ja fantastisch! Der Prinz verschläft seine Verlobung und lässt seine Prinzessin sitzen!« Ihr immer lauter werdendes Gelächter, das geradezu einem Lachanfall ähnelte, hörten Alfred, Klaus und Hedwig im Speisezimmer. Sie verstanden nicht, was los war.

»Was gibt es denn da zu lachen?«, fragte der Professor.

Hedwig drehte sich um, hakte sich bei ihrem kleinen Mann unter und ging mit ihm hinaus. »Lass den beiden doch ihr Geheimnis. Wir müssen schließlich nicht alles wissen!«

Der Nerv der Dinge

»Forelle blau – wenn sie so frisch und würzig auf den Tisch kommt, ist die Diät gerade keine Strafe mehr. Eine Anordnung aus Kissingen, die Ärzte haben meinen Speiseplan umgekrempelt.«

»Da kann ich nur zustimmen. Es war köstlich, auch das Richtige für meinen Magen, der Aufregungen nicht so gut verträgt.« Thomas hatte wie Alfred das Besteck an die Seite gelegt, und Ignaz begann damit, den Tisch abzuräumen.

»Den Tee nehmen wir in meinem Büro ein.« Der Vorschlag war schon eher eine Anordnung. Alfred war mit einem Blick zu seinem Gegenüber aufgestanden und ging voraus. Ignaz hatte verstanden.

»Sie sind ja nun regelmäßig bei uns in der Arcisstraße. Und ich sehe, dass es Ihnen gefällt.«

»Ich werde auch später immer gerne mit Katia Ihr Gast sein. Aber eine eigene Wohnung wäre schon wichtig.«

»Selbstverständlich. Wir werden uns in den nächsten Tagen mal umschauen. Hier in der Nähe, wenn es Ihnen recht ist.« Auch das vertrug keinen Widerspruch. Katias Vater würde den Umzug in die Hand nehmen, und wenn er, der spätere Ehemann, nicht achtgab, hätte er die Wohnung möbliert, wenn das Paar von der Hochzeitsreise zurückkehrte. »Hedwig hat schon mit einem Makler Kontakt aufgenommen. Da scheint was in der Franz-Joseph-Straße frei zu werden.«

»Das wäre ja ganz in der Nachbarschaft.«

»Sie werden es den Damen überlassen müssen. Katia und Hedwig haben doch bisher die Tage fast gemeinsam verbracht. Und mir wird es auch nicht leichtfallen. Als ich überraschend von Katias Ja zur Verlobung hörte – also, es fällt mir immer noch schwer, mir das vorzustellen.« Pringsheim zog sein goldenes Zigarettenetui hervor, öffnete es und bot Thomas eine von den Zigaretten an, den »Ägyptischen«, die mit dem guten Tabak.

Thomas zündete ein Streichholz an, reichte Alfred das Feuer, und dann atmeten beide Herren mit den ersten Zügen Wohlgefühl und Zufriedenheit ein und aus. Aber Katia hatte ihm erzählt, dass der Vater geweint hatte, als er von der Verlobung hörte.

»Ich muss jetzt wieder zur Arbeit zurückfinden«, brach Thomas das Schweigen. »Die letzten Wochen waren doch recht – ja, wie darf ich das sagen …?«

»… eine Strapaze für Ihre Nerven. Sagen Sie es ruhig. Sie haben sich aber stramm gehalten. Ich kann es Ihnen nachempfinden. Die Tage nach der Verlobung – als es dann öffentlich wurde, unwiderruflich, das waren dann für mich, den Vater, der seine geliebte Tochter hergeben soll … es ist mir sehr schwergefallen. Ich sagte es ja schon. Und es schmerzt mich noch immer.« Mehr aber wollte Pringsheim von seiner weichen Seite dem zukünftigen Schwiegersohn nicht herzeigen. »Also gut! Kommen wir mal zum Finanziellen«, fuhr er sachlich fort. »Der Nervus rerum, der Nerv der Dinge, wie die Römer das genannt haben. Ich möchte meine Tochter ja nicht gerade ins Armenhaus entlassen.«

Thomas holte einen kleinen Zettel aus der Brieftasche, auf dem er sich einige Zahlen notiert hatte. »Es gibt feste Einkünfte und, bedingt durch meinen Beruf, schwankende Einkünfte, je nach dem Verkauf und der Auflage meiner Bücher. Fest kommen alle drei Monate die Zinsen vom Vermögen meines Vaters, das von einem Testamentsvollstrecker in Lübeck verwaltet wird. Das beläuft sich – je nachdem – auf 160 Mark bis 180 Mark im Monat. Dazu der Verkauf meiner Bücher. Als Beispiel nenne ich da mal die *Buddenbrooks*. Der Verlag druckt pro Auflage 1000 Exemplare. Davon bekam ich bis jetzt 20 Prozent vom Ladenpreis. Das ist ungewöhnlich viel.«

»20 Prozent von was, ist doch die Frage.«

»Wir sind mit *Buddenbrooks* jetzt in der achtzehnten Auflage, also 18 000 Exemplare mal fünf Mark Ladenpreis sind rund 90 000 Mark Erlös im Buchhandel. Davon bis jetzt ein Fünftel, das sind für mich gut und gerne 18 000 Mark! Von 1905 an erhalte ich dann 25 Prozent als Autor vom Ladenpreis. Für ›Tonio Kröger‹ im Vorabdruck gab es jetzt noch 400 Mark. Für die zweibändige Ausgabe von *Buddenbrooks*, mit der wir gestartet sind, erhielt ich 2400 Mark. Aber die Zweibändige war ein Fehler vom Verlag. In einem Band gedruckt – da lief das Geschäft. Und *Buddenbrooks* könnte ein Langläufer werden, sagen die Leute im Verlag.«

»Ein Roman als Rente, das ist ja mal originell!«

»Summa summarum ergibt das für mich schöne Jahreseinkünfte. Der Verlag sagt, die Verkäufe sind stabil, sie werden noch ansteigen – und damit mein Honorar. Und so rechnet sich das auch bei den Novellenbänden: ›Der kleine Herr Friedemann‹, hier kostet der Band zwei Mark und fünfundzwanzig Pfennig, so auch der Novellenband ›Tristan‹ für drei Mark und fünfzig. Dazu kommen Vorabdruckrechte in Zeitschriften, Aufsätze in Zeitungen und das Honorar für meine Lesereisen. Wenn meine Auflagen steigen, neue Novellen und Romane dazukommen, kann ich in der Zukunft vielleicht mit festen Einkünften bis 1200 Mark im Monat rechnen.«

Der Mathematikprofessor und Multimillionär schmunzelte leicht, wie Thomas letztlich die kleinen Einkünfte hochrechnete. »Es freut mich, dass mein Schwiegersohn in spe sich auch für Zahlen interessiert.«

»Mein Vater war Kaufmann wie mein Großvater und die Manns davor«, erklärte Thomas.

»Aber Sie haben die Tradition aufgegeben, auch Ihr Bruder.«

»Nicht unbedingt. Auf eine andere Art habe ich davon etwas übernommen. Sehen Sie, am Haus der Manns in Lübeck waren oben links und rechts zwei Figuren angebracht. Die Frau zur Linken hatte das Zeigerblatt einer Uhr in der Hand, die andere zur Rechten das Füllhorn mit den Gaben. Und über dem Hauseingang stand der Spruch: *Dominus providebit* – ›Der Herr wird vorsorgen‹.«

»Der Herr hat den Reichtum Ihrer Väter vorhergesehen – und jetzt soll er sich um Ihre Auflagen kümmern.«

»Nein, nein! Ganz und gar nicht! Die Väter dachten, man kann schon am Wohlstand erkennen, ob Gottes Auge wohlgefällig auf ihnen ruht. Aber da ist ja noch die Uhr, die Zeit; nur wer die Zeit seines Lebens in der Arbeit nutzt, dem wird das Füllhorn aller guten Gaben zuteilwerden. So werde ich auch meine Zeit, die mir gegeben ist, an meinem Werk arbeiten. Möglichst regelmäßig werde ich jeden Morgen in mein Arbeitszimmer gehen – so wie mein Vater und sein Vater ins Kontor gingen – und werde dort über meinen Papieren sitzen und schreiben. Das ist meine Arbeit! Mein Talent verlangt das von mir.«

»Zurück zur Wirklichkeit!«, beendete Pringsheim Thomas' Ausführungen. »Sie wissen, Katia wird in der neuen Bleibe einen Haushalt führen, so wie sie es von zu Hause gewohnt ist. Eine Köchin, zwei Mädchen, und wenn die Kinder dazukommen, wird noch jemand angestellt. Dafür werde ich meine Tochter ausstatten. Eine monatliche Rente, die sie für die junge Familie brauchen wird. Zusätzlich zu den Tantiemen ihres Ehemanns. Hedwig wird das alles arrangieren.« Damit wechselte er das Thema und kam mit einer Überraschung: »Sie haben doch im Dezember eine Lesung in Berlin verabredet, oder?«

»Ja, organisiert vom Verein für Kunst. Da lese ich aus dem Theaterstück *Fiorenza*, über den Stoff hatten wir ja mal gesprochen. Und dann lese ich noch ein leichteres Stück: ›Das Wunderkind‹.«

»Gut, dann sprechen Sie mal mit Hedwig und Katia darüber, die würden Sie nämlich gerne nach Berlin begleiten. Das wäre dann auch die Gelegenheit, unsere Verwandtschaft dort kennenzulernen. Und diese ist nicht gerade klein. Sie wartet schon neugierig auf einen Besuch von Braut und Bräutigam.«

Erschöpft von dem monatelangen Kampf um das Ja von Katia zur Ehe, hatte Thomas in Briefen allen Freunden und Bekannten in seinem Kreis von diesem Wunder seiner Verlobung mit der Tochter eines Universitätsprofessors, der hübschesten und klügsten Partie in München, Bericht erstattet. Dabei hatte er auch auf den gesellschaftlichen Rang der Familie Pringsheim hingewiesen. Nach dem grausamen Absturz, der Deklassierung der eigenen Familie in Lübeck, der Liquidation der Firma Joh. Siegm. Mann und der Flucht nach München war deutlich geworden, dass sich nach der Ehe seiner Schwester Lula mit einem Münchner Bankdirektor nun auch Thomas auf dem Weg ins Großbürgertum bewegte. Dazu kam der stetig steigende Ruhm als Dichter durch seine literarische Produktion.

Das war die Außenseite seiner Figur. Der schlanke Mann in seinem Frack mit seinem scheinbar selbstbewussten Auftreten hatte mit seinen Kämpfen im Innern eine andere Wahrheit geschickt verborgen gehalten, eine Wahrheit, die nun zu sprechen begann und Fragen stellte.

Wie würde er die Rolle des Ehemanns durchhalten, wenn er doch wusste, dass er anders gegenüber Frauen fühlte, als es normalerweise erwartet werden konnte? Wie würde seine Selbstinterpretation als Künstler, der die Drangsale im Leben nötig hatte, um große Werke hervorzubringen, auf die Dauer durchzuhalten sein? Seine Entscheidung, eine Art asketisches Mönchsleben mit der Arbeit darzustellen, war für den Junggesellen gerade noch machbar. Doch durfte ein Künstler überhaupt heiraten? Durfte ein

Mann mit so einer seelischen Anlage, dem »Geburtsfehler«, wie es in den Schriften zur *Psychopathia sexualis* genannt wurde, eigentlich heiraten? Obwohl es überall geschickt getarnte Beispiele für solche Ehen gab, war die gesellschaftliche Antwort darauf ein entschiedenes Nein!

Was konnte er, was musste er geheim halten? Was könnte er der Ehefrau in vorsichtigen Bildern und Andeutungen später einmal mitteilen? Was würde ihr nach der Hochzeit im Ehebett unübersehbar und unüberfühlbar nach und nach deutlich werden? Aber mit welchen Ansprüchen wollte ein junges Mädchen 1905 in die Ehe eintreten? Versorgung und Kinder. Das war es ja eigentlich. Das konnte Tommy garantieren. Aber war da nicht noch mehr zu erwarten? Die Romane, die sie lasen, erzählten von Leidenschaften, die sich aus der Erotik entwickelten. Der Roman von Hedwig Dohm, *Sibilla Dalmar*, eigentlich von Katias Mutter Hedwig als Materiallieferant vorgeschrieben, sprach davon: *Selten erfährt der Mann Wahres über die geschlechtlichen Empfindungen der Frau. Nie spricht eine Schwester mit dem Bruder, nie eine Mutter mit dem Sohne über diese Empfindungen, fast nie eine Gattin mit ihrem Gatten. Nur die Geliebte spricht mit ihm darüber, und die lügt gewöhnlich.*

Lesereise

In dieser Situation, noch Wochen bevor Katia im nächsten Jahr auf dem Standesamt in München ihr Ja gesprochen hätte und der Ehevertrag damit rechtsgültig wäre, von den Zeugen unterschrieben, war eine Reise zu den Berliner Verwandten angesagt.

Munni und Punni, die Namen hatte Thomas schon gelernt. Das waren der Großvater Rudolf Pringsheim väterlicherseits und seine Frau Paula, geborene Deutschmann. Wie es in der jüdischen Oberschicht vorkam, hatte er sich mit viel Geld ein Rittergut erworben und war seitdem Rudolf Pringsheim zu Rodenberg. Ein Nobilitierter in der bürgerlichen Berliner Gesellschaft.

»Und sein Palais solltest du sehen! Wilhelmstraße, die vornehmste Adresse in Berlin«, hatte Katia gesagt.

»Noch größer als euer Palais?«, hatte er nachgefragt.

»Ja, viel größer!«

Die Berliner Verwandtschaft, die Pringsheims und Rosenbergs, sie waren nicht nur reich wie Alfred, sie waren steinreich. Und gerade hatte Alfreds Vater mit seinen dreiundachtzig Jahren seine Oberschlesische Schmalspurbahn für 3,2 Millionen Mark* an den Staat Preußen verkauft. Entsprechend sahen ihre Häuser aus, so hoch und tief waren sie in der führenden Berliner Gesellschaft verknüpft.

Wie würde Thomas diese Begegnung, die ja auch schon wieder eine Prüfung war, bestehen? Diese Gedanken konnte er nicht

---

* Heute rund 20 Millionen Euro.

abstreifen, als er am Abend des 28. November mit seiner Verlobten Katia und seiner zukünftigen Schwiegermutter Hedwig in den Nachtzug von München nach Berlin eingestiegen war. Zwei Abteile des modernen Schlafwagens waren für sie persönlich für die Nachtfahrt reserviert. Nachdem man noch eine Stunde beieinandergesessen und geplaudert hatte, wollte sich Thomas für die Nacht in sein Abteil verabschieden.

»Magst du Tommy nicht doch für einen Augenblick begleiten? Ihr habt ja noch gar keine Zeit füreinander gehabt.« Hedwig ahnte etwas von den Sorgen des zukünftigen Schwiegersohns vor der Präsentation des Geld- und Kulturadels von Berlin.

Katia nahm ihr Parfumfläschchen mit in Thomas' Coupé, um das sehr aseptisch nach frischer Reinigung riechende Abteil mit ihrem Duft für die Nacht zu verschönern. Das hatte sie schon mit ihren Antwortbriefen in der Werbezeit getan. Und ihm hatte es gefallen. Dann erlaubte sich der frisch Verlobte eine Zigarette, und schon war es den beiden ganz gemütlich.

»Wohnen werden wir bei Else, der Schwester von Mama, die mit dem Bankier Hermann Rosenberg verheiratet ist«, begann Katia, um Thomas über das auf ihn Zukommende zu unterrichten.

Hermann Rosenberg spielte eine große Rolle in der Reichshauptstadt. Er war als Bankdirektor der Berliner Handels-Gesellschaft gerade erst in den Ruhestand gegangen, ließ aber immer noch seine Beziehungen spielen, und viele Geschäfte lagen noch aktiv in seiner Hand.

»Sie haben ein wunderschönes zweites und ebenfalls großes Domizil am Wannsee«, berichtete Katia weiter. »Klaus und ich, wir haben dort oft die Sommerferien verbracht. Eine Unmenge an Dienstboten haben sie allein dafür angestellt.« Katia konnte sie nicht mal an den Fingern einer Hand abzählen. »Gärtner, Kutscher, Hausmeister, Köchinnen, Wäscherinnen, Büglerin, Haushälterin als Aufsicht für die Stubenmädchen, Hauslehrer und so weiter. Wir haben mal in einem Sommer eine Rechnung aufgestellt. Da waren es sechzehn Angestellte allein für das Anwesen am Wannsee.«

»Und in Berlin«, fragte Thomas beeindruckt nach, »ist das auch ein Palais?«

»Ja, in einer Privatstraße am Tiergarten, allererste Adresse«, betonte Katia. »Mein Vater sagt immer: ›Wir in München leben herrschaftlich. Die Berliner aber hochherrschaftlich.‹ Nach unserer Ankunft werden wir bei den Rosenbergs frühstücken. Miemchen ist zu ihnen gezogen und wird sicher aus ihrer Dachkemenate herunterkommen, um dich persönlich zu begutachten. Sie war ja ganz gegen meine Entscheidung, so früh zu heiraten.«

»Ja, ich hab's gehört. Eine Frau Doktor mit Brille auf der Nase, die ihr Leben der Wissenschaft widmet, das war ihr Traum.«

»Da kamst du. Damit hat sie nicht gerechnet.«

»Und du auch nicht.«

»Nein, ich auch nicht.«

»Aber ich habe damit gerechnet. Nein, ich habe gehofft. Schon als ich dich das erste Mal gesehen habe, im Theater – das Mädchen aus der ersten Reihe.«

»Mädchen?«

»Eher die junge Frau im Kreis ihrer Familie. Da wusste ich: die oder keine!«

Thomas griff ganz vorsichtig nach ihren Händen. »Und jetzt sind wir verlobt, fahren nach Berlin und stellen uns zur Begutachtung bei der Prominenz vor.« Er ließ ihre Hände los und seufzte etwas zu laut.

Katia wollte jetzt wissen, was ihn bedrücken würde.

Welche seelischen Strapazen hinter ihm lagen, das konnte er ihr nicht sagen. Sie hatte einiges gespürt von seinen Schmerzen, auch solche, die sie selber ihm verschafft hatte. In seinem Notizbuch hatte Thomas es einmal aufgeschrieben. Wie er sie auch sah: *Dies fremdartige, gütige und doch egoistische, willenlos höfliche kleine Judenmädchen! Ich kann mir kaum noch vorstellen, dass sie je das Ja über die Lippen bringen wird.*

Noch hatte sie nicht auf dem Standesamt ihr Ja gesprochen. Noch könnte das zarte Gebäude der Hoffnungen durch einen Fehler, eine verräterische Dummheit von seiner Seite zum Einsturz gebracht werden. So vieles konnte er ihr nicht sagen. Jetzt nicht oder jetzt noch nicht. Diese Qualen musste er mit sich ausmachen und dazu ein fröhliches Gesicht aufsetzen.

Bisher war das Leben ein REPRÄSENTIEREN, nun war es ein SEIN:. Ein gut gelaunter, liebender Ehemann musste er sein. Einer, der sich elegant in die neue Lebensform mit dieser Familie, mit dieser Frau einfügte. Der sich daran gewöhnte, dauernd in der Nähe einer Frau zu leben. Männliche Zukunftsgewissheit und Kraft sollte er ausstrahlen. Keine falschen Blicke, keine falschen Gesten konnte er sich auf dieser Bühne leisten. Nichts von dem, was im Innern gespielt wurde, durfte sichtbar werden. Das musste verschlossen bleiben. Nur in den Maskenspielen seiner Figuren, da konnte er etwas von sich zeigen: von seiner Liebe, von seinem Hass, von seinen Sehnsüchten, von den Ängsten, von Stolz und Hohn und den eingenommenen Rollen vor der Gesellschaft, vor der er nur so das Verdeckte spielerisch für einen Moment entschleiern konnte, um es sofort wieder mit den Mitteln seiner Kunst zu verschleiern. Auf diese Weise konnte er bislang leben und schreiben. So gesehen waren all seine Geschichten um das Verschweigen herum entstanden.

Bei seinen Briefen in der Werbezeit hatte er immer die richtigen, die treffenden Worte für Katia gefunden, weil er Zeit hatte, sie zu suchen. Nun muss er auf der Bühne dieser Mann wirklich sein.

Das alles konnte Katia nicht wissen. Sie ahnte aber etwas davon, wie scheu der große Thomas Mann sein konnte. Er hatte ihr ja schon einige Seiten seiner Künstlerexistenz offengelegt.

So tröstete sie ihn, während der Zug durch die Nacht in Richtung Berlin fuhr.

»Mach dir keine Sorgen. Sie werden dich alle lieben. Wenn es dir gut geht, kannst du sehr gewinnend auftreten, elegant und charmant sein.«

»Ja, wenn ich gut beisammen bin«, bestätigte Thomas.

»Und dann bin ich ja noch bei dir«, kam es von Katia dazu.

»Das ist schön, dass du mir das sagst. Dann wird alles gut.«

»So ist es. Und nun schlaf dich aus.« Sie schenkte ihm einen liebevollen Blick zur Nacht und ging aus dem Abteil.

Thomas öffnete ein wenig das Fenster, dahinter lagen schwarze Wälder, nur dann und wann blitzte ein helles Licht in der Ferne auf. Er hatte sich noch eine weitere Zigarette angezündet. Er fühlte abermals die Spannung vor seinem Auftritt in der Fremde. Bisher hatte er seine Person und sein Leben dargestellt. Jetzt ging er den Schritt ins Leben. Das musste er fühlen. Sonst konnte er das nicht glauben und die anderen vielleicht auch nicht.

Am darauffolgenden Abend war der Saal des Berliner Künstlerhauses sehr gut besucht, um dem Autor der *Buddenbrooks*, der aus eigenen Werken vorlesen wollte, persönlich zu begegnen. Herwarth Walden, der Leiter des Vereins für Kunst, hatte eigens für die Veranstaltung ein Stück für Cello komponiert, das er selber als Einleitung vortrug, mit dem Titel »Thomas Mann«. Unter dem »aparten Publikum«, wie die Kritik hervorhob, »in dem manche Gestalt des geistigen Berlins zu sehen war«, erkannte man in der ersten Reihe, dicht vor dem Podium, Katia Pringsheim, die Enkelin von Hedwig Dohm, »die nun bald die Ehefrau Thomas Manns sein wird«.

Die musikalische Einleitung war allerdings ein Reinfall. *Es war ein sonderbares Gebrumme auf dem Cello*, erinnerte sich Katia später. *Ich war immer sehr zum Lachen geneigt und kriegte einen furchtbaren Lachanfall. Um mich zu beruhigen, bewarf mich die Lasker-Schüler ständig mit Pralinés, was mich aber eigentlich nur noch mehr zum Lachen brachte.* Else Lasker-Schüler war eine anerkannte Lyrikerin und die Ehefrau von Walden, der am Cello brummte.

Thomas las zunächst aus seinem neuen Drama *Fiorenza* einige Dialoge, ein Stück, das im Florenz des Jahres 1492 spielt und den Kampf des Bußpredigers Girolamo Savonarola gegen den prächtigen Förderer der Kunst Lorenzo de' Medici zeigt. De' Medicis Prinzipien sind die Befreiung des Menschen von den dunklen Mächten der Kirche aus der knechtischen Unwissenheit.

Drei Szenen las Thomas Mann »mit klangvoller, klarer Stimme«. Der Kritiker René Schickele, selber ein Dichter, verstand, wie schwer es war, ein Drama in Ausschnitten zu Gehör zu bringen. Es war, so Schickele, »ein farbiger gedankenreicher, sich episch ausbreitender Dialog, in einer schönen lebhaften Prosa geschrieben«.

Nach Teilen aus *Fiorenza* folgte noch eine kleine Erzählung. »Das Wunderkind« war eine humorvoll-witzige Beschreibung über den Auftritt eines acht Jahre alten Pianisten in weißen Seidenkleidern an einem großen schwarzen Flügel, der eigene Kompositionen spielte und mit den Allüren und Gesten eines Genies der Musik auftrat. Thomas hatte eine solche Vorstellung selber erlebt und nun eine mit aller Ironie und allem Humor gewürzte Erzählung vorgelegt. Es gab viel zu lachen über »diese fein stilisierte Humoreske«, schrieb Schickele, »die bei den Zuhörern den wärmsten Beifall auslöste«.

Es war ein Sieg, wie ihn sich Thomas gewünscht hatte. Die Kritik stand am nächsten Tag in der Morgenausgabe des *Berliner Tageblatts*. Wie selbstsicher er vor das Publikum getreten war, auch das konnte man am nächsten Tag lesen. Auch die Berliner Verwandten, die alten Pringsheims und die Rosenbergs, hatten ihre Freude an den schönen Sätzen, an dem künftigen Schwiegersohn, dem neuen Mitglied der Sippe. Sie ließen keinen Zweifel daran aufkommen, dass Katia den richtigen Mann heiraten würde: »Nach einleitendem Cellospiel erschien der Dichter, der beneidenswerte, der schon als Achtundzwanzigjähriger guten Ruhm gewonnen hat: eine hohe schlanke Gestalt mit brunettem, glatt gescheiteltem Haar und stolzem Schnurrbart, in Aussehen und Haltung fast wie ein Offizier in Civil.«

Schöner, treffender hätte es Thomas selber nicht formulieren können. Da hatte ihm jemand in die Seele geschaut und die richtigen Worte gefunden. Als er am nächsten Morgen diese Kritik zum zweiten Mal las, war er schon im Zug unterwegs nach Lübeck. Der Auftritt dort konnte ungleich schwerer werden. Die Lübecker – einige von ihnen hatten eine Rechnung offen mit dem Dichter der *Buddenbrooks*. Aber die Beziehung zu dem Kollegen René Schickele, der ihn ganz richtig einen »Dichter« nannte, der die Hoheit und Würde in der Maske des Bürgers, in der Haltung eines Offiziers erkannte, das wurde eine Freundschaft fürs Leben.

Lorbeer in Lübeck

Aus Berlin war er also zwei Tage später mit dem Zug unterwegs nach Lübeck. Am Abend sollte er im Kasinosaal aus *Fiorenza* und »Das Wunderkind« vorlesen. Als der Personenzug am 1. Dezember in den Lübecker Bahnhof hineinruckelte, hatte Thomas seinen wetterfesten Mantel übergezogen. Der weiße Wirbel vor dem Abteilfenster wollte jedoch noch nicht liegen bleiben. Das gab einen elenden Matsch oder, wenn man Pech hatte, über Nacht Glatteis auf den abschüssigen Straßen der Innenstadt.

Seine Nervosität hatte sich bis zur Ankunft in seiner Geburtsstadt gesteigert. Wer würde zur Lesung erscheinen? Würde er nach all den Jahren, wenn er bei einem Satz rasch einen Blick ins Publikum schickte, überhaupt jemanden wiedererkennen? Hatte man für den Besuch genug Werbung gemacht? Würde es die glanzvolle Rückkehr des Verstoßenen werden? Oder würde man bei seinem Auftritt buhen und pfeifen? Würde ihn das Renommee von Ida Boy-Ed an seiner Seite, die ihn eingeladen hatte, vor solchen Kundgebungen bewahren?

Als Thomas aus dem Waggon der ersten Klasse stieg, kamen zuerst die Bilder. Das schwarz glänzende Dampfross, das noch zischend Rauch aus dem Schornstein in die Luft pustete. Als er nach oben sah, verfolgte er, wie der Rauch unter dem schmutzigen Glasdach, wie der Qualm sich da oben zusammenballte und vom Wind in Fetzen hin und her getrieben wurde. Genauso war es bei seinem Besuch vor fünf Jahren gewesen. Vor dem Eingang des Bahnhofs stellte er seinen Koffer ab und betrachtete wie stets das große Holstentor vor sich, die Menschen, Fahrräder und Droschken, die sich auf der Puppenbrücke drängten. Und dann dahinter die Brücke über die Trave und die Silhouette seiner Heimatstadt, der ehemaligen. Die sieben Kirchtürme und die vielen eng stehenden spitzgiebeligen Häuser. Über den Dächern der Rauch aus den vielen Schornsteinen, die jetzt im Winter in Betrieb waren. Darunter die in Wind und Wellen wogenden Schiffe auf der Untertrave. Wie oft hatte er sich bei der Arbeit an *Buddenbrooks* in die Gassen begeben, den Menschen und ihren Stimmen zugehört und mit einer gewissen Naivität diese Welt lebendig werden lassen!

An Heinrich schrieb er einige Tage später über die Reisen nach Berlin und Lübeck: *Gesellschaftliche Verpflichtungen, hundert neue Menschen, sich zeigen, sich benehmen. Berlin ein üppiges Abenteuer. Lübeck – ein skurriler und rührender Traum.* War das innerlich ein Lachen über das putzig Kleine dieser Stadt? Oder die Erinnerung an Glück und Leiden in seiner Jugend? Ein Seufzen im Gefühl der Demütigungen und Ängste aus dumpfer Vorzeit. Oder war es eine Mischung aus beidem? Eine Sehnsucht und ein Glück, dass die Geburtsstadt, umgeben von den Wallanlagen, zur Betrachtung noch einmal vor ihm lag.

Der Mann, der hier von Berlin zu Besuch gekommen war, um sich mit einer Lesung etwas mit der Stadt zu versöhnen, war nun ein Mann von achtundzwanzig Jahren, der schon bald in der bayerischen Residenzstadt München als Prinz seine Prinzessin ehelichen würde. Die Armut, das Plumpe und Dumpfe in Lübeck hatte er hinter sich gelassen. Die Fäden aber nicht alle zerrissen, die ihn an diesen Ort gebunden hatten. Noch vertraut und fremd zugleich. Es war gut, dass er dieser Lesung zugestimmt hatte.

»Kann ik die Herschapen ehr Gepäck afnehm?« Ein Kutscher im herben Dialekt des Nordens übernahm den Koffer, hielt die Tür zur Kutsche auf und rollte in Richtung Parkstraße 8, zur Wohnung der jetzt berühmten Grande Dame Frau Ida Boy-Ed. Auf der Höhe zur Beckergrube ließ Thomas den Kutscher vor der Nummer 52 anhalten. Er stieg aus und blickte auf das Elternhaus, das er mit der Mutter und den Geschwistern nach dem Tod des Vaters verlassen musste. Hier, durch diese Tür, hatten sie den Toten in seinem Sarg herausgetragen und auf den prunkvollen Leichenwagen gehoben. In einer endlosen Prozession hatte eine ganze Stadt ihn dann zu Grabe getragen. Im Traum hatte er gesehen, wie der Vater noch auf ihn zukam und ihn wegen seiner unordentlichen Lebensweise zurechtwies. Auch solche Bilder von starker Lebendigkeit waren es, die ihm auf der Kutschfahrt zu Ida Boy-Ed vor die Seele traten.

Mit dem Tod des Vaters war der einst glanzvolle Name der Firma untergegangen. Das Wort von der »verrotteten Familie« machte die Runde. Damit waren vor allem die beiden Söhne Heinrich und Thomas gemeint. Einer von ihnen kam nun zurück.

Der Kutscher hatte sein Gefährt gewendet, und so ging die Fahrt weiter in die Parkstraße.

Am nächsten Abend stand Thomas hinter der Bühne und blätterte in seinem Manuskript. Er wollte Ausschnitte aus *Fiorenza* und ungekürzt die kleine Erzählung »Das Wunderkind« vortragen. Vorsichtig schaute er hinter einem Stück Vorhang in den langen, schmalen Saal, in dem allmählich die Besucher auf den Stühlen Platz genommen und den Schlauch tatsächlich gefüllt hatten. Noch bestimmte lautes Stimmengewirr den Raum. Man kannte sich, man begrüßte sich. Tommy versuchte die Stimmung zu wittern. War es Sensationslust, würde man protestieren – oder konnte er den Saal gewinnen? Sicher, er hatte inzwischen eine gewisse Prominenz, da mochte auch viel Neugier dabei sein. Wie sah der ehemalige Schüler des Katharineums aus? Wie gab er sich? Dann wurde langsam das Licht gelöscht. Von einer Helferin wurde eine Lampe auf das

Stehpult in der Mitte der Bühne getragen. Das Gemurmel im Zuschauerraum ebbte allmählich ab.

Thomas trat auf die Bühne und ging direkt auf das Pult zu. Eine schlanke Erscheinung, hoch aufgerichtet, in einem tadellosen Frack. Aber es war nicht der gleiche Mann in diesem Anzug wie in Berlin. Es war offenbar nicht der Mann »in Aussehen und Haltung wie ein Offizier in Civil«, und er las nicht wie in Berlin »mit klangvoller, klarer Stimme«. Der Beobachter in Lübeck bemerkte: »Zu den guten Vorlesern gehört Thomas Mann nun ganz gewiss nicht.«

Der übel gelaunte Kritiker sprach davon, dass der ausverkaufte Saal zustande gekommen sei, weil die Menschen ihn sehen wollten. Es sei das »Interesse für einen Schriftsteller, der in so jungen Jahren zu großer Berühmtheit gekommen ist«. Immerhin ein Sohn der Stadt Lübeck. Aber es sei ein zweifelhafter Ruhm, der daher rühre, dass »Herr Mann es nicht verschmäht hat, in dem Roman bekannte Lübecker Persönlichkeiten porträtähnlich zu schildern, so dass sie hier ohne weiteres zu erkennen sind, wenn der Autor ihnen auch in seinem Buch andere Namen gegeben hat«. Da war das erwartete Zurückschlagen der beleidigten Gesellschaft. »Wir finden diese Art des künstlerischen Schaffens wenig geschmackvoll, um nicht einen anderen, stärkeren Ausdruck zu gebrauchen.«

Alles änderte sich jedoch nach der Pause, als Thomas den Bericht vom Auftritt eines Wunderkinds zum Besten gab. Schon mit den ersten Sätzen sprang der Erzähler in die Handlung, die synchron von ihm auf der Bühne vorgestellt wurde. *Das Wunderkind kommt herein – im Saale wird's still. Es wird still, und dann beginnen die Leute zu klatschen, weil irgendwo seitwärts ein geborener Herrscher und Herdenführer zuerst in die Hände geschlagen hat.* Einige Lacher machten sich im Publikum bemerkbar. Sie hatten schon verstanden. Dann kamen die ersten Klatscher, wie vorhergesagt, und noch viele andere.

Es schien ja heiter zu werden bei diesem schönen Einfall. Etwas steif und gerade stand Thomas hinter dem Pult und warf rasch einen Blick in den gut gefüllten Schlauch mit den vielen Stuhlreihen. Aber da war nur das bekannte Gesicht von Ida Boy-Ed, die ihm aus der ersten Reihe freundlich zulächelte.

Es folgte dann die witzig-ironische Schilderung eines achtjährigen Teufelskerls, der eigene Kompositionen auswendig vorträgt und mit seinen ausgepichten Tricks der antrainierten Selbstinszenierung einen Saal zur Andacht bringt und unterhalten kann. Wie der »raffinierte Knirps« die Spannung vor dem ersten Ton erhöht, indem er die Hand hoch in die Luft hält und in die atemlose Stille mit einem Finger den ersten Ton anschlägt. Thomas gab den Inbegriff des genialen Künstlers in der Naivität des achtjährigen Wunderkinds.

Die Lesung der kurzen Erzählung wurde ein Erfolg. »Es sprach sehr an«, notierte der Kritiker schmallippig. Und auch Thomas bekam seinen Applaus. Es war sicher der leichte Ton, der Spaß am Wunderkind, der die Stimmung erheblich verbessert hatte. Aber da war in der Pause vor dem Wunderkind auch auf der Bühne etwas Bedeutendes geschehen.

Eine männliche Person, die offenbar im Namen des Veranstalters der Literarischen Gesellschaft auf die Bühne kam, überreichte Thomas einen Lorbeerkranz mit einer Schleife in den Lübecker Farben, in Rot und Weiß. Thomas hob den Kranz hoch, damit jeder sehen konnte, was da geschehen war. In den Applaus hinein nickte er dankbar zu Ida, die deutlich den Applaus angeklatscht hatte. Der Kritiker im *Lübecker General-Anzeiger* hatte schon die Freude des Dichters gesehen, »dem allerdings seine Berühmtheit eine gewisse Überlegenheit in seinem Auftritt gegeben hat«.

Bei einem Essen, das dem Sohn der Stadt nach der Lesung ausgerichtet wurde, hatte Thomas sich versöhnlich gezeigt. Er sagte: *Einige von Ihnen wissen, dass ich an einem bedeutsamen Wendepunkt mei-*

nes äußeren und menschlichen Lebens stehe. Bis nach Berlin hat mich das Mädchen begleitet, das eingewilligt hat, meine Frau zu sein. Ein ganz neues Kapitel in dem Roman meines Lebens soll beginnen, ein Kapitel, das in schönem Rausch konzipiert ward und das nun mit Liebe, Kunst und Treue aufgebaut sein will.

Gut verpackt reiste der Lorbeerkranz wieder mit nach Berlin und später nach München, der Stadt, in der dann tatsächlich ein neues Kapitel im Roman von Thomas' Leben begann. Doch davor stand noch der Besuch bei den alten Pringsheims, Munni und Punni, in ihrem großen Palais in der Wilhelmstraße. Am 5. Dezember berichtet Hedwigs Tagebuch: *Um ein Uhr zu Munni, die ihrem Entzücken an Tommy Ausdruck gab durch Schenkung einer schönen Uhr u. Kette.* Hinter dieser Notiz verbarg sich ein Frage-und-Antwort-Spiel, das nach dem Besuch in der Familie oft erzählt wurde.

Munni fragte ihn: »Na, Tommy, was wünschst du dir denn?«

Und er antwortete: »Ach Gott, ich habe eigentlich keine sehr gute Uhr.«

Das genügte. Es wurde sofort zum ersten Juwelier von Berlin geschickt. Prompt erschien ein Mitarbeiter mit einer Auswahl prachtvoller Golduhren. Thomas hatte sich dann mit der Golduhr aus Glashütte eine ausgewählt, von der es hieß, dass man sie nie zum Uhrmacher bringen müsse, weder zum Säubern noch zur Reparatur. So blieb dieser Chronometer ein Leben lang mit der Goldkette an der Weste bei Thomas und wurde noch als Erbstück weitergereicht.

Am Abend stiegen Hedwig, Katia und Thomas in den Schlafwagen und landeten am Morgen mit dem Nachtzug in München. Die Bilanz: Tommy war durchweg bei der Berliner Verwandtschaft gut angekommen. Großmutter Hedwig Dohm, die Frauenrechtlerin und Schriftstellerin, trafen sie erst im kommenden Jahr, als Katia schon mit Erika schwanger war.

Nach der Rückkehr aus Berlin folgte ein ruhiges Weihnachtsfest. Hedwig notierte: Bei der *Bescherung glänzend, großartig, fröhlich mit Tommy als einzigem Gast. Sehr gute befriedigte Stimmung bis 12 Uhr.*

Am 26. Dezember gab es um halb zwei Uhr ein Dinner, bei dem die beiden Familien, Pringsheim und Mann, zusammengeführt wurden. Tommy hatte auch seinen alten Intimus Otto Grautoff dazu eingeladen.

Otto hatte sich mit enormer Anstrengung über die Lehre in einer Buchhandlung zum Abitur und dann zum Studium der Kunstgeschichte, immer ohne finanzielle Unterstützung, hochgearbeitet. Im Jahr 1900 war er Thomas nach München gefolgt und dort Redakteur der Zeitschrift *Jugend* und der *Münchner Neuesten Nachrichten* geworden. Vor vier Jahren, als Thomas seine intimen Tagebücher verbrannte, hatte er ebenso verräterische Briefe von Otto in ihre *chemischen Haupt Bestandteile zum Schornstein hinausgeschickt.* Otto war auch schon vor Thomas' enger Beziehung zu Paul Ehrenberg mit ihm befreundet gewesen.

Eine Zeit lang lag noch etwas ziemlich Beunruhigendes in der Luft. Thomas hatte Otto vor vielen Jahren ein wenig Geld geliehen, weil der sich im Berliner Sexualinstitut bei Dr. Albert Moll beraten und behandeln lassen wollte. Es ging um die Konversionstherapie, mit der es möglich sein sollte, einen homosexuellen Mann für die Ehe tauglich zu machen. Der damalige medizinische Standard sagte dazu Folgendes: Bei einer »konträren Sexualempfindung«, wie Dr. Moll auch sein wissenschaftlich verfasstes Aufklärungsbuch nannte, sei davon auszugehen, dass eine von Geburt an mitgegebene konträre Sexualempfindung existiere, es könne aber auch eine im späteren Leben erworbene Homoerotik diagnostiziert werden. In beiden Fällen sollte der Paragraf 175 dahin gehend verändert werden, dass man die Kriminalisierung aufhebe und die Menschen nur noch als Kranke anerkenne.

»Für jeden Freund der Wahrheit und der Humanität muss es eine Genugthuung sein, zu erfahren, dass der urnische Mitmensch (Homosexuelle) ein Unglücklicher, aber kein Verbrecher, kein Schänder menschlicher Würde, sondern ein Stiefkind der Natur ist, ein anderer, welcher mit einer körperlicher Mißbildung zur Welt gekommen ist.« Und für die in seinem Buch vorliegenden Fälle versprachen Dr. Moll und weitere Helfer eine Behandlung. Sie glaubten, auf dem Weg der hypnotischen Therapie, der suggestiven Behandlung, einen Ausweg anbieten zu können. Die sogenannte Konversionstherapie baute darauf auf, dass sich der homosexuell empfindende Mann in die Nähe einer Frau und damit an den Umgang in der Ehe gewöhnen könne. Anfangs gab es seltsame Hilfsmittel an Sprüchen für die Selbstsuggestion. Daneben das Mittel der Hypnose, mit der ein Patient – falls notwendig auch alkoholisiert – im Bordell an eine Frau herangeführt wurde.

Zu so einem Gespräch – und möglicherweise zu einer Hypnosesitzung – hatte Otto einmal in Berlin vorgesprochen. Die Sorge oder gar Angst bei Thomas ergab sich aus der Tatsache, dass die flinken Therapeuten Erzählungen von Otto, in denen auch er, Thomas, hätte vorkommen können, in einem der Aufklärungsbücher veröffentlichen wollten. Und damit hätte man ihn in große Schwierigkeiten gebracht. Er hatte ja nicht nur Freunde auf seinem Weg nach oben. So gab es diese dringende Mahnung an Otto, alles, was an Papieren in Berlin vorlag, sofort zurückzufordern.

Nun, zu dem Essen am 26. Dezember, nur noch wenige Wochen vor der Hochzeit im Februar 1905, waren neben den Pringsheims Thomas' Mutter Julia, sein jüngerer Bruder Vikko, die Familie Löhr und auf Wunsch von Thomas eben auch Otto eingeladen. Ein Freund, mit dem er sich jetzt sehen lassen konnte. Otto hatte inzwischen gewisse Geldmittel zur Verfügung. Er kleidete sich ansehnlich – ein schwarzer Gehrock mit roter Krawatte – und war vor allem über Literatur und Malerei gut informiert. So hatte ihn Tommy gleich nach der Veröffentlichung von *Buddenbrooks* mit Instruktionen versehen, wie Otto in den *Münchner Neuesten Nachrichten* am besten den Lesern das neue Buch von Thomas Mann vorstellen sollte: *Betone bitte den deutschen Charakter des Buches. Als zwei echt deutsche Ingredienzen, die wenigstens im II. Band (der wohl überhaupt der bedeutendste sei) stark hervorträten, nenne Musik und Philosophie. Seine Meister … habe der Verfasser freilich nicht in Deutschland. Für gewissen Partien des Buches sei Dickens, für andere seien die großen Russen zu nennen.*

Otto hielt sich an die Vorgaben. So konnte man am 24. Dezember 1901 in den *Münchner Neuesten Nachrichten* unter anderem lesen: »Eine gewisse nihilistische Neigung tritt an einigen Stellen des Romans merkbar hervor; dem gegenüber als positiver und starker Werth steht ein ausgezeichneter und sehr origineller Humor.« Auch die »philosophischen Abschnitte« wurden gelobt, und wunschgemäß wurde der deutsche Charakter erwähnt: »Durch das ganze Werk geht ein echt deutscher Zug … Es ist zu wünschen, daß der Roman die weiteste Verbreitung findet.«

Der Kern der Beziehung dieser beiden Männer war immer noch die große Vertraulichkeit, die sie aus der Schulzeit in ihr Leben mit hinübergetragen hatten. In einem Brief vom Januar 1901 hat Thomas diese Besonderheit seinem Freund schriftlich verbrieft: *Wir beide stehen ja so zueinander, dass ein ernsthaftes Zerwürfnis zwischen uns unmöglich ist … aber du begreifst, dass mir den Anderen gegenüber ein so wunderliches und rätselhaftes Verhältnis wie zwischen mir und Dir und uns peinlich sein musste.*

Nach dem Dinner mit der Familie Mann und den Löhrs lud Hedwig Thomas' Mutter in ihr Damenzimmer ein. Sie nannte Julia jetzt »Mama«, was auch Katia erlaubt war. Es war alles immer noch sehr beeindruckend für Julia, dieser Reichtum im Palais Pringsheim und dann dieses Boudoir allein für Hedwig. Sie fragte sich beunruhigt, ob Thomas die richtige Wahl getroffen habe. Das viele Geld mache doch kalt und anspruchsvoll, mache harte Köpfe und verlange Rücksichten von anderen, wo sie einem selber mangeln. So begann das Gespräch mit Hedwig wie eine Bestätigung ihrer Sorgen.

»Liebe Julia, wir haben noch eine Sache zu besprechen und zu klären. Es geht um die Hochzeit«, sagte Hedwig. »Katia wünscht sich keine kirchliche Trauung. Sie möchte nur eine Ziviltrauung in einem Münchner Standesamt. Meine Frage ist nun: Bestehst du auf einer kirchlichen Trauung?«

»Das müsste doch eigentlich Tommy entscheiden, oder? Wenn mein Sohn auf einer kirchlichen Trauung besteht, dann ist …«, erwiderte Julia zögernd.

»Also«, unterbrach Hedwig rasch, »er besteht gar nicht darauf. Tommy nimmt Rücksicht auf Katias Wünsche. Das ist doch schön, ein solches Einverständnis unter den zukünftigen Eheleuten.«

Aber wenn Katia protestantisch getauft ist, so überlegte Julia im Stillen, könnte man eigentlich erwarten, dass es an so einem Wendepunkt in ihrem Leben, wie die Hochzeit es nun einmal ist, eine kirchliche Trauung geben sollte. Tommy müsste hier auftreten und sagen: »So lieb, wie ich Katia habe, der Tradition meiner Eltern und Voreltern will ich treu bleiben, ich verlange die kirchliche Trauung.« Aber nicht einmal diesen Gedanken konnte sie aussprechen. Es war ja schon entschieden. Der Vater, religionslos, würde nicht zu einer kirchlichen Trauung erscheinen.

Julia musste das alles hinnehmen. Sie konnte sich nur bestätigt fühlen, dass man von Thomas zu viel Rücksichten verlangte und dass man ihn nur gnädig aufnahm. Ach, wenn sein Herz doch noch frei wäre, wie viel weniger verwöhnte Mädchen würden ihn lieben und treu für ihn sorgen. Später, als sie ihre Sorgen ihrer Tochter Lula mitteilte, erhielt sie keinen Zuspruch. Für Lula war es eher ein erschreckender Gedanke, jetzt zu hoffen, dass Thomas sich von Katia noch mal trennen könnte. Die Klagen gab Julia daraufhin bald auf.

Immerhin waren alle freundlich und nett zu ihr. Hedwig konnte es nachvollziehen und sagte es auch, es sei fürs Mutterherz immer schwer, den ledigen Sohn zu verlieren. »Aber glaub mir, es fällt mir auch nicht leicht, meine Tochter und Freundin fortzugeben.«

»Aber Hedwig, ich möchte doch damit nur sagen, dass ich meinen Sohn etwas mehr entbehren werde. Ich lebe ja jetzt mit Vikko nicht mehr in München. Ihr habt euer Kind wenigstens jeden Tag in der Nähe. Wir wohnen jetzt wegen Vikkos Schule in Augsburg, von dort ist es weit. Für euch liegt die neue Wohnung ja nur einen Katzensprung entfernt.«

Am Ende kam es wieder zurück, das Misstrauen. Als Hedwig sie durch die Räume der neuen Wohnung im dritten Stock der Franz-Joseph-Straße 2 führte, konnte sie erleben, wie Alfred Pringsheim das Kommando bei der Einrichtung übernommen hatte. Er steuerte die Möbelpacker mit dem neuen Schreibtisch in Tommys zukünftiges Arbeitszimmer. »Hierhin absetzen! Das Tageslicht von der linken Seite. Der Mann schreibt Bücher.« Alfred setzte sich anschließend an den Schreibtisch und probierte den Arbeitsplatz aus.

Hedwig schaute gerade mit Julia in diesen Raum, in dem schon die ersten Regale an der Wand aufgestellt waren.

»Da wird er seine Bibliothek aufbauen.« Alfred zeigte danach auf drei Empire-Stühle, die noch eng beieinanderstanden. »Nur die drei Sitzgelegenheiten habe ich aus Tommys alter Wohnung mit rüberkommen lassen. Tut mir leid. Der Rest war doch nur Klapperwerk.«

»Und sein Schlafzimmer?«, fragte Julia nach.

»Gehen wir mal rüber. Hedwig kennt sich schon aus. Zwei Schlafzimmer haben die Eheleute«, erklärte Alfred weiter. »Hier die Dame, dort der Herr. Und schöne weiß lackierte Betten haben sie jeweils.«

Ehe Julia etwas dazu sagen konnte, war Hedwig dabei, sie über den Flur zu führen. »Und hier sind zwei Water Closets.«

»Sehr modern«, merkte Julia an.

Hedwig ergänzte: »Und praktisch.« Bei sich dachte sie, dass »Mama« und Tommy in Lübeck anfangs bestimmt noch gar keine Water Closets in Lübeck gehabt hatten. Und in dieser Wohnung gab es auch überall elektrisches Licht – in sieben Zimmern. »Und hier siehst du, da steht das Telefon.« Hedwig zeigte auf die Anlage, und Julia dachte: Da werdet ihr jeden Morgen anrufen und euch nach dem Befinden von Katia erkundigen.

Hedwig wusste weiterhin, warum man mit den sieben Zimmern nicht zu viel Wohnraum eingeplant hatte. »Kommen die Kinder dazu, braucht man für sie Räumlichkeiten. Schon jetzt muss man nach geeignetem Personal Ausschau halten. Eine Köchin, zwei Mädchen.«

»Ja, sind die Kinder erst da, wird man weitersehen.« Alfred stand am Fenster und blickte in den großen Garten vom Palais Prinz Leopold. »Auf der anderen Seite haben wir den Englischen Garten mit dem Eisbach vor der Tür.« Er war zufrieden wie ein Schöpfer nach dem Siebentagewerk. »Und kehren die beiden von der Hochzeitsreise nach Hause zurück, haben wir ihnen das Nest bereitet. Es kommen noch einige besondere Möbel von Bernheimer, unser Spezialist für die italienische Renaissance.«

Es wurde noch deutlich, dass der Brautvater wohl auch die Miete übernommen hatte. Es fügte sich, dass in diesem Moment zwei Möbelpacker ein größeres Möbel die drei Treppen hoch in die Wohnung wuchteten. Als es im Salon ausgepackt und mit feinem Tuch mit Glanz versehen war, stand dort ein neuer Stutzflügel. »Da kann Thomas zur Erholung *Tristan* oder den *Tannhäuser* fantasieren«, entgegnete Julia. Dafür hatte Alfred Verständnis. Er selber spielte Wagner-Stücke am Klavier. Er würde aber nicht fantasieren. Er hatte die Noten der Opern vorher fürs Klavier übertragen und spielte sie so, wie es Wagner vorgeschrieben hatte.

Thomas war in diesen Tagen auf dem Klostergut in Polling gewesen und hatte dort endlich – noch vor der Hochzeit – das Drama *Fiorenza* fertig geschrieben und an den Samuel Fischer Verlag abgeschickt. Er zog für die Übergangstage noch in eine Pension in der Nähe der neuen Wohnung ein. Seine alte Wohnung bekam Otto Grautoff.

Die unaufhaltsame Katastrophe

Am 29. Januar 1905 waren die ersten Stöße eines Erdbebens im Palais zu erleben, die einen aus der Familie Pringsheim das Leben kosten sollte. Das alles geschah knapp zwei Wochen vor der geplanten Hochzeit von Katia und Thomas Mann. Es begann ganz harmlos beim Abendessen.

»Wo steckt denn dein Liebling? Er wollte doch mit uns zu Abend essen«, fragte Alfred.

Hedwig, noch ahnungslos, suchte eine Entschuldigung. »Erik ist heute etwas ungezogen.«

Darauf kam das Echo von Alfred: »Und es bedrückt mich, wenn ich ihn nur sehe.«

Das hörte sich etwas unversöhnlich an. Und so ging Hedwig über die Treppe hoch zu Eriks Zimmer, um ihn an den Tisch zu holen. Wie sie die Tür öffnete, sah sie etwas, das sie zutiefst erschreckte. Eti, der Erstgeborene, der Lieblingssohn und das Sorgenkind, war dabei, irgendeine radikale Tat vorzubereiten. Er verbrannte Papiere in einem Kachelofen. Auf dem Tisch lag seine Pistole. Dazu saß er an diesem in einem Aufzug, der deutlich machte, dass etwas nicht mehr stimmte. Er trug die Hosenträger über dem Unterhemd und wirkte verzweifelt. Eine Flasche und ein halb volles Glas standen vor ihm.

Hedwig versuchte Fassung zu bewahren. »Hier steckst du also. Wir haben dich unten vermisst.«

Ohne jede Regung in Richtung seiner Mutter zerriss Erik weitere Papiere und warf sie in die Flammen. Ganz beiläufig, ohne seine

Aufräumarbeiten zu unterbrechen, sprach er vor sich hin. »So, vermisst habt ihr mich also. Vermissen werdet ihr mich vielleicht bald noch viel länger. Weg damit!« Und wieder landeten Dokumente im Feuer.

»Sag mal, was tust du da?«, fragte Hedwig irritiert.

Jetzt schaute er hoch. »Ich mach reinen Tisch.« Dabei konnte er ein seltsames, hinterhältiges Lachen nicht unterdrücken.

Hedwig bewegte sich langsam zum Tisch, um die Pistole an sich zu nehmen.

Schnell griff Erik nach der Waffe und schob die Mutter mit der anderen Hand zurück. »Vorsicht, die ist geladen!«

»Eti, hör mal, wieso geladen?«

»Warum wohl? Damit's bum macht!« Wieder das kleine hässliche Lachen, danach trank er rasch einen Schluck Wein. »Es hat keinen Zweck mehr! Es kommt ja eh alles raus. Es ist zu spät!«

Hedwig setzte sich auf einen Stuhl in seiner Nähe. »Ist es wieder eine deiner Geld ...?«

»Geldschweinereien! Sag doch gleich, was du denkst!«

»Wie viel hast du verspielt?«

Erik hob die Hand mit drei Fingern.

»Drei?«, fragte Hedwig.

Erik schüttelte den Kopf.

Seine Mutter blickte ihn erschrocken an. Sie flüsterte die Summe. »30 000?«*

Nun nickte Erik.

Hedwig stand abrupt auf, nahm die Pistole an sich, ohne dass Erik sie weiter daran hinderte, und verließ sein Zimmer. An der Treppe blieb sie stehen. Alfred, der schon etwas geahnt hatte, stieg die Stufen hinauf. Als er sie erreicht hatte, raunte sie ihrem Mann etwas zu.

---

* Heute wären es ungefähr 180 000 Euro.

Augenblicklich stürmte Alfred in Richtung von Eriks Zimmer. »Was wagt der sich? Ist der denn völlig verrückt geworden?« Er brüllte seine Wut und Enttäuschung laut heraus. »Rauuuuuuus! Raus aus meinem Haus! Raus! Sofort raus!«

Hedwig folgte ihm und hielt ihn vor dem Zimmer auf. Sie hatte sofort begriffen, welche Gefahr dieser verzweifelte Sohn für die gesamte Familie heraufbeschwören konnte. In dreizehn Tagen sollte im Palais eine Hochzeit stattfinden. Würde man das Standesamt verschieben müssen? Sollte es einen Skandal im Palais Pringsheim geben?

»Alfred, beruhige dich! Wir haben hier in wenigen Tagen eine Hochzeit. Deine Tochter will heiraten.«

»Eti hier, Eti da. Du hast ihm zu viel durchgehen lassen. Dieser verantwortungslose Spieler!«

»Ja, sehr verändert hat er sich. Ich verstehe den Bub auch nicht mehr. Aber wir müssen mit ihm verhandeln.«

Alfred wollte die Pistole in die Hand kriegen und rangelte mit seiner Frau. »Ich verhandele nicht mit einem, der demnächst im Zuchthaus landet!«

Ins Tagebuch schrieb Hedwig an diesem Abend: *Schrecklich aufregende Szene mit Erik, der wieder unerhörte Geldschweinereien gemacht.*

Am 8. Februar, drei Tage vor der Trauung im Standesamt, verkündete Erik, dass er in den Kolonialkrieg in Deutsch-Südwestafrika eintreten wolle. Alles Weitere, alle Schandtaten von Erik konnte Hedwig nun bis zur Hochzeit unter der Decke halten.

Hochzeit im Palais

Die Kutsche mit den Brautleuten und den Trauzeugen war über den Marienplatz vorbei am Neubau des großen Rathauses vor dem alten Standesamt vorgefahren. Das neue Standesamt war noch im Bau. So ging es nicht die schlossartigen breiten Treppenstufen hoch zur Trauung, sondern bescheiden, direkt neben dem Stadtarchiv, eine steile Treppe hoch in ein Zimmer, in dem schon der Standesbeamte, der Herr Mayrhofer, auf die Besucher wartete. Es war das letzte Paar, das er an diesem Tag verheiraten sollte.

Nachdem man sich miteinander bekannt gemacht hatte, nahm Herr Mayrhofer hinter seinem Schreibtisch Platz. Auf sein Zeichen hin setzten sich die Brautleute und die Zeugen davor, und der Standesbeamte las aus den vor ihm liegenden Papieren vor. Zunächst die amtliche Überprüfung der Personen, die zum Zweck der Eheschliessung anwesend waren. Dazu hatte er das Ehedokument mit den Namen und Geburtstagen in der Hand. Ein leicht bayerischer Tonfall färbte das in Hochdeutsch verfasste Dokument. Darüber stand: »München am elften Februar tausendneunhundert und fünf.«

Herr Mayrhofer zitierte fürs Protokoll routiniert: die Anwesenheit von Thomas Mann, entsprechend Geburtsdatum und Wohnung wie durch das Aufgebot bekannt. Danach nannte er die Braut Käthe Pringsheim, ebenfalls durch das Aufgebot mit Geburtsurkunde und Wohnort bekannt.

Als Katia mit dem Vornamen Käthe aufgerufen wurde, blickte Thomas erstaunt zu ihr hinüber. Lächelnd nickte sie nur. Hatte man vergessen, es Tommy zu sagen? Unter diesem Vornamen war sie getauft worden. Die Käthe war dann hinter Katharina und Katia verloren gegangen. Sie wurde als Tochter des Königlichen Universitätsprofessors Doktor Alfred Pringsheim und seiner Ehefrau Hedwig, geborene Dohm, angesprochen.

»Als Zeugen sind zugegen und erschienen«, so fuhr Herr Mayrhofer fort, »der Königliche Universitätsprofessor Doktor Alfred Pringsheim, der Persönlichkeit nach bekannt, vierundfünfzig Jahre alt, sowie der Direktor der bayerischen Handelsbank, Direktor Josef Löhr, 42 Jahre alt.« Hinter seinem Schreibtisch erhob sich nun der Standesbeamte, knöpfte seine Jacke zu und blickte freundlich lächelnd auf Thomas und Katia, die mit ihm aufgestanden waren. Schlank und gerade hielt sich Thomas in seinem Frack vor dem Amtstisch.

Herr Mayrhofer kam zu den entscheidenden Worten: »Ich frage Sie, Herr Paul Thomas Mann: Ist es Ihr Wille, mit der hier anwesenden Katharina Pringsheim die Ehe einzugehen?« In der kleinen Pause, die entstanden war, holte Thomas Luft, während der Standesbeamte mit einer kleinen Handbewegung seine Anfrage vollendete: »So antworten Sie bitte mit Ja.«

Tommy sah zu Katia, dann war sein klares und mit Überzeugung gesprochenes »Ja!« zu vernehmen. Er strahlte seine Braut an, als er die Frage des Standesbeamten ein zweites Mal hörte.

»Ich frage Sie, Fräulein Käthe Pringsheim: Ist es Ihr freier Wille, mit dem hier anwesenden Paul Thomas Mann die Ehe einzugehen? So antworten Sie bitte mit Ja.«

Katia wandte ihren Blick zu Tommy. Sie wusste, wie oft er sie um ihr Ja gebeten hatte, das Ja zu einer Ehe, die sie beide ein Leben lang zusammenhalten sollte. »Bis dass der Tod euch scheidet«, hätte der Pfarrer in der Kirche noch dazu gesagt. Aber sie wollte keine kirchliche Trauung, sie wollte auch auf dem Standesamt nicht in Weiß heiraten, auch keinen Schleier als Zeichen der Jungfräulichkeit tragen. »Da komme ich mir vor wie ein Opfertier«, hatte sie zu Hedwig gesagt.

War Katia aber klar, wozu sie dem Ehemann ihr Jawort vor dem Standesbeamten gegeben hatte? Miemchen hatte sie gewarnt. Sie hatte gesagt: »Der Mann bringt das Geld, die Ehefrau macht den Haushalt und die Aufzucht der Kinder.« Das war nicht ideal, aber es gab im Jahr 1905 keine Alternative. Es galt nicht als schändlich, sich für etwas Größeres zurückzunehmen. Und Kultur war für das Bürgertum dieser Jahre etwas Größeres und ein besseres Los, als mit einem Anwalt oder einem Herr Kommerzienrat verheiratet zu sein. Es galt, das Werk, an dem Thomas arbeitete, zu ermöglichen, zu schützen und dem Mann die Möglichkeit zu geben, in einem Haus an einem Schreibtisch zu arbeiten, wo immer das Schicksal sie hinschicken würde.

Für eine Frauenzeitung hatte Katia im Jahr 1930 einmal über ihre Rolle in dieser Ehe gesprochen. *Mein Einfluß? Er besteht nur in passiver Kraft, in weiblicher Einfühlung, am Anpassen, im Verstehen. Natürlich weiß ich immer um die Arbeitspläne meines Mannes und verfolge seine Werke im Entstehen. Er bespricht alles mit mir und lässt mich teilhaben am Werdenden.*

Einfühlen, Anpassen, Verstehen zur Beförderung des Werkes, an dem sie dafür teilhaben durfte. Diese Teilhabe an der Größe des Werkes und seines Autors war die verdiente Belohnung für die Selbstaufopferung. So war die Zeit. Ganz am Ende dieser langen Ehe hatte er ihr vor aller Welt in der Geburtstagsrede noch einmal den Ehepass ausgestellt: *Wenn irgendein Nachleben mir, der Essenz meines Seins, wenn Menschen meiner gedenken, wird ihrer gedacht sein.* Frau Thomas Mann definierte sich über das Werk, die Weltliteratur, die sie durch ihre Ehe mit Tommy ermöglicht hatte, auch als Mutter, Sekretärin, Beraterin. Aber war in dieser Dankesrede nicht noch ein anderer Satz zu hören, die Kehrseite, die in der dankbaren Erinnerung enthalten war? Im Sinne von: Ohne mich wärst du das alles nicht?

Jetzt antwortete sie mit einem leisen Ja.

Thomas öffnete die kleine Schachtel mit den Eheringen. Er nahm den für Katia heraus und schob den Reif langsam und fast andächtig über den zarten Finger seiner Frau. Das Gleiche tat Katia, und er betrachtete dabei ihre Augen. Nach dem privaten Ja von Heringsdorf per Post war das hier amtlich. Sie hatte ihn in den Tagen der Verlobung etwas besser kennengelernt. Aber da waren noch viele Fragen.

Danach unterzeichneten zunächst die Brautleute das Protokoll. Als Erster in einer sehr großen, expansiven Schrift: *Thomas Mann*. Wie geflügelt kamen die Buchstaben aufs Papier. Deutlich kleiner, fast bescheiden, darunter *Käthe Mann, geb. Pringsheim*. Das war das erste Mal, dass sie mit ihrem neuen Namen unterschrieb. Sie schaute kurz zu Tommy, der es wohl auch wahrgenommen hatte. Dann gab sie den Federhalter weiter an ihren Vater. Unter dem neuen Namen seiner Tochter schrieb Alfred sehr winzig, fast mikroskopisch klein: *Prof. Dr. Alfred Pringsheim*. Daneben dann fast in der Größe von Thomas der Schwager: *Dr. Joseph Löhr*.

Die Trauzeugen gratulierten. Jof Löhr fast jovial familiär, Alfred bewegt. »Glückwunsch, meine Tochter. Alles Gute für euch.« Damit gab Pringsheim seinem Schwiegersohn die Hand. Es war ein fester, kräftiger Handschlag.

Herr Mayrhofer hatte ebenfalls seine Gratulation ausgesprochen, ohne eine Vorstellung davon zu haben, dass er hier die Erweiterung und Gründung einer besonders bedeutenden deutschen Familie im 20. Jahrhundert amtlich beglaubigt hatte.

In der Kutsche saßen Katia und Thomas ihren Trauzeugen gegenüber. Thomas hielt Katias Hand fest in seiner. Man sah deutlich die beiden Ringe und die strahlenden Gesichter. Geschafft! Nun war sie sein. Frau Thomas Mann.

Es ging zum Lunch, zur Hochzeitsfeier in die Arcisstraße, wo schon die Gäste warteten, später brach man zu einer langen

Hochzeitsreise auf. In die ersten Ehewochen. All das wird kein Zuckerschlecken, dachte Thomas. Noch kann ich mich nicht wirklich offenbaren. Nicht mit allem, was da zu sagen wäre. Das würde sie überfordern. Aber sie würden zusammenfinden, da war er sich sicher.

Vor sich sah er das Bildnis seines Vaters, dem er zu Lebzeiten nicht viel Freude hatte machen können. Aber mit diesem Schritt in die Bürgerlichkeit, eigentlich zurück ins Großbürgertum, hätte der Kaufmann Thomas Heinrich Mann, der schon lange bei seinen Vätern war, zufrieden sein können. Würde er die Kutsche sehen, in der sein Zweitgeborener über die Straßen der Residenz zum Palais rollte, könnte er feststellen, wie sehr die Familie Mann nach dem Absturz in Lübeck in München mit diesem Sohn wieder Boden gutgemacht hatte.

Bei diesem Gedanken nahm er Katias Hand mit dem Ehering, beugte sich herab und küsste sie. Er sah das vergnügte, etwas verschwörerische Lächeln des neuen Schwagers Jof. Aber der Professor lächelte nicht. Er blickte nachdenklich auf das junge Glück vor ihm. Hedwig hatte es ihm beigebracht. »Unsere Tochter ist etwas Besonderes, aber sie ist auch etwas schwierig und nicht so leicht an einen Mann zu bringen. Es ist jetzt das richtige Alter. Sie will uns ja noch einige Enkel schenken. Und Tommy wird weiterwachsen. Auch sein Ruhm wird es.« Da sei sie sich sicher, darauf könne Alfred doch stolz sein. Das hatte er akzeptiert. So sollte es sein. Aber tief im Innern wusste er, würde der Mann dort seine Tochter unglücklich machen, dann würde man ihn kennenlernen.

Während das Brautpaar mit den Trauzeugen in der geschlossenen Kutsche zurück in die Arcisstraße fuhr, waren dort die ersten Blumengrüße eingetroffen und mit den Glückwunschkarten in Vasen verteilt. Immer wieder klingelten die Boten an der Tür und gaben Geschenke für das Brautpaar ab.

Zuerst traf sich Katia mit Hedwig in ihrem Mädchenzimmer. Dort hing das eigentliche Hochzeitskleid auf dem Bügel. Katia kam dann die Treppe herunter in einem weißen Crêpe-de-Chine-Kleid mit einem Myrtenkranz auf dem Haupt.

Im Speisezimmer war ein Tisch für siebzehn Personen eingedeckt. Thomas saß in seinem schmucken Frack neben der Braut ganz in Weiß am Kopfende. Zu ihrer Linken war ihr Vater, der Professor Pringsheim, platziert und daneben Mama, Frau Senator Mann. Neben ihr wiederum Tochter Lula Löhr und Vikko. Den Schüler hatte man zu Erik gesetzt. Vikko hatte sich zuvor oben an der Decke den Fries aus dem Paradiesgarten angesehen.

»Warum heißt das Paradies, wenn sie doch alle nackert sind?«, fragte Vikko nun Erik.

»Im Paradies waren's alle nackerte Menschen. Sie hatten keine Kleider und somit keine Taschen. Es gab noch kein Geld, nicht wahr?« Dabei lachte Eti etwas verwegen.

Als der Weinkellner Erik einschenkte, fragte er, ob der junge Herr neben ihm auch ein Glas Champagner bekommen solle. Erik entgegnete: »Einen kleinen Schluck, weil sein Bruder heute meine Schwester geheiratet hat.« Er lachte noch verwegener.

Hedwig beobachtete, wie Alfred immer wieder nach der Hand seiner Tochter griff. Sie flüsterte Tommy den Erfolg am Gabentisch zu. »So viele Geschenke, ein Berg von Blumenspenden und zahllose Telegramme. Jetzt spricht es sich herum. Und morgen, wenn die Menschen die Anzeige in der Zeitung lesen, sitzt ihr schon im Zug nach Zürich.«

Kurz danach erhob sich Thomas und schlug mit einer Gabel an das Glas. Er hatte die Aufgabe, eine kleine Rede zu halten und auch der Verwandten zu gedenken, die vom Alter her im fernen Berlin geblieben waren und dennoch etwas mitfeiern wollten. Kerzengerade, wie ein Rittmeister in Zivil, stand er da. Für einen Augenblick war alles nur Glück und nochmals Glück.

»Liebe Gäste«, fing er an, »ich werde mich kurzfassen. Miemchen, Munni, Punni, Fink und Fey: Hoch!«

Man war verblüfft, man lachte, war erheitert und positiv berührt. Die Gäste, die schon zum engeren Kreis der Familie gehörten, begriffen es sofort: Da ist einer, der will zu uns gehören. Man trank auf das Wohl von Braut und Bräutigam.

Alfred wandte sich vertraulich an Julia. »Na großartig! Fink und Fey, das sind wir. Und Munni, Punni und Miemchen sind unsere Verwandten in Berlin. Thomas soll ja eine gute Figur bei seinem Auftritt dort abgegeben haben.«

»Ja, das kann er, mein Sohn«, erwiderte Julia. »Wenn er mit sich ganz einverstanden ist.«

Alfred nahm sein Glas in die Hand und hatte eine Bitte: »Lassen Sie uns beide privat anstoßen. Ich möchte keine große Rede halten.«

»Auf das Glück unserer Kinder«, sagte Julia.

Alfred stieß mit ihr an. »Auf das Glück unserer Familien, die nun zusammengehören.«

Nachdem ein erster Gang – die kräftige Hummersuppe hatte allen bei dem schmuddelig kalten Wetter gutgetan – beendet und das Geschirr abgetragen war, erhob sich Dr. Schaeuffelen, er wollte noch einen Toast auf das Brautpaar ausbringen.

»Verehrte Versammlung«, sagte er. »Ich bin nicht Redner, sondern nur Hörer. In letzter Zeit sprach Professor Pringsheim in seiner Vorlesung viel über Kongruenz. Und nun haben wir hier die schönste Kongruenz, die in einem Menschenleben möglich ist. Ich bin nur Hörer in der Universität. Und ich hege den Wunsch, von diesem Paar nur das Schönste und Beste zu hören. Das Brautpaar, es lebe hoch!«

Man hob die Gläser und trank. Thomas grüßte mit seinem Glas in die Runde. Er traf auf das frohe Lächeln in Ottos Gesicht, nickte kurz und nahm einen Schluck Champagner. Auch Hedwig grüßte in die Runde. Als sie ihrem Erik in die Augen blickte, senkte der seinen Blick, und Hedwigs Lachen verrutschte für einen Moment, bis sie sich mit einem Schluck Champagner wieder in die Hochzeitsfeier zurückgeholt hatte. Erik klirrte mit seinem Glas kurz an das von Vikko und flüsterte verschwörerisch: »Zurück ins Paradies!«

Das Essen ging nach einem Fisch, einem köstlichen Chateaubriand, einer Bayerischen Creme, einer Käseplatte sowie Kaffee und Kuchen dem Ende entgegen. Erik bemerkte, wie blass der Junge neben ihm im Gesicht geworden war. Es war offensichtlich die Mischung von all den guten Gaben, insbesondere sein Appetit auf die Hummermayonnaise, die ihm nicht gut bekommen war. Er begleitete Vikko zum Wintergarten und setzte ihn dort in einen der geflochtenen Korbsessel, damit er sich etwas erholen konnte. Grautoff und Tommy, die dort im Gespräch waren und erstaunt auf den bleichen Vikko schauten, bekamen von Erik die Antwort: »Zu viel des Guten!«

Julia und ihre Tochter Lula standen mit Jof am Gabentisch und musterten die Geschenke. Vor allem eine große zwölfteilige Sammlung von Silberbesteck in verschiedenen Schubladen fiel ihnen auf. Lula zog einige Laden der Lederkiste auf und blickte hinein. Sie hatte mit Jof auch eine reiche Hochzeit gehabt, mit einem Dinner im Hotel Vier Jahreszeiten. Aber das hier war doch einige Etagen höher. Und etwas wie Häme war in ihrer Bewunderung zu spüren. Julia begriff, was ihrer Tochter durch den Kopf ging.

»Das ist die Berliner Verwandtschaft«, erklärte sie.

»Was das wohl gekostet hat?«, fragte Lula, die den Wert des Silberbestecks nur ahnen konnte. »Dagegen kann unser Lübecker Silber, das wir dem Paar geschenkt haben, nicht mithalten.«

Julia wies auf das eingravierte »M«. »Immerhin ist unseres ein Original. ›M‹ wie die Manns. Heinrich mit seinem Wanderleben kann ja nichts damit anfangen. So bin ich froh, wenn es jetzt auf Tommy übergeht. Im Übrigen, warum so bescheiden, Lula? Sie haben das Geld, wir die Tradition!«

Dann betrachteten sie ein nettes kleines Kaffeeservice mit aufgemalten Kleeblättern. Lula nahm die Kanne in die Hand und las: »Von Heinrich und Carla.« Sie reichte die Kanne an Jof weiter. »Kleeblätter, damit wünscht er seinem Bruder Glück in der Ehe. Ist ja putzig! Das riecht förmlich nach Hauspantoffeln.«

Julia entwendete ihm wieder die Kanne und stellte sie zurück.

»Für die Behaglichkeit, so meint es Heinrich«, kommentierte Jof die Bemerkung seiner Frau. »Es ist schade, dass er und Carla an diesem Ehrentag nicht kommen konnten.«

Lula lachte in sich hinein. »Ich glaube eher, sie wollten nicht!«

»Wie kannst du so etwas sagen?« Das ging ihrer Mutter zu weit. »Carla ist im Engagement in Königshütte, und da hat sie es gewiss nicht leicht. Und Heinrich kann seine Kur in Riva …«

»Ach was!« Lula glaubte nicht an diese Entschuldigungen. »Kuren kann man immer unterbrechen. Und auch aus Oberschlesien fahren Züge nach München.«

Jof nickte. »Als Oberhaupt der Familie hätte Heinrich bei der Hochzeit seines Bruders schon anwesend sein sollen. Ich glaube, du machst dir da etwas vor, Mama.«

»Wenn du meinst. Ich möchte dazu nichts weiter sagen.«

Plötzlich trat Tommy zu ihnen mit der Nachricht, dass man Vikko im Wintergarten im Liegestuhl abgelegt hätte. »Hummermayonnaise und Champagner sind ihm wohl nicht bekommen.«

Aber Julia war nicht besonders in Sorge. »Keine Angst, Tommy, der Junge hat einen stabilen Magen.«

Thomas begleitete danach Otto an die Garderobe, um ihn zu verabschieden.

»Schön, dass ich dabei sein konnte. Dass wir immer noch zusammengehören«, sagte Otto, als er seinem Freund die Hand reichte.

»So soll es bleiben!« Thomas drückte ihm die Hand.

»Tommy, der Paul Ehrenberg, wäre der heut nicht auch gern dabei gewesen?«

»Der Tiermaler? Du hast es ja miterlebt, wir sind da etwas auseinandergekommen. Ich habe das Gefühl, dass der Paul auch bald heiraten wird.«

»Die Teufelin?«

»Ja, die Lilly Teufel, die Malerin. Die passt zu ihm.«

Schließlich war das Fest zu Ende. Alle waren sie gegangen. Auch Alfred hatte sich schon ins Schlafzimmer zurückgezogen. Nur Hedwig ging allein durch die leeren Räume, die ohne die Menschen viel zu groß wirkten. Sie wanderte vorbei an dem abgeräumten Tisch, an den Geschenken, den Telegrammen und vielen Blumen. Sie stieg die Treppe hoch, betrat Katias Zimmer. Es war nicht aufgeräumt. Noch immer war das Chaos ihrer Abreise zu sehen. Das Hochzeitskleid hing auf einem Bügel, das Bett war zerwühlt. Sie griff sich das Kopfkissen und drückte es vor das Gesicht. Dann ließ sie sich hemmungslos schluchzend auf das Bett fallen.

Etwas später saß sie vor ihrem Tagebuch und schrieb: *11. Februar 1905. Schrecklicher Tag, Früh Katia zum Standesamt angezogen, dann »Frau Mann« hochzeitlich gekleidet – sah im Brautkleid u. Myrtenkranz süß-poetisch aus. Beim Dinner 17 Personen. Ganz gemütvoll, etwas bedrückt, nicht zu sentimental. Um halb fünf Schluss des Festes. Katia umgekleidet, ihre Sachen fertig gemacht. Um halb sechs Abfahrt. Dann Zusammenbruch. Mein armes kleines Kind.*

Flitterwochen in der Schweiz

Im Schlafwagen erster Klasse war das Abteil bis auf eine Leselampe abgedunkelt. Katia lag in ihrem Bett und schlief. Der schwerste Teil war getan. Nun kam das Hotel Baur au Lac, das erste Haus in Zürich, direkt am See gelegen. Hedwig hatte sie dort eingebucht. Sie waren am Hochzeitsabend noch mit Mama und Vikko nach Augsburg gefahren und waren dort für ein spätes Abendessen im Hotel Drei Mohren abgestiegen.

Thomas schaute auf seine schlafende Braut. Die dunklen schwarzen Haare, die perlblassen Wangen. Er hatte sie gesehen und auch bald ausersehen. Es war ihm gelungen, sie in seinen Lebensroman hineinzuschreiben.

Er hatte sein Notizbuch in der Hand und las dort die Anschriften von drei Ärzten, die er in Zürich ermittelt hatte. Die Stadt, die berühmt für die Qualität ihrer Ärzte war. Da war Professor Constantin von Monakow in der Dufourstraße (hinter der Oper), ein Spezialist für Nervenleiden. Weiter Dr. med. Georg Ringnier, Zeltweg 26, ein Hypnotiseur. Der dritte Doktor war ein Psychiater: Dr. med. Alfred Ulrich. Der zuletzt Aufgeschriebene hatte seine Praxis in der bekannten Bahnhofstraße. Ein Schweizer Arzt, weit weg von München und den Medizinern dort, die zu gut in der Gesellschaft eingebunden waren, der konnte vielleicht helfen.

Dr. Ringnier sprach in dem vertrauenerweckenden Schwyzerdütsch mit seinen kehligen Bergbauernlauten, als er ihn nach ihrer Ankunft aufsuchte. »Eine junge, noch fast mädchenhafte Frau, ohne jede Erfahrung mit einem Mann. Jungfräulich also. Wissen Sie, da gibt es ein Problem, und da gibt es auch kein Problem.«

»Kein Problem?« Das hörte Thomas sehr gerne.

Der Arzt holte etwas aus. »Schau'n Sie, Herr Mann, sie wird ja völlig unaufgeklärt sein. Sie wird somit auf gar keinen Fall bemerken, dass Sie auch – wie soll ich's Ihnen sagen, also gewissermaßen auch Neuland betreten. Da können Sie gar nichts falsch machen, wenn Sie es halbwegs richtig machen.«

Aber da waren noch Fragen beim Patienten offen. »Man sagt doch immer, dass die Frau beim ersten Mal …«

»Nein, nein! Sie wehrt sich nicht. Das sind alles dumme Schauergeschichten. Und das Tröpfchen Blut, wenn es denn kommt, ist nicht der Rede wert.«

Thomas blickte auf den Schreibtisch, auf dem Dr. Ringnier zwei farbige Schaublätter ausgelegt hatte. Der Unterleib der Frau mit der Vagina und der Weg der Samenfäden in die Gebärmutter. Alles nicht sehr appetitlich, wenn man sich genauer mit den Details der Fortpflanzung beschäftigte. Deshalb stand Thomas auch bald auf und gab dem Arzt zum Abschied die Hand. »Ich danke Ihnen für die Auskunft.«

Dr. Ulrich hatte wiederum ein etwas seltsames Gefühl, als Tommy ihn mit denselben Fragen danach aufsuchte – den Professor für Nervenleiden wollte er sich ersparen. Der Mediziner hatte die Hand des Patienten etwas länger festgehalten, als es beim Abschied üblich war. »Also wenn Sie noch etwas anderes ansprechen möchten?« Thomas überlegte einen Moment. Dr. Ulrich hatte schon eine Ahnung, worum es hier ging. »Die ärztliche Schweigepflicht. Was Sie hier mit mir besprechen, das verlässt die Praxis nicht.«

»Es gibt da eine etwas heikle Frage. Dieses Versagen ante portas.

Wenn das bei mir auftreten sollte, man kann es ja vorher nicht wissen, wie es einem geht, in welcher Verfassung man sich befindet – ist dafür nicht irgendein Kraut gewachsen, ein Medikament, das Sie mir aufschreiben könnten?«

Der Arzt machte eine einladende Geste. »Bitte nehmen Sie doch noch einmal Platz.«

Thomas setzte sich wieder vor den Schreibtisch und schob dabei aber die Vagina und die Gebärmutter auf die Seite, die es auch hier gegeben hatte, nur als Modell. Dr. Ulrich hatte die diskrete Geste nicht übersehen.

Die Suite im Baur au Lac hatte ein großes Fenster zum See. Dahinter weit am Horizont, verschneit und schattenhaft, die Silhouette der Alpen. Mit dem einsetzenden Schneefall und der Dämmerung verschwand das Gebirge hinter einem weißgrauen Vorhang. Die Suite war ein kleines Wohnzimmer, mit Polstermöbeln und einem flachen Tisch ausgestattet. In einem Nebenzimmer sah man das große breite Bett, noch bedeckt von einer schön gearbeiteten Tagesdecke.

Über das Schlafzimmer kam man in ein großzügiges Badezimmer mit zwei Waschbecken, einer Badewanne und vielen Spiegeln. Vor einem der großen Spiegel stand das junge Paar. Katia hatte Thomas die Fliege umgebunden. Zum Dank legte er seiner Ehefrau die Stola um die Schultern. Jetzt waren sie fertig umgezogen für das Dinner unten im Speisesaal. Thomas wies mit einer Geste auf das Paar im Spiegel: »Wenn ich vorstellen darf …«

In diesem Augenblick klopfte es an der Tür. Ein Zimmermädchen stand im Türrahmen, als Thomas öffnete.

»Entschuldigung, die Herrschaften. Dürfte ich die Betten aufschlagen?«

Thomas nickte. »Bitte, kommen Sie herein!« Es war eine überraschende Erinnerung an das eigentliche Ereignis dieses Tages: die Hochzeitsnacht.

Das Ehepaar Mann verließ danach die Suite, denn unten war ein Tisch für sie reserviert. Saaldiener in Uniform öffneten die Türen und führten sie an den Platz im Speisesaal. Der Gang durch die Räume des Hotels erinnerte sie an das Palais zu Hause. Nur war alles viel größer, viel prächtiger und ausladender. Ganz oben, unter der hohen Decke, wölbte sich ein Dach aus farbigem Glas, das den Gästen den Eindruck vermittelte, im Freien zu sitzen. Sanfte weiße Flocken fielen lautlos auf die Kuppel.

Der Champagner ploppte mit leisem Krach und wurde der Dame und dem Herrn in kostbaren Kristallkelchen eingeschenkt. Katia nahm einen kräftigen Schluck und fühlte sich gleich in guter Laune. Sie musste lachen, als sie an den kurzen Trinkspruch von Thomas dachte, den er am Hochzeitstisch ausgebracht hatte. Sie wiederholte ihn, dabei hob sie das Glas, und auch Tommy prostete ihr zu. »Das war eine elegante Lösung von dir. Die Berliner Verwandten mussten erwähnt und gegrüßt werden, und rascher kann man's nicht machen!«

»Ich soll ja in deine Familie hineinwachsen. Oder?«

»Und du hast Bella figura gemacht. Eine schlanke Erscheinung in einem tadellosen Frack. Stramme Haltung. ›Wie ein Offizier in Civil‹ – hatte das nicht eine der Berliner Zeitungen erkannt?«

»Ist dir aber nicht immer leichtgefallen.«

»Ja, das stimmt. Etwas schwieriger war es beim Miemchen.«

»Deine Großmutter betrachtet Schwiegersöhne als das größte Hindernis zur Emanzipation. Sie ist klein. Aber wenn man ihr gegenübersitzt, ist sie eine Erscheinung. Die großen grauen Augen, das weiße Haar, fast eine Märchenfigur zum Fürchten. Und dazu passen der märchenhafte Reichtum deiner Verwandten. Ich habe erst in Berlin bemerkt, was für Adressen die Wilhelmstraße und der Tiergarten sind.«

Thomas hatte für Katia und sich ein Stück vom Rehrücken bestellt, das passte zur Saison, und dazu eine Flasche Pinot noir ausgesucht.

Als der Sommelier die Flasche am Tisch geöffnet, den Korktest gemacht und die Gläser gefüllt hatte, ertönte der zarte Glockenton von der Glashütter Uhr an der Goldkette. Thomas ließ den Deckel aufspringen und stoppte das zarte Geläut.

»Haben Sie Eile, sollen wir rasch servieren?«

Die Antwort kam prompt, gleichzeitig von Katia und Thomas. »Nein, keineswegs! Durchaus nicht! Wir haben Zeit.«

Sie amüsierten sich über die beiderseitige Reaktion. Katia schob ihre Hand über den Tisch. Thomas schaute auf ihren Ring und legte seine Hand schützend darüber.

»Magst du mir sagen, was deine Ärztin zu dir gesagt hat?«, fragte er. Katia selbst hatte sich bei einer Ärztin in Zürich angemeldet und beraten lassen.

Katia überlegte einen Augenblick. »Du willst es wirklich wissen?« Tommy nickte fast unmerklich. »Nun ja. Ich bin noch sehr jung, so schmal fast wie ein Junge, meinte die Ärztin. Ich sollte noch etwas warten mit dem Kinderkriegen, das war ihr Rat.«

Thomas nahm einen Schluck vom schweren Rotwein. »Und was denkst du? Willst du warten?«

Fast unmerklich bewegte sie den Kopf. Nein, sie wollte nicht warten.

Thomas fasste noch einmal nach ihrer Hand. Er sah sie an, sah ihre Augen voll Sorge, Angst, aber auch Vertrauen. Und er fühlte, dass er sie dafür liebte. Auch dafür: Woher immer sie wusste, was zu tun war, als Tommy sich fast schon nachdenklich in der ersten Nacht zu ihr ins Bett legte, sie wusste es einfach. Sie hatte seine Hand genommen und sie auf ihre schöne, kleine Mädchenbrust gelegt.

Während sich Hedwig mit ihrem Personal um die Einrichtung der Wohnung in der Franz-Joseph-Straße kümmerte, um die Koffer mit Katias Kleidung und all ihren persönlichen Sachen und Sächelchen, die in die neue Wohnung übersiedelt werden mussten, durfte

Tommy mit Katia, nun Frau Thomas Mann, in Zürich bummeln, Geschäfte anschauen, shoppen und nach Luzern fahren.

Es war das erste Mal, dass er so lange, so nah mit einer Frau zusammenlebte und jede Nacht mit ihr in einem breiten Bett schlief. Für den Fall, dass der Schlaf ihn nicht wie gewohnt mit offenen Armen empfangen würde, hatte er vorgesorgt.

Die Wonnen der Gewöhnlichkeit, angefüllt mit den Banalitäten des Alltags, nach denen sich sein dichterisches Abbild noch sehnte, waren das nicht gerade, was sie in den Flitterwochen erlebten. Katia und Tommy, beide waren sie in seiner Auffassung Menschen, die sich auf hohem Niveau zu einer Liebesheirat gefunden hatten. Prinz und Prinzessin. Bisher hatte Tommy von außen auf das Leben der anderen geblickt, vom Dunklen aus, getrennt von der Fensterscheibe, ins Helle, wo anscheinend das Glück tanzte. Nun hielt er Katias Hand mit dem Ring, das Zeichen für ihr gemeinsames Eheversprechen.

Er war mit diesem Schritt ins wirkliche Leben geraten. Ein erster Schritt nur, mehr nicht. Neben der Verantwortung für sein Werk, seine Begabung, die Produktion neuer Erzählungen hatte er Verantwortung für eine Familie übernommen. Bald sah man und bald wusste man es, dass Katia nach der Hochzeitsreise schwanger war. Das Kind wurde für Anfang November erwartet. Der einsam lebende Künstler, der in seiner Radikalität nur dem Werk verpflichtet war, jetzt konnte er kennenlernen, was geschieht, wenn beide Lebenswelten, das Werk und das Alltagsleben, sich in die Quere kamen. Jede Seite hat Rechte und Notwendigkeiten.

Gefälschte Wechsel

Während der Hochzeitsreise war das junge Paar über das Telefon und die Post mit der Arcisstraße durchgehend eng verbunden. Auch danach lief in den beiden Häusern zunächst alles wie gewünscht, fast goldig und glücklich. Der Hausherr, der sich nach und nach in den Alltag eines neuen Daseins mit Frau und Tochter einlebte, gewann eine gewisse Freude an der neuen »Behaglichkeit« in der Franz-Joseph-Straße. Auch Hedwig konnte aufatmen und sich ebenfalls an der Entwicklung in der jungen Ehe erfreuen. Dazu kam die Nähe zu Katia, die sie immer wieder in die alltäglichen Abläufe hineinziehen konnte. Das Personal, das sie für die junge Frau ausgesucht hatte, bewährte sich. Von Woche zu Woche lernte Katia besser, die Mädchen und die Köchin anzuleiten und zu kontrollieren. Wenn es passend war, begleitete sie ihre Mutter, wie sie es schon früher getan hatte. Hedwigs Alltag verlief wie gewohnt: Lichtbad, Sport, Gymnastik, Massage, Reiten, Kommissionen, viele Stunden bei ihrer Schneiderin, das Personal im Palais steuern und die Rechnungen und Entlohnungen regeln. Auch immer wieder am Morgen Briefe lesen und schreiben. Dazu am Abend die erfreulichen Theaterbesuche, Konzerte und Opernvorstellungen.

Im nationalliberal gesinnten Palais Pringsheim hielt man zum Deutschen Reich und zu seinem illustren Kaiser, der sich umtriebig den Untertanen zeigte, aber dennoch manchmal bedauerlicherweise dumme Redensarten, die auf einen bestimmten Größenwahn hinwiesen, nicht lassen konnte. Eingerahmt war all das durch die festgelegten Teebesuche, durch Gäste zum Lunch oder Dinner. Immer waren dies auch gute Gelegenheiten, die Politik und die Zeitläufe im offenen, freimütigen Ton zu besprechen.

Und dann geschah es wieder, dass etwas von dem, was unter der Decke gehalten worden war, hervorbrach und alle Ordnung durcheinanderbrachte. Am 28. Mai 1905 schrieb Hedwig in ihr Tagebuch: *Neue, schreckliche, völlig niederschmetternde Enthüllungen über Erik »via Katia«.*

Ein Brief an Hedwig, bewusst an Katia adressiert, war aus Berlin vom Bankier Hermann Rosenberg eingetroffen. Katia informierte ihre Mutter übers Telefon, und bald schon war Hedwig in der Franz-Joseph-Straße und las den Brief mit den neuesten, nun besonders aufwühlenden Nachrichten über Erik. Ein Wechsel, ausgestellt auf die Summe von 50 000 Mark, war der Berliner Handelsgesellschaft vorgelegt worden. Unterschrieben hatte ihn angeblich Hedwig Pringsheim. Ihr Konto bei der Bank war so gering ausgestattet, dass man den Wechsel dem ehemaligen Direktor Rosenberg gezeigt hatte.

Hedwig und Katia verabredeten sich mit dem Freund und Anwalt Max Bernstein am Bahnhof. Hedwig konnte sich nicht erinnern, jemals einen Wechsel mit solch einer Riesensumme ausgestellt zu haben. Es war bald allen klar, dass Erik die Unterschrift seiner Mutter gefälscht hatte.

Max Bernstein sprach es deutlich aus: »Ein ungedeckter Wechsel, dazu mit einer gefälschten Unterschrift eingereicht, das bedeutet Zuchthaus, Ehrverlust und die Unmöglichkeit, je in den Staatsdienst oder beim Militär einzutreten.«

Hedwig wusste, wie sehr sich Alfred so eine Staatsanstellung für Erik gewünscht hatte. Erschüttert hakte sie sich bei Katia ein. Sie sandte umgehend ein Telegramm an Hermann Rosenberg nach Berlin, mit dem sie sein Kommen dringend erbat.

Mit dem nächsten Zug reiste der Bankier von Berlin nach München, wo er sich in der Franz-Joseph-Straße mit Katia und Hedwig traf. Noch am Abend vorher hatte Hedwig im Garten mit Erik darüber verhandelt, dass er nicht, wie er es angedroht hatte, zur Waffe griff. Und hatte er nicht überhaupt nach Deutsch-Südwestafrika gewollt? Alfred ahnte von alledem noch nichts.

Hermann Rosenberg holte den Wechsel aus einem Kuvert und reichte ihn Hedwig.

»Den Wechsel habe ich nicht unterschrieben«, sagte Hedwig augenblicklich.

»Bitte schau ihn dir genau an«, forderte Rosenberg sie auf.

»Die Unterschrift ist gefälscht. Geschickt gemacht. Ach, dieser dumme Junge!«

Hermann steckte das Beweisstück zurück in den Umschlag und schob ihn in seine Jackentasche. »Nicht nur dumm, auch kriminell. Ein paar Jahre Zuchthaus, wenn's schlechtläuft.«

Erschüttert von der Vorstellung, ihren Eti in einer Zelle hinter Gittern zu sehen, konnte Hedwig ihre Tränen nicht zurückhalten. Sie konnte nicht begreifen, wie er nach dem Studium der Rechte nun nach ein so anderes, ihr fremdes Gesicht zeigte.

»Aber wenn doch kein Geschädigter die Sache anzeigen würde …«, versuchte es Hedwig.

»Dazu müsstet ihr sofort Alfred einweihen«, entgegnete Hermann. »Nur wenn er diese Summe an Eriks Schuldner auszahlt und alle Beteiligten über diesen schweren Betrugsversuch schweigen, kann niemand deinen Sohn anklagen. Wenn Alfred das noch einmal auf sich nehmen will, könnten wir einen Weg finden, dass dieses Verbrechen nicht öffentlich wird.«

»Kannst du an meiner Stelle zu Alfred gehen und ihn bekannt machen mit dem, was da geschehen ist?«, bat Hedwig inständig.

Hermann zögerte einen Moment. »Das fällt mir schwer.«

Katia verstand. »Ja, ich weiß, Vater wird sehr, sehr wütend und sehr laut werden.«

Alfred hatte sich augenblicklich zu Konferenzen mit Max Bernstein und Hermann Rosenberg verabredet, als darum nachgesucht wurde. Als er mit Hermann von den Gesprächen zurück in die Arcisstraße kam, saß sein Sohn Erik gemütlich zu Tisch. Er hatte am Tag davor an einem Privatrennen auf der Münchner Pferderennbahn teilgenommen. Er freute sich, Hedwig vom Sieg zu berichten.

»Wie ich im Finish die Konkurrenz abgehängt habe, das war eine Freude. Mein Pferd und ich, der Sieger!«

Hedwig saß traurig diesem Sieger gegenüber. Seinen Lorbeerkranz hatte er mitgebracht und seitlich über einen Stuhl gehängt. »Ein schöner Sieg, Eti, aber du hast jetzt wirklich ganz andere Sorgen.«

»Pferderennen, das ist es, was mir liegt. Wir haben demnächst wieder eines in Heidelberg, da will ich dabei sein, da *muss* ich dabei sein.«

Im dunkleren Teil des Speisesaals waren Alfred und Hermann stehen geblieben und hatten sich die letzten Worte noch angehört. Schließlich trat Alfred langsam an den Tisch heran.

»Ja, gestern hast du mit deinem Pferd ein Rennen gewonnen. Aber heute haben wir alle viel verloren. Dennoch, ich werde vielleicht deine Schandtat noch einmal regulieren. Ich werde es aber nur für deine Mutter tun.«

Hermann kam auch näher heran. Er war ganz bleich. »Du solltest deinem Vater auf Knien danken.«

Aber Erik lächelte nur in einer seltsamen Weltfremdheit, die nicht verstehen wollte, was er angerichtet hatte. »Ja, dann ist doch alles wieder gut. Dann stehen wir alle wieder sauber da.«

Bisher hatte sich Alfred zurückgehalten. Allmählich aber kroch der Zorn in ihm hoch. »Nichts ist gut! Und du stehst bestimmt nicht sauber da! Im Zuchthaus gibt es keinen Ignaz, der dir Kaviar serviert.« Er griff nach Eriks Teller und betrachtete die schöne Auswahl von Lachs und Forelle. »In einen Blechnapf wird dir vor der Zelle eine Kelle mit üblem Fraß geklatscht. Guten Appetit!« Mit diesen Worten drehte er den Teller um und kippte alles auf der Tischdecke aus. »Ah, der gute Bordeaux!« Alfred hielt nun Eriks Glas hoch. »Stinkendes Wasser aus dem Bottich wirst du saufen! Und du wirst dankbar dafür sein!« Er ging ein paar Schritte auf Hermann zu und drehte sich noch einmal um. »Und wenn sie dich je wieder rauslassen aus dem Loch, wird in dieser bürgerlichen Gesellschaft, mit denen du schöne Abende an diesem Tisch verbracht hast, niemand mehr, hörst du, niemand ein Stück Brot von dir nehmen.« Die letzten Worte hatte er herausgeschrien. Hedwig schlug die Hände vors Gesicht. Dann sprach Alfred sein Urteil, leise, verächtlich, beiläufig. »Pack deine Sachen, noch in diesem Monat gehst du aufs Schiff. Deutsch-Südwestafrika, Shanghai oder in die Pampa nach Argentinien!«

Alfred und Hermann gingen nun ins Büro, um die Abwicklung abschließend zu besprechen. Hermann war immer noch starr, so etwas hatte er in der eigenen Familie nicht für möglich gehalten.

»Puh, das war ja ein Ungewitter! Typisch Vater!« Erik schenkte sich erneut vom Bordeaux ein und nahm einen Schluck. Es klang fast so, als ob er sich über Alfreds Auftritt amüsiert hätte. Hedwig wurde klar, dass Eti die Worte seines Vaters gar nicht erfasst hatte. »Was für eine Aufregung!«, fuhr er belustigt fort. »Dabei ist doch alles so gekommen, wie ich's gewollt habe.«

Hedwig wischte sich Tränen aus dem Gesicht. Der Zorn über diese dumme Dreistigkeit half ihr dabei. »Genug! Eti, hör auf! Ich habe morgen einen Termin für uns bei Professor Kraepelin in der Psychiatrie. Das ist ein sehr renommierter Seelenarzt.«

»Komm ich jetzt ins Irrenhaus?« Und dann musste er über seinen Einfall lachen.

Das Ergebnis des Gesprächs zwischen Erik, Hedwig und Professor Emil Kraepelin hielt Hedwig in ihrem Tagebuch fest: *Kräpelin, der nach meiner Darstellung in Erik die leider häufig vorkommende*

Form psychopathischer Minderwertigkeit erkannte, die er mir als unheilbar hinstellte.

Neue Lügen und Betrügereien, die in den kommenden Tagen noch bekannt wurden, bestätigten das, was Alfred und Hedwig schon beschlossen hatten. Man arrangierte mithilfe von deutschen Geschäftsleuten in Argentinien die Abschiebung des ältesten Pringsheim-Sohnes, der, wie es hieß, für die Familie »nicht mehr tragbar« war.

Am 9. Juli stand Hedwig mit ihrem Sohn Erik am Hafen von La Rochelle vor dem Überseedampfer *Oravia*, auf dem sie Erik für die Überfahrt nach Buenos Aires in den Hafen von La Plata eingebucht hatte. Vor der Abfahrt konnte sie noch das Schiff besichtigen und mit Erik eine Tasse Tee trinken. Danach stand sie am Quai und sah zu, wie die *Oravia* ablegte ins ferne Argentinien. Später notierte sie: *Dann dampfte um ½ 10 die* Oravia *mit meinem Eti ab. Ich lief nach, so weit es ging, heulte mich dann noch im glühenden Sonnenbrand bis ans offene Meer, auf dem das Schiff schon weit, weit hinaus war, dann ebenso zurück auf die Station.*

Material aus der Muschelkiste

Eigentlich war schon im Aufbau der neuen Wohnung in der Franz-Joseph-Straße eine Art Scharnier vorgesehen, wie man von der einen Welt – Ehefrau und Alltag – in die andere Welt – das Arbeitszimmer mit dem Schreibtisch – ausweichen konnte. Nach dem Frühstück arbeitete Thomas gewöhnlich von neun bis zum Mittag um zwölf. Gelegentlich bis halb eins. Dabei hatte die Welt der Ehefrau und des Alltags zurückzutreten. Vor allem akustisch, es sollte Ruhe herrschen, damit seine Figuren und ihre Geschichten ungestört hervortreten konnten und der Dichter in der Konzentration den richtigen Satz und das treffenden Worte finden konnte.

Kein Telefon, keine störenden Besuche. Hier war am Vormittag unter der ausgeruhten Klarheit der frühen Stunde die beste und gewinnbringendste Arbeitszeit am Hauptwerk. Das galt auch für alle Sonntage, alle Feiertage. »Unser tägliches Blatt gib uns heute!« Das wurde später familienintern das Bonmot dazu.

Er schrieb langsam, zwei druckreife Seiten täglich, – mehr war es nicht, was er sich lieferte. Erika Mann, die erstgeborene Tochter von Katia und Tommy, hatte es genau beobachtet, ein Leben lang. *Auf jeden Satz kam es an, jedes Wort wollte gewogen und verantwortet sein.*

Nach dem Mittagessen zog Thomas Mann sich aus, legte sich im Nachthemd ins Bett und schlief. Es folgten ein erfrischender Spaziergang, später am Nachmittag das Lesen und Schreiben von Briefen, am Abend Besuche im Theater als ständige Weiterbildung oder von Konzerten und Opern mit ihren tiefen Erregungsmomenten. So sollten der Energiehaushalt und die Lust an der Schriftstellerei als tägliches Räderwerk in Gang gehalten werden. Unterbrochen wurde es nur von den Ferien und den notwendigen Reisen für die Lesungen in anderen Städten des Reichs. Gleich von den ersten Tagen der Ehe an wurde das so im Alltag der heranwachsenden Familie durchgesetzt.

Seine frühen Tagebücher hatte er im Feuer vernichtet. Niemand sollte so tief in sein Herz blicken und das lesen, was er bei sich beobachtet und aufgeschrieben hatte. Dann war aber endlich der Weg gefunden, hinter den Masken seiner Figuren ebenso offen von all dem zu sprechen, was man in der bürgerlichen Gesellschaft verschweigen musste. So hatte er es seinem Intimfreund Otto schon in einem Brief am 21. Juli 1897 mitgeteilt. *Während ich früher eines Tagebuchs bedurfte, um, nur fürs Kämmerlein mich zu erleichtern, finde ich jetzt novellistische, öffentlichkeitsfähige Formen und Masken, um meine Liebe, meinen Haß, mein Mitleid, meine Verachtung, meinen Stolz, meinen Hohn, und meine Anklagen von mir zu geben.* Etwas von sich zeigen, ohne gesehen zu werden – das war ein feines, befreiendes Spiel, es nahm viel von dem Druck, der auf dem jungen Mann lastete.

Und jetzt sollte es um seine eigene Biografie gehen, die Geschichte eines Außenseiters, der seine Prinzessin gefunden hatte und nun nicht mehr ein ungebundenes Boheme-Dasein führte, sondern sich als Ehemann selbst in den Mittelpunkt der Gesellschaft gerückt hatte. Daraus entstand das Projekt zu einem Roman, der sich in Ansätzen schon lange bei ihm angemeldet hatte.

Der Liebeswunsch, die Erlösung von der Einsamkeit des Dichters, war Wirklichkeit geworden. Nun könnte er damit beginnen, die eigene Geschichte verdichtet zu erzählen. Er hatte alle guten Voraussetzungen dafür geschaffen. Es gab die Behaglichkeit der neuen Wohnung, die abgesicherte Zeit für die produktiven Stunden des Tages. Bei all dem war da aber auch noch der Druck seiner geheim gehaltenen sexuellen Disposition, der verschleiert zur Sprache drängte. Dafür warf er nun sein Schleppnetz aus, sammelte Material, fügte die Realien in einen Dokumentenordner, den er für die Ausführung dieser Erzählung gebrauchen könnte.

Gerade dafür hatte er an diesem Morgen Katia um einen Gefallen gebeten. Nun stand sie mit einem Kästchen vor seiner Tür. Wie alles Personal in der Wohnung hatte sich auch Katia angewöhnt, am Arbeitszimmer anzuklopfen, wenn sie in der heiligen Stunde dort eintreten wollte. Als sie das Zimmer betrat, klappte er seine Schreibmappe zu, bat Katia, doch Platz zu nehmen, und zündete sich eine Zigarette an.

»Deine Briefe!«, sagte sie. Sie legte ein Bündel alter Briefe aus einem mit Muscheln beklebten Kästchen vor ihm hin.

Thomas nahm sie, löste die Schleife und begrüßte seine Briefe wie lang vermisste Freunde. »Da seid ihr ja endlich, meine Brautbriefe!«

»Es sind aber meine Brautbriefe, oder?«

»Aber geschrieben habe ich sie dir. Und jetzt kann ich sie gut verwenden.« Schon hatte er einen ersten dieser Werbe- und Liebesbriefe aufgefaltet. *Wissen Sie, warum wir so gut zueinanderpassen?* Er blickte etwas amüsiert zu Katia. Sie nickte, und so las er weiter. *Weil Sie, wie ich das Wort verstehe, eine Prinzessin sind. Und ich, der ich immer – jetzt dürfen Sie lachen, aber Sie müssen mich verstehen! – der ich immer eine Art Prinz in mir gesehen habe.*

»Es ist doch erst ein Jahr her. Hast du es denn schon vergessen?« Erstaunt blickte Katia ihren Mann an.

»Vergessen? Nein! Aber der Tonfall, der war mir damals gut gelungen.«

»Damals? Und jetzt?«

»Katia, ich habe dir doch schon von dem Plan erzählt. Ich möchte einen Fürstenroman schreiben.«

»Du willst jetzt deine eigene Geschichte erzählen?«

»Auch deine!«

»Und du hast vor, die Briefe wörtlich zu zitieren?«

»In einem neuen Zusammenhang. Da hat es ja eine völlig andere Bedeutung.« Er zeigte ihr seine Arbeitsmappe mit dem Titel *Königliche Hoheit*. »Das hier wird die Novelle. Das ist mein Reich. In dem Gefüge bekommt alles, was ich von unseren Briefen verwende, einen ganz anderen Sinn.«

»Als du mir die Briefe geschrieben hast, hast du da schon an Romandialoge gedacht?« Tommy nickte kurz und beiläufig. »Hast du dir Notizen gemacht, über mich oder über meinen Bruder Klaus und meine Eltern?«

»Das ist etwas schwieriger, Katia. Alles, was ich sehe und höre, schreibe ich innerlich auf. Auch ohne Bleistift und Papier. Arbeite ich dann am Text, kommt es zurück, als Material, und wird geformt. Eigentlich beseelt erst durch den Autor. Es ist dann Literatur.«

Katia dachte nach. Merkwürdig, damals habe ich dem Menschen vertraut, der mir diese Briefe geschrieben hat. Und jetzt wird es Material. Sie legte einen Moment lang beide Hände auf ihren Bauch. Sie lächelte.

Thomas war sofort alarmiert. Hier begann etwas, von dem er keinen Schimmer hatte, das ihn aber zutiefst verstörte.

»Nein, nichts Schlimmes.« Katia lächelte erneut. »Ich glaube, es hat sich etwas bewegt. Willst du auch mal?«

Tommy hob abwehrend die Hände. »Später, wenn es sich mehr bewegt.«

Sie musste laut lachen. »Es ist dein Kind. Man kann es gerne betasten. Wahrscheinlich freut es sich. Na, Tommy, was wünschst du dir denn? Junge oder Mädchen?«

Thomas schüttelte den Kopf. »Vergessen wir es bitte. Ich hatte die falsche Antwort, und sie wird es mir nur verzeihen, wenn es ein Mädchen wird.« Katia hatte ihm die Frage von Miemchen vorgelegt, die bei einem Besuch vor Kurzem das hatte wissen wollen. Thomas' Antwort war eine Beleidigung für die Frauenrechtlerin Hedwig Dohm gewesen: »Natürlich wünsche ich mir einen Jungen, ein Mädchen ist doch nichts Rechtes.« Tommy fuhr fort: »So was hätte ich nicht sagen sollen. Es war doppelt schlimm, ihr das ins Gesicht zu sagen.«

Aber Katia dachte darüber genauso wie Thomas. Später sagte sie einmal: »Ich war immer verärgert, wenn ich ein Mädchen bekam, warum, weiß ich nicht.«

Aus der eigenen Erfahrung konnte sie diese Abwertung nicht entwickelt haben. Sie war unter vier Brüdern besonders herzlich und liebevoll behandelt worden. Das Gleiche galt für ihre Eltern. Katia war jedoch immer ein Mädchen gewesen, das eigentlich ein Junge sein wollte. Jeden Tag sah und erlebte sie: Alle wichtigen Positionen, alle Macht lag in den Händen der Männer. Die bürgerliche Welt hatte dagegen die helfende, sich unterordnende Haltung der Ehefrau als weibliche Tugend verklärt.

Plötzlich wurde das Gespräch durch das Läuten des Telefons unterbrochen. Thomas stand sofort auf. »Soll ich?«

»Schon gut.« Katia erhob sich etwas bedächtig. »Deine Realie geht jetzt an den Sprechapparat und wehrt die Störung ab.«

Noch am Nachmittag, nach der Ruhezeit im Bett und dem Spaziergang, begann Thomas seine Briefe aus dem letzten Sommer aufzublättern und die Passagen abzuschreiben, die er für seine Geschichte verwenden könnte, um sie dann in die Arbeitsmappe *Königliche Hoheit* einzuordnen. Wie er die ersten Seiten las, war er animiert von der Originalität seiner direkten Ansprache an Katia, seiner Kunstgriffe und schachspielartigen Winkelzüge, mit denen er seine zukünftige Braut immer dichter an ihr Ja zur Ehe mit ihm geschoben, gedrängt und geleitet hatte. Es war kein Nachteil gewesen, nur über die Stimme in den Briefen mit Katia verhandelt zu haben. Seine reale Person ihr gegenüber hätte nur gestört.

In einem Brief stilisierte er sich als Dichter. Er sei ungeduldig mit sich selber, weil seine Arbeit gerade nicht vorankomme. *Man möchte seine Visionen mit großem Pinsel hinmalen, frisch, vollkommen frei, wie man sie zuerst erschaut. Aber der Stoff will sich gerade jetzt nicht so leichthin gestalten lassen.* Soweit der Blick in die Arbeit eines Künstlers, der schon Respekt verlangen könnte. Und schon war er bei den nächsten Sätzen: *Und Sie, die Sie behaupten, »es« gehe zu schnell, sei zu schnell gegangen. Wissen Sie, dass ich Ihnen mit deutlichen Worten sagte, wie sehr ich Sie liebe, dass seitdem zwei ganze Monate vergangen sind?* Er konnte sich erinnern, dass er damals gar nicht zum Arbeiten gekommen war. Zudem fiel ihm auf, wie er seine große Liebe als Selbstverständlichkeit auftreten ließ. Katia hatte recht gehabt, dass zwei Monate für eine Lebensentscheidung gar nicht unbillig viel Zeit fürs Kennenlernen und Nachdenken war.

Immer wieder überrollte er sie mit dem heißen und blanken Bekenntnis seiner Liebe. Thomas las es fast ein wenig amüsiert, wie weit er damals in seiner Not und Sorge gegangen war. *Und eine brennende Bewunderung ergreift mich, eine Zärtlichkeit schwillt in mir auf, für die es kein Zeichen und Gleichnis gibt. Und sie? Und sie?* Hatte er übertrieben? Leider waren ihre Antwortbriefe an ihn gerade nicht zur Hand, vielleicht verlegt und verloren. Sie waren ja nicht von der Bedeutung wie die Handschriften von ihm.

Bei der Durchsicht all der Brautbriefe war ihm mal heiß, mal kalt geworden. Halsbrecherisch hatte er sich wie ein Seiltänzer aufgeführt, immer in Gefahr abzustürzen. Sie hätte ja mit dem Spott, der ihr zur Verfügung stand, lachend ihr »Nein«, ein »Nie und nimmer« entgegenschleudern können. Oder sie hätte gar nicht antworten müssen. Aber das hätte er nicht geschluckt. Vor der Familie Pringsheim lächerlich gemacht zu werden, das wäre das Ende der

Werbung gewesen. Nun jedoch war alles gelungen und unter Dach und Fach. Er spürte etwas von der Lust, davon zu erzählen, wenn die Zeit dafür reif sein würde und genügend Material in der Arbeitsmappe eingelagert war. Diese Welten, in die er nun seine Figuren setzen würde: das Leben am Königshof, das Treiben der Minister und Höflinge, die Welt der amerikanischen Milliardäre mit ihrem märchenhaften Reichtum, die ökonomischen Tatsachen eines verarmten Staats und viele andere Einzelheiten, all das musste studiert und eingeplant werden.

Sein ureigenes, schon aus der Kindheit mitgenommenes Selbstgefühl war in der Rolle eines Prinzen festgehalten. Als er 1903 seine Schwester Carla für eine Premiere im Düsseldorfer Theater besuchte, hatte er im Parkhotel gewohnt, ein Luxushotel, in dem er plastisch das Gefühl, wie ein Prinz zu leben, erfahren hatte. Seine Notizen waren schon damals für eine mögliche Erzählung festgehalten. Nun konnte er im Notizbuch nachschlagen: *Gala Umgebung: Park-Hotel. Lift-Boy mit der Mütze am Oberschenkel. Die noblen Bedienstete dürfen nicht reden, sonst verlieren sie stark. Treppen und Korridore mit weißen Marmorböden und Läufern … Niemand spricht zu ihm. Niemand geht laut in seiner Nähe, Befehle werden in geneigter Haltung, ernst mit hochgezogenen Brauen und einem ganz gedämpften »Jawohl Kgl. Hoheit« entgegengenommen … Allgemeine Lautlosigkeit seines Lebens: Gehen (Teppiche). Fahren (Gummi). Höchstens Festlärm (Beifall, Hochs) unterbricht die Stille.*

Viele Monate später begann der Tag im Arbeitszimmer damit, dass Thomas wieder die Arbeitsmappe *Königliche Hoheit* aufschlug, die Stahlfeder in das Tintenfass eintauchte und auf eine saubere Seite die ersten Sätze schrieb und so mit einer merkwürdigen Begebenheit seine Geschichte eröffnete.

Ein Leutnant und ein General begegnen sich im Getriebe einer belebten Straße in der Residenz. Der Leutnant blutjung, ein Milchbart, der General altgedient, eine Märchenfigur, schlohweiß und Schleppsäbel am Rock. Anstelle der natürlichen Ordnung von Befehl und Gehorsam sieht man ein merkwürdiges Schauspiel. Denn wie sie aneinander vorbeigehen, zieht der junge Mann statt der normalen Ehrbezeigung zum General *nur seine rechte Hand … aus der Manteltasche und beschreibt mit eben dieser weißbehandschuhten Rechten eine kleine ermunternde und verbindliche Bewegung.*

Der General macht Platz, verbeugt sich *und grüßt den Leutnant von unten herauf.* Die Menschen schauen ihm nach. Er ist der jüngere Bruder der regierenden Majestät, der nächste in der Thronfolge. Die letzten Sätze in diesem bedeutungsvollen Vorspiel lauten: *Gekannt und doch fremd bewegt er sich unter den Leuten, geht im Gemenge und gleichsam doch von einer Leere umgeben, geht einsam dahin und trägt auf seinen schmalen Schultern die Last seiner Hoheit.*

Er grüßt nur mit der Rechten, das wird betont. Schon im ersten Kapitel ist von einer »Hemmung« die Rede, einem Geburtsfehler, der ihm eine verkrüppelte linke Hand fürs Leben mit auf den Weg gegeben hat. Ein Stigma, das er zeitlebens verbergen und überspielen muss. So die Exposition, mit der Thomas zeigte, wie er sich selber in diese Figur der Königlichen Hoheit hineinschreiben würde. Geschickt brachte er hier seine eigene »Hemmung« und damit seine sexuelle Disposition ins Maskenspiel. Und über seine Mittel von Entschleiern und Verschleiern hielt er sie einen ganzen Roman über im Spiel, sodass nur wenige über die Jahrzehnte daran dachten, das hier auf einer zweiten Ebene auch vom Autor und seiner Leidens- und Liebesgeschichte mit der Tochter eines Dollarmilliardärs unter verschärften Bedingungen die Rede war.

Es sollte eine Komödie, ein Märchen werden. Niemand sollte Sorge haben, dass, wie im Fall der *Buddenbrooks*, empörende Briefe wegen einer Darstellung im Umkreis einer Königlichen Hoheit kommen würden. So weit, so gut.

Beruhigt konnte Thomas auf das Weihnachtsfest schauen und die Geburt seines ersten Kindes erwarten. So gefestigt wollte er ein eigenes Leben als Künstler führen und dennoch vor den Augen der bürgerlichen Gesellschaft ein Zweitleben als verheirateter Ehemann und bald schon junger Vater darstellen. Allerdings konnte er zunächst nicht mit den Vorarbeiten zu dem Roman *Königliche Hoheit* fortfahren. Ein anderer Stoff, den er den Sommer über fertig geschrieben hatte, wollte sich nicht in dieses Arrangement einer Trennung von Realität und literarischen Figuren fügen. Da gab es eine deftige Karambolage.

Götterkinder

Am 5. November 1905 besuchte Thomas abends seine Schwiegermutter. Er brachte eine kleine Novelle mit, die in den letzten Sommerwochen entstanden war. Ihre Menschen und Orte stammten aus dem, was er im Jahr der Werbung um Katia in den Palais der Familie, in München und Berlin, gesehen hatte. Die Novelle hatte den Titel »Wälsungenblut«. Er reichte das Manuskript an Hedwig mit der Bitte, es vor der Veröffentlichung zu lesen.

»Wälsungenblut. Aha, die Götterkinder. Wagner. Das wird Alfred freuen«, bemerkte seine Schwiegermutter.

»Na, da bin ich nicht sicher. Es ist die Geschichte von einem Zwillingspaar, das in einer gewissen Sorglosigkeit in einem Palais aufgewachsen ist.«

»So groß wie unser Palais?«

»Noch größer. Berlin-Tiergarten. Etwas selbstverliebt sind die beiden.«

»Ein Zwillingspaar. Siegmund und Sieglind. Ein jüdisches Elternhaus. Das kommt mir bekannt vor.« Das war der erste Kommentar von Hedwig.

Tommy fasste grob die Geschichte zusammen. »Die Sache ist die: Es beginnt kurz vor der Hochzeit mit einem von Beckerath, sie wollen den deutschen Adel zu Aarenhold, ihrem jüdischen Namen, hinzufügen. Aber sie, Sieglind, will nicht Ja sagen, der Mann ist langweilig. Und nun wollen die Zwillinge vor der Hochzeit noch einmal zu zweit in die Oper – und da sehen sie die

Walküre von Wagner, die Geschichte der Zwillinge des Gottes Wotan, Siegmund und Sieglinde.«

Hedwig blätterte im Manuskript und las, was sie gerade sah: *Sie küsste ihn auf seine geschlossenen Augen; er küsste sie auf den Hals unter den Spitzen des Mieders. Sie küssten einander die Hände. Schließlich spielen sie wie kleine Hunde, die sich mit den Lippen beißen.* »*Wie kleine Hunde*. Ist ja drollig.«

»Sicher wird es Stellen geben, die dir gefallen und Spaß machen. Aber du solltest es komplett lesen, und dann möchte ich mit dir darüber sprechen.«

»Ich werde es ganz lesen. Aber gerade habe ich keinen Kopf dafür. Katia ist hochschwanger, und sie braucht mich. Da müssen der Ehemann und sein Werk sich mal etwas gedulden.«

»Allzu lange darfst du aber auch nicht warten. Die Novelle soll im Januar in der *Neuen Rundschau* veröffentlicht werden. Sie benötigen jetzt im Verlag das Imprimatur.«

»Das war doch früher die Erlaubnis des Papstes bei kirchlichen Schriften, nicht wahr?«

»Oder der Stempel des Fürsten für den Zensor: Imprimatur: Es kann gedruckt werden.«

»Und siehst du hier einen Papst oder einen Fürsten?«

»Kein Papst im Haus«, bekräftigte Tommy. »Aber vielleicht fühlt sich jemand wie der Hüter des Glaubens.«

Sie erfasste offenbar die Gründe für die Vorsicht von Thomas. Die Zwillinge sollten eine gewisse Ähnlichkeit mit Klaus und Katia haben, das Milieu wie das im Palais von Berlin. Aber sie hatte keine Zeit. Sie schaute jeden Tag bei Katia nach dem Rechten, denn die Wehen waren schon zu spüren.

Auch in der Nacht vom 8. auf den 9. November wachte sie am Bett ihrer Tochter. Es sollte eine schwere Entbindung werden, zu der dann bald von der Hebamme noch Hofrat Dr. Stieler hinzugezogen wurde.

Bis zum Nachmittag saß Hedwig am Bett und hielt den Kopf ihrer von Schmerzen gepeinigten Tochter. Sie hielt das Drama dieser Geburt in ihrem Tagebuch fest: *Um vier Uhr, da Katia vor Schmerz fast irrsinnig war, griff Stieler mit leichten Narkosen und dem Aufdrücken der Wasserblase ein. Um ¾ 5 dann ohne Zange, ein kleines wohlgebildetes Mädchen, 6 Pf 150 gr schwer. Später am Abend kommen Katias Brüder und Alfred, um das neue Mädchen, dass Erika heißen wird, zu begrüssen ... Ich fuhr tödlich erschöpft heim.*

Thomas hatte dergleichen noch nie erlebt. Schreie seiner zarten Katia, die Angst hatte, sterben zu müssen, das konnte er nicht länger ertragen. Er zog seinen dicken Wintermantel an, setzte den Hut auf den Kopf und verließ das Haus.

Am Tag nach der Geburt lag die glückliche Mutter mit dem Kind zufrieden im Bett, umgeben von einem Meer von Blumen. Sie hatte den Säugling an ihre Brust gelegt. Hedwig las die Briefe von Eti aus dem fernen Argentinien vor, und zwischen all den Postkarten und Schreiben, die von der Niederkunft berichteten, griff sie doch noch nach der Erzählung, die Tommy ihr vorgelegt hatte. Aber es gab im Wochenbett bei all den Sorgen und Besorgungen kein Gespräch über die Novelle, die inzwischen schon zum Druck nach Berlin verschickt wurde.

Am 3. Dezember verließ Katia zum ersten Mal das Bett, *während Tommy in die Stadt ging!!* Zwei Ausrufezeichen zeigen das Unverständnis und den Ärger von Hedwig über dieses distanzierte Verhalten. Neun Tage später hatte sie die Novelle *Wälsungenblut* mit sehr geteilten Gefühlen gelesen. Tommys Sarkasmus, gepaart mit seinem deftigen Humor, ließ sie laut auflachen, so gut hatte er das alberne Benehmen der Zwillinge in der Oper getroffen.

Eine Szene, in der man die Zwillinge der Pringsheims in Andeutungen wiedererkennen konnte, erzählte davon, wie vor der Hochzeit von Sieglind mit Herrn von Beckerath das Zwillingspaar

Siegmund und Sieglind in die Oper geht, um Wagners Musikdrama *Die Walküre* zu erleben. Unmittelbar vor ihnen auf der Bühne spielt auch ein Zwillingspaar – seit der Geburt getrennt – ihr Wiedererkennen und Wiederfinden, das so starke Gefühle auslöst, dass sie am Ende in Liebe ineinander versinken.

Der Inzest war hier mythologisch als Göttergeschichte erzählt. Der Vorhang fällt mit den heißen Küssen. Auch Hedwig hatte das Stück schon einige Male gesehen, aus der Nähe einer Loge, sodass sie die Darsteller in kurzer Entfernung erlebt hatte. Aber wie köstlich Thomas den albernen Naturalismus der Darsteller und der Theaterausstattung gegen den archaischen Ernst des Mythos ausspielte, das war gelungen.

Auftritt Siegmund: *Dann trugen seine starken, mit Fell und Riemen umwickelten Beine ihn in tragisch schleppenden Schritten nach vorn … Dann kam Sieglinde von links. Sie hatte einen alabasternen Busen, der wunderbar in dem Ausschnitt ihres mit Fell behangenen Musselinkleides wogte. Mit Staunen gewahrte sie den fremden Mann; und so drückte sie das Kinn auf die Brust, daß es sich faltete … Sie pflegte ihn. Zu ihm gebeugt, daß ihre Brust aus dem wilden Fell ihm entgegenblühte, reichte sie ihm mit beiden Händen das Horn … Ihre nackten Arme berührten sich …* Das war der gelungene Teil. Auch der Höhepunkt – die vollzogene Geschwisterliebe.

Dann kommt es zur innigen Umarmung, und im richtigen Moment rauscht der Vorhang herunter. Aber auch die Aaronhold-Zwillinge finden sich später auf dem Bärenfell in Sigmunds Schlafzimmer wieder. *Unter den Spitzen ihres Mieders sah Siegmund ihre kleinen Brüste, deren Hautfarbe wie angerauchter Meerschaum war … Sie küsste ihn auf die geschlossenen Augen; er küsste sie auf den Hals unter den Spitzen des Mieders … sie berauschten sich wie Hoffnungslose, verloren sich in Liebkosungen, die übergriffen und ein hastiges Getümmel wurden und zuletzt nur ein Schluchzen waren.*

Kenner konnten das Bärenfell, auf dem die Zwillinge niedersanken, vom Palais Pringsheim im Tiergarten und in der Arcisstraße wiedererkennen. Durch die Dichte der gesellschaftlichen Veranstaltungen gab es ja viele von ihnen.

Darüber beriet sich Hedwig mit ihrer vertrauten Freundin Eugenie Schaeuffelen – und notierte am 14. Dezember: *Beim Tee Eu, die mich veranlasste, Alfred von Tommys Wälsungenblut Kenntnis zu geben: die erwartete Katastrophe.*

Was war geschehen? Eugenie hatte sofort erfasst, was für ein hoch entzündliches Pulver Thomas in der Novelle aufgehäuft hatte. Die Zwillinge kamen, noch berauscht von der Musik, nach Hause, gaben sich der Erinnerung und ihrer Sehnsucht hin, indem sie den Inzest auf der Bühne im Schlafzimmer nachspielten. Aber hier gab es keinen rettenden Vorhang, der rechtzeitig fiel, wenn die Geschwister sich umarmten und das Verbotene taten.

Eugenie sagte zu Hedwig: »Du musst es unbedingt Alfred vorlegen. Das darf so nicht erscheinen.«

»Ich verstehe schon«, antwortete Hedwig. »Ich habe es ja auch mit sehr geteilten Gefühlen gelesen. Ist es denn so unmöglich geschrieben?«

»Da ist eine große Ähnlichkeit mit Klaus und Katia. Wie hier der brave, langweilige Bräutigam vor der Hochzeit von diesem dekadenten Zwillingspärchen nach Strich und Faden betrogen wird. Gehörnt sozusagen«, meinte Eugenie. »Und dann triumphieren sie noch.«

»Aber der letzte Satz, der Vorhang hier in der Erzählung, der spricht eine sehr merkwürdige Sprache.« Hedwig reichte ihrer Freundin die letzte Seite. Sie las diesen Satz mit dem jiddischen Ausdruck, der hier von Sigmund verwendet wurde, um das zu benennen, was sie dem zukünftigen Ehemann vor seiner Hochzeitsnacht angetan hatten. *»Nun«, sagte er, und einen Augenblick traten die Merkzeichen seiner Art sehr scharf auf seinem Gesichte hervor, »was wird mit ihm sein? Beganeft haben ihn, – den Goy.«*

Eugenie reichte Hedwig das Manuskript. »Du musst es Alfred geben. Wenn der das liest …«

»Du hast ja recht.«

»Auch das Wort *beganeft*.« Hedwig machte eine Pause, dachte nach, dass Tommy den Ausdruck ja nur von Alfred haben konnte. »*Beganeft*, das heißt Betrug und wird hier auf das Merkzeichen seiner Art, das Jüdische, bezogen. Man könnte meinen, der Autor sagt, sie sind zivilisiert, diese Kulturjuden, aber sie betrügen dennoch, weil es ihre Art ist. Um Gottes willen, wenn das Alfred …!«

Als Thomas am 15. Dezember von einer Vortragsreise aus Breslau zurückgekehrt war, den Mantel in der Arcisstraße ausgezogen hatte und Hedwig begrüßt war, hörte er einen Schrei aus der Bibliothek.

»Ein Skandal! Eine Schweinerei!« Er kannte die Stimme. Er kannte den Jähzorn. Er hatte es geahnt. Das war der Papst persönlich.

Hedwig öffnete die Tür zur Bibliothek. »Thomas!« Hedwig sprach gedämpft zu Tommy: »Da musst du jetzt rein. Er meint es nicht so.«

Drinnen kam der tobende Professor gleich zur Sache. »Was fällt dir ein, so einen Dreck über meine Familie und vor allem über meine Tochter zu kübeln?« Das war im Schmerz laut herausgeschrien.

Thomas blieb gefasst und antwortete extrem leise: »Und was fällt dir ein, so mit mir zu sprechen?«

»In meinem Haus spreche ich so, wie es mir passt. Und mit dir spreche ich, wie du es verdienst.«

»Du kennst doch deinen Wagner.« Freundlich und begütigend sagte er das. »Sieglind und Sigmund – das sind doch auch bei mir nur Kunstfiguren.«

Damit war Alfred in der Lautstärke etwas heruntergekommen. »Lass Richard Wagner aus dem Spiel. Das hier stellt meine Tochter bloß, meine ganze Familie. Ich verbiete dir, diesen geilen Schmutz zu veröffentlichen.«

Aber Thomas blieb in dem Punkt unerschütterlich. »Du kannst mir gar nichts verbieten. Schon gar nicht, was ich schreibe und was mein Verleger drucken lässt. In dem Fall kommt das Imprimatur auch von mir, dem Autor.«

»Hör mal zu, Tommy, wir hatten vor Jahren schon mal so einen Skandal. Das weißt du vielleicht nicht. Da hat meine liebe Frau immer wieder schöne intime Berichte an ihre Mutter geschickt. Und Hedwig Dohm, unser Miemchen, hatte nichts Besseres zu tun, als einen Roman daraus zu machen. *Sibilla Dalmar*. Der Roman wurde als pikanter Bericht aus dem Gesellschaftsleben der Stadt, vor allem aus dem Haus Pringsheim gelesen.«

»Aber du kannst doch eine fast unkünstlerische Geschichte, einen dokumentarischen Report nicht mit meiner Kunstproduktion vergleichen.«

»Viele Menschen aus unseren Kreisen haben sich darin wiedererkannt. Und in dieser Sibilla deine Schwiegermutter …«

»Das ist …«

»Lass mich ausreden!« Alfred ließ sich nicht unterbrechen. »Es war ein Skandal ohnegleichen. Es hat uns viele Freunde gekostet. Hat unsere gesellschaftliche Stellung – fast – infrage gestellt.« Und dann fiel er aus der Stimmung heraus, wie gelegentlich, in das distanzierende Sie. »Thomas Mann, was haben Sie sich dabei eigentlich gedacht? Gleich morgen sprechen Sie mit Ihrem Verleger!«

»Und wenn die Erzählung schon im Druck ist?«

»Dann wird sie eingestampft!«

»Weißt du, was das kostet?«

»Dein Verleger wird es dir sagen!«

Nach dem Duell kehrte Thomas empört in die Franz-Joseph-Straße zurück. Wie er den Mantel auszog und seinen Hut ablegte, kam Katia in den Flur.

»›Wälsungenblut‹?«, fragte sie leise.

Tommy nickte.

»Mein Vater?«

»Er hat nichts verstanden, er will nichts verstehen.«

Katia legte den Finger auf den Mund. »Nicht so laut. Die Kleine!«

Sie gingen ins Arbeitszimmer, um das Kind nicht aufzuwecken.

»Tommy, du kennst ihn. Er meint es nicht so.«

»Und ob er es so meint! Beleidigt hat er mich. Abgekanzelt wie einen Schuljungen. Er hat mich gar nicht zu Wort kommen lassen. Ich schreibe ihm.«

»Tommy, mach's nicht noch schlimmer!«

Katia erschien in der Arcisstraße, um zwischen den wütenden Riesen zu vermitteln. Tochter und Mutter schauten in die Bibliothek, in der Alfred aufgebracht auf und ab ging. Im Hintergrund wurde der Weihnachtsbaum aufgestellt und geschmückt. In der Hand hatte er den Brief seines Schwiegersohns. Plötzlich platzte es aus ihm heraus: »Nein!! Nein!! Ahhhhh!« Vor Schreck ließ ein Stubenmädchen eine silberne Christbaumkugel fallen, die auf dem Parkett zersprang.

Hedwig flüsterte mit Katia. »Jetzt versprüht er seinen Zorn in die Räume. Was hat Tommy ihm denn geschrieben?«

»Tommy ist deprimiert. Und er ist trotzig wie ein Kind. Ich konnte da nichts ausrichten.«

Schließlich wurde Katia in Alfreds Arbeitszimmer gerufen. Der Vater saß nun hinter seinem Schreibtisch und rauchte eine Zigarre.

»Tommy ist der Meinung, dass seine Novelle ganz und gar aus seinen Gedanken hervorgegangen ist«, fing Katia das Gespräch an. »Das ist sein Eigentum. Darüber hat nur er zu bestimmen. Wenn diese Figuren aussehen sollten wie im Alltag bekannte Menschen …«

»Sag das mal den Lesern in der Buchhandlung Jaffe. Die werden sich scheckiglachen.«

Am 20. Dezember kam ein weiterer Brief von Tommy in die Arcisstraße, wieder adressiert an Alfred. Hedwig las die Post. Sie hielt fest: … *ebenso dumm wie ungehörig … nachmittags zu Katia die arg deprimiert.* Am Tag darauf, drei Tage vor Weihnachten, protokollierte Hedwig erneut die Lage. Alfred habe *die halbe Nacht an einem Brief an Tommy gearbeitet, den er mir morgens vorliest; scharf u. gut. Zum Tee dann mit Katia, zum ersten Mal gemütlicher Familienwinkel, des Konflikts uneingedenk.*

Man einige sich, über die Weihnachtstage darüber zu schweigen. Aber der Konflikt schlug Hedwig auf den Darm. Der sprach seine eigene Sprache: *Durchfall, abscheulich.* Am Weihnachtstag dann *Tommy bei Champagner u. Fresserei bis 12 Uhr. Na ja!* Es waren dazu reichlich Geschenke verteilt worden. Katia bekam von der Mutter ein eingerichtetes Empirezimmer für die Franz-Joseph-Straße.

Nach und nach geriet auch die junge Frau Thomas Mann stärker zwischen die Fronten. Hedwig besuchte ihre Tochter am 26. Dezember, die bleich, elend und deprimiert war. Es bestand die Gefahr, dass Alfred und Thomas, beide uneinsichtig, auf einen Bruch der Familien zutrieben.

Am nächsten Tag versuchte Hedwig ihrem Schwiegersohn noch einmal den Standpunkt ihres Mannes zu erklären. Auch das wurde eine fruchtlose Unterredung. Am Abend des letzten Tages im Jahr 1905 gab es in der Franz-Joseph-Straße eine *erregte* Unterredung mit Katia, Hedwig und Tommy, der ganz niedergebrochen und verzweifelt war, dabei einsichtslos wie ein Kind blieb.

Am 7. Januar, als Alfred von einer Reise zurückkehrte, versuchte Katia noch einmal, die beiden Männer miteinander zu versöhnen. Sie streichelte seinen Kopf. »Mein liebes Väterchen, du kannst dir gar nicht vorstellen, wie viel Mühe ich mir die letzte Zeit gemacht habe. Immer wieder habe ich Tommy gebeten, diese Veröffentlichung zurückzuziehen, damit wir keinen Skandal bekommen.«

Alfred vernahm die Stimme seiner Tochter. Er spürte, wie sie zwischen Ehemann und Vater zerrissen wurde. »Ist er denn wirklich so starrsinnig, dass ihm seine Kunst wichtiger ist als seine Familie?«

Katia sprach deutlich die Konsequenzen aus, von Angesicht zu Angesicht. »Ich habe Ja gesagt zu diesem Mann. Ich gehöre zu ihm. Wenn du die Beziehung zu Tommy im Streit abbrichst …!«

»Ja, was ist dann, was willst du mir sagen?«

»… dann brichst du sie vielleicht auch zu mir ab.«

»Hör auf damit!« Alfred war hinter seinem Schreibtisch aufgestanden und stellte sich an das große Fenster. Man sollte nicht sehen, wie ihn diese Worte seiner Tochter trafen. Die Trennung von Katia, das war unvorstellbar.

»Und was ist mit Mama?«, fragte sie. »Wir alle würden todunglücklich!«

Noch sprach aus ihm die Härte: »Diese Schrift darf niemals erscheinen.«

Damit hatte Katia ein Argument zum Guten. »Und wenn ich es tatsächlich schaffe, dass er ›Wälsungenblut‹ zurückzieht?«

Alfred drehte sich um, kehrte zurück an den Schreibtisch und fasste nach der Hand seiner Tochter. »Wenn du das schaffst, wenn er das tut, will ich alle Unverschämtheiten vergessen, die ich mir hier anhören musste, in meinem Haus, von meinem Herrn Schwiegersohn!«

Hedwig schrieb über das Ende der Schlacht erlöst in ihr Tagebuch: *Nach 14 Tagen erster Besuch von Katia, mit der Alfr. eine sehr ernste, leidenschaftliche Auseinandersetzung hatte, mit hoffentlich versöhnlichem Abschluss.*

Am nächsten Tag kam dann endlich auch ein versöhnlicher Brief von Thomas. Katia hatte offenbar ihren Mann umstimmen können. Der Riss durch die Familie mit allen Folgen war damit vermieden.

Am 14. Januar hieß es im Tagebuch über einen Besuch von Tommy und Katia in der Arcisstraße: *Beitisch Tommys! herzlicher denn je.*

Ein Anruf von Thomas bei seinem Verleger Samuel Fischer hatte dann die Sache erledigt. Die schon gedruckten Hefte der *Neuen Rundschau* wurden eingestampft. Einige Druckbögen mit dem Text der Novelle waren wohl versehentlich als Packpapier für den Versand von Büchern an die Buchhändler verwendet worden. So kam ein pfiffiger Gehilfe in einer Münchner Buchhandlung auf die Idee, aus dem Packpapier den Abdruck der Novelle zu rekonstruieren. So kursierten im Verborgenen einige Texte.

Hure im Hemdchen

Während Thomas im Sommer 1906 damit begann, seinen Fürstenroman mit dem Titel *Königliche Hoheit* zu schreiben und seine persönlichen Erfahrungen hinter den Bildern von einem Fürstenhof und einer Dollarprinzessin zu erzählen, entwickelte sein Bruder Heinrich einen ganz entgegengesetzten Stoff: Sein Titel: *Der Untertan*. Es war ein Roman, der weniger eine Auseinandersetzung mit sich selber im Gewand einer politischen Klasse führte, sondern die gefährlichen Spannungen durch den Aufbau einer Klassengesellschaft im Deutschen Reich zum Thema machte. Dazu kamen unaufgelöste Widersprüche bei der Mitbestimmung auf politischer Ebene, die Machtfülle beim Militär und dem Adel gegenüber den Untertanen, die sich erst mühsam über die Sozialdemokratie ihren Platz in der Gesellschaft erkämpften. Schon seit Langem hatte sich das wirtschaftlich erfolgreiche Bürgertum eine stetig wachsende Macht gegenüber dem Adel geschaffen. Was früher die bewaffneten Reiter der Fürsten waren, da wirkte heute das Geld der Unternehmer in den Panzerschränken der Banken. Heinrich hatte eine politische Analyse der Machtstruktur im Blick, die Thomas bis dahin entgangen war, weil sie ihn auch nicht interessierte.

So stand in wenigen Jahren Heinrich seinem Bruder mit dem Wissen gegenüber, dass all das, was das scheinbar großartige Deutsche Reich ausmachte, in wenigen Jahren durch einen verlorenen Krieg zugrunde gehen würde. Thomas brauchte deshalb nach dem

Untergang 1918 eine Zeit, bis er den Gedanken der Demokratie für sein Leben und seine Arbeit aufgenommen hatte und dann in aller Deutlichkeit bis zum Lebensende verteidigte.

Das waren die Positionen und der familiäre Hintergrund, als Carla in diesem Sommer 1906 immer wieder unterwegs war von einer Bühne zur anderen, von einem Engagement zum nächsten. Heinrich war an ihrer Seite. Er hielt den Kontakt zu ihr und versuchte ihr Selbstbewusstsein zu stabilisieren. Carla bot ihrem ältesten Bruder den Hintergrund und das Wissen über die Theaterwelt, die er für seine Romane und Geschichten verwendete. Dazu kam der Blick in ihre verwundete Seele, den er für seinen Roman gut gebrauchen konnte. Ebenso wie Thomas zog er aus den Menschen und ihren Entwicklungen das Material, das in sein Schreiben einfloss. Thomas, der schon über genügend Geld verfügte, um Carla finanziell auszuhelfen, hatte kaum Vorstellungen von ihrer erbärmlichen Lage. Und Carla war zu stolz, sich an ihn zu wenden.

In Düsseldorf, wo Thomas sie einmal in einer guten Rolle gesehen und Heinrich sie aus der Verzweiflung herausgeholt hatte, durfte sie am Ende nur noch eine demütigende Rolle in einem Weihnachtsmärchen spielen. Sie hatte an der Wiege als gute Fee nur einen Satz: »Und ich die Mäßigkeit.«

Ein Glücksfall war dann ein Engagement in Reichenberg, in Böhmen. Sie bekam die Rolle der Christine in Schnitzlers Drama *Liebelei*. Es war ihre Rolle: Christine, ein süßes Wiener Mädel, verliebt sich in einen Studenten, den Fritz, der eine heimliche Liebe zu einer verheirateten Frau hat und zugleich eine Liebelei mit einem braven Mädchen, das von den bösen Hintergründen in der Männerwelt noch keine Ahnung hat. Als Fritz in einem Duell getötet wird, läuft sie aus ihrem alten Leben davon. Eine enttäuschte Liebe, die sie in den Tod drängt. Das Ende bleibt offen.

Über die Wintersaison bis zum Frühjahr 1906 war es das Theater in Flensburg, eigentlich ein gutes Theater, aber wieder nicht von

Dauer. Im Sommer 1906 gab es eine überraschende Begegnung im Nürnberger Intimen Theater: Alfred und Hedwig waren zu einer Privatvorführung aus München gekommen. Ein Stück von Frank Wedekind, *Tod und Teufel (Totentanz)*, war von der Zensur in München verboten worden. Hatte man sich jedoch zu einem Theaterverein zusammengeschlossen, konnte man das Stück in einer geschlossenen Aufführung anschauen.

Das Bühnenbild zeigte den Salon in einem Bordell. Türen an den Seiten, in der Mitte zwei rote Sofas. Auf der Bühne stand Casti Piani, ein Mädchenhändler auf der Suche nach Glück. Elfriede von Malchus, eine altjüngferliche Kämpferin gegen den Mädchenhandel, war in erotischer Begeisterung für Casti Pini entbrannt; sie hatte ihre Geschlechtlichkeit entdeckt.

Elfriede: *Ich will im Sinnengenuß meinen Tod finden. Ich will mich auf dem Blutaltar sinnlicher Liebe schlachten lassen.*

Casti Piani: *Sie – Sie soll ich verkaufen?! …*

Elfriede: … *Meine Betätigung zur Bekämpfung des Mädchenhandels war unbefriedigte Sinnlichkeit!*

Casti Piani: … *Ich halte dieses irdische Wehgeschrei nicht mehr aus!*

Aus den Tiefen der Kulisse tauchte das Freudenmädchen Maruschka auf, gespielt von Carla. Sie trug ein dünnes, kurzes Hemdchen, dazu schwarze Strapsstrümpfe.

Elfriede: Ihnen selbst, *wenn Sie wollen, bringe ich meine Unschuld zum Opfer*. Ihnen selbst, *wenn Sie wollen, schenke ich meine erste Liebesnacht.*

Casti Piani: *Das hatte gefehlt!*

Auf der Bühne krachte in diesem Moment ein Schuss. Casti Piani sank, mit dem Revolver in der rechen Hand, die linke auf die Brust gepresst, in den roten Polstersessel. Drei Freudenmädchen im gleichen Kostüm wie Maruschka traten nun durch die Türen in den Salon. Sie näherten sich Casti Piani, um ihm den

Todeskampf etwas zu erleichtern. Maruschka folgte ihnen mit hüftbetontem Gang.

Casti Piani: ... *Maruschka! Küsse mich, Maruschka!*

Maruschka küsste den sterbenden Mann auf den Mund. Wie sie hochschaute, erblickte sie im kleinen Saal in einer der ersten Reihen Hedwig und Alfred Pringsheim. Hedwig hatte Carla unter der Schminke sofort erkannt. Sie hielt die Hände vor den Mund und raunte Alfred zu: »Das ist Carla, Tommys Schwester.«

Beim Abschminken nach der Vorstellung sah sich Carla im Spiegel an. Auch Nürnberg war danebengegangen. Sie war hierhergereist, weil der Direktor, Herr Emil Meßthaler, ihr eine Hauptrolle angeboten hatte. Dann aber war seine Geliebte aufgetaucht – und seitdem waren alle guten Rollen vergeben. Als Statistin durfte sie noch aushelfen. Eine Hemdenrolle nannte man dieses Kostüm aus schwarzen Strümpfen und einem dünnen Hemdchen, sie spielte eine Nutte im Bordell. Sie war in der Umkleide einer Schmiere gelandet, das war nicht zu übersehen. In diesem Moment entdeckte Carla das Gesicht von Hedwig Pringsheim im Spiegel.

»Guten Abend, liebe Carla«, sagte Hedwig. Sofort legte Carla beide Hände über ihre Brüste, aber Hedwig wusste besser zu helfen. »Darf ich?« Sie legte ihr Pelzjäcken über die nackten Schultern.

Einen Augenblick, dann hatte Carla wieder Text. »Oh, Frau Pringsheim, wie schön, dass Sie zur Aufführung gekommen sind!«

»Das Stück ist ja verboten, und sie bieten hier eine geschlossene Aufführung an. Das wollten wir doch sehen. Es ist überaus interessant.«

»Leider bekam ich keine richtige Rolle«, seufzte Carla. »Ein Freudenmädchen hatte sich vorgedrängt, wenn Sie verstehen, was ich meine.« Sie war hinter den Paravent gegangen, zog das Pelzjäckchen aus und warf das Hemd und die schwarzen Strümpfe über den Paravent. »Kein Text für Maruschka. Da blieb mir nur der Kuss!«

Hedwig hatte verstanden, welche Theatergesetze die Rollenvergabe in diesem Stück bestimmt hatten. »Trösten Sie sich. Auch ich habe nicht nur die Luise in *Kabale und Liebe* gespielt oder die Julia. Immerhin waren es die Lippen des Dichters, die Sie küssen durften.«

»Na ja.« Carla knöpfte ihre Bluse zu und schaute hinter dem Paravent hervor. »Der Dichter hatte vorher ein Mettbrötchen gegessen. Mit Zwiebeln.«

Hedwig schlug die Hände vors Gesicht. »Was für eine groteske Vorstellung! Aber etwas anderes: Wenn Ihr Engagement hier beendet ist, haben Sie schon einen Anschluss für den Sommer?«

»Leider nein. Und auch noch keine Anfrage für die Wintersaison. Ich bin nach Nürnberg gekommen, weil ich dachte, hier unter Direktor Meßthaler gäbe es moderne Stücke mit Rollen für mich. Aber die guten Rollen, die bekommt Meßthalers Freundin, die Grete Ilm. Ich könnte französische Salondamen in Salonstücken spielen. Das will ich aber nicht. Sie wissen sicher, dass mit der Rollenbezeichnung ›französische Salondame‹ die Prostitution gemeint ist.«

Hedwig erfasste augenblicklich die grausame Lage von Tommys Schwester. Aber sie ahnte auch, dass jedes Geschenk von ihr jetzt eine Demütigung wäre und dass sie selbst von Tommy nichts annehmen würde. »Ach, Carla, ich möchte Sie einladen. Morgen Mittag in unserem Hotel?«

Carla trat vor wie verwandelt. Auf einmal war sie eine Grande Dame, die sich noch ihren schönen großen Hut aufsetzte. »Gerne. Aber bitte keine Mettbrötchen.«

»Versprochen!«

Als Hedwig sich mit Alfred im Hotel noch ein Glas Wein für die Nacht genehmigte, kam sie auf diese überraschende Begegnung zurück. »Wenn man sie alle nacheinander kennenlernt, unseren Tommy und Heinrich, die beiden Künstler, Lula, die ehrbare

Mutter und Frau Bankdirektor, ihre Schwester Carla im Hemdchen als Hure auf der Bühne, die Mutter Julia und der junge Viktor, der wieder so ganz anders ist als die Geschwister – eine merkwürdige Familie, diese Manns.«

Und Klaus? Keinen Augenblick hatte die Mutter den Verdacht, dass der Zwilling die Liebe zum gleichen Geschlecht entwickelt hatte. Die Hochzeit mit der Tänzerin Klara Kosler, in der Familie Lala genannt, hatte ihm über viele Jahre die Deckung für die gefährliche Leidenschaft gegeben. Erst im Kriegswinter 1917, als Hedwig Klaus und Lala in Bremen besuchte und Zeuge von deren Ehedrama wurde, entdeckte sie die Wahrheit.

Am Abend eine äußerst peinliche, sehr traurige Szene und Auseinandersetzung zwischen Klaus u. Lala, die mir ihre ganze Ehe-Misere u. unheilbare, gehässige, klaffende Kluft in ungeahnt trauriger Weise zur Kenntnis brachte.

Später gab es von Lala weitere *»erschreckende Enthüllungen über Klaus«*.

Das hatte Hedwig all die Jahre übersehen. Selbstverständlich fiel auf Tommys Ehe mit Katia nicht im mindesten der Verdacht, dass auch hier jemand Frau und Familie auf solche Art zur Eingliederung in die bürgerliche Gesellschaft nötig hatte. Katia und Thomas hielten in Zuneigung und Disziplin die Fassade aufrecht. Allein im Werk war Thomas Mann frei zu bekennen, was man vor der Gesellschaft zu verschweigen hatte.

Der Prinz
und die Dollarprinzessin

Herrliche Zeiten! Eine Lesereise nach Dresden wurde bezahlt, und man konnte sich dort sehr schön vor Publikum präsentieren. Auch die Kosten in einem der modernen Schlafwagen der ersten Klasse wurden übernommen. So eine Fahrt konnte im Normalfall ein großes Vergnügen sein.

Am Abend in München stieg Thomas in den Zug und betrat das reservierte Abteil, eigentlich ein kleines gemütliches Zimmer mit einer Couch, einem Tisch und einem Schlafkabinett. Alle Aufregung der Planung und Organisation der Reise waren augenblicklich verflogen, hier fühlte er sich geborgen. Das Bett, weiß bezogen, war einladend aufgeschlagen. Sein Handgepäck war rasch verstaut, und er hatte noch Zeit, aus dem Gangfenster das interessante Gewimmel auf dem Bahnsteig zu beobachten. Mit welchen Nachbarn würde er es zu tun haben? Ein Herr stolzierte da unten auf dem Bahnsteig. Er trug Gamaschen und einen gelben Paletot. Im Auge hatte er ein Monokel fest eingeklemmt und spielte mit scharfen Blicken den Herrn. An der Leine führt er einen Boxer mit einem silbernen Halsband. Der wird den Hund doch nicht …?, dachte Thomas. Das ist verboten! Aber so einer macht das einfach.

Da war er schon dabei, aus dem Menschen dort unten eine Figur zu modellieren. Aber man war ja nicht in einem Roman unterwegs, sondern nur zu einer Lesung. Und da war auch der Gepäckwagen mit seinem großen Koffer. Unter seinem Fenster fuhr er vorüber, mit Wäsche für die Lesung und die folgenden Tage im herrlichen

Dresden. Danach sollte es zur Erholung in das oben auf den Elbhöhen gelegene Sanatorium am Weißen Hirsch gehen; alles in allem wunderbare Aussichten. Dort könnte er vielleicht Kraft finden, an der *Königlichen Hoheit* weiterzuarbeiten. Er hatte sich gut vorbereitet, und einige der Vorarbeiten, der kostbare Rohstoff, befanden sich in dem großen Koffer, der soeben auf den Gepäckwagen verladen worden war. Der Beginn war gelungen.

Unter dem sanften Rattern der Räder würde er bald einschlafen und an einem schönen Maimorgen 1906 in Dresden zum Frühstück erwachen – im Normalfall. Er war gerade dabei, seine Handtasche aus dem Netz zu nehmen, um etwas Toilette für die Nacht zu machen. Da kam der erste Stoß, direkt danach der zweite, anschliessend noch weitere. Thomas wurde hin und her geschleudert. Der Aufprall an der Wand schmerzte an der Schulter.

Das geht nicht gut, das geht nicht gut, das geht keinesfalls gut. In der Totenstille danach verstand er: Dieser Zug war entgleist. In der ersten Klasse, die sich hinten befand, war noch alles in Ordnung. Vorne sah man in der Nacht, beleuchtet von umherirrenden Laternen, die Trümmerwüste. Es gab nur wenige Verletzte und Gott sei Dank keine Toten.

Thomas hörte von Räumungsarbeiten an den vorne hinter der Lok aufgeprallten Waggons, darunter befand sich auch der Gepäckwaggon. Es war Zeit, sich um seinen Schatz zu kümmern. Vor sich sah er schon seinen aufgesprengten Koffer. Die Manuskriptseiten mit den wertvollen Texten lagen verstreut unter den Trümmern. Wieder einmal hatte er keine Abschriften gemacht von dem, was schon fertig in Form gebracht, in einer Mappe mitgeführt wurde. Er würde von vorn beginnen müssen. Viel Lebenszeit, eigentlich Arbeitszeit, wäre auf diese Weise verloren.

Zwei Tage später saß er nach dem Frühstück in seinem komfortablen Gästezimmer der Villa Thalblick, die ihm vom Sanatorium reserviert worden war, und ordnete auf einem Schreibtisch die einzelnen Manuskriptseiten. Es war noch einmal gut gegangen. Auch die in Leder gebundene Schreibmappe mit dem Anfang des Romans hatte im Koffer wie alles andere den Zusammenprall auf den Schienen gut überstanden.

Er blätterte in den Ordnern. Das Quellenmaterial war inzwischen beachtlich angewachsen. Er wollte die Rollen und Amtsbezeichnungen des Personals bei Hofe, die Zeremonien und ihre Abläufe vor sich sehen. Dafür gab es den Ordner mit den Fotos aus Zeitungen und Illustrierten. Mit Artikeln aus dem Lexikon. Dazu Abschriften aus Romanen, die vom Milieu bei Hofe erzählten. Auch besaß er Skizzen von Schlössern und Abbildungen von Innenansichten der Räume, sogar von den Wegen vor den Schlössern, die er sich ausgedacht und für die Erzählung festgelegt hatte. Nicht zu vergessen die Listen mit den Namen der Würdenträger, die Hauptfiguren ganz oben und dann absteigend bis zu Figuren im Hintergrund, einschließlich ihrer Charaktere. Das ergab eine interessante Perspektive.

Doch was für eine Geschichte sollte erzählt werden? Es ging um ein deutsches Fürstentum, das aufgrund der noblen Unwissenheit der Regenten und der feigen Dummheit der Ministerkamarilla hoch verschuldet und eigentlich pleite war. Der Regent, Albert II., weilte mit Krankheit und Desinteresse für viele Monate in Italien. Er hatte seinem jüngeren Bruder Klaus Heinrich eine Menge an Repräsentationspflichten übertragen. Diese heranwachsende Königliche Hoheit war der populäre Teil der Fürstenfamilie.

In dieser Situation kommt ein amerikanischer Multimillionär deutscher Abstammung, Mr Spoelmann, mit seiner Tochter Imma in die Residenz. Es gibt hier eine Heilquelle, die ihm auch bald Linderung an Leib und Seele gewährt. Es gefällt ihm in diesem Fürstentum, und seine Tochter geht auf die Universität, um Mathematik zu studieren. So geschieht es, dass Prinz Klaus Heinrich und

Fräulein Imma Spoelmann bald miteinander bekannt werden und sich auch freundlicher füreinander interessieren. Doch wie weiter? Denn so richtig es wäre, wenn der Milliardär einen kleinen Teil seines riesigen Vermögens zur Sanierung des Fürstentums investieren würde, und so richtig es wäre, wenn Fräulein Imma, die Dollarprinzessin, sich zu dem in sie verliebten Prinzen bekennen würde – niemals dürfte ein Prinz eine Bürgerliche heiraten. Nur wenn das private Glück zusammen mit der öffentlichen Not gelöst werden könnte, ja dann … Aber eine solche Möglichkeit war nicht in Sicht.

Die Lösung aller Fragen kam aus der inneren Handlung, in der Thomas seine Erfahrungen von Liebe, Verlobung und Hochzeit mit Katia unbedingt im Rahmen dieser Fürstengeschichte erzählen wollte. Er hatte ja selber erlebt, wie es ihm durch sein inniges Werben gelungen war, eine unmögliche Verbindung dennoch möglich zu machen. Wenn es schon im Leben derart wundersam zugehen konnte, so argumentierte Thomas, warum durfte er dann nicht diese Novelle mit der Stimmung und den Möglichkeiten einer Märchenerzählung zu Papier bringen? Dabei hatte er auch allen Ernst und alle Hoffnung seines Lebens mit hineingeschrieben.

Die Idee, seine Person, seine Rolle als Künstler in der Figur eines Fürsten darzustellen, zeigte sich bei Tommy schon seit dem Jahr 1903, also bevor er Katia gesehen hatte. Es existierte da eine gewisse Ähnlichkeit zwischen Thomas in seiner Rolle und dem Lebensgefühl eines Fürsten: Beide führten eine Art repräsentatives Dasein. So wie der Fürst in einem strengen Zeitkorsett gehalten wurde, in der vorgeschriebenen Etikette, so war der Dichter der Form verpflichtet. Auch die Stigmatisierung, das besondere Leid und die Fremdheit den Menschen gegenüber, war eine Analogie. Das ergab die Chance, so manches von der Oberfläche und den Untergründen seines Lebens in raffiniert verdichteten Kunstgriffen von Enthüllen und Verhüllen zur Sprache zu bringen, von dem man öffentlich dringend zu schweigen hatte.

Die entscheidende Begegnung in dieser Lebensphase war dann der Blick auf Katia. Bisher galt in seinen Erzählungen wie in seinem Dasein die Regel, dass ein Künstler einsam leben sollte. Zwar sehnte er sich nach den Wonnen der Gewöhnlichkeit, aber niemals durfte er eine Vereinigung mit dem Leben, mit dem Glück eingehen. Beides ging nicht zusammen, das wäre der Untergang des Künstlers. Diese unverrückbare Regel, sie galt noch für Tonio Kröger.

Dennoch war Thomas fasziniert von Katia, die wie er auch eine Art Sonderfall war und als Ehefrau eine entscheidende Wende in seinem Leben möglich machte. So jedenfalls die Hoffnung, und Tommy schrieb, nachdem der Weg in die Ehe mit viel Glück Wirklichkeit geworden war, weiter von den märchenhaften Veränderungen, die diese Entwicklung genommen hatte und nehmen könnte.

Es waren für den Fürsten ähnliche Widerstände zu überwinden, wie Thomas sie bei Katia überwinden musste. Seit 1906 war er an der Arbeit an dem Roman, und im Herbst 1907, dann in Oberammergau, ahnte er, dass noch einige Monate vom Jahr 1908 nötig sein würden, um das Märchen zu einem glücklichen Ende zu führen. Was ja eigentlich unmöglich war. Niemals konnte ein bürgerliches Mädchen einen Fürsten heiraten. Es sei denn … Niemals sollte ein Künstler wie Thomas eine Ehe eingehen. Es sei denn …

Verloren in der Pampa

Im September 1907 versetzte Hedwig ihre Modistin in Erstaunen, als sie von ihr Strohhüte verlangte und von ihrer Schneiderin Sommerkleider. Im November war sie dann schon mit der *Cap Arcona* unterwegs nach Buenos Aires. Erik erwartete sie am Hafen. Mutter und Sohn fielen sich bei ihrem Wiedersehen am Quai weinend in die Arme. Aber danach war es wie immer. Hedwig musste ihren Sohn aus einem Hotel auslösen und überhaupt seine Schulden bezahlen. Nach und nach erhielt sie einen erschreckenden Einblick, wie verwahrlost ihr Liebling lebte. Er hauste nach seinem Rauswurf aus dem Hotel in einem dunklen, lichtlosen, stinkenden Loch. Nie hätte sie drei Tage darin leben können. Anders als in ihren Briefen wurde sie in ihrem Tagebuch deutlich, völlig deprimiert schrieb sie darin: *Auch der Eindruck, den Erik mir machte, ist nicht verändert: ein guter, lieber, gutmütiger Junge, dem sich unter den Händen alles, alles zum Unheil wendet, er mag anfangen, was er will. Charakterlos und schwach ohne Verantwortungsgefühl, renommistisch und bramarbasierend, aus Mangel an Selbstgefühl … ein armer, lieber Kerl, der dem Leben in keiner Weise gewachsen ist … den man an einen für ihn geeigneten Platz stellen muss, um noch ein leidliches Schicksal für ihn zu zimmern.*

Hedwig hatte ihren Sohn genau beschrieben. Sie sah aber keine Lösung. Das war kein Mensch, der das Leben in die Hand nehmen konnte. Das Geld wäre dafür vorhanden gewesen, aber das war eine gefährliche Falle.

Unter ihrem sich verdüsterndem Blick, jenseits von ihrem gewohnten Komfort und jeglicher zivilisatorischer Unterhaltung, fuhr sie zur Abwechslung mit Erik über die Anden nach Chile, zumal sie keine Möglichkeit gefunden hatte, für ihren Sohn eine Estanzia, eine Farm für die Rinderzucht, zu erwerben. Hedwig war schließlich froh, als sie im Februar 1908 auf einem britischen Dampfer nach Europa zurückkehren konnte. Der Abschied von Erik, wohl ein Abschied fürs Leben, gestaltete sich im Hafen als eine Überraschung. Ihr Junge hatte eine Barkasse gemietet, umrundete den Dampfer, zog den Hut vom Kopf und winkte seiner Mutter, seine Kopfbedeckung schwenkend, zu. Er hatte nicht darum gebettelt, mit der Mutter heimzufahren. Er schien für den Augenblick glücklich. Aber da war dieses Gespräch am Silvesterabend gewesen, Hedwig hatte ihn gebeten, er solle doch wenigstens Miemchen mal eine Karte schicken. Die Großmutter hatte ihm zu Weihnachten so liebevoll geschrieben. Erik fragte, was er ihr denn mitteilen solle.

Schreib halt dein tägliches Leben. Er: ich habe kein tägliches Leben! Was für ein Leben hab' ich denn überhaupt?! Und das mit zuckendem Gesicht und Augen. So hatte sie es in ihr Reisetagebuch geschrieben. Dazu einen Auftrag, den sie aber vor Ort nicht hatte ausführen können. *Ich erkannte deutlich: Man muss dem Buben ein Leben schaffen.*

1908 war Hedwig wieder in München. Bald nach ihrer Rückkehr erhielt sie die Nachricht, dass Erik in Buenos Aires eine Maria Erlich geheiratet hätte, eine Frau, die sie als Maria oder Mary Barska, als eine Bekannte von Erik, nichts weiter, kennengelernt hatte. Dann hatte er zur Frau auch eine Estanzia gefunden. Beide wollten auf dieser Farm mit einem geeigneten Verwalter und einigen Vorarbeitern mit Rinderzucht ihr Geld verdienen. Ein Hoffnungsschimmer, dachte Hedwig. Vielleicht ist es diese Frau, die ihrem Eti ein Leben schaffen kann. Doch schon bald war ein böser Verdacht aufgekommen, dass es, wie immer, mit Erik nicht gut enden könnte. Die Hochzeit fand im April statt, der Brief mit der Nachricht erreichte München erst am 22. Mai. Hedwig notierte: *Erik, der arme, gute Dumme, hat sich »drüben« verheiratet; ich fürchte, auch nicht wieder sehr klug.*

In dem Brief bat er darum, dass man ihm Geld für die Estanzia überweise. Nach einigen Erkundigungen schickte Alfred telegrafisch die Summe von 165 000 Mark für den Erwerb der Estanzia Virorco. Sie lag ziemlich einsam in der Pampa. Mary dachte gleich, dass man ihn beim Kauf übers Ohr gehauen hätte. Außerdem hatte er nicht die geringste Ahnung von Landwirtschaft oder der Aufzucht von Rindern. Das hatte Mary auch nach München geschrieben, als dringende Fragen über Erik auftauchten.

Anfangs ließen Eriks Berichte das Bild aufkommen, der Aufbau der Estanzia sei erfolgreich. Erste drohende Gewitterwolken folgten in Nachrichten, die vermuten ließen, dass Erik wieder dem Pferderennen mit seinen Wetten verfallen war. Erneute Geldforderungen waren das Ergebnis. Drei Telegramme trafen im Januar 1909 ein, die Hedwig zunächst in helle Aufregung versetzten und ihr dann den Boden unter den Füßen wegzogen. Das erste Telegramm erhielt Alfred am 22. Januar. Sofort alarmierte er seine Frau, die gerade in Berlin weilte. *erik in lebensgefahr durch unfall.* Als Hedwig in München am nächsten Tag aus dem Zug stieg, stand Alfred mit einem zweiten Telegramm in der Hand an der Bahn. *erik zwanzigsten sanft entschlafen + beerdigung einundzwanzigsten + mary.* In ihrem Tagebuch zitierte Hedwig dieses Telegramm und notierte als Kommentar nur ein Wort: – – aus –.

Hedwig hatte Mary beiläufig während ihres Besuchs in Buenos Aires kennengelernt. Jetzt überlegte sie, ob sich diese schon zweimal verheiratete siebenundzwanzigjährige Russin, die aus Berlin nach Argentinien ausgewandert war, an Erik gehängt hatte, nachdem ihr klar geworden war, aus welch reicher Familie dieser verbannte Sohn stammte. Eine Adresse, aus der man möglicherweise viel

Geld ziehen konnte. Die Bittbriefe nach der Hochzeit konnten ein Hinweis dafür sein. Und das dritte Telegramm, das am 24. Januar 1909 folgte: *bitte telegrafisch 10 000 mark + beerdigung + dringende schulden unbezahlt + mary.*

Am Abend besucht Katia ihre Mutter. Sie sprachen zusammen über Erik, der mit seinem Tod viele offene Fragen hinterlassen hatte. Hedwig und Alfred wollten am Ende mehr erfahren. Das Antworttelegramm von Hedwig lautete: *willkommen + leiche überführen.*

In München tobte einige Tage ein Schneesturm. Die Post brachte Briefe aus Argentinien, die der noch lebendige Erik abgeschickt hatte. So sprach in die Trauer hinein ein hoffnungsfroher Eti von seinen Plänen. Aber wieder einmal bat er um Hilfen, die Hedwig ihrem toten Sohn nun nicht mehr erfüllen konnte. Am 24. Januar war in den *Münchner Neuesten Nachrichten* die Todesanzeige zu lesen: »Vor zwei Tagen starb auf seiner Besitzung in Argentinien unser geliebter ältester Sohn Erik Pringsheim an den Folgen eines Unglücksfalls.« Eine Meldung, die erst einmal weitere Fragen abwehrte. Der Verdacht, dass ihr Sohn Erik womöglich aus Geldgier ermordet wurde, wahrscheinlich vergiftet durch die Gabe von Strychnin, verstärkte sich immer mehr bei Hedwig, zumal Mary in einem Brief erneut um Geld anfragte. Ein Brief, in dem sie das Todesdrama der trauernden Mutter in Einzelheiten schilderte.

Mary hatte verdächtige Geräusche aus seinem Schlafzimmer gehört: »Was hast du getan?«, fragte sie.

»Nichts«, antwortete Erik. »Ich habe seit zwei Wochen Strychnin bei mir und habe es eben weggeschüttet.«

Daraufhin, so Mary, sei sie ohnmächtig geworden. Erst nach zehn Minuten sei sie auf einem Stuhl wieder aufgewacht. Erik habe auf dem Bett gesessen und ihr gestanden, er habe nie Gift besessen. Dann hätte sie jedoch die Kristalle in einem Stück Papier gefunden und gemeint: »Wenn es kein Gift ist, kann ich es ja nehmen.« In dem Brief war dann aber zu lesen: … *wie ich ihn ansehe, sehe ich seine todesverzerrten Züge und begreife.* Sie rief um Hilfe, wobei Erik verlangte, sie solle bei ihm bleiben. Schließlich lasen die Eltern die letzten Worte in Eriks vertrauter Kindersprache. Eine Unbedachtheit oder eine raffinierte Absicht, die in Hedwigs wundes Herz treffen konnte. *»Lumpselchen dibb mich einen Tuss« (so sprach er oft zu mir).* Nachdem er Brechmittel eingenommen hatte, wurde es jedoch nicht besser. Erik sagte noch einmal: *»Lumps gib mir einen Kuss« und starb mit seinem glücklichen Kinderlächeln.*

Als Erklärung fügte Mary hinzu, er habe offenbar geglaubt, eine viel zu kleine Dosis genommen zu haben, bei der man nicht sterben würde. Das war der Irrtum, der seinen sanften Tod erklären sollte. *Strychnin*, schrieb sie noch deutlich dahinter, als ob sie sagen wollte: »Da gibt es keine kleinen Dosen.« Einer ihrer Freunde, ihr späterer Ehemann Mr Mackey, war zugegen und hatte leider auch nicht helfen können. All das machte Hedwig nachdenklich. Ebenso die sachlich formulierten Geldforderungen der Witwe. Viele Briefe gingen darüber noch hin und her. Zeugen wurden befragt, ein Detektiv eingeschaltet, bevor Mary persönlich in München auftrat. Immer wieder wurde die Sterbeszene in Variationen erzählt. Für Hedwig verwickelte Mary sich in Widersprüche. Dabei wurde auch deutlich, dass sie mit Mackey schon vor der Heirat mit Eti liiert war und dass dieser Mann Erik seine Freundin Mary überlassen hatte. Alles Informationen, die Hedwigs Verdacht verfestigten, dass diese Frau ihren Liebling vergiftet, vielleicht in den Tod getrieben hatte. Eriks Leiche wurde in München obduziert, es konnte aber kein Gift im Körper nachgewiesen werden. Mary wurde daraufhin gefragt, wie Erik denn dann zu Tode gekommen sein könnte. Sie vermochte keine plausible Antwort zu geben. Offenbar sollte es ein Selbstmord angesichts von Eriks Pleite sein, um so seine Ehefrau vor dem Elend zu retten.

Bei all den Verhören und Recherchen, den Überlegungen, wem die Estanzia in Argentinien gehörte, wer das Vieh verkaufen durfte und was alles von Mary beansprucht wurde, kam am 27. März 1909 früh um neun Uhr der Anruf, dass es bei Katia wieder losgehen würde. Die Geburt sei schon im Gange. Schwierig und wieder schmerzhaft zu Beginn. Dann aber, am Nachmittag um fünf, war der Sohn Angelus, der bald Golo genannt wurde, auf die Welt gebracht. Golo, ein gesunder Junge, war in vier Jahren das vierte Kind in der Familie Mann. Eine gewisse Erschöpfung der Mutter war dabei nicht zu übersehen.

Am nächsten Tag holte Hedwig Mary von der Bahn ab. Es blieb ein kaltes, distanziertes Verhältnis. Bald gelang es der Familie, diese Frau abzufertigen und sich vom Leib zu halten.

Zur Einäscherung von Eriks Leiche kamen in das Krematorium nach Ulm, für die München zuständig war, neben Hedwig und Alfred die Brüder Klaus und Peter, auch Hedwigs Freundin Eugenie Schaeuffelen, die ihn immer sehr gemocht hatte, und der Schwager Thomas. Unter Begleitung eines kleinen Orgelspiels begann die Zeremonie. Hedwig begab sich ganz nah an den Sarg. Sie wusste, dass dort nicht mehr der unversehrte Körper von Eti lag. Man hatte ihm für die Obduktion verschiedene Teile entfernt, untersucht und danach einfach nur in den Sarg gelegt. Sie hatte ein Foto von Erik aus Argentinien in der Hand und legte es auf den Sarg. Anschließend nickte sie dem Friedhofsbeamten zu. Langsam verschwand der Sarg, den die Flammen bald umhüllten.

Nach einigen Minuten des Gedenkens tauchte ein Friedhofsbeamter auf und reichte Hedwig ein goldenes Armband. Thomas hatte es beobachtet, und Hedwig erklärte ihm, als sie ins Freie gingen: »Es ist von Erik. Das hat sie ihm dann doch nicht abgenommen.«

Thomas hatte eine Frage: »Warum ist sie nicht nach Ulm gekommen?«

Hedwig antwortete in einer Mischung aus Trauer und Zorn: »Mary ist der Leiche nachgereist. Und jetzt wohnt sie in Charlottenburg. Wir haben ihr nichts von der Einäscherung gesagt. Tommy, und wenn man zehnmal kein Gift gefunden hat, ich bleibe dabei, sie ist die Mörderin.«

Zusammen gingen sie in ein Hotel, um dort zu essen. Später, zum Tee in der Arcisstraße, kam Katia dazu.

Im Oktober 1909 wurde auf dem Münchner Waldfriedhof ein prächtiges Columbarium für die Urnenbestattung fertiggestellt. Endlich ein Ort, an dem Hedwig Etis an einem schön gepflegten Ort gedenken konnte. An seinen Geburtstagen und an seinem Todestag besuchte sie ihn regelmäßig und legte Blumen an diesem Familiengrabmal ab; zu Hause las sie in seinen Briefen. Dann war sie ihm wieder ganz nah, so nah, wie sie es in den wirren Jahren nicht gewesen war. Katia begleitete die Mutter gelegentlich an das Grab ihres Bruders.

Eine Liebe verschwindet

Kann man sich während einer Opernaufführung verlieben? Wenn die Schöne direkt neben einem sitzt? Wenn man von einem Spaziergang in Florenz im Frühjahr noch während der Dämmerung ins Theater geht, vorbei an so viel gebauter und ausgestellter Schönheit, und dort auf der Bühne Puccinis Musik hört? Wenn dazu die Sängerin das unsterblich schöne Lied »O mio bappino caro« singt, von ihrer Liebe, die sie gerade erlebt? Davon, dass sie ihn heiraten muss, sofort. Sonst müsse sie sich in den Arno stürzen und sich ertränken. Worte, die sich erheben aus der Melodie und der Stimme hoch über alle Zuhörer im Saal und sich unter ihre Haut senken.

Inés Schmied, aus Argentinien, bereiste mit ihrer Mutter das Land und wollte in Italien Gesang studieren. Sie saß neben dem Dichter Heinrich Mann. Er hatte gerade eine Geschichte geschrieben, die von einem spießigen, verknöcherten alten Studienrat erzählt, dessen enges Lebenskorsett in einem Hafen-Tingeltangel namens »Der blaue Engel« durch die Begegnung mit der Sängerin Rosa Fröhlich vollkommen aus der Bahn gerät. Inés gefiel die Geschichte, und ebenso gefiel ihr der Autor.

Alles war fast wie in einer dieser wunderbaren Opern von Puccini. Auf dem Heimweg unter den Laternen durch die dunklen Gassen summte sie ganz leise »O mio bappino caro«. Heinrich blieb stehen, zog sie ganz sanft ins Dunkel und näherte sich ihr mit einem Kuss auf den Hals, hinter das Ohr und schließlich auf ihre Lippen.

Wie schön sie war: goldblond und goldbraune Augen und fast genau so groß oder – besser – so klein wie er. Und gerade mal zweiundzwanzig Jahre. So konnte er als steifer Lübecker, ein Einzelgänger und Sonderling, wie ihn viele sahen, noch mal ein Stück von seinem Herzen öffnen. Und fühlen, was es auf sich hatte mit der Liebe, mit der Wärme und Nähe zu solch einer Frau. Erst recht, wenn man Tage später in einem Hotelzimmer aufwachte und die erste Nacht zusammen verbracht hatte. Viel hatte er von sich zu erzählen, alles, was im Innern verschlossen war durch viele Jahre ohne Liebe, und von dem, wer man war und sein musste. Er konnte sich erklären. Wie es gekommen war, dass er nur glücklich war, wenn er schrieb. Und Inés hatte all das an ihm genehmigt. Es war ihm etwas unglaublich Zauberhaftes geschehen. Etwas Neues, sich so einer Frau annähern und öffnen zu können. Er wollte nichts verbergen.

Aber beide blieben Reisende, die sich mal in Italien und mal in Deutschland sahen und Zeit miteinander verbrachten. Fast ein Jahr lang hielt sie sich in Argentinien auf. Ein Foto zeigte sie in einem kleinen Zelt in männlicher Begleitung bei einem mehrtägigen Ausritt in die Pampa. Sie schlief in einer Hängematte. Aber sie suchte auch die deutsche Buchhandlung in Buenos Aires auf, um sich mit Literatur zu versorgen.

Nach zwei Jahren versprachen sie sich die Ehe. Nur Tommy erfuhr von der Verlobung. Er war etwas verwundert, vor allem, als er diese selbstbewusste Frau kennenlernte. Heinrich hatte Inés einige Tage allein bei seinem Bruder in Tölz zurückgelassen. Da hatte Inés dann ausführlich Katia und die Kinder und ihr Familiensystem erlebt. *Du kannst Dir nicht vorstellen, welches Grauen ich vor Familien etc……!!!! habe*, schrieb sie ihm. *Immer sehe ich noch das Gesicht Deines Bruders, wie er so kalt, gleichmütig und doch mit einer Art Unbehagen in die Luft guckt.*

Es waren verregnete, recht kühle Tage im Januar 1909. Aber danach tauchte bei Inés der ernste Satz auf: »Ich tauge nicht zum

Heiraten!« Sie hatte schon von Lula kritische Sätze gehört, wie wenig sie in diese Familie passen würde, und spürte, dass Tommy nicht viel anders über sie dachte.

Und dann saßen beide, Inés und Heinrich, Ende 1909 mit Rotwein in einem Café beieinander. Der Wein war schon ausgetrunken, und im Hintergrund wurden die ersten Stühle auf die Tische gestellt. Gerade brachte der Kellner noch eine Karaffe vom roten. Die letzte Bestellung. »Ich müsst' dann kassieren. Wir schließen hernach!«

Heinrich schenkte nach und trank einen Schluck. Er schaute zu Inés herüber, die wieder davon gesprochen hatte, dass es keine Zukunft für sie geben könne.

»Es ist besser so, glaub mir«, fügte sie hinzu. »Du würdest mit mir nicht glücklich werden.«

Heinrich nahm einen weiteren Schluck. »Inés, du sagst immer, was du denkst, das ist gut so.«

»Auch meine grausamen Wahrheiten?«

Heinrich nickte. »Besser als die grausamen Lügen!«

»Ich weiß es einfach«, sagte sie noch. »Ich passe nicht zu dir.«

»Du meinst zu meiner Familie. Zu Lula.«

»Nein, vor allem nicht zu deinem Bruder Thomas. Carla, mit der hätte ich mich noch anfreunden können.«

»Sie ist jetzt am Theater in Mülhausen. Es gefällt ihr dort. Obwohl ...«

Inés sprach für ihn den Satz zu Ende: »Obwohl sie etwas eifersüchtig auf mich war.«

»Das ist ja dann auch vorbei.«

»Vorbei?« Hatte Heinrich jetzt der Trennung zugestimmt? Kam da nichts mehr? Einen kleinen Hustenanfall spülte sie mit dem Rotwein herunter. Dann machte sie weiter, erzählte von ihrem Aufenthalt bei Thomas in Tölz. »Ich kann mir einfach nicht vorstellen, neben dieser Frau Thomas Mann eine Frau Heinrich Mann zu sein.

Wie sie die Kinder von ihm fernhält, damit er arbeiten kann. Der Zugang zum Vater wird da peinlich genau dosiert.«

»Die Älteste, die Eri, die ist aber auch ganz schön aufgeweckt.«

»Ja, ja. Wenn ihr was Originelles oder Lustiges eingefallen ist, wird sie vom Vater getätschelt. Und der kleine Aissi, der kleine Klaus, der guckt schon, was er von seiner Schwester abschauen kann.«

»Ist das nicht in allen Familien so?«

»Ach, Heinrich. Ich gehör da nicht hinein zu euch hochwohlgeborenen Patriziern und seiner Millionärstochter.«

»Darüber hab ich noch kein böses Wort gehört.«

»Nein? Nichts über die Herumtreiberin von einer Plantage, die im Dschungel lebt und auch noch zur Bühne will? Es passt eben nicht mit uns.« Sie wartete. Aber Heinrich widersprach ihr nicht mehr. Es ließ sie ausreden. »Mir ist in Tölz klar geworden, wie ähnlich du deinem Bruder bist.«

»Na ja, wir sind eben Brüder.«

»Das ist schon mehr. Du bist auch keinen Tag glücklich, an dem du nicht schreiben kannst.«

»Mein Schreiben, ich habe dir alles darüber erzählt.«

»Nimm dir eine bürgerliche Frau, eine Deutsche natürlich.« Aber vielleicht gibt es da noch etwas mehr Klarheit, dachte sie im Stillen. »Oder hast du schon mit einer Neuen angebandelt?«

Heinrich schwieg.

Inés stand auf. Er half ihr in den Mantel. »Wir wollen aber Freunde bleiben.«

»Ja, das wollen wir.«

Wie sie auf die Tür zuging, schüttelte sie ein neuer Hustenanfall.

»Du solltest zum Arzt gehen. Deine Stimmbänder …«

Aber das hatte sie nicht mehr gehört.

Heinrich nahm wieder Platz. Er winkte dem Kellner. »Zahlen bitte.«

Zyankali

Die alte Reichsstadt Mülhausen im Elsass hatte im 19. Jahrhundert durch die Industrialisierung einen enormen Auftrieb. Hier wie auch in vielen anderen Städten war ein Theatergebäude entstanden, um so das Bürgertum näher an die Literatur- und Theaterkunst heranzuführen. Das Stadttheater hatte Platz für 927 Zuschauer. Hier konnte Carla endlich mehr in seriösen Stücken spielen, sie bekam Rollen, in denen sie Teile ihrer Person und ihres Lebensgefühls einzubringen vermochte. In der Wintersaison 1907/1908 spielte sie in Schillers *Don Carlos*, im Stück *Die Räuber* die Amalia sowie die Johanna in der *Jungfrau von Orleans*. Es gab aber noch keine weiteren Zusagen für die nächste Saison.

Sonst geht's mir gut, schrieb sie an ihren Bruder Heinrich im November 1908 nach Nizza. *Ich habe ein paar wunderschöne neue Kleider und Hüte, die du sehen müsstest, und bin überhaupt la femme, la plus jolie, la plus chic et la plus gracieuse de Mulhouse.* Letzteres hatte ihr eine Dame der französischen Gesellschaft von Mülhausen gesagt. Das Kompliment war etwas wert, da es viele elegante Damen in der Stadt gab. Sie würde sich auch gut an Heinrichs Seite in Nizza sehen lassen können, wo er inzwischen weilte. Immerhin war sie in Mülhausen, in der vornehmen Stadtgesellschaft, ein Stück weit angekommen. Vermutlich hatte sie einen Teil ihrer exquisiten Kleider auf Pump gekauft.

Im Sommer 1910 gab es keine Beschäftigung, aber Carla lernte die Familie Gibo kennen, die ein kleines Industrieunternehmen besaß. Als es später einmal von dem Lübecker Testamentsvollstrecker geprüft wurde, war es als solide eingestuft worden. Es war Arthur Gibo, der Sohn der Familie, der sich in Carla verliebte. Anfangs noch mit Zustimmung seiner Mutter, die das Unternehmen finanziell bestimmte. Auch Carla fand Gefallen an dem Franzosen. Sie konnte sich gut genug in der französischen Sprache ausdrücken, dass ihr das *Arthur, je t'aime, mon ami* leicht über die Lippen kam. Sie hatte eine schöne Wohnung, und dort gab es dann auch eine Möglichkeit, jenseits der Aufsicht von Madame Gibo einen festen Treffpunkt für die Verliebten einzurichten.

Schließlich aber hegte die Mutter den Verdacht, dass Carla auf Kosten ihres Sohnes lebte. Sie schnüffelte in der Gerüchteküche der schwatzhaften Gesellschaft von Mülhausen herum, und bald flatterte Carla ein Brief ins Haus, der sie als Kokotte bloßstellte, als eine Schauspielerin, die auch mit einem anderen Mann aus der gehobenen Gesellschaft ein Verhältnis hätte. Bei dem Denunzianten handelte es sich um einen enttäuschten Liebhaber, der Carla nicht für die Ehe mit Arthur freigeben wollte. Es soll dies der Arzt Dr. Freund gewesen sein, der, obwohl verheiratet, Carla zurückhaben wollte. Ein Gynäkologe, der möglicherweise für sie das Zyankali besorgt hatte.

Vor diesem Hintergrund begann ein Krieg zwischen Madame Gibo und Carla, und die Differenzen führten zu einem Zerwürfnis zwischen den Verlobten. Carla entschied sich, zu ihrer Mutter nach Polling zu fahren. Gibo sollte sich in Mülhausen überlegen, ob er den Gerüchten glauben, oder ob er sich gegen Madame Gibo durchsetzen und Carla heiraten wollte. Er könnte ja nach Polling kommen, hätte er sich entschieden.

Carlas Mutter Julia hatte sich in Polling ein kleines Häuschen gemietet, einem kleinen, aber schmucken Ort mit einer historischen Kirche und einem Klostergut. Julia hatte dort schon früher mit Vikko Ferien gemacht. Der Umzug dorthin sollte viel Geld sparen, so konnte sie ihren Kindern Carla und Vikko besser weiterhelfen.

Vikkos Liebe zur Landwirtschaft wurde hier geweckt und entwickelt, die seinen späteren Lebensweg prägen sollte. Für die Literatur der Brüder, für das Theater der Schwester hatte der Bub, der in einem bayerischen Dialekt mit Mensch und Tier sprach, anfangs eher brüderliches Interesse gehabt. Er las jedoch viel und war selbstverständlich sehr stolz auf seine berühmten Geschwister.

Viktor, der beim Militär in München diente, war für einige Tage auf Urlaub in Polling, als Carla im Haus der Mutter eintraf. Die ländliche Umgebung bot der Tochter ein wenig Sommer und Distanz zum Gespenster-Geflüster. Carla mochte sofort den Ort mit den drei altehrwürdigen Kirchen. Die Türme mit ihrem stündlichen Glockenschlag waren eine schöne Silhouette gegen die sanften Hügel ringsum und die schneebedeckten Alpen in der Ferne.

Carla hatte ihrer Mutter noch nicht viele Einzelheiten der verwickelten Affäre mitgeteilt. So viel war jedoch klar, Madame Gibo würde ihrem Sohn das Geld streichen, sollte er an Carla festhalten. Damit wollte sie ihn zwingen, die Verlobung aufzulösen, denn Arthur könnte Carla keine Wohnung, kein Haus, keinen Lebensunterhalt bieten. Sollte er nicht nach Polling kommen, würde Carla ihn freigeben und die Verlobung auflösen, obwohl das ein schrecklicher Gedanke für sie war.

Aber Arthur reiste zu seiner Verlobten Carla nach Polling, wo er sich in dem kleinen Gasthof einmietete.

Dann kam der Nachmittag des 30. Juli 1910. Es war schwülheiß an diesem Tag. Carla saß bei offenen Fenstern in dem kleinen Zimmer, das direkt über der Küche ihrer Mutter lag. Ein Bett, ein Schrank für die Kleider, eine Frisierkommode mit Spiegel. Carla hatte einen Brief in der Hand, mit dem Gibo vor Tagen seine Ankunft angekündigt hatte. Etwas, das ihn quälte, musste er berichten. Arthurs Mutter hatte Carlas Briefe geöffnet und in ihnen eine Liste von »Irrenhäusern« gefunden. Eine Idee von Carla, wie sie behauptete, dabei hatten die beiden jungen Leute nur Orte für eine Kur von Madame Gibo zusammengetragen.

Meine Mutter hat nun eine schreckliche Waffe gegen Dich, so schrieb Arthur. *Du solltest sie jetzt sehen! Was wird sie jetzt machen? Großer Gott, großer Gott, das fehlte noch.*

Da war sie wieder, seine Angst vor der Mutter, seine Schwäche. *Ah Carla je ne sais plus que faire et que penser.* Er wusste nicht, was er machen sollte. Er war völlig am Ende. *Je suis ou bout de tout. Ne d'tonne pas de trop si un de ces jours prendrai un peu de Cyankali-je n'en peut plus.*

Carla sprach ihn direkt auf den Brief an: »Jetzt weißt du nicht weiter. Aber wie soll es mir denn gehen?«

Alle sind gegen uns!, antwortete Arthur.

Was wollte er ihr denn damit sagen?, überlegte sie. *Soll ich jetzt für dich etwas von dem Cyankali nehmen, damit du deine Ruhe hast?* Wollte er sie da auf eine Idee bringen? Carla näherte sich der Kommode. Sie öffnete ein Buch, das dort lag. Es war aus Metall, und anstelle der Seiten befand sich in dem Hohlraum eine kleine braune Flasche, nur wenige Zentimeter groß, wohlbekannt aus Apotheken. Sie griff danach und hob die Flasche dicht vors Auge. Ein weißes Pulver war hinter dem braunen Glas zu sehen, hochgiftiges Zyankali. Sie schüttelte das Gefäß. Grusel und Lächeln. Tod und Befreiung.

Im Spiegel betrachtete sie ihr Gesicht. Sie suchte die Haltung, suchte das ernste Gesicht ab. Dieses Mal ist nichts gespielt, befand sie. Sie drehte sich um und sagte dann zu sich selber, ganz beiläufig: »Aber ich liebe dich doch!«

Anschließend setzte sich Carla den großen Blumenhut auf. Probierte den Blick, wenn sie mit dem Hut den Kopf leicht hob und ihre Augen sichtbar wurden. Sie schritt die enge Holztreppe herunter und ging an der Küche vorbei durch die Tür vors Haus.

Durch das offene Küchenfenster bemerkte sie ihre Mutter, die mit einer Schürze vor dem Kleid einen Teig walzte. Sie erkannte

Rosinen. Ob sie es wollte oder nicht: Der Blick durch das Fenster – ganz nah, ganz langsam – wirkte wie ein Bühnenauftritt.

»Na, Carla, willst du dich einen Moment zu mir setzen?«

Carla nickte, kehrte in die Küche zurück, ließ sich auf einen Stuhl gegenüber dem Tisch nieder und nahm ihren Hut ab.

»Vielleicht willst du etwas naschen?«, fragte die Mutter. »Wie früher, als ihr so gerne in der Küche in Lübeck zugesehen und von den süßen Sachen gekostet habt.«

»Das ist lange her, als Vater noch lebte. Mit ihm wären wir nie in so eine Lage geraten.«

»Du gehst schon seit Tagen so bedrückt ums Haus oder mit Vikko die Feldwege entlang. Was beschäftigt dich?«

»Gleich kommt Arthur aus Mülhausen. Er hat sich in der Gastwirtschaft einquartiert.«

»Carla, ich will ihn gar nicht vorher begrüßen. Man weiß ja nicht, was er will. Wie soll ich mich verhalten – gegenüber deinem Verlobten? Du musst mit ihm sprechen und mir dann alles sagen.«

»Wenn er schon gekommen ist, bedeutet das, dass er die Verlobung doch nicht aufheben will?«, überlegte Carla laut.

Julia suchte einen Ausweg: »Katia hat gerade wieder ein Mädchen bekommen, die Monika. Vielleicht willst du Tommy und Katia mal in Tölz besuchen. Die haben sich da ein schönes Sommerhaus gebaut.«

»Nein! Ich kann mich im Moment nicht am Glück der anderen freuen. Und Tommy, ich bitte dich. Das ist für mich Grönland.«

»Grönland?«

»Bedeckt mit ewigem Eis. Wie der auf mich herabblickt. Er hat ja alles vorhergesehen.« Dann sprach sie mit der bedächtigen Stimme und der Überlegenheit des älteren Bruders: »Jetzt will sie zurück ins Bürgerliche und ein normales Glück mit Haus und Kindern. Raus aus der Welt, in der sie gescheitert ist.«

»Red doch nicht so arg!«

»Auch wenn er es nicht ausspricht, er denkt so was. Ich sah's in seinen Augen.«

»Carla, wenn ich dir was sagen darf: Geh fort aus dem Intrigennest in Mülhausen. Lass all das Böse hinter dir!«

»Und wo soll ich unterkommen?«

»Vielleicht bei Jof und deiner Schwester, die haben sich für den Sommer ein Haus in der Schweiz gemietet.«

»Mit Lula verstehe ich mich nicht. Und Jof – ausgeschlossen! Seitdem Armin Martens Lula damals verlassen hat, ist da was passiert. Als sie später Jof heiratete, hat sie irgendwie aufgegeben. Sie spielt jetzt vornehme Frau, eine Rolle wie auf der Bühne.«

Armin, Lulas erste Liebe, war jener Schüler, in den sich Thomas verliebt hatte. Er war als Auswanderer in Deutsch-Südwestafrika zugrunde gegangen.

»Du könntest auch eine Zeit lang bei mir bleiben.«

»Ach Gott, Polling!«, seufzte Carla. »Schon so ein Hut wie der, den ich gerade trage, ist zu viel für den Ort. Und meine Kleider sollten dann auch besser im Schrank bleiben.«

»Da hast du recht. Die Leute hier schwätzen tatsächlich über deine Auftritte auf der Dorfstraße. Und mit so einem Hut auf den Feldwegen … Was soll denn so ein Bauer denken, wenn er nass geschwitzt bei der Ernte mit seiner Sense einer Person wie dir auf dem Feldweg begegnet?«

Der Teig war fertig. Er wurde mit Mehl bestäubt, gewälzt und in eine Schüssel getan. Die Hände mit dem Mehl wurden danach vom klebrigen Teig gesäubert. Den Rest wusch Julia am Spülbecken unter fließendem Wasser ab. Sie sah ihre Tochter an, die ihren Hut schon wieder aufgesetzt hatte. Sie war unsicher über all das, was mit ihrer Tochter geschehen war. Julia wusste einiges aus Heinrichs Büchern über Carla. Vieles aus seinen Erzählungen konnte sie nicht direkt mit ihrer Tochter in Verbindung bringen. Sie hoffte immer, dass ihr Sohn in diesen Szenen heftig übertrieben hatte.

»Und wenn du die Liebe zu Gibo aufgibst?«

»Willst du mich dazu überreden?«

»Du hast es deinem Verlobten ja selbst vorgeschlagen«, gab Julia zu bedenken.

»Madame Gibo, diese falsche Schlange, wäre *très heureux.*«

»Wenn er aber doch bei der Verlobung und der Hochzeit bleiben will?«

»Diese Hexe würde mich mit allen Mitteln aus seinem Leben hinaushetzen. Aber gemeinsam mit Gibo könnte ich ihn und mich von ihr befreien. Diese dumme Gans denkt, eine Schauspielerin, wenn sie eine Hausfrau geworden ist, schminkt sich zum Frühstück und sitzt beim Abendessen mit großen Hüten und in feiner Seide am Tisch bei den Pellkartoffeln. Und wenn die einfachen Bürger ins Bett gehen, im Theater aber die Lichter angehen und das Schauspiel auf der Bühne beginnt, da geht sie unruhig wie eine läufige Katze vor dem Haus auf und ab.«

»So denken viele.«

»Dabei kann ich sehr wohl treu sein. Ich kenne jetzt das Leben besser als so ein blasser Backfisch, der dieser falschen Schlange für ihren Arthur gefällt, der aber nichts vom Leben weiß.«

Mit diesen Worten verließ sie das Haus. Durchs Fenster blickte sie noch mal in die Küche zurück. »Gibst du mir bitte doch die Schüssel mit dem Rosinenstuten …«

Julia musste lächeln. Zu gerne reichte sie ihr diese, deckte aber vorher noch das Tuch ab, das sie über die Schüssel gelegt hatte. Durch das offene Fenster langte Carla in den frischen Teig. Sie nahm etwas Warmes und Süßes auf der Zunge wahr. »Ach, so lange ist das her!« Zugleich roch sie die Kräuter auf dem Schweinsbraten, der im Ofen garte. Als Julia den Teig erneut auf den Tisch stellte und danach im Backofen nach dem Braten schaute, kam ihr diese Küche vor wie das kleine Glück, das Glück, ein Zuhause zu haben. Das Gefühl war so schmerzhaft, dass ihr die Tränen in die Augen stiegen. Etwas von der Wärme, das würde sie gern spüren, wenn das möglich wäre!

Vor der Gaststätte traf sie ihn, mit etwas Abstand blieb Arthur vor ihr stehen.

»*Bonjour*, Carla«, sagte er.

Sie gingen einige Wege bis vor das Dorf, an einem kleinen Teich vorbei, in ein Wäldchen vor den Feldern. Sie gingen schweigend. Carla konnte sehen, wie unsicher er war, darüber, was er nun sagen sollte. Dann kam er mit einem törichten Angriff, ganz leise, die Frechheit mit Unsicherheit verbergend.

»Man hat dich gesehen!«

»Ja, alle haben gesehen, dass Dr. Freund mich ins Theater gefahren hat.«

Ein unsicherer Blick, dann nachgeschoben von Arthur: »An diesem Abend danach!«

Carla zögerte. Dieses »danach« traf sie. Noch kämpfte sie mit sich. Sie schüttelte den Kopf. »Wer sagt so was?«

»Er sagt es, und meine Mutter glaubt es.«

Das war es also. Jetzt wollte er es auch glauben. Carla überlegte, was Gibo ihr wirklich sagen wollte. Sie baute noch einmal ihre Position auf. »Würde man mir meine Mitgift bei der Hochzeit auszahlen, diese 25 000 Mark, und einem Vorschuss auf mein Erbe dazu, könnte man deiner Mutter alles Mögliche erzählen. Sie würde unserer Heirat nicht mehr im Weg stehen. Aber meine Familie hilft mir nicht. Die Lübecker Verwalter zahlen mich nicht aus.« Sie hörte die zwei Glockenschläge der Klosterkirche. Irgendein halb drei oder halb vier. Sie war stehen geblieben und blickte ihrem Verlobten direkt in die Augen. »Wichtig ist nur, dass du mir glaubst. Arthur, ich liebe dich doch!« Das hatte sie leise und sehr ernst gesprochen.

Arthur ging noch einige Schritte, während Carla sich nicht gerührt hatte. Als er das bemerkte, kehrte er wieder zurück. »Wenn ich dir doch glauben könnte!«

Sie umfasste seine Hände. »Ich will dich! Mein Mann sollst du sein. Der Vater unserer Kinder. Ich versprech's dir am Altar vor Gott und allen Zeugen!«

Gibo dachte nicht lange nach. Es kam von ihm wie ein Schlag in ihre Magengrube. »Ja, bis dass der Tod uns scheidet. Abermals ein guter Auftritt.«

Carla wich erschrocken zurück. »Sag so etwas nicht!«

Aber Gibo war dumm und blind vor Angst: »Ich will die Wahrheit hören. Was war mit dem Arzt?«

Sie ging noch einige Schritte, um Distanz zwischen ihnen zu bringen, schaute hoch in den blauen Himmel. Die Vögel zwitscherten. Wie schön könnte alles sein, dachte sie, wenn Gibo die Kraft hätte, Ja zur Hochzeit zu sagen. Oder sie schwach wäre, sich mit einer Lüge aus der Affäre zu ziehen. Sie hatte sich aber entschieden. Keine Lügen mehr.

Carla lächelte und ging auf ihn zu, sah ihn etwas hilflos an. Sie hob die Schultern und brachte nur ein einfaches Ja hervor. *»Oui!«*

Arthur fuhr sich mit der Hand über seine Wange. Ein irritiertes, falsches Lachen huschte über sein Gesicht. »Aha, es hat nichts zu bedeuten.«

»Gar nichts. Es war gar nichts! Es hat mich nicht berührt!«

»Also doch!«, giftete Arthur.

»Er hat mich erpresst, eine ganz üble Geschichte. Er wollte es allen sagen, mich vor deiner Familie unmöglich machen, wenn ich ihm nicht noch einmal zu Willen bin.«

Gibo schloss die Augen, als ob es dann nicht gesagt wäre und alles gut sein könnte. Aber er stöhnte nur bei der Vorstellung, wie sie ihm zu Willen war, sich ihm hingegeben hatte. »Ach, Carla, ich habe dich so geliebt!«

»Und jetzt?«

Tränen traten Arthur in die Augen. »Ich kann nicht.«

Sie registrierte seine Schwäche. Gerade Gibo hatte sie sich auserwählt, um von der Theaterwelt loszukommen. Weg von dieser Scheinwelt aus Kostümen, Schminke, Perücken und großen Worten. An ihn hatte sie ihre ganze Hoffnung gehängt, dabei hätte es andere gegeben. Warum nur den? Wie hätte sie diesen Schwächling lieben können? Da fiel der Vorhang: »Dann geh!«

Sie schaute ihm nach, bis die Mauern der Klosteranlage ihn verschluckt hatten. Schließlich rannte sie los, den ganzen Weg zurück, rannte die Treppen hoch und schloss sich in ihr Zimmer ein. Sie hörte nicht einmal mehr die Stimme ihrer Mutter.

»Carla, was läufst du so? Was ist mit Gibo? Carla, hörst du mich?«

Sie öffnete das Buch aus Metall auf der Frisierkommode und platzierte das dickbauchige braune Apothekerfläschchen vor den Spiegel. Anschließend holte sie sich ein Blatt Papier und schrieb mit einer Feder hastig, in großen, ausbrechenden Buchstaben ihre letzte Botschaft.

Ich liebe dich!
Ich habe dich an einem Abend betrogen
Trotz allem liebe ich dich.
Carla

Sie öffnete das Fläschchen, füllte aus einer Karaffe ein Glas mit Wasser, schüttete das Gift hinein und verrührte das Pulver mit dem Federhalter. Sie betrachtete sich im Spiegel und dahinter das Bett. Sie drehte sich um. Dahin wird man sie betten, dachte sie. Und alle müssen mir nun glauben. Ich habe ihn geliebt. Und dieser eine Abend, das hat mich nicht berührt. Das hier ist kein Spiel. Ich habe keine Angst. Ich tue, was ich will! Das hier ist kein Spiel mehr! Das ist der Tod.

Sie setzte sich auf das Bett, umfasste mit beiden Händen das Glas Wasser und trank es gierig aus. Sofort war der brennende Schmerz zu spüren, wie das Gift den Mund verätzte, bis tief in den Schlund herein. Sie griff zur Karaffe, um den furchtbaren Schmerz, den die Verbrennungen im Rachen verursachten, zu kühlen.

Julia war die Treppe zum Zimmer ihrer Tochter hochgelaufen und rappelte an der verschlossenen Tür. »Carla, was ist denn? Öffne die Tür! Was tust du?« Sie hörte ein Stöhnen und dann das Gurgeln.

Aber es gab keine Kühlung mehr, keine Rettung, eine Erlösung war nicht mehr möglich. Sie nahm noch einen Schluck und versuchte mit Gurgeln die Schmerzen zu lindern. Plötzlich fiel die Karaffe auf den Boden, und mit einem leisen Klirren zersplitterte das Glas. Carla kippte rückwärts aufs Bett.

Der Knecht Xaver wurde gerufen, der mit einem Hammer die Tür aufbrach. Alle sahen es. Carlas Körper war vom Todeskrampf verkrümmt, das Gesicht mit dunklen Erstickungsflecken entstellt.

Julia blieb erschrocken in der Tür stehen. »Carla, mein Kind«, rief sie. »Was hast du getan?«

Frau Schweighart, die Wirtin vom Klosterhof – sie hatte Xaver Bescheid gegeben –, nahm Julia tröstend in den Arm. »Das Beste ist, wenn ich jetzt die Totenfrau herbitte.«

»Meine Kinder … ich muss sofort ihre Geschwister benachrichtigen«, stammelte Julia. Sie brauchte jetzt Tommy in der Nähe, Heinrich war zu weit weg, in Riva am Gardasee.

Frau Schweighart hob die Beine von Carla an und brachte sie mit einer einzigen Bewegung aufs Bett, wo sie wie zur Ruhe gebettet wurden.

Viktor hatte vor einigen Tagen seinen Sommerurlaub bei der Mutter beendet, er hatte aber noch seine ältere Schwester Carla angetroffen. Bei Spaziergängen über die Felder hatte sie ihm etwas von ihren Problemen mit Arthur erzählt. In seinen Ohren hatte es jedoch so geklungen, als ob sich alles noch zum Guten wenden könnte. Dies hatte er auch Tommy berichtet, der daraufhin mit Katia und den Kindern ins Sommerhaus nach Bad Tölz abgereist war. Ebenso war die Familie von Bankdirektor Jof in den Schweizer Sommer aufgebrochen. An diesem Abend, an dem Carla den Vorhang hatte fallen lassen, war der frischgebackene Unteroffizier Viktor Mann nach einer kleinen Feier über seine Beförderung mit einigen Kameraden erst um Mitternacht in die Kaserne zurückgekehrt. Neben seinem Bett fand er ein Telegramm. »Carla tot. Komme sofort!«

Es war für ihn ein Schlag, trotzdem gehorchte der Soldat in ihm. Er zog sich an, bereitete sein Fernbleiben aus der Kaserne vor und lieh sich Geld bei einem Kameraden. Auf der Nymphenburger Straße hielt er in der Nacht eine Droschke an. Eine kurze Verhandlung, ein Extrageld, und der Fahrer fuhr über die leeren nächtlichen Straßen vor die Tore Münchens in Richtung Polling.

In der mondlosen Dunkelheit verfehlte der Chauffeur den Weg, es dauerte, bis man wieder in der Spur war. Trübe Nässe umgab das Auto, und der Fahrer klebte an der Scheibe. Der schwache Scheinwerfer konnte auf den kleinen Pfaden zwischen den Feldern kaum den Weg markieren. Viktor stellte sich seine Mutter allein mit der Leiche Carlas vor. Er sah sie in dem Zimmer auf dem Bett sitzen. Das Licht einer Kerze flackerte über das Gesicht der Toten. Aber dann tröstete er sich. Sicher würde Frau Schweighart, die kluge und mütterliche Frau vom Klosterhof, bei Mama sein. Immer wieder zündete er sich zwei Zigaretten zugleich an und schob eine davon dem Fahrer in den Mund. Seitdem er dabei war, ein wenig Karriere beim Militär zu machen, freute sich seine Mutter über sein Fortkommen. Gerade hatte er das Scharfschießen der Artillerie mit seiner Gruppe üben müssen. Mit dem Scherenfernrohr war er bei der Berechnung der Ziele ziemlich gut gewesen.

Aber was war nur mit Carla geschehen? Gut, sie hatte einige Sorgen, wollte wohl raus aus dem Kampf um Engagements und Rollen. Er hörte noch ihre Worte zum Abschied. Scherzworte. »Mach's gut, Korporal!«, sagte sie. Er grüßte mit der Hand an der

Mütze. Dabei lachten sie, während sie in den abgeernteten Kornfeldern von Polling umhergingen.

In der Morgendämmerung bog die Droschke in Richtung Klosterhof ein und hielt vor dem Haus, das seine Mutter gemietet hatte. Das Fenster zu seinem Zimmer stand weit offen. Die Totenfrau war unterwegs, erkannte Viktor und nickte ihm zu.

Carla war neben dem Zimmer, in der ihn die Mutter untergebracht hatte, aufgebahrt. Als er eintrat, sah er sie in einem schönen weißen Totenkleid mit Blumen geschmückt, die Haare ordentlich gekämmt, auf dem Bett ausgebreitet liegen. Eine schöne Decke hatte man unter sie ausgebreitet. Es machte den Eindruck, als ob seine Schwester friedlich entschlafen war. So konnte man denken, wenn da nicht die dunklen Flecken an den Händen und im Gesicht gewesen wären, die mit der Schminke der Totenfrau nicht vollkommen beseitigt wurden und die allzu deutlich vom Todeskampf mit dem Gift erzählten.

Viktor umarmte die weinende Mutter.

»Mein Kind, Carla, sie hat es selbst getan«, jammerte Julia.

»Mama, wir sind auch noch da!«, entgegnete Viktor. Das tröstete sie aber nicht.

»Du bist die Nacht durchgefahren«, sagte sie, nachdem sie etwas ruhiger geworden war. »Ich geh in die Küche und mach dir einen Kaffee. Später kommt Tommy aus Tölz.«

»Das ist gut, es gibt ja viel zu organisieren.« Viktor stand allein Carla gegenüber. In der frühen Hitze dufteten die Blumen, die um sie verstreut waren, besonders stark. Ein falscher Duft, der mit aller Macht das Leben behaupten wollte, nun aber doch den Tod in den Raum brachte. Vikko ging einen Schritt auf seine ältere Schwester zu. Ohne es zu wollen, legte er seine Hand auf ihre Hände, die übereinandergelegt waren. Aber die Flecken waren, nachdem er die Hände zurückgezogen hatte, immer noch da.

Er war dann fast lautlos in den Raum getreten, der Verlobte aus

Mülhausen, Arthur Gibo. Er sah Vikko an, Tränen traten in seine rot verweinten Augen. Plötzlich fiel er ihm laut aufschluchzend um den Hals. »Du siehst ihr so ähnlich!«

Vikko ließ es geschehen, gab selbst nach und legte seine Arme ebenfalls um den Mann, der am Tod seiner Schwester schuld war. Eigentlich hätte ja alles mit ein paar Worten beglichen, beigelegt werden können.

»Wir liebten uns doch so sehr«, wimmerte Gibo. »Mein Gott! Du verstehst, ein Mann kommt über manches nicht sofort hinweg!«

Gegen Mittag erschien Thomas aus Bad Tölz. Vikko musste zurück in die Kaserne, und sein älterer Bruder übernahm die Verantwortung für die Organisation einer stillen Beerdigung. Er sorgte dafür, dass das verräterische braune Fläschchen mit dem Gift verschwand. Thomas übernahm auch die Verhandlung mit dem Priester, der die Beerdigung begleiten sollte. Keinesfalls durfte der Selbstmord bekannt werden. Das würde das christliche Begräbnis verhindern und das Thema in die Öffentlichkeit tragen. Es könnte das Ansehen der gesamten Familie beschädigen, und die Presse könnte insbesondere unerwünschte Fragen, insbesondere an Thomas, stellen.

In der Zeitung stand dann in einem schwarzen Rahmen nur ganz nüchtern eine Nachricht. »Gestern Nachmittag vier Uhr verschied schnell und unerwartet im 28. Lebensjahr unsere liebe Tochter, Schwester, Schwägerin und Braut.« Unterzeichnet hatten mit Titel Frau Senator Julia Mann, Mutter, die Geschwister, als Schwager Joseph Löhr und erstaunlicherweise der Bräutigam Arthur Gibo. Die Trauerorte waren Polling und Mülhausen. Für den folgenden Tag, Dienstag, den 2. August, war die Beerdigung auf dem Münchner Waldfriedhof angekündigt.

Es hatte am Morgen stark geregnet, und es tropfte noch von den Bäumen, als sich die Trauergemeinde um das offene Grab versammelte. Alle hörten dem Pfarrer bei seinen Segensworten zu, während an zwei Seilen von vier Totengräbern der Sarg langsam in die Tiefe gelassen wurde. »Der Herr segne dich und behüte dich; und der Herr lasse dein Angesicht leuchten über dir und sei dir gnädig: Der Herr hebe sein Angesicht über dich und gebe dir Frieden. Amen.«

Direkt vor dem offenen Grab standen Mutter Julia, Lula Löhr und Ehemann Jof. Dann die Brüder Heinrich, Thomas und Viktor. Katia und ihr Sohn Klaus. Aus Lübeck war eine Tante angereist, und sogar Lani Pricken, Carlas gute Freundin, die als Opernsängerin in Zürich im Engagement stand, war zum Abschied gekommen. Heinrich stützte seine Mutter, die noch einen Schritt zum Grab machte und einen Blumenstrauß auf den Sarg warf. »Mein Kind, ich werde bald neben dir liegen«, sagte sie schmerzvoll. Wie alle anderen griffen Heinrich, Thomas und Viktor zu einer kleinen Schaufel und warfen ein wenig Erde auf den Sarg. Sie verharrten einen kleinen Augenblick lang in einem stillen Gedenken an die Schwester.

»Schau an!« Thomas zeigte seiner Mutter noch einen Kranz mit einem letzten Gruß von der Familie Ehrenberg. Julia nickte. Sie erinnerte sich an die gemeinsamen Konzerte und Leseabende in ihrer großen Münchner Wohnung. »Der Paul, Mama, der hat uns nicht vergessen.«

Eine Weile blieben Mutter Julia, ihre drei Söhne und Katia vor dem Grab beisammen. Heinrich wollte von einem seltsamen Ereignis sprechen. »Als das Unglück geschah, war ich in Südtirol auf einem Berg. Es war ganz still. Und plötzlich hörte ich, wie mein Name gerufen wurde. Mir fiel zuerst gar nicht auf, dass mich hier niemand mit meinem Vornamen rufen konnte. Als ich schließlich das Telegramm erhielt, wusste ich, dass es Carlas Todesstunde war.«

Thomas ging einen Schritt zur Seite und zündete sich eine Zigarette an. Jof stützte Julia auf dem Weg zu seinem Automobil. Er wollte sie erst einmal in seine Wohnung bringen, später würde er die Schwiegermutter mit Thomas nach Tölz fahren, wo sie für einige Tage unterkommen sollte.

Kurz darauf schritten Heinrich und Thomas gemeinsam über den Friedhof zum Tor.

»Sie hätte es uns nicht antun dürfen«, sagte Thomas kopfschüttelnd.

»Ach, Tommy, das fehlte noch. Wie kannst du von einem Menschen bei so einem Entschluss verlangen, dass er Rücksicht auf dich nehmen soll.« Heinrich war etwas verstimmt. Wieder einmal störte ihn das hemmungslose Interesse seines Bruders für die eigene Befindlichkeit.

»Gegen uns alle«, warf Thomas ein. »Es hat mich erschüttert, wie der Tod in unsere Familie eindringen konnte. Wir Geschwister bilden einen Wall – gegen das Grausame, gegen diese Gefahr.«

Heinrich hielt an, er hatte genug von Trauer und Gemütlichkeit. »Du stehst doch gefestigt dar. Ein Haus, Familie, Kinder – gerade ist bei euch das vierte Kind angekommen – und Erfolg. Du bist inzwischen eine Person mit Namen und Adresse. Du brauchst doch so eine finstere Märchengeschichte gar nicht mehr für dein Leben.« Er machte einige Schritte und blieb für einen Nachsatz erneut stehen. »Wir haben uns doch niemals in dunkler Nacht getroffen und uns gegen den großen Herrn Tod mit einem Zauberspruch verbündet.«

»Es gibt aber dieses Band, das uns Geschwister verbindet, gegen das Schreckliche. Und sie hat es gelockert.«

»Thomas, du hast es vielleicht nicht wirklich verstanden. Das Gefährliche bei Carla war, dass sie sich daran gewöhnt hatte, mit dem Tod zu spielen. Seit anderthalb Jahren besaß sie das Gift. Sie konnte jederzeit den Vorhang fallen lassen. In einer solchen Lage, in der sie sich befand, kannst du das Leben mit all seinen Ansprüchen nicht mehr ernst nehmen. Und was diesen Arzt Dr. Freund angeht – ohne das Gift hätte er sie wahrscheinlich gar nicht bekommen. Es war ihr gleich, sie hatte ja den Schlüssel zur Tür jederzeit in der Tasche.«

Auch Heinrich zündete sich eine Zigarette an. Die beiden Brüder waren allein auf einem Seitenweg gelandet. »Carla war nicht mehr die Jüngste, und ich glaube, sie war müde von all den Kämpfen. Sie hat es mir erzählt.«

»Wie mutig und selbstbewusst sie damals nach Zittau fuhr für ihr erstes Engagement«, sagte Thomas. »Und dann kamen die ersten Erfahrungen mit dem Leben hinter der Bühne, die Desillusionen. Und sie musste zurück ins Bürgertum, von dem sie sich so hochmütig losgesagt hatte.«

Heinrich konnte diese Selbstgerechtigkeit nicht ertragen. »Keine solchen Worte an diesem Tag, bitte. Wir wollten doch auch raus aus Lübeck, wollten frei sein.«

»Waren wir nicht besser ausgestattet für diesen Weg? Hatte sie genug Theaterblut? War sie genug Komödiantin?«

»Sie hatte auch Erfolg – in Düsseldorf. Oder in Göttingen.«

»Sie war hübsch, ja, und klug«, bemerkte Tommy. »Aber für eine Bühnenlaufbahn, da braucht es mehr. Was war es dann?«

»Ihr Charakter, ihr Streben nach Größe und ihr Stolz, uns beiden ist das doch gut bekannt. Man muss lügen können, um zu leben. Sie konnte nicht lügen. Sie hat die Gemeinheiten der Menschen übersehen.«

»Übersehen wollen«, betonte Thomas.

Am Eingang des Friedhofs war Jof mit seinem Auto vorgefahren. Mutter Julia, Lula und Viktor waren gerade dabei einzusteigen. Thomas sah seinen Bruder an: »Das wäre die Gelegenheit, dich mit Lula und Jof zu verabreden. Mutter würde sich sehr freuen.«

»Ich weiß.«

Thomas hatte Sorge, dass ein weiterer Bruch fürs Leben in die Familie einziehen würde. »Du hast Lula aus den Augen verloren. Du siehst nur ihre Rolle, und zwar die der braven Frau Direktor. Sie hat sie angenommen. Aber darunter lebt noch unsere Schwester, wie du sie aus Lübeck kennst.«

»Eine Versöhnung mit dieser bigotten Bourgeoisen – das kann ich mir nicht vorstellen.« Heinrich ging in Richtung des Automobils, schaute durchs offene Fenster auf die Familie. »Ich hab's eilig«, sagte er, schlug mit der Hand aufs Dach und ging seiner Wege.

Jof und Lula zeigten sich verärgert, dass sie mit diesem Selbstmord von Carla ins Gerede kommen könnten. Wieder so ein Flecken, den man vom Kleid der Familie nicht so leicht wegwischen konnte.

Ein Jahr später hatte Heinrich die Geschichte seiner Schwester in der Figur der Leonie als Drama niedergeschrieben. Der Titel: *Schauspielerin.* Als die bekannte Darstellerin Tilla Durieux bereit war, die Rolle der Leonie zu übernehmen, fand sich auch bald ihr Ehemann und Verleger Paul Cassirer bereit, das Stück zu drucken und auf die Bühne zu bringen. So saßen Thomas und Heinrich nebeneinander in einem Münchner Theater und sahen aus dem Parkett noch einmal der Tragödie ihrer Schwester zu.

Leonie: *Gute Bella. Ich denke doch nicht daran, mich umzubringen. Ich will ja heiraten.*

Bella: *Trotz all der Schwierigkeiten?*

Leonie: *Trotzdem. Die Hauptsache ist, Harry liebt mich.*

Bella: *Wie du noch jung bist.*

Thomas saugte geräuschlos die Luft ein. Er konnte diese Inversionen, diese Umstellung im Satzbau nicht ertragen. Aber auf der Bühne ging's weiter.

Leonie: *Im Gegenteil, es hat lange gedauert, bis ich einem geglaubt habe. Aber an diesem hänge ich, denn er kennt mich, der nimmt mich, wie ich bin.*

Bella: *Wenn er aber den Mut verliert.*

Leonie: *Ich halte ihn.*

Bella: *Welch schreckliche Entschlossenheit.*

Heinrich hatte von Carlas bester Freundin Lani gehört, was seine Schwester ihr anvertraut hatte. »Wenn Gibo erfährt, dass ich ihn mit dem Doktor betrogen habe, nehme ich das Gift!«

Bella: *Du bist ja so stark, darum wird's mir bange, wenn ich dich in solche Sache verrannt sehe. Du, die berühmte Schauspielerin Leonie Hartmann, möchte ihre ganze Laufbahn dem Dünkel einer Spießerfamilie opfern, die dich trotzdem nicht will. Dich heiratet doch ebenso ein Prinz, und läßt dich ruhig weiter Komödie spielen.*

Leonie: *Wenn ich's aber satthabe, zum Sterben satt. Das Ganze. Die Gefühle, die man nur hat, um damit zu spielen. Nicht zu leben, nur zu spielen. Die Leidenschaften, von denen man im vornhinein weiß, daß sie nur so lange dauern, bis man was draus gemacht hat. In solch ein Glück, wie ich es kenne, bricht man ein wie in einen Kassenschrank. Dann wird verschwendet, vierzehn Tage lang – und man ist wieder fertig.*

Bella: *Dabei bist du groß geworden.*

Leonie: *Ich will Frieden. Wärme will ich und Sicherheit – oder nichts.*

Bella: *Du drohst wieder, wie damals, als du nicht zur Bühne solltest. Du drohst dem Leben. Du hast es niemals sehr ernst genommen: sonst wärst du bescheidener.*

Leonie: *Du merkst nicht, dass ich es diesmal sehr ernst nehmen will.*

Mit dem Szenenwechsel kam Applaus auf. Auch die Brüder klatschten in die Hände. Thomas nickte freundlich zustimmend zu Heinrich. Das taten auch einige andere Zuschauer, die den Autor und Thomas erkannt hatten.

Als sie das Theater verließen, besprachen sich die Brüder.

»Merkwürdig«, sagte Thomas, »wenn man diese brillante Schauspielerin erlebt, diese Tilla Durieux, wird sofort erkennbar, was Carla auf der Bühne gefehlt hat.«

»In der Tat«, entgegnete Heinrich. »Tilla ist eine moderne Darstellerin, klug, kalt und gekonnt tritt sie auf die Bretter und spielt die Menschen ganz unromantisch, völlig authentisch, als ob sie ohne Garderobe und Schminke von der Straße auf die Bühne gelaufen wären.«

»Du hast Carla so beschrieben, dass man hinter der Figur den Menschen sieht«, fuhr Thomas fort.

»Ich habe viel von Carla in meine Figur hineingenommen.«

Tommy nickte. »Aber das machen wir beide doch jeden Tag. Jede Begegnung wird bei uns schnell zum Material.«

»Das kann ganz schön ungesund sein fürs Leben.« Vor dem Theater, nachdem sie sich die Mäntel zugeknöpft hatten, blieb Heinrich noch einen Moment stehen. »Und, was meinst du?«

»Ob es mir gefallen hat?«

»Ja.«

Thomas überlegte nicht lange. »Ich glaube, dass es ihr gefallen hätte. Und dass sie es richtig gefunden hätte, wie du sie dargestellt hast.«

Heinrich nahm kurz die Hand seines Bruders. »Wir beide haben vielleicht eine Schuld an ihrem Tod. Wir waren die falschen Vorbilder. Sie wollte wie wir in der Kunst Erfolg haben. Dabei wollte sie als Schauspielerin selber das Kunstwerk sein.«

»Als du auf der Beerdigung erzählt hast, ihre Stimme in der Todesstunde in Riva gehört zu haben«, sagte Thomas, »da dachte ich: Was immer du gehört hast, du hast eine Ahnung gehabt, dass du jetzt in Polling sein solltest.«

Nach diesen Worten gingen Heinrich und Thomas auseinander.

Tilla Durieux, die selbst die Sitten und Unsitten hinter den Kulissen kennengelernt hatte, gab der Presse noch einen Kommentar zu diesem Stück und ihrer Rolle auf der Bühne: »Dieses Charakterbild einer Schauspielerin zeigt ja nicht nur eine Frau, die am Gegensatz von Leben und Kunst gescheitert ist. Es erinnert uns an das soziale Elend vieler Schauspielerinnen an den deutschen Theatern. Gerade die nicht ausgebildeten jungen Mädchen, die in das Scheinwerferlicht der Bühne strömen, sind in Gefahr, elend zu scheitern. Immer in der Hand von gierigen Agenten und Direktoren, die ihnen endlich eine richtige Rolle geben könnten. Solche Mädchen haben nichts gelernt, als ein paar Rollen nachzuplappern. Ist sie wenigstens hübsch, dann kann sie noch Karriere machen, freilich nicht gerade in der Kunst, und sie ist dadurch manchmal vor Hunger gerettet. Meine Herren, Sie wissen genau, was ich meine.«

Ein strenges Glück

Ein Häuschen im Grünen, einen handfesten Ort in der Nähe, gesunde frische Luft und die bayerischen Berge am Horizont, das hatte Thomas sich auch für den Sommer 1908 wieder einrichten können. Bad Tölz hieß er dieses Jahr, wohin er aus der Münchner Wohnung mit der Familie, seinem Hund und den Unterlagen für die Romanproduktion übergesiedelt war.

Unter den Mappen lag auch die Sammlung seiner Werbebriefe an Katia auf dem Arbeitstisch. Er war jetzt bei der Entwicklung der Liebesgeschichte zwischen dem Prinzen und Imma angekommen. Der Tonfall, die gelegentlich schroffe Zurückweisung von Katia, hatte er schon in einigen Szenen und Dialogen zwischen Imma und dem Prinzen Klaus Heinrich bearbeitet und übertragen. Imma Spoelmann, die kluge und schnell sprechende Milliardärstochter, hatte eine Fremdheit und Distanz zwischen ihr und dem Prinzen gespürt, die letztlich dahin führte, dass sie ihm seine Worte, auch die der Liebe, nicht glauben konnte. Sie hatte viel von dem, was Katia zuvor ihm entgegengehalten hatte, als Grund für ihr Misstrauen auch ihm vorgehalten. Immas Vorwurf der Herzenskälte hatte er noch mit der Sonderstellung als Fürst und der Einsamkeit seines Lebens und aller daraus folgenden Handlungen, die fast nur zum Schein von ihm verlangt wurden, erklärt. Zum Schein war er in die Schule gegangen, ebenso zur Universität, wo er als Prinz, wieder von allen anderen abgetrennt, leben musste. Ebenso war er zum Schein beim Militär gewesen, die Orden und Beförderungen zu hohen Offiziersrängen waren operettenhafte Erfindungen. Niemals war er wirklich zum Soldaten ausgebildet worden. Gerade das, was von ihm gefordert war, das Scheinleben in der Repräsentation, begründete das Misstrauen von Imma Spoelmann. Wie sollte er auch lieben können nach diesem verarmten Leben als Kleiderpuppe. Die Geschichte zweier Herzen war festgefahren und ebenso die eines Fürstentums, das völlig insolvent war und vor dem Bankerott stand.

Der deutsche Kaiser Wilhelm mit seinem bekannten und zugleich stets versteckten Geburtsfehler hatte Thomas eine ideale Projektionsfigur geboten. Man las täglich von ihm in den Zeitungen, sah ihn in wechselnden Kostümen bei vielen festlichen Anlässen. Er repräsentierte vorbildlich die Macht. Er war ja Kaiser von Gottes Gnaden und der Oberbefehlshaber des deutschen Heers. Es gab da allerdings einen Haken, sozusagen einen Fleck auf der weißen Uniform mit den vielen Orden. Das war die linke Hand des Regenten. Sie war seit der Geburt verkrüppelt: zu kurz der Arm, zu klein die Hand. Sie war nicht richtig zu gebrauchen. Auf diesen Geburtsfehler hin geschneiderte Kleider und ein etwas größerer Handschuh, das war die Ausstattung, mit der dieser Kaiser täglich vor dem Volk erfolgreich seine Behinderung, das Stigma eines nicht ganz volltüchtigen Mannes überspielte. Man sah, wie er eine kleine Treppe benötigte, um auf sein rassiges Pferd zu steigen. Im Sattel legte er die kräftige rechte Hand über die schwache linke. Die Insignien der Macht, wie der Stab des Generalfeldmarschalls, reckte er mit der Rechten hoch in die Luft. Für die vielen Jagdausflüge hatte man mehrere Spezialgewehre für ihn angefertigt. Das zeigten schon die ersten *Wochenschauen*. Das Gewehr wurde ihm an die Wange und dann in die rechte Hand gelegt. Das Wild war ihm zugetrieben: jeder Schuss ein Treffer. Das wurde am Abend bei Fackeln, Feuer und Jagdhörnern gefeiert: Waidmannsdank!

Auch Prinz Klaus Heinrich, genau mit diesem Geburtsfehler ausgestattet, war immer bestrebt, ihn zu verbergen. Dabei war er im Werben um Imma Spoelmann bemüht, einige unbeobachtete Momente allein mit ihr zu verbringen. In einer Szene, die Thomas gerade an diesem Tag in Arbeit hatte, ging es darum, dass der Prinz zu Besuch bei Imma auf das Schloss Delphinenort kommen wollte, das ihr Vater von der Krone erworben und umgebaut hatte.

Ein Packen mit neu eingebundenen Büchern war angeliefert worden, und der Prinz bot sich an, ihr bei dem Transport in die höher gelegene Bibliothek zu helfen. Endlich einmal war er allein mit ihr. Dann standen sie sich in der Bibliothek gegenüber. Der Prinz wollte die seltene Gelegenheit, lediglich mit Imma im Zimmer zu sein, nicht ungenützt vorüberstreichen lassen. Er hatte was Wichtiges zu sagen. Sie sollte wissen, dass heute sein Geburtstag war, siebenundzwanzig sei er geworden.

Prinz Klaus Heinrich hatte sich dabei aus Gewohnheit seitlich zu ihr aufgestellt, damit man nicht sofort auf seinen linken Arm schauen musste. Jetzt sah er, wie sie sich bemühte, gerade diesen Arm genauer zu betrachten. Nach einer kurzen Überlegung schrieb Thomas Mann für diese Szene die entscheidende Frage in das Manuskript. *»Haben Sie das da seit Ihrer Geburt?«, fragte sie leise. Er erbleichte. Aber mit einem Laut, der wie ein Laut der Erlösung klang, sank er vor ihr nieder.*

Die Wärme ihres Mitleids und Mitgefühls bringt sein strenges inneres Korsett, die fürstliche Haltung und Würde, jedoch ins Wanken. Kniend fleht er um seine Erlösung. Thomas tauchte die Feder erneut in das Tintenfass und schrieb: *Da nahm sie seine Hand, die linke, verkümmerte, das Gebrechen, das Gebrechen bei seinem hohen Beruf, die er von Jugend auf mit Kunst und Wachsinn zu verbergen gewohnt war, – nahm sie und küsste sie.*

Thomas legte den Federhalter wieder beiseite. Sie hatte ihn angenommen, so wie er war. Mit seinem Geburtsfehler. Nur in Immas Liebe zu ihm, ganz so, wie er in die Welt gekommen war, konnte die Lösung aller Probleme liegen. Ein leichtes Schmunzeln ging über sein Gesicht. Genug enthüllt, genug verhüllt. So würde er seine Ehegeschichte veröffentlichen. Was hinter all der Steifheit und Kälte seiner Person auch noch verborgen lag, das konnte Thomas nicht direkt erzählen. Wer aber lesen konnte, aufmerksam lesen konnte, dem waren schon einige Hinweise aufgefallen.

Direkt nach der Geburt von Klaus Heinrich war damals der junge Staatsminister, Herr von Knobelsdorff, nebenbei der oberste Standesbeamte des Fürstentums, auf dem Weg zur Wiege, um das neugeborene Kind offiziell zu untersuchen. Erst nachdem er ausführlich untersucht hatte, ob es sich um einen Prinzen oder eine Prinzessin handelte, konnte man die Geburt der Öffentlichkeit mitteilen. Die Hebamme, Doktorin Gnadebusch, enthüllte ihm das Kind. Man sah den Knaben. Dann verhüllte sie das Kind wieder, vorher aber lenkte sie den Blick auf die verkrüppelte linke Hand und den etwas zu kurzen linken Arm.

Der Großherzog war erbost darüber, dass diese Fehlentwicklung bei seinem Sohn dem Generalarzt entgangen war und niemand Vorsorge getroffen hatte. Erst der extra hinzugezogene Kinderarzt Dr. Sammet konnte ihm den Fall wissenschaftlich erläutern.

Thomas blickte auf seine Abschrift aus dem Lexikon, die hier den Dialog bestimmt hatte. Es ging dabei um eine mechanische Hemmung während der Entwicklung des Fruchtkeims. Das ließ er den jüdischen Dr. Sammet dem Großherzog Albrecht auch vortragen: *Solche Hemmungen tun im Verborgenen ihr Werk.* Prompt kam die Frage: *Und die Missbildung ist unheilbar?* Dann hatte Thomas in den Dialog die Hauptfrage hineingeschrieben: *Wird sie brauchbar sein? Gebrauchsfähig? Beispielsweise … zum Halten des Zügels oder zu Handbewegungen, wie man sie macht?*

Tommy schaute auf den Dialog. Er war zufrieden. So konnte es bleiben. Es ging ja verdeckt darum, ob das Kind ein richtiger, vollgültiger Mann werden könnte. Eine der wesentlichen Eigenschaften in der wilhelminischen Gesellschaft.

»Geburtsfehler«, das war ein Wort, das Tommy schon mit Otto als Schüler in der *Psychopathia sexualis* für die abweichende sexuelle Empfindung der homoerotischen Liebe gelernt hatte. Ein Wort, das die Homosexuellen entkriminalisieren wollte, allerdings um den Preis einer Pathologisierung, einer Art Krankschreibung. Wie der Prinz seine verkrüppelte Hand mit »Wachsinn und Kunst« in der bürgerlichen Gesellschaft verbergen musste, so hatte auch Thomas stets dafür zu sorgen, dass er niemals in diesen gefährlichen Verdacht geriet, mit einem gewissen Geburtsfehler auf die Welt gekommen zu sein. Die Kunst aber erlaubte ihm, mit dem Auf- und Zudecken ein feines Spiel auch der persönlichen Entlastung zu betreiben. So konnte man über etwas sprechen, das bei Strafe einer Verbannung aus der bürgerlichen Gesellschaft nicht zur Sprache kommen durfte. Ein besserer und wirksamerer Schutz als die Ehe mit Katia, umringt von vielen Kindern, war in der wilhelminischen Gesellschaft nicht denkbar. Die Veröffentlichung eines solchen Fürstenromans war wie eine Annonce für die Öffentlichkeit, die hier nachlesen konnte, welche soziale Rolle Thomas als Ehemann und Dichter nach den Regeln der bürgerlichen Gesellschaft nun angenommen hatte.

Bevor er im Jahr 1907 die Arbeit an dieser Stelle unterbrach, sollte dem Prinzen noch eine Erfahrung geschenkt werden, die sein Erzieher, Dr. Überbein, einbrachte, nämlich die Forderung nach Distanz und Würde. Eine Lektion in dieser Hinsicht, die Würde nicht für falschen Populismus aufzugeben, war dann der Bürgerball, wie ihn Thomas in Erinnerung an ein eigenes beschämendes Erlebnis für diesen Fürstenroman neu geschrieben hatte. Es war damals seine Demütigung, als der Schüler Tommy in Lübeck aus Versehen bei einer Quadrille in der Tanzstunde unter die Damen geraten war.

Für den Prinzen Klaus Heinrich kam im Rahmen seiner Aufgaben der Besuch beim Bürgerball als Pflichtveranstaltung auf ihn zu. Eine freundliche Anwesenheit, mehr war nicht verlangt. Eigentlich wollte der Prinz nur zusehen, von der Wärme und dem »Menschendunst« etwas spüren. Dann fand er eine Tanzpartnerin, Fräulein Unschlitt, des reichen Seifensieders Töchterlein, und konnte bei der Quadrille, seinen gesunden rechten Arm um die weiche Taille des Mädchens gelegt, mit ihr tanzen. Das ging zu Beginn noch einfach, weil er sich mit dem Mädchen auf der Stelle drehte und dabei die linke, die verkrüppelte Hand in die Hüfte stützte.

Der Regent, sein Bruder Albrecht II., hatte mit der Bürgermeisterin und seine Frau Dorothea mit dem Herrn Bürgermeister mit ihren Tänzen den Ball eröffnet. Das war es aber auch. Dann standen die hohen Herrschaften im Kreis und schauten wohlwollend dem bürgerlichen Vergnügen zu. Anders im Saal bei Klaus Heinrich. Hier wurde Bowle getrunken, und die Tänze wurden heftiger und unordentlicher. *Er hatte seine linke Hand vollständig vergessen, sie hing hinab, er fühlte sich nicht gehemmt von ihr in der Freude und dachte nicht daran, sie zu verbergen.* Erst jetzt sahen die Umstehenden den zu kurzen Arm. Der Prinz aber fühlte sich getragen vom Wohlwollen der anderen. Er stampfte mit den Füßen mit den anderen im Takt der Musik. So ging es eine ganze Weile, und alles wurde wüster und hemmungsloser.

Da nahm er auf einmal wahr, dass er nicht aufging in der Mitte, dass er trotzdem der Mittelpunkt ihrer derben und gemeinen Späße war. Er sah die Feindschaft in ihren Augen. Am Ende stürzten sie im wilden Tanz übereinander, und die Hoheit lag am Boden. Die Würde, das konnte er lernen, hatte niemand geschützt, wenn er sie von sich aus aufgehoben hatte.

Als Dr. Überbein dazukam, hatte man zum Spott dem Prinzen den Deckel der Bowle als Krone auf den Kopf gesetzt und Fräulein Unschlitts Goldkette um den Hals gehängt. Blumenstängel in den Knopflöchern waren die Orden und Ehrenzeichen. Mit einem energischen »*Schluß!*« verschaffte sich Überbein Respekt und entfernte die unwürdige Dekoration. Es war ganz still geworden. Dr. Überbein verneigte sich vor Klaus Heinrich, wobei er ihn mit dem Titel Großherzogliche Hoheit ansprach und aus dem Saal führte.

Es war noch eine Menge Arbeit zu erledigen, als Thomas 1907 am Starnberger See, genauer in Seeshaupt, für sich und die Familie eine Villa direkt am Wasser mietete, um hier mit der Geschichte voranzukommen. Dann war noch Arbeitszeit im Jahr 1908 nötig, um das Ende im Blick zu haben.

An diesem Tag hatte er wieder mal die Mappe mit seinen Werbebriefen an Katia, die er in Teilen abgeschrieben hatte, vor sich liegen. Ein Absatz fiel ihm auf, der in den Dialog zwischen dem Prinzen und Imma hineingefügt werden konnte. Er wollte ihr sagen, dass es ihm sehr wohl um etwas gehe und er einen Glauben habe, dass sie ihm am Herzen liege, dass es ihm ernst sei, ihr Vertrauen zu gewinnen. Auch sie solle sich Mühe geben. Dann konnte er nur noch den Text aus dem vorliegenden Brief abschreiben. *Und lassen Sie sich niemals mehr von jener »Unbeholfenheit« oder so etwas verwirren! Lachen Sie mich aus und sich selbst, wenn ich Ihnen ein solches Gefühl erwecke, und halten Sie zu mir!*

Noch brach Imma das Gespräch ab, ritt ihm davon, litt unter einer »Entschließungsangst«. Ja, auch sie selber hatte in Amerika, in der Welt der Milliardäre in New York, für die Show gelebt, eine Dollarprinzessin, ähnlich wie Klaus Heinrich. Ausgestellt und begafft von der Öffentlichkeit. Beide könnten sich gegenseitig erlösen. So weit war man immerhin. Dann erkrankte Imma wie auch zuvor Katia in Heringsdorf unter der »Entschließungsangst«. Ein Wort, das überdeckte, was mit dem »Geburtsfehler« angespielt wurde. War es denn so ganz falsch, was Katia oder Imma in seiner Nähe fühlten?

Es gab eine Person im Fürstentum, die all das aus der Ferne mit großem Interesse beobachtete. Das war der Staatsminister von

Knobelsdorff. Er ließ das Paar überwachen und war über alles informiert. Unter all denen, die der Geschichte ratlos zusahen, hatte er den Willen zu handeln. Gleich nach der Geburt war seinerzeit dem Großherzog vom Staatsminister eine Prophezeiung hinterbracht worden. Eine Weissagung, dass es einmal einem Fürsten *gelingen wird, dem Volk mit einer Hand mehr zu geben, als andere mit zwei Händen geben konnten*. Geschickt breitete sich dieses Gerücht in der Erzählung aus. Von Knobelsdorff, ein Spezialist für Öffentlichkeitsarbeit, ließ seine Agenten die Geschichte unter das Volk tragen. Die allgemeine Zustimmung zur Hochzeit steigerte sich.

Dann lud er den Prinzen zu einem ernsten Gespräch ein, und danach war der Knoten durchschlagen. Von Knobelsdorff hatte die Bestandteile der Geschichte, das Drama der Herzen und die Not des Staates, auseinandergenommen und neu zusammengefügt, sodass ein glückliches Ende möglich schien.

Es war eine Stunde des Vertrauens, ein Ernstnehmen, ein Heranführen an die rauen Realitäten der Welt – dem Prinzen standen die Tränen in den Augen. Dann begann eine Art Privatissimum in Fragen der Geld- und Finanzwirtschaft, um Land und Leute wieder in Glück und Wohlstand zu führen. Für seine eindringlichen Worte nahm er – ungewöhnlich genug – beide Hände des Prinzen in seine.

Das war der Wendepunkt im Leben des Prinzenschauspielers. Er beendete Immas Abwehr. Der Fürst, Mann der hohlen Etikette, wurde zum verantwortlichen Regenten, der sich mit der Wohlfahrt des Landes und dem Geld beschäftigte. Gemeinsam mit Imma studierte er Bücher über Geldanleihen und über die Grundrisse der Staatswirtschaft, durchdrang die Regeln des Steuerwesens und vieles mehr. Und für eine Ehe gab es wiederum zwei Bedingungen: Zum einen sollten eine Mitgift sowie eine gewaltige Investition des Milliardärs dem Staat auf die Beine helfen. Zum andern musste dieser Staat Fräulein Spoelmann als Gräfin in den Adelsstand erheben. Dazu musste Albrecht II. sich endgültig ins Privatleben zurückziehen und Klaus Heinrich zum Regenten erklären.

Alle diese Dominosteine fügte Thomas zusammen. Imma hatte von Tag zu Tag mehr Vertrauen in die Ernsthaftigkeit des verliebten Prinzen. Zudem wurde sie bei Hofe eingeführt und die Stimmung im Land durch die Öffentlichkeitsarbeit des Staatsministers bestens auf dieses Wunder einer möglichen Heirat vorbereitet. Mr Spoelmann wollte dem Glück seiner Tochter nicht im Wege stehen, er lieh dem maroden Staat die vielen Millionen zu Bedingungen, dass man dabei an eine Schenkung denken konnte. Auf dem großen Ball im Schloss vor den versammelten Adligen und ausgewählten Bürgern gab es dann einen Verlobungstanz und dabei das entscheidende Ja.

Bei der Hochzeit trat das Paar auf den Balkon des Schlosses und empfing den Jubel der Menschen. So veröffentlichte mit diesem Märchen seine Hinwendung zur Gesellschaft. Das war die Erziehung zu einem aufgeklärten Monarchen, aber noch lange nicht die Hinwendung zur Demokratie. Der letzte Satz des Romans war das Pathos, mit dem der Dichter vor seine Leser trat. *Das soll fortan unsre Sache sein*, sagte der Prinz zu seiner angetrauten Gräfin Imma, *beides, Hoheit und Liebe, – ein strenges Glück.*

Tod in Venedig

Ein Mann hatte sich in der Welt eingerichtet. Höchste Zeit, dass er im Alter von neunundzwanzig Jahren geheiratet hatte. Mit sechsunddreißig besaß er eine Familie mit vier Kindern, einen abgesicherten ruhigen Arbeitsplatz im eigenen Haus, Erfolg und Ansehen. Der Aufstieg in die oberen Etagen der Gesellschaft war gelungen. Trotz aller Absicherungen und Barrieren kam es jedoch zu verwirrenden Störungen im erotisch-sexuellem Bereich. Die Absicherungen bestanden aus einem geregelten Tagesablauf mit den Phasen von Arbeit, Erholung, Ruhe, Vorbereitung und Recherchen. Eigentlich konnte er nicht aus der Spur geraten. Dabei war er gar kein Regelrechter. Dieser Anschein war nur seiner Kleidung, seinem Auftritt geschuldet. Und der Regelmäßigkeit seines Lebens.

Die Ausflüge aus seinem Gehäuse waren auf die Nachmittagsstunden festgelegt. Da gab es unterwegs möglicherweise überraschende Begegnungen, die anregend wirken konnten. Wenn sein treuer Schäferhund ihn begleitete und im Sommer zufällig an den Zaun einer Badeanstalt längs der Isar oder dem Eisbach gelaufen war, konnte man den belebenden Anblick der Schwimmer in ihren neumodischen Dreiecksbadehosen mit nach Hause nehmen. Ebenso bewegend, fast schon beunruhigend, mochte ein Zusammentreffen im Zug sein, mit einem jungen Mann aus gutem Haus, vielleicht mit einem schicken Offizier, auf der Reise zu einer Lesung in fremde Städte. Diese Erlebnisse trug er dann in den gesicherten Hamsterbau seiner Literaturwerkstadt. Gegen diese klug eingerichteten äußeren Barrieren, die von seiner Ehefrau erkannt und unterstützt wurden, gab es die inwendigen Barrieren. Bilder von sich selber, von Vorfahren, ordentlichen Kaufleuten, deren ernste Porträts schon im Elternhaus jeden Tag auf ihn herabschauten. Mit ins Leben genommen hatte er ebenso den strengen Blick des Vaters, der ihn begleitete. Darüber hinaus existierten noch andere Verbotsschilder, die ihn davor bewahrten, in ein gefährliches Abenteuer abzugleiten. Die Würde war um ihn herum wie eine natürliche Autorität errichtet, ein Schutzmantel, dass niemand ihn ungebeten anrempeln konnte. Das intime Du im täglichen Umgang war nur wenigen Menschen gestattet.

Wenn er am Mittagstisch sprach, redete keines von den Kindern, auch als sie schon älter waren, ungefragt dazwischen. Sie konnten antworten, wurden sie gefragt. Selbst die redelustige Katia lernte die Zurückhaltung und das Schweigen. Etwa dann, wenn er mit sich um das treffende Wort rang oder Ironie sich in ihm breitmachte, sodass er im Schreiben gelegentlich belustigt in sich hineinlachen konnte.

So gesichert, aber auch erschöpft von der Arbeit und dem Alltag der ersten Ehejahre, fuhr dieser Mann mit einer gewissen Sehnsucht nach frischem Erleben und jugendlichem Elan im Mai 1911 mit seiner Frau in den Süden, ins geliebte Venedig.

Im Grand Hotel des Bains am Lido fühlte er sich wohl, versorgt und geborgen. Für das Frühstück hatte man die Lizenz eines Zeitkorridors. Zum Lunch ebenso. Jeder hielt sich an einen bestimmten Dresscode. Die Herren erschienen am Abend zum Dinner im Smoking, die Damen in großer Garderobe mit geschmückten Frisuren und boten so einen weiteren erfreulichen Kordon von Ordnung und Gesittung. Auch hier legte Thomas Wert darauf, dass er es war, der Nähe und Distanz zu anderen Menschen bestimmte. In seiner Suite gab es zwei verschiedene Schlafzimmer, ähnlich wie in der Münchner Wohnung, sodass er ein eigenes Lager für die Nacht hatte.

Nach der Ankunft – die Zimmer hatten einen Blick auf den Lido mit seinem flachen Strand und einer Reihe von Badehütten – gönnte er sich eine kleine Erfrischung und Restauration, dazu den Wechsel in die gewünschte Garderobe, in den Smoking. So kam er dann mit dem Fahrstuhl herunter in die große Halle, in der schon Gäste herumsaßen, umherwandelten, in Gesprächen zusammenstanden und auf die Rufe der Kellner warteten, um sich in den Speisesaal nebenan zu begeben.

Alles in der Halle war groß und weit, fast schlossartig. Meterhohe Säulen aus edlem Marmor, bräunlich meerschaumfarben, teilten sie großzügig in einen Haupt- und zwei Nebenräume. Fenster, die mit ihren Bögen bis hoch unter die Decke reichten, ließen das Tageslicht ungehindert in den Raum strömen. Dazu bequeme Sessel aus geflochtenem Rohr und verzierte Mahagonitische zur Ablage von Getränken, Zeitungen und Aschenbechern für Zigarren und Zigaretten, die ihren Duft verbreiteten. In der Dämmerung wurde der Raum von zahlreichen Lüstern und Lampen in ein zauberhaftes Licht getaucht. Wer nicht auf Rohrsesseln sitzen wollte, bettete sich breit und gemütlich in prächtige Ledersessel. Die vielen Stimmen – Deutsche waren zu hören, Amerikaner, Russen, Franzosen, Italiener, auch polnisches Idiom – ergaben eine wunderbar leichte Melodie. Ebenso einladend war die gesamte Atmosphäre von Weltläufigkeit und Behaglichkeit in dem hier präsentierten Wohlstand. Und über allem schwebten von einem kleinen Orchester unaufdringlich angeboten die leichtsinnigen Töne aus wohlbekannten Operetten, die eine Stimmung von andauernder Fröhlichkeit verbreiten sollten.

Es war die erste Klasse, die sich so im Innern abgeschottet, aber verbunden mit dem wilden Meer vor der Tür zum Sommer verabredet hatte. Ein kleiner Steg aus Holzbrettern führte zum abgesperrten Strand mit den Badehäuschen und Liegestühlen.

In dieser friedlichen Umgebung konnte sich niemand vorstellen, dass nur drei Jahre später all diese Menschen aus verschiedenen Ländern, die sich miteinander aufs Angenehmste unterhielten, in einen grausamen Krieg gegeneinander gerieten. Mit wildem Hass und ungeheurer Wut wurde ein blutiges Massaker mit vielen Millionen Opfern in Gang gesetzt, die als zerrissene und zerfetzte Leiber auf den Schlachtfeldern zurückblieben. Möglich gemacht durch unvorstellbar wirksame Waffen, die das alte Europa für immer vernichteten und einen schwer verwundeten und kranken Erdteil zurückließen. Heinrich, der etwas weiter in die Zukunft blickte, konnte seinem Bruder solche Gedanken unterbreiten. Dafür war Tommy aber noch nicht bereit. Man wollte sich die Stimmung auch nicht verderben lassen.

So saß denn Thomas in einem der weichen Sessel in der Halle, betrachtete zufrieden diese zum Dinner weiter anschwellende Gesellschaft. Eine Gruppe war ihm aufgefallen. Drei junge Mädchen, fünfzehn bis siebzehn Jahre alt, und ein Knabe von vielleicht dreizehn mit goldgelbem Haar, das ihm in Locken auf den Nacken fiel. Eigentlich waren es die Augen, dieses seltsame dunkle, dämmerige Grau. Thomas war von der Schönheit dieses Jungen sogleich sehr eingenommen.

Katia hatte ihrem Mann gegenüber Platz genommen und las in einer deutschen Zeitung.

»Die warten auf jemanden, der sie zum Essen geleiten wird«, sagte Thomas zu seiner Frau, wissend, dass auch Katia die Gruppe wahrgenommen hatte. In dem Moment erhob sich die Gouvernante und mit ihr die drei Mädchen und etwas verzögert der Junge. »Sie begrüßen die Mutter.«

Die herbeigetretene Dame mit dem Charme von Vornehmheit und Selbstbewusstsein hielt nur die Hand hin, und ein Kind nach dem anderen beugte sich herab und küsste ihr diese. Dabei blickte sie in die Halle und sprach in Französisch zur Gouvernante. Etwas Besonderes war mit ihr erschienen. Dazu trug auch die dreifach um den Hals gewundene lange Kette bei, die mit ihren kirschgroßen, matt leuchtenden Perlen einen Hauch von Luxus in ihre schlichte Kleidung brachte.

Thomas schaute immerzu dahin. »Sie küssen ihr die Hand. Wie selbstverständlich sie ihre Erziehung und ihr Benehmen hier darstellen!«

Nach der Begrüßung ging die Mutter voran durch die Glastür in den Speisesaal. Katia blickte ihr nach. Sie hatte eine gewisse Begeisterung in der Stimme ihres Mannes nicht überhört. »Ist es die Mutter oder der Knabe, den du bewunderst?«, fragte sie.

»Es ist die Form, Katia, die Selbstzucht und die Ordnung, die uns das Chaos und die Wirrnis vom Leibe halten.«

Natürlich war es der Knabe. Das verstand sie augenblicklich am nächsten Abend, als die Kinder wieder in Zucht und Ordnung der Mutter an ihren Tisch folgten. Der zuständige Kellner am Tisch von Thomas und Katia hatte schon mit dem Service begonnen, als die polnische Familie – inzwischen hatte man das herausgefunden – eintrat. Die Vorspeise war ausgewählt, und der Kellner verwies auf die Gaben, die nun serviert wurden. »Da haben wir den kurz und kross, nur auf einer Seite angebratenen Lachs, die passenden mediterranen Kräuter darüber, und hier, schauen Sie mal …« Mit diesen Worten füllte er in zwei kleine ovale Schalen eine passierte kräftige Fischsuppe. »Sie können den Fisch und die Suppe getrennt oder vermischt zu sich nehmen, je nach Lust und Laune«, flüsterte er begeistert.

Wieder hatte die polnische Familie auf die Mutter gewartet. Nun kamen sie unmittelbar am Platz von Thomas und Katia vorbei. Vorweg die Mutter, vornehm mit ihrer Kette schimmernder Perlen. Dahinter die drei nonnenartig gekleideten Mädchen, danach die Gouvernante und am Ende, entspannt und ganz für sich, der Junge, der hübsche Knabe.

»Da kommt ja deine Perlenmutter!« Katia hatte sie zuerst gesehen.

Ganz dicht ging er an Thomas vorbei, der schöne Władysław Moes. So hieß der Knabe, er war ein polnischer Baron. Wie lässig er sich bewegte, die Beine, den Oberkörper! Der Dichter verfolgte seinen Gang in der weißen Leinenhose, dazu passend waren die zierlichen Schritte seiner Füße in schwarz glänzenden Lackschuhen.

Und da geschah es, dass der junge Baron, fast an seinem Tisch angelangt, sich kurz umdrehte. Und so begegneten sich ihre Blicke. Der Ältere hatte sich, völlig überrascht, sofort umgewandt. Aber dann hatte er sich nicht ganz im Griff. Erneut vom Dämmergrau in den Augen des Knaben erregt, hatte er noch einmal zum Tisch der Polen geschaut. Etwas zu auffällig vielleicht. Katia berührte unter dem Tisch seinen Fuß. »Tommy, es ist serviert!«

Frau Thomas Mann, wie sie seit ihrem Ja auf dem Standesamt genannt wurde, erinnerte sich in ihrem einzigen Interview für das Fernsehen im Jahr 1970 an diesen einen Moment. Vielleicht lernte sie bei der Gelegenheit etwas mehr von der sehr leidenschaftlichen, ihr vielleicht noch unbekannten Art der Empfänglichkeit für die vormännliche Schönheit bei ihrem Ehemann kennen: *Bei Tisch, gleich am ersten Tag, sahen wir diese polnische Familie … mit dem sehr reizenden, bildhübschen, etwa dreizehnjährigen Knaben, der mit … einem Matrosenanzug und einem offenen Kragen gekleidet war und meinem Mann sehr in die Augen stach. Er hatte sofort ein Faible für diesen Jungen, er gefiel ihm über die Maßen, und er hat ihn am Strand mit seinen Kameraden beobachtet. Er ist ihm nicht in ganz Venedig nachgestiegen, das nicht, aber der Junge hat ihn fasziniert, und er dachte öfter an ihn.*

Ein anderer Mann ist dem Knaben da in Venedig nachgestiegen, weil er nicht genug haben konnte von dem köstlichen Anblick des Geliebten. So weit war es schon gekommen. Auch sehr viele Stunden des Tages dachte er an den hübschen Jungen. Es war der Dichter Gustav von Aschenbach, den Thomas, mit seinen eigenen Gefühlen beladen, in einer Novelle in den Rausch der Liebe und

Leidenschaft führte. Eine Leidenschaft, von der er in Venedig, in der Nähe des Knaben, probiert und auch in seiner Fantasie diskret gekostet hatte. Und von all dem Köstlichen, was da in seinem Herzen aufgehoben war, gab er dem Dichter von Aschenbach viele der erregten Momente zu fühlen und Worte von der Liebe zu flüstern. Ihn aber anzusprechen, eine Begegnung herbeizuführen, davon konnte man nur träumen. Das war verboten.

Es gab also für Katia zwei Männer, die, bezaubert von diesem Knaben, ihn mit Herzklopfen betrachteten. Da war einmal Thomas, der bald herausfand, dass der Junge Tadzio gerufen wurde, offenbar eine Abkürzung vom polnischen Tadeusz. Das geschah am Strand, wo er ihn im Spiel mit anderen von seinem Liegestuhl aus über die Kante eines Buchs beobachten konnte. Und dann gab es den anderen Mann, den Dichter Gustav von Aschenbach, der sich ebenfalls am Strand von der Schönheit des Jungen mehr und mehr überwältigen ließ. Diesen Mann hatte Katia erst kennengelernt, als Tommy in seinem neuen Landhaus in Tölz damit begonnen hatte, Katia einzelne Abschnitte aus seinem Manuskript vorzulesen. Gerade hier musste er wissen, wie weit seine Ehefrau in dieser Geschichte bei ihm war und in dieser Erzählung mit ihm ging.

Mein Mann hat das Wohlgefallen, das er tatsächlich an diesem reizvollen Jungen empfand, auf Aschenbach übertragen und zu äußerster Leidenschaft stilisiert. Das war alles vorsichtig und zurückhaltend formuliert und entsprach nicht ganz der wütenden Leidenschaft, die der Knabe im Herzen von Aschenbach entfacht hatte. Am Strand beobachtete er aus der Nähe den fast nackten, schönen Leib des Jungen. Thomas erzählte: *Bald kannte der Betrachtende jede Linie und Pose dieses so gehobenen, so frei sich darstellenden Körpers …* Er sah das honigfarbene Haar um sein Haupt geringelt und erkannte im Licht der Sonne den Flaum der feinen Härchen auf dem oberen Rückgrat. Er sah die Zeichnung der Rippen und auch, dass unter seinen Achseln noch kein Haar gewachsen war. Die Haut war glatt wie bei einer Statue. So wusste Katia, was auch ihr Ehemann in Venedig gesehen hatte, bevor er es der Figur des Gustav von Aschenbach zuschrieb.

Es war aber mehr als nur das sinnliche Erlebnis eines schönen, fast nackten Knabenkörpers, das Thomas mit Aschenbach feierte. Er hob das Erlebnis eine Stufe höher, heraus aus dem erregenden Fleisch des konkret Menschlichen in die geistige Sphäre der Oberwelt des Göttlichen: *Standbild und Spiegel! Seine Augen umfassten die edle Gestalt dort am Rande des Blauen, und in aufschwärmendem Entzücken glaubte er mit diesem Blick das Schöne selbst zu begreifen, die Form als Gottesgedanken, die eine und reine Vollkommenheit, die im Geiste lebt und von der ein menschliches Abbild und Gleichnis hier leicht und hold zur Anbetung aufgerichtet war. Das war der Rausch; und unbedenklich, ja gierig hieß der alternde Künstler ihn willkommen.*

Aschenbach, als Meister der Form gerühmt, war einerseits in seinem Lebenslauf ganz nah an der Vita von Thomas angelehnt. Andererseits trat er als grauer Herr von über fünfzig auf. Ein Mann mit einem gelungenen Lebenslauf, eine gefestigte bürgerliche Persönlichkeit, die nun in der Begegnung mit Tadzio willig dem Untergang in Rausch und Ekstase entgegenging. Etwas, das in ihm verborgen war, kam mit dieser Reise in den Süden zutage. Er sehnte sich nach Verjüngung, um dem Geliebten willkommen zu sein. Ein Coiffeur kannte die Mittel und Tinkturen, um ihm die kräftige Farbe der Jugend zu schenken. Zum Schein nur, und es ist eigentlich lächerlich, weil diese Maskierung den edlen Gustav von Aschenbach lächerlich aussehen ließ.

»Du hast nie den Versuch gemacht, den Jungen anzusprechen. Du hast ihn nur beobachtet und bewundert.« So kam Katia mit Thomas ins Gespräch, als er ihr ein Kapitel vorgelesen hatte.

»Das war ja nicht möglich. Er war immer unter Aufsicht. Und ganz ehrlich, Katia, ich wollte es nicht. Es wäre wohl eine Desillusion geworden, wenn ich mit ihm gesprochen hätte. Dann wäre der

Zauber gebrochen. Die Geschichte brauchte die Sehnsucht, das war auch mein Gefühl. Und Sehnsucht braucht immer mangelhafte Erkenntnis. Man liebt doch am meisten den Menschen, wenn man ihn nicht beurteilen kann. Sie schauen sich an, Tadzio und Aschenbach, und beide schweigen.« Diese einfache Wahrheit konnte man so oder so verstehen.

Trotzdem war es geschehen, dass Aschenbach, ganz gegen seinen Willen, dem Geliebten nahe kam. Er suchte Tadzio, als der beim Abendessen fehlte, und fand ihn draußen vor dem Hotel im Licht einer Laterne. Aschenbach war so erschrocken und unvorbereitet, dass er seine Haltung, seine Miene nicht rechtzeitig beruhigen konnte. Überraschung und Bewunderung waren in seinem Blick, als sie einander ansahen. *Und in dieser Sekunde geschah es, daß Tadzio lächelte: ihn anlächelte, sprechend, vertraut, liebreizend und unverhohlen, mit Lippen, die sich im Lächeln langsam öffneten.*

Erschüttert floh Aschenbach von der Terrasse in den dunklen Garten. Es klang zärtlich, was er vor sich hin sprach: *Du darfst so nicht lächeln! Höre, man darf so niemandem zulächeln! … und mehrfach von Schauern überlaufen, flüsterte er die stehende Formel der Sehnsucht, – unmöglich hier, absurd, verworfen, lächerlich und heilig doch, ehrwürdig auch hier noch: Ich liebe dich!*

Das hatte Thomas genau so in den Text hineingeschrieben. Der Dichter Gustav Aschenbach hatte sich rettungslos in den Knaben verliebt. Thomas Mann war es mit seinem Erleben, und dennoch war er nicht Gustav Aschenbach. Der war seine Erfindung. Wie bei einem Vexierbild, bei dem man mit einer kleinen Drehung ein anderes Bild hinter dem ersten aufblenden kann. Aber dieses Mal war es nochmal anders, gewagter und deutlicher. Es ging um die homoerotische Liebe eines alternden Schriftstellers, den Thomas Mann an seine Person herangeschrieben hatte.

Ende des Jahres 1911 war er mit der Arbeit am »Tod in Venedig« ins Stocken geraten. Er wusste, wie gewagt es war, so eine Szene in so einer Geschichte unter seinem Namen zu veröffentlichen. Es war leicht möglich, dass eine klatschsüchtige Öffentlichkeit, vielleicht sogar der eine oder andere ihm feindlich gesinnte Kritiker die Erlebnisse von der Figur des Adligen auf ihn übertragen und ihn damit an den Pranger stellen konnte. Dennoch gefiel es ihm, derart gewagt mit diesem Thema aufzutreten. Befreiend geradezu nach all den anderen Maskeraden. Alles, was in der Novelle an sonderbaren Ereignissen eine Rolle spielte, war auf ihrer Venedig-Reise so geschehen. Alles gefunden, nichts erfunden, so sagte es Thomas.

Die mit den Zügen eines Totenkopfs versehene Gestalt auf dem Münchner Nordfriedhof, der von Aschenbach auf die Idee einer Reise in den Süden brachte, war ihm begegnet. Ebenso der scheinbar junge Mann auf dem Schiff nach Venedig, der sich mit seinen lüsternen Lippen bald als geschminkter alter Geck entpuppte. Auch der Gondoliere, der dringlich seinen Obolus verlangte, wie Charon von den toten Seelen auf der Reise in den Hades. All das war zu einem Beziehungsgeflecht verdichtet worden. Deutlich wurde so, wie Thomas die Ebene des Mythos über die realen Personen legte, sie sozusagen überschrieb.

Das heikle Bild der homoerotischen Liebe von Aschenbach zu Tadzio wurde in der Weise umgedeutet, dass es im Rahmen der kulturell akzeptierten »griechischen Liebe« öffentlich angenommen werden konnte. Es wurde eine andere, eine göttliche Liebe, wie Thomas sie dann im Dialog des Sokrates mit seinem Schüler Phaidros in die Geschichte einfügte. *Denn die Schönheit, Phaidros, merke das wohl, nur die Schönheit ist göttlich und sichtbar zugleich, und so ist sie denn also des Sinnlichen Weg, ist, kleiner Phaidros, der Weg des Künstlers zum Geiste.*

Insgesamt aber wurde die Entscheidung über die moralische Wertung damit gelöst, welcher Gott mit seiner Wirkkraft der Sieger der Geschichte werden konnte. Würde von Aschenbach mit der Verjüngung seine Schreibhemmung überwinden und zum

Apollinischen zurückfinden, oder wollte er Dionysos dienen, dem Gott des Rausches, wohl wissend, dass damit auch der Kunstbau seines Lebens hinweggefegt würde?

Ein Verwandlungstraum zeigte dem adligen Dichter, wie er lustvoll als Diener des fremden Gottes in einer hoch erotischen Orgie sich von allen Fesseln von Sittlichkeit und Vernunft befreite und sich dem fremden Gott unterwarf. Eine tobende Rotte, Männer mit Dolchen, Hörnern und Schlangen in den Händen, Frauen in Fellen, die schreiend ihre Brüste in den Händen trugen, Knaben, die sich an den Hörnern der Böcke hielten und sich jauchzend schleifen ließen. All das begleitet von den u-Lauten wie in Tadziu.

Wut ergriff ihn, Verblendung, betäubende Wollust, und seine Seele begehrte, sich anzuschließen, dem Reigen des Gottes. Das obszöne Symbol, riesig, aus Holz, ward enthüllt und erhöht … Aber mit ihnen, in ihnen war der Träumende nun und dem fremden Gotte gehörig. Ja, sie waren er selbst, als sie reißend und mordend sich auf die Tiere hinwarfen … als auf zerwühltem Moosgrund grenzenlose Vermischung begann, dem Gotte zum Opfer. Und seine Seele kostete Unzucht und Raserei des Untergangs.

Die Statue aus Holz war der riesige Phallus, das erigierte männliche Geschlecht, das steil in den Himmel ragte. So hatte sich Thomas zur Vorbereitung in den Kult des Gegengottes zu Apollo, dem Dionysos, eingelesen, den er nun auftreten ließ.

Die Lösung lag dann auch im Auftreten der Cholera in Venedig. Zunächst waren es nur Einzelfälle, die bekannt wurden. Bald wurden es mehr. Die Behörden widersprachen den Gerüchten, dennoch reisten die ersten Gäste ab. Als Katia und Thomas im Reisebüro Cook von einem ehrlichen Engländer die gefährliche Wahrheit über die Seuche erfuhren, war das der Entschluss, Venedig zu verlassen.

Gustav von Aschenbach blieb. Auf dem Höhepunkt seiner jungen Liebe zu Tadzio sah man ihn dann am Strand, von den frischen

Erdbeeren kostend. Früchte, die auf ihn die Vibrionen, das Gift der Cholera, übertrugen. Ein Gift, das mit zersetzender Kraft die körperlich-geistige Auflösung der einstmals starken und intakten bürgerlichen Persönlichkeit einleiten konnte.

Bei der Verfolgung der polnischen Familie in den Gassen und über die Brücken Venedigs verlor er die Orientierung. Doch immer wieder begegnete er überraschend Tadzio und seinem *dämmergrauen Blick*. Der Knabe verriet ihn aber nicht. So wurde er ein Verführer, der scheinbar ein Versprechen von Nähe und Gemeinsamkeit andeutete. Letztlich folgte von Aschenbach, am »Narrenseil« geführt, dem Schönen, bis er die Familie des Knaben verlor. Der Meister der Sprache, Gustav von Aschenbach, brach schließlich lallend an einem Brunnen zusammen.

Später schleppte er sich noch einmal an den Strand, wo er Tadzio in seinem engen Badekostüm erkannte. Der ging weit ins Meer, drehte sich dann, ganz Schatten geworden, zu von Aschenbach um und winkte dem Sterbenden in seinem Liegestuhl zu. Tadzio verwandelte sich in die Figur des Hermes, jenes Seelenführers der Toten auf dem Weg in die Unterwelt. Er war es von Anfang an, auch wenn er in der Gestalt des Liebhabers und Verführers gegenüber dem Dichter auftrat. Und der war bereit, ihm auch hier, vom Liegestuhl aus, zu folgen.

Zu Katia sagte Thomas: »Ich habe es gemacht wie der alte Geheimrat Goethe. Seine Figur, der Werther, erschießt sich. Goethe reist ab und schreibt den Roman.«

Katia erwiderte: »Es war höchste Zeit für uns abzureisen. Mit der Cholera ist nicht zu spaßen.«

»Da du es jetzt ganz gelesen hast«, wollte Tommy noch wissen, »meinst du, sie werden mir den Jungen übel nehmen?«

»Du wirst mit dieser Novelle nicht scheitern. Du bist ja schließlich nicht Gustav von Aschenbach. Obwohl du ihm so einiges aus deinem Leben mitgegeben hast.« Dabei kräuselte sie etwas die Stirn und wiegte leicht den Kopf, als ob sie andeuten wollte, dass so viel Genauigkeit nicht vonnöten gewesen wäre.

»Darüber weißt du mehr als so mancher Leser. Aber es ist doch so ein vielfältiger Beziehungsreichtum im Roman enthalten, dass man es nicht eindeutig auf mein Leben hin entschlüsseln kann, oder?«

»Ist ja schon gut, mein Reh. Ich habe wohl verstanden, wie du es meinst.« Sie lächelte begütigend. »Und die Menschen werden es so verstehen, wie du es geschrieben hast.«

Nach der *Königlichen Hoheit*, die als Lustspiel und Ausflug ins Flachland der Operette kritisiert wurde, war Thomas Mann mit der Novelle »Tod in Venedig« ein Meisterwerk in strenger Form gelungen.

Einer allerdings, der eine persönliche Rechnung offen hatte, der Berliner Kritiker Alfred Kerr, der Katia an Thomas verloren hatte, schrieb einige böse Sätze: »Ein älterer Mann, Aschenbach, liebt einen Knaben, Tadzio genannt. Der Schriftsteller deutet entgegenkommend an: die Weisheit liebt die Anmut; die späten Jahre lieben die Jugendzeit. Das Gefühl des Mannes bleibt umrißlos, das Gebiet frei von Entdeckungen … Und wenn einmal der Junge, Tadzio, lächelt: sagt ohne Säumnis der arbeitsame Verfasser: Es war das Lächeln des Narziß, der sich über das spiegelnde Wasser neigt … Jedenfalls ist hier Päderastie annehmbar für den gebildeten Mittelstand gemacht.«

Ein Jahr nach der Geburt seines fünften Kindes, seiner geliebten Tochter Elisabeth, im Jahr 1919, kam Thomas in dem Gedicht »Gesang vom Kindchen« auf die Fragen, die mit der Novelle nicht endgültig geklärt waren, zurück: *Gedenke verjährter Beschämung: / Heimlicher Niederlage, nie eingestandenen Versagens* … So hebt der Hymnus an, mit dem Thomas auf »Tod in Venedig« und ihren Autor zurückblickt. *Weißt du noch? Höherer Rausch, ein außerordentlich Fühlen / Kam auch wohl über dich einmal und warf dich danieder, / Daß du lagst, die Stirn in den Händen. Hymnisch erhob sich / Da deine Seele, es drängte der ringende Geist zum Gesange / Unter Tränen sich hin.*

Das war ein anderer Blick auf die Ereignisse in Venedig. Tommy war vom Anblick Tadzios vollkommen ergriffen. Im befreienden Gesang konnte er das unerlaubte Begehren unverstellt hinausjubeln. Nur für sich. *Doch leider blieb alles beim alten. / Denn ein versachlichend Mühen begann da, ein kältend Bemeistern, / Siehe, es ward dir das trunkene Lied zur sittlichen Fabel. / War es nicht so? Und warum?*

All die Barrieren, mit dem er sein Leben in Schach halten musste, wirkten auch hier: Das Ganze musste in der Prosa eine moralisch-künstlerische Bemäntelung bekommen. *Es scheint, du wagtest den Flug nicht? / Was dir ziemte, was nicht, du wußtest's im innersten Herzen / Und beschiedest dich still; doch schmerzte der tiefere Fehlschlag.*

Wenn auch im Kleid der Lyrik, so war es doch wie eine Zeitung für die gesamte Familie. Für Katia war es eine Erinnerung an die aufregenden Geschehnisse in Venedig. Dreizehn Jahre nach ihrer Hochzeit hatte sie genug Gelegenheit gehabt, ihren Ehemann genauer kennenzulernen. Damals hatte sie nah miterlebt, als ihm am Lido diese Begeisterung beim Erleben des unerlaubten Begehrens widerfahren war. Sie kannte das Ergebnis in Prosaform, wie es sich ziemte. Sie konnte nun lesen, wie er darunter litt. Eigentlich sagte er: Wieder einmal habe ich nicht zeigen können, wie ich wirklich war.

Das war der Preis des Erfolgs, den er in seiner Zeit zu zahlen hatte. Aber mit Katia konnte er inzwischen offen darüber sprechen und gelegentlich auch sehr diskret vom Verbotenen kosten – aus der Distanz. So viel war erlaubt.

Im Sommer 1927 machte Thomas mit Katia und den Kindern Urlaub auf Sylt. Abgesichert im Bademantel, saß er im Strandkorb und las. Ihm gegenüber, in der Sandburg der Familie Heuser, lag der hübsche Schüler Klaus in seinem Badekostüm ausgestreckt im Sand. Thomas blickte diskret über den Rand des Buchdeckels. Man wohnte in der gleichen Pension. Aber hier blieb es nicht bei Beobachtungen des »Einsam-Stummen« wie am Lido. Tommy konnte ihn ansprechen, in aller Öffentlichkeit mit ihm scherzen und ihn für die Zeit nach den Ferien einladen nach München. Offiziell als Freund von Monika. Katia hatte nichts dagegen und der Vater von Klaus, der Kunstprofessor Werner Heuser, auch nicht.

Elisabeth war besonders lange und eng mit ihrer Mutter zusammen. Sie hatte ihr Vertrauen. So versuchte sie einmal das Arrangement ihrer Eltern zu erklären: »Sie war von Natur aus tolerant. Und ihre Liebe war umfassend.«

Auf die Nachfrage: »Sie wusste ja, dass so einer wie Kläuschen Heuser sein Typ war – sie hatte sich nie empört?«

»Nein!«

»Das war im Bündnis eingeschlossen?«

»Sicher. Da hat sie sich nicht die geringsten Sorgen gemacht. Sie hat ihre zarten Gefühle bei sich gehalten.«

»Die zarten Gefühle für wen?«

»Nur für ihn und die Kinder – und für ihre Eltern. Aber man hat sich nicht gehen lassen, man hat keine Szenen gemacht, das gab es überhaupt nicht.«

Thomas hatte Katia erzählt, dass er Kläuschen Heuser zum Abschied in München geküsst hätte. Die Antwort von Katia: »Ach, hör auf. Das will ich doch gar nicht wissen.«

Epilog

Thomas kam gut gelaunt mit einer Menge Material und einer ernsten Geschichte aus Venedig zurück. Katia ging es weniger gut. *Die hohen Reisenden nicht recht blühend befunden*, so schrieb es Mutter Hedwig ins Tagebuch. Zwei Monate vor der Reise nach Venedig hatte Katia eine Fehlgeburt gehabt. Nach der Rückkehr hatte sie nun häufig erhöhte Temperatur. Am Ende diagnostizierte der Lungenfacharzt Dr. Bock nach einer Untersuchung einen Lungenspitzenkatarrh. Ein Aufenthalt in einem Sanatorium am Stadtrand von Ebenhausen, nahe bei München, brachte keine Besserung. Daraufhin kam es zu dem Entschluss, Katia für einen Aufenthalt in einem Schweizer Sanatorium nach Davos zu schicken.

Dort, im Schweizer Hochgebirge, hatten sich die Ärzte bei klarer Luft, Sonnenschein und Schnee im Winter auf die Behandlung der Tuberkulose spezialisiert. Die Liegekur an frischer Luft war das Mittel der Wahl, weil es noch keine Medikamente gegen die Krankheit gab.

Hedwig begleitete ihre Tochter am 11. März 1912 in das Bergdorf. Professor Friedrich Jessen, der Chefarzt im Waldsanatorium, erkannte bei Katia eine »geschlossene Tuberkulose in der Drüse; und in der Lunge«. Man wollte sie dabehalten und den Fall beobachten.

Am 15. Mai besuchte Thomas seine Frau im Waldsanatorium. Katia, sonnengebräunt, machte einen frischen, erholten Eindruck. Doch bei dem kalten Wetter holte sich auch Tommy einen lästigen

Katarrh. Professor Jessen, der ihn untersuchte, gab ihm den Rat, er solle am besten zusammen mit Katia noch einige Monate in der gesunden Höhenluft von Davos bleiben. Thomas hatte aber genug gesehen. Er reiste nach vier Wochen ab und schrieb.

Ihm war schnell bewusst geworden, welch reiches Material hier oben auf dem Berg, weit über dem Flachland des alltäglichen Lebens, mit der einzigartigen Gesellschaft dieser kranken Menschen und ihrer Ärzte zu gewinnen war. Katia war von nun an nicht nur Patientin, sondern auch eine teilnehmende Beobachterin, die wusste, was für Erzählungen sie dem Mann am Münchner Schreibtisch in ihren Briefen liefern konnte. Sie war wie niemand sonst dafür geeignet. Sie konnte die grausig-komischen Szenen erkennen und festhalten, was er für seinen Roman gebrauchen konnte. Nach seiner Rückkehr aus Davos wurde im Juli »Der Tod in Venedig« fertiggestellt, dann begannen die ersten Vorarbeiten für den *Zauberberg.*

Hedwig war noch einmal für einige Wochen zu ihrer Tochter ins Sanatorium gereist. In ihren Briefen an den Freund Harden in Berlin sind auch bei seiner Schwiegermutter schon die ersten Momente aufgezeichnet, die Thomas im Juli in München für die Arbeit sortierte: *Auf dem Nebenbalkon links nimmt die hübsche lungenkranke Griechin italienische Stunde, und auf dem Nebenbalkon rechts hustet der Regierungsrat aus Kassel. Abends unterhalten wir uns mit dem allerliebsten Fräulein aus Hamburg mit dem Blutsturz und dem vollbusigen Fräulein aus Köln, und alle machen sie Witze über die schreckliche Krankheit.*

Hedwig hatte das pralle Leben am Rande des Todes wochenlang vor sich. In dem Brief an Maximilian Harden hieß es weiter: *Ich könnte die herrlichsten Berichte über meinen Aufenthalt im Sanatorium schreiben*; aber ich will *dem Schwiegertommy nicht ins Handwerk pfuschen.* Sie wusste, wo er war und was er tat: Er saß am Schreibtisch und schrieb. Er war ja in Davos gewesen, und ihr war klar, dass er *sozusagen nur ›Material‹ lebt.* Hedwig hatte sofort verstanden, was das Wichtigste im Leben ihres Schwiegersohns war. Im Material leben, um das Material zum Leben zu bringen. Am Ende: das Werk.

Literatur

Verwendete Werke von Thomas Mann – eine Auswahl

Mann, Thomas: Werke – Briefe – Tagebücher. Große kommentierte Frankfurter Ausgabe (GKFA). Hrsg. von Heinrich Detering, Eckhard Heftrich, Hermann Kurzke u. a. in Zusammenarbeit mit dem Thomas-Mann-Archiv der ETH, Zürich. Frankfurt am Main: S. Fischer 2001 ff.

Frühe Erzählungen 1893–1912/Kommentare. GKFA. Hrsg. und durchgesehen von Terence James Reed. Bd. 2.1/2.2 (2004).

Fiorenza, Gedichte, Filmentwürfe. GKFA. Hrsg. und durchgesehen von Elisabeth Galvan. Bd. 3.1 (2014).

Königliche Hoheit/Kommentare. GKFA. Hrsg. und durchgesehen von Heinrich Detering. Bd. 4.1/4.2 (2004).

Briefe 1889–1913. GKFA. Ausgewählt und hrsg. von Thomas Sprecher, Hans Rudolf Vaget und Cornelia Bernini. Bd. 21 (2002).

Mann, Thomas: Briefe an Otto Grautoff 1894–1901 und Ida Boy-Ed 1903–1928. Hrsg. von Peter de Mendelssohn. Frankfurt am Main: S. Fischer 1975.

Mann, Thomas: Notizbücher 1–6, Notizbücher 7–14. Hrsg. von Hans Wysling und Yvonne Schmidlin. Frankfurt am Main: S. Fischer 1991/ 1992.

Mann, Thomas: Über mich selbst. Autobiographische Schriften. Hrsg. von Peter de Mendelssohn. Frankfurt am Main: S. Fischer 1985.

Weitere Werke – eine Auswahl

Adair, Gilbert: Adzio und Tadzio. Wladislaw Moes, Thomas Mann, Luchino Visconti: Der Tod in Venedig. Edition Epoca: Zürich 2002.

Berg, Günter, Lindemann-Stark, Anke, und Ariane Martin (Hrsg.): Briefe einer Liebe. Heinrich Mann und Inés Schmied 1905–1909. In: Heinrich-Mann-Jahrbuch 17/1999, S. 145–231, und Heinrich-Mann-Jahrbuch 19/2001, S. 213–275.

Bilski, Emily D.: »Nichts als Kultur« – Die Pringsheims. München/Wolfratshausen: Jüdisches Museum/Edition Minerva Hermann Farnung 2007.

Böhm, Karl Werner: Zwischen Selbstzucht und Verlangen. Thomas Mann und das Stigma Homosexualität. Würzburg: Königshausen und Neumann 1991.

Breloer, Heinrich, und Horst Königstein: Die Manns. Ein Jahrhundertroman. Frankfurt am Main: S. Fischer 2002.

Bürgin, Hans, und Hans-Otto Mayer (Hrsg.): Eine Chronik seines Lebens. Frankfurt am Main: S. Fischer 1965.

Detering, Heinrich: Das offene Geheimnis. Zur literarischen Produktivität eines Tabus von Winckelmann bis Thomas Mann. Göttingen: Wallstein 1994.

Dohm, Hedwig: Sibilla Dalmar. Roman aus dem Ende des Jahrhunderts. Berlin: Zenodot Verlagsgesellschaft 2015.

Harpprecht, Klaus: Thomas Mann. Eine Biographie. Reinbek bei Hamburg: Rowohlt 1995.

Heftrich, Eckhard: Vom Verfall zur Apokalypse. Über Thomas Mann. Frankurt am Main: Vittorio Klostermann 1982.

Heine, Gert, und Paul Schommer: Thomas Mann Chronik. Frankfurt am Main: Vittorio Klostermann 2004. München: C. H. Beck: München 2005, 2., verb. Auflage.

Heißerer, Dirk: Im Zaubergarten. Thomas Mann in Bayern. München: C. H. Beck: München 2005.

Hirschfeld, Magnus: Berlins Drittes Geschlecht. Berlin: Seemann 1904.

Jasper, Willi: Die Jagd nach Liebe. Heinrich Mann und die Frauen. Frankfurt am Main: S. Fischer 2007.

Jasper, Willi: Carla Mann. Das tragische Leben im Schatten der Brüder. Berlin: Propyläen 2012.

Jens, Inge und Walter: Auf der Suche nach dem verlorenen Sohn. Die Südamerika-Reise der Hedwig Pringsheim 1907/08. Reinbek bei Hamburg: Rowohlt 2006.

Jens, Inge und Walter: Frau Thomas Mann. Das Leben der Katharina Pringsheim. Reinbek bei Hamburg: Rowohlt 2003.

Jens, Inge und Walter: Katias Mutter. Das außerordentliche Leben der Hedwig Pringsheim. Reinbek bei Hamburg: Rowohlt 2005.

Jüngling, Kirsten, und Brigitte Roßbeck: Die Frau des Zauberers. Katia Mann. Berlin: Propyläen 2003.

Kolbe, Jürgen: Heller Zauber. Thomas Mann in München 1894–1933. Berlin: Siedler 1987.

Keiber, Helmut: »… dass Du mir werth und wichtig bist«. Thomas Mann und Paul Ehrenberg. Landau in der Pfalz: Verlag Pfälzer Kunst 2005.

Koopmann, Helmut: Thomas Mann. Heinrich Mann. Die ungleichen Brüder. München: C. H. Beck 2005.

Krafft-Ebing, Richard von: Psychopathia sexualis. Mit besonderer Berücksichtigung der conträren Sexualempfindung. Eine klinisch-forensische Studie. 9., verbesserte und erweiterte Aufl. Stuttgart: Enke 1894.

Kruft, Hanno-Walter: Alfred Pringsheim, Hans Thoma, Thomas Mann. Eine Münchner Konstellation. München: Bayerische Akademie der Wissenschaften 1993.

Kurzke, Hermann: Thomas Mann. Das Leben als Kunstwerk. Eine Biographie. München: C. H. Beck 1999.

Lindemann-Stark, Anke: Die Briefe von Carla Mann an ihren Bruder Heinrich 1899–1910. In: Heinrich-Mann-Jahrbuch 21/22, 2003–2004, hrsg. von der Heinrich-Mann-Gesellschaft, Lübeck 2004, S. 135–264.

Mann, Erika: Mein Vater, der Zauberer. Hrsg. von Irmela von der Lühe und Uwe Naumann. Reinbek bei Hamburg: Rowohlt 1998.

Mann, Heinrich: Die Jagd nach Liebe. Hamburg/Düsseldorf: Claassen 1970.

Mann, Heinrich: Schauspielerin. Mit einem Nachwort von Hans Wysling. Frankfurt am Main: S. Fischer 1978.

Mann, Heinrich: Briefe an Ludwig Ewers 1889–1913. Hrsg. von Ulrich Dietzel und Rosemarie Eggers. Berlin/Weimar: Aufbau 1980.

Mann, Heinrich: Der Untertan. Mit einem Nachwort und Materialanhang von Ariane Martin. Frankfurt am Main: S. Fischer 2021.

Mann, Julia: Ich spreche so gern mit meinen Kindern. Erinnerungen, Skizzen, Briefwechsel mit Heinrich Mann. Hrsg. von Rosemarie Eggert. Berlin/Weimar: Aufbau 1991.

Mann, Katia: Meine ungeschriebenen Memoiren. Hrsg. von Elisabeth Plessen und Michael Mann. Frankfurt am Main: S. Fischer 1974.

Mann, Viktor: Wir waren fünf. Bildnis der Familie Mann. Konstanz: Südverlag 1949.

Mendelssohn, Peter de: Der Zauberer. Das Leben des deutschen

Schriftstellers Thomas Mann. Überarbeitete und erweiterte Neuausgabe. Frankfurt am Main: S. Fischer 1996.

Moll, Alfred: Die konträre Sexualempfindung mit Benutzung amtlichen Materials. Berlin: H. Kornfeld 1893.

Pringsheim, Alfred: Über Wert und angeblichen Unwert der Mathematik. Festrede gehalten in der Königlich Bayerischen Akademie der Wissenschaften zu München zur Feier ihres 145. Stiftungstages am 14. März 1904, München: Verlag der Königlich Bayerischen Akademie 1904.

Pringsheim, Hedwig: Meine Manns. Briefe an Maximilian Harden 1900–1922. Hrsg. von Helga und Manfred Neumann. Berlin: Aufbau 2006.

Pringsheim, Hedwig: Tagebücher. Hrsg. und kommentiert von Cristina Herbst. Bd. 3: 1898–1904, Bd. 4: 1905–1910. Göttingen: Wallstein 2014/2015.

Protokoll der Hochzeit von Katia und Thomas Mann. Standesamt München. Transkription: Dirk Heißerer.

Ringel, Stefan: Heinrich Mann. Ein Leben wird besichtigt. Darmstadt: Primus/Wissenschaftliche Buchgesellschaft 2000.

Schickele, René: Thomas Mann als Gast des Vereins für Kunst. In: *Das Neue Magazin für Literatur und Kunst,* 4. Dezember 1904.

Vaget, Hans Rudolf: Seelenzauber. Thomas Mann und die Musik. Frankfurt am Main: S. Fischer 2006.

Wedekind, Frank: Totentanz. Drei Szenen. München: Langen 1906.

Wiedemann, Hans-Rudolf: Thomas Manns Schwiegermutter erzählt. Lebendige Briefe aus großbürgerlichem Hause, mit einem Geleitwort von Golo Mann. Lübeck: Verlag Graphische Werkstätten 1985

Wysling, Hans, und Yvonne Schmidlin (Hrsg.): Thomas Mann. Ein Leben in Bildern. Zürich: Artemis 1994.